Mörderische Tage

ANDREAS FRANZ

Mörderische Tage

Julia Durants schwerster Fall

Weltbild

Für Manuel
und all die lieben Menschen,
die ihn auf seinem
zukünftigen Lebensweg begleiten

Besuchen Sie uns im Internet:
www.weltbild.de

Genehmigte Lizenzausgabe für Verlagsgruppe Weltbild GmbH,
Steinerne Furt, 86167 Augsburg

Ein Unternehmen der Droemerschen Verlagsanstalt
Th. Knaur Nachf. GmbH & Co. KG, München
Redaktion: Regine Weisbrod
Umschlaggestaltung: ZERO Werbeagentur, München
Umschlagmotiv: plainpicture, Hamburg (© Thomas Grimm)
Gesamtherstellung: CPI Moravia Books s.r.o., Pohorelice
Printed in the EU
ISBN 978-3-8289-9389-1

2012 2011 2010 2009
Die letzte Jahreszahl gibt die aktuelle Lizenzausgabe an.

15. Juni 2007, 0.56 Uhr

Es war eine für Mitte Juni ungewöhnlich kühle und regnerische-Nacht, als sich die junge Frau, nur mit einem weißen Nachthemd bekleidet, um vier Minuten vor ein Uhr an der Autobahn auf das Eschborner Dreieck zubewegte. Sie war barfuß, die halblangen blonden Haare klebten an ihrem Gesicht. Ihre Schritte waren unsicher, als wäre sie betrunken. Die grellen Lichter der entgegenkommenden Autos schien sie nicht wahrzunehmen, ihr Blick war leer und starr. Mit einem Mal drehte sie sich um und betrat die Fahrbahn, ohne die Autos zu beachten. Nicht einmal das laute Hupen des Lkw, der auf sie zugedonnert kam, schien sie zu hören. Der Fahrer stemmte sich mit voller Kraft auf das Bremspedal und versuchte ihr auszuweichen, geriet dabei ins Schlingern, durchbrach die Leitplanke und kippte kurz darauf an der leicht ansteigenden Böschung um. Zwei Wagen rasten auf der Mittelspur ineinander, einem dritten gelang es dank eines waghalsigen Manövers gerade noch, an der Frau vorbeizufahren, bevor er etwa hundert Meter entfernt auf dem Seitenstreifen anhielt. Ein Mann sprang aus dem Porsche, am Ohr sein Handy, in das er aufgeregt hineinschrie, während er auf die Frau zurannte, die auf einem der weißen Streifen zwischen rechter und mittlerer Fahrbahn stehen geblieben war. Der Verkehr in Richtung Wiesbaden war zum Erliegen gekommen, Warnblinker zuckten durch die wolkenverhangene Nacht.

Immer mehr Menschen kamen teils schnell, teils vorsichtig auf die Frau zu, der Mann mit dem Handy packte sie an den Schultern und schüttelte sie, doch sie sah ihn nur an, ohne ein Wort zu sagen. Sie ließ sich widerstandslos von der Fahrbahn führen, der Lastwagenfahrer, der sich mühsam aus der Fah-

rerkabine gehievt hatte, stieß ein paar derbe Flüche aus, aber auch das schien die Frau nicht wahrzunehmen.
»Die ist vollkommen verrückt, die Alte!«, schrie er mit hochrotem Kopf und zeigte auf seinen Lastwagen. »Die ist meschugge, bekloppt, durchgeknallt! Ich hab da drin 'ne Ladung …«
»Seien Sie still«, winkte der andere unwirsch ab und legte seine Jacke um die Schultern der Frau, deren Gesicht er in der Dunkelheit trotz der vielen eingeschalteten Scheinwerfer nur schemenhaft erkennen konnte.
»Die ist doch aus der Klapse ausgebrochen, das riech ich zehn Meilen gegen den Wind«, fluchte der Trucker weiter.
»Und wenn? Polizei und Krankenwagen werden gleich hier sein. Junge Frau, hören Sie mich?«, fragte der Porschefahrer, der um die vierzig sein mochte. Er setzte sich mit ihr auf die Leitplanke, fasste sie vorsichtig am Kinn und drehte ihren Kopf zu sich. »Wie heißen Sie? Ich bin Frank.«
Sie reagierte nicht, sie zitterte nicht, ihr Blick ging durch ihn hindurch.
»Schiet, verdammter Schiet! Großer, gottverdammter Schiet! Ich hab Elektrogeräte im Wert von über zwei Millionen geladen …«
»Dafür gibt's Versicherungen«, mischte sich ein anderer ein, der sehr besorgt und hilflos wirkte. »Was ist mit ihr?«
»Keine Ahnung«, erwiderte der Mann, der sich als Frank vorgestellt hatte. »Ich bin kein Arzt, nur Polizist. Aber eins weiß ich, kein Mensch läuft grundlos auf die Autobahn, schon gar nicht um diese Uhrzeit. Und ganz bestimmt nicht in einem Nachthemd.«
»Ich sag doch, die hat nicht mehr alle Tassen im Schrank!«
»Mag sein«, antwortete Frank kurz angebunden, der keine Lust auf einen Streit hatte, obwohl er den Lastwagenfahrer verstehen konnte. »Wir können nur froh sein, dass keinem von uns etwas passiert ist …«

»Nichts passiert?! Hey, Alter, mein Truck is im Arsch, und die Ladung kannste nich mal mehr nach Afrika verschippern! Ich komm aus Hamburg und bin seit über zehn Stunden unterwegs und ...«

»Wir sind alle am Leben.« Er wandte sich wieder der jungen Frau zu: »Wollen Sie mir nicht sagen, wie Sie heißen?«

Ihr Blick blieb ausdruckslos.

»Kommen Sie, verraten Sie wenigstens Ihren Namen«, ließ Frank nicht locker. »Sie haben ein ganz schönes Chaos verursacht. Sie können von Glück reden, dass niemand getötet wurde. Nur Ihren Namen, bitte.«

Sie hob leicht den Kopf und sah Frank an, ohne etwas zu sagen, obwohl sich ihre Lippen kaum merklich bewegten, als wolle sie sprechen, doch kein Laut drang aus ihrem Mund. Ihre schlanken Arme hingen an ihrem Körper herunter, als gehörten sie nicht zu ihr, in ihrem Gesicht war keine Regung zu erkennen, weder Angst noch Furcht noch Neugier, nichts. Nur dieser regungslose Blick auf Frank, als sähe sie in ihm ein Wesen, das sie noch nie zuvor gesehen hatte.

»Vielleicht ist sie taubstumm oder Ausländerin«, bemerkte eine junge Frau vorsichtig, die sich zu ihnen gesellt hatte, doch es schien, als glaubte sie es selbst nicht.

Nur fünf Minuten nach dem Anruf trafen drei Polizei- und zwei Notarztwagen ein.

Die ersten Fahrzeuge setzten sich wieder in Bewegung, der kleine Stau begann sich aufzulösen, fünf Beamte nahmen nacheinander die Personalien der Unfallbeteiligten auf, während ein sechster zu der jungen Frau trat.

»Hauptkommissar Hellmer, K11 Frankfurt«, sagte Frank und hielt seinen Dienstausweis hoch. »Sie wär mir fast vors Auto gelaufen.«

»Schmidt, Revier Eschborn«, stellte sich der Beamte vor. »Und weiter?«

»Nichts und weiter. Sie sehen ja selbst, was hier los ist. Sie steht entweder unter Schock, oder sie ist verwirrt. Jedenfalls spricht sie kein Wort.«

Schmidt startete ebenfalls einen vergeblichen Versuch, mit der Frau Kontakt aufzunehmen.

»Und sie ist tatsächlich einfach so auf die Autobahn gelaufen?«, fragte er Hellmer und die Umstehenden, nachdem er es aufgegeben hatte, ihr wenigstens den Namen zu entlocken.

»Einfach so«, antwortete Hellmer.

»Sonst wär der ganze Schiet doch nich passiert!«, brüllte der Lkw-Fahrer wieder los. »Ich bin voll in die Eisen gestiegen, aber sie war zu nah. Ich musste ausweichen, sonst wär sie jetzt nur noch Matsch. Sie sehen ja selbst, was draus geworden ist. Schietdeern!«

Der Beamte entgegnete: »Das war sehr mutig von Ihnen. Für den entstandenen Schaden kommt die Versicherung auf, ich werde einen entsprechenden Vermerk in meinem Bericht machen.«

»Und welche? Die hat doch bestimmt keine, so wie die aussieht.«

»Ihre Firma ist doch sicher für alle Eventualitäten gerüstet, vor allem, wenn Sie solch hochwertige Ladung transportieren«, sagte Schmidt ruhig. »Die Frau muss auf jeden Fall möglichst rasch ins Krankenhaus.«

»Besser in die Klapse«, fluchte der Lkw-Fahrer weiter.

»Vielleicht kommt sie ja dahin«, meldete sich ein anderer zu Wort.

Schließlich wurde die Unbekannte auf eine Trage gelegt, wo sie die Hände über dem Bauch faltete und die Augen schloss, und in den Notarztwagen gebracht. Schmidt und Hellmer folgten.

»Sie ist völlig weggetreten«, sagte einer der Ärzte und sah kurz Hellmer an, während er ihr den Blutdruck maß. »Neunzig zu fünfzig, Puls neununddreißig«, bemerkte er mit sorgenvoller Miene und fügte hinzu: »Ungewöhnlich niedrig. Ihre Atmung ist sehr flach und unregelmäßig. Außerdem hat sie Schweiß auf der Stirn und in den Handflächen. Ich will mich nicht festlegen, aber es ist möglich, dass sie unter der Einwirkung von starken Beruhigungsmitteln steht, bloß bei diesen Werten wäre sie normalerweise gar nicht in der Lage, draußen rumzugeistern. Das ist alles sehr merkwürdig. Wir bringen sie in die Städtischen Kliniken Höchst, hier können wir nichts für sie tun. Da ich nicht weiß, ob beziehungsweise was sie genommen hat, kann ich ihr auch nichts geben.«

»Ist sie verletzt?«, fragte Hellmer, der im hellen Licht des Krankenwagens zum ersten Mal deutlich das Gesicht der jungen Frau sah. Sein Herz schlug für einen Moment schneller.

»Äußerlich ist nichts festzustellen. Ihre Pupillen reagieren nicht auf das Licht meiner Lampe. Und wenn ich sie berühre, zuckt sie nicht zusammen. Reflexe sind ebenfalls nicht vorhanden. Hier, sehen Sie selbst.« Der Notarzt klopfte mit dem Reflexhammer gegen den Ellbogen und das leicht gebeugte Knie. »So etwas findet man normalerweise nur bei multipler Sklerose und anderen Krankheiten, die mit dem Nervensystem zusammenhängen. Mir ist auch nicht erklärlich, wie sie sich in diesem Zustand auf den Beinen hat halten können. Sie müsste wenigstens in irgendeiner Weise reagieren.«

»Und Sie haben so überhaupt keine Erklärung? Nicht mal ansatzweise?«

»Möglich, dass sie unter Schock steht. So oder so, sie muss dringendst in die Klinik. Wie gesagt, wir bringen sie nach Höchst, dort wird man sicherlich herausfinden, was mit ihr los ist. Für mich ist diese Frau ein einziges Rätsel.«

»Hm«, murmelte Hellmer, der den letzten Worten des Arztes kaum noch zugehört hatte, während er die junge Frau unentwegt anschaute. »Wie alt schätzen Sie sie? Zweiundzwanzig?«

»Ja, Anfang, Mitte zwanzig. Draußen sind kaum zehn Grad, und sie läuft im Regen nur mit einem Nachthemd bekleidet über die Autobahn und schwitzt. Ich bin schon seit vierzehn Jahren Arzt, aber so was ist mir bis jetzt nicht untergekommen. Und glauben Sie mir, ich hab schon eine Menge erlebt. Haben Sie den Geruch wahrgenommen?«, fügte er hinzu. »Sie duftet nach Rosen.«

»Ist mir schon vorhin aufgefallen«, bemerkte Hellmer, während er mit seinem Handy Fotos vom Gesicht der jungen Frau machte. »Und sie ist geschminkt, als hätte sie heute Nacht noch etwas vorgehabt.«

»Rosen?«, fragte Schmidt aus Eschborn zweifelnd nach.

»Parfum oder eine Bodylotion vielleicht. Halten Sie mal Ihre Nase an ihren Hals oder ihre Arme«, sagte der Arzt.

Schmidt ging mit seinem Gesicht dicht an den Körper der Unbekannten und meinte: »Stimmt. Das heißt, sie hat vorhin noch gebadet, sich eingecremt, geschminkt und ...«

»Sieht so aus. Und sehen Sie sich ihre Hände an, sehr gepflegt, genau wie ihre Füße. Ich vermute, sie stammt aus guten Verhältnissen.«

Hellmer mischte sich ein: »Sie ist wirklich alles andere als verwahrlost. Hoffentlich kann sie uns bald erzählen, was ihr widerfahren ist. Was könnte denn die Ursache für einen solchen Blackout sein?«

»Da gibt es einige Möglichkeiten. Alkohol, Drogen, eine Schädigung des Gehirns, ein psychischer Defekt oder auch ein Schockerlebnis, das ihr von jetzt auf gleich die Erinnerung ausgelöscht hat. Es gibt zahlreiche belegte Fälle aus Kriegsgebieten, wo Menschen innerhalb weniger Minuten amnestisch wurden. Aber wie gesagt, ihre nicht vorhandenen Reflexe und die Reaktionslosigkeit würden auch das nicht erklären. Und jetzt lassen Sie uns bitte fahren, sie muss umgehend fachärztlich versorgt werden.«

Hellmer und Schmidt sahen noch eine Zeitlang dem Notarztwagen nach, bevor Schmidt sich dem Lkw-Fahrer zuwandte, der erst jetzt das ganze Ausmaß dessen zu begreifen schien, was geschehen war. Er saß auf einem der Zwillingsreifen seines umgekippten Trucks und starrte in die Dunkelheit.

Hellmer betrachtete indes die Fotos, die er gemacht hatte. Das Gesicht kam ihm bekannt vor, ihn hatte eine düstere Ahnung beschlichen, als er die junge Frau im Notarztwagen deutlich erkennen konnte. Sollte das, was er vor wenigen Minuten erlebt hatte, tatsächlich zu einem Fall gehören, der von ihm und seinen Kollegen im Präsidium bearbeitet wurde? Nur hätte er es nie für möglich gehalten, eines Nachts mit einer seit beinahe einem halben Jahr vermissten Person zusammenzutreffen. Und schon gar nicht auf eine solche Weise, mitten auf der Autobahn, während er nach einem überlangen Arbeitstag auf dem Weg nach Hause war. Bewusst hatte er weder Schmidt noch dem Arzt von seiner Vermutung erzählt. Zunächst musste er sich Gewissheit verschaffen.

Als Hellmer wieder in seinem Wagen saß, schickte er die Fotos von seinem Handy dem KDD zu, wo sie mit den Fotos von vermissten Personen verglichen werden sollten – speziell mit einem. Danach rief er Julia Durant an.

»Frank, es ist spät und …«, meldete sich Durant mit müder Stimme.

»Hör zu, ich hab eben etwas absolut Unglaubliches erlebt. Ich schätze, ich habe Jacqueline Schweigert gefunden. Sie ist mir fast vors Auto gelaufen.«

»Was?« Durant war mit einem Mal hellwach.

»Du hast richtig gehört. Ich hab Fotos von ihr gemacht und an die Kollegen geschickt, ich bin mir aber ziemlich sicher, sie ist es.«

»Und wo ist das passiert?«

»Auf der A 66. Die hat ein heilloses Chaos angerichtet, wofür sie aber wohl nichts kann. Ich hab sie erst erkannt, als sie im Krankenwagen lag. Sie war vollkommen orientierungslos und nicht ansprechbar. Sie konnte uns nicht einmal ihren Namen nennen. Und sie duftete nach Rosen.«

»Wo ist sie jetzt?«

»Im Höchster Krankenhaus. Ich wollte nur, dass du Bescheid weißt. Hoffen wir, dass sie überlebt.«
»Ist sie verletzt?«
»Nein, äußerlich nicht. Nicht mal eine Schramme. Wir treffen uns morgen«, dabei sah er auf die Uhr und verbesserte sich, »oder genauer gesagt heute um neun in der Klinik. Einverstanden?«
»Natürlich. Und danke, dass du mir Bescheid gegeben hast.«
»Ich muss auflegen, KDD klopft an. Ciao.«
»Volltreffer. Jacqueline Schweigert«, war der knappe Kommentar von Leitz, der Hellmers erster Partner bei der Kripo gewesen war, bevor er bei der Mordkommission anfing, während Leitz weiter beim KDD seinen Dienst versah, wo er auch die noch verbleibenden fünf Jahre bis zur Pension verbringen würde. »Wie hast du sie gefunden?«
»Lange Geschichte, zu lang für jetzt. Nur so viel – A66, Richtung Wiesbaden, etwa dreihundert Meter vor der Tankstelle, mitten auf der Autobahn. Den Rest kannst du dir von den Kollegen berichten lassen, die vor Ort waren. Danke noch mal und gute Nacht.«
Auf der Fahrt nach Hause ließ er den gesamten Vorgang noch einmal Revue passieren. Jacqueline Schweigert, zweiundzwanzig Jahre alt, Abitur mit achtzehn, Medizinstudentin im sechsten Semester, von ihren Eltern um ein Uhr nachts am neunzehnten Dezember 2006 als vermisst gemeldet. Sie war zur Uni gefahren, hatte an einer Vorlesung teilgenommen und sich hinterher noch mit Kommilitonen getroffen. Am späten Abend hatte sie angeblich die S1 Richtung Wiesbaden genommen und war gegen dreiundzwanzig Uhr am S-Bahnhof Eddersheim ausgestiegen. Aber bereits in Frankfurt hatte sich ihre Spur verloren.
Die Presse hatte noch vor Weihnachten mehrfach über Jacquelines Verschwinden berichtet, ein Foto von ihr war in jeder im Rhein-Main-Gebiet erscheinenden Zeitung abge-

druckt worden, doch niemand konnte etwas über ihren Verbleib sagen. Sie wurde als aufgeschlossene, strebsame, aber auch etwas introvertierte junge Frau beschrieben. Keine Männerbekanntschaften, kein Freund, dafür ein sehr enges Verhältnis zu ihren Eltern, bei denen sie noch wohnte. Der Vater führte ein erfolgreiches, alteingesessenes Familienunternehmen, weshalb die Polizei zunächst von einer Entführung ausging. Doch als auch nach den entscheidenden zweiundsiebzig Stunden noch keine Lösegeldforderung eingegangen war, glaubte niemand mehr an eine normale Entführung, sondern man musste davon ausgehen, dass Jacqueline Opfer eines Gewaltverbrechens geworden war. Und mit jedem weiteren Tag war die Hoffnung geschwunden, sie lebend wiederzusehen.
Aber nun war Jacqueline wieder aufgetaucht – wie aus dem Nichts. Bekleidet nur mit einem weißen Nachthemd, nach Rosen duftend, verwirrt und im wahrsten Sinne des Wortes sprachlos, als hätte ihr jemand die Zunge oder die Stimmbänder herausoperiert.

Im Krankenhaus wurde Jacqueline gründlich untersucht, ergebnislos. Niemand hatte eine Erklärung für den immer noch sehr niedrigen Blutdruck und die flache, unregelmäßige Atmung.
Als ihre überglücklichen Eltern sie in den frühen Morgenstunden am Krankenbett besuchten, erhielten sie keine Reaktion. Kein Aufblitzen in den Augen, nur ein starrer Blick, als wären die Schweigerts wildfremde Menschen. Sie streichelten ihr wieder und wieder über Gesicht und Haare und hielten ihre Hand, doch Jacqueline reagierte nicht. Die Mutter weinte vor Glück, ihre totgeglaubte Tochter wiederzuhaben, der Vater jedoch saß schweigend am Bett.
»Warum erkennt sie uns nicht? Was ist mit ihr passiert?«, fragte Frau Schweigert später mit sorgenvoller Miene den diensthabenden Arzt.

»Sie müssen Geduld haben«, antwortete dieser mitfühlend, »wir gehen davon aus, dass sie ein schweres seelisches Trauma erlitten hat. So etwas kann zu einer vorübergehenden Amnesie und Sprachverlust führen. In der Regel gibt sich das nach ein paar Tagen, manchmal dauert es aber auch Wochen, bis die Patienten ihre Erinnerung wiedererlangen. Und Sie dürfen nicht vergessen, dass Ihre Tochter ein halbes Jahr weg war. Haben Sie bitte Geduld«, betonte er noch einmal. »Unsere bisherigen Untersuchungen haben keine gravierenden körperlichen Schädigungen angezeigt. Ein wenig Sorgen machen uns ihre Leber- und Nierenwerte, aber ich bin sicher, dass wir die Ursache dafür bald finden werden. Wir werden jedenfalls alles in unserer Macht Stehende tun, damit Ihre Tochter bald wieder nach Hause kann.«

Gegen neun Uhr erschienen Julia Durant und ein übermüdeter Frank Hellmer in der Klinik, sprachen erst kurz mit den Eltern und schließlich mit zwei Ärzten, die ihnen aber nicht viel Neues berichten konnten.

Zwei Tage lang wurde Jacqueline zahlreichen Untersuchungen unterzogen, wobei sich herausstellte, dass sowohl die Leber als auch die Bauchspeicheldrüse und die Nieren nach und nach ihre Arbeit einstellten und schon bald auch das Herz angegriffen war. Die Mediziner fanden keine Erklärung dafür und taten alles Menschenmögliche, diesen rasanten Verfall zu stoppen.

Doch alle ärztliche Kunst half nichts, Jacqueline starb am Sonntag, den siebzehnten Juni um 7.11 Uhr. Sie war eingeschlafen und nicht wieder aufgewacht – nur vierundfünfzig Stunden nach ihrem plötzlichen Auftauchen aus dem Nichts. Sie konnte nichts mehr erzählen, nicht, was am späten Abend des achtzehnten Dezember 2006 geschehen war, nicht, wo sie sich während der letzten sechs Monate aufgehalten hatte. Die Geschichte von Jacqueline Schweigert während der letzten sechs Monate ihres Lebens blieb im Dunkeln.

Ihre Eltern, die die ganze Zeit über an Jacquelines Bett ausgeharrt hatten, erlebten den Tod ihrer Tochter hautnah mit. Wie die Geräte, an die sie angeschlossen war, lautstark piepten, wie auf einmal die Nulllinie auf dem Monitor zu sehen war und alle Bemühungen der Ärzte, sie ins Leben zurückzuholen, vergebens blieben.
Die Mutter erlitt einen Nervenzusammenbruch und musste medizinisch versorgt werden, während der Vater sich noch am selben Tag bis fast zur Bewusstlosigkeit betrank. Ihre Tochter war zurückgekehrt und doch wieder gegangen. Diesmal für immer. Und niemand vermochte zu sagen, warum Jacquelines Organe versagt hatten. Auf dem Totenschein stand lapidar: »Multiples Organversagen, Ursache unbekannt.«
Anlässlich der dramatischen Entwicklung im Fall Jacqueline Schweigert wurde vergleichbaren Fällen der letzten Monate noch mehr Aufmerksamkeit gewidmet. Am achten Januar war die sechsunddreißigjährige Apothekerin Karin Slomka von einem Barbesuch nicht nach Hause gekommen. Sie stammte wie Jacqueline Schweigert aus Hattersheim bei Frankfurt, auch hier hatte es weder ein Erpresserschreiben noch eine Geldforderung gegeben. Karin Slomka galt weiterhin als vermisst.
Ende Oktober des vergangenen Herbstes waren der geschiedene Frührentner Detlef Weiß, Mitte November Corinna Peters, Ehefrau und Mutter von vier Kindern, vermisst gemeldet worden. Auch bei diesen Fällen hatte es kein Lebenszeichen und keine Lösegeldforderung gegeben, bis man am fünfzehnten Dezember in einem Gebüsch in der Nähe der Staustufe Griesheim die Leiche von Corinna Peters und am einundzwanzigsten Dezember den toten Detlef Weiß in einem vorwiegend von Joggern und Spaziergängern genutzten Bereich des Frankfurter Stadtwalds fand. Beide Male hatten Hunde die Witterung aufgenommen.
Detlef Weiß trug nur Boxershorts, Corinna Peters war bis auf

einen BH nackt. Der Mann war durch mehrere Messerstiche getötet worden, zudem war ihm die Kehle durchtrennt und die Augen herausgeschnitten worden, zahlreiche Hämatome wiesen auf massive Gewalteinwirkung mit einem stumpfen Gegenstand hin. Die Frau war, wie es Dr. Andrea Sievers von der Gerichtsmedizin ausgedrückt hatte, im wahrsten Sinne des Wortes zu Tode geprügelt worden, wobei ihr Todeskampf mehrere Tage gedauert haben musste und der Täter nicht nur stumpfe Gegenstände und Schneidwerkzeuge, sondern auch die Fäuste benutzt hatte. Dazu war sie auf unvorstellbar grausame Weise im Intimbereich verstümmelt worden, es gab jedoch keinerlei verwertbare Fremd-DNA, da er, sollte er sie vergewaltigt haben, vermutlich ein Kondom benutzt hatte. Seine Folterungen waren mit mehreren abgebrochenen Flaschenhälsen ausgeführt worden, was aus Glassplittern unterschiedlicher Herkunft hervorging, die man in mehreren Körperöffnungen fand. Auch ihr waren die Augen herausgeschnitten und die Kehle durchtrennt worden.
Vor dem Ablegen seiner Opfer hatte der Täter sie gewaschen und ihre Hände und Füße mit einem höchst ungewöhnlichen Knoten zusammengebunden. Weder Andrea Sievers noch Professor Bock, beide erfahrene Rechtsmediziner, hatten je zuvor eine im Genitalbereich derart übel zugerichtete Leiche wie die von Corinna Peters auf den Tisch bekommen.
Alle Fälle wiesen Parallelen auf. Die spärliche Bekleidung, das plötzliche Verschwinden und das phantomhafte Wiederauftauchen. Aber es gab auch gravierende Unterschiede zwischen den sadistisch ausgeführten Morden und den Fällen der zuletzt aufgefundenen Frauen. Nicht nur, dass die Morde in einem Abstand von wenigen Wochen verübt worden waren, den Leichen haftete auch kein besonderer Duft an, außer der nach allmählich verwesendem Fleisch. Insgesamt hatten sich die Leichen jedoch in einem relativ guten Zustand befunden, da es der Jahreszeit entsprechend kühl gewesen war.

Nach Aussage der Rechtsmediziner war Peters bei ihrem Auffinden etwa zwei und Weiß drei Tage tot gewesen.
Und so gab es widersprüchliche Theorien, die eine besagte, es handele sich um denselben Täter, die andere das Gegenteil. Julia Durant jedenfalls mochte nicht ausschließen, es mit ein und demselben Täter zu tun zu haben.
Es wurde davon ausgegangen, dass die ersten Opfer ihrem Peiniger zufällig über den Weg gelaufen waren. Er hatte eine außergewöhnliche Brutalität an den Tag gelegt, das über ihn erstellte psychologische Profil wies ihn als Sadisten mit abnormer krimineller Energie aus, der aber planvoll vorgegangen war. Keine Erklärung hatte man bislang dafür, warum er seinen Opfern die Augen herausgeschnitten und was es mit dem ungewöhnlichen Knoten auf sich hatte. Es blieb die Angst, es könne sich um einen Ritualmörder handeln, der jederzeit wieder zuschlagen könnte.
Jacqueline Schweigert hingegen waren nach äußerem Augenschein keine körperlichen Schmerzen zugefügt worden, sie schien auch nicht missbraucht worden zu sein, was durch die rechtsmedizinische Untersuchung aber erst noch belegt werden musste.
Dieses Tatmuster wies auf zwei unterschiedlich geartete Täter hin. Ersterer ließ seiner Morstlust oder was immer ihn auch antrieb freien Lauf, was der andere beabsichtigte, war noch nicht abzusehen, manche der Soko-Beamten, unter ihnen Julia Durant, bezeichneten es als Spiel. Aber um was für ein Spiel handelte es sich? Und was hatte er mit Jacqueline Schweigert gemacht? Warum war sie trotz aufwendigster medizinischer Betreuung gestorben, und warum zuckten die Ärzte nur hilflos die Schultern, wenn man sie nach der wahren Todesursache befragte? Multiples Organversagen konnte viele Ursachen haben, doch sie hatten keine der bekannten gefunden. Sie konnten auch keine Substanz nachweisen, die diese junge Frau das Leben gekostet hatte. Es war ein Rätsel:

Keine ansonsten kerngesunde Zweiundzwanzigjährige starb plötzlich an multiplem Organversagen. Keine junge Frau verschwand mir nichts, dir nichts und tauchte ein halbes Jahr später vollkommen verwirrt wieder auf.
Vielleicht würden die Rechtsmediziner noch fündig, doch Julia Durant hegte wenig Hoffnung. Vielleicht hätten sie etwas finden können, wären sie sofort nach Jacquelines Einlieferung ins Krankenhaus von den dortigen Ärzten hinzugezogen worden. Möglicherweise würden sie aber doch noch etwas isolieren können, ein nur schwer nachweisbares Gift beispielsweise.
Die Sonderkommission vom K 11 in Frankfurt unter Leitung von Julia Durant stellte dieser Fall vor die größte Herausforderung, mit der sie bisher konfrontiert worden war. Ab sofort würden die Beamten mit noch größerem Einsatz an der Aufklärung des mysteriösen Verschwindens und des noch mysteriöseren Todes der drei arbeiten, obwohl man in nunmehr fast achtmonatiger Ermittlungsarbeit keine nennenswerten Erkenntnisse gewonnen hatte. Die Opfer hatten sich nicht gekannt, stammten aus gesicherten sozialen Verhältnissen, lebten relativ unauffällig, hatten weder Vorstrafen noch finanzielle Probleme und waren gut in die Gesellschaft integriert.
Corinna Peters, die mit ihrer Familie in einem Reihenhaus in Frankfurt-Berkersheim gewohnt hatte, war nach Aussage ihres Mannes, ihrer Eltern, Geschwister und Freunde glücklich verheiratet gewesen, die Recherchen erbrachten auch keinen Hinweis auf eine Affäre. Vierunddreißig Jahre alt, etwas über ein Meter sechzig groß, schlank und sehr gepflegt, das Haus in Schuss, die Kinder im Alter zwischen dreizehn und vier Jahren wohlerzogen, der Ehemann Leiter einer Sparkassenfiliale. Eine sympathische Durchschnittsfamilie mit guten Kontakten zu den Nachbarn.
Detlef Weiß hatte in einem Mehrfamilienhaus in Frankfurt-Seckbach gewohnt, das ihm gehörte. Ein Arbeitsunfall, bei

dem ihm der rechte Unterarm abgetrennt worden war, hatte ihn zum Frührentner gemacht, zum Zeitpunkt des Unfalls war er achtunddreißig Jahre alt, bei seinem Verschwinden einundvierzig. Neben dem Haus, in dem er gelebt hatte, besaß er noch drei weitere Häuser im Rhein-Main-Gebiet und war finanziell abgesichert. Er wurde als freundlicher und kulanter Vermieter beschrieben, der ein ruhiges und zurückgezogenes Leben führte, das er vorwiegend in seinem zweihundert Quadratmeter großen Luxusloft verbrachte. Er war geschieden, hatte zwei unterhaltspflichtige Kinder und lebte allein. Ein Jahr nach seinem Unfall hatte ihn seine Frau mit den Kindern verlassen und lebte seitdem in Straßburg. Er überwies jeden Monat pünktlich die Alimente für seine Exfrau und die Kinder und hatte auch nach der Scheidung noch guten Kontakt zu seiner Familie. Weitere Kontakte beschränkten sich auf einen Freund, demzufolge Weiß seit seiner Scheidung keine feste Beziehung mehr eingegangen war. Er hatte weder Eltern noch Geschwister. Bei der Durchsuchung des Lofts fanden sich Belege, dass er Stammgast in einem Nobelbordell im Frankfurter Osten gewesen war, wo man ihn durchweg als großzügigen und gerngesehenen Kunden beschrieb. Aber auch die Befragung des dortigen Personals erbrachte keine verwertbaren Erkenntnisse über Detlef Weiß, obwohl er unmittelbar vor seinem Verschwinden in besagtem Bordell gewesen war. Nach Verlassen des Hauses gegen drei Uhr in der Nacht verlor sich seine Spur.

Karin Slomka hatte bis zu ihrem Verschwinden mit ihrer Mutter und ihrem siebenjährigen Sohn in einem Bungalow in Hattersheim gelebt. Neben ihrer Arbeit in einer Apotheke in Flörsheim hatte sie sich der Kunst verschrieben, malte Aquarelle, spielte in einem Kammerorchester Geige und schrieb Kurzgeschichten, für die sich bisher noch kein Verleger gefunden hatte. Sie joggte mindestens dreimal in der Woche je anderthalb Stunden und besuchte regelmäßig ein Fitnessstudio nur für Frauen in Hofheim, wo sie als zurückhaltend und kontaktscheu galt. Sie kam, absolvierte ihre Übungen und fuhr wieder nach Hause. Ihre Chefin beschrieb Karin Slomka als freundlich und strebsam, über ihr Privatleben konnte sie nichts berichten. Montags ging sie regelmäßig nach der Probe mit zwei Bekannten aus dem Orchester in eine Bar im Frankfurter Westend, wo sie sich in der Regel bis gegen dreiundzwanzig Uhr aufhielt. Von hier kehrte sie eines Nachts nicht nach Hause zurück. Die beiden Frauen, die mit ihr in der Bar gewesen waren, waren ausgiebig befragt worden, doch keine konnte etwas über ihren Verbleib sagen. Ihre Mutter und auch die Freundinnen sagten jedoch übereinstimmend aus, dass sie den Tod ihres Mannes nie verwunden hatte, zwei Jahre lang hatte sie mit ansehen müssen, wie der Krebs seinen noch jungen Körper zerstörte, förmlich auffraß, bis er kurz vor seinem dreißigsten Geburtstag starb. Das war kaum drei Jahre her.

Sie wurde zuletzt gesehen, als sie am achten Januar gegen 23.15 Uhr in ihren Audi TT einstieg. Der Wagen wurde zwei Tage nach ihrem Verschwinden nur wenige hundert Meter entfernt in einer Tiefgarage gefunden. Wie er dorthin gekommen war, blieb bis heute ein Rätsel.

Karin Slomka und Jacqueline Schweigert, zwei Frauen aus Hattersheim, wobei der Wohnort die einzige Gemeinsamkeit zu sein schien. Sie hatten sich nicht gekannt, so viel glaubte man zu wissen.

Vier unbescholtene Bürger, vier Vermisstenanzeigen, drei Tote. Und nicht der geringste Hinweis auf den oder die Täter. Und über allem die Besorgnis, er oder sie könnten wieder zuschlagen.

Der Sadist, wie er von den Beamten der Soko genannt wurde, hatte seit seinem letzten Mord im Herbst stillgehalten, es gab auch im restlichen Deutschland keine vergleichbaren Taten. Hatte er mit dem Morden aufgehört? Wie die hinzugezogenen Kriminalpsychologen erklärten, hielten sie dies für nahezu ausgeschlossen, da ein psychisch und emotional derart gestörter Täter nie zur Ruhe käme. Manche dieser Täter, so behaupteten sie, nähmen sich eine Auszeit, bevor sie wieder mit dem Morden begannen. Einer verglich es mit einem erdbebengefährdeten Gebiet, bei dem der Zeitpunkt des nächsten schweren Bebens nicht vorausberechnet werden könne, man könne nur sagen, dass es irgendwann zum großen Knall kommen würde.

»Er schlägt wieder zu, nur wann und wo, das kann keiner sagen«, bemerkte einer von ihnen, und Julia Durant wusste, dass er recht hatte. Wenn ein solcher Täter den unverwechselbaren Geruch von Blut und Tod einmal eingesogen habe, wolle er diesen Geruch immer und immer wieder in sich einsaugen, das hatte ihr vor Jahren ein von ihr festgenommener Mörder gestanden. Und sie wollten die Macht über ihre Opfer weiter auskosten, bis zu dem Moment, wo sie einen Fehler machten und der Polizei ins Netz gingen. Diese Täter hörten erst auf, wenn sie gefasst und für den Rest ihres Lebens weggesperrt waren.

Täter Nummer zwei (sofern es einen zweiten gab) war hingegen noch nicht einzuschätzen, dazu gab es viel zu viele offene Fragen. Karin Slomka und Jacqueline Schweigert waren einfach von der Bildfläche verschwunden, doch Jacqueline war wieder aufgetaucht und nur kurze Zeit später gestorben, woran, das wusste man nicht und würde es vielleicht auch nie herausfinden. Es gab nur einen einzigen kleinen Hinweis – der besondere Duft, den Jacqueline Schweigert verströmt hatte. Rosen. Vor ihrem Auftauchen auf der Autobahn schien sie mit einer intensiven Körperlotion eingerieben worden zu sein. Oder sie hatte es selbst gemacht, doch angesichts des völlig weggetretenen Zustands, in dem sie aufgefunden wurde, hielt man dies für unwahrscheinlich.

Die brutalen Morde wurden einem soziopathischen Triebtäter zugeschrieben, während die vermutliche Entführung von

Karin Slomka und die ebenfalls noch nicht eindeutig bewiesene von Jacqueline Schweigert eine andere Handschrift aufwiesen. Doch bereits jetzt sprach man von einem besonders perfiden Täter, der den bis jetzt perfekten Mord begangen hatte. Und er würde es wieder tun, mehr noch, er schien ein Spiel mit der Polizei begonnen zu haben. Jemand, der überzeugt war, unbesiegbar zu sein und perfekt zu morden, litt entweder unter Größenwahn – oder er war tatsächlich perfekt. Die Kriminalpsychologen stuften den Täter als weit überdurchschnittlich intelligent ein, als einen Menschen, der sich seiner Fähigkeiten bewusst war, aber auch als jemanden, der im normalen Leben keine herausragende Rolle spielte. Man ging von dem unscheinbaren, netten Nachbarn von nebenan aus, dem man niemals ein Verbrechen zutrauen würde, schon gar keinen Mord. Der sich mit den anderen in seiner Straße gut verstand, liebevoll mit seiner Frau und den Kindern umging und sich nie das Geringste hatte zuschulden kommen lassen.
Aber hatte er überhaupt gemordet? Nichts deutete bei Jacqueline Schweigert auf äußere oder innere Gewalteinwirkung hin. Und wenn er ein Gift verwendet hatte, dann eines, das schon kurz nach der Verabreichung nicht mehr nachweisbar war. Solche Gifte gab es zur Genüge, wie Bock und Sievers erklärten.
Auf keine der unzähligen Fragen der Sonderkommission gab es eine zufriedenstellende Antwort. Alles basierte seit einem guten halben Jahr auf Vermutungen. Und es gab nichts, was eine ohnehin nicht sehr geduldige Julia Durant wütender machte, als über viele Monate hinweg auf der Stelle zu treten. Vier Vermisstenfälle, drei Tote und keine Erklärungen.
Die Presse – allen voran eine Boulevardzeitung – wurde immer fordernder, sie verlangte angeblich im Auftrag der Öffentlichkeit Ergebnisse. Einige Journalisten überboten sich

an Dreistigkeit, und es schien, als warteten sie nur darauf, ihre Zelte im Präsidium aufschlagen zu können, um den erlösenden Moment der Festnahme des Mannes oder der Männer live mitzuerleben und gleich davon zu berichten. Doch seitens der Staatsanwaltschaft war eine umfassende Informationssperre verhängt worden, um die Ermittlungen nicht zu behindern.

Alle Mitglieder der seit dem Wochenende auf zwanzig Mann aufgestockten Soko schoben Überstunden um Überstunden, um am Ende jedes Tages ernüchtert festzustellen, dass man wieder einmal keine verwertbaren Ergebnisse vorzuweisen hatte.

Mit wem hatte Jacqueline Schweigert Kontakt gehabt, nachdem sie in Eddersheim aus der S-Bahn gestiegen war? Man wusste ja noch nicht einmal sicher, ob sie die Bahn dort verlassen hatte. Niemand hatte sie auf dem Bahnhof gesehen, niemand auf dem Weg zum Haus. Trotz mehrfacher Aufrufe über die Medien hatte sich bis jetzt auch niemand gemeldet, der die junge Frau in der S-Bahn gesehen hatte. Nichts deutete auf heimliche Kontakte hin, nichts auf eine heimliche Liebschaft, dazu war sie zu verantwortungsbewusst gewesen. Sie war eine ganz normale junge Frau, deren Konzentration allein ihrem Studium gegolten hatte. Kein Partner, nicht einmal eine kurzfristige Affäre. Der einzige feste Freund, den sie in ihrem kurzen Leben gehabt hatte, war ein junger Mann gewesen, mit dem sie aber bereits vor Beginn ihres Studiums Schluss gemacht hatte. Er lebte längst in einer neuen Beziehung, hatte eine kleine Tochter und seit drei Jahren keinen Kontakt mehr zu Jacqueline Schweigert gehabt.

Warum hatten ihre Organe versagt? Warum war sie im Nachthemd gewesen, als sie gefunden wurde? Was hatten der oder die Täter mit ihr gemacht? Unzählige Fragen und nicht eine Antwort.

Montag, 18. Juni, 10.00 Uhr

Am Tag nach Jacqueline Schweigerts Tod suchten Julia Durant und Frank Hellmer noch einmal die Eltern auf. Der Vater war wieder einigermaßen nüchtern, die Mutter hingegen schien kaum wahrzunehmen, was um sie herum vorging. Anfangs lief sie ziellos im Wohnzimmer herum und redete wirres Zeug, bis sie sich auf einmal in einen Sessel kauerte, keinen Laut mehr von sich gab und dumpf vor sich hin starrte. Offensichtlich stand sie unter starken Beruhigungsmitteln.

»Es tut uns leid, was mit Ihrer Tochter passiert ist. Wir hatten auch inständig gehofft, dass sie uns sagen könnte …«

Herr Schweigert schüttelte nur den Kopf und unterbrach Durant mit einer schnellen Handbewegung: »*Wir* haben gehofft und gehofft und gehofft. Sechs verdammte Monate lang haben wir nichts als gehofft. Und dann ist Jackie wieder da, aber sie hat uns nicht einmal erkannt. Was hat dieses verdammte Schwein mit ihr gemacht? Das kann doch nur ein krankes Hirn sein, das sich so was ausdenkt. Oder? Sie sind doch die Profis, Sie wissen doch, was sich in solchen perversen Köpfen abspielt! Sagen Sie's mir.« Dabei sah er Durant an, als erwarte er von ihr eine befriedigende Antwort.

»Wir wissen ja nicht einmal, wo sie sich aufgehalten hat …«

»Aufgehalten!«, stieß er bitter hervor. »Das hört sich an, als hätte sie sich in den letzten Monaten rumgetrieben und vergnügt. Oder als hätte sie Urlaub gemacht.« Seine Augen wurden zu glühenden Kohlen, als er aufsprang und plötzlich losbrüllte, während seine Frau nur weiterhin stumm dasaß: »Hören Sie, unsere Tochter ist am Abend des achtzehnten Dezember um kurz nach halb elf in Frankfurt in die S-Bahn gestiegen und bis Eddersheim gefahren. Aber das steht ja alles in Ihren Akten. Sie ist immer, ich betone: immer, mit der S-Bahn zur Uni gefahren und mit der S-Bahn auch wieder nach Hause gekommen. Von der Station bis zu unserem Haus sind es zu Fuß keine fünf Minuten …«

»Niemand hat gesehen, wie Ihre Tochter in die S-Bahn gestiegen ist«, bemerkte Hellmer behutsam.

»Was, verdammt noch mal, soll sie denn sonst gemacht haben? Vielleicht ein bisschen durchs Rotlichtviertel streifen und ein paar Hurenböcke aufgabeln oder …« Unwirsch winkte er ab. »Warum sollte sie ausgerechnet am Abend ihres Verschwindens nicht mit der S-Bahn gefahren sein? Sie ist immer mit der Bahn gefahren, immer, immer, immer! Wie oft soll ich das noch wiederholen? Und sie hatte ihre festen Zeiten, und an die hat sie sich auch immer gehalten. Verstehen Sie – immer!«

»Das glauben wir Ihnen doch auch, aber Sie wissen selbst, manchmal gibt es Ausnahmen«, warf Durant ein.

»Bei andern vielleicht, aber nicht bei Jacqueline. Haben Sie sich die Überwachungsbänder der S-Bahn-Stationen wirklich genau angesehen?«

»Das haben wir, und zwar mehr als ein Mal, unsere Spezialisten haben sie mit den modernsten Methoden überprüft, ohne Ihre Tochter …«

»Gewäsch! Nichts als Gewäsch!«

»Herr Schweigert, wir haben Ihnen mehrfach gesagt, dass auf keinem dieser Bänder Ihre Tochter zu erkennen ist. Deshalb müssen wir auch, und auch das haben wir bereits versucht, Ihnen zu erklären, eine andere Möglichkeit in Betracht ziehen. Es tut mir leid, aber es ist immerhin möglich, dass Ihre Tochter ausgerechnet am achtzehnten Dezember nicht die Bahn genommen hat. Vielleicht hat sie sie ja verpasst.«

»Warum hätte sie das tun sollen?«, brüllte er noch lauter. »Dann sehen Sie sich diese verdammten Bänder eben noch mal an! Irgendwo muss sie zu sehen sein. Geben Sie mir die Bänder, ich werde schon was finden.«

»Das geht leider nicht. Aber ich versichere Ihnen, wir haben sie zigmal angesehen. Unsere Techniker haben jedes Detail

überprüft, sie haben Vergrößerungen angefertigt ... Ihre Tochter ist auf keinem einzigen Band zu sehen. Wir haben auch Vergleichsbänder analysiert, auf denen Ihre Tochter klar und deutlich zu erkennen ist. Aber das hatten wir Ihnen doch alles schon etliche Male zu erklären versucht.«
Schweigert hielt sich mit beiden Händen den Kopf und stieß hervor: »Ich kann das nicht glauben, egal, wie oft Sie das sagen. Sie ist mit der S-Bahn gefahren wie jeden Abend. Sie ist hier am Bahnhof ausgestiegen, und da muss sie ihrem Entführer in die Arme gelaufen sein. Es gibt doch keine andere Erklärung, oder?«
»Bis jetzt nicht, wir hoffen jedoch, eine zu finden.«
»Wissen Sie, diese Gegend galt bisher als ziemlich sicher ... Obwohl sie ein eigenes Auto hatte, fand sie es bequemer, mit der Bahn zu fahren, statt ständig einen Parkplatz suchen zu müssen. Na ja, Sie wissen ja, wie das in Frankfurt ist. Sie hatte sich mit drei Kommilitonen getroffen ... Ach, was rede ich, lesen Sie den ganzen Kram doch nach. Gehen Sie und suchen Sie diesen verfluchten Schweinehund, der ihr und uns das angetan hat. Und dann lassen Sie mich mit ihm für eine halbe Stunde allein.«
Er weiß nicht, was er sagt, dachte Durant und vermied den Blickkontakt mit Schweigert, sie wollte sich nicht anmerken lassen, was sie fühlte und dachte. »Sie wissen, dass das nicht zulässig ist.«
»Ja, leider«, antwortete er bitter. »Ich kann inzwischen gut verstehen, dass jemand die Sache selbst in die Hand nimmt, denn mir ist danach, dieses Dreckschwein umzubringen. Und zwar ganz langsam. Genau so, wie er es mit Jackie gemacht hat. Zum Schluss würde ich ihm seine Eier ins Maul stopfen.«
»Ich kann Sie verstehen«, sagte Hellmer mit ruhiger Stimme.
»Quatsch, nichts können Sie! Haben Sie schon mal eine Tochter verloren, die Ihnen mehr bedeutet hat als Ihr eigenes Leben? Haben Sie das?«

»Nein.«
»Also, dann hören Sie auf mit diesem Geschwätz. Sie war unser Ein und Alles. Und glauben Sie mir, wir haben uns immer um sie gesorgt. Bei all diesen verrückten Typen, die draußen rumlaufen und Kinder und Frauen umbringen. Jackie war unser Leben, und das ist uns jetzt genommen worden. Das werden Sie nie verstehen.«
Hellmer entgegnete nichts darauf, er dachte nur an seine beiden Töchter Stephanie und Marie-Therese.
»Haben Sie Kinder?«, fragte Schweigert, während er sich ein Glas Wasser einschenkte.
Durant schüttelte den Kopf, Hellmer nickte.
»Hm, dann passen Sie gut auf sie auf. In dieser Welt ist kein Kind mehr sicher, auch wenn dieses Kind schon zweiundzwanzig Jahre alt ist. Wie heißt es so schön: Das Böse ist immer und überall. Und jetzt möchte ich Sie bitten zu gehen, wir haben Ihnen nichts mehr zu sagen.«
Durant und Hellmer wurden zur Tür begleitet, verabschiedeten sich und spürten Schweigerts Blick in ihrem Rücken.
»Ich kann es einfach nicht verstehen«, sagte Durant, als sie wieder im Auto saßen. »Was, verdammt noch mal, ist bloß mit ihr passiert? Was, was, was?« Sie strich sich verzweifelt mit einer Hand durchs Haar, das sie in den letzten Monaten hatte wachsen lassen und das ihr jetzt bis über die Schultern fiel. »Wenn sie, wie Schweigert behauptet, immer die Bahn genommen hat, warum ausgerechnet am achtzehnten Dezember nicht? Wen hat sie getroffen oder wem ist sie begegnet, dass sie es nicht getan hat? Vielleicht hat sie sie einfach verpasst. So, wie sie uns geschildert wurde, war sie zurückhaltend und distanziert. Sie wäre doch zu niemandem ins Auto gestiegen, wenn sie denjenigen nicht gut kannte, oder? Und was ist dann mit ihr geschehen?«
»Ich hatte doch auch gehofft, dass die Kleine überlebt und uns irgendwann erzählen kann, was am achtzehnten Dezem-

ber passiert ist, wo sie war und was man mit ihr gemacht hat. Julia, wir sind im Augenblick machtlos …«
»Und das ist genau das, was ich so hasse! Irgendwo da draußen läuft ein Wahnsinniger rum, und wir haben nicht den leisesten Schimmer, wann er sich sein nächstes Opfer krallt. Das macht mich rasend. Ich kann Schweigert verstehen, dass er den Kerl am liebsten umbringen würde. Und wenn es das Gesetz nicht verbieten würde, ich würde ihn gerne mal mit dem Saukerl allein lassen. Ich glaub, ich brauch 'ne Zigarette. Kannst du einen kleinen Umweg fahren? Richtung Höchst, Kurmainzer Straße?«
»Warum?«
»Einfach so. Ich will eine rauchen und …«
»Du hast doch damit aufgehört«, entgegnete Hellmer.
»Ach ja, hab ich das?«
Hellmer nahm die Ausfahrt beim Main-Taunus-Zentrum, fuhr die Königsteiner Straße hinunter, bog mehrfach ab und hielt schließlich vor dem Friedhof.
»Und jetzt?«, fragte er.
»Gehen wir doch ein Stück in den Park, ich war ewig nicht hier. Wir qualmen eine und vergessen für einen Augenblick die Arbeit.«
»Du und die Arbeit vergessen?«, fragte er und zog die Stirn in Falten, sein Blick sprach Bände.
»Du hast recht, das kann ich nicht«, sagte Durant, holte die Schachtel aus ihrer Tasche und hielt sie Hellmer hin. »Die hab ich mir vor vier Tagen gekauft, und es sind immerhin noch sechs drin. Ich hab nicht so ganz aufgehört, aber die zwei oder drei pro Tag …«
»Du brauchst dich nicht vor mir zu rechtfertigen. Bei mir ist's und bleibt's eine ganze Schachtel. Ich hab mir abgewöhnt, damit aufhören zu wollen, es klappt eh nicht.«
Sie gingen in den Höchster Stadtpark, setzten sich auf eine Bank und rauchten für einen Moment schweigend. Jetzt am

Vormittag hielten sich nur wenige Menschen hier auf. Ein paar Jogger, der eine oder andere einsame Spaziergänger. Die Sonne schien von einem beinahe wolkenlosen Himmel, und wenn die Prognosen stimmten, würde es in den kommenden Tagen deutlich wärmer werden.

»Frank«, sagte Durant nach einer Weile, ohne ihn anzusehen, »wir quälen uns seit Dezember oder genau genommen seit Oktober mit diesen Fällen herum, ohne auch nur den Ansatz einer Lösung zu sehen. Ich habe Angst, dass uns allen das Ganze über den Kopf wächst, wenn du verstehst, was ich meine ...«

»Nein, erklär's mir.«

»Wir haben noch immer nichts in den Händen, wir rackern uns ab wie die Bekloppten, wir schieben Überstunden ohne Ende und treten doch auf der Stelle. Ich hab die Schnauze voll bis oben hin. Und die Sprüche unserer Psychoheinis hängen mir allmählich auch zum Hals raus.«

»Und? Was willst du machen? Wir erledigen unsern Job, so gut es geht, mehr ist nun mal nicht drin.«

»Tun wir das wirklich?«

»Was? Meinst du vielleicht, wir machen nicht genug?«

»Nein, ich denke nur, dass wir die ganze Zeit etwas ganz Wesentliches übersehen haben, aber ich weiß nicht, was. Du weißt ja, manchmal sieht man den Wald vor lauter Bäumen nicht. Ich wandle das jetzt mal ab und behaupte, wir sehen das große Ganze vor lauter Details nicht. Jemand, der solche Verbrechen begeht, ringt normalerweise um Aufmerksamkeit. Warum unser Täter nicht? Er sucht nicht den Kontakt zu uns, er meldet sich nicht, er bleibt ein Phantom. Und genau das will und kann ich nicht glauben. Ich kann mir nicht vorstellen, dass es ausgerechnet bei unserm Täter anders sein soll. Es widerspricht sämtlichen Gesetzen der Kriminalistik. So einer sucht doch den Kontakt zu uns oder den Medien. Warum er nicht? Oder tut er's, und wir haben's nur noch nicht gemerkt?«

»Wir hätten's gemerkt, da kannst du aber sicher sein.«
»Also gut. Nehmen wir noch mal die Slomka und die Schweigert. Wer hat sie entführt ...«
»Stopp«, wurde sie von Hellmer unterbrochen. »Lass uns diese Diskussion nicht hier führen, die anderen sollten schon dabei sein.«
»Wir haben doch schon unendliche Diskussionen geführt und uns die Köpfe heißgeredet, ohne dass etwas dabei herausgekommen wäre. Nur ganz kurz, bitte. Wenn wir beide allein Sachen durchgekaut haben, sind wir oft auf etwas gestoßen.«
»Meinetwegen. Aber gleich ein Einwand. Ich bin bis jetzt nur davon überzeugt, dass die Slomka und die Schweigert von ein und demselben Mann entführt wurden. Bei dir klingt es so, als wäre derjenige auch für die beiden Morde an Weiß und Peters verantwortlich.«
»Nein, so hab ich das nicht gemeint«, entgegnete Durant leise.
»Doch, hast du. Warum glaubst du entgegen der Meinung unserer Experten, dass er erst die beiden Morde begangen hat und dann auf eine sanftere Methode umgestiegen ist?«
»Keine Ahnung, nur ein Gefühl. Frank, du kennst mich und weißt, dass ich dieses Gefühl nie erklären kann. Es ist einfach da.« Nach kurzem Überlegen fügte sie hinzu: »Mein Bauch sagt mir, er hat mit zwei Morden angefangen und sich dann etwas anderes einfallen lassen. Etwas, das am Ende vielleicht sogar noch grausamer ist.«
»Okay, das ist deine Meinung, und die respektiere ich. Und nun schieß los.«
»Slomka und Schweigert. Wer hat sie entführt? Wie ist es dazu gekommen? Kannte er die Frauen vorher? Oder sind sie ihm zufällig über den Weg gelaufen? Wo hat er sie gefangen gehalten beziehungsweise hält er seine Opfer gefangen? Und warum hat er die Schweigert wieder freigelassen? Oder hat sie sich befreien können, was ich allerdings für sehr unwahrscheinlich halte? Hat er gewusst, dass sie kurz darauf sterben würde?

Oder hat er es gar geplant? Wenn ja, dann ist es so ziemlich das Perfideste, was mir jemals untergekommen ist. Und was ist sein Motiv? Jeder Täter hat ein Motiv, und wenn es nur ein Trieb ist, den er durch seine Tat befriedigen kann. Wenn er sich wenigstens mal melden würde. Aber nein, er kidnappt zwei Frauen und ...«

»Das ist doch überhaupt nicht bewiesen«, widersprach Hellmer und drückte seine Zigarette mit der Schuhspitze aus.

»Was?«

»Dass er sie gekidnappt hat. Ich schließe mich da eher der Meinung unserer Kollegen an, nämlich dass er die Slomka und die Schweigert dazu gebracht hat, freiwillig mit ihm zu gehen. Ein Kidnapping geschieht grundsätzlich ohne Einverständnis des Opfers und meist mit Gewalt. Nehmen wir doch mal an, dass er die Slomka und die Schweigert doch kannte und ihr Vertrauen erschlichen hat. Diese Möglichkeit haben wir schon einige Male in Betracht gezogen. Du weißt, die Schweigert wies keinerlei Spuren von Misshandlung oder körperlicher Gewalt auf. Und sie hat laut ihren Eltern nur unwesentlich an Gewicht verloren. Zudem wirkte sie sehr gepflegt. Für mich bedeutet das, dass er sie gut behandelt hat. Das sollte uns zu denken geben, meinst du nicht?«

Julia Durant sah auf den hellen, von unzähligen Füßen festgetretenen Boden aus Erde, Sand und winzigen Steinchen und antwortete: »Das ist es ja, was mich so irritiert. Woran ist die Kleine gestorben? Und warum hat sie ihre Sprache und ihr Erinnerungsvermögen verloren? Die hat ihre Eltern doch angeschaut, als wären sie Aliens. Was ist bloß mit ihr passiert?«

»Auch das werden wir hoffentlich noch herausfinden. Sie hat nicht nur ihre Eltern nicht erkannt, alles und jeder schien ihr total fremd zu sein. Als wäre sie von einem andern Stern auf die Erde gekommen, ohne eine Möglichkeit zu haben, sich mit uns zu verständigen. Halt mich jetzt nicht für verrückt, aber ich könnte mir vorstellen, dass sie einer Art mentalen

Folter unterzogen wurde, vielleicht vergleichbar mit dem Vorgehen einer gewissen Sekte, der auch berühmte Schauspieler angehören, wo die Leute richtiggehend umgedreht werden, wenn auch nicht in einem solchen Ausmaß. Wir haben doch schon von Methoden der Gehirnwäsche gehört, wo die Betroffenen hinterher nicht mal mehr ihren eigenen Namen kannten.«

»Ich weiß, dass es so was gibt. Und trotzdem fällt es mir schwer zu glauben, dass unser Täter solche Methoden anwendet. Dann müsste er doch entsprechend ausgebildet sein. Mir wird ganz anders, wenn ich darüber nachdenke, dass die Slomka in seiner Gewalt ist. Wo ist sie? Bei dem, der die Schweigert auf die Autobahn geschickt hat? Und wenn, wo hält er sie gefangen? Du kannst ja nicht völlig unbemerkt zwei fremde Menschen einsperren, ohne dass die Nachbarn etwas davon mitbekommen. Es sei denn, er hat ein freistehendes Haus, lebt allein und hat auch sonst kaum Kontakt zur Außenwelt.«

»Das sehe ich anders. Denk doch nur mal an den Fall Kampusch. Ihr Entführer hatte sehr wohl Kontakt nach außen, und keiner dieser Kontakte wusste angeblich etwas von seinem Doppelleben, was ich im Übrigen bezweifle. Und ich möchte nicht wissen, wie viele Fälle dieser Art es noch gibt. Ich halte nichts für ausgeschlossen, solange nicht das Gegenteil bewiesen ist. Und jetzt lass uns fahren, es hat in meinen Augen wenig Sinn, wenn wir hier Fragen stellen, ohne dass die anderen dabei sind.«

Sie erhoben sich von der Bank, Hellmer steckte sich noch eine Zigarette an, und Durant sagte: »Ich frage mich, wann wir ihn fassen. Manchmal ertappe ich mich dabei, dass ich daran zweifle, ob wir ihn überhaupt fassen.«

»Jeder Verbrecher macht früher oder später einen Fehler«, erwiderte Hellmer lakonisch.

»Hm, fragt sich nur, ob schon bald oder erst, wenn ich in Pension bin.«

»Du hast noch zwanzig Jahre vor dir, also red nicht so einen Stuss.«
»Die Zeit vergeht schnell, viel zu schnell«, seufzte sie. »Ich bin wohl doch reif für die Insel.«
»Südfrankreich«, bemerkte Hellmer trocken. »Du darfst ja bald fahren. Und komm jetzt bloß nicht auf die Idee, wegen dieser Sache hierzubleiben. Sonst verfrachte ich dich persönlich ins Flugzeug.«
»Ist ja gut.«

Dienstag, 11.55 Uhr

Es war Mittag, als sie im Büro eintrafen. Berger und die anderen Kollegen saßen hinter ihren Schreibtischen, Doris Seidel telefonierte, Kullmer tippte etwas in den Computer ein und starrte dabei angestrengt auf den Monitor.
Durant und Hellmer erstatteten einen kurzen Bericht über den Besuch bei den Schweigerts, ohne von Berger unterbrochen zu werden, er stellte auch keine Fragen. Als sie in ihre Büros gehen wollten, hielt er sie zurück.
»Nicht so hastig. Ich habe eine Neuigkeit für Sie. Wir erhalten Unterstützung vom BKA ...«
»Hab ich das eben richtig verstanden?«, entfuhr es Durant. »Wir bekommen Unterstützung vom BKA?«
»Jetzt tun Sie nicht so erstaunt, oder wie soll ich Ihren Gesichtsausdruck deuten?«
»Na ja, normalerweise halten die sich doch vornehm zurück, wenn wir sie um etwas bitten. Kooperation in Mordfällen ist nicht unbedingt deren Stärke.«
»Frau Durant, ersparen Sie mir bitte Ihre Vorurteile. Zum Wesentlichen: Dr. Holzer vom BKA wird zu uns stoßen. Er hat sich nach den jüngsten Vorfällen angeboten, uns bei den Ermittlungen mit seinem umfangreichen Fachwissen zur

Seite zu stehen. Aufgrund eines andern Falles ist er diese Woche noch unabkömmlich, wird uns jedoch ab kommenden Montag mit aller Kraft unterstützen.«

»Was für eine Ehre. Der große Thomas Holzer begibt sich in die Niederungen des Frankfurter PP«, bemerkte Hellmer nicht ohne einen ironischen Unterton.

»Was haben Sie gegen ihn?«, fragte Berger stirnrunzelnd. »Wir kommen seit Monaten keinen Schritt voran, und nun haben wir dieses phantastische Angebot bekommen, das wir nicht ausschlagen sollten. Sie müssen doch zugeben, dass wir jede Unterstützung gebrauchen können.«

»Schon«, gab Hellmer zu, »aber Holzer ist bekannt dafür, dass er keine Meinung außer seiner eigenen gelten lässt. Dabei hat er kaum halb so viele Dienstjahre auf dem Buckel wie unsereins.«

»Herr Hellmer, diese kleingeistige Animosität steht Ihnen nicht. Hören Sie, das BKA stellt uns seinen besten Kriminalpsychologen und Fallanalytiker zur Verfügung, und das will doch etwas heißen. Sind Sie ihm überhaupt jemals persönlich begegnet?«

Hellmer blickte als Antwort nur zu Boden und runzelte die Stirn.

»Na also, wie können Sie sich dann ein Urteil erlauben? Ich kann Sie auch gerne von dem Fall abziehen und einen anderen Kollegen an Ihre Stelle setzen, wenn Ihnen das lieber ist. Es gibt noch genug andere Arbeit zu erledigen, zum Beispiel stapeln sich eine Menge unerledigter Akten auf den Tischen.«

»Nein danke, Chef, ich werde mit Holzer schon zurechtkommen. Und keine Sorge, ich werde mich zurückhalten.«

»Nichts anderes erwarte ich von Ihnen. Außerdem haben wir noch eine knappe Woche Zeit, den Fall selbst zu lösen. Aber da ich nicht an Wunder glaube ...«

»Ich auch nicht. Bin gespannt, ob der uns helfen kann«, sagte Hellmer.

»Er wird uns auf jeden Fall all sein Wissen zur Verfügung stellen, und zwar vorläufig auf unbegrenzte Zeit. Er ist der mit Abstand beste und erfolgreichste Profiler, den wir in Deutschland haben, er war zwei Jahre in den Staaten und ist bei den Besten in die Lehre gegangen. Wenn das keine Referenz ist«, sagte Berger im Brustton der Überzeugung.
»Mal sehen«, bemerkte Durant nur.
»Höre ich da etwa auch bei Ihnen Zweifel in der Stimme?«
»Manchmal stoßen auch die Besten an ihre Grenzen. Wie will er uns helfen, wenn unsere Abteilung nach beinahe acht Monaten nicht mal den Hauch einer Ahnung hat, wo bei der Suche nach diesem ... Monster! ... anzusetzen ist? Können Sie mir das verraten?«
»Warum dieser Pessimismus?«, wollte Berger wissen. »Das passt nicht zu Ihnen, wo Sie sonst doch immer so voller Elan und Zuversicht stecken.«
Mit einem resignierten Gesichtsausdruck antwortete sie: »Tja, sonst immer. Aber ich kann mich an keinen einzigen Fall erinnern, wo wir so lange im Dunkeln getappt sind wie jetzt. Es stimmt schon, ich bin normalerweise eher optimistisch, aber allmählich ...«
Berger hob die Hand. »Liebe Kollegin, ich stimme Ihnen zu, wir haben noch keine Ergebnisse vorzuweisen, aber ich gebe die Hoffnung nicht auf, dass wir diesen Fall dennoch lösen. Geben Sie Holzer eine faire Chance, als ausgebildeter Profiler und Fallanalytiker sieht er womöglich Details, die uns bisher entgangen sind. Darauf setze ich im Moment meine ganze Hoffnung. Und bitte, tun Sie mir den Gefallen und seien Sie nett zu ihm, auch wenn er kein sehr umgänglicher Mensch ist, wie mir auch von anderer Seite bereits berichtet wurde.«
»Ich bin immer nett«, erwiderte sie, machte auf dem Absatz kehrt und wollte bereits in ihrem Büro verschwinden, als sie sich noch einmal umdrehte. Charmant lächelnd, auch wenn ihr nicht danach zumute war, fügte sie hinzu: »Warum soll

ich eigentlich nett zu ihm sein? Wenn er kommt, habe ich doch schon längst meine ersten Fußspuren im Sand der französischen Riviera hinterlassen.«
Danach schloss sie die Tür hinter sich, nahm auf ihrem Stuhl Platz, legte die Füße auf den Tisch und dachte nach. Jacqueline Schweigert. Sie versuchte sich in die Lage der Eltern zu versetzen, die ein halbes Jahr in tiefer Verzweiflung gepaart mit Hoffnung und Beten verbracht hatten, bis die erlösende Nachricht kam, dass ihre Tochter lebte. Doch es war eine trügerische Erlösung, eine Fata Morgana, die Durant keinem Menschen wünschte. Die Schweigerts waren seit dem Verschwinden ihrer Tochter jeden Tag in die Kirche gegangen, hatten Kerzen aufgestellt und gebetet, das hatten sie ihr erst am Freitagvormittag noch einmal bestätigt und hinzugefügt, dass ihre Gebete endlich erhört worden waren. Und sie würde nie die Freudentränen vergessen, die sie am Bett ihrer Tochter vergossen hatten. Und dann war alle Hoffnung mit einem Schlag zunichte gemacht worden. Sie konnte ihnen nicht verdenken, wenn sie der Kirche und dem Glauben an Gott für immer den Rücken kehrten. Nein, sie konnte es ihnen nicht verdenken.
Und sie dachte an Karin Slomka. Sie hatte ihre Mutter und ihren siebenjährigen Sohn kennengelernt. Die Mutter vermisste ihre Tochter, der Sohn seine Mutter. Ein aufgeweckter Junge, voller Neugier und doch unendlich traurig. Erst hatte er seinen Vater sterben sehen, und nun war auch noch seine Mutter verschwunden. Durant fragte sich, wie der Junge sich nach diesen traumatischen Erlebnissen entwickeln würde. Auch das überstieg ihre Vorstellungskraft, sie hoffte nur, er würde all die Trauer und den Schmerz überwinden, denn sie glaubte nicht, dass Karin Slomka noch am Leben war, und wenn, dann wahrscheinlich nur noch für eine kurze Zeit, wie Jacqueline Schweigert.
Einmal mehr wurde ihr bewusst, wie frustrierend ihr Beruf war. In den vergangenen mehr als zwölf Jahren bei der

Mordkommission hatte sie viele Fälle zu bearbeiten gehabt, doch diese zählten zu den mysteriösesten und unheimlichsten. Und ihre innere Stimme flüsterte, nein, sie schrie, dass der Täter erst begonnen hatte. Mit Jacqueline Schweigert hatte er ein erstes Zeichen gesetzt, auch wenn sie überzeugt war, dass die beiden Morde an Detlef Weiß und Corinna Peters ebenfalls auf sein Konto gingen, eine Auffassung, mit der sie allerdings noch ziemlich alleine stand.

Sie schenkte sich ein Glas Wasser ein und trank in langsamen Schlucken. Sie fühlte sich ausgebrannt und leer. Die vergangenen Monate hatten an ihren Kräften gezehrt, sie war physisch und vor allem psychisch längst nicht mehr auf der Höhe. Der letzte Urlaub, den sie im August in Südfrankreich hatte verbringen wollen, war eigentlich keiner gewesen, da sie mitten in der Jagd nach einem Kindsmörder gefahren war. Ständig hatte sie daran denken müssen, wie ihre Kollegen sich die Tage und Nächte um die Ohren schlugen, während sie versuchte, es sich gutgehen zu lassen. Nach nur zehn Tagen bei ihrer Freundin Susanne Tomlin war sie wieder abgereist. Den Mörder, einen bereits vorbestraften Sexualstraftäter, hatten sie im Oktober bei einer Razzia in einem Stundenhotel geschnappt. Ein Zufallstreffer, wie er nicht allzu häufig vorkam.

Seitdem hatte sie keinen einzigen Tag Urlaub gehabt, dafür Überstunden um Überstunden geschoben, bis ihre Kräfte aufgebraucht waren. Aber am kommenden Samstag würde sie wieder nach Südfrankreich fliegen. Susanne würde sie in Nizza abholen, danach eine gute halbe Stunde Fahrt im Jaguar Cabrio, bis sie die Villa direkt am Meer erreichten.

Vier Wochen und keinen Tag weniger, darauf hatte Berger bestanden, was auch immer passierte, selbst wenn das Präsidium in ihrer Abwesenheit niederbrannte oder ein Meteor in Frankfurt einschlug. Sie würden auch ohne sie zurechtkommen, und sie solle es bloß nicht wagen, früher als geplant im

Präsidium zu erscheinen. Ich möchte eine fitte Kommissarin haben, hatte er gesagt und sie dabei mahnend angesehen. Diesmal würde sie versuchen abzuschalten und Körper und Seele die dringend benötigte Ruhe verschaffen. Im warmen Meer baden, am Strand spazieren gehen, die Abende mit Susanne auf der Terrasse mit dem herrlichen Meerblick verbringen und unendlich viel reden. Wenn sie zusammen waren, gab es immer viel zu erzählen, über früher, wie sie sich kennenlernten, wie sie Freundinnen wurden, wie die Jahre ins Land gegangen und sie trotz der großen Entfernung Freundinnen geblieben waren. Und sie würde viel schlafen, aber auch wie sonst einiges unternehmen, unter anderem wollte sie endlich einmal der berühmten Parfum-Stadt Grasse einen längeren Besuch abstatten.
Hin und wieder, das heißt maximal einmal im Jahr, kam Susanne auch nach Frankfurt, um nach ihrer Wohnung im Holzhausenviertel zu sehen und ein paar wenige alte Bekannte zu treffen. Natürlich sahen sie sich dann auch, meist aber zog es sie schon nach zwei, drei Tagen wieder zurück in ihre neue Heimat, denn es gab zu viel Negatives, das sie mit Frankfurt verband. Erinnerungen, die nie verblassen würden, ganz gleich, wie viele Jahre vergingen. Ihre Kinder waren mittlerweile erwachsen, Laura, die Älteste, arbeitete mit ihren gerade mal siebenundzwanzig Jahren als Rechtsanwältin in einer renommierten Kanzlei in Nizza, Julian absolvierte sein Medizinstudium in Paris, während Sheila, das Küken, gerade die Schule abgeschlossen hatte. Das Verhältnis zwischen Susanne und ihren Kindern war bestens, Laura und Sheila wohnten noch zu Hause, nur Julian hatte in Paris eine kleine, aber schmucke Wohnung. Er kam jedoch regelmäßig nach Hause, weil er sich dort am wohlsten fühlte, wie er selbst stets betonte. Und wenn man sah, wie Susanne und ihr Ältester miteinander umgingen, konnte Julia verstehen, warum er so gerne zu Hause war. Susanne war die beste Mutter,

die Julia sich vorstellen konnte, eine Mutter, die alles für ihre Kinder getan hatte und auch in Zukunft tun würde.
Ein Blick auf die Uhr, Viertel nach eins. Sie hatte Hunger, aber keinen Appetit. Allein seit März hatte sie wieder drei Kilo an Gewicht verloren, in den vergangenen anderthalb Jahren fast acht Kilo. Sie wog jetzt wieder genauso viel wie vor zwanzig Jahren, zu wenig für eine Frau ihres Alters. Sie trieb viel Sport, ernährte sich gesund und war sich dennoch darüber im Klaren, dass ihre Lebensweise zu wünschen übrigließ. Zu viel Arbeit, zu wenig Schlaf, zu viel Grübeln über ihre private Situation. Zu sich selbst sagte sie, dass sie sich mit ihrem Leben arrangiert hatte, in ihrem Innern war sie jedoch höchst unzufrieden. Ihr Leben war eintöniger als das einer hundertjährigen Schildkröte, und außer Susanne Tomlin hatte sie keine echte Freundin, nur ein paar wenige Bekannte. Selbst mit Hellmer verband sie kaum noch mehr als der Beruf, auch der Kontakt zu Nadine hatte sich auf ein Minimum reduziert, ohne dass Julia eine Erklärung dafür hatte. Zuletzt hatten er, Nadine und sie sich privat im November bei den Hellmers getroffen, ein belangloser, langweiliger Abend, bestehend aus ödem Smalltalk, der schon nach zwei Stunden vorbei war. Seit Hellmers großer Krise, die ihn beinahe das Leben gekostet hätte, war nichts mehr wie früher. Er und Nadine hatten wieder zueinandergefunden, aber Julia spielte kaum noch eine Rolle, obwohl sie nicht unwesentlich dazu beigetragen hatte, dass Hellmer wieder auf die Beine gekommen war.
Viele Gedanken huschten durch ihren Kopf, während sie die Beine hochgelegt und die Augen geschlossen hatte. Sie mochte ihr Leben schon seit langem nicht mehr, doch sie hatte keine Ahnung, wie sie diesen Zustand ändern konnte. Immer häufiger saß sie abends in ihrer Wohnung und weinte, Tränen, die niemand außer ihr sah, Tränen, die einfach so herauszufließen schienen.
Sie hatte viele lange Gespräche mit ihrem Vater geführt,

einem geduldigen Zuhörer, der jedoch auch keinen vernünftigen Rat mehr für sie hatte, sie wollte auch gar keinen mehr, es brachte ihr nichts. Aber er war jederzeit für sie da, und das war das Wichtigste. Zum Glück war er gesund und steckte trotz seiner fast siebzig Jahre voller Energie, die er mit anderen teilte. Ein Pfarrer im Ruhestand, der sich auf den seelsorgerischen Bereich konzentrierte.
Sie atmete ein paarmal tief durch, verzog den Mund und erhob sich. Sie ging in die Kantine, aß die Hälfte ihres Tellers mit Gulasch und Nudeln und trank eine Cola. Danach fühlte sie sich nicht besser.

Montag, 17.00 Uhr

Johann Jung erschien bereits den zweiten Montag pünktlich um 16.55 Uhr in der Praxis, nahm im Wartezimmer Platz, bis er kurz darauf ins Sprechzimmer gerufen wurde. Sein Gesichtsausdruck wirkte wie seit Beginn der Gesprächstherapie vor einer Woche bedrückt, die Schultern hingen leicht nach vorn, sein Blick war nach unten gerichtet. Jung roch dezent nach einem der Jahreszeit angemessenen Eau de Toilette, er trug eine dunkelblaue Jeans, ein dunkelbraunes Hemd und braune Schuhe, die exklusive Uhr an seinem linken Handgelenk zeugte von Wohlstand, genau wie der Porsche, mit dem er gekommen war. Er zahlte die Sitzungen bar und schien sich bei Alina Cornelius in guten Händen zu fühlen. Jung war etwa ein Meter fünfundachtzig groß, schlank und sehr gepflegt, seine Augen hatten jedoch einen überaus traurigen Ausdruck. Die Mundwinkel zeigten nach unten, seine Körperhaltung war die eines traurigen, einsamen Mannes. Trotz seiner erst siebenunddreißig Jahre wirkte er wie ein alter, gebrochener Mann, und Alina Cornelius hätte ihn wenigstens auf Anfang

bis Mitte vierzig geschätzt, was nicht zuletzt an seinem Bart und der dunklen Brille mit den leicht getönten Gläsern lag, die er nur hin und wieder für einen Moment abnahm.
Er hatte ihr in seiner ersten Sitzung erzählt, wie er vor gut sechs Wochen an einem Donnerstagabend nach Hause gekommen und seine Frau verschwunden gewesen war. Sie hatte einen Abschiedsbrief hinterlassen, in dem sie ihm mitteilte, dass sie einen anderen Mann kennengelernt habe, mit dem sie den Rest ihres Lebens verbringen wolle. Sie hatte nur das Notwendigste mitgenommen – und zehntausend Euro aus dem Tresor. Angeblich war sie zum Einkaufen gefahren, während ihre Mutter, die zwei Häuser weiter wohnte, die beiden kleinen Kinder hütete. Seit jenem Tag fehlte von Frau Jung jede Spur. Johann Jung, der all die Zeit über gehofft und gebangt hatte, dass sie doch zurückkehren würde, wusste nun, dass diese Hoffnung vergebens war. Nachdem er diese Gewissheit verinnerlicht hatte, war er in ein unendlich tiefes Loch gefallen. Plötzlich war er allein mit zwei kleinen Kindern im Alter von zwei und vier Jahren.
Er plagte sich mit Zweifeln und Selbstvorwürfen, dazu kamen Depressionen, die ihn nach eigenen Angaben eines Nachts plötzlich wie eine eiserne Faust gepackt und bis heute nicht mehr losgelassen hatten. Sein Kopf war voll düsterer Gedanken, manchmal, so sagte er mit leiser Stimme, würde er am liebsten nicht mehr leben, auf der anderen Seite hatte er Angst vor dem Sterben und dem Tod. Und er wolle nicht vor der Realität flüchten, sondern etwas gegen sein Leid unternehmen. Seine Eltern und Schwiegereltern hatten ihm dringend angeraten, psychologische Hilfe in Anspruch zu nehmen. So war er bei Alina Cornelius gelandet, die er aus dem Telefonbuch herausgepickt hatte, wie er sagte.
Nun saß er ihr schräg gegenüber, den Blick gesenkt, die Hände verkrampft. Alina Cornelius fragte ihn, ob sie ihm ein Glas Wasser oder einen Tee anbieten dürfe, doch er verneinte.

»Herr Jung, wie geht es Ihnen heute?«, fragte sie, obwohl sie die Antwort bereits in seinem Gesicht und an seiner Körperhaltung abgelesen hatte.
»Nicht viel anders als beim letzten Mal«, entgegnete er müde. »Ich kann kaum noch schlafen, und wenn, dann sind da diese fürchterlichen Alpträume. Manchmal habe ich das Gefühl, ich werde verrückt.«
Ohne darauf einzugehen, sagte Alina Cornelius: »Und wie läuft es beruflich? Sie sind doch Anlageberater in einem Wertpapierunternehmen.«
»Das stimmt. Es läuft nicht mehr ganz so gut wie früher, aber ich muss ja was tun, auch wenn es schwerfällt. Erst dachte ich, diese Ablenkung würde mir guttun, aber das war ein Irrtum. Ich fühle mich so unendlich allein und einsam. Da geht man jahrelang mit der Frau, die man liebt, abends ins Bett, und mit einem Mal ist dieses Bett leer. Ich kann in diesem Bett nicht mehr schlafen, alles in diesem Zimmer erinnert mich an sie. Ich habe das Schlafzimmer seit letztem Dienstag nicht mehr betreten.«
»Sind dort nicht Ihre Sachen zum Anziehen?«
»Nachdem ich letzten Montag von Ihnen nach Hause gekommen bin, habe ich die meisten Kleidungsstücke rausgeholt und das Zimmer verschlossen. Ich weiß, das klingt dumm, aber es ist für mich die einzige Möglichkeit, mit der Situation zurechtzukommen.«
Alina Cornelius machte sich Notizen und registrierte dabei aus dem Augenwinkel, wie er sie für einen Moment ansah.
»Und die Depressionen?«
»Wenn ich arbeite, ist es okay, aber sobald ich zu Hause bin, ist da dieses schwarze Loch. Ich bin kaum fähig, etwas zu tun. Ich schaffe es gerade so, die Kinder zu versorgen, und bin froh, wenn sie im Bett sind. Es sind doch unsere Kinder!«, sagte er und verkrampfte die Hände noch mehr. »Ich glaube, ich werde allmählich verrückt«, wiederholte er noch einmal.

»Sie haben einen schweren Verlust erlitten und befinden sich nervlich, emotional und psychisch in einem Ausnahmezustand. Das ist in einem Fall wie dem Ihren völlig normal. Hatten Sie früher schon einmal mit Depressionen oder Angstzuständen zu kämpfen?«
Jung schüttelte den Kopf. »Nein, so was kannte ich bislang nicht. Das Leben hatte es immer gut mit mir gemeint. Schauen Sie, ich bin sehr erfolgreich im Beruf, ich habe schon mit fünfundzwanzig über eine halbe Million im Jahr verdient, inzwischen ist es sogar wesentlich mehr. Aber was nützt mir der größte Reichtum, wenn die Frau, die ich über alles liebe, nicht mehr da ist? Was habe ich ihr getan, dass sie einfach so auf und davon ist? Was? Wir haben uns fast nie gestritten, höchstens über Kleinigkeiten, wie das in jeder Ehe vorkommt. Wir kennen uns, seit wir fünfzehn waren, und ich dachte, wir würden irgendwann zusammen alt und grau werden. Aber da habe ich mir wohl was vorgemacht. Zweiundzwanzig Jahre wirft man doch nicht so einfach hin! Und ich begreife auch nicht, wie sie das unseren Kindern antun kann.«
»Beschreiben Sie mir bitte, wie Sie Ihre Depressionen empfinden.«
»Wie ich schon erwähnte, es ist wie ein schwarzes Loch. Dazu kommen Schluckbeschwerden, Herzrasen, und wenn ich mich hinlege, habe ich das Gefühl, als würde sich ein Eisenpanzer um meine Brust legen. Und da ist so ein merkwürdiges Vibrieren, das von innen kommt und das ich kaum beschreiben kann. Ich sage Ihnen, das ist ein Zustand, den ich so nicht mehr lange aushalte.«
Alina Cornelius machte sich Notizen und ließ einen Augenblick verstreichen, bevor sie sagte: »Was tun Sie dagegen?«
»Nichts. Was soll ich schon tun?«, fragte er hilflos.
»Was ist mit Alkohol oder Tabletten?«
Jung zögerte einen Moment und antwortete: »Wenn ich et-

was getrunken habe, geht es mir besser. Ich weiß, das ist keine Lösung, aber …« Er vollendete den Satz nicht.
»Sie haben recht, das ist keine Lösung. Wenn Sie trinken, was und wie viel trinken Sie dann?«
»Whiskey.«
»Und wie viel? Ein Glas oder mehr? Und ich bitte Sie, ehrlich zu sein, nichts von dem, was Sie mir erzählen, verlässt diesen Raum, darauf können Sie sich verlassen. Ich muss alles wissen, um die Behandlung so effizient wie möglich gestalten zu können.«
»Gestern war es fast eine Flasche … Na gut, es war eine Flasche.«
Alina Cornelius notierte es und sagte ruhig: »Und sonstige Mittel? Valium, Rohypnol …«
Jung machte eine abwehrende Handbewegung. »Nein, nein, nein, nichts sonst.«
»Wie oft haben Sie in den vergangenen Wochen eine Flasche Whiskey am Tag getrunken?«
»Mehrfach, aber es hat nicht sonderlich geholfen. Dafür konnte ich wenigstens schlafen.«
»Wie fühlen Sie sich jetzt?«
Er lachte kehlig auf und meinte: »Beschissen, absolut beschissen. Entschuldigen Sie diesen Ausdruck, aber ich könnte kotzen, wenn ich in den Spiegel schaue und den Schwächling darin sehe. Ich fühle mich wie ein großer Versager. Ich habe Geld wie Heu, ich besitze mehrere Häuser, ich kann mir alles leisten, aber die Angst, die Selbstzweifel und dieser ganze Mist in mir drin machen mir einen gewaltigen Strich durch die Rechnung. Ich habe manchmal das Gefühl, nicht ich selbst zu sein, wenn Sie verstehen, was ich meine. Na ja, ich sehe mich und doch jemand anderen. Jemanden, den ich am liebsten umbringen würde.«
»Haben Sie Suizidgedanken?«
»Quatsch, nein. So habe ich das nicht gemeint. Ich liebe das

Leben, aber ich liebe nicht das, was mein Alter Ego mit mir macht. Ich würde nie Hand an mich legen. Ich habe viel zu viel Angst vor dem Tod. Es ist nur so, ich fühle mich so oft wie in einem Hamsterrad. Ich will vorwärtskommen und trete doch auf der Stelle. Das ist der eigentliche Grund, weshalb ich zu Ihnen gekommen bin.«

»Haben Sie heute etwas getrunken?«, fragte Alina Cornelius.

»Nein. Ich trinke nur abends.«

»Haben Sie schon getrunken, als Ihre Frau noch bei Ihnen war?«

»Nur hin und wieder ein Glas Wein oder einen Whiskey am Abend. Aber nie exzessiv, falls Sie denken, dass sie mich deswegen verlassen haben könnte. Nein, ich bin kein Alkoholiker, und ich werde es auch nie sein. Hoffe ich zumindest. Ich befinde mich im Augenblick nur in einem Ausnahmezustand. Es geht vorbei.«

»Ich muss Ihnen gleich sagen, dass die Therapie nur funktionieren kann, wenn Sie mit dem Trinken aufhören. Es bringt nichts, wenn wir gemeinsam versuchen, Ihr eigentliches Problem in den Griff zu bekommen, und Sie sich hinterher betrinken. Oder noch schlimmer, wenn Sie sich vorher Mut antrinken. Mit Alkohol lösen Sie keine Probleme, Sie fügen nur neue hinzu. Es ist eine Flucht vor der Realität, die niemals erfolgreich sein kann. Und Sie sollten auch an Ihre Kinder denken, die Sie jetzt mehr denn je brauchen.«

Jung kaute auf der Unterlippe und nickte. »Ich werde damit aufhören. Aber was tue ich, wenn die Angst wiederkehrt?«

»Welche Angst? Sie haben bisher nur von Depressionen und dem schwarzen Loch gesprochen, aber nicht von Angst. Wie äußert sich diese Angst?«

»Zittern, Übelkeit, alle möglichen Symptome. Diese verfluchte Angst kam wie ein Blitz aus heiterem Himmel.«

»Warum haben Sie das nicht schon beim letzten Mal erwähnt? Das ist wichtig.«

»Welcher Mann spricht schon gerne über – Angst. Angst ist was für Memmen, Feiglinge.« Er vergrub den Kopf in den Händen und schloss die Augen. »Es fällt mir nicht leicht, über so etwas zu sprechen. Diese beschissene, verfluchte Angst!«, sagte er und ballte die Fäuste. »Hätte mir einer vor ein paar Monaten gesagt, dass ich eines Tages Angstzustände haben würde, ich hätte denjenigen ausgelacht. Jeder, aber nicht ich, nicht Johann Jung. Ich komme damit nicht klar.«
»Herr Jung, das hat nichts mit Feigheit zu tun. Es kann jeden treffen, in jedem Alter. Haben Sie schon einen Arzt konsultiert, der Ihnen etwas gegen die Angst und die Depressionen verschreiben könnte?«
»Nein, Sie sind überhaupt die Erste, mit der ich darüber rede. Ich weiß auch nicht, warum ich es Ihnen überhaupt erzählt habe, ist mir mehr so rausgerutscht. Na ja, sollte wohl so sein. Und Sie meinen wirklich, ich sollte zu einem Arzt gehen?«
»Wenn die Symptome sich nicht bessern, auf jeden Fall. Es gibt heutzutage hervorragende Antidepressiva, die nicht abhängig machen und praktisch nebenwirkungsfrei sind. Sie haben doch sicher einen Hausarzt?«
»Ja. Ich werde morgen hingehen. Ich will doch nur, dass es mir endlich wieder bessergeht und ich mich wieder richtig um die Kinder kümmern kann. Mehr will ich doch gar nicht.«
Alina Cornelius stellte noch ein paar weitere Fragen und sah dann auf die Uhr: »Tja, wir sind fast am Ende angelangt. Nächsten Montag um dieselbe Zeit?«
Jung räusperte sich: »Frau Cornelius, ich habe nur einen Wunsch, ich möchte so schnell wie möglich wieder ein normales Leben führen, auch wenn der Weg dorthin wahrscheinlich sehr hart wird. Ich mache mir da nichts vor. Ich kann aber den Schalter nicht von jetzt auf gleich umlegen. Meine Frau fehlt mir, doch ich muss wohl oder übel akzeptieren,

dass sie mich nicht mehr will. Und ich habe keine Erklärung, warum. Ich schwöre, ich habe ihr nie etwas getan, ich hätte auch nie die Hand gegen sie erheben können. Und die Vorwürfe, von wegen, mein Beruf wäre mir wichtiger als sie und ich würde mich nicht genug um sie kümmern ... Na ja, vielleicht hat sie ja sogar recht, ich habe sie in letzter Zeit wahrscheinlich doch etwas vernachlässigt, aber, und das müssen Sie mir glauben, sie hat sich nie ernsthaft beschwert. Wir hätten über alles reden können, ich bin doch kein Monster. Aber nein, statt zu reden, packt sie ihre Koffer und haut ab. Dabei sind es doch die Männer, denen nachgesagt wird, sie würden nicht den Mund aufkriegen. Aber bei mir ist sowieso immer alles anders. Fragen Sie mich nicht, warum.«
Ohne darauf einzugehen, sagte Alina Cornelius: »Herr Jung, ich habe Sie das zwar schon vergangenen Montag gefragt, möchte die Frage aber noch einmal stellen: Haben oder hatten Sie jemals eine Affäre, von der Ihre Frau etwas erfahren haben könnte?«
Jung schüttelte den Kopf, fuhr sich nervös mit der Hand übers den Bart und wich dem Blick von Alina Cornelius aus. »Nein, das schwöre ich bei allem, was mir heilig ist.«
Sie wurde das Gefühl nicht los, dass er log, ließ sich das aber nicht anmerken. »Herr Jung, ich möchte Sie bitten, alles aufzuschreiben, was Ihnen zu Ihrer Person, zu Ihrer Frau und Ihrer Ehe einfällt. Sie brauchen mir diese Aufzeichnungen nicht vorzulegen, nur wenn Sie es wünschen. Aber wenn Sie alles aufschreiben, werden Ihnen mit Sicherheit einige Dinge klarer und verständlicher. Sie werden Ihre Frau dadurch vermutlich nicht zurückbekommen, aber Sie werden möglicherweise den Grund für ihren Entschluss finden.«
»In Ordnung. Soll ich mit meiner Kindheit beginnen?«
»Noch weiß ich nichts über Ihr Elternhaus und Ihre Kindheit und Jugend. Sie sollten bei Ihrer Kindheit beginnen, denn dort liegen häufig die Ursachen für Ängste und Depressionen ver-

borgen. Sie können auch Ihre Lebensgeschichte aufschreiben, falls Sie die Zeit dafür haben.«

»Das ist eine gute Idee. Ich fange noch heute damit an.«

Er machte eine kurze Pause und fuhr mit leiser Stimme fort: »Es tut mir leid, wenn ich Sie damit belästige, aber ginge es auch, dass ich zwei- oder dreimal in der Woche komme? Ich habe das Gefühl, ich brauche das. Es wäre nur so lange, bis ich wieder einigermaßen auf den Beinen bin.«

»Tut mir leid, aber mein Terminkalender quillt über. Wie Sie wissen, habe ich Sie angenommen, obwohl die Warteliste sehr lang ist.«

»Und wenn ich Ihnen das Doppelte oder Dreifache zahle? Ich könnte auch später am Abend, sagen wir um neunzehn Uhr. Bitte.«

Alina Cornelius ging um ihren Schreibtisch herum, fuhr sich mit der Zunge über die Lippen und sagte nach einigem Zögern: »Also gut, ich mache eine Ausnahme. Mittwoch und Freitag jeweils um neunzehn Uhr. Aber nur unter der Bedingung, dass Sie sich voll und ganz auf die Therapie einlassen.«

»Danke, vielen, vielen Dank.« Johann Jung zog ein Bündel Geldscheine aus der Hosentasche und legte tausendfünfhundert Euro auf den Tisch. »Das ist für diese Woche, ich hoffe, es reicht. Und nächste Woche noch mal dasselbe oder auch mehr. Eine Quittung brauche ich nicht, ich kann das sowieso nicht von der Steuer absetzen. Was soll's, ich bin in der glücklichen Lage, mir das leisten zu können.«

»Dann bis Mittwoch. Und lassen Sie sich ein Antidepressivum verschreiben, am besten dieses hier«, sagte sie und gab Jung einen Zettel, auf dem der Name des Medikaments stand, »das empfehle ich aus Überzeugung, weil es schon einigen meiner Patienten geholfen hat.«

»Ich werde es mir besorgen. Und nochmals vielen Dank.« Jung reichte Alina Cornelius die Hand und sah sie über den Rand seiner Brille hinweg an. »Ich wusste von Anfang an, dass ich bei Ihnen in guten Händen bin. Ich werde alles befolgen, was Sie mir auftragen, das verspreche ich.« Dabei lächelte er zum ersten Mal an diesem Spätnachmittag.

»Kommen Sie gut nach Hause und ... lassen Sie den Whiskey im Schrank stehen.«

Vom Fenster aus sah sie, wie er in seinen Porsche stieg und langsam vom Hof fuhr. Sie machte sich noch einige Notizen, steckte das Geld ein und führte anschließend ein kurzes Telefonat.

Tausendfünfhundert Euro für drei Sitzungen, mehr als das Vierfache dessen, was sie normalerweise von ihren Privatpatienten verlangte. Im August letzten Jahres hatte sie diese Praxis in Frankfurt-Höchst von einem Kollegen übernommen, der in den Ruhestand getreten war. Bereits nach einem Monat hatte sie einen vollen Terminkalender gehabt, zu ihrem Angebot zählten Familienaufstellungen nach Hellinger, Partner- und Familientherapien, Hypnosetherapie sowie Therapien bei Depressionen, Ängsten, Psychosen und Neurosen. Manche ihrer Patienten konnte sie jedoch nicht behandeln, sie brauchten stationäre Betreuung, aber soweit es sich vermeiden ließ, schickte sie sie nicht in die Klinik vor Ort, wo vor allem die geschlossene oder – wie sie jetzt genannt wurde – geschützte Abteilung der Psychiatrie wie vor dreißig oder vierzig, vielleicht auch fünfzig Jahren geführt wurde. Sie war einige Male dort gewesen und hatte mit eigenen Augen gesehen, wie die Patienten dort behandelt wurden. Zum großen Teil unfreundliches Personal, Ärzte, die sich in ihren abgeschlossenen Zimmern verbarrikadierten oder auf anderen Stationen ihren Dienst versahen, mit Medikamenten ruhiggestellte oder gar fixierte Patienten und Patientinnen. Ein feldwebelartiger Ton einiger Pflegerinnen, die diese Bezeichnung nicht verdienten. Sie war entsetzt gewesen, hatte versucht, mit den verantwortlichen Ärzten zu sprechen, doch sie war wie ein kleines Kind mit den Worten abgewimmelt worden, sie solle sich nicht in Dinge einmischen, von denen sie keine Ahnung habe. Sie hatte gelacht und gesagt, sie habe ein Psychologiestudium abgeschlossen, erntete aber nur abfällige Blicke und den markanten Spruch, man wisse schon, wie man mit den Patienten zu verfahren habe, schließlich habe man sehr viel Erfahrung.

Seit ihrem letzten Besuch bei einer ehemaligen Patientin, deren zunehmender körperlicher und psychischer Verfall nicht zu übersehen war (sie hatte versucht, mit ihr zu sprechen, doch sie starrte nur ins Leere), was sie gegenüber einer Ärztin beklagte, hatte sie Hausverbot. Und ihr waren die Hände gebunden, eine Klinik hatte eben mehr Macht als der Einzelne, auch wenn dieser Einzelne selbst Psychologe und Therapeut war. In ihren Augen wurden in dieser Klinik die Patienten nicht therapiert, sondern mit Medikamenten vollgestopft. Ein unsäglicher Zustand, gegen den sie nichts unternehmen konnte. Sie hatte Kontakt zu mehreren Zeitungen gesucht, doch keine interessierte sich für ihre Geschichte, da dieser Stoff ihnen zu heiß war. Und sie hatte mit anderen Psychologen Kontakt aufgenommen, aber keiner von ihnen wollte sich mit dieser Psychiatrie anlegen. Nur einer, der seit über dreißig Jahren eine Praxis betrieb, hatte eingeräumt, sehr wohl über die Zustände Bescheid zu wissen, aber es gebe kein Mittel, um gegen diese Abteilung vorzugehen, er habe es selbst vor längerer Zeit versucht und sei genau wie Alina Cornelius gescheitert.

So versuchte sie seit über einem halben Jahr, die von ihr nicht therapierbaren Fälle in einer der umliegenden Kliniken im Main-Taunus-Kreis unterzubringen, und wer über genügend Geld verfügte, konnte sich auch in einer Privatklinik behandeln lassen.

Etwa ein Drittel ihrer Patienten waren Missbrauchs- und Vergewaltigungsopfer, von denen die meisten dieses seelische Trauma seit ihrer Kindheit oder Jugend mit sich her-

umschleppten. Gebrochene Menschen, die sich in der Regel nach außen nichts anmerken ließen, aber in ihrem Innern herrschte das blanke Chaos. Unter diesen Opfern befanden sich auch zwei Männer, einer von ihnen Mitte vierzig. Er hatte die Kindheit und frühe Jugend in einem katholischen Waisenhaus verbracht, er war beinahe täglich misshandelt und ab seinem zehnten Lebensjahr auch missbraucht worden. Keine seiner späteren Beziehungen hatte länger als ein Jahr gehalten, weil er nicht fähig gewesen war, Liebe zu zeigen oder anzunehmen. Er gehörte zu Alina Cornelius' schwersten Fällen, ein ungemein freundlicher und distinguierter Mann, in dem eine zerrissene Persönlichkeit wohnte. Anfangs war es ihm schwergefallen, sich zu öffnen, er hatte von Depressionen und Angstzuständen gesprochen und sämtliche Symptome geschildert. Doch nach und nach war die volle Wahrheit ans Licht gekommen, der Auslöser für seine Depressionen und Ängste, und ein schrecklicher Abgrund hatte sich aufgetan. Als er zum ersten Mal von seiner Kindheit und Jugend sprach, wusste sie, dass er endlich Vertrauen gefasst hatte und bereit war, den Müll der Vergangenheit zu entsorgen.
Johann Jung war zum Glück ein vergleichsweise normaler Patient. Sie würde ihm helfen, seine Probleme in den Griff zu bekommen, und er würde sie im Gegenzug fürstlich dafür entlohnen – wie vor wenigen Minuten.
Um Viertel vor sieben verließ sie die Praxis, um sich einen gemütlichen Abend zu machen. Lesen, Musik hören und nicht zu spät ins Bett gehen. Vorher noch bei ihrem Lieblingsitaliener einkehren und einen großen Salat und ein Steak ohne Beilage essen und ein Glas Wein trinken.
Alina Cornelius wusste ihr Leben zu genießen. Eigentlich hatte sie nie vorgehabt, in Frankfurt eine Praxis zu eröffnen, sie wollte lieber in ihre Heimatstadt Lüneburg zurückkehren, doch eine innere Stimme hatte ihr geraten, hierzublei-

ben, denn Lüneburg war Provinz, und Ärzte und Therapeuten gab es dort zuhauf. Sie war dankbar, auf diese innere Stimme gehört zu haben. Sie war frei, verdiente gut und wusste, es würde vorläufig so bleiben, denn die Zahl der Menschen mit psychischen und emotionalen Störungen nahm überproportional zu. So zynisch es auch klang, aber das Leid der anderen war das Glück von Alina Cornelius.

Dienstag, 0.45 Uhr

Franziska Uhlig verbrachte den Abend mit ihrer besten Freundin in einem griechischen Restaurant in der Frankfurter Innenstadt. Mindestens einmal im Monat trafen sie sich hier, wo die Inhaber sie kannten, wo sie freundlich und zuvorkommend bedient wurden und wo eine beinahe intime Atmosphäre herrschte, selbst wenn alle Tische besetzt waren. Leise Musik lief im Hintergrund, das Licht war gedämpft.

Kurz vor Mitternacht sagte Franziska Uhlig, nachdem sie mehrfach auf die Uhr geblickt hatte, dass es Zeit sei, nach Hause zu fahren, da sie am nächsten Morgen wegen einer wichtigen Besprechung spätestens um neun im Verlag sein müsse.

Sie wechselten sich mit dem Begleichen der Rechnung ab, diesmal war Franziska Uhlig dran. Sie gab wie immer ein großzügiges Trinkgeld, nahm ihre Tasche und ging mit ihrer Freundin zum Parkhaus Hauptwache, wo sie sich noch einmal umarmten, bevor ihre Wege sich trennten und sie in ihre Autos stiegen.

Um Viertel vor eins erreichte Franziska Uhlig ihre Wohnung in der Linkstraße in Frankfurt-Griesheim und wollte gerade auf die Haustür zugehen, als ein Mann wie aus dem Nichts

vor ihr auftauchte und sie auf der ansonsten menschenleeren Straße ansprach.
Sie erschrak, wollte sich dies aber nicht anmerken lassen, auch wenn ihr Herz raste, weil sie das Gesicht des Mannes nicht erkennen konnte.
»Entschuldigen Sie, ich wollte Sie nicht erschrecken. Ich habe nur eine Frage, ich suche die Straße Am Brennhaus und habe keine Ahnung, wie …«
»Sind Sie zu Fuß oder mit dem Auto?«, fragte sie und versuchte erneut, einen Blick in sein Gesicht zu werfen, doch alles, was sie sah, war ein dunkler Schatten. Der Fremde trug einen hellen Sommeranzug und ein Hemd mit Krawatte. Sie meinte, ihn von irgendwoher zu kennen, doch sie konnte im Moment nicht sagen, woher. Nein, dachte sie, da habe ich mich wohl getäuscht.
»Ich stehe gleich dort vorne und habe zufällig gesehen, wie Sie gerade eben gekommen sind. Sagen Sie, kennen wir uns nicht?«, fragte er, und zum ersten Mal sah sie sein Gesicht, das von einem dunklen Bart bedeckt wurde, dazu kam eine dunkle Hornbrille.
»Ich glaube nicht«, antwortete sie, streckte die Hand aus und fuhr fort, die Augen geradeaus gerichtet: »Sie müssen bis zur Kreuzung fahren, dann links und …«
Sie spürte nur einen leichten Einstich, und plötzlich drehte sich alles um sie. Sie hatte nicht einmal mehr die Kraft zu schreien oder sich zu wehren.
»Ist Ihnen nicht gut?«, fragte er kaum hörbar und vergewisserte sich, dass auch niemand in der Nähe war.
Ihr Schlüsselbund war auf den Bürgersteig gefallen, der Fremde hob ihn auf. Er packte sie unter den Achseln und führte sie zur Beifahrertür seines Wagens, setzte sie hinein und schnallte sie an. Sie bekam alles mit, war aber unfähig, sich zu bewegen oder etwas zu sagen. Sie hörte, wie der Motor gestartet wurde und sie langsam die Straße entlangfuhren.

Sie kannte die Gegend wie ihre Handtasche, wie sie immer scherzhaft zu sagen pflegte. Sie registrierte noch, wie sie Griesheim verließen und auf die Autobahn fuhren. Bei Eschborn bogen sie ab, an einer dunklen Stelle drückte er einen mit Chloroform getränkten Wattebausch gegen ihre Nase, und sie wurde bewusstlos.

Als Franziska Uhlig aufwachte, lag sie auf einer Pritsche in einem kleinen Raum, doch sie konnte im ersten Moment kaum etwas erkennen, nahm alles nur verschwommen wahr. Ihr Mund und ihr Hals waren wie ausgetrocknet, ihr Herz raste, als wollte es den Brustkorb sprengen. Als sie merkte, dass sie nackt war, weiteten sich ihre Augen vor Angst.

Sie drehte leicht den Kopf, bewegte Hände, Arme und Beine. Die Lähmung, die so plötzlich und unerwartet eingetreten war, war verschwunden. Es dauerte mehrere Minuten, bis sie vollständig zu sich kam und begriff, dass dies kein Traum war. Eine matte Birne spendete schwaches Licht, doch Franziska konnte außer der Liege nur noch einen Stuhl und einen quadratischen Tisch erkennen. Nicht einmal ein Fenster. Ihr war kalt, sie wollte aufstehen, doch noch immer war ihr schwindlig, dazu kam eine leichte Übelkeit. Sie wusste nicht, wie viel Zeit vergangen war, als sie einen weiteren Versuch unternahm, sich von der Liege zu erheben. Diesmal gelang es ihr. Vorsichtig setzte sie ihre Füße auf den Boden. Mit einem Mal schrie sie, doch sie hörte nichts als ihre eigene Stimme, die nach endlosen Minuten des Schreiens nur noch ein heiseres Krächzen war.

Sie trommelte mit den Fäusten gegen die verschlossene Tür, bis sie entkräftet zu Boden sank und leise vor sich hin wimmerte. Dennoch versuchte sie Ruhe zu bewahren und sich zu erinnern. Da war der freundliche Mann, namenlos und scheinbar ohne Gesicht, der sie nach dem Weg gefragt hatte, dann dieser Stich in den Hals, die darauf einsetzende Lähmung ihres Körpers, während ihr Bewusstsein alles um sie herum wahrnahm. Und sie erinnerte sich, wie sie auf die A 66 fuhren und die Ausfahrt Eschborn nahmen. Ab da war ihre Erinnerung wie ausgelöscht.

»Was wollen Sie von mir? Was, was, was? Ich will noch nicht sterben, ich will noch nicht sterben!« Tränen der Verzweiflung liefen ihr über das Gesicht, sie kauerte in der Ecke neben der Tür, die Beine angezogen, den Kopf auf den Knien, die Arme um die Unterschenkel geschlungen, als könnte sie sich damit vor dem Unheimlichen, dem Unbegreiflichen, das sie so sehr ängstigte, schützen.

Sie wusste nicht, wie lange sie wimmernd auf dem Boden gekauert hatte. Jegliches Zeitgefühl war verlorengegangen, als sie hörte, wie der Schlüssel umgedreht und die Tür geöffnet wurde. Ein großer Mann stand vor ihr und blickte auf das zitternde Bündel Mensch herab.

»Ausgeschlafen?«, fragte er mit emotionsloser Stimme.

Keine Antwort.

»Ich hab dich was gefragt.«

»Was wollen Sie von mir?« Franziska Uhlig sprach leise und sah ihn verzweifelt und mit verweinten Augen an, gleichzeitig versuchte sie herauszufinden, ob es sich um den Mann handelte, der sie vor ihrer Haustür nach dem Weg gefragt hatte. Sie war sich nicht sicher, da sie ihn nur in Umrissen wahrnahm und seine Stimme irgendwie anders klang.

»Das erfährst du noch früh genug. Warum sitzt du auf dem kalten Boden? An deiner Stelle würde ich mich hinlegen, sonst erkältest du dich noch«, sagte er beinahe fürsorglich.

»Wenn Sie Geld wollen, ich habe keins. Meine Eltern auch nicht.«

»Geld interessiert mich nicht, Franziska. Oder nennen sie dich Franzi? Ich schlage vor, ich nenn dich Franzi, das klingt so vertraut, und ich möchte, dass wir ein Vertrauensverhältnis aufbauen. Bist du damit einverstanden?«

Sie nickte nur, zu mehr war sie nicht fähig, denn die Angst hielt sie mit stählernen Klauen umklammert, während ihr erneut die Tränen über das Gesicht liefen.
»Gut. Und jetzt steh auf und setz dich auf den Stuhl. Und hör auf zu heulen, damit änderst du nichts. Du wirst dich bald an die neue Situation gewöhnen.«
»Warum bin ich nackt?«, brachte sie mühsam hervor, ohne sich von der Stelle zu rühren.
»Das gehört zum Spiel. Keine Angst, ich habe nicht vor, mich an dir zu vergehen, das tue ich grundsätzlich nicht. Ich verabscheue Gewalt. Ich finde, jeder Mensch sollte seine Grundsätze haben. Einer meiner Grundsätze ist die Ächtung von Gewalt.«
»Sie haben mich aber mit Gewalt hergebracht«, kam es leise über ihre Lippen.
»Das war eine notwendige Ausnahme. Es tut mir leid, wenn ich dir weh getan habe, was ich aber nicht glaube, da alles sehr schnell ging. Du hast doch nichts gespürt, oder?«
Ohne auf den letzten Satz einzugehen, sagte sie flehend: »Wenn es Ihnen leidtut, dann lassen Sie mich gehen. Bitte!«
»Keine Chance«, erwiderte er und blickte auf sie herab.
»Warum nicht?«
»Weil ich es so will.«
»Mir ist kalt.«
»Das vergeht, das sind nur die Nachwirkungen der Spritze, außerdem wirst du Hunger haben. Es ist nur eine gefühlte und keine tatsächliche Kälte, denn hier drin sind exakt dreiundzwanzig Grad. Wenn du was im Magen hast, wirst du nicht mehr frieren, das verspreche ich dir. Und jetzt setz dich endlich.«
Franziska Uhlig erhob sich zögernd und bedeckte ihre Scham mit den Händen, was der Mann mit einem beinahe vergnügten Lächeln quittierte.
»Ich hab dich ausgezogen, schon vergessen? Du brauchst

dich also nicht vor mir zu genieren, ich weiß, wie du aussiehst. Und außerdem sind wir unter uns, ich verrate keinem, dass du eine ausgesprochen gute Figur hast, die du aber leider viel zu selten zeigst.«

»Woher wollen Sie das wissen?«

»Ich weiß es, das muss dir genügen.«

»Was wissen Sie von mir?«

»Alles, oder zumindest fast alles. Du bist für mich wie ein offenes Buch.«

»Wo bin ich überhaupt?«

»In meinem Reich, zu dem ich nur auserwählten Personen Zutritt gewähre.«

»Was haben Sie mit mir vor?«

»Alles zu seiner Zeit. Hast du Hunger oder Durst? Eigentlich müsstest du Durst haben, jeder hat nach dieser Spritze und der Betäubung Durst. Ich habe allerdings nur Wasser. Und wenn du Hunger hast, bekommst du Brot und jeden Tag einen Schokoriegel mit besonderen Zutaten, die deine geistigen Kräfte und dein Immunsystem stärken. Die Speisekarte ist leider recht dürftig, wofür ich mich auch gleich entschuldigen möchte. Oder hast du Extrawünsche?«

»Ja, geben Sie mir meine Kleider«, erwiderte sie mit einem Anflug von Mut.

»Abgelehnt. Essen und trinken ja, ansonsten nichts. Lassen wir doch das Förmliche weg, du kannst mich ruhig duzen.«

»Und wenn ich nicht will?«

»Ich zwinge dich zu nichts. Aber es würde alles ein wenig leichter machen. Für dich und für mich.«

»Darf ich dann wenigstens erfahren, weshalb ich von Ihnen entführt wurde, bevor wir das Förmliche weglassen?«

»Ich sagte doch schon, es ist ein Spiel, nur ein Spiel. Ich werde dir nicht weh tun, ich werde dich nicht schlagen oder gar vergewaltigen, stattdessen werde ich dir zu essen und zu

trinken geben und auch sonst alles tun, damit es dir gutgeht.«
»Wenn Sie das wirklich wollen, dann lassen Sie mich hier raus. Bitte! Ich habe Ihnen doch nichts getan!«, schrie sie. Mit einem Mal hielt sie inne und meinte: »Oder habe ich Ihnen etwas getan, ohne es zu wissen? Hat es was mit meiner Arbeit zu tun? Haben Sie ein Manuskript eingereicht, das von mir abgelehnt wurde? Ist es das, weshalb Sie sich auf diese Weise an mir rächen?«
»Und wenn?«
»Mein Gott, ich muss jeden Tag Manuskripte ablehnen, das ist mein Beruf. Wenn wir im Verlag jedes unverlangt eingesandte Manuskript veröffentlichen würden, gäbe es unseren Verlag längst nicht mehr. Es ist so viel Ausschuss dabei …«
»Wie sind denn die Reaktionen der Autoren normalerweise, wenn sie ein Manuskript mit einem 08/15-Schreiben zurückbekommen? Sie sind bestimmt nicht sonderlich erfreut.«
»Nein, natürlich nicht, aber …«
»Beruhig dich wieder, ich habe noch nie ein Manuskript eingereicht und habe auch nicht vor, es jemals zu tun. Ich habe nicht das Talent zum Schreiben, ich würde über die erste Seite gar nicht hinauskommen. Ich bewundere Autoren, die drei-, vier- oder fünfhundert Seiten zustande bringen, ohne sich zu verheddern. Wirklich, ich bewundere das. Nun, jeder muss nach seiner Bestimmung leben.«
»Warum haben Sie mich dann hergebracht? Wenn ich Ihnen nichts getan habe, gibt es doch keinen Grund, mich hier festzuhalten. Bitte, lassen Sie mich leben.«
»Wer sagt denn, dass ich dich töten will? Ganz ruhig, du wirst bald wieder ein ganz normales Leben führen. Betrachte deinen Aufenthalt hier als einen Traum. Jeder Mensch hat hin und wieder Alpträume. Und du weißt ja, aus bösen Träumen erwacht man immer, man fühlt sich hinterher zwar

etwas gerädert, doch das vergeht. Und wenn man dann richtig wach ist, ist alles wieder gut. So wird es auch bei dir sein.«

»Und wann lassen Sie mich gehen?«

»Das kann ich nicht sagen, den Zeitpunkt kenne ich noch nicht.«

»Sie entführen mich und wollen mich irgendwann wieder gehen lassen?«, fragte sie zweifelnd.

»Ich stehe zu meinem Wort. Und du wirst nach und nach erfahren, warum du hier bist. Und nun setz dich endlich, ich habe nicht ewig Zeit, denn ich habe noch andere Schäfchen, um die ich mich kümmern muss.«

»Es sind noch mehr hier?«, fragte sie und versuchte in seinem Gesicht zu lesen, das sie jetzt deutlich erkannte. Es handelte sich um jenen Mann, der sie nach dem Weg gefragt hatte. Doch das Freundliche war wie weggeblasen. Und da war wieder dieses Gefühl, ihm auch früher schon einmal begegnet zu sein.

»Ja«, antwortete er nur.

»Wie spät ist es?«

»Wieso? Hast du etwas vor?«, fragte er und lachte leise auf.

»Sagen Sie mir nur, wie lange ich schon hier bin.«

»Zeit ist relativ, das wirst du hier unten schon sehr bald feststellen. Was würde es dir nützen, wenn ich dir die Uhrzeit nennen würde? In ein paar Minuten wüsstest du schon nicht mehr, wie viel Zeit vergangen ist. Also lass ich es lieber.«

»Nur dieses eine Mal, bitte! Danach werde ich dich auch nie wieder danach fragen. Ich bin gegen Viertel vor eins nach Hause gekommen. Wie spät ist es jetzt?«

»Etwa halb vier.«

»Halb vier. Das heißt, die Dämmerung bricht gleich an.«

»Halb vier am Nachmittag. Du hast sehr lange geschlafen, länger als die meisten anderen.«

»Halb vier am Nachmittag? Das kann doch nicht sein, das ist doch nicht möglich ...«
»Du solltest jetzt etwas essen und trinken. Die Toilette ist dort hinten an der Wand. Leider nur ein Plumpsklo, aber du musst zugeben, besser als ein Blecheimer. Und jetzt setz dich endlich, ich habe dir etwas zu erklären.«
Franziska Uhlig nahm auf dem Holzstuhl Platz und registrierte erst jetzt den Schreibblock und den Kugelschreiber, die auf dem Tisch vor ihr lagen.
»Es gibt Regeln, die ich dir erklären muss. Erstens, du vergeudest keine unnötige Kraft, indem du schreist oder versuchst, hier rauszukommen. Zweitens, du wirst alles tun, was ich von dir verlange, ansonsten muss ich dich mit Nahrungsentzug bestrafen. Und drittens, du wirst mich nie wieder fragen, wann ich dich freilasse. Alle diese Zellen sind absolut schalldicht ...«
»Und was ist mit Luft?«, fragte Franziska ängstlich.
»Für Frischluftzufuhr ist gesorgt ...«
»Und Händewaschen und Körperhygiene?«
»Auch darüber brauchst du dir keine Gedanken zu machen, du bekommst jeden Tag eine Schüssel mit Wasser, ein Handtuch und einen Waschlappen. Du machst übrigens einen sehr gefassten Eindruck. Mein Kompliment, nicht alle verhalten sich so tapfer wie du. Ich hoffe, es bleibt so.«
»Man wird mich vermissen, die Polizei wird nach mir suchen, und dann ...«
»Darüber solltest du dir keine Gedanken machen, niemand wird dich hier finden und schon gar nicht vermuten. Dies ist einer der sichersten und gleichzeitig unbekanntesten Orte, die es gibt. Wir befinden uns etwa fünfzehn Meter unter der Erde. Außerdem sucht die Polizei bereits nach dir, falls dich das interessiert. Aber da ich meine Zeit auch nicht gestohlen habe, zum Wichtigsten. Du siehst den Block und den Stift vor dir. Du wirst noch heute anfangen, alles aufzuschreiben,

was dir zu deinem Leben einfällt. Von deiner frühesten Kindheit bis jetzt. Ich möchte nicht, dass du irgendetwas auslässt. Jedes noch so kleine Detail. Ich denke, hier unten ist der geeignete Ort, um ein solches Projekt zu beginnen und auch zu beenden. Sobald du fertig bist, kannst du gehen. Niemand wird dich bei deiner Arbeit stören, kein Telefon, keine Kollegen, die etwas von dir wollen, kein Fernseher, kein Radio, du bist ganz allein mit deinen Gedanken, dem Stift und dem Block. Und es gibt keine Geräusche von außen. Nur völlige Stille.«

»Das ist unmöglich, ich kann mich an vieles gar nicht mehr erinnern ...«

»Das wirst du, sobald ich wieder draußen bin.«

»Aber das Licht ... Meine Augen sind nicht besonders gut und ...«

»Du wirst dich schnell an dieses Licht gewöhnen, es wird dir bald sehr hell vorkommen. Dann bringe ich dir jetzt ein paar Scheiben Brot und einen Krug Wasser und verabschiede mich für eine Weile. Ich werde aber regelmäßig vorbeischauen und nach dem Rechten sehen. Und noch etwas – versuch keine Dummheiten, ich sehe alles.«

»Ist hier irgendwo eine Kamera?«

»Nicht nur das. Ich höre alles und ich sehe alles. Ich möchte nämlich nicht, dass dir etwas zustößt oder du dir etwas antust.«

»Und warum muss ich nackt sein?«

»Du wiederholst dich. Aber gut, sagen wir, du bist nackt, weil es das Natürlichste der Welt ist. Auch Kleidung kann ablenkend wirken. Hast du alles verstanden?«

Franziska Uhlig nickte nur.

»Gut. Dann bis gleich, und fang ruhig schon an zu schreiben.«

»Warten Sie noch. Wie soll ich Sie nennen?«

»Professor. Das reicht.«

»Betreiben Sie hier irgendwelche geheimen Studien?«
»Gut kombiniert. Du darfst mich trotzdem duzen, ich würde es mir sogar wünschen. Professor und du. Einverstanden?«
Mit plötzlich aufkeimendem Mut sagte sie: »Ich werde es mir überlegen. Sie sind ein Verbrecher, denn Sie halten mich gegen meinen Willen hier fest. Und Sie verlangen Dinge von mir, die ich nicht tun will.«
»Franzi, Franzi, Franzi, das war nicht nett von dir. Aber gut, dieses eine Mal will ich dir das nachsehen, am Anfang reagieren alle etwas merkwürdig. Die ungewohnte Umgebung, das Gefühl, der Freiheit beraubt zu sein, nun ja, ich kann das verstehen. Iss und trink etwas, und du wirst sehen, wenn ich weg bin, werden die Gedanken nur so auf das Papier fließen. Und denk daran, Big Brother is watching you. Schreib, schreib, schreib, ich will sehen, wie du arbeitest. Als Lektorin weißt du doch, wie so was funktioniert.«
Er wollte bereits gehen, als ihre Stimme ihn zurückhielt. »Warum ich? Warum ausgerechnet ich? Ich habe noch nie jemandem etwas getan. Warum?«
»Weil ich dich auserwählt habe. Es ist ein Privileg, in dessen Genuss nur wenige Auserwählte kommen. Eine solche Erfahrung wirst du nie wieder machen. Außerdem kennen wir beide uns bereits, wir haben schon mehrfach fast nebeneinander gesessen, in der Kirche, wo du jeden Sonntag brav hingehst. Ich bin jedes Mal schräg hinter dir und deiner bezaubernden Freundin gesessen, mit der du eine so intensive Beziehung führst ...«
»Was meinen Sie mit Beziehung? Ich bin nicht lesbisch.«
»Das weiß ich doch. Aber so habe ich dich gefunden, in der Kirche. Du hast so etwas Heiliges an dir, das hat mich vom ersten Moment an zu dir hingezogen. Viel zu vielen ist der Glaube doch längst abhanden gekommen. Auch darüber solltest du etwas schreiben. Zu Gott wird dir bestimmt eine Menge einfallen.«

Ohne eine Erwiderung abzuwarten, verließ er den Raum, schloss hinter sich ab und kehrte kurz darauf mit einem großen Metallkrug voll Wasser, einem Metallbecher und fünf Scheiben Brot zurück.
Franziska Uhlig hatte den Kopf in den Händen vergraben und weinte. Er tat, als bemerke er dies nicht, und ging wieder nach draußen. Sie schenkte sich Wasser ein und knabberte an dem Brot. Sie verspürte eine unendlich tiefe, nie für möglich gehaltene Furcht und eine ebensolche Leere.
Nach einer Weile nahm sie den Kugelschreiber zur Hand und begann sich Notizen zu machen. Und der Professor sollte recht behalten, das Licht wirkte nicht mehr so matt und fahl, wie sie es anfangs empfunden hatte, obgleich die unsägliche Angst ihre Hand zittern ließ und sie die meisten Buchstaben kaum leserlich hinkritzelte. Und immer wieder stieg ihr das Wasser in die Augen und tropfte auf das Papier. Während sie schrieb, suchte sie nach Erklärungen, warum der Mann ausgerechnet sie entführt hatte. Sie fand keine.
Nachdem sie zwei Seiten beschrieben hatte, legte sie vorsichtig den Stift zur Seite, ließ sich auf die Pritsche sinken und deckte sich mit dem Laken zu. Alles in ihr vibrierte, die bedrückende Enge in dem kleinen Raum mit der hohen Decke flößte ihr zusätzlich Angst ein. Dazu diese Stille, diese unerträglich laute Stille, so still, dass sie jeden ihrer Atemzüge hörte, das Rauschen des Blutes in ihrem Kopf, ihren Herzschlag und ein seltsames Geräusch, das von ihren Haaren kam, wenn sie sich nur leicht bewegte. Eine wahnsinnig machende Stille. Nach einer Weile begann sie zu singen, und obwohl sie außer in der Kirche nie zuvor gesungen hatte, fielen ihr mit einem Mal Lieder ein, die sie längst vergessen zu haben geglaubt hatte. Kinderlieder. Und als ihr keine Kinderlieder mehr einfielen, sang sie Kirchenlieder, von denen sie viele auswendig kannte. Franziska Uhlig sang sich in den Schlaf.

Dienstag, 14.30 Uhr

Das Telefon klingelte, als Berger gerade aus der Kantine zurückkehrte. Er nahm den Hörer ab und meldete sich.

»Hm, okay«, sagte er, wobei seine Miene zunehmend düsterer wurde, und notierte eilig einige Stichworte. Nachdem er aufgelegt hatte, rief er sofort seine Beamten herbei, die seit dem Morgen mit dem Aufarbeiten von Akten beschäftigt waren, da der Fall Jacqueline Schweigert vorübergehend ruhen musste, bis das Obduktionsergebnis der Rechtsmedizin vorlag. Prof. Bock hatte versprochen, es bis spätestens Mittwochvormittag durchzugeben.

»Hier«, sagte Berger und reichte Julia Durant die Notiz. »Eine Franziska Uhlig wird seit heute Vormittag vermisst. Sie ist Lektorin im Bruckheim Verlag und sollte eigentlich um neun bei einer wichtigen Besprechung anwesend sein. Man hat vergeblich versucht, sie telefonisch zu erreichen. Nachdem eine Verlagsmitarbeiterin zu Frau Uhligs Wohnung gefahren war, sah sie zwar ihren Wagen vor dem Haus stehen, aber selbst auf mehrmaliges Klingeln wurde ihr nicht geöffnet. Vor einer halben Stunde wurde dann das 17. Revier verständigt, die aber auch nichts ausrichten konnten. Jetzt sind Sie dran.«

»Wie alt?«

»Frau Durant, die Details herauszufinden überlasse ich Ihnen. Ich habe nur die Meldung entgegengenommen. Sie und Herr Hellmer fahren zum Verlag, Frau Seidel und Herr Kullmer zu Frau Uhligs Wohnung. Noch Fragen?« Dabei sah er die Kommissare mit einem Blick an, als erwartete er, dass sie sofort aus dem Büro stürmten und sich an die Arbeit machten.

»Er hat sich ein neues Opfer gesucht«, murmelte Durant.

»Das, liebe Kollegin, wird sich noch herausstellen. Ich bin Optimist und gehe erst einmal davon aus, dass sich die Sache als harmlos erweist.«

»Ihr Optimismus in allen Ehren, aber das sind mir ein paar Vermisste zu viel in letzter Zeit«, erwiderte Durant, ohne sich von der Stelle zu rühren. »Er verschärft sein Tempo, das sagt die Realistin in mir. Und spielen Sie nicht den Coolen, das steht Ihnen nicht. Ich weiß doch, dass Sie genauso denken wie ich. Tut mir leid, was ich eben gesagt habe, ich hab's nicht so gemeint, Chef.«
Berger sah Durant direkt in die Augen und nickte kaum merklich. »Ich weiß. Gehen Sie und finden Sie diese Frau Uhlig. Und ich hoffe inständig, dass Sie unrecht haben.«
Während sie auf den Aufzug warteten, sagte Kullmer: »Er hat es wieder getan. Berger hasst es, wenn die Dinge aus dem Ruder laufen. Und das tun sie ganz gewaltig.«
Julia Durant holte tief Luft und entgegnete mit einem Hauch von Resignation in der Stimme: »Das ist schon längst passiert. Wer immer dieser Mistkerl ist, er ist verdammt clever, auf jeden Fall cleverer als wir. Ich möchte wetten, diese Franziska Uhlig ist irgendwo zwischen zwanzig und Mitte dreißig und passt in das Opferprofil.«
»Welches Profil?«, meinte Hellmer, ohne eine Miene zu verziehen. »Wir haben bis jetzt keins ausmachen können.«
»Es gibt aber eins, wir sehen es nur noch nicht. Es ist wie ein Puzzle, das wir zusammensetzen müssen. Es gibt Gemeinsamkeiten zwischen den Opfern, auch wenn wir bis jetzt nur wenige gefunden haben. Es muss Gemeinsamkeiten geben, wir haben sie bisher nur übersehen.«
»Dann mal viel Spaß beim Puzzeln. Ich gehe eher davon aus, dass er sich seine Opfer wahllos aussucht. Er sieht sie irgendwo, beobachtet sie eine Weile, lernt ihren Tagesablauf kennen und schlägt bei passender Gelegenheit zu. So sehen es auch unsere Psychologen.«
»Ich pfeif auf die Meinung unserer Psychologen, ich vertraue meiner Intuition oder meinem Instinkt oder was immer. Warten wir auf Holzer, was er dazu meint«, sagte Durant, als

sie unten angekommen waren. »Leider bin ich dann schon in Südfrankreich«, fügte sie bedauernd hinzu.
»Ich wäre zumindest am Anfang gern dabei gewesen. Aber na ja, es soll halt nicht sein.«
»Komm bloß nicht auf dumme Gedanken, du weißt, was ich dir angedroht habe«, sagte Hellmer und deutete mahnend mit dem Finger auf sie. Früher hätte er sie angelächelt oder jungenhaft gegrinst, doch seit einiger Zeit schien er es verlernt zu haben. Er war ein mürrischer, in sich gekehrter Mann geworden, der gar nicht mehr lachte, höchstens einmal zynisch grinste. Durant glaubte den Grund teilweise zu kennen, aber sie verstand trotzdem nicht, warum Hellmer sich ausgerechnet ihr gegenüber so abweisend verhielt.
»Was hast du ihr angedroht?«, wollte Seidel wissen.
»Dass ich sie persönlich in den Flieger verfrachte, wenn sie nicht freiwillig geht.«
»Ja, aber ...«
»Kein Aber«, mischte sich jetzt Kullmer ein. »Du solltest dich mal im Spiegel betrachten. Wenn einer Urlaub nötig hat, dann du. Die Abteilung wird nicht gleich in Flammen aufgehen, wenn du mal vier Wochen nicht da bist. Du hast schon deinen letzten Urlaub fast komplett verfallen lassen. Frank, ich komme mit, falls du Hilfe brauchst, Julia kann nämlich ziemlich wehrhaft sein, außerdem ist sie recht launisch geworden.«
»Jungs, macht euch keinen Kopf, ich fliege, und wenn ich wiederkomme, habt ihr mit dem Guru des Profilings den Fall gelöst. Das wäre mir das Liebste. Großes Indianerehrenwort.«
»Hoch und heilig?«
»Hoch und heilig. Und ruft an, wenn ihr in der Wohnung was Besonderes findet. Nein, ruft an, wenn ihr drin seid. Bis später.«

Dienstag, 15.10 Uhr

Der Bruckheim Verlag befand sich in einem großen Komplex in der Kleyerstraße, zusammen mit einer Werbeagentur, einem Fotostudio und einem Wertpapierunternehmen. Durant und Hellmer meldeten sich an der Rezeption an und wurden umgehend zum Verlagsleiter geführt.
»Hofstetter«, begrüßte er die Beamten und reichte ihnen die Hand. »Wenn Sie bitte eintreten wollen.«
Sie kamen in ein großes Büro, in dem zwei Frauen vor ihren Computern saßen, der riesige Tisch, der den halben Raum ausfüllte, war bedeckt mit Papierstapeln und Akten. Die Frauen schauten auf und grüßten, bevor Hofstetter die Tür hinter den Kommissaren schloss.
»Nehmen Sie bitte Platz«, sagte er und deutete auf drei mit schwarzem Leder bezogene Metallstühle, die um einen Glastisch standen. »Darf ich Ihnen etwas zu trinken anbieten? Einen Kaffee?«
»Dazu sage ich nicht nein«, antwortete Durant, die hoffte, ihre Müdigkeit verscheuchen zu können.
»Sie auch?«, fragte Hofstetter Hellmer, der sich umsah.
»Gerne.«
Hofstetter, den Durant auf Mitte fünfzig schätzte, ging noch einmal nach nebenan und bat eine der Damen, drei Kaffee zu bringen. Dann setzte er sich zu ihnen: »Danke, dass Sie so schnell gekommen sind. Wir alle im Haus machen uns große Sorgen um Frau Uhlig. Sie ist die Zuverlässigkeit in Person, einfach nicht zu erscheinen entspricht nicht ihrem Stil. Und als Frau Neumann zu ihrer Wohnung gefahren ist und ihr Auto dort stehen sah, ihr aber selbst auf mehrfaches Klingeln und Klopfen nicht geöffnet wurde, haben wir sofort die Polizei verständigt.«
Der Kaffee und eine Schale Kekse wurden gebracht. »Bitte, greifen Sie zu«, sagte er, lehnte sich zurück und musterte die

Beamten. Hofstetter war ein mittelgroßer, leicht fülliger Mann mit bayerischem Akzent, gekleidet mit einem leichten schwarzen Pulli, schwarzer Hose und schwarzen Schuhen.

»Kommen wir gleich zur Sache«, begann Durant. »Sie sagten, dass es nicht die Art von Frau Uhlig ist, nicht zum Dienst zu erscheinen, ohne sich zu entschuldigen …«

»Lassen Sie mich das kurz erläutern. Wir hatten für heute Vormittag um neun eine Titelsitzung anberaumt. Und Frau Uhlig ist für etwa die Hälfte dieser Titel aus dem Bereich Belletristik verantwortlich. Um halb zehn haben wir das erste Mal versucht, sie telefonisch zu erreichen, sowohl zu Hause als auch auf dem Handy, ohne Erfolg, wie Sie wissen. Bei ihr zu Hause sprang stets nur der Anrufbeantworter an, auf ihrem Handy die Mailbox. Danach probierten wir es bis zehn Uhr noch ein paarmal, schließlich haben wir notgedrungen ohne sie angefangen. Die Sitzung dauerte bis halb eins, aber Frau Uhlig war weiterhin nicht erreichbar. Daraufhin habe ich Frau Neumann gebeten, bei ihr vorbeizuschauen, es sind ja nur zehn Minuten mit dem Auto bis zu ihrer Wohnung. Frau Uhlig wohnt in Griesheim, aber das dürfte Ihnen bekannt sein. Ich nehme an, alles Weitere wissen Sie.«

»Könnte es Gründe für ihr unentschuldigtes Nichterscheinen geben? Streit mit den Kollegen, oder ist ihr die Arbeit über den Kopf gewachsen?«

Hofstetter schüttelte den Kopf und trank einen Schluck von dem noch heißen Kaffee.

»Nein, nichts von alledem. Die Kollegen sind ebenso ratlos wie ich. Sie war, solange ich hier bin, nie krank, sie hat meines Wissens nie gefehlt und sie hat schon gar keine wichtigen Termine versäumt. Wie schon erwähnt, auf sie ist hundertprozentig Verlass.«

»Haben Sie ein Foto von ihr?«

»Ja, natürlich, Frau Neumann wird Ihnen eins geben. Und

ich wäre Ihnen sehr verbunden, wenn Sie auch noch mit anderen Mitarbeitern sprechen würden.«

»Das hatten wir ohnehin vor. Wie alt ist Frau Uhlig?«

»Siebenunddreißig. Sie hatte vor zwei Wochen Geburtstag.«

»Ist sie verheiratet, geschieden, alleinstehend?«

»Ledig. Über ihr Privatleben kann ich Ihnen nichts sagen, am ehesten könnten Sie darüber etwas von Frau Neumann erfahren. Sie ist die rechte Hand von Frau Uhlig, sie gehen meistens zusammen in die Mittagspause und sind ein gut eingespieltes Team. Deshalb habe ich Frau Neumann auch gebeten, bei Frau Uhlig vorbeizuschauen.«

»Was ist die Aufgabe von Frau Uhlig?«

»Sie ist Lektorin, arbeitet seit dreizehn Jahren bei uns, und wir sind mehr als glücklich, sie zu haben.« Er hielt für einen Moment inne, nippte an dem noch heißen Kaffee und fuhr mit einem Lächeln fort: »Wir nennen sie liebevoll unser Trüffelschwein, weil sie die besondere Gabe besitzt, die besten Autoren für uns zu entdecken. Wir bekommen jeden Tag unzählige unverlangt eingesandte Manuskripte, viele davon kaum das Papier wert, auf das sie geschrieben sind, oder sie passen nicht in unser Programm, aber hier und da sind welche darunter, die wir die Perlen nennen. Und glauben Sie mir, fast alle wurden bisher von ihr entdeckt. Sie hat ein unglaubliches Gespür für das, was sich verkaufen und eine breite Leserschaft ansprechen könnte. Deshalb Trüffelschwein, weil sie in einem Wust von Mist das Wertvolle sieht. Ohne zu übertreiben, kann man sagen, dass unser Verlag ohne Frau Uhlig nicht da wäre, wo er momentan steht, nämlich ganz weit oben. Sie hat namhafte Autoren entdeckt, die zum Teil über viele Jahre von anderen Verlagen abgelehnt wurden.«

Durant und Hellmer hatten aufmerksam zugehört, Hellmer hatte sich ein paar Notizen gemacht.

»Ruft das nicht auch Neider auf den Plan?«, fragte Durant.

»Natürlich, was glauben Sie denn? Das Verlagsgeschäft ist

hart, jeder buhlt um die besten Autoren, die lukrativsten Lizenzen und, und, und … Frau Uhlig hat in den vergangenen Jahren mehrfach von anderen Verlagen Spitzenangebote bekommen, sie aber alle abgelehnt. Sie hat stets betont, dass sie sich bei uns wohl fühlt, und wir haben nun wahrlich keinen Grund, daran zu zweifeln.«
»Und wie ist es verlagsintern? Gibt es da eventuell Neider?«
»Nicht, dass ich davon wüsste. Wir legen großen Wert auf ein harmonisches Betriebsklima. Schauen Sie, ich bin ein alter Hase in dem Geschäft und habe viele Verlage kennengelernt, aber dieser hier ist der erste, wo alles oder zumindest fast alles stimmt. Aber das nur nebenbei.« Er machte erneut eine kurze Pause und fuhr dann fort: »Ich habe veranlasst, die Polizei so schnell zu verständigen, weil es ja in den letzten Monaten mehrere Fälle von vermissten und leider auch ermordeten Personen in Frankfurt gegeben hat, ich erinnere nur an die Tote am Schwanheimer Ufer. Und ich will ganz offen sein, ich habe Angst, dass ihr etwas in der Art zugestoßen sein könnte. Ich bin wirklich nicht der Typ, der gleich den Teufel an die Wand malt, aber es ist beunruhigend, wenn solche Dinge in so kurzer Abfolge passieren und dann auch noch eine unserer Mitarbeiterinnen verschwindet. Ich hoffe, Sie können meine Sorge nachvollziehen.«
»Das können wir, und wir sind Ihnen auch dankbar, dass Sie so schnell reagiert haben«, sagte Hellmer. »Nennen Sie doch bitte ein paar Eigenschaften von Frau Uhlig.«
Hofstetter musste nicht lange überlegen. »Strebsam, stets einsatzbereit, loyal, freundlich, bisweilen habe ich das Gefühl, als würde die Arbeit auch ihr Leben bestimmen, was natürlich nicht unbedingt das Ideale für eine noch so junge und nicht gerade unattraktive Frau ist. Sie nimmt sich regelmäßig Arbeit mit nach Hause, und ich bin fast sicher, sie verbringt auch die Wochenenden damit, Manuskripte zu lesen … Ansonsten fällt mir nichts ein.«

»Sie haben gesagt, sie ist ledig. War sie nie verheiratet?«
»Auch dazu könnte Ihnen am ehesten Frau Neumann etwas sagen.«
»Und ist Ihnen bekannt, ob sie eine Beziehung hat?«
»Tut mir leid, aber über ihr Privatleben ist mir nichts bekannt.«
»Ist sie kontaktfreudig, eher extrovertiert?«, fragte Durant.
Hofstetter wiegte den Kopf hin und her, schürzte die Lippen und antwortete nach einigem Überlegen: »Das ist schwer zu beschreiben. Ich würde sagen, sie ist eher introvertiert, obwohl sie bei geselligen Anlässen wie zum Beispiel Weihnachtsfeiern oder dem Sommerfest auch mal aus sich herausgehen kann. Aber sie ist keine Plaudertasche, doch wenn sie etwas sagt, hat es Hand und Fuß. Sie ist auch des Öfteren im Ausland, London, New York und so weiter, um über Lizenzen zu verhandeln, was sie perfekt beherrscht. Trotz ihrer Introvertiertheit kann sie energisch und durchsetzungsfähig sein. Sie hat schon so einige namhafte ausländische Autoren zu uns geholt.«
Durants Handy klingelte. Kullmer.
»Wollte nur Bescheid geben, dass wir drin sind. Bis jetzt nichts Auffälliges, außer dass die Wohnung blitzsauber ist. Das Auto der Uhlig steht direkt unter ihrem Fenster, das nehmen wir uns nachher vor. Kommt ihr noch vorbei?«
»Ja, aber ich kann noch nicht sagen, wann. Bleibt auf jeden Fall dort, ich will mir auch noch ein Bild machen. Bis dann.«
Sie steckte das Telefon wieder ein und nickte Hofstetter zu.
»Erst einmal danke für Ihre Unterstützung, wir werden uns dann mal mit Frau Neumann unterhalten.«
»Ich bringe Sie zu ihr, sie müsste in ihrem Büro sein. Und egal, was ist, Sie können sich natürlich jederzeit an mich wenden. Hier, ich gebe Ihnen meine Karte und schreibe Ihnen auch meine Privatnummer dazu. Ich wäre Ihnen sehr verbunden, wenn Sie mich informieren würden, sobald Sie Neuigkeiten haben. Ich mache mir wirklich große Sorgen.«

Er reichte Durant die Karte und ging vor den Kommissaren einen langen Gang entlang, bis sie vor einer geöffneten Tür standen, die in ein kleines Büro führte mit einem PC, zwei hohen, vollgestopften Bücherregalen, zahllosen Manuskripten auf dem Schreibtisch, die von Gummiringen zusammengehalten wurden, und einem kleinen Tisch mit zwei Stühlen, auf denen sich ebenfalls Manuskripte stapelten. Der erste Eindruck, den Julia Durant gewann, war der des organisierten Chaos, der zweite der, dass Franziska Uhlig am liebsten allein war, sonst hätte sie die Stühle freigehalten, denn es gab nur eine freie Sitzgelegenheit, ihren Schreibtischstuhl.
»Hier ist das Büro von Frau Uhlig, im Moment leider verwaist, wie Sie sehen, direkt nebenan sitzt Frau Neumann ...«
»Sagen Sie, sieht das hier immer so aus?«
Hofstetter lächelte und antwortete: »Das ist Frau Uhlig. Ich sagte Ihnen doch, sie geht in ihrer Arbeit auf, und ihr Büro ist ihr Heiligtum, zu dem sie nur ungern jemandem Zutritt gewährt. Wenn sie Besuch empfängt, Autoren zum Beispiel, dann geht sie mit ihnen ins Konferenzzimmer oder in ihr Stammlokal, wo sie auch jeden Mittag zwischen zwölf und halb zwei ihre Mittagspause verbringt. So, und nun gehen wir eine Tür weiter, und ich stelle Sie Frau Neumann vor.«
Martina Neumann war eine kleine, schlanke und wenig attraktive Person mit kurzen blonden Haaren, blauen Augen und einer Nase, deren Spitze bis fast zur Oberlippe reichte. Sie stand ruckartig auf, als Durant und Hellmer in Begleitung von Hofstetter ins Büro traten. Erst im Stehen sah man, wie klein sie wirklich war, sie ging Durant nur knapp bis zur Schulter.
Sie stellten sich gegenseitig vor, Durant bat Hofstetter, sie, Hellmer und Frau Neumann allein zu lassen.
»Selbstverständlich, Sie wissen ja, wo sich mein Büro befindet«, sagte er und verließ den Raum.
»Können wir die Tür schließen, oder gibt es einen anderen

Ort, wo wir uns ungestört unterhalten können?«, fragte Durant, nachdem sie mit einem Blick festgestellt hatte, dass es bei Frau Neumann nur wenig anders als im Büro nebenan aussah.
Sie lächelte verlegen und antwortete: »Ich weiß, es sieht hier drin schlimm aus, aber solange ich mich zurechtfinde … Am besten gehen wir ins Konferenzzimmer.«
Dort nahmen sie an einem großen Tisch Platz, und Martina Neumann fragte: »Darf ich Ihnen einen Kaffee anbieten?«
»Ich hatte zwar eben schon einen, aber ich sage nicht nein«, antwortete Durant.
»Ich nehme auch gerne noch einen«, meldete sich Hellmer zu Wort.
Frau Neumann holte den Kaffee, setzte sich und fragte: »Wie kann ich Ihnen helfen?«
»Herr Hofstetter hat uns erzählt, dass Sie und Frau Uhlig sehr eng zusammenarbeiten. Er beschrieb Sie als eine Art Dreamteam …«
»Das ist sehr schmeichelhaft, aber wohl doch etwas übertrieben. Das ist Dr. Hofstetter, lieber ein bisschen mehr als zu wenig. Leider wirkt es sich nicht aufs Gehalt aus, obwohl wir seit Jahren eine Spitzenposition im deutschen Verlagsgeschäft einnehmen. Aber das behalten Sie bitte für sich. Ich bin trotzdem zufrieden. Haben Sie schon eine Spur von Franziska? Ich hoffe, es stört Sie nicht, wenn ich sie beim Vornamen nenne, aber wir kennen uns nun schon seit über zehn Jahren und … Wissen Sie, ich habe als Lektorin unzählige Kriminalromane gelesen, aber es ist etwas anderes, wenn die Polizei direkt vor einem sitzt und man nicht weiß, was man sagen soll.«
»Wir wollen Ihnen nur ein paar Fragen stellen, weil es hier im Haus laut Aussage Ihres Chefs niemanden gibt, der Frau Uhlig besser kennt als Sie. Ihr Verhältnis war doch blendend, wenn ich Dr. Hofstetter richtig verstanden habe, oder?«

»Natürlich. Franziska und ich verstehen uns fast blind.«
»Beruflich und privat?«
Martina Neumann trank von ihrem Kaffee und schüttelte den Kopf. »Leider nur beruflich. Über ihr Privatleben hat sie mit mir fast nie gesprochen, das heißt, eigentlich überhaupt nicht. Ich weiß lediglich, dass sie geschieden ist, aber das liegt wohl schon eine halbe Ewigkeit zurück.«
»Und wie lebt sie jetzt?«, wollte Durant wissen.
»Was soll ich sagen, sie wohnt in Griesheim, ich war allerdings noch nie bei ihr zu Hause. Heute war es überhaupt das erste Mal, dass ich vor ihrer Tür gestanden habe.«
»Warum ist sie so verschlossen? Haben Sie eine Erklärung dafür?«
Martina Neumann schüttelte wieder den Kopf. »Nein, vielleicht hat sie in der Vergangenheit schlechte Erfahrungen gemacht. Oder es liegt in ihrer Natur. Ich kann es Ihnen wirklich nicht sagen. Es kann sein, dass sie Angst hat, dass man etwas weitererzählen könnte … Ach, ich habe keine Ahnung. Franziska hält sich nun mal äußerst bedeckt, was ihr Privatleben angeht.«
»Sie wissen also nichts über ihre Familie oder welche Freunde sie hat?«
»Sie hat eine Freundin, mit der sie sich regelmäßig trifft, Cornelia Schubert.«
»Beschreiben Sie doch bitte Frau Uhlig.«
»Freundlich, introvertiert, ein Arbeitstier. Sie kann unglaublich gut mit Autoren umgehen und genießt im Haus einen ausgezeichneten Ruf. Das soll jetzt um Himmels willen nicht neidisch klingen, aber sie hat ein Gespür, das mir leider fehlt. Wenn sie zum Beispiel wieder mal jemanden entdeckt hat, von dem sie meint, das sei ein ganz großes Talent, dann gibt sie mir das Manuskript zu lesen, damit ich meinen Kommentar dazu abgebe und ihr ganz offen sage, was ich davon halte. Bis jetzt gab es nur einmal einen Fall, wo wir unterschied-

licher Meinung waren, sie sich aber letztendlich durchgesetzt hat. Die Autorin hat zwar inzwischen fünf Bücher veröffentlicht, aber sie dümpelt so vor sich hin, was die Verkaufszahlen betrifft. Doch das ist eine Ausnahme, was die Entscheidungen von Franziska betrifft.«

»Sie verbringen die Mittagspause zusammen?«

»Ja, meistens. Woher wissen Sie das?«

»Von Herrn Hofstetter. Und wohin gehen Sie?«

»Wir haben einen Stammitaliener auf der Mainzer Landstraße. Luigi.«

»Merkwürdig«, sagte Durant und sah Martina Neumann zweifelnd an. »Sie gehen seit Jahren mit Ihrer Kollegin essen und können uns nichts über ihr Privatleben sagen? Kein bisschen?«

»Nein, ich schwöre es. Welchen Grund sollte ich haben, es Ihnen zu verheimlichen? Ich bin doch selber in großer Sorge um sie.«

»Ach, kommen Sie«, meldete sich nun Hellmer zu Wort, »das kauf ich Ihnen nicht ab. Frau Durant und ich gehen oft zusammen in die Kantine, und wir sprechen auch häufig über Privates.«

»Wenn ich's Ihnen aber sage. Warum sollte ich Sie anlügen?«, erwiderte sie mit hochrotem Kopf.

»Sind Sie nicht neidisch auf den Erfolg und die Anerkennung Ihrer Kollegin? Nicht ein kleines bisschen?«, hakte er nach.

»Nein! Das ist unfair, mir so etwas zu unterstellen. Ich habe es nicht nötig, neidisch zu sein, denn wäre ich es, würde ich nicht seit zehn Jahren mit ihr essen gehen. Wir verstehen uns gut, und trotzdem weiß ich nichts über ihr Privatleben. Das ist die Wahrheit!«

»Schon gut«, sagte Durant beschwichtigend. »Worüber unterhalten Sie sich denn bei Luigi?«

»Über die Arbeit, über Autoren, manchmal reden wir auch kaum etwas. Ich kann es nur noch einmal betonen, sie ist extrem verschlossen. Aber vielleicht finden Sie ja in ihrer Wohnung etwas, das Sie weiterbringt.«

»Diese Cornelia Schubert, haben Sie eine Telefonnummer von ihr?«

»Nein, aber vielleicht hat Franziska sie ja in ihrem Telefon gespeichert.«

Julia Durant atmete einmal tief durch und sagte: »Das war nicht sehr aufschlussreich, was aber nicht Ihre Schuld ist. Hier, meine Karte, rufen Sie mich an, falls Ihnen doch noch etwas einfällt, das uns weiterhelfen könnte. Wir werden uns dann mal in Frau Uhligs Büro umsehen.«

»Sicher«, antwortete Martina Neumann und erhob sich, um die Beamten zu begleiten, doch Durant hielt sie zurück.

»Wir schaffen das schon allein, danke. Gibt es noch andere Kollegen im Haus, mit denen Frau Uhlig engeren Kontakt hat?«

»Nein, das wüsste ich. Sie ist freundlich, aber reserviert. Wenn sie schon mir nie etwas über sich erzählt hat, dann ganz sicher auch keinem anderen. Sie hat Berufliches und Privates eben strikt voneinander getrennt.«

»Sie sprechen in der Vergangenheitsform, als wäre sie tot«, bemerkte Hellmer.

»Entschuldigung, das ist mir so rausgerutscht. Das wollte ich nicht. Ich hoffe, Franziska geht es gut und sie ist bald wieder hier.«

Durant und Hellmer gingen in Franziska Uhligs Büro, machten die Tür hinter sich zu und sahen sich mehrere Minuten um. Dann rief Hellmer Martina Neumann, die in ihr Büro zurückgekehrt war, und fragte: »Kommen wir in den Computer rein, ich meine, kennen Sie das Passwort?«

»Das Passwort ist ›Theresa‹ mit h, der zweite Vorname von Franziska. Sie werden dort aber nichts Privates finden.«

»Woher wissen Sie das?«

»Weil ich schon in ihrem Rechner war, als sie vor ein paar

Wochen dringend Informationen benötigte, während sie in London war. Hat alles nur mit der Arbeit zu tun.«
»Und ihre Termine? Wie hat sie die verwaltet? Nicht mit Outlook?«
»Doch, entschuldigen Sie«, sagte sie errötend, »das habe ich vergessen. Ich dachte, Sie suchen nach Schriftwechseln privater Natur. Ich bin dann mal wieder weg.« Sie huschte beinahe lautlos nach draußen und machte die Tür ebenso geräuschlos hinter sich zu.
»Hier«, sagte Hellmer nach einer Weile, »Conny. Sie hat sich mit ihr gestern Abend um halb neun getroffen. Und die Telefonnummer haben wir auch. Dann werden wir die Dame mal kontaktieren. Möglicherweise war sie die Letzte, die die Uhlig gesehen hat. Ich schick die Outlook-Daten auf meinen Rechner, um den Rest sollen sich die Kollegen kümmern.«
Er rief bei der KTU an und bat darum, den Computer von Franziska Uhlig unter die Lupe zu nehmen. Zwei Beamte versprachen, sich sofort auf den Weg zu machen.
Währenddessen telefonierte Durant mit Cornelia Schubert, der Freundin von Franziska Uhlig, die sie auf ihrem Handy erreicht hatte.
»Ja, bitte?«
»Hier Durant, Kriminalpolizei. Mein Kollege und ich würden uns gerne noch heute mit Ihnen treffen. Es geht um Ihre Bekannte, Frau Uhlig.«
»Was ist mit Franziska?«, fragte Cornelia Schubert aufgeregt.
»Nicht am Telefon. Wann können wir uns sehen?«
»Ich hab noch zu tun, vor halb sieben komme ich heute bestimmt nicht hier raus.«
»Wo arbeiten Sie? Es ist sehr wichtig, dass wir mit Ihnen sprechen.«
»Werbeagentur Kehrmann und Partner. Eschersheimer Landstraße.«

»Ich kenne die Agentur«, sagte Durant. »Wir sind in etwa einer Stunde bei Ihnen. Und nehmen Sie sich bitte etwas Zeit für uns.«
»Natürlich, ich werde auf Sie warten. Wo ist Franziska? Ich habe heute schon versucht, sie anzurufen …«
»Wir beeilen uns und erklären Ihnen nachher alles«, sagte Durant und legte auf. Sie holte einmal tief Luft und blies sie durch den Mund wieder aus. Sie hasste solche Telefonate, weil sie sich in die Lage von Cornelia Schubert versetzen konnte, die sich den Kopf zermartern würde, wo ihre Freundin steckte.
Durant und Hellmer verabschiedeten sich von Dr. Hofstetter und Frau Neumann, nicht ohne sie zu bitten, vorerst mit niemandem von der Presse über Franziska Uhligs Verschwinden zu sprechen. Anschließend fuhren sie in die Linkstraße zu Seidel und Kullmer.
»Was habt ihr?«, fragte Durant, als sie in der picobello aufgeräumten Vierzimmerwohnung stand. Die Einrichtung wirkte etwas altbacken, nicht unbedingt dem Stil einer siebenunddreißigjährigen Frau entsprechend. Doch nach allem, was sie bisher über sie gehört hatte, passte es ins Bild. Introvertiert, distanziert, verschwiegen, unzugänglich. Grünpflanzen in Reih und Glied auf der Fensterbank im Wohnzimmer, der Fernseher schräg in der Ecke zwischen Fenster und der Tür zum Schlafzimmer, eine kleine No-Name-Stereoanlage mit winzigen Boxen, ein paar wenige CDs, zwei abstrakte Gemälde, die nur aus unterschiedlichen Farben zu bestehen schienen, eine Vitrine mit Porzellangeschirr für zwölf Personen, ein rustikaler Wohnzimmertisch mit den entsprechenden Sitzmöbeln, hellbrauner Teppichboden und über den Raffstores dunkelbraune Übergardinen. Selbst die Lampe hat ihre Zeit längst überschritten, dachte Durant und schüttelte innerlich mit dem Kopf.
»Ein paar Fotos von ihr, darunter einige, die sie wohl mit ei-

ner Freundin zeigen, und einige mit ihren Eltern. Die wohnen in Kronberg, ich kenne das Viertel und auch die Straße, exklusive Gegend. Sollen wir gleich mal hinfahren?«

»Tut das. Sonst noch irgendwas Auffälliges?«

»Unzählige Papiere, Manuskripte …«

»Die Manuskripte interessieren mich nicht, ich meine private Aufzeichnungen.«

»Massig. Dafür brauchen wir aber Ruhe, um das alles durchzugehen«, sagte Seidel bedauernd.

»Das sollen andere übernehmen. Fahrt zu den Eltern, das wird lange genug dauern. Frank und ich müssen auch los, wir statten der Freundin einen Besuch ab. Ach ja, als ihr vorhin rein seid, hattet ihr da den Eindruck, als wäre sie mit Gewalt aus der Wohnung geholt worden?«

Seidel schüttelte den Kopf. »Der Hausmeister hat uns aufgemacht. Das Schloss war unversehrt, die Fenster waren geschlossen, es gibt keinerlei Anzeichen für gewaltsames Eindringen. Ihr Auto ist abgeschlossen, eine Hausbewohnerin hat ausgesagt, das Auto so zwischen halb eins und eins letzte Nacht gehört zu haben, es ist ein älterer Diesel und nicht zu überhören. Ansonsten null, nada, niente. Bis auf einen haben wir auch die anderen Bewohner befragt, aber keiner von ihnen hat engeren Kontakt zur Uhlig. Hier wohnen übrigens fast nur ältere Leute. Sie wird als freundlich und unauffällig beschrieben. Also, entweder hat die Uhlig arglos einer bekannten Person die Tür geöffnet, oder sie wurde auf offener Straße gekidnappt. Mein Bauchgefühl sagt mir, dass sie die Wohnung nicht betreten hat, nachdem sie aus ihrem Wagen gestiegen ist. Und sollte sie wirklich erst nach Mitternacht nach Hause gekommen sein, dann wird sie wohl kaum noch jemandem geöffnet haben, den sie nicht kennt. Sie hat die Wohnung nicht betreten, dabei bleibe ich.«

»Und woraus schließt du das?«, fragte Durant.

»Das Bett ist unberührt, wie du siehst. Selbst wenn sie extrem ordentlich war, so hätte sie doch zumindest ihre Handtasche irgendwo hier liegen lassen, wenn sie letzte Nacht vor ihrem Verschwinden hier drin gewesen wäre. Die war nicht in ihrer Wohnung. Was immer auch passiert ist, es passierte vor dem Haus, das spüre ich einfach.«
Durant sah sich noch kurz in Arbeitszimmer, Schlafzimmer, Bad und Küche um sowie in einem kleinen Gästezimmer, in dem ein Korb Bügelwäsche und eine Bügelstation standen. Tatsächlich wies nichts darauf hin, dass Franziska Uhlig in der Nacht noch in ihrer Wohnung gewesen war.
»Du magst recht haben. Wir können hier nichts mehr tun. Wir sehen uns spätestens morgen im Präsidium. Aber lasst uns heute Abend noch mal telefonieren, was bei unseren Gesprächen rausgekommen ist. Die Frau ist wie vom Erdboden verschluckt, und das ist so überhaupt nicht ihre Art, wie ihr Chef und eine ihrer engsten Mitarbeiterinnen erklärt haben. Das sieht alles nicht gut aus.«
Kullmer versiegelte die Wohnungstür und sagte leise: »Wenn die tatsächlich von unserem Mann entführt wurde, dann Mahlzeit. Erst die Schweigert, dann die Slomka, jetzt womöglich die Uhlig. Fragt sich nur, wann die wieder auftauchen und wenn, in welchem Zustand. Was macht er mit den Frauen?«
»The answer is blowing in the wind«, bemerkte Hellmer trocken und ging mit Durant zum Auto. »Viel Erfolg bei den Eltern. Ciao.«

Dienstag, 17.55 Uhr

Cornelia Schubert war ein Stück größer als Durant und hatte ein markantes, ausdrucksstarkes Gesicht mit großen blauen Augen, die einen aparten Kontrast zu ihren streng in einen Knoten gebundenen dunklen Haaren bildeten. Sie war sehr schlank, sportlich gekleidet und dezent geschminkt. Durant schätzte sie auf Mitte bis Ende dreißig, auch wenn bereits einige tiefe Falten sich um die Nase, den Mund und am Hals gebildet hatten. Sie ist nicht glücklich, dachte Durant und reichte ihr die Hand. Wahrscheinlich isst sie zu wenig und arbeitet zu viel.

»Was ist mit Franziska?«, fragte Cornelia Schubert nervös, als die Beamten in ihrem Büro Platz genommen hatten. In ängstlicher Haltung blieb sie am Fenster stehen. »Ist ihr etwas passiert? Ist sie gar tot?«, fügte sie mit verdächtigem Vibrato in der Stimme hinzu, die ebenso markant war wie ihr Äußeres, dunkel und etwas rauchig.

»Frau Schubert, beruhigen Sie sich, wir wissen noch gar nichts. Deshalb sind wir auch hier. Wir haben gehört, dass Sie mit Frau Uhlig sehr gut befreundet sind, und benötigen so viele Informationen wie möglich, damit wir uns ein Bild von ihr machen können. Bitte setzen Sie sich zu uns und lassen Sie uns in aller Ruhe reden.«

»Das sagen Sie so leicht. Ich bin nicht blöd, ich hab doch gelesen, was in den letzten Tagen und Monaten in der Zeitung stand. Zwei Frauen sind spurlos verschwunden, aber die eine ist wieder da und doch kurz darauf gestorben …«

»Wir wissen noch nicht, was mit Ihrer Freundin ist und ob ihr etwas Ähnliches widerfahren ist …«

Cornelia Schubert lachte kehlig auf: »Sie brauchen mir nichts vorzumachen, ich sehe Ihnen doch an der Nasenspitze an, dass Sie dasselbe denken wie ich. Ich habe nur eine echte Freundin, und das ist Franziska, und umgekehrt ist es genauso. Also, seien Sie ehrlich, was vermuten Sie? Das Gleiche wie ich, oder?«

»Es ist alles möglich. Diese Spekulationen führen zu nichts. Wir stellen Ihnen ein paar Fragen, und Sie antworten uns, so gut Sie können. Einverstanden? Es ist im Interesse Ihrer Freundin, nur daran sollten Sie im Moment denken.«

Cornelia Schubert nickte, seufzte kurz auf, löste sich vom Fenster und setzte sich den Kommissaren gegenüber.
»Wie wir dem Terminkalender von Frau Uhlig entnehmen konnten, haben Sie sich gestern Abend getroffen? Ist das richtig?«
»Ja. Wir waren bei unserm Griechen essen und haben fast vier Stunden dort verbracht. Nun sagen Sie doch schon, was los ist. Wird sie vermisst?«
»Ja, sie wird vermisst. Wir waren im Verlag, wir waren bei ihr zu Hause, es fehlt jede Spur von ihr …«
»Ich habe sofort nach Ihrem Anruf versucht, sie zu erreichen, aber es springt immer nur diese verdammte Mailbox an. Mein Gott, hoffentlich ist ihr nichts passiert!«
»Wie heißt das Lokal, und wann haben Sie es verlassen?«
»Es ist das *Santorin,* und wir sind so gegen Mitternacht gegangen. Sie hat bezahlt – damit wechseln wir uns immer ab –, wir haben uns auf dem Weg zum Parkhaus noch ein bisschen unterhalten, dann sind wir nach Hause gefahren. Wo ist ihr Auto?«
»Das steht vor ihrer Tür.«
»Was?«, fragte Cornelia Schubert mit zusammengekniffenen Augen. »Das Auto steht vor ihrer Wohnung? Das begreife ich nicht. Wo ist sie dann? Da muss doch etwas Schreckliches passiert sein, oder? Haben Sie schon die Umgebung abgesucht, vielleicht ist ja irgendwo …«
»Kollegen von uns waren bereits in der Wohnung, und eine großangelegte Suchaktion in Griesheim halten wir im Moment nicht für angebracht, da es sich ja fast um ein reines Wohngebiet handelt. Wir haben auch eine Ortung ihres Handys veranlasst, doch leider ohne Erfolg. Das letzte Telefonat, das Ihre Freundin führte, war mit Ihnen.«
»Wo ist sie bloß? Das kann doch nicht sein, dass sie einfach so weg ist. Bitte suchen Sie sie. Ich flehe Sie an«, sagte Cornelia Schubert mit Tränen in den Augen.

»Beschreiben Sie sie doch bitte. Was ist Franziska Uhlig für ein Mensch?«

»Sie ist wunderbar, eine bessere Freundin kann man sich nicht wünschen. Wir sind nebeneinander in Kronberg aufgewachsen und haben uns nie aus den Augen verloren, selbst als sie diesen Mistkerl geheiratet hat ...«

»Was für ein Mistkerl?«, fragte Durant mit zusammengekniffenen Augen.

»Eine furchtbare Sache. Sie war neunzehn, er war ihr erster Mann, sie hat ihn vergöttert, und er hat sie behandelt wie den letzten Dreck. Dauernd irgendwelche Weibergeschichten, bis sie endlich kapiert hat, was für ein Arschloch sie sich da an Land gezogen hat. Sie hat ihm dann an einem Abend, als er mal wieder bei einer seiner Geliebten war, die Koffer gepackt und vor die Tür gestellt. Aber dieses Kapitel liegt schon fast fünfzehn Jahre zurück, das war noch während ihres Studiums. Sie war jung und naiv und ist auf diesen verdammt gutaussehenden Typ reingefallen.«

»Hatte sie danach wieder eine Beziehung?«

»Nein, nicht einmal lose Bettgeschichten. Sie lebt sehr asketisch, was noch untertrieben ist. Ihr Leben besteht eigentlich nur aus Arbeit, das ist ihre große Liebe, darin geht sie auf. Ich habe ihr schon so oft gesagt, dass sie doch mal wieder einen Versuch starten könnte, aber sie weigert sich. Sie sagt, ihr reicht meine Freundschaft. Ich meine, ich lebe auch nicht in einer festen Beziehung, aber ein wenig Spaß gönne ich mir dennoch hin und wieder. Aber Franziska hat der Männerwelt komplett abgeschworen. Was glauben Sie, wie viele Männer schon um sie gebuhlt haben, sie hat sie alle abblitzen lassen. Freundlich, aber bestimmt. Ich kann das nicht nachvollziehen. Wenn sie so weitermacht, wird sie eines Tages als alte Jungfer enden. Aber sie will mit Männern partout nichts mehr zu tun haben, außer im beruflichen Bereich oder in der Kirche.«

»Und da sind Sie sich ganz sicher?«
»Hören Sie, wenn einer Franziska kennt, dann ich. Außerdem könnte sie es mir gar nicht verheimlichen, ich würde es ihr an der Nasenspitze ansehen, wenn sie jemanden hätte. Oder wenn sie auch nur verknallt wäre. Aber sie will das alles nicht. Ich habe mit Engelszungen auf sie eingeredet und ihr klarzumachen versucht, dass sie so doch nicht bis ans Ende ihrer Tage ...« Sie lehnte sich zurück und verschränkte die Beine. »Zum einen Ohr rein, zum anderen raus. Ich glaube aber, das ist nicht so wichtig.«
»Alles ist wichtig. Wie oft sehen Sie sich und wie oft telefonieren Sie?«
»Wir sehen uns jeden Sonntag in der Kirche und gehen mindestens einmal im Monat zusammen essen. Außerdem treffen wir uns mal bei ihr, mal bei mir oder bei unseren Eltern. Wie es sich eben ergibt.«
»In welche Kirche gehen Sie, und wie heißt der Pfarrer?«
»Mariä Himmelfahrt in der Linkstraße in Griesheim. Der Pfarrer heißt Gregor Hüsken. Franziska braucht nur quer über die Straße zu gehen, und ich wohne in Nied, was ja auch nicht gerade weit weg ist.«
Hellmer machte sich wieder Notizen, während Durant fragte: »Fährt sie jeden Sonntag zu ihren Eltern?«
»Ungefähr jeden zweiten Sonntag. Ich bin für die Uhligs wie eine zweite Tochter und umgekehrt Franziska für meine Eltern. Wir wechseln uns ab.«
»Hat Frau Uhlig gestern irgendwelche Andeutungen gemacht, die ungewöhnlich waren?«
»Wie meinen Sie das?«
»Wirkte sie anders als sonst?«
»Nein, der Abend verlief wie immer. Wir haben Wein bestellt, wir haben gegessen und uns über alles Mögliche unterhalten. Obwohl wir dauernd telefonieren und uns so oft sehen, geht uns nie der Gesprächsstoff aus.«

»Ich will nicht zu indiskret sein, aber über was haben Sie gestern gesprochen?«
Cornelia Schubert zeigte den Anflug eines Lächelns, als sie antwortete: »Im Wesentlichen über unsere Arbeit. Schauen Sie, es gibt nicht so viele neue Themen, über die wir uns noch unterhalten könnten, das meiste wurde schon wie ein Kaugummi durchgekaut, und doch ist es jedes Mal schön, mit ihr zusammen zu sein. Es geht fast immer um unsere Arbeit, um unsere Eltern, um Kollegen, auch mal um Männer. Es ist schon lange nicht mehr aufregend, das Wichtige bei der ganzen Sache ist, dass wir den Abend miteinander verbringen und manchmal in der Vergangenheit schwelgen. Gestern haben wir aber tatsächlich fast nur über die Arbeit geredet. Kehrmann und Partner ist auch für den Bruckheim Verlag tätig, wir sind unter anderem für die Covergestaltung verantwortlich. Gestern hab ich mich mit Franziska über die Cover der Frühjahrsnovitäten unterhalten und ihr die ersten Vorschläge präsentiert. Das letzte Wort haben aber die Geschäftsführung und die Marketingabteilung.« Sie hielt kurz inne und fuhr dann fort: »Wir haben zusammen eine Flasche Wein getrunken und, nun, ich weiß nicht, ob das von Belang ist, aber wir haben uns zum wer weiß wievielten Mal darüber unterhalten, wie sie vor nicht allzu langer Zeit mit einem Autor im Clinch lag, der jedes Mal, wenn er im Verlag war, anzügliche Bemerkungen machte, er hat sie sogar schon mal vor ihrem Haus abgepasst und sie belästigt. Sie hat ihm jedoch unmissverständlich zu verstehen gegeben, dass es so nicht läuft und sie ihn wegen Stalkings anzeigen wird, wenn er sie nicht in Ruhe lässt.«
»Wie lange ist das her?«, wollte Durant wissen.
»Dass er ihr vor ihrem Haus aufgelauert hat, dürfte etwa ein halbes Jahr her sein, es war auf jeden Fall vor Weihnachten. Sie hat mich sofort danach völlig aufgelöst angerufen. Sie hat regelrecht Angst vor ihm und hält ihn für einen Psycho-

pathen, der meint, ein großer Schriftsteller zu sein, dabei ist er nur mehr ein mittelmäßiger Autor mit leidigen Auflagenzahlen. Er hält sich jedoch für den Größten, Besten und Schönsten. Wenn Sie jemanden suchen, auf den der Begriff Narziss zutrifft, dann Günter Schwarz. Es gibt wohl keinen Spiegel, in den er nicht voller Bewunderung für sich selbst hineinschaut. Ich hatte das zweifelhafte Vergnügen, ihn kennenzulernen, und war schlichtweg angewidert. Aber als sie mich damals nach dem Vorfall vor ihrem Haus angerufen hat, da schwang eine Menge Wut in ihrer Stimme mit, das können Sie mir glauben.«

»Wie war noch mal sein Name? Günter Schwarz?«

»Ja. Seine Adresse bekommen Sie im Verlag.«

»Hat Frau Uhlig sich denn nicht bei der Verlagsleitung über ihn beschwert?«

Cornelia Schubert schüttelte den Kopf. »Das mit Schwarz ist so eine Sache. Er genießt Protektion von ganz oben, das heißt, Dr. Hofstetter und er sind befreundet. Da überlegt es sich eine Lektorin, auch wenn sie noch so angesehen ist, natürlich zweimal, ob sie das ansprechen kann. Sie hat lange mit sich gerungen, Hofstetter darüber zu informieren, es aber schlussendlich sein gelassen. Na ja, nach seinem widerlichen Auftritt hat sie auch nichts mehr von ihm gehört, außer dass er ihr einen Strauß Blumen und eine Entschuldigungskarte geschickt hat. Er sei an dem Tag betrunken gewesen, schrieb er, und habe nicht gewusst, was er tat. Aber selbst wenn Schwarz ein Psychopath ist, ich kann mir nicht vorstellen, dass er so blöd ist und seine über alles geliebte Lektorin entführt.«

»Wir werden ihn überprüfen«, sagte Durant, die sich davon jedoch nicht viel versprach. Das unvermittelte Verschwinden von Franziska Uhlig passte zu sehr in das Muster der anderen Fälle.

»Was können Sie uns noch über Frau Uhlig berichten?«

»Wenig. Sie führt ein ziemlich ereignisarmes Leben, und wie ich schon betonte, dieses Leben besteht zum größten Teil aus ihrer Arbeit. Klar, sie ist ein paarmal im Jahr unterwegs, New York, London, Mailand, Bologna und so weiter, aber ich sage immer, das ist kein Ausgleich für ein schönes und erfülltes Privatleben. Sie ist unglaublich einsam, und ich weiß, sie leidet darunter, aber selbst mich, als ihre beste Freundin, lässt sie nicht hinter ihre Stirn blicken. Und das macht mich traurig. Keine Ahnung, warum, aber ich werde das Gefühl nicht los, dass irgendetwas in der Vergangenheit passiert ist, das sie so hat werden lassen. Ich habe da auch eine Vermutung, aber die möchte ich lieber nicht äußern.«

»Was Sie uns anvertrauen, bleibt auch unter uns«, sagte Durant.

»Ich glaube, ihr Exmann hat sie nicht nur betrogen. Auch wenn sie's nie gesagt hat, ich vemute, er hat sie auch geschlagen und vergewaltigt. Anders kann ich mir Franziskas Verhalten nicht erklären. Aber das muss wirklich unter uns bleiben.«

Durant nickte: »Mag sein. Das ist aber zu lange her und für ihr Verschwinden nicht relevant.« Durant räusperte sich und meinte: »Wie war sie denn vor ihrer unglücklichen Ehe?«

»Nicht viel anders, aber Jungs und Männern gegenüber doch etwas aufgeschlossener. Sie war schon immer recht still und introvertiert, nur im Job ist sie grandios, und in der Kirchenarbeit. Das ist ihr Steckenpferd, da blüht sie auf. Nur leider habe ich nicht die geringste Ahnung, wie es in ihr aussieht, obwohl sie meine beste Freundin ist. Reden kann man viel, aber was sind schon Worte?«, stieß sie bitter hervor. »Dass Sie mich aber um Himmels willen nicht falsch verstehen, ich liebe Franziska, als wäre sie meine Schwester.« Sie seufzte auf. »Und deshalb bitte ich Sie inständig, finden Sie sie.« Sie hielt einen Moment inne, ein paar Tränen stahlen sich in ihre Augen, die sie mit dem Handrücken wegwischte. »Ich habe furchtbare Angst, dass ihr etwas zugestoßen ist. Sie ist ein ganz außergewöhnlicher und wunderbarer Mensch. Es tut mir leid, aber ich kann Ihnen nichts weiter sagen. Nur, bitte, finden Sie sie.«

»Wir werden unser Möglichstes tun. Haben Sie einen Schlüssel zu Frau Uhligs Wohnung?«

»Ja, warum?«

»Unsere Kollegen mussten die Wohnung vom Hausmeister öffnen lassen, der ihnen auch den Schlüssel übergeben hat. Die Wohnung ist versiegelt und darf von niemandem außer von uns betreten werden.«

»Selbstverständlich. Waren Sie mal drinnen?«

»Ja, vorhin. Warum?«

»Na ja, ich könnte in diesem Haus nicht leben. Nur Rentner, womit ich nichts gegen Rentner gesagt haben will. Aber das ist das, was sie damals nach der Scheidung suchte, die Ruhe. Sie wird von niemandem gestört, und sie selbst stört auch keinen. Keine laute Musik, kein lauter Fernseher, eine unauffällige und seriöse Mieterin. Ich weiß, das hört sich schrecklich an, aber manchmal kommt sie mir vor wie eine alte Frau und nicht wie siebenunddreißig. Ich kann nur immer wieder betonen, Franziska ist ein sehr wertvoller Mensch, aber sie fühlt sich minderwertig. Wenn Sie sie kennen würden, wüssten Sie, was ich meine. Dabei ist sie sehr attraktiv und könnte an jedem Finger zehn Männer haben. Aber sie will nicht mal einen, dabei würde ich es ihr so sehr wünschen.«

Durant runzelte die Stirn und sagte mit gedämpfter Stimme: »Ich will jetzt nicht zu indiskret erscheinen, aber könnte es sein, dass sie eine andere sexuelle Orientierung hat?«

Cornelia Schubert lachte kurz auf und antwortete mit energischem Kopfschütteln: »Nein, dafür lege ich meine Hand ins Feuer. Franziska ist sexuell extrem inaktiv, eine Seltenheit heutzutage, wenn man den Berichten in den Medien Glauben schenken darf. Vor nicht allzu langer Zeit haben wir uns mal darüber unterhalten, als sie ein wenig zu viel getrunken hatte, und da hat sie mir gestanden, dass sie seit ihrer Scheidung keinen Sex mehr hatte. Und das beantwortet Ihre Frage ja wohl zur Genüge. Sie wissen ja, wie es heißt: Betrunkene und Kinder sagen die Wahrheit. In vino veritas.«

»Hat sie sich denn nie eine Familie und Kinder gewünscht?«, fragte Durant, die dabei an ihr eigenes, ebenfalls nicht gerade spannendes Privatleben und ihre katastrophale Ehe dachte, die zum Glück längst Geschichte war.

»Natürlich, als sie noch verheiratet war. Da sah sie alles durch die rosarote Brille und wünschte sich vier Kinder. Als sie endlich einen Schlussstrich gezogen hatte, war dieser Wunsch wie weggeblasen. Sie war ja auch erst zweiundzwanzig. Sie beendete ihr Germanistik- und Anglistikstudium und fing gleich danach beim Verlag an. Mehr kann ich Ihnen im Moment aber wirklich nicht sagen. Warten Sie, hier ist meine Karte, falls Sie noch Fragen haben. Ich stehe Ihnen jederzeit zur Verfügung, und wenn es mitten in der Nacht ist. Ich bete zu Gott, dass sie noch lebt.«

»Danke, Sie haben uns schon sehr geholfen. Wir werden alles in unserer Macht Stehende tun, um Ihre Freundin zu finden.«

»Das glaube ich Ihnen, aber Sie haben, soweit mir bekannt ist, auch die anderen bisher nicht gefunden.« Cornelia Schubert senkte den Kopf und fragte leise: »Was macht er mit seinen Opfern? Quält er sie, vergewaltigt er sie? Ich wollte nie daran denken und tat es doch, so wie wahrscheinlich viele Frauen in Frankfurt und Umgebung. Und jetzt befindet sich Franziska in seiner Gewalt, und versuchen Sie gar nicht erst, mir das auszureden. Ganz tief in mir drin weiß ich das. Und ich fürchte so sehr, dass die Polizei nichts ausrichten kann. Das ist nicht gegen Sie gerichtet, Sie tun bestimmt Ihr Bestes, und ich wünsche mir so sehr, es reicht, um Franziska zu finden. Ich möchte sie wieder in die Arme schließen können,

ich möchte mit ihr wieder zu unserem Griechen gehen und einfach nur mit ihr quatschen.«
»Wir werden nichts unversucht lassen, sie zu finden, das verspreche ich Ihnen.«
»Sicher, aber Sie haben bisher auch die andern nicht gefunden. Deshalb macht mir das alles Angst.«
Durant und Hellmer erhoben sich und verabschiedeten sich. Durant reichte ihr die Hand, sah ihr in die vom Weinen geröteten Augen und sagte: »Beten Sie für sie. Sie sind doch gläubig, wenn Sie jeden Sonntag in die Kirche gehen, oder?«
»Ja«, erwiderte sie kaum vernehmlich, als könnten fremde Ohren mithören, »aber das darf man heutzutage ja nicht mehr zu laut sagen, da wird man gleich in eine Schublade gepresst. Glauben Sie an Gott?«
Julia Durant lächelte. »Ja, von Geburt an. Mein Vater ist Pfarrer, und ich bin mit Gott praktisch groß geworden. Aber ich bin eine große Zweiflerin, was vielleicht mit meinem Beruf zu tun hat. Beten Sie für Ihre Freundin, gehen Sie doch in die Liebfrauenkirche und zünden Sie eine Kerze an und genießen Sie die Stille in der kleinen Kapelle. Versuchen Sie, zur Ruhe zu kommen. Manchmal geschehen Wunder.«
»Danke, dass Sie das gesagt haben. Eine Polizistin, die an Gott glaubt«, entfuhr es ihr, was so klang als wäre es genauso unvorstellbar wie ein Metzger, der morgens um drei aufsteht, um Brötchen zu backen. »Entschuldigen Sie, das war eben dumm von mir.«
»Schon gut.«
»Ich frag auch nicht, warum Gott das zugelassen hat, das mit Franziska und den anderen Frauen, seine Wege sind unergründlich. Ich werde in die Kapelle gehen. Ich werde tun, was ich kann, um ihr zu helfen, auch wenn es nur im spirituellen Sinne ist.«
»Hier ist meine Karte. Rufen Sie mich an, falls Ihnen noch etwas einfällt. Und sprechen Sie bitte vorläufig nicht mit

irgendwelchen Medienvertretern, es würde uns in den Ermittlungen nur behindern.«

»Das hatte ich auch nicht vor.«

»Es mag sein, dass Reporter auf Sie zukommen. Seien Sie gewappnet.«

»Von mir erfährt niemand etwas, das verspreche ich Ihnen hoch und heilig.«

»Mehr wollte ich nicht hören. Machen Sie's gut und passen Sie auf sich auf.«

»So wie Franziska?«, entgegnete Cornelia Schubert bitter.

»Besser.«

»Wenn das so einfach wäre. Sie ist die einzige Freundin, die ich habe, und ich möchte sie lebend wiedersehen. Können Sie das verstehen?«

»Natürlich verstehe ich das, jeder Mensch braucht einen Freund oder eine Freundin.«

Durant nickte und verließ mit Hellmer das Büro.

Dienstag, 19.00 Uhr

»Wenn das alles so einfach wäre«, sagte Hellmer auf dem Weg zum Auto.

»Was meinst du?«

»Das mit Gott. Wenn's ihn denn gibt, dann kümmert ihn das doch einen feuchten Dreck, was hier abgeht.«

»Warum so zynisch? Bleibt es nicht jedem selbst überlassen, woran er glaubt? Die Schubert macht sich berechtigte Sorgen, und da ist doch wohl jedes Mittel recht, um den Kummer zu lindern. Warst du schon mal in der Liebfrauenkirche?«

»Ne, und da bringen mich auch keine zehn Pferde hin. Pfaffengeschwätz ist hohles Geschwätz.«

»Damit triffst du auch meinen Vater.«

»Ich hab nichts gegen deinen alten Herrn, ganz im Gegenteil. Er ist die berühmte Ausnahme von der Regel.«
Julia Durant schwieg dazu. Sie hatte keine Lust, sich mit Hellmer auf eine Diskussion über Gott einzulassen. Seit seinem katastrophalen Absturz, der ihn beinahe das Leben gekostet hätte, hatte er sich verändert. Er lachte fast nicht mehr, wirkte meist mürrisch und hatte sich in sich zurückgezogen. Manchmal fragte sich Durant, ob es nicht besser wäre, wenn er seinen Beruf an den Nagel hängen und es sich mit dem vielen Geld, das seine Frau Nadine mit in die Ehe gebracht hatte, gutgehen lassen würde. Seine häufig miese Stimmung übertrug sich bisweilen auch auf die andern, nur sie ließ sich davon nicht oder nur wenig beeindrucken, schließlich waren sie seit nunmehr fast zwölf Jahren Partner und stets ein gutes Team gewesen. Sie gab die Hoffnung nicht auf, dass er sich eines Tages wieder fangen und jener Frank Hellmer werden würde, den sie vor zwölf Jahren kennengelernt hatte.
»Wohin jetzt?«, fragte er nach einer Weile des Schweigens.
»Nirgendwohin, wir machen Feierabend. Deine liebe Nadine wartet doch bestimmt schon sehnsüchtig mit einem lecker zubereiteten Mahl auf ihren Göttergatten«, sagte sie spöttisch. Hellmer enthielt sich einer Antwort und blickte stur geradeaus auf die Straße. Er fuhr den BMW auf den Hof, verabschiedete sich knapp und lief mit schnellen Schritten zu seinem nagelneuen Porsche, mit dem er sich den Neid einiger Kollegen zuzog, was ihm aber zu gefallen schien, sonst würde er nicht seit Wochen schon Tag für Tag mit diesem sündhaft teuren Geschoss auf den Präsidiumshof fahren. Durant vermutete, dass Nadine ihm den Porsche geschenkt hatte, weil sie froh war, ihren Mann zurückzuhaben. Sie hatte harte Zeiten mit ihm durchgestanden, seine Affäre, seinen Alkoholabsturz, seine Launen. Und sie hatte fast seinen Tod miterlebt. Natürlich war sie glücklich, dass der Vater ihrer Kinder wieder zur Besinnung gekommen war.

Julia Durant stieg in ihren ebenfalls neuen Peugeot, in den sie sich – nach dreizehn Jahren Corsa – direkt bei der Probefahrt verliebt hatte. Sie hatte die brandneue CD von Bon Jovi im Wechsler und stellte die Lautstärke hoch. Es war ihre Art abzuschalten, der Tag war aufreibend gewesen – erst zahllose Akten, dann die Vermisstenmeldung. Die Jagd nach einem Phantom, das keine Spuren hinterließ. Das überall und nirgends zu sein schien. Das sich scheinbar wahllos Frauen, aber auch einen Mann griff und sie irgendwo gefangen hielt, bevor er sie tötete. Für die Angehörigen und Freunde eine Qual, für die Polizei eine beinahe unerträgliche Herausforderung. Noch vor Weihnachten war wegen der beiden Morde eine zwanzigköpfige Sonderkommission gebildet worden, die mittlerweile auch für die vermissten Frauen zuständig war, obgleich die hinzugezogenen Kriminalpsychologen von zwei unterschiedlichen Tätern ausgingen.
Wenn er doch nur Kontakt zu uns oder den Medien aufnehmen würde, dachte sie, während die Musik aus neun Lautsprechern dröhnte. Warum sucht er nicht die Aufmerksamkeit wie andere Täter seines Kalibers? Was macht er mit den Frauen? Wo steckst du, du verdammtes Arschloch?
Zu Hause angekommen, nahm sie die Post aus dem Briefkasten und ging nach oben. Sie ließ sich auf die Couch fallen, streifte die Schuhe ab und schloss die Augen. Ihr Magen machte sich bemerkbar, genau wie ihre linke Schläfe, und sie dachte, ich muss unbedingt etwas essen. Sie hatte den ganzen Tag über kaum etwas zu sich genommen. Die leichte Übelkeit und die Stiche in der Schläfe waren ein untrügliches Indiz für übergangenen Hunger. Hatte sie am Mittag keinen Appetit gehabt, so verspürte sie jetzt eine fast unbändige Lust auf eine saftige Pizza, dazu Tomatensalat mit einer großen Portion Zwiebeln. Nach zehn Minuten des Überlegens auf dem Sofa begab sie sich ins Bad, zog sich einen legeren Hausanzug an und überlegte, was sie denn nun essen

sollte. Sie entschied sich seit längerem wieder einmal für das, was sie in den letzten Jahren so oft gegessen hatte – Tomatensuppe und Salamibrot. Und eine Dose Bier. Und danach entspannen, die Beine hochlegen und bei Susanne Tomlin anrufen. Und später vielleicht auch noch ihren Vater, den sie zuletzt vor einer Woche gesprochen hatte. Sie würde ihm ihr Leid klagen, und er würde ihr geduldig zuhören. Wie jedes Mal. Nur hin und wieder erteilte er wohldosierte und wohlgemeinte Ratschläge. Aber nur hin und wieder.

Nach dem Essen wählte sie Susannes Nummer.

»Hallo, Julia«, wurde sie begrüßt, bevor sie etwas sagen konnte.

»Hallo. Ich wollte mich nur mal melden und fragen, ob alles okay ist. Du kannst dir gar nicht vorstellen, wie sehr ich mich auf Samstag freue. Bei uns ist die Hölle los.«

»Deswegen wird es Zeit, dass du kommst. Julia, du brauchst dringend Entspannung und Ruhe. Du bist doch völlig fertig, das hör ich sogar durchs Telefon.«

»Ich weiß, aber …«

»Nein, kein Aber, das lasse ich nicht mehr gelten«, fuhr ihr Susanne ins Wort, als wüsste sie genau, was Julia gleich sagen würde. »Du ruinierst dir noch die Gesundheit, wenn du permanent auf der Überholspur fährst. Irgendwann kommt der Crash. Es gibt ein Lied von den Eagles ›Life in the fast lane‹, das solltest du dir mal anhören. Wie oft soll ich es noch sagen, du bist nicht unentbehrlich, auch wenn du dich dafür hältst. Du wirst dich am Samstag gefälligst in den Flieger setzen und herkommen. Kapiert?«

»Susanne, ich weiß selbst, dass ich total bescheuert bin, ich denke nur immer, ohne mich läuft der Laden nicht.«

»Mal anders gefragt: Was wäre denn, wenn du plötzlich krank werden würdest und für ein paar Wochen oder gar Monate …«

»Ich bin aber nicht krank«, wehrte sich Durant.

»Heißt das, du willst dir noch überlegen, ob du kommst?«, fragte Susanne plötzlich kühl.
»Nein, natürlich nicht. Ich krieg ja schon genug Druck von allen Seiten, sogar von Berger.«
»An was für einem Fall arbeitest du gerade?«
»Es geht noch immer um die vermissten Frauen. Letzte Nacht ist schon wieder eine verschwunden.«
»Julia, jetzt hör mir bitte zu. Du machst einen hervorragenden Job, du bist eine tolle Frau und eine wunderbare Freundin. Schalte ab, und zwar sofort. Ihr jagt seit über einem halben Jahr einem Gespenst hinterher, glaubst du vielleicht, du wirst etwas retten, wenn du den Urlaub wieder sausen lässt? Glaubst du das ernsthaft?«
»Darum geht es doch nicht. In ein paar Tagen bin ich bei dir, und daran wird sich auch nichts ändern ...«
»Und du versprichst mir, nichts von dem, was mit Frankfurt zu tun hat, in den Koffer zu packen?«
»Versprechen kann ich es nicht, aber versuchen. Ich weiß, ich bin eine blöde Kuh, aber ich kann eben nicht aus meiner Haut. Du kennst mich doch.«
»Eben. Wir werden eine Menge unternehmen, ich habe ein paar wunderbare Ideen. Du wirst gar keine Zeit haben, auf dumme Gedanken zu kommen. Wie geht's dir denn sonst?«
»Ich esse zu wenig, ich schlafe zu wenig, ich denke zu viel nach. Das Übliche halt.«
»Wenn ich dich so höre, dann bräuchtest du nicht vier, sondern mindestens acht Wochen Auszeit. Am besten ein ganzes Jahr. Wir sind beide nicht mehr zwanzig und endlos belastbar. Auch das solltest du dir vor Augen halten. Ich habe gelernt, mich meinem Alter entsprechend zu verhalten. Glaub mir, das hält jung. Ich werde dir zeigen, wie das geht. Muss ich mir Sorgen machen?«
»Quatsch, worüber denn?«

»Dass du's dir doch noch anders überlegst.«
»Susanne, ich schwöre dir, ich freue mich auf die Zeit bei und mit dir. Ich muss raus hier, sonst dreh ich durch. Und ja, die anderen werden auch ohne mich auskommen. Außerdem kriegen sie Verstärkung von einem renommierten Profiler.«
»Na also, ist doch bestens. Was machst du heute Abend?«
»Meinen Vater anrufen und früh zu Bett gehen.«
»Nimm ein Bad mit allem Drum und Dran, so etwa zwei Stunden Schönheitspflege. Dann noch ein Bier oder ein, zwei Gläser Rotwein, und du wirst schlafen wie in Morpheus' Armen. Bei mir funktioniert's immer.«
»Okay«, entgegnete Durant lächelnd. »Ach Mensch, manchmal möchte ich den ganzen Kram einfach hinschmeißen. Ich hab keine Kraft mehr und …« Sie stockte.
»Julia, was ist los? Weinst du?«
»Scheiße, ich kann nicht mehr. Ich bin so fertig, das kann sich kein Mensch vorstellen. Und dann immer der Gedanke, die brauchen mich, sprechen es aber nicht aus. Ich krieg das nicht mehr gebacken.«
»Schade, dass ich jetzt nicht bei dir sein kann. Du musst loslassen. Sag, dass du nicht mehr zur Verfügung stehst. Unser Leben besteht aus lauter Mustern, und einige davon, das kannst du mir glauben, sind schlichtweg Ballast. Du bist nicht für alles und jeden verantwortlich, *du* bist die wichtigste Person in *deinem* Leben. Niemand ist wichtiger als du. Sag einigen dieser Muster, ich stehe nicht mehr zur Verfügung. Befrei dich von dem Ballast, der dich hindert, die Julia zu sein, die du sein möchtest und eigentlich auch bist – nämlich einer der liebenswertesten und wertvollsten Menschen, die ich kenne. Ohne dich würde es mich womöglich heute gar nicht mehr geben. Erinnerst du dich noch an den Abend, als ich dich gebeten habe, bei mir zu bleiben? Ich werde diese Nacht nie vergessen. Du warst einfach nur da, und ich habe mich geborgen gefühlt. Dabei kannten wir uns noch gar nicht

richtig. Ich war am Boden, und du hast nicht zugelassen, dass ich kaputtgehe. Du warst da, als ich ganz dringend jemanden gebraucht habe. Wir haben in all den Jahren seither nie wieder darüber gesprochen, aber jetzt musste ich dir das sagen. Du hättest damals sagen können, nein, das gehört nicht zu meinen Aufgaben, rufen Sie die Seelsorge an oder irgendeinen Freund oder eine Freundin. Aber nein, du hast dich über alle Regeln hinweggesetzt und bist geblieben. Du kannst dir nicht vorstellen, wie dankbar ich dir heute noch dafür bin. Ich werde das nie in meinem ganzen Leben wiedergutmachen können, aber ich werde immer für dich da sein, das verspreche ich dir.«

»Du hast schon so viel für mich getan«, sagte Julia Durant schluchzend.

»Nicht annähernd so viel wie du für mich. Aber das kann wohl nur ich beurteilen. Damals war mein Leben ein einziger Trümmerhaufen, als wäre eine Bombe mitten in mir explodiert. Du warst da, als ich dringend jemanden brauchte. Ich habe zu viel gequalmt, ich habe mich mit Valium und Alkohol betäubt und ... Na ja, du kennst die Geschichte. Ich habe dich unendlich gern und möchte dich noch lange als Freundin behalten, verstehst du? Du bist nämlich auf einem Weg, der geradewegs auf einen Abgrund zusteuert. Denk daran, es gibt keine Arbeit und keinen Job auf der ganzen Welt, der es wert ist, dass man sich dafür opfert. Engagement in allen Ehren, aber nur so viel, wie die eigenen Kräfte es zulassen.«

»Du redest wie mein Vater«, sagte Julia Durant und wischte sich die Tränen ab.

»Schon möglich, ich kenne ihn schließlich und habe einiges von ihm gelernt. Er macht sich bestimmt genauso große Sorgen um dich. Ich hoffe, ich hab dich jetzt nicht zu sehr vollgequatscht.«

»Nein, ganz im Gegenteil, ich bin dir dankbar. Dazu sind doch wahre Freundinnen da, ich meine, dass man sich alles sagen kann. Mannomann, das war wichtig. Danke, ich werde es verinnerlichen.«

»Was?«

»Das mit dem Loslassen und mit dem Nicht-mehr-zur-Verfügung-Stehen.«

»Schreib's auf und lies es jeden Tag mindestens ein Mal. Die Welt hört nicht auf sich zu drehen, nur weil du mal ein paar Wochen Urlaub machst. Sie dreht sich weiter und weiter und weiter. Genau wie Ebbe und Flut kommen und gehen, der Mond seine Bahn zieht und die Sonne jeden Morgen im Osten aufgeht. Wir sind alle nur ein Teil eines ewigen Kreislaufs, aber wir haben die Möglichkeit, unser Leben innerhalb dieses Kreislaufs bestmöglich zu gestalten. So, das musste raus.«

»Das hat gutgetan. Aber das damals mit der Übernachtung bei dir, das war schon merkwürdig. Ich erinnere mich noch, ich habe keine Sekunde gezögert, ich habe gar nicht überlegt, was ich da eigentlich tue. Und am Ende ist daraus diese Freundschaft erwachsen. Zumindest weiß ich immer, wohin ich fahren kann, wenn mir die Decke auf den Kopf fällt.«

Susanne lachte auf: »Oh ja, das weißt du, und du bist jederzeit herzlich willkommen. Aber wenn du hier bist, habe ich eine Überraschung für dich.«

»Und was?«, fragte Julia neugierig.

»Nicht jetzt, sonst ist es ja keine Überraschung mehr. Diese Überraschung kriegst du aber nur, wenn du auch hier bist.«

»Noch ein triftiger Grund zu kommen.«

»Jaaa. Ein sehr triftiger sogar. Außerdem freuen sich die Kinder auf dich. Selbst Julian wird für ein Wochenende bei uns sein. Sie wissen alle drei, welch wichtige Rolle du für mich in diesem berühmt-berüchtigten Sommer gespielt hast. Ach ja, bevor ich's vergesse, ich habe etwas von Daniel gehört. Er soll sehr krank sein, es heißt, er habe nur noch wenige Monate zu leben. Bauchspeicheldrüsenkrebs mit Metastasen im ganzen Körper.«

»Was fühlst du, wenn du so was hörst?«

»Nichts. Da sind keine Gefühle mehr. Das Einzige, was ich ihm wünsche, ist, dass er nicht zu sehr zu leiden hat. Aber ich werde mich nicht um ihn kümmern, denn ich stehe ihm nicht mehr zur Verfügung, weder physisch noch in Gedanken, dazu hat er zu viel zerstört. Die Kinder wollen auch nichts mehr mit ihm zu tun haben. Als ich ihnen von seiner Krankheit erzählt habe, hat Laura nur gemeint, das sei die gerechte Strafe für das, was er angerichtet hat. Ich habe ihr gesagt, sie solle nicht so reden, er sei schließlich ihr Vater. Und darauf hat sie gekontert, ja, aber einer, der nie für uns da war. Und damit hat sie den Nagel auf den Kopf getroffen. Er war nie für die Kinder da, auch als er eigentlich noch bei uns und die Welt einigermaßen in Ordnung war. Ich empfinde kein Mitleid für ihn, höchstens Mitgefühl, ich wünsche ihm aber einen schnellen und möglichst schmerzlosen Tod.«

»Woher weißt du von der Krankheit?«

Susanne zögerte mit der Antwort, bis sie sagte: »Er hat mir geschrieben. Es war der erste Brief seit vier oder fünf Jahren. Er bittet mich darin auch um Verzeihung für alles, was er mir und den Kindern angetan hat. Dabei hat er uns nicht halb so viel angetan wie all den anderen. Aber Julia, du darfst mir glauben, mich belastet die Vergangenheit nicht mehr, denn ich habe gelernt zu leben. Es hat alles seinen Sinn gehabt. Woraus dieser Sinn letztlich besteht, das werde ich wohl erst erfahren, wenn ich eines Tages diese Welt verlassen habe. Ich freue mich auf dich, das kannst du dir gar nicht vorstellen.«

»Und ich mich auf dich. Jetzt erst recht. Und keine Angst, ich werde es mir definitiv nicht anders überlegen.«

»Das würde ich dir auch sehr übelnehmen, nachdem du

schon letztes Jahr vorzeitig abgehauen bist. Aber das ist Schnee von gestern. Ich werde gleich noch einen kleinen Strandspaziergang machen, wir haben im Augenblick herrliches Wetter, nicht so heiß wie letztes Jahr um die Zeit und hin und wieder etwas Regen. Und es soll vorerst so bleiben.«

»Dann geh du an den Strand, ich lass mir Wasser ein und werde Wellness im kleinen Rahmen betreiben«, sagte Julia Durant lachend.

»Es sind die kleinen Dinge, die die größte Freude bereiten. Ich sehe hier mittlerweile die Kleinigkeiten und die Schätze, die mich umgeben. Manchmal hebe ich eine Muschel auf und frage mich, wo sie wohl herkommt und welchen Zweck sie erfüllt hat. Oder ich betrachte die Sonne, wie sie erst langsam und dann doch immer schneller im Meer versinkt, und ich frage mich, wieso alles auf einmal so schnell geht, wo sie doch den Tag über so lange braucht, bis sie von einem Ende zum anderen gelangt ist. Und da wurde mir irgendwann klar, dass es vergleichbar ist mit unserem Leben. Wir sind wie die Sonne, wir bewegen uns erst ganz langsam, und plötzlich merken wir, wie die Zeit immer schneller vergeht. Als Kinder denken wir nicht ans Alter, als Erwachsene, wenn wir im Zenit unseres Lebens stehen, blicken wir zurück, aber noch nicht wirklich nach vorn. Doch irgendwann kommt für jeden von uns die Zeit, wo wir uns wieder nach unten bewegen ... Julia, ich rede dummes Zeug und wollte hier nicht philosophische Ergüsse ausbreiten.«

»Nein, das ist nicht dumm. Ich sehe immer nur die Kleinigkeiten im Beruf, aber nie in meinem Leben, und das ist doch traurig. Dabei habe ich mit meinen dreiundvierzig Jahren schon gut die Hälfte meines Lebens hinter mir. Wahrscheinlich sogar schon mehr.«

»Ich bin siebenundvierzig, was soll ich sagen? C'est la vie. Jetzt halte ich dich aber nicht mehr länger auf, ich hab mich

unheimlich über deinen Anruf gefreut. Ich umarme dich in Gedanken. Bis in ein paar Tagen.«
»Bis in ein paar Tagen. Und danke für alles.«
»Wofür denn? Dass ich dir die Meinung gesagt habe?«, erwiderte Susanne, und Julia sah das Lächeln, obwohl fast zweitausend Kilometer zwischen ihnen lagen.
»Genau dafür. Du hast mir die Augen geöffnet.«
»Auch dazu sind Freunde da. Bon soir et bonne nuit, meine Liebe. Und bis Samstag. Ich werde am Flughafen sein.«
»Bonne nuit, ma chère.«
Julia Durant legte auf. Sie stellte sich ans Fenster und sah hinunter auf die Straße. Wenige Autos, dafür viele Menschen, darunter zahlreiche Pärchen. Einige älter, einige noch jung und unbeschwert. Händchenhaltend, lachend. Lange Jahre hatte sie sich nichts sehnlicher gewünscht, als jemanden zu haben, mit dem sie einen Spaziergang an einem lauen Sommerabend machen konnte. Sie hatte es nicht einmal mit ihrem Mann getan, als sie noch verheiratet waren. Nicht ein einziges Mal. Er hatte sich nie wirklich für sie interessiert, dafür umso mehr für andere Frauen. Nach der Scheidung hatte sie wieder ihren Mädchennamen angenommen, um ihren Mann, diesen notorischen Fremdgänger, ein für alle Mal aus ihrem Leben zu streichen.
Nein, sie wollte nicht länger über verpasste Chancen nachdenken, die es möglicherweise auch gar nicht gegeben hatte, ging stattdessen ins Bad, ließ Wasser ein und holte die Flasche Rotwein aus dem Regal. Sie zog den Korken und ließ den Wein noch einen Moment atmen, bevor sie sich ein Glas halb vollschenkte. Sie würde es mit ins Bad nehmen und mit Genuss trinken.
Als sie in der Wanne lag und den Wein getrunken hatte, musste sie doch an den zurückliegenden Tag denken. Plötzlich schoss sie hoch, stieg aus dem Wasser, trocknete sich notdürftig ab, eilte ins Wohnzimmer und holte einen Block,

einen Kuli und die Flasche Wein. Sie setzte sich wieder ins Wasser, ließ heißes dazulaufen, bis die Temperatur angenehm war, und machte sich Notizen.
Es gibt doch Parallelen zwischen den Opfern, dachte sie und schrieb mehrere Punkte auf. Parallelen, die wir bisher noch nicht bemerkt haben. Das Muster beginnt Gestalt anzunehmen. Kleinigkeiten, winzige Details, scheinbar so unbedeutend, dass keiner ihnen bisher Beachtung geschenkt hatte. Vielleicht irre ich mich auch, und es ist alles ein großer Zufall, aber Zufälle gibt es ja nicht, nur eine Synchronizität der Ereignisse.
Sie trank noch ein Glas Wein, ging die Notizen wieder und wieder durch, fügte noch ein paar Zeilen hinzu und überlegte, ob sie ihren Vater anrufen sollte. Es war halb elf und damit noch nicht zu spät.
Er meldete sich mit einem knappen »Durant«.
»Hallo, Paps, ich bin's. Hast du einen Moment Zeit?«
»Wenn nicht für dich, für wen dann? Was hast du auf dem Herzen?«
Sie berichtete ihm, wie ihr Susanne am Telefon freundschaftlich den Kopf gewaschen hatte.
»Tja, all das habe ich dir auch nicht nur ein Mal zu erklären versucht, aber was ist schon ein Vater gegen die beste Freundin?«
»Nein, Paps, so darfst du das nicht sehen. Ich wusste immer, dass du recht hast, und ...«
»Aber du hast es nie umgesetzt. Ich wünsche mir, dass du es jetzt tust. Deine Arbeit ist wichtig, aber du bist wichtiger.«
»Ich weiß, nur an der Umsetzung hapert es. Aber ich habe mir vorgenommen, es ab jetzt besser zu machen.«
»Ich nehme dich beim Wort. Christus hat gesagt, du sollst deinen Nächsten lieben wie dich selbst. Aber kein Mensch kann andere lieben, wenn er sich nicht selbst liebt. Das ist die Quintessenz dieser Aussage.«
Sie telefonierten fast eine Stunde, danach fühlte sie sich leicht

und beschwingt, was nicht zuletzt auch an der wohltuenden Wirkung des Weins lag. Sie verspürte eine unendliche Dankbarkeit für die zwei Menschen, die ihr so viel bedeuteten und die ihr halfen, wenn sie nicht mehr weiterwusste, ihr Vater und Susanne.

Sie wollte sich gerade zu Bett legen, als das Telefon klingelte. Martina Neumann aus dem Verlag.

»Entschuldigung, dass ich so spät noch störe, aber mir ist doch noch etwas eingefallen, woran ich vorhin in der Aufregung nicht gedacht habe. Es gibt im Verlag einen Mann, zu dem Franziska einen recht guten Kontakt hat, wir nennen ihn alle nur J. J., sein voller Name ist Johann Jung. Er ist der Chef der Marketingabteilung und ein Schürzenjäger vor dem Herrn. Aber die beiden kommen ziemlich gut miteinander aus. Manchmal dachte ich schon, dass sie heimlich was miteinander hätten, aber das ist wahrscheinlich Unsinn, denn es entspräche nicht Franziskas Stil.«

»Danke, ich werde mich um diesen J. J. kümmern. Gute Nacht.«

»Warten Sie. Herr Jung ist für vier Wochen mit seiner Frau in Urlaub. Er ist erst am Wochenende abgereist.«

»Und wohin?«

»Indischer Ozean, Mauritius und Seychellen. Sie müssen sich schon noch gedulden.«

»Aber seine Adresse kann ich doch bekommen, oder?«

»Ja, warten Sie, ich gebe sie Ihnen.«

Julia Durant schrieb mit und sagte zum Abschluss: »Haben Sie noch etwas für mich?«

»Nein.«

»Dann bedanke ich mich und wünsche eine gute Nacht.«

»Ihnen auch.«

Sie legte auf und wölbte die Lippen. J. J. alias Johann Jung. Seit dem Wochenende in Urlaub. Angeblich. Sie würde es herausfinden.

Dienstag, 18.45 Uhr

»Hallo, Schatz, da bin ich wieder«, begrüßte er seine Frau Rahel, umarmte sie von hinten und gab ihr einen Kuss auf die Wange. Ihr glänzendes braunes Haar duftete so gut wie eh und je, ein Duft, von dem er nicht genug bekommen konnte, genauso wenig wie vom Duft ihrer leicht gebräunten Haut. Bereits bei der ersten Begegnung hatte sie ihn in ihren Bann gezogen, ohne dass er erklären konnte, was diese Faszination ausmachte. War es dieses selbstbewusste und doch freundliche Auftreten, ihr warmes, weiches Lachen, ihre Art, sich zu bewegen? Er konnte diese Frage bis heute nicht beantworten, auch wenn er sich sagte, dass es aller Wahrscheinlichkeit nach eine Komposition aus allem war, ein wenig Duft des Haares, ein wenig Duft der Haut, ein wenig vom Lachen, ein wenig vom charmanten Auftreten, ein wenig vom Selbstbewusstsein, das sie zu keiner Zeit verloren hatte. Jedenfalls war es dieser eine Moment, der sein Leben verändert hatte, denn nach dieser ersten Begegnung gab es für ihn nur ein Ziel – sie zu besitzen, koste es, was es wolle. Sie sollte ab sofort ihm gehören und niemandem sonst.

»Ist das nicht ein herrlicher Tag?«, sagte er zu Rahel, während er noch immer seine Arme um sie gelegt hatte.

»Wunderbar«, antwortete sie und streichelte ihm über die Wange.

Sie saß in ihrem Korbsessel mit Blick auf die Terrasse, die abendlichen Sonnenstrahlen hatten die Landschaft in ein traumhaftes Licht getaucht. Dieses konnte sie jedoch nur erspüren, auch wenn sie noch genau wusste, wie die Sonne aussah und der blaue Himmel, sie erinnerte sich noch zu gut an das Grün der Wiesen, die Farben der Blumen, das Grau des Asphalts und so vieles mehr, was sie in den ersten vierundzwanzig Jahren ihres Lebens gesehen hatte. Bis zu jenem fatalen Unfall hatte sie ein unbeschwertes Leben geführt, die Welt stand ihr offen, und nichts und niemand schien sie aufhalten zu können, alles zu erleben und alles zu erkunden. Sie studierte Mathematik und Physik in Frankfurt, ihre Eltern stammten aus Königstein, doch die meiste Zeit verbrachten sie in einem ihrer Häuser in Vancouver, auf Martha's Vineyard, in Key West oder dem neu hinzugekommenen Luxusheim im Oman, für das sie mehrere Millionen hingeblättert hatten. Ihr Vater hatte ein erfolgreiches Wertpapierunternehmen besessen, bis er mit fünfzig beschlossen hatte, die Firma zu verkaufen und mit seiner Frau nur noch zu leben, wie er es nannte. Das Leben genießen, sehen, wie das über zwanzig Jahre angehäufte Vermögen sich weiter vermehrte, Partys besuchen und Luxusgüter kaufen, von denen sie die wenigsten brauchten.

Ihre Eltern hatten nie verstanden, warum sie an einer, wie sie es nannten, Proleten-Universität wie Frankfurt studieren wollte, anstatt eine der Elite-Universitäten in den USA zu besuchen, doch sie weigerte sich, ein elitäres Püppchen zu sein, von denen sie eine ganze Reihe während eines Probesemesters in Harvard getroffen hatte. Außerdem kam sie mit der amerikanischen Mentalität nicht zurecht, was ihre Eltern ebenfalls nicht verstanden. Es gab eine kurze und heftige Auseinandersetzung, schließlich beugten sich ihre Eltern dem Wunsch der Tochter. »Es ist doch egal, wo ich studiere, ihr seid doch sowieso nie dort, wo ich bin«, hatte sie ihnen entgegengeschleudert.

Ab ihrem einundzwanzigsten Lebensjahr lebte Rahel zusammen mit einer Freundin in Frankfurt, wo sie sich eine große Wohnung teilten.

Alles verlief nach Plan – bis zu jener verhängnisvollen Nacht, in der sich alles für sie veränderte und dieses unbeschwerte, beschwingte Leben sich um hundertachtzig Grad drehte. Sie war mit Freunden zu einer Verlobungsfeier eingeladen, sie hatten gegessen und getrunken und viel gelacht, sie war leicht beschwipst allein in den parkähnlichen Garten mit dem

großen Swimmingpool gegangen, bis sie am Rand des Pools das Gleichgewicht verlor und mit dem Hinterkopf auf die steinerne Umrandung aufschlug, bevor sie ins Wasser fiel und erst in letzter Sekunde vor dem Ertrinken gerettet wurde. Von einem Mann, den sie an diesem Abend kennengelernt hatte und der als Einziger zur Stelle war und sofort Wiederbelebungsmaßnahmen durchführte.
Äußerlich wies sie kaum sichtbare Verletzungen auf, aber sie war bewusstlos und musste mit einem Notarztwagen ins Krankenhaus transportiert werden. Als sie aus ihrer Bewusstlosigkeit erwachte und die Augen aufschlug, war alles schwarz. Kein Licht, kein Schatten, keine Farben, kein Weiß, nur ein einziges großes Schwarz. Die Ärzte fanden keine Erklärung für die Erblindung, da die aufwendig durchgeführten Untersuchungen keinerlei Schädigungen des Gehirns oder des Sehnervs erbrachten. Nach allen nur erdenklichen Tests, von denen einige sogar von einem amerikanischen Spezialisten durchgeführt worden waren, warfen sie das Handtuch und rieten ihr kurz vor der Entlassung, dass sie die Hoffnung nicht aufgeben solle, das Augenlicht könne ganz plötzlich wiederkommen. Das war vor fünf Jahren. Und seit vier Jahren war sie mit dem Mann verheiratet, den sie zufällig kennengelernt hatte und dessen Atem sie jetzt auf ihrer Haut spürte. Ihr Lebensretter.
Der großen Leere und Trauer folgten schon nach wenigen Wochen Trotz und Auflehnung gegen ihre Behinderung. Rahel wollte leben und dieses Leben weiter genießen, auch wenn sie nicht mehr sehen konnte und anfangs auf die Hilfe anderer angewiesen war. Aber sie schaffte es, vor allem dank seiner Hilfe.
Er war ihr sofort sympathisch gewesen, auch wegen seines unaufdringlichen Verhaltens. Er unterschied sich von den meisten Männern, die um sie buhlten, es aber auf jene plumpe Weise taten, die sie nicht ausstehen konnte.

Er war derjenige gewesen, der sie aus dem Wasser gerettet hatte, weil kein anderer in der Nähe war, er war der Erste gewesen, der den Rettungswagen verständigte, während die anderen, die auf seine Schreie hin aus dem Haus gerannt kamen, nur dumm und betrunken herumstanden und lachten, als handele es sich um eine Lappalie, und er war es auch, der sie in die Klinik begleitete. Als sie einen Tag später aufwachte, war er da und hielt ihre Hand, während ihre Eltern noch im Flieger von Vancouver nach Frankfurt saßen. In der Folgezeit tröstete er sie, wenn sie traurig war und weinte, und er tat alles, damit das Leben für sie wieder erträglich wurde.

Ein gutes Jahr später wollte er eine große Hochzeitsfeier veranstalten für die schönste, klügste und beste Frau der Welt, doch sie bat ihn, mit ihr nach Irland zu fliegen und dort in aller Stille zu heiraten.

»Wollen wir essen gehen?«, fragte er nun und legte seinen Kopf an ihren.

»Schatz, Aleksandra hat einen wunderbaren Sauerkrautauflauf gemacht, und mir ist heute ehrlich gesagt nicht nach Ausgehen. Lass uns den Abend hier auf der Terrasse verbringen.«

»Wie du willst, dein Wunsch ist mir Befehl. Warst du heute schon schwimmen?«

»Ja, vorhin, aber ich wollte gleich noch mal ins Wasser, bevor wir essen. Kommst du mit?«

»Nein, ich bleibe hier und schaue dir zu.«

»Spanner«, sagte Rahel lachend und erhob sich.

»Wenn du meinst.«

»Meine ich«, antwortete sie, ging zum Pool, sie kannte die Zahl der Schritte längst auswendig, zog sich aus und stieg nackt in das kühle Wasser. Sie legte sich auf den Rücken und ließ sich auf der Oberfläche treiben, wobei sie nur leicht die Füße bewegte.

Er betrachtete sie wie ein wunderschönes Gemälde, sie war perfekt, mit einer Figur, wie sie nur wenigen Frauen vergönnt war, und einem Gesicht, wie es kein Maler schöner hätte zeichnen können. Dazu war sie über die Maßen gebildet und von außergewöhnlich freundlichem Wesen. Neunundzwanzig Jahre alt, blind und dennoch voller Elan und Lebenshunger. Mit ihr konnte er abends vor dem Kamin sitzen und reden, sie konnten zusammen schweigen und sich doch verstehen, sie spielten Schach, wobei sie öfter gewann, obwohl sie die Figuren nur mit ihren Händen sah.
Sie war etwas Besonderes, so besonders, dass er sie vom ersten Moment an hatte besitzen wollen. Es war keine Liebe, die er für sie empfand, Respekt ja, aber Liebe, nein, denn es gab nur einen einzigen Menschen auf der Welt, den er liebte – und das war er. Seit er denken konnte, liebte er nur sich. Doch er gab ihr ständig das Gefühl, sie zu lieben.
Nach zehn Minuten kehrte sie zurück, ihre Kleidung unter dem Arm.
»Ich habe Hunger«, sagte sie, den Kopf in seine Richtung gewandt.
»Willst du dich so an den Tisch setzen?«, fragte er lachend.
»Und wenn?«, fragte sie spöttisch. »Ich habe doch den perfekten Körper, wie du immer sagst, oder etwa nicht?«
»Den hast du, Schatz.«
»Na also, mehr wollte ich nicht hören. Und selbst wenn ich mich so, wie Gott mich erschaffen hat, an den Tisch setzen würde, wen würde es stören? Außer uns beiden und Aleksandra ist ja niemand da. Verrat mir eins – findest du Aleksandra schön?«
»Warum schon wieder diese Frage?«, antwortete er leicht ungehalten. »Ich gebe zu, sie ist eine bezaubernde und hübsche junge Frau. Aber einem Vergleich mit dir hält sie nie im Leben stand. Und das meine ich ehrlich.«
»Okay, mehr wollte ich auch gar nicht hören. Ich ziehe mir

trotzdem was über, Aleksandra muss ja nicht neidisch werden. In fünf Minuten bin ich wieder da.«

Aleksandra hatte den Tisch gedeckt, servierte das Essen und entfernte sich danach beinahe lautlos in ihr Zimmer. Sie kam aus Polen, sprach perfekt Deutsch und war die Zuverlässigkeit und Verschwiegenheit in Person. Sie stand morgens um sechs auf, bereitete das Frühstück vor, deckte den Tisch zu den jeweiligen Mahlzeiten und räumte ihn anschließend wieder ab, kümmerte sich um das Haus, erledigte die Einkäufe und gab dem Gärtner, der regelmäßig vorbeikam, Anweisungen. Ihr Arbeitstag dauerte nicht selten vierzehn Stunden, aber das machte ihr nichts aus, sie murrte nicht, sie forderte nicht, sie tat nur das, was ihr aufgetragen wurde. Dafür waren Kost und Logis frei, und sie wurde gut entlohnt. Ihr stand sogar ein Auto zur Verfügung, das sie auch privat nutzen durfte, um in die Stadt oder ins Main-Taunus-Zentrum oder nach Wiesbaden zu fahren, wo sie in ihren wenigen freien Stunden ein wenig bummeln ging. Seit vier Jahren lebte und arbeitete sie hier, und sooft es möglich war, fuhr sie nach Polen, um ihre Verwandten zu besuchen. Sie war eine liebenswerte junge Frau.

Nach dem Essen räumte sie ab und fragte, ob sie noch gebraucht werde.

»Nein, Aleksandra, heute nicht mehr. Gute Nacht und schlaf gut.«

»Gute Nacht.«

Sie spielten zwei Partien Schach und tranken Rotwein, bis Rahel sagte, dass sie müde sei und zu Bett gehen wolle.

»Macht es dir etwas aus, wenn ich noch arbeite?«, fragte er. »Ich müsste noch mal kurz weg.«

»Warum fragst du mich, du arbeitest doch meistens nachts? Oder besser noch, du arbeitest rund um die Uhr.«

»Du hast recht, es war eine dumme Frage. Ich komm so schnell wie möglich nach.«

»Ich werde dann bestimmt schlafen. Gute Nacht und nimm's nicht so schwer, dass ich schon wieder gewonnen habe. Ich bin nun mal die Intelligentere von uns beiden«, sagte sie lächelnd.
»Hab ich das jemals bezweifelt? Aber hast du schon mal daran gedacht, dass ich dich vielleicht gewinnen lasse?«
»Das würde ich merken. Ich denke, ich bin dir immer mindestens zwei Züge voraus. Du bist zwar ein Genie, aber nicht auf allen Gebieten. Kleiner Scherz. Das nächste Mal lass ich dich gewinnen, mein kleiner Loser.«
»Auf deine Generosität bin ich nicht angewiesen, Liebling, denn beim nächsten Mal werde ich dich vom Brett fegen.«
Sie streichelte ihm mit dem Finger über die Lippen. »Wann kommst du ins Bett?«
»In ein bis zwei Stunden, hängt davon ab, wie ich vorankomme.«
Sie griff ihm zwischen die Beine und stöhnte: »Ich will es hier und jetzt. Sofort. Ich brauche es.«
Es dauerte eine halbe Stunde, dann erhob sie sich vom Teppich und fuhr sich mit einer Hand durch das Haar, ein paar Strähnen klebten an ihrer Stirn. Außer Atem sagte sie: »Auf einer Skala zwischen eins und zehn war das eine Acht. Irgendwann will ich mal wieder einen Zehner haben. So ein richtiges Erdbeben. Aber acht ist auch nicht schlecht, dann kann ich wenigstens gut schlafen. Mach's gut, du Hengst.«
Er zog seinen Reißverschluss hoch, gab ihr einen langen Kuss und drückte sie fest an sich. Erst als sie sich löste und nach oben gehen wollte, sagte er: »Den Zehner kriegst du, das schwöre ich dir. Dagegen wird das stärkste Erdbeben nur ein leichtes Zittern sein.«
»Ich lass mich überraschen. Und nun widme dich deiner Arbeit, du Genie. Aber mach nicht mehr zu lange, sonst wird das mit dem Zehner nie was.«
»Maximal zwei Stunden. Übrigens – Sex wird nach meinem

Dafürhalten viel zu viel Bedeutung beigemessen. Das nur zu deiner Skala.«
»Das ist deine unerhebliche Meinung. Ich kann nicht genug davon bekommen. Es liegt vielleicht daran, dass ich stärker fühle, seit ich nicht mehr sehe.«
Er sah Rahel nach, hörte, wie sie ins Bad ging, und wartete noch einige Minuten, bis sie die Schlafzimmertür hinter sich zugemacht hatte. Nach einer Weile ging er nach oben und vergewisserte sich, dass sie auch schlief.
Er verließ das Haus, stieg in seinen Range Rover und fuhr zu dem gut zwei Kilometer entfernten Hof, einem ausgedehnten Gelände mit einem langgestreckten Gebäude, in dem sich vierzig Pferdeboxen befanden, die jedoch bereits seit einer halben Ewigkeit leerstanden. Etwas abseits davon war das Haus, in dem bis vor zehn Jahren der Pferdepfleger gewohnt hatte. Dort, wo früher Reitstunden gegeben worden waren, wucherte jetzt Unkraut. Gut hundert Meter hinter dem Stall wartete, versteckt hinter dichten Büschen und Bäumen, zwischen hochgewachsenen Brennnesseln und Efeu, der sich um die Büsche und Bäume geschlungen hatte, eine schwere, rostige Eisentür. Niemand außer ihm wusste von dieser Tür und dem, was sich dahinter verbarg.
Der letzte Pferdepfleger, ein junger Lette, hatte ihn einmal in gebrochenem Deutsch gefragt, wohin diese Tür führe, worauf er geantwortet hatte, dahinter sei früher eine Lagerstätte für Waffen gewesen. Nur wenige Tage später war der Pferdepfleger spurlos verschwunden – niemand hatte ihn vermisst. Ohne Familie und Freunde hatte die ganze Liebe des verschlossenen jungen Mannes den Pferden gegolten. Sein Schicksal war, eine Frage zu viel gestellt zu haben. Er hätte schweigen sollen, wie es sich für einen einfachen Pferdepfleger gehört.
Seit einiger Zeit jedoch gaben sich Interessenten für das Grundstück die Klinke in die Hand, Banken, Versicherungen,

japanische Elektronikunternehmen und Autohersteller, aber auch deutsche und amerikanische Großunternehmen kamen und boten ihm zweistellige Millionensummen, um hier ihre Firmengebäude errichten zu können. Bisher hatte er jedes Mal höflich, aber bestimmt abgelehnt, in ein, zwei Jahren könne man vielleicht in Verhandlungen treten, noch stünde das Grundstück nicht zum Verkauf. Das bislang höchste Gebot lag bei neunzig Millionen, geboten von einem der größten japanischen Unternehmen, das vom Computer bis zu Hightech-Militärwaffen alles herstellte. Der Unterhändler hatte ihm einen Scheck ausgestellt und über den Tisch geschoben, doch er hatte nur den Kopf geschüttelt, den Scheck zurückgereicht und gesagt, man müsse sich noch gedulden.
Er zog den Schlüssel aus seiner Hose, steckte ihn ins Schloss und drehte ihn um. Die Eisentür ließ sich leicht öffnen. Nach zehn Schritten gelangte er an eine weitere Tür, die beinahe unsichtbar in die Wand eingelassen war und aus zehn Zentimeter dickem Stahl bestand. Sie ließ sich nur mit Hilfe der Tastenkombination einer Fernbedienung öffnen. Er tippte die sechsstellige Kombination aus Ziffern und Buchstaben ein, die Tür ging automatisch auf und hinter ihm wieder zu. Wenn er hier oben stand, genoss er den Blick nach unten, den Blick in dieses alte Gemäuer, den Blick die dreiundvierzig Stufen hinunter. Dreiundvierzig alte, ausgetretene Stufen, über die schon unzählige Schuhe, Stiefel und nackte Füße gegangen waren, viele davon in Ketten, deren Rasseln er hin und wieder zu hören glaubte, wenn er dieses Gewölbe betrat. Dreiundvierzig in einem Halbrund nach unten führende Stufen in ein Gewölbe, das seit Generationen in Vergessenheit geraten war, weil jene, die es noch gekannt hatten, längst tot waren und die alten Urkunden, die die Existenz dieses in den Stein und den Boden geschlagenen Gefängnisses belegten, sich längst in seinem Besitz befanden.
Es war kühl und wurde mit jedem Schritt, den er weiter nach

unten ging, kühler, die Luft roch modrig, doch er liebte diesen Geruch der Vergangenheit, sog ihn ein, als wäre es ein besonderes, nur für ihn kreiertes Parfum. Jedes Stück Stein, jedes Stück Eisen, jeder Rost und jede alte Spinnwebe, alles war Geschichte, die nie niedergeschrieben worden war.
Unten angekommen, schloss er eine Tür auf und sah die Frau gekrümmt wie ein Fötus auf dem Boden liegen. »Hallo, Karin. Na, wie geht es dir heute?«, flüsterte er, um sie nicht zu erschrecken.
Keine Antwort, kein Blick, nicht einmal eine Bewegung. Sie lag auf der Pritsche wie tot, die Augen offen, der Brustkorb hob und senkte sich kaum merklich. Er lächelte, als er seine Hände wie ein Masseur am Anfang einer Behandlung über ihren nackten Körper streichen ließ. Karin Slomka sah ihn an und durch ihn hindurch, als nehme sie ihn gar nicht wahr.
»Du warst aber nicht brav, du hast ja kaum etwas gegessen«, sagte er gespielt vorwurfsvoll mit gedämpfter Stimme, so leise, dass nur er und sie es hören konnten. So leise, dass es für sie vor ein paar Monaten noch unverständlich gewesen wäre. Doch die Isolation hatte ihre Sinne geschärft, auch wenn sie nicht antwortete. »So kannst du doch nicht wieder unter die Menschen treten. Was wird wohl dein Sohn sagen, wenn er dich in diesem Zustand sieht? Er wird seine Mama kaum wiedererkennen. Aber ob sie ihn überhaupt zu dir lassen, ist eine andere Frage. Ich denke nicht, das werden sie ihm kaum antun, er würde ja ein Leben lang darunter leiden. Kinderseelen sind sehr empfindlich. Nun, darüber muss ich mir jetzt nicht den Kopf zerbrechen. Denk daran, bald ist alles überstanden, und alles wird gut sein. Du wirst nicht mehr leiden müssen.«
Wieder keine Antwort, keine Regung, wie schon seit Wochen. Sie schien nicht einmal zu registrieren, dass er vor ihr stand. Die Zeit war reif, sie freizulassen, noch zwei oder drei Wochen länger, und sie würde hier sterben, und das wollte er nicht.

Er lächelte maliziös und fasste mit beiden Händen an ihre Brüste, was ihm jedoch keine Genugtuung verschaffte, dazu hätte sie sich schon wehren müssen. »Bald bist du frei. Frei wie ein Vogel. Nur schade, dass du diese Freiheit nie wirst genießen können. Sehr, sehr schade.«
Er spreizte ihre Beine, was sie sich widerstandslos gefallen ließ. Als sie weiterhin keine Reaktion zeigte, meinte er leise: »Bald, schon sehr bald bringe ich dich weg von hier, vielleicht sogar schon morgen oder übermorgen. Deine Zeit ist gekommen. Bis dann.«
Er sah nach drei weiteren Frauen, bevor er als Letztes die Zelle von Franziska Uhlig betrat.
»Hast du dich schon eingelebt?«
Sie atmete hastig und sah ihn mit angsterfülltem Blick an, auch wenn sie nur seine Umrisse erkannte. »Lass mich gehen, bitte! Ich habe Angst, ich bekomme kaum Luft und … Bitte, bitte, ich tue alles, was du von mir verlangst, Professor, aber lass mich raus, bitte, bitte, bitte. Ich leide seit meiner Kindheit unter Klaustrophobie und …«
»Das tut mir aufrichtig leid, aber Millionen und Abermillionen von Menschen leiden darunter. Du wirst dich daran gewöhnen. Und zu deiner Beruhigung, es dauert nur noch ein paar Tage, dann wirst du richtig hier angekommen sein. Die andern haben sich auch daran gewöhnt. Ich verspreche dir außerdem, dass du nicht lange hierbleiben wirst. Bald wirst du wieder zu Hause sein. Allerdings liegt es ganz allein bei dir, wie schnell ich dieses Versprechen umsetze. Nun zeig doch mal, was hast du so zu Papier gebracht?«
»Zwei Seiten.«
»Dieser Block hat hundert Seiten. Wie lange wirst du brauchen, bis alle Seiten gefüllt sind?«
»Lassen Sie mich gehen, bitte! Ich tue alles, was Sie verlangen, aber bitte, lassen Sie mich gehen, Professor!«, sagte sie noch einmal, ohne seine Frage zu beantworten.

»Waren wir nicht eben schon beim Du angelangt? Aber gut, ich lasse dich gehen, jedoch nur unter einer Bedingung – du musst schreiben. Schreib, schreib, schreib, bis dir die Finger bluten. Und vergiss nicht zu essen und zu trinken. Das hält Geist und Körper zusammen.« Nach dem letzten Satz lachte er leise.

Mit einem Mal sprang sie auf und stürzte sich mit lautem Geschrei auf ihn, doch er hatte mit diesem Angriff gerechnet und schlug ihr mit aller Kraft in den Bauch, bevor sie ihn überhaupt berühren konnte. Sie sackte zu Boden und japste verzweifelt nach Luft.

»Tu das nie wieder, sonst muss ich dich bestrafen, und das wird härter als dieser Schlag eben. Verstanden?«, zischte er mit harter Stimme.

Sie krümmte sich vor Schmerzen und wälzte sich auf dem Boden, die Tränen, die über ihr Gesicht liefen, interessierten ihn nicht. »Du bist ein Teufel«, sagte sie mit erstickter Stimme, »du bist ein Teufel!«

»Steh auf, dreh dich um, stell dich an die Wand und stütz dich mit den Händen ab. Wenn du meinst, dass ich ein Teufel bin, werde ich dir jetzt zeigen, wozu ein Teufel fähig ist. Es ist bestimmt eine Ewigkeit her, seit du einen echten Mann hattest, außer diesem … na ja, du weißt schon, wen ich meine. Jemand wie du sollte nicht so geheimnisvoll abstinent leben, wenn du verstehst.«

»Nein, bitte nicht«, flehte sie mit bebenden Mundwinkeln und sah ihn mit großen Augen an, obwohl sie kaum etwas von seinem Gesicht sah, das durch die dunkle Brille und den Bart verdeckt wurde. »Ich nehme alles zurück, ich habe das eben nicht ernst gemeint. Bitte, tu das nicht.«

»Strafe muss sein, denn es gehört zum Spiel, wenn jemand wie du aufsässig wird. Oder hast du schon vergessen, was ich dir gesagt habe? Ein Spiel, es ist nichts als ein Spiel. Spiel mit, ich liebe Gegner, die es mit mir aufnehmen wollen, darin liegt der Reiz des Ganzen. Und du wirst sehen, dann wird es einfacher für dich. Lass dich fallen und gib dich mir hin, dann wird der Schmerz nur halb so schlimm sein. Spiel, spiel, spiel!«

»Du hast doch versprochen, mir keine Gewalt anzutun«, wimmerte sie.

»Wenn du tust, was ich dir sage, wirst du es nicht als Gewalt empfinden«, sagte er mit unerwartet sanfter Stimme, den Mund ganz dicht an ihr Ohr gelegt, sie spürte das Kratzen des Bartes nicht, zu sehr hielt sie die Angst gefangen. »Alles ist relativ, meine Liebe. Alles. Es gibt nichts Endgültiges, nur den Tod, aber selbst da weiß keiner, ob der wirklich endgültig ist. Lassen wir uns doch überraschen.«

Franziska Uhlig erhob sich mühsam, ihre Beine schienen sie kaum tragen zu wollen, ihre Eingeweide schmerzten, ihr war übel. Wie in Trance drehte sie sich um, die Hände an die Wand gelegt. Sie spürte seine Hände an ihren Brüsten und an ihrer Scham, sie hörte den Reißverschluss seiner Hose, danach ein anderes, undefinierbares Geräusch, sie schloss die Augen und presste die Lippen aufeinander, denn sie wusste, was gleich passieren würde. Ein noch viel schlimmerer Schmerz als nach dem Schlag in den Bauch rannte wie eine Feuerwalze durch ihren Körper, als er mit einer nie erlebten Wucht und Gewalt in ihren ausgetrockneten Unterleib eindrang und sie laut aufschrie, was ihn nur noch mehr anzustacheln schien.

Nach für Franziska endlosen Minuten sank sie erschöpft zu Boden, die Beine angezogen, die Arme um die Knie geschlungen. Ihr kam es vor, als wäre alles in ihr zerstört. Der brennende Schmerz durchflutete ihren gesamten Körper, sie hätte schreien können, doch diese Genugtuung wollte sie ihm nicht geben.

»Ich habe vorhin etwas vergessen. Deine Freundin Cornelia ist eine bezaubernde Frau. Wirklich sehr bezaubernd.«

»Was ist mit Cornelia?«, kam es kaum hörbar über ihre Lippen.
»Nichts, noch nichts. Ich bin am Überlegen, ob ich so etwas wie eine Familienzusammenführung machen soll. Soll ich?«
»Nein, bitte, lassen Sie sie in Ruhe. Es reicht doch schon, dass Sie mich haben«, flüsterte sie.
»Aber Conny ist so anders. So kultiviert und, nun ja, wie soll ich es ausdrücken – irgendwie edel. Nicht ganz so edel wie du, aber sie hätte bestimmt auch eine Menge zu schreiben. Was du übrigens auch wieder tun solltest. Husch, husch, an die Arbeit. Bis später. Und zu deiner Beruhigung, ich werde Conny nicht anrühren.«
Sie bekam noch mit, wie die Tür von außen abgeschlossen wurde, bevor sie allmählich aus ihrer von Gewalt und Angst hervorgerufenen Lethargie erwachte, allen Schmerz ignorierte, aufsprang und wieder schrie und mit den Fäusten gegen die Tür hämmerte, bis die Kräfte sie verließen.
Er stieg nach oben und warf einen letzten Blick zurück, lächelte und ging zurück zum Haus. Er tippte ein paar Sätze in sein Notebook und nickte zufrieden. Bevor er zu Bett ging, öffnete er ein Programm und betrachtete die Frauen, wie sie in den Zellen zurechtkamen. Zwei von ihnen, darunter Karin Slomka, waren völlig apathisch, ähnlich wie es bei Jacqueline Schweigert gewesen war, nicht mehr fähig zu sprechen oder sich in irgendeiner Weise zu artikulieren. Sie hatten jeglichen Bezug zur Welt und sich selbst verloren. Ihr Gedächtnis war praktisch ausgelöscht. Zwei andere, siebzehn und neunzehn Jahre alt, die niemand vermisste, weil er sie von der Straße aufgelesen hatte, liefen unruhig in ihren hell erleuchteten Zellen auf und ab, nur Franziska Uhlig lag zusammengekrümmt wie ein Fötus auf der Pritsche. Er hörte, wie sie leise sang. Morgen würde ein besonderer Tag werden. Der Polizeiapparat würde allmählich durchdrehen. Und die Öffentlichkeit auch.

Mittwoch, 8.30 Uhr

Berger war an diesem Morgen bereits um halb sieben ins Büro gekommen, hatte seine obligatorischen zwei Zeitungen gelesen und sich anschließend die Akten vorgenommen. Die anderen Mitarbeiter trudelten nach und nach ein, als Letzter erschien Hellmer, der seine Kollegen mit einem dahingemurmelten »Morgen« begrüßte. Er wirkte unausgeschlafen und hatte sich seit mindestens zwei Tagen nicht rasiert.

»Wer beginnt?«, sagte Berger und sah in die Runde, ohne Hellmer besondere Aufmerksamkeit zu schenken.

»Ich«, sagte Durant und berichtete zusammen mit Hellmer von den Gesprächen, die sie gestern mit Cornelia Schubert, dem Verleger und der engsten Mitarbeiterin von Franziska Uhlig geführt hatten. Schließlich erzählte Durant noch von dem Anruf, den sie von Martina Neumann am späten Abend erhalten und in dem diese von dem guten Verhältnis zwischen Uhlig und Jung berichtet hatte. Sie würde mit Hellmer am Nachmittag zu Jungs Wohnung fahren.

Danach lieferten Kullmer und Seidel ihren Bericht ab. Der Besuch bei den Eltern von Franziska Uhlig hatte sie zutiefst mitgenommen. Zwei Stunden hatten sie sich bei ihnen aufgehalten, die Mutter und auch der Vater hatten minutenlang geweint und kein Wort herausgebracht, als sie erfuhren, dass ihre Tochter vermutlich entführt worden war. Dabei hatten sie sich verzweifelt in den Armen gelegen und immer nur nach dem Warum gefragt. Kullmer und Seidel hatten Fotos mit ins Präsidium gebracht, darunter ein sehr aktuelles, das erst am Sonntag vor einer Woche im Garten aufgenommen worden war.

Schließlich wurde der Tagesplan durchgesprochen, und Berger wollte die Runde bereits auflösen, als Durant sagte: »Warten Sie. Können wir ins Besprechungszimmer gehen?

Ich möchte ein paar Dinge an die Tafel schreiben, um einiges zu verdeutlichen.«
»Um was geht's?«, fragte Berger mit hochgezogenen Brauen.
»Das erklär ich drüben.«
»Klingt spannend«, bemerkte Kullmer. »Hast du wieder die Nacht durchgearbeitet?«
»Wenn du's genau wissen willst, ja. Ich überlege schon die ganze Zeit, was wir übersehen haben könnten. Und da sind mir ein paar Details aufgefallen, die wir noch einmal aus einer anderen Perspektive betrachten sollten. Aber ich muss es aufschreiben und will dann eure Kommentare dazu hören.«
»Haben wir das nicht schon alles durchgekaut?«, sagte Hellmer erkennbar genervt.
»Geht schon mal vor, Frank und ich kommen gleich nach.«
Als sie allein waren, sagte sie leise, doch mit scharfer Stimme: »Haben wir das? Wenn du nicht dabei sein willst, bitte, keiner zwingt dich. Die Akten warten nur darauf, erledigt zu werden.« Dabei zeigte sie auf das Büro nebenan.
»Krieg dich wieder ein, war nicht so gemeint, okay? Ich hab nur eine absolut beschissene Nacht hinter mir. Tut mir leid wegen eben.«
Julia Durant trat dicht an ihn heran, bis er ihren Atem in seinem Gesicht spürte. »Was glaubst du, was ich für eine Nacht hinter mir habe? Darum geht es hier aber nicht. Du stellst in letzter Zeit permanent alles in Frage, was ich sage oder mache. Ich weiß nicht, was ich dir getan habe, aber so kann es jedenfalls nicht weitergehen. Du weißt, ich habe immer zu dir gehalten, aber irgendwann reicht's. Nimm von mir aus deinen Porsche und genieß das Leben …«
Hellmer lachte ironisch auf. »Darum geht's also. Julia, das steht dir nicht, wirklich. Du …«
»Wenn du glaubst, dass ich neidisch bin, hast du dich gewaltig geschnitten. Lass uns doch mal in aller Ruhe ein paar

Dinge besprechen – so wie früher. Aber nur, wenn du es auch willst.«
Hellmer kniff die Augen zusammen. »Was soll das bringen?«
»Frank, bitte, irgendwas stimmt doch nicht. Ich betrachte mich nicht nur als deine Kollegin, sondern auch als deine Freundin. Nur mal wieder reden, wie in alten Zeiten.«
»Von mir aus. Wann?«
»Ich würde es gerne aus der Welt haben, bevor ich in Urlaub fahre. Und jetzt komm oder bleib hier und hock dich hinter deinen Schreibtisch.«
»Du hast dich verändert«, bemerkte er.
»Nicht nur ich. Los jetzt, wir haben mehr als genug zu tun.«
Er zuckte die Schultern und folgte Durant ins Besprechungszimmer.
»Also, welche neuen Erkenntnisse haben Sie gewonnen?«, fragte Berger.
»Lassen Sie mich mit Franziska Uhlig beginnen. Sie war verheiratet, ist aber schon seit vierzehn Jahren geschieden. Seitdem angeblich keine Beziehung mehr. Im Verlag hat sie eine enge Mitarbeiterin, die uns aber nichts über das Privatleben von Frau Uhlig sagen konnte. Sie wird allgemein als strebsam, loyal, freundlich, aber auch sehr introvertiert beschrieben. Sie hat außer mit ihrer Freundin mit niemandem über ihr Privatleben gesprochen. Laut Aussage von Frau Schubert ist der Beruf ihr Leben. Und in diesem Beruf als Lektorin ist sie ein Ass, wie uns sowohl vom Verleger als auch von Frau Schubert und Frau Neumann bestätigt wurde. Von ihren Nachbarn wird sie ebenfalls als freundlich und introvertiert beschrieben. Sie hat keinen oder kaum Kontakt zu den anderen Hausbewohnern. Fragen?«
»Fahren Sie fort«, sagte Berger und lehnte sich gespannt zurück.
»Okay, was also könnte Frau Uhlig, Frau Schweigert und

Frau Slomka miteinander verbinden? Wir wissen, dass sie sich nicht kennen beziehungsweise kannten und sich, wie es scheint, auch nie begegnet sind. Und doch haben sie etwas gemein, und das haben wir bis jetzt übersehen ... Erstens«, sagte sie und schrieb ihre Stichworte an die Tafel, »alle führen oder führten ein unauffälliges Leben. Zweitens, sie pflegten kaum Kontakte zur Umwelt beziehungsweise nur die, die unbedingt nötig waren. Obwohl die Schweigert Studentin war, hatte sie weder einen Freund noch eine Freundin, nur Kommilitonen, mit denen sie sich hin und wieder traf. Unsere Befragungen haben ergeben, dass sie sehr zurückhaltend war und in ihrem Studium aufgegangen ist ...«

»Wenn ich unterbrechen darf«, sagte Kullmer, doch er wurde von Durant mit einer Handbewegung am Weitersprechen gehindert.

»Wir können gleich über alles reden, lass mich nur schnell die restlichen Punkte aufführen. Drittens, alle drei werden als introvertiert beschrieben, das heißt, niemand außer höchstens einer Person weiß oder wusste über das Innenleben des Opfers Bescheid.

Viertens, keine Affären, keine Liebschaften, alles sauber, fast hygienisch rein.

Und fünftens, und das ist für mich einer der wesentlichen Punkte, alle besuchten bis zu ihrem Verschwinden praktisch jeden Sonntag die Kirche, gingen zur Beichte und spendeten auch regelmäßig für wohltätige Zwecke. Alle sind katholisch und leben nach christlichen Werten.«

Sie machte eine Pause und sah in die vier Gesichter, die ihr aufmerksam zugehört hatten.

»Darf ich jetzt einen Kommentar abgeben?«, fragte Kullmer schmunzelnd.

»Bitte.«

»Die Slomka ist doch alles andere als ein Kind von Traurigkeit. Sie hat unzählige Kontakte und kann nach meinem Dafürhalten nicht als introvertiert bezeichnet werden. Sie passt nicht ins Schema, das musst du zugeben.«

»Dem stimme ich zu«, pflichtete Hellmer bei.

»Ich auch«, sagte Doris Seidel.

»Chef?« Durant sah Berger an.

»Ich enthalte mich lieber, denn ich denke, Sie haben noch was in der Hinterhand.«

»Vielleicht. Die Slomka ist Apothekerin und hat täglich mit vielen Kunden zu tun. Dass sie malt, Kurzgeschichten schreibt und Geige in einem Kammerorchester spielt, wissen wir. Aber das ist noch längst kein Kriterium, ob jemand introvertiert oder extrovertiert ist. Wie viele Personen haben wir in ihrem Fall befragt? Es dürften so an die vierzig gewesen sein. Hat irgendwer außer ihrer Mutter uns etwas über ihr Privatleben oder ihre Kontaktfreudigkeit berichten können? Ihre Kollegen aus der Apotheke wussten so gut wie nichts von ihrem Privatleben. Nehmen wir zum Beispiel, wie sie sich fühlte, als ihr Mann an Krebs erkrankte und starb. Wie ist es ihr ergangen in den zwei Jahren, als es ihrem Mann zunehmend schlechter ging? Wer konnte uns etwas über ihr Gefühlsleben sagen? Niemand außer ihrer Mutter, und auch da bin ich mir nicht sicher, ob sie ihr wirklich alles erzählt hat, was in ihr vorging. Ich habe den Eindruck gewonnen, dass sie niemanden an ihrer Trauer hat teilhaben lassen, auch die Aussagen der Mutter sind recht vage. Ich bin davon überzeugt, dass die Slomka mit ihrer Mutter längst nicht über alles reden konnte. Ihr habt die Frau doch auch kennengelernt, die hat mit ihren kleinen Wehwehchen zu kämpfen und lamentiert ständig über ihr Schicksal, was sie machen soll, wenn sie jetzt alleine ist, was mit dem Jungen werden soll, sie sei doch schließlich schon so alt … Dabei ist die werte Dame gerade mal Anfang sechzig. Ich bin der Meinung, auch die Slomka fällt in die Kategorie introvertiert, mal abgesehen davon, dass sie einmal pro Woche mit drei Damen aus dem Orchester in eine Bar gegangen ist. Aber hat sie denen wirklich etwas von sich erzählt? Nein. Sie hat auch nie eine Freundin zu sich nach Hause eingeladen oder ist zu einer Freundin zu Besuch gegangen. Und warum? Ganz einfach, weil sie keine Freundin hat. Das ist doch ziemlich eindeutig, oder? Nehmen wir die Uhlig. Ein Ass im Beruf, aber auch sie hat niemanden an sich rangelassen außer einer einzigen Freundin. Die Uhlig ist beruflich viel gereist, musste Verhandlungen führen, dennoch war sie einsam. Angeblich hat sie seit der Scheidung keinen Mann mehr gehabt, und ganz ehrlich, eine attraktive Frau, die fast fünfzehn Jahre lang ohne Mann auskommt …«

»Vielleicht ist sie lesbisch«, warf Kullmer ein.

»Deutet irgendetwas in ihrer Wohnung darauf hin?«

»Wir haben nicht danach geguckt. Wir werden mehr wissen, wenn die Telefon- und Computerdaten ausgewertet sind.«

»Man wird nichts finden. Sie ist nicht lesbisch, das hätte ihre Freundin uns gesagt …«

»Und wenn die Freundin ihre Partnerin ist?«, warf Seidel ein.

»Sie muss damit rechnen, dass wir das sehr schnell herausfinden. Nein, nicht ihre Freundin und auch niemand anders. Sie hat die Einsamkeit gesucht und gefunden. Sie hat sich seit ihrer Scheidung ihr Leben so zurechtgebogen, dass niemand außer ihr Zutritt dazu hat. Dafür spricht auch ihr Singlebett …«

»Das immerhin eins vierzig auf zwei Meter ist«, warf Kullmer ein.

»Es ist ein Singlebett mit einem Kopfkissen und einer Zudecke. Nicht nur dieses Bett, sondern die gesamte Wohnung scheint mir Ausdruck einer selbstgewählten Klausur. Sei's drum, wir werden sehen, ob ich recht habe … Alles, was mit der Schweigert zu tun hat, brauch ich jetzt nicht noch mal zu erwähnen, das haben wir am Wochenende mehrfach durch-

gekaut. Es ist für mich ein in sich schlüssiges Schema. Inklusive Kirche. Noch mal: Alle bisherigen Opfer sind jeden Sonntag in die Kirche gegangen und haben regelmäßig die Beichte abgelegt. Zufall?« Durant schüttelte den Kopf und fuhr fort: »In meinen Augen nicht. In den gut zwölf Jahren bei der Mordkommission habe ich bei der Suche nach zwei klassischen und drei eher untypischen Serienmördern mitgeholfen und habe in keinem einzigen Fall erlebt, dass die Opfer allesamt katholisch waren und ihren Glauben auch ausgeübt haben, wozu unter anderem die Beichte gehört.«
»Und wo willst du jetzt ansetzen?«, fragte Kullmer.
»Ich bin noch nicht fertig. Das Wichtigste kommt noch. Weiß und Peters …«
Hellmer rollte mit den Augen: »Ach komm, nicht schon wieder. Das sind wir doch alles schon zigmal durchgegangen.«
»Könntest du mich bitte ausreden lassen? Du weißt doch gar nicht, was ich sagen will. Ich erinnere mich noch genau an den Moment, als wir die Wohnung von Weiß das erste Mal betreten haben. Mir ist sofort das große Kreuz an der Wand aufgefallen, dazu mehrere Ikonen und die Bibel, die sehr benutzt aussah. Ich erinnere mich auch, dass einer seiner Mieter sagte, dass Weiß jeden Sonntag in die Kirche gegangen ist. Jeden Sonntag, wohlgemerkt. Auf Weiß treffen im Übrigen auch alle anderen Merkmale zu, die ich an die Tafel geschrieben habe … Und was hat Herr Peters gesagt, als wir ihn befragt haben? Ein Satz ist mir gestern Abend sofort wieder eingefallen. Er sagte: ›Wir sind jeden Sonntag in die Kirche gegangen, und meine Frau hat einmal im Monat bei ihrem Pfarrer die Beichte abgelegt.‹ Frank, erinnerst du dich daran?«
»Hm«, kam es mürrisch über seine Lippen, er hatte die Arme über dem Bauch verschränkt und zog ein beleidigtes Gesicht, was Durant jedoch ignorierte.
»Und jetzt frag ich euch alle, ist das Zufall? Können so viele Gemeinsamkeiten Zufall sein?«

»Aber die Vorgehensweise ist doch eine komplett andere. Die Peters und der Weiß wurden bestialisch abgeschlachtet«, sagte Seidel zweifelnd. »Da gibt es doch nun absolut keine Verbindung.«
»Doch, auch da gibt es eine. Ich hatte die ganze Zeit das Gefühl, es nur mit einem Täter zu tun zu haben, und diese Überzeugung hat sich verfestigt. Was hat er mit Weiß und Peters gemacht?«
»Abgestochen wie Schweine im Schlachthof«, bemerkte Hellmer mit herabgezogenen Mundwinkeln und einem Blick, als warte er nur darauf, den Täter endlich zu überführen und ihn für eine Weile quälen zu dürfen für das, was er seinen Opfern angetan hatte und immer noch tat.
»Richtig. Was noch?«
»Er hat ihnen die Augen herausgeschnitten«, fügte Berger hinzu.
»Korrekt. Und was war, als die Schweigert aufgefunden wurde? Ihr waren zwar nicht die Augen herausgeschnitten worden, aber sie hat niemanden erkannt, nicht einmal ihre Eltern. Als wäre sie blind. Man muss sich das vorstellen, da ist eine zweiundzwanzigjährige junge Frau, die fast ihr ganzes Leben bei ihren Eltern verbracht hat, und als ihre Eltern sie im Krankenhaus besuchen, erkennt sie sie nicht. Sie wusste nicht, wer da an ihrem Bett saß. Man mag sich nicht vorstellen, was das für ein Schock für die Eltern gewesen sein muss. Warum sie ihre engsten Bezugspersonen nicht erkannt hat, weiß keiner von uns, vielleicht kann uns Bock weiterhelfen, ich hoffe, er schickt den Bericht bald durch. Aber das mit den Augen ist doch äußerst auffällig. Warum hat die Schweigert niemanden erkannt? Warum hat sie nicht gesehen, obwohl sie laut ärztlicher Aussage nicht blind war? Was hat der Täter mit ihr gemacht, dass sie trotzdem *wie* blind war? Diese Fragen treiben mich um, und das werden sie so lange tun, bis ich den Sinn dahinter erkenne. Haltet mich für verrückt

oder widerlegt mich, aber ich bin überzeugt, es handelt sich um *einen* Täter, er hat lediglich seine Vorgehensweise geändert. Und da können unsere Psychologen noch so viele Gegenargumente bringen, solange wir im Dunkeln tappen, bleibe ich bei meiner Meinung.«
Für einen Augenblick herrschte Stille, bis Berger sagte: »Ich kann Ihre Gedanken nachvollziehen und erkenne die Zusammenhänge. Aber warum, und das beschäftigt uns ja seit einigen Monaten, hat er erst dieses Gemetzel veranstaltet und ist dann auf eine andere Art des Tötens umgeschwenkt?«
Durant seufzte auf und entgegnete mit hilfloser Miene: »Diese Frage stelle ich mir seit langem, aber ganz besonders seit gestern Abend. Ich habe keine Antwort darauf, denn hätte ich eine, wären wir vielleicht schon weiter. Und es gibt einen weiteren Punkt, der aber nicht so bedeutungsvoll sein mag. Die leichte Bekleidung der bisherigen drei Opfer. Peters, Weiß und Schweigert. Vielleicht kann Holzer uns eine Antwort darauf geben. Nur schade, dass ich dann in Urlaub bin, ich würde seine Meinung schon gerne hören.«
»Und wo willst du jetzt ansetzen?«, fragte Seidel.
Durant seufzte erneut auf und blickte zu Boden. »Das ist das, was mich so wütend macht – ich weiß es nicht. Ich bin mir aber sehr sicher, dass die Uhlig noch längst nicht sein letztes Opfer war. Er ist ein Jäger und Sammler, er sammelt Trophäen und ...«
»Trophäen?«, sagte Kullmer und kam an die Tafel. »Was für Trophäen? Angenommen, du hast recht mit deiner These, dass er sowohl für die Morde als auch für die Entführungen verantwortlich ist, welche Art von Trophäen könnte er sammeln? Gib mir mal den Stift.«
Durant reichte Kullmer den Stift und stellte sich seitlich neben die Tafel.
»Kleidung? Haare? Haut? Fingernägel? Fußnägel? Abge-

trennte Finger oder Zehen? Oder Dinge, die sich zum Zeitpunkt der Entführung im Besitz der Opfer befanden? Schmuck, zum Beispiel. Keines der bisherigen Opfer trug beim Auffinden Schmuck. Keine Uhr, keine Ohrringe, keine Kette, keinen Ring ...«

»Vielleicht sammelt er solche Trophäen, vielleicht entsorgt er das Zeug auch und macht nur Fotos. Er fotografiert sie und holt sich jedes Mal einen runter, wenn er die Fotos anschaut«, kam es lapidar von Hellmer. »Auf jeden Fall sind es Augen, wie bei Weiß und Peters. Warum hat er sie herausgeschnitten, wenn er sie nicht behalten wollte?«

»Sie haben alle recht«, warf Berger ein und fuhr sich mit einer Hand übers Kinn. Er wirkte sehr nachdenklich, als er ebenfalls aufstand, an die Tafel kam und sich gleich wieder abwandte und zum Fenster ging. »Die drei bisherigen Opfer waren kaum bekleidet«, sagte er, als spräche er mit sich selbst, drehte sich um und warf noch einmal einen langen Blick auf die von Durant notierten Stichpunkte. Mehrfach fasste er sich ans Kinn, in seinem Kopf arbeitete es, jeder im Raum konnte es spüren. Schließlich sagte er nach einem tiefen Atemzug: »Ich möchte Ihnen über einen Fall berichten, der lange zurückliegt. Es handelt sich um den Fall Gernot, bei dem wir damals lange auf der Stelle getreten sind. Ich weiß nicht, ob irgendeiner von Ihnen sich an diese Sache erinnert oder auf der Polizeischule davon gehört hat. Mich ärgert, dass ich bisher nicht darauf gekommen bin, obwohl ich an dem Fall mitgearbeitet habe.«

Hellmer nickte und sagte: »Ganz vage. Ich meine, auf der Polizeischule wurde dieser Fall behandelt, aber ich kann mich nicht mehr an Details erinnern. Muss lange vor meiner Zeit gewesen sein.«

»Es war vor Ihrer Zeit. Wir müssen uns unbedingt die Akten von damals beschaffen.« Er griff zum Telefon und rief im Archiv an: »Berger, K 11. Ich brauche ganz dringend die Ak-

ten des Falls Dietmar Gernot aus dem Jahr 1974 ... Ja, ich weiß, dass die Verjährungsfrist dreißig Jahre beträgt, aber vielleicht ist das Zeug ja doch aufgehoben worden, weil das so ein spektakulärer Fall war ... Nein, Aktenzeichen hab ich nicht. Schaut unter Dietmar Gernot nach, Frankfurt, 1974. Und solltet ihr was finden, bringt es mir ganz schnell hoch ... Ja, ich weiß, aber das ist eine Ausnahmesituation ... Viertelstunde, zwanzig Minuten ist okay. Wir sind im Besprechungszimmer.«
Er legte auf, atmete einmal tief durch und sagte: »Sie haben's mitgekriegt. Ich hoffe, die Akten existieren noch. Die Nitribitt wird man auch in hundert Jahren noch im Archiv finden, aber ob Gernot noch existiert, können die nicht sagen«, stieß er ärgerlich hervor. »Wie auch immer, jedenfalls war ich noch ganz frisch bei der Kripo und ermittelte vor dreiunddreißig Jahren in diesem Fall mit. Ich rekonstruiere das jetzt mal aus dem Gedächtnis. Dieser Dietmar Gernot hatte eine Art Museum in seinem Keller eingerichtet mit Körperteilen, aber auch Utensilien seiner Opfer. Kleidung, Schmuck, Haare, Haut und Augen ...«
»Augen?«, wurde er von Seidel unterbrochen.
»Ganz genau. Er hat seinen ersten beiden Opfern die Augen herausgeschnitten und in einem Glas konserviert. Aber das war längst nicht alles. Der ganze Raum war ein einziger Trophäenschrein. Ein wahres Gruselkabinett, das keinen von uns kaltließ. Damals dachte ich, wenn die Arbeit bei der Mordkommission immer so aussieht, will ich in eine andere Abteilung versetzt werden. Es hat mich eine Menge Überwindung gekostet, ich war schließlich erst vierundzwanzig Jahre alt.« Er hielt inne, als müsste er seine Gedanken sortieren, und fuhr dann fort: »Möglich, dass ihn jemand kopiert. Denn Gernot hat damals seine ersten beiden Opfer genauso bestialisch umgebracht, wie unser jetziger Täter es mit Weiß und Peters gemacht hat. Das dritte Opfer hatte Messerstiche

und eine durchgeschnittene Kehle, war aber ansonsten unversehrt. Nach dem Ausbluten hat er die junge Frau sorgfältig gewaschen und dann abgelegt, wie Weiß und Peters. Seine ersten beiden Opfer waren auch gefesselt, und zwar waren die Arme mit den Beinen verbunden. Es handelte sich um einen sehr komplizierten Knoten, wie ihn keiner von uns jemals zuvor gesehen hatte ... Dass mir das nicht früher eingefallen ist! Aber ich bin auch der Einzige, der von damals noch im Dienst ist, alle andern aus der Ermittlungseinheit befinden sich entweder im Ruhestand oder sind verstorben.« Er trank einen Schluck Wasser, doch seine Stimme klang immer noch trocken und kehlig: »Hier kopiert tatsächlich einer einen lange zurückliegenden Fall, an den sich kein Schwein mehr erinnert, weil die Opfer eben nur Leute von nebenan waren und die Presse schon sehr bald aufhörte, darüber zu berichten. Frau Durant, ich wäre nicht darauf gekommen, hätten Sie nicht die Details an die Tafel geschrieben. Mein Kompliment.«

»Wo ist Gernot jetzt?«, wollte sie wissen, ohne auf das Lob einzugehen, auch wenn ihr diese verbale Streicheleinheit guttat.

»Er ist tot. Er wurde schon kurz nach dem Prozess von Mithäftlingen getötet.«

»Und wie viele Morde gingen auf sein Konto?«, wollte Durant wissen.

»Offiziell drei, weil wir nur drei Leichen gefunden haben. Aber laut eigener Aussage hat er neun Menschen umgebracht, erst einen Mann, danach nur noch Frauen. Er hat genau geschildert, wo er die Frauen abgelegt hat, wir haben sie jedoch an keiner der angegebenen Stellen gefunden. Das Problem ist, dass die anderen sechs potenziellen Opfer noch heute als vermisst gelten. Aus diesem Grund ist es nicht nur möglich, sondern durchaus wahrscheinlich, dass Gernot ihr Mörder ist, er uns aber falsche Informationen gegeben hat oder sich nicht mehr richtig erinnern konnte. Letzteres halte ich allerdings für sehr unwahrscheinlich, da er weit überdurchschnittlich intelligent war, wie unsere Gutachter bestätigten, und ein hervorragendes Gedächtnis hatte …«

»Wurde er einem IQ-Test unterzogen?«, fragte Durant schnell.

»Ja, daran kann ich mich sogar noch ziemlich gut erinnern, weil wir alle total überrascht waren. Sein IQ betrug knapp hundertsechzig. Es gibt nur eine Handvoll Menschen auf der ganzen Welt mit einem derartigen IQ. Dazu war er ein exzellenter Schachspieler, der es leicht mit der Weltelite hätte aufnehmen können, wie uns von Experten bestätigt wurde. Aber Gernot war nicht daran interessiert, ein weltberühmter Schachspieler zu sein, seine Leidenschaft galt dem Quälen und Morden. Vermutlich wollte er uns mit seinen Fehlinformationen nur in die Irre führen und sein seltsames Spiel weiterspielen, in der Hoffnung, wir würden uns weiter mit ihm beschäftigen. Als er nach dem Urteil aus dem Gerichtssaal geführt wurde, grinste er uns an und flüsterte unserem damaligen Chefermittler Koch etwas ins Ohr. Was, das hat Koch nie verraten, ich weiß nur, dass er danach kalkweiß und lange nicht ansprechbar war.«

»Und es gab auch keine Trophäen dieser sechs?«

»Wir haben einiges gefunden, das wir anfangs nicht zuordnen konnten, die Kriminaltechnik war noch längst nicht so weit gediehen wie heute, und DNA-Analysen waren, wie uns allen bekannt ist, damals noch nicht möglich. Manche Dinge jedoch wurden von Angehörigen als Eigentum der vermissten – und vermutlich von Gernot getöteten – Frauen erkannt.«

»Hat Gernot die zwei Frauen missbraucht?«, fragte Seidel.

»Laut rechtsmedizinischem Gutachten nein, aber er hat sie nur mit einem BH bekleidet abgelegt.«

»Was war sein Motiv?«

»Das hat er nie preisgegeben. Wir haben lange gerätselt und schließlich aufgegeben, weil wir keins erkennen konnten. Er war verheiratet, hatte eine gesicherte Anstellung beim Finanzamt, seine Frau war sehr begütert, sie besaßen mehrere Häuser, liebten sich heiß und innig, und er selbst galt als äußerst freundlicher, hilfsbereiter und umgänglicher Zeitgenosse. Keiner von all denen, die wir befragt haben, hätte ihm jemals solche Verbrechen zugetraut. Nicht einmal einen Kaugummidiebstahl im Supermarkt hätte man sich bei ihm vorstellen können, weil er als überkorrekt und sehr gläubig galt. Er ging regelmäßig zur Kirche, legte die Beichte ab und war der Saubermann schlechthin. Er selbst hat sich nach der Verhaftung mehrfach als das personifizierte Böse bezeichnet, als der Teufel in Menschengestalt, der das perfekte Verbrechen begehen wollte. Das ist natürlich spinnert, er war ein Selbstdarsteller allererster Güte, der jeglichen Bezug zur Realität verloren hatte ... Mehr fällt mir dazu nicht ein. Warten wir doch auf die Akten, dort finden wir mit Sicherheit einige Antworten. Wie erwähnt, ich war vierundzwanzig und stand noch am Anfang meiner Laufbahn und durfte den alten Hasen gerade mal über die Schulter schauen, mehr aber auch nicht.«
»Okay, okay, okay«, meldete sich Kullmer zu Wort, »unser Mann kopiert also diesen Killer und wartet darauf, dass wir mit dem Namen Gernot an die Öffentlichkeit gehen. Ich spekuliere jetzt einfach mal wild drauflos, aber ich könnte mir denken, dass er dann mit uns in Kontakt treten wird.«
»Stopp«, unterbrach ihn Durant und wandte sich an Berger. »Sie sagen, Gernot habe neun Morde gestanden, aber es gab nur drei Leichen. Wir haben bis jetzt zwei Ermordete, Weiß und Peters, und die Schweigert, die kurz nach ihrem Auffinden gestorben ist. Fehlen noch sechs. Die Slomka und die Uhlig werden vermisst, das wären Opfer Nummer vier und fünf, fehlen also noch vier, vorausgesetzt, er kopiert diesen Gernot auch, was die Anzahl der Opfer betrifft.«

»Auf die Zahl würde ich mich nicht verlassen, denn Gernot hätte definitiv weitergemordet, wäre ihm nicht ein Lapsus unterlaufen, der ihm schließlich das Genick gebrochen hat. Möglicherweise hatte er eine bestimmte Opferzahl im Kopf, aber auch das ist Spekulation …«

»Sie sagen, er war ein genialer Schachspieler«, bemerkte Seidel. »Wenn er ein Gedächtnis wie ein Elefant hatte und ein mathematisches Genie war, würde ich sagen, dass er maximal vierundsechzig Opfer im Sinn hatte, so viele Felder hat ein Schachbrett.«

»Oder sechzehn oder zweiunddreißig«, entgegnete Durant, »so viele Figuren hat ein Schachspiel. Sechzehn weiße, sechzehn schwarze oder beides zusammen.«

»Ist das nicht egal?«, sagte Berger unwirsch. »Der Fall ist Jahrzehnte her, der Täter ist tot, und wir werden nie herausfinden, was Gernot noch vorhatte. Zudem gibt es sehr wohl Unterschiede zwischen Gernots Vorgehensweise und der unseres Killers. Gernot hat jedes seiner drei belegten Opfer mit sehr vielen Messerstichen umgebracht. Die Schweigert hingegen wies keinerlei äußere Verletzungen auf. Sie war praktisch unversehrt.«

»Unversehrt?« Julia Durant zog die Stirn in Falten und schürzte die Lippen. »Sie war nicht unversehrt, sonst wäre sie nicht gestorben. Ich bin überzeugt, sie hat die Hölle auf Erden erlebt, ohne dass wir auch nur den leisesten Schimmer haben, wie diese Hölle aussah. Und ganz ehrlich, ich will's auch gar nicht wissen. Bleibt aber die Frage, was der Täter mit ihr gemacht hat und was er mit der Slomka und der Uhlig noch vorhat.«

Kullmer sagte: »Okay, dann kopiert er nicht eins zu eins, sondern verfeinert die Art des Tötens. Während Gernot das perfekte Verbrechen begehen wollte und gescheitert ist, hat es unser Täter bis jetzt geschafft, perfekt zu sein. Jemand, der so dreist ist und eine Frau, die sechs Monate seine Gefangene

war, einfach freizulassen, muss wissen, dass sie nicht überleben wird. Und wenn, dass sie nie wird sagen können, was mit ihr passiert ist, wie der Täter aussieht und so weiter und so fort. Könnt ihr mir folgen?«
Allgemeines Nicken.
»Gut. Wie wurde Gernot gefasst?«
»Er wurde unvorsichtig. Er hat eine Frau betäubt und auf den Rücksitz gelegt, aber vergessen, die Kindersicherung einzuschalten. Sie wurde früher wach als erwartet und schaffte es zu fliehen, während Gernot an einer Ampel stand. Sie konnte sich erstaunlicherweise sogar das Autokennzeichen merken. So kriegten wir ihn. Als die damaligen Ermittler vor seiner Tür standen, ließ er sich widerstandslos festnehmen.«
Durant dachte eine Weile nach und sagte dann: »Unserem Mann wird kein solcher Fehler unterlaufen. Ihm wird niemand entkommen, es sei denn, er will es. Er ist ebenfalls ein Spieler und sehr geduldig. Nach allem, was wir jetzt wissen, gehe ich auch nicht mehr davon aus, dass ihm seine Opfer zufällig über den Weg laufen, sondern dass er sie sich gezielt aussucht. Und ich bin ziemlich sicher, dass auch er seine Opfer im Auto transportiert. Die Schweigert ist auf keinem einzigen Überwachungsband der S-Bahn zu sehen. Hat Gernot irgendetwas darüber ausgesagt, wie er an seine Opfer gelangt ist?«
Berger nickte. »Oh ja. Es war seine überaus höfliche und zuvorkommende Art, mit der er jeden um den Finger wickeln konnte. So jemand mordet doch nicht oder führt Böses im Schilde. Die Frau, die ihm entkommen ist, hat ausgesagt, dass er sie spätabends angesprochen und nach dem Weg gefragt hat. Sein schicker Mercedes, seine elegante Kleidung und sein sehr höfliches Auftreten haben ihren eigenen Worten zufolge mächtig Eindruck auf sie gemacht, jedenfalls hegte sie keinerlei Argwohn, als er sie bat, ihm den Weg auf dem Stadtplan zu zeigen. Er überwältigte sie, als sie den Plan in die Hand nahm, und spritzte ihr ein Betäubungsmittel. Es ging

blitzschnell, sie hatte keine Chance. Aber diesmal hatte er die Dosierung wohl zu niedrig gewählt. Gernot verfrachtete sie auf den Rücksitz, und für jeden, der sie gesehen hätte, hätte es gewirkt, als schlafe sie. Gernot war beinahe perfekt, aber eben nur beinahe.«
»Wie groß war er?«, fragte Durant.
»Normal, etwa eins achtzig vielleicht. Warum?«
»Und seine Statur?«
»Schlank und recht muskulös.«
»Gutaussehend?«
»Ich würde sagen ja. Die Frauen schienen nur so auf ihn zu fliegen. Er hatte etwas Charismatisches. Ich weiß noch, wie eine Kollegin, die mit mir zusammen auf der Polizeischule gewesen war, gesagt hat, dass sie ihm keinen Mord zutraue – und da war er bereits überführt. Er hatte auch sie ratzfatz um den Finger gewickelt. Das gehörte zu seinem Spiel.«
»Und wie alt?«
»Legen Sie mich nicht fest, aber bei seiner Festnahme war er sechs- oder siebenunddreißig. Warten wir doch auf die Akten.«
»Und seine Frau, hat die nie Verdacht geschöpft, dass mit ihrem Mann etwas nicht stimmen könnte?«
Berger schüttelte den Kopf. »Sie war blind vor Liebe. Sie müssen sich das vorstellen, die beiden haben eine Bilderbuchehe geführt, er hat ihr andauernd Geschenke gemacht, sie sind einmal in der Woche essen gegangen, ins Kino, ins Theater, und sie haben während ihrer Ehe fast die ganze Welt bereist, bis auf das letzte Jahr, als er mit dem Morden so richtig auf Touren kam ... Er schien sie auf Händen zu tragen, und sie hat ihn immer nur durch die rosarote Brille der Liebe gesehen. Als sie von seinem Doppelleben erfuhr, ist für sie logischerweise eine Welt zusammengebrochen. Ihr über alles geliebter Didi, wie sie ihn nannte, war doch kein brutaler Mörder und Sadist. Sie hätten sie erleben sollen, wie sie sich im Präsidium aufge-

führt hat. Er hat die Taten ja auch nicht in dem Haus begangen, in dem sie lebten, sondern in einem, das leerstand. Gernot hatte alles bis ins kleinste Detail durchgeplant, und seine Frau hatte keinen blassen Schimmer, was ihr über alles geliebter Göttergatte so trieb. Dieser Typ wollte morden, weil das Töten für ihn einen besonderen Kick bedeutete. Aber was diesen Drang ausgelöst hat, haben wir nie herausgefunden. Als der Fall abgeschlossen war, habe ich mich auch nicht mehr damit beschäftigt. Koch, unser damaliger Chefermittler, ist nur wenige Monate nach dem Prozess in Pension gegangen und ein halbes Jahr darauf an Krebs gestorben, an Heiligabend, das werde ich nie vergessen. Einige von uns haben die These aufgestellt, dass der Fall den Krebs ausgelöst habe, da Koch weder geraucht noch getrunken hat. Er war ein Abstinenzler vor dem Herrn, dem sein Körper heilig war. Und die anderen in unserer Abteilung wollten mit der ganzen Sache auch nichts mehr zu tun haben, wir vermieden es geradezu, den Namen dieses Typen in den Mund zu nehmen.«
Es klopfte an der Tür, ein älterer Mann aus dem Archiv trat ein und brachte einen dünnen Ordner: »Sie haben Glück, normalerweise wäre das Zeug schon längst im Schredder gelandet. Weiß auch nicht, warum das noch bei uns liegt.«
»Danke«, antwortete Berger nur, dann erst sah er genauer hin: »Soll das ein Witz sein? Der Vorgang Gernot ist mindestens hundertmal so dick. Das sind doch höchstens zwanzig Seiten!«
»Tut mir leid, das ist alles, was wir finden konnten.«
Berger schnaubte und wartete, bis der Mann das Besprechungszimmer verlassen hatte. Mit gerunzelter Stirn begann er die Seiten durchzublättern. »Dietmar Gernot, geboren am 24. Dezember 1936 in Liegnitz, Schlesien«, murmelte er vor sich hin.
»Aber der Weihnachtsmann war er nicht«, bemerkte Kullmer lakonisch.

Ohne darauf einzugehen, fuhr Berger fort: »Wir haben ihn im Juli 74 festgenommen, da war er siebenunddreißig. Verdammt noch mal, das müsste doch ein richtig fetter Ordner sein oder sogar mehrere Ordner. Ich versteh das nicht, das ist nur ein Bruchteil von dem, was wir damals angelegt hatten. Wo ist der Rest?« Es schien, als wäre für Berger die Vergangenheit mit einem Mal gegenwärtig und längst Vergessenes würde an die Oberfläche gespült. Sein erster großer Fall, bei dem er den altgedienten Hasen zur Hand gehen durfte. Damals noch grün hinter den Ohren, hatte er sich im Laufe der Jahre so weit nach oben gearbeitet, wie es einem Polizeibeamten möglich war. Hauptkommissar und seit nunmehr zwölf Jahren Kommissariatsleiter. Schwere Schicksalsschläge hatten sein Leben geprägt, doch als alle nicht mehr damit gerechnet hatten, wurde aus dem lange Zeit verschlossenen und dem Alkohol zugeneigten Berger wieder ein zufriedener und – wie es aussah – glücklicher Mann. Julia Durant hatte viel von ihm gelernt, sie respektierte ihn mehr als jeden anderen Kollegen. Er hatte sie zum K 11 geholt, weil er von ihr überzeugt gewesen war. Er hatte ihr mit Anfang dreißig Aufgaben übertragen, die eigentlich andere hätten bekommen sollen, aber er vertraute ihr und ihrem Instinkt. Wenn sie jemandem beruflich etwas zu verdanken hatte, dann Berger. Und für dieses Vertrauen würde sie ihm ewig dankbar sein. Auch dafür, dass er ihr so oft freie Hand bei den Ermittlungen ließ und häufig nur verlangte, auf dem Laufenden gehalten zu werden. Die Chemie zwischen ihnen stimmte, und das war das Wichtigste.

»Hätten Sie diesen Typ für einen eiskalten Serienkiller gehalten?«, fragte Berger und deutete auf die drei Fotos, die Gernot zeigten.

»Wie sieht denn ein eiskalter Serienmörder aus?«, fragte Hellmer.

»Herr Hellmer, ich spreche von damals und nicht von jetzt.

Zur Zeit seiner Verhaftung steckte die Kriminalpsychologie noch in den Kinderschuhen, so etwas wie Profiling gab es noch nicht, wir hätten allein mit dem Wort nichts anfangen können. Und glauben Sie mir, als ich Gernot zum ersten Mal zu Gesicht bekam, da hätte ich ihm alles zugetraut, aber nicht, dass er drei äußerst grausame Morde begangen hat. Er war schlicht und einfach zu nett und zu höflich. Aber er war eine Bestie, und seine Triebfeder war die Lust am Töten, davon waren wir am Ende alle überzeugt. Er kam aus einem guten Elternhaus, hatte sein Abi mit eins bestanden und schließlich studiert. Dazu hatte er eine sehr reiche Frau geheiratet und bekleidete einen exzellenten Posten bei der Oberfinanzdirektion. Er schien alles haben, aber er wollte töten. Doch warum«, Berger machte eine kurze Pause und schüttelte den Kopf, »dieses Geheimnis hat er mit ins Grab genommen. Sei's drum, die Sache liegt eine halbe Ewigkeit zurück.«

»Er sieht tatsächlich nicht wie ein brutaler Mörder aus«, sagte Doris Seidel, »im Gegenteil.«

»Es sind seine Augen«, entgegnete Julia Durant, nachdem sie ein Foto, das Gernots Gesicht direkt von vorne zeigte, eine ganze Weile ausgiebig betrachtet hatte. »Er hat kalte Augen. Sehr kalte Augen. Völlig emotionslos, fast leblos, wie tot.«

»Komisch, genau das hat eine Kollegin auch gesagt, aber nur sie hat das gesehen. Gernot war ein Meister im Sichverstellen, ein Schauspieler erster Güte. Was der für eine Show abgezogen hat, dafür würden die meisten Filmstars einen Oscar kriegen. Aber er hat seine Quittung im Knast bekommen. Und selbst wenn er den Knast überlebt hätte, nun, ich nehme an, er wäre mittlerweile wieder auf freiem Fuß, da er nur zu ›lebenslänglich‹ ohne den Zusatz ›mit anschließender Sicherungsverwahrung‹ verurteilt worden war. Er wäre jetzt einundsiebzig …«

»Und hätte noch immer diese kriminelle Energie«, bemerkte

Durant lapidar. »Einer, der solche Taten begeht, ändert sich nicht, auch wenn er älter wird. Ich bin fast sicher, er hätte es wieder getan, nur diesmal etwas anders, so dass man ihm nicht auf die Schliche kommen würde, weil man die Taten nicht mit ihm in Verbindung bringen würde.«
»Das können wir nicht beurteilen«, sagte Berger und fügte, nachdem er aufgestanden und ein paar Schritte gegangen war, hinzu: »Gernot ist und bleibt ein großes Fragezeichen. Wir wissen eigentlich nichts über ihn. Lesen Sie die Akte oder wenigstens das, was davon übrig geblieben ist.«
Durant und ihre Kollegen steckten die Köpfe zusammen und lasen die vierundzwanzig Seiten. Nach gut einer Stunde waren sie fertig, Hellmer streckte sich und gähnte, Kullmer sah Seidel mit gewölbten Lippen an, Durant setzte sich neben Berger.
»Nun, diese Übereinstimmungen können kein Zufall sein«, sagte sie. »Inwieweit wurde damals die Öffentlichkeit über Details informiert?«
»Überhaupt nicht. Es wurde eine umfassende Informationssperre verhängt, die Staatsanwaltschaft gab der Presse die notwendigsten Informationen, aber keine Details über Gernots Vorgehensweise. Die Öffentlichkeit hätte das nicht verkraftet. Heute sind die Menschen abgehärtet.«
»Auch nicht nach seiner Verurteilung?«, hakte Durant nach, ohne auf die letzte Bemerkung von Berger einzugehen.
»Nein. Einige der damals führenden und sogenannten seriösen Magazine wollten natürlich unbedingt Material haben, um über die Bestie Gernot so authentisch wie möglich zu berichten, aber wir haben nichts rausgerückt. Das meiste, was die gedruckt haben, beruhte auf Spekulationen. Sie kennen das ja, die Journalisten gehen zu den Angehörigen, Freunden, Verwandten, Bekannten, stellen ein paar Fragen und basteln sich eine möglichst reißerische Geschichte zusammen. Aber glauben Sie mir, neunzig Prozent von dem,

was geschrieben wurde, beinhaltete nur einen Funken Wahrheit. Der Rest war erfunden. Wie fast immer. Und meines Wissens wurde der Fall Gernot in keinem einzigen Buch behandelt. Ich meine damit Bücher, die von Kriminologen oder in den Ruhestand gegangenen Beamten verfasst wurden. Das wäre mir bestimmt nicht entgangen.«

Durant überflog noch einmal zwei Passagen, betrachtete die beigefügten Fotos der Opfer. »Und Fotos?«

»Was?«, fragte Berger leicht irritiert.

»Wurden Fotos der Opfer veröffentlicht?«

»Wo denken Sie hin? Das wurde auch damals nicht gemacht. Diese Fotos waren viel zu grausam und schockierend. Warum wollen Sie das wissen?«

»Die Fotos gleichen denen von Peters und Weiß in frappierender Weise. Gernot hat seine Opfer gewaschen, unser Täter auch. Der Knoten, die Art der Ablage, wie bei Peters und Weiß. Wir haben es mit einem Nachahmungstäter zu tun, der Gernots Morde eins zu eins kopiert.«

»Ja, aber nur die ersten beiden«, sagte Seidel. »Bei der Schweigert ist es völlig anders, ihr wurden keine Verletzungen beigebracht.«

»Das haben wir doch alles schon besprochen, sonst hätte unser Chef nicht die Akten kommen lassen«, entgegnete Durant etwas ungehalten, »aber hier, da steht, dass Gernots drittes Opfer nach Rosen duftete. Wie war das doch gleich bei der Schweigert?«, fragte sie ihre Kollegin mit herausforderndem Blick.

»Hab ich da was überlesen?« Seidel las den Absatz, auf den Durant mit dem Finger deutete. »Tatsächlich. Okay, ich nehme alles zurück.«

»Hat Gernot nach seiner Verhaftung einem Mithäftling von seinen Taten berichtet? Wissen Sie das?«, fragte Durant Berger.

Der zuckte die Schultern. »Keine Ahnung, aber er verbrachte

die Zeit bis zum Prozess in einer Einzelzelle, weil man um sein Leben fürchtete. Nach seiner Verurteilung hatte er meines Wissens nur Kontakt zu Mithäftlingen beim Duschen, beim Mittagessen und beim Hofgang.«

»Lassen Sie mich raten, er wurde unter der Dusche erstochen, oder?«

»Nicht ganz. Er wurde zu Tode geprügelt. Die haben ihn mit Schlägen und Tritten so lange malträtiert, bis er sich nicht mehr rührte. Und angeblich hat keiner gesehen, wer es war und wie es geschah. Die haben geschwiegen wie ein Grab, selbst die Wärter. Im Knast gelten eben andere Gesetze. Verraten Sie uns endlich, was Sie mit Ihren Fragen bezwecken?«, fragte Berger, der immer ungeduldiger wurde.

»Einen Moment noch. Gernots Frau, wie hat sie sich der Presse gegenüber verhalten?«

»Höchst distanziert. Interviewanfragen hat sie kategorisch abgelehnt, unmittelbar nach dem Urteilsspruch ist sie ins Ausland gezogen. Sie hatte ja das nötige Geld und wollte nur ihre Ruhe haben.«

»Hatte Gernot Kinder?«

»Nein, zumindest nicht mit seiner über alles geliebten Frau.«

»Vielleicht aber aus einer früheren Beziehung?«

»Frau Durant, Ihre Spekulationen in allen Ehren, aber das führt uns nicht weiter. Verraten Sie uns doch lieber endlich ...«

»Warten Sie doch bitte noch einen Moment!«, fuhr Durant Berger an. »Entschuldigung, war nicht so gemeint, ich bin nur etwas gereizt ...«

»Ist nicht zu überhören«, murmelte Hellmer, doch es war laut genug, dass jeder es verstehen konnte.

Als hätte sie es nicht gehört, fuhr Durant fort: »War seine Frau ihm hörig? Hat sie zu allem ja und amen gesagt? Auch im sexuellen Bereich?«

»Möglich, aber ich weiß es nicht!«, sagte Berger leicht genervt. »Sie hat ihn vergöttert, wie ich bereits betonte, aber ob sie ihm hörig war, kann ich nicht beantworten.«

»Wahrscheinlich, sonst hätte sie nicht so beharrlich geschwiegen. Wie ist Gernot an seine Opfer gekommen? Sind sie ihm zufällig über den Weg gelaufen, oder hat er sie ausgewählt? Ich habe darüber nichts in der Akte lesen können.«

»Das findet sich in den Verhörprotokollen, die wir leider nicht mehr haben. Aber ich entsinne mich, dass es sich niemals um Zufallsbegegnungen handelte, er hat seine Opfer ausgesucht.« Er dachte eine Weile nach, blätterte im Ordner, als hoffte er, dort noch etwas zu finden, und sagte schließlich: »Ich weiß aber, dass er zwei seiner Opfer in der Kirche gesehen und sie beobachtet hat …«

»Wie vielleicht die Uhlig und auch die Schweigert. Oder alle seine Opfer. Unser Mann ist womöglich ein Kirchgänger, und wer achtet in einer gutbesuchten Kirche sonntags schon auf einen Fremden? Kaum jemand nimmt Notiz, das weiß ich von meinem Vater. Was wissen Sie denn noch über das Opferprofil von damals?«

»Sie haben doch selber gesehen, dass nichts weiter in dieser Akte steht. Ich war nur zeitweise bei den Verhören dabei, aber nicht aktiv, ich war nur ein junger Kerl, der noch eine Menge zu lernen hatte. Punkt, aus«, antwortete er kurz angebunden.

»Ist Ihnen bekannt, warum die Ehe kinderlos blieb? Die waren immerhin acht Jahre verheiratet, und seine Frau war bei der Verhaftung gerade mal zweiunddreißig, er siebenunddreißig.«

»Was weiß ich«, antwortete Berger, der Mühe hatte, nicht die Beherrschung zu verlieren.

»Julia, bitte, der Chef hat recht, komm endlich auf den Punkt«, forderte Doris Seidel ihre Kollegin auf.

»Geduldet euch noch ein wenig. Ein paar Antworten brauche ich noch: Zu wem hatte Gernot nach seiner Verhaftung Kontakt?«

»Zu seinem Anwalt, anfangs noch zu seiner Frau, ansonsten

fällt mir niemand ein. Vielleicht noch der eine oder andere Beamte in der JVA.«

»Okay. Also, wenn ich das recht verstanden habe, gab es weder Fotos noch detaillierte Berichte über die Morde in den Medien. Aber hier steht, dass von Gernots neun Opfern seinen eigenen Aussagen zufolge nur vier aus dem Frankfurter Raum stammten, die anderen aus einem Umkreis von etwa hundert Kilometern. Wie hat er sich an die Opfer rangemacht? Jedes Mal die gleiche Masche, dass er sich den Weg hat zeigen lassen?«

»Frau Durant, erstens sind nur drei Morde belegt, und diese drei Morde wurden an Personen aus dem Frankfurter Raum begangen. Die anderen sechs sind nicht belegt, auch wenn sehr viel dafür spricht, dass diese Personen von Gernot umgebracht wurden, dazu wusste er einfach zu viele Details aus dem Leben der Frauen. Außerdem, und das hab ich vorhin bereits erwähnt, war Gernot ein charismatischer Typ. Für ihn war es ein Leichtes, an seine Beute zu gelangen, weil ihm offenbar jeder arglos gegenübergetreten ist. Sein gesamtes Auftreten passte nicht zum Bild eines grausamen Serienkillers. Noch in den Siebzigern gab es nicht nur in der Öffentlichkeit das Klischee des Mörders, der entweder ein Außenseiter oder ein Asozialer oder ein von der Natur benachteiligter Mann war. Und allein schon aus diesem Grund waren diese Menschen zumindest potenzielle Verbrecher. Nehmen Sie beispielsweise den Frauenmörder Fritz Honka, der Mann war alles andere als ein Frauentyp, eher klein, er hat geschielt wie dieser englische Komiker, auf dessen Namen ich jetzt nicht komme, und war insgesamt ein sehr ungepflegter Zeitgenosse. Beim Betrachten seiner Fotos sahen in ihm natürlich viele den typischen Serienkiller. Aber Honka war geistig minderbemittelt, er war krank und ... Ach, was erzähl ich Ihnen da Geschichten, die gar nicht zu unserem Fall gehören. Verraten Sie uns jetzt endlich, worauf Sie hinauswollen?«

»Gut. Dass jemand die Morde Gernots kopiert, davon sind wir doch inzwischen alle überzeugt, oder? Da jedoch keine Details von Gernots Morden in den Medien veröffentlicht wurden und Gernot nach seiner Verhaftung außer zu seinem Anwalt, seiner Frau und einigen anderen Personen wie dem Wachpersonal in der JVA keinen weiteren Kontakt hatte, woher weiß unser Täter dann so viel über diese Morde? Zum Beispiel der Knoten. Gibt es irgendwelche anderen Fälle, bei denen solche außergewöhnlichen Knoten verwendet wurden? Oder die Aufbahrung der Leichen. Wer, außer den Ermittlern, wusste davon? Dieses spurlose Verschwinden von jetzt auf gleich. Oder die herausgeschnittenen Augen. Und so weiter und so fort.«

Durant machte eine Pause, stand auf und schrieb an die Tafel in großen Lettern *INSIDER*.

»Unser Täter verfügt über Insiderwissen. Die Frage ist, woher stammt dieses Wissen?«

Berger kniff die Augen zusammen und sagte: »Was wollen Sie damit andeuten?«

»Ich glaube nicht an Zufälle, und das weiß jeder hier im Raum. Dass jemand über dreißig Jahre nach Gernot dieselbe Methode anwendet … Wie hoch ist die Wahrscheinlichkeit, dass jemand zufällig nach derselben Methode vorgeht? Eins zu hundert? Eins zu tausend? Eins zu einer Million? Würde er etwa die Augen nur ausstechen, okay, das wäre ein Unterschied. Aber nein, er schneidet sie sorgfältig heraus. Würde er die Hände und Beine nur verknoten, auch okay, ebenfalls ein Unterschied. Hätte er Weiß und Peters anders abgelegt, okay. Wären alle seine Opfer weiblich, okay. Aber nein, unser Täter hat als Erstes einen Mann ausgewählt und ist dann auf Frauen umgestiegen. Und er hat den ersten beiden Opfern die Augen herausgeschnitten, er hat, wie auf den Fotos ersichtlich, einen ebenfalls sehr komplizierten Knoten verwendet, der, wenn mich nicht alles täuscht, dem von Gernot sehr ähnlich ist. Unser Mann hat die ersten beiden Opfer haargenau so abgelegt wie Gernot. Das sind mir ein paar Übereinstimmungen zu viel. Unser Mann hat Gernots Vorgehen eingehend studiert, er hat sich jede Einzelheit eingeprägt und fängt noch mal von vorne an. Aber er weiß auch, dass Gernot einen entscheidenden Fehler gemacht hat, und diesen oder einen anderen Fehler will er nicht begehen. Er will uns zeigen, dass Gernot auf dem richtigen Weg war, aber er will uns auch zeigen, dass er in der Lage ist, weiter zu gehen als sein Vorbild und das wirklich perfekte Verbrechen zu begehen. Und bis jetzt ist ihm das recht gut gelungen. Wir haben nichts, das uns auf seine Spur führen würde. Keine DNA, keine Fingerabdrücke, keine Fremdfasern, nichts. Und wir können nicht behaupten, dass die KTU nicht ihr Bestes gegeben hätte.«

Sie ließ einen Moment verstreichen, es wurde getuschelt, bis Kullmer sagte: »Wenn es sich um einen Insider handelt, wie du vermutest, dann hast du wahrscheinlich auch schon eine Idee, wer das sein könnte? Einer aus unseren Reihen?«, fragte er, ohne dass es ironisch oder abwertend klang.

»Nein, Peter, ich habe an niemand Speziellen gedacht, so weit bin ich noch nicht. Ich frage mich nur, woher unser Täter diese Informationen hat. Wie ist er an diese Infos gekommen? Übers Archiv? Wer hat Zugang zum Archiv? Doch nicht Hinz und Kunz, eigentlich nur wir von der Polizei und ein paar ausgewählte Pressefritzen, wenn sie über abgeschlossene Fälle berichten wollen. Natürlich hat auch die Staatsanwaltschaft ein eigenes Archiv, ich nehme an, bei denen dürfte Gernot noch gespeichert sein. Keiner außer uns hat Zugang zu den abgeschlossenen Vorgängen, schon gar nicht der Mann von der Straße. Die Zahl der Personen ist doch sehr eingeschränkt.«

»Zudem wissen Sie so gut wie ich, dass sich jeder, der ins Archiv will, eintragen muss …«

»Sicher. Aber unser Täter kann sich die Informationen schon vor vier, fünf oder zehn Jahren beschafft haben. Andererseits glaube ich nicht, dass es schon so lange her ist, denn er hat erst vor knapp acht Monaten mit dem Morden begonnen. Fragen wir doch im Archiv nach, wer sich in letzter Zeit für den Fall Gernot interessiert hat.«
Sie griff zum Hörer: »Durant hier. Frage – hat sich außer uns in den letzten Monaten oder Jahren jemand für die Akte Gernot interessiert? ... Ah, verstehe ... Nein, nein, war nur eine Frage ... Danke für die Auskunft.«
Sie legte auf, zog die Stirn in Falten und meinte: »Okay, war einen Versuch wert.«
Doris Seidel meldete sich zu Wort. »Also, ich weiß nicht, ob wir damit auf der richtigen Fährte sind. Angenommen, unser Mann ist so intelligent, wie wir vermuten, dann wird er nicht so blöd sein und seinen Namen in unserem Archiv hinterlegen. Da unsere Abteilung für die Ermittlungen zuständig ist, wird er auch wissen, dass unser Chef den Fall zumindest kennt. Sein Spiel ist komplizierter und nicht so leicht durchschaubar. Ich stimme dir inzwischen in allem zu, was du vorgebracht hast, aber ich gebe zu bedenken, dass wir noch mindestens hundert Schritte hinter ihm sind und er immer schneller wird ...«
»Da hast du wohl recht, aber wir werden ab sofort die Aufholjagd starten. Denk an einen Marathonlauf oder den Ironman, da ist jemand lange Zeit in Führung, und mit einem Mal kommt einer von hinten angeschossen und überholt ihn.« Ihr Blick drückte Entschlossenheit aus, als sie fortfuhr: »Und glaub mir, wir werden ihn kriegen.«
Kullmer meinte lakonisch: »Fragt sich nur, wann. Nach dem zehnten oder nach dem zwanzigsten Opfer? Julia, wir kennen weder sein Gesicht noch seinen Namen, noch haben wir einen Anhaltspunkt dafür, warum er diese Morde kopiert. Er hat sich bis jetzt nicht bei uns gemeldet, und er wird es voraus-

sichtlich auch nicht tun. Wir haben weder seine Fingerabdrücke noch seine DNA. Wir haben keine Fasern, keine Stoffreste, nicht einmal Reifenspuren an den Fundorten. Wir haben nichts, aber auch rein gar nichts. Er will uns demütigen und uns mit höhnisch ausgestrecktem Finger zeigen, dass wir ihm nicht gewachsen sind. Ich denke, in seinem Spiel sind die Opfer nur Figuren, der eigentliche Gegner sind wir. Und er lacht sich ins Fäustchen, weil er merkt, wie bescheuert wir doch sind.«

»Das ist richtig. Aber das mit den Figuren ... Gernot war doch ein genialer Schachspieler. Auch das wird unser Täter wissen. Nehmen wir an, dass es ihm beim Morden nicht um die Opfer, sondern um das Spiel an sich geht ...«

»Frau Durant, ich möchte an dieser Stelle abbrechen«, wurde sie von Berger in ihrem Redefluss gestoppt. »Erstens wiederholen Sie sich, und zweitens halte ich es für unsinnig, unsere kostbare Zeit mit Spekulationen zu verschwenden. Für das Erstellen eines Täterprofils, das uns mit Sicherheit auch zu einem möglichen Motiv führen wird, wird uns Herr Holzer zur Verfügung stehen. Er ist eine Kapazität auf diesem Gebiet. Wenn uns überhaupt noch jemand helfen kann, dann wohl er.«

»Aber solange ich noch im Dienst bin ...«

»Die ziemlich genau zweieinhalb Tage, die Sie noch bei uns sind, dürfen Sie Ihre ganz normale Ermittlungsarbeit leisten. Sie haben heute noch einiges vor, wenn ich mich recht entsinne. Also machen Sie sich an die Arbeit. Ich werde Ihre und unsere Erkenntnisse Herrn Holzer mitteilen, alles andere überlassen wir ihm. Einverstanden?«

»Muss ich wohl«, entgegnete sie ein wenig pikiert.

Während sie zurück in ihre Büros gingen, sagte Durant zu Kullmer und Seidel: »Lasst euch vom Verlag die Adresse von einem gewissen Günter Schwarz geben, ein Autor. Der hatte es auf die Uhlig abgesehen, hat ihre Freundin uns berichtet, das heißt, er hat sich an sie rangemacht und wohl auch belästigt. Kümmert euch um den Kerl und tretet ihm ruhig auf die Füße. Ich will von ihm ein wasserdichtes Alibi für vorgestern Nacht haben. Und dann schaut euch noch mal in der Wohnung der Uhlig um und befragt vor allem die Bewohner nicht nur im Haus, sondern auch in der Nachbarschaft, was sie über die Uhlig sagen können, ob jemand was gesehen oder bemerkt hat … Ihr wisst schon. Falls nichts dazwischenkommt, treffen wir uns heute Abend hier. Ansonsten hab ich nichts mehr.«

»Reicht auch. Julia, um die ganze Nachbarschaft abzugrasen, brauchen Doris und ich eine Woche. Ich sag nur: Verstärkung.«

»Besprecht das mit Berger. Tut mir leid, wenn ich ein bisschen gereizt bin, mir wächst das alles über den Kopf.«

»Uns allen wächst das über den Kopf, falls du das noch nicht gemerkt hast. Und jetzt, wo wir wissen, dass wir es mit einem Kopisten zu tun haben … Scheiße, Mann! Ich hoffe nur, wir müssen nicht in unseren eigenen Reihen suchen.«

»Ich halte das für ausgeschlossen«, sagte Hellmer mit gerunzelter Stirn.

»Na ja, zähl doch mal zwei und zwei zusammen. Wenn jemand über Insiderwissen zu einem Fall verfügt, der über dreißig Jahre zurückliegt, dann wird es wohl kaum einer sein, der damals schon mit dem Fall zu tun hatte. Also ist es jemand, der Zugang zu den Akten hat.«

»Jetzt mal nicht den Teufel an die Wand, es muss ja nicht gleich einer aus unseren Reihen sein.«

»Das hab ich auch nicht behauptet. Allein in unserem Präsidium arbeiten etwa achtzehnhundert Leute, von denen jeder ohne Probleme ins Archiv kommt …«

»Nein, er arbeitet nicht hier«, sagte Durant beschwichtigend. »Und wenn doch, dann werden wir ihn schneller kriegen, als ihm lieb ist. Mich interessiert viel mehr sein Motiv. Unser Mann verfügt über eine enorme kriminelle Energie, und er hat sich Gernot als Vorbild genommen, weil er keine eigenen Ideen hat. Das ist wie mit einem Menschen, der gerne Schriftsteller sein möchte, aber über die erste Seite nicht hinauskommt. Doch das ist noch immer kein Motiv. Was treibt ihn an, was bewegt ihn, was sind seine Gedanken, seine Gefühle? Wie alt ist er, wie lebt er, wo lebt er, was arbeitet er, was sind seine Hobbys? Wie kann er so ungehindert Menschen entführen und gefangen halten? Und wo hält er sie gefangen? Das sind die Dinge, die mich interessieren, die wir aber erst erfahren, wenn wir ihn haben. Sollte er verheiratet sein und eventuell Kinder haben, mein lieber Scholli, in der Haut seiner Frau möchte ich nicht stecken.« Sie holte einmal tief Luft, sah in die Runde und sagte: »Ich geh jetzt was essen und danach statte ich mit Frank dem Pfarrer der katholischen Kirche in Griesheim einen Besuch ab. Und später geht's noch mal in den Verlag.«

Sie wollte gerade das Büro verlassen, als Berger die Beamten wieder zu sich rief und ein Papier über den Tisch schob.

»Bock hat den Bericht geschickt. Aber lesen Sie selbst.«

Durant starrte wie gebannt auf den Bericht, las Zeile um Zeile, kniff die Augen zusammen und schüttelte den Kopf. »Was, zum Teufel, hat er mit ihr gemacht? Was? Wie kann jemand durch bloßen Stress an multiplem Organversagen sterben?«

»Diese Frage kann nicht einmal Bock beantworten«, sagte Kullmer. »Und wenn nicht er, wer dann?«

»Wir sollen ihn anrufen, sobald wir die Ergebnisse auf dem Tisch haben«, sagte Berger, ohne eine Miene zu verziehen. »Er hat vielleicht doch eine Antwort für uns.« Er griff zum Hörer und wählte die Nummer der Rechtsmedizin. Bock sagte sofort, nachdem Berger sich gemeldet hatte: »Ich sehe, Sie haben meinen netten kleinen Bericht erhalten. Schicken Sie am besten Ihre Pitbulls her, ich muss ihnen was erklären. Aber nicht am Telefon. Wann können sie hier sein?«

Berger grinste und antwortete: »Frau Durant und Herr Hellmer sind praktisch schon unterwegs.«
Er legte auf und sah Durant an.
»Sie haben's mitbekommen, Ihre Mittagspause ist hiermit gestrichen. Bock erwartet Sie und wird Ihnen einiges erklären. Und er wird Ihnen aller Wahrscheinlichkeit nach einen Blick in die Hölle gewähren, in der die Schweigert fast ein halbes Jahr gelebt hat. Auch wenn Sie's eigentlich gar nicht wissen wollten, wie Sie vorhin sagten.«
»Was freu ich mich auf meinen Urlaub«, stöhnte Durant und nahm ihre Tasche. »Und diesmal hält mich nichts und niemand davon ab.«
»Hat auch keiner vor«, erwiderte Berger und fügte hinzu: »Ich würde Sie gerne noch ganz kurz unter vier Augen sprechen.«
Hellmer und die anderen verließen das Büro und machten die Tür hinter sich zu.
»Setzen Sie sich«, sagte Berger und sah Durant mit geschürzten Lippen an. »Ich will's kurz machen. Sie haben vorhin eine Menge gesagt und auch für mich nachvollziehbare Schlussfolgerungen gezogen. Aber, und das bitte ich zu bedenken, Sie sind nicht die Alleinermittelnde. Wissen Sie, worauf ich hinauswill?«
»Nein.«
»Schauen Sie mal in den Spiegel und betrachten Sie sich genau. Sie sehen schrecklich aus …«
»Danke für das Kompliment«, erwiderte sie spöttisch, obgleich sie ihm recht geben musste. Ihre Haut war blass, die Augenringe waren trotz der Schminke nicht zu übersehen.
»Gern geschehen. Sie haben bei der Besprechung den Eindruck erweckt, als wären Sie unentbehrlich. Auf eine gewisse Weise sind Sie das auch, ich hatte noch nie eine fähigere Mitarbeiterin, aber es wird Zeit, dass Sie etwas für sich tun, sonst haben wir bald nichts mehr von Ihnen, und das würde mir

das Herz zerreißen. Sie arbeiten mehr als die meisten hier, Sie nehmen die Arbeit sogar mit nach Hause, wie Sie vorhin einmal mehr eindrucksvoll bewiesen haben. Das ist aber nicht der Sinn unseres Berufs. Und das sage ich Ihnen nicht zum ersten Mal, aber offensichtlich muss man es Ihnen sehr oft sagen.«

Durant lachte auf und antwortete: »Wollen Sie mir jetzt auch noch die Leviten lesen ...«

»Nein. Ich möchte Ihnen nur sagen, dass ich Sie vor dem dreiundzwanzigsten Juli hier nicht mehr sehen will. Auch wenn Sie behaupten, dass Sie sich auf Ihren Urlaub freuen, so kauf ich Ihnen das nicht ganz ab. Wissen Sie, es gab eine Zeit, da meinte ich auch, der Laden würde nicht ohne mich laufen, bis ich eines Besseren belehrt wurde, weil ich ausgebrannt war wie ein Ofen ohne Brennholz und Kohlen. Als mir das klar wurde, entschloss ich mich, die Ermittlungsarbeit anderen zu überlassen und Ihnen die Leitung zu übertragen. Es hat eine Zeitlang gedauert, bis ich mich erholt hatte, aber jetzt bin ich froh über meine damalige Entscheidung. Doch das nur nebenbei. Bis Freitag, siebzehn Uhr, sind Sie noch im Dienst, danach will ich von Ihnen vier Wochen lang nichts hören oder sehen. Sie können mir natürlich gerne eine Karte schreiben, sie bekommt bei mir auch einen Ehrenplatz, damit ich weiß, dass Sie sich an meine Worte gehalten haben. Habe ich mich deutlich genug ausgedrückt?«

»Haben Sie. Und ob Sie's glauben oder nicht, ich hätte meinen Urlaub diesmal so oder so nicht geschmissen. Ich bin fertig, ich weiß das selber.«

»Hoffentlich. Genießen Sie die Auszeit, niemand hat es mehr verdient als Sie. Alles klar?«

»Alles klar. War's das?«

»Ich habe fertig. Und jetzt machen Sie, dass Sie rauskommen, Bock kann ziemlich ungehalten sein, wenn er warten muss.«

Julia Durant verabschiedete sich mit einem Schmunzeln, gab Hellmer das Zeichen zum Aufbruch und ging mit ihm zum Aufzug.
»Was hat er von dir gewollt?«
»Nur was Privates.«
»Okay. Dann können wir ja gleich weitermachen.«
»Inwiefern?«
»Na ja, du wolltest doch mit mir reden. Schieß los.«
»Später.«
»Dann kann's ja wohl nicht so wichtig sein«, sagte er, während sie den Lift betraten.
»Hm«, murmelte sie nur.
Auf der Fahrt zur Rechtsmedizin schwiegen sie, als wären sie Fremde. Sie hatte plötzlich keine Lust mehr, mit Hellmer ein persönliches Gespräch zu führen. Sie war nur noch müde.

Mittwoch, 14.10 Uhr

Die Ungeduld stand Bock wie in großen Lettern auf der Stirn geschrieben, Andrea Sievers stand bei ihm und wiegte mit vielsagendem Gesichtsausdruck den Kopf.
»Haben Sie einen Umweg über Köln gemacht?«, fragte er bissig zur Begrüßung und sah demonstrativ auf die Uhr.
»Entschuldigung, aber …«
»Kommen wir zur Sache, ich hab noch eine wichtige Obduktion. Wenn Sie mir bitte folgen wollen.«
Durant warf Sievers ein Lächeln zu, die ihr mit einer kurzen Handbewegung zu verstehen gab, dass Bock auf hundertachtzig war.
Im Sektionssaal lag Jacqueline Schweigert auf dem kalten Metalltisch, die Haut unnatürlich weiß, die Lippen kaum erkennbar, der lange Schnitt im Rumpf mit wenigen Stichen

zugenäht, die Kopfhaut notdürftig über dem aufgesägten Schädel zusammengesetzt.

»Frau Dr. Sievers, möchten Sie den Herrschaften unsere Erkenntnisse mitteilen? Sie haben die seltene Gelegenheit, etwas recht Einmaliges zu erklären.«

»Gerne. Bei plötzlich auftretendem multiplen Organversagen wie in diesem Fall gehen wir normalerweise von einem septischen Schock aus. Manchmal dauert es ein paar Tage, bis der Tod eintritt, wenn nicht rechtzeitig eine entsprechende Behandlung eingeleitet wird …«

»Septischer Schock?«, fragte Hellmer. »Das kann ein multiples Organversagen hervorrufen?«

»Ja, leider. Jedes Jahr sterben allein in Deutschland etwa sechzigtausend Menschen an einer Sepsis, weil sie nicht oder zu spät erkannt wird. Wir haben unsere Tote natürlich zuallererst auf eine Sepsis hin untersucht, konnten aber nichts feststellen, was auch nur im Geringsten darauf hindeutete. Also nahmen wir weitere, zum Teil sehr aufwendige Untersuchungen vor, und dabei fiel Prof. Bock auf, dass Jacqueline Schweigert unter enormem Stress gestanden haben muss. Woher dieser Stress resultierte, entzieht sich unserer Kenntnis, da sie weder innere noch äußere Verletzungen aufweist. Wir können aber mit Sicherheit sagen, dass ihre Organe aufgrund einer extremen Erhöhung der Stresshormone versagt haben. So viel in aller Kürze. Was der Auslöser war – wir wissen es nicht. Man weiß beispielsweise, dass manche Soldaten in Kriegsgebieten an Herzinfarkt oder Organversagen sterben, weil durch die stark erhöhte und lang anhaltende Ausschüttung der Stresshormone die Blutgefäße geschädigt werden. Wie lange und welchem Stress diese junge Frau ausgesetzt war, können wir nicht beurteilen, merkwürdig ist nur, dass ihre Organe bei der Einlieferung in die Klinik noch funktionierten. Wir haben uns dann noch ein bisschen weiter schlaugemacht und herausgefunden, dass Soldaten nach einem schweren Einsatz, wie

zum Beispiel längeren Feuergefechten, plötzlich krank wurden und im Krankenhaus genauso plötzlich verstarben. Darüber gibt es entsprechende Literatur. Man stellte fest, dass das zentrale Nervensystem zusammengebrochen war und damit auch die Organfunktionen ausgeschaltet wurden. Aber das passierte erst nach der Stresssituation. So, und nun rätseln wir, ob die Stresssituation bei der Schweigert vorher schon da war oder ob sie erst auftrat, als sie auf der Autobahn auftauchte. Eine sogenannte Reizüberflutung könnte eine Ursache des Stresses sein, was aber bedeuten würde, dass sie vorher keinen äußeren Reizen ausgesetzt war. Dagegen sprechen allerdings etliche andere Faktoren, wie etwa ihr gepflegtes Äußeres. Fakt ist, sie wurde erst in der Klinik richtig krank, aber nicht, weil die Ärzte einen Behandlungsfehler gemacht haben, sondern weil das Nervensystem von jetzt auf gleich zusammengebrochen ist, und das nach anderthalb bis zwei Tagen Klinikaufenthalt. Ihr müsst euch das vorstellen wie eine Elektroleitung, die gekappt wird und euer gesamtes Haus lahmlegt. Kein Licht mehr, kein Strom, kein Warmwasser, keine Heizung, alles weg. Um so etwas zu erkennen, musst du ein erfahrener Spezialist sein und kannst unter Umständen mit entsprechenden Medikamenten und Behandlungen gegensteuern, indem du zum Beispiel die betroffene Person für eine Weile komplett ruhigstellst und isolierst und sie ganz allmählich wieder in das Leben vor der Gefangenschaft zurückführst. Aber in der Regel führt diese Art von Stress unweigerlich zum Tod. Haben Sie noch etwas, Professor?«
»Sie haben es wunderbar erklärt, dem ist nichts hinzuzufügen.«
»Danke. Tja, nun liegt es an euch, herauszufinden, was diesen Extremstress ausgelöst haben könnte. Wir haben keine Antwort gefunden. Sie hat sich in keinem Kriegsgebiet aufgehalten, sie wurde nicht misshandelt oder missbraucht, wir haben bei ihr sogar Reste einer exklusiven Bodylotion gefun-

den, die es nur in ausgewählten Parfümerien zu kaufen gibt. Aber das bestätigt nur die Aussage von Frank und auch der Klinik, dass sie bei ihrem Auffinden sehr sauber und gepflegt war. Jemand hat sie gewaschen oder gebadet und anschließend mit dieser Lotion eingerieben, und zwar von Kopf bis Fuß. Danach wurde sie freigelassen ... Und alles Weitere wisst ihr besser als wir. Bei ihr ist wirklich alles komplett zusammengebrochen, und das muss sich innerhalb eines Tages, vielleicht sogar innerhalb von Stunden abgespielt haben. Nervensystem, Nieren, Leber, Herz, einfach alles. Bei multiplem Organversagen schläfst du in der Regel ruhig und friedlich ein. Aber ihr habt sie ja gesehen, kurz nachdem sie gestorben ist.«

»Also, ich hab die Kleine auf der Autobahn gefunden«, sagte Hellmer. »Das war Zufall oder Schicksal, dass ich gerade in dem Moment an der Stelle war. Sie hat in keinster Weise auf irgendetwas reagiert, nicht auf Ansprache, nicht auf die Lampe, mit der ihr in die Augen geleuchtet wurde, auf gar nichts. Sie zeigte nicht mal irgendwelche Reflexe an den Knien und Ellbogen. Ihr Blutdruck war im Keller, genau wie ihr Puls. Der Notarzt hat gesagt, ihn wundert, dass sie überhaupt noch aufrecht gehen kann. So oder ähnlich hat er sich ausgedrückt. Wie passt das zusammen?«

Andrea Sievers sah Bock an, der genauso ratlos wie seine junge Kollegin schien und schließlich das Wort ergriff: »Diese Frage haben wir uns auch gestellt, nachdem wir ein weiteres Mal die Ergebnisse der Erstuntersuchung durchgegangen sind. Wir haben leider keine befriedigende Antwort gefunden. Tut mir leid. Glauben Sie mir, ich möchte auch zu gerne wissen, was mit ihr passiert ist. Wir konnten lediglich diese außerordentliche Erhöhung der Stressoren feststellen. Was jedoch der Auslöser dafür war – darüber könnten wir höchstens spekulieren. Ich werde mich noch mit einem Kollegen aus den USA kurzschließen, der große Erfahrung auf dem

Gebiet der Stressoren und dadurch bedingter Folgeerkrankungen hat, weil er unter anderem Soldaten behandelt hat, die im Irak waren. Von ihm erhoffe ich mir weiterführende Auskünfte.«

»Und ihr habt nicht einmal eine Vermutung, was zu diesem Extremstress bei der Schweigert geführt haben könnte? Wenigstens eine Hypothese?«, fragte Durant.

Bock sah die Kommissarin mit klarem Blick an und entgegnete ruhig, aber bestimmt: »Werte Frau Durant, ich kann nicht einmal mit einer Hypothese aufwarten. Außerdem arbeiten wir nicht auf der Grundlage von Vermutungen, sondern berufen uns ausschließlich auf Fakten. Es kommen sehr unterschiedliche Ursachen in Betracht, aber ich werde einen Teufel tun und mich festlegen, solange ich nicht mit Professor Brinkley in Atlanta gesprochen habe. Also, tun Sie mir einen Gefallen und gedulden Sie sich bitte noch einen Tag«, sagte Bock, der seinen cholerischen Höhepunkt längst überschritten hatte und wieder auf Normalniveau mit den Beamten sprach.

»Wenn Sie mich jetzt bitte entschuldigen wollen, ich muss nach nebenan. Falls Sie noch Fragen haben, Frau Dr. Sievers steht Ihnen sicher gerne zur Verfügung. Und vielleicht hat sie ja auch eine Hypothese für Sie.«

Als sie allein waren, sagte Durant: »Und, hast du eine? Spuck's aus, du kannst dich nicht verstellen.«

»Ich will nichts über Bocks Kopf hinweg sagen, der reißt mir sonst den meinigen ab. Er ist sowieso schon total durch den Wind, weil er weder die erhöhten Stressoren noch das multiple Organversagen erklären kann.«

»Wir werden es nicht verwenden, solange er uns nicht kontaktiert und uns seine dezidierte Meinung mitteilt. Großes Ehrenwort.«

»Gehen wir nach draußen, ich wollte sowieso eine rauchen.«

Sie setzten sich auf eine Bank und steckten sich jede eine Zigarette an, für Julia war es die erste an diesem Tag.

»Bock hat gestern schon eine Vermutung geäußert, die gar nicht so abwegig erscheint. Wir haben ihr Gehirn untersucht und dabei festgestellt, dass die Hirnmasse geschrumpft war. Das heißt, wäre die Kleine nicht gestorben, so hätte sie doch irreversible Schäden davongetragen, wie zum Beispiel Verlust des Kurzzeitgedächtnisses, vielleicht sogar kompletter Gedächtnisverlust, was auch das Nichterkennen der ihr vertrauten Personen erklären würde, dazu Sprachstörungen, motorische Störungen und so weiter. Es ist eine Hypothese, aber es ist möglich, dass sie über einen längeren Zeitraum hinweg überhaupt keinen Reizen ausgesetzt war ...«

»Moment, Moment«, wurde sie von Durant unterbrochen, »das hast du vorhin schon mal angedeutet, aber was bedeutet *überhaupt keinen Reizen?*«

»Wenn du mich bitte ausreden lassen würdest. Normalerweise sind wir permanent Reizen ausgesetzt, die wir mit unsern fünf Sinnen wahrnehmen. Musik, Fernsehen, Menschen, die sich unterhalten, und während wir hier sitzen, hören wir Autos, Vögel, Flugzeuge, alles Dinge, die zu unserem Leben gehören und die unser Hirn benötigt. Alltagsgeräusche. Wir müssen denken und handeln, Aktion, Reaktion. Selbst wenn wir uns auf die Couch lümmeln und scheinbar nichts tun, so sind wir doch Reizen ausgesetzt. Licht, zum Beispiel, oder jemand läuft in der Wohnung über uns, oder ein Wasserhahn tropft und so weiter, und so fort. Wenn diese Reize komplett fehlen, das heißt, wenn du überhaupt keinem Geräusch oder Licht mehr ausgesetzt bist und nichts mehr siehst, hörst, schmeckst oder riechst, wenn dir all das, was in deinem Leben seit deiner Geburt so selbstverständlich war, mit einem Mal entzogen wird, beginnt das Gehirn zu schrumpfen. Wie lange es dauert, bis dieser Prozess einsetzt, kann ich nicht sagen. Es gibt Menschen, die in Isolationshaft waren, eine der brutalsten und grausamsten Formen der Folter überhaupt, und sie berichten, dass ihnen dort alles entzogen wurde und sie die schlimmsten Demütigungen über sich ergehen lassen mussten, die man sich nur vorstellen kann. Das Einzige, was solche Häftlinge bekommen, ist Essen und Trinken. Du verlierst jegliches Zeitgefühl, weil du in absoluter Dunkelheit bist, du bist völlig abgeschottet von der Außenwelt. Du hörst niemanden schreien, du hörst keine Schritte, nichts. Niemand kommuniziert mit dir, bis du fast wahnsinnig wirst. Und nun gehen wir mal von dem Fall aus, dass die Kleine die vergangenen sechs Monate in Isolationshaft verbracht hat und dann mit einem Mal vom Täter freigelassen wird. Sie läuft auf die Autobahn, weil sie vergessen hat, dass man nicht auf die Autobahn geht, weil es lebensgefährlich ist. Gleichzeitig wird sie mit Reizen zugedröhnt, die sie nicht verkraften kann, vorbeifahrende Autos, die Lichter der Scheinwerfer, Geräusche, die sie vergessen hat. Erst das eine Extrem, dann das andere. Letztlich, und jetzt spekuliere ich mal wild drauflos, war es nicht die Isolationshaft allein, die sie umgebracht hat, sondern die Freilassung. Euer Täter wusste ganz genau, dass sein Opfer sterben würde. Dass sie nicht schon auf der Autobahn von einem Auto überrollt wurde, grenzt an ein Wunder. Sollten wir recht behalten, dann hat er einen der perfidesten Morde begangen, die mir jemals untergekommen sind.«

Durant atmete tief durch und sagte erschüttert: »Angenommen, das stimmt, hat sie sehr leiden müssen?«

»Dafür kenne ich mich mit den Folgen von Isolationshaft nicht gut genug aus, aber ich gehe davon aus. Zumindest in der Anfangszeit dürfte es ein Trip durch die Hölle gewesen sein. Ich habe ja schon manchmal Probleme, wenn ich eine sogenannte vollkommene Stille erlebe, obwohl diese Stille nichts ist im Vergleich zu der in einer Isolationshaft. Wisst ihr, meine Eltern wohnen seit etwa zehn Jahren in einem abgelegenen Haus im Sauerland, und nachts hörst du da gar nichts«, sagte sie und blickte gedankenverloren zu Boden. Für einen Moment verharrte sie, bis sie fortfuhr: »Ich hab keinen blassen

Schimmer, warum sie dorthin gezogen sind, aber das ist auch unwichtig. Ich will nur sagen, da erlebe ich dann diese für mich vollkommene Stille, die so still ist, dass ich das Rauschen in meinen Ohren höre. Wenn ich dort zu Besuch bin, mache ich mir den Fernseher oder die Anlage in meinem Zimmer an, weil es mir einfach zu still ist. Und ich schlafe bei gedimmtem Licht, denn draußen gibt es keine Straßenlaternen oder andere Lichtquellen. Meine Eltern haben sich längst daran gewöhnt, aber für mich ist das nichts. Ich habe in Bochum studiert und anfangs auch gearbeitet, dann kam ich direkt nach Frankfurt, wo du einer permanenten Reizüberflutung ausgesetzt bist. Aber ganz ehrlich, ich brauche das. Jetzt stellt euch vor, all die Reize, die wir Tag für Tag erleben, werden euch von einer Sekunde zur anderen entzogen. Ihr habt keine Möglichkeit, einen Lichtschalter zu betätigen oder den Fernseher anzumachen oder Musik zu hören. Da ist nichts als blanke Finsternis, in der du dich nur tastend zurechtfindest. Ganz ehrlich, das übersteigt mein Vorstellungsvermögen bei weitem. Aber die Amis praktizieren das zum Beispiel in Guantánamo oder Abu Ghraib. Allerdings heben sie die Isolation nach wenigen Tagen wieder auf. Dennoch kursieren Gerüchte, dass schon einige Häftlinge während oder kurz nach der Isolationshaft verstorben sind. Viele verstümmeln sich auch, leiden, wenn sie überleben, für den Rest ihres Lebens unter Angstzuständen, Panikattacken, Depressionen und so weiter. Sie werden nie wieder ein normales Leben führen können. Es ist die grausamste Form der Folter. Jeder Mensch und jeder Körper reagiert allerdings anders auf diese Art von Folter.«

»Und du könntest dir tatsächlich vorstellen, dass …«

Andrea Sievers zuckte die Schultern, steckte sich eine weitere Zigarette an und meinte, bevor Julia Durant den Satz zu Ende bringen konnte: »Ich weiß es nicht. Ich habe keine andere Erklärung für den Tod von Jacqueline Schweigert. Behandelt aber das, was ich eben gesagt habe, absolut vertraulich. Wartet ab, was Bock dazu zu sagen hat, sein Wort gilt. Ich muss mich da auf euch verlassen können, sonst krieg ich mächtig Ärger.«

»Keine Angst, das bleibt unter uns. Es klingt aber entsetzlich logisch.«

»Das finde ich auch. Es gibt noch andere Foltermethoden, die ähnlich verheerend wirken und nicht mit physischen Qualen einhergehen. Psychologische Folter hat die physische längst abgelöst. Daumenschrauben sind out, Psychofolter ist in. Aber durch die Psychofolter spielt natürlich auch der Körper verrückt. Und das kann bis zum totalen Ausfall der Organe führen. Man weiß ja mittlerweile, wie eng Körper, Geist und Seele miteinander verbunden sind. Eine seelische Krankheit führt meist auch zu körperlichen Beschwerden.«

»Ja, aber wieso war sie in einem relativ guten physischen Zustand?«, wollte Hellmer wissen, der kaum glauben konnte, was Sievers erzählte.

»Was verstehst du darunter?«, fragte Andrea Sievers.

»Na ja, sie hat weder zu- noch abgenommen. Ich hab sie ja selber auf der Autobahn gesehen, sie sah jung und recht attraktiv aus.«

»Fragt Bock, er wird euch das beantworten können. Möglich ist auch, dass sie nicht allzu lange in Isolationshaft war, sondern nur für einen relativ kurzen Zeitraum, wobei für den einen zwei Tage schon zu viel sind, für den andern zwei Wochen. Viel zu viel wird es aber definitiv, wenn jemand über Monate hinweg dieser Folter ausgesetzt ist … Belassen wir's dabei, ich bin Laie auf dem Gebiet und habe mich ohnehin schon ziemlich weit aus dem Fenster gelehnt.«

»Du hast uns trotzdem sehr geholfen, und wir werden die Infos nicht weitergeben, heiliges Ehrenwort.«

»Schon gut. Ich möchte wissen, welcher Mistkerl zu so was fähig ist. Wie kann man jemanden so quälen? Ich habe schon eine Menge Leichen auf den Tisch gekriegt, aber so eine noch nie. Wie weit seid ihr bei euren Ermittlungen?«

»Wir treten auf der Stelle«, antwortete Julia Durant seufzend und sah Andrea Sievers beinahe hilflos an. »Das ist die Wahrheit, und für jeden noch so kleinen Hinweis sind wir dankbar. Jetzt müssen wir aber los.«
»Wann fährst du in Urlaub?«
»Freitag ist mein letzter Tag, am Samstag sitz ich im Flieger.«
»Vielleicht hören wir uns vorher noch mal. Und irgendwann sollten wir mal wieder was essen gehen. Ist bestimmt schon ein Jahr her, oder?«
»Kann sein«, antwortete Durant müde. »Irgendwann.«
»Hey, zieh nicht so ein Gesicht, als würde gleich die Welt untergehen. Du kannst nichts dafür, dass da draußen ein Wahnsinniger rumläuft. Ihr kriegt ihn.«
»Fragt sich nur, wann. Gestern ist wieder eine Frau spurlos verschwunden.«
Andrea Sievers sah Durant mit großen Augen an. »Was? Schon wieder? Das wäre dann Nummer drei.«
»Oder Nummer fünf.«
»Wieso? Das versteh ich nicht.«
»Wir sind mittlerweile ziemlich sicher, dass die Morde an Weiß und Peters auch auf sein Konto gehen. Es gibt einige Anzeichen dafür. Aber das bleibt auch unter uns.«
Andrea Sievers antwortete nichts mehr darauf, drückte ihre Zigarette aus und nahm Julia Durant in den Arm. »Es ist nicht deine Schuld, wenn er noch nicht gefasst wurde.«
»Ich weiß. Trotzdem geht mir das alles tierisch auf den Senkel. Mach's gut.«
»Schreib mal 'ne Karte, wenn du Lust und Zeit hast. So, und ich muss wieder in mein Refugium, wo keine blöden Fragen gestellt werden. Meine Kunden halten die Schnauze.«
»Hm.«
Während der Fahrt nach Griesheim fragte Hellmer: »Wenn das mit der Isolationshaft stimmt, dann muss unser Mann einen Ort haben, wo er völlig ungestört seinem Treiben nach-

gehen kann. Irgendwo, wo es keine Nachbarn gibt. Ein freies Gelände mit einem Haus, das unterkellert ist, ähnlich einem Verlies.«

»Möglich.«

»Äußerst wahrscheinlich sogar. In einem Mehrparteienhaus funktioniert so was nicht. Und in einer Wohnsiedlung auch nicht. Da sind einfach zu viele Menschen. Er muss ein etwas abgelegenes Haus haben. Gleichzeitig gehe ich aber davon aus, dass er soziale Kontakte pflegt. Und dumm ist er auch nicht.«

»Das haben wir doch alles schon besprochen. Frank, ich habe keine Lust mehr, im Konjunktiv zu reden. Ich brauche Ergebnisse, sonst kriegen wir bald mächtig Druck. Und der wird nicht nur von innen, sondern ganz besonders von außen kommen.«

»Und wenn? Wir können auch nicht mehr tun, als uns den Arsch aufzureißen. Außerdem bist du doch sowieso erst mal aus der Schusslinie.«

»Ihr kriegt das schon geregelt«, antwortete Julia Durant und blickte aus dem Seitenfenster. Ihr ungutes Gefühl, ausgerechnet jetzt wegzufahren, verstärkte sich, viel lieber hätte sie ihren Kollegen bei den Ermittlungen zur Seite gestanden, nein, gestand sie sich ein, am liebsten hätte sie die Ermittlungen, wie in den letzten Monaten, geleitet. Seit zwölf Jahren hatte es kaum einen Fall gegeben, wo sie nicht die Leitung innegehabt hatte. Andererseits war ihr seit letztem Herbst klargeworden, wie wichtig es war, dass sie ihrem Körper und ihrer Seele etwas Ruhe verschaffte. Immerzu diese Sorge im Kopf, ohne sie würde alles zusammenbrechen. Ich *muss* abschalten, sonst werde *ich* irgendwann zusammenbrechen, dachte sie mit Tränen in den Augen, die sie verstohlen wegwischte. Und Berger und die anderen würden mich sowieso nicht im Präsidium dulden. Ich bin eine blöde Kuh, der Laden läuft auch ohne mich. Ich bin so müde, so unendlich müde. Sollen die doch

ohne mich zurechtkommen. Susanne hat schon recht, ich werde nicht jünger – und ich kann auch nicht die Welt retten.
Eine Minute vor den Sechzehn-Uhr-Nachrichten hielten sie vor der Kirche in der Linkstraße in Griesheim. Eine ältere Frau zeigte ihnen das Pfarrhaus, sie gingen darauf zu und klingelten. Sie wollten sich bereits abwenden, als die Tür geöffnet wurde und ein vielleicht vierzigjähriger Mann mit Brille und Kinnbart vor ihnen stand. Sie stellten sich vor und baten ihn um ein kurzes Gespräch. Er bat sie herein, führte sie in sein Büro und machte die Tür hinter sich zu.

Mittwoch, 14.30 Uhr

Sie hatten vor einer Stunde zu Mittag gegessen und sich anschließend auf die sonnenüberflutete Terrasse gesetzt. Noch brannte die Sonne von einem beinahe wolkenlosen Himmel, doch bereits für morgen wurden ein markanter Temperaturabfall und kräftige Niederschläge prognostiziert.
Rahel erhob sich. »Jetzt muss ich ein bisschen was für meine Fitness tun. Kommst du mit, Liebling?«, fragte sie und wandte ihren Kopf in seine Richtung, auch wenn sie ihn nicht sah.
»Nicht jetzt, heute Abend vor dem Zubettgehen vielleicht. Ich habe noch zu tun. Aber ich schaue dir gerne noch einen Augenblick zu.«
»Du bist ein fauler Hund, weißt du das? Du solltest mehr Sport treiben, in deinem Alter setzt man recht schnell Speck an, und mit jedem Jahr wird es schwieriger, eine Wampe auch wieder wegzubekommen«, bemerkte sie spöttisch.
»Hab ich etwa eine?«, fragte er gelassen zurück, denn er war schlank und durchtrainiert. Er trieb viel Sport, und es ärgerte ihn, wenn sie in diesem Ton mit ihm sprach.
»Zum Glück noch nicht, aber …«

»Keine Sorge, Liebling, ich werde auf mich aufpassen«, antwortete er nun leicht ungehalten, und wenn er ihren Spott bisweilen auch mochte, er ihn sogar erregte, so gab es Momente, in denen er diesen spöttischen Unterton hasste. Dann hätte er Rahels Kopf nehmen und ihn so lange unter Wasser drücken mögen, bis sie nicht mehr atmete. Er konnte selbst nicht erklären, warum ihn dieser Spott manchmal so anmachte, dass er schier über sie herfiel und sie sich wie die Wahnsinnigen liebten, bis sie erschöpft und nach Luft japsend nebeneinanderlagen, und ihn genau dieser Spott an anderen Tagen aggressiv machte. Aber er war ein Spieler und ließ sich nicht anmerken, was in ihm in diesem nur Sekunden währenden Augenblick vorging.
In seinen Augen jedoch stand dann ein seltsames Funkeln, das jedem Sehenden einen Schauer über den Rücken gejagt hätte, doch außer ihm, Rahel und Aleksandra, die sich unsichtbar gemacht hatte und in der Küche hantierte, war niemand da. Sein Tonfall aber verriet nichts – das vollkommene Gegenteil des gefährlichen Aufblitzens in seinen Augen, beherrscht und beinahe sanft, gewürzt mit einer Prise Humor, denn er lachte und sagte: »Außerdem weißt *du* ganz genau, dass ich mich nicht gehen lasse. Und nun tu du etwas für deine edle Figur, nicht dass ich mich irgendwann nach einer anderen umschaue.«
»Das wirst du nie tun, Liebling, denn sich mit einer Rachegöttin anzulegen wäre auch für dich zu riskant. Bis gleich.«
Sie winkte ihm zu und ging mit wiegenden Schritten zum Pool, entledigte sich ihrer Kleidung und sprang in das dreiundzwanzig Grad warme Wasser. Er beobachtete sie, wie sie mit gleichmäßigen Bewegungen durch den Pool glitt, mal auf dem Rücken, mal kraulend. Sie schwamm perfekt, sie wusste genau, wie viele Züge es vom einen Ende zum anderen waren. Er hatte noch nie eine Frau kennengelernt, die ihm ebenbürtig war – bis er sie traf. Bereits beim ersten Aufeinander-

treffen hatte er gespürt, dass sie etwas Besonderes war. Und er hatte recht behalten. Sie war die personifizierte Intelligenz, ihr IQ lag bei fast hundertsechzig, eine Seltenheit. Sie beherrschte sechs Sprachen und konnte sich in weiteren sieben verständigen, war ein naturwissenschaftliches Genie und verfügte über einen messerscharfen Verstand, mit dem sie selbst ihn manchmal in Erstaunen versetzte. Mit ihr zu diskutieren war eine Wonne und eine Herausforderung zugleich, denn sie war nicht nur belesen, sondern konnte auch blitzschnell Zusammenhänge herstellen, und sie hatte ein fotografisches Gedächtnis. Einmal gehört oder gesehen (früher, vor ihrem tragischen Unfall) oder gelesen und nie mehr vergessen.

Nur er selbst war noch einen Tick intelligenter, wie er meinte. Noch. Denn noch konnte er mit ihr über alles diskutieren, Literatur wie Kafka, Mann, Hesse, aber auch über Gegenwartsliteratur, über Geschichte, egal welche Epoche, über Länder, Menschen und Kulturen – und über Gott. Sie glaubte an Gott und führte des Öfteren den Einstein zugeschriebenen Ausspruch an: Gott würfelt nicht. Und sie fand Erklärungen für die Existenz Gottes, dieses höheren Wesens, das alles erschaffen hatte und lenkte. Rahel glaubte an die Evolution und an einen Gott, der mit Hilfe der von ihm geschaffenen Naturgesetze den Urknall an den Anfang alles Werdens gesetzt hatte, der aber auch Dinge zuließ, die der menschliche Verstand nicht begriff, weil Gott eben nicht zuließ, dass der Mensch Dinge begriff, die über seinen Verstand gingen.

Wenn er sagte, nur an das zu glauben, was er mit seinen fünf Sinnen wahrnahm, entgegnete sie, es sei die dem Menschen gegebene Entscheidungsfreiheit, die über Wohl und Wehe anderer Menschen entscheide, selbst wenn es um hungernde, misshandelte, missbrauchte, scheinbar gestrafte Menschen, vor allem Kinder, ging. Sie sagte, dies sei nicht Gottes Wille, sondern der der Menschen. Er könne nicht eingreifen, weil er den Menschen eben diese Entscheidungsfreiheit gegeben habe. Ja, aber er müsse doch eingreifen, wenn Unrecht geschieht, sagte er dann, weil ihm nichts anderes einfiel, doch sie entgegnete, er *könne* nicht eingreifen, weil es die Menschen seien, denen der Verstand gegeben wurde, und er nur zusehe, wie sie mit dicsem Verstand umgingen.

Er hatte nie richtig an Gott geglaubt, doch wenn sie argumentierte, warum es ihn geben musste, fand er keine Gegenargumente, obwohl er gerne welche gehabt hätte. Er hatte sich schon früher mit Gott beschäftigt, ohne eine befriedigende Antwort zu erhalten, weshalb er es schon vor vielen Jahren vorgezogen hatte, nicht an ein höheres Wesen zu glauben. Dennoch hatte er vor allem in den letzten drei Jahren regelmäßig die Kirche besucht, während sie der Meinung war, dass sie keine Kirche brauche, um zu glauben, das Problem sei die Heuchelei der Menschen, die vorgäben zu glauben, aber im Alltag kläglich versagten. Deshalb zog sie es vor, ihren Glauben allein zu leben, gestattete ihrem Mann jedoch, seine Erfahrungen in der Kirche zu sammeln. All dies und noch viel mehr machten Rahel zu einer besonderen Frau.

Er empfand eine Menge für sie, weil sie sich wohltuend von der Masse abhob. Sie war schön. Bildschön. Das Schönste unter Gottes weitem Himmel. Und da war immer wieder ihr warmes, weiches Lachen. Und ihre leicht gebräunte Haut und die langen braunen Haare, die, wenn sie wie eine Nixe aus dem Wasser stieg, durch die Nässe noch dunkler wirkten … Sie war in der Tat der einzige Mensch auf der ganzen Welt, für den er etwas empfand. Und sie gehörte ihm allein, nur ihm. Nie würde irgendjemand sie ihm wegnehmen. Denn sie war die einzige echte Herausforderung in seinem Leben. An Rahel konnte er sich messen, was ihm bei anderen Menschen unmöglich war, entweder waren sie zu oberflächlich oder schlicht zu dumm. Und er war sicher, dass sie durch ihr ver-

lorengegangenes Augenlicht noch intensiver alles um sich herum aufsog, noch wissbegieriger geworden war und ihr Verstand von Tag zu Tag schärfer und analytischer wurde. Manchmal dachte er, die Zeit wird kommen, da sie wie ein schwarzes Loch alles in ihrer Nähe verschlingen wird, weil niemand ihr mehr das Wasser reichen kann. Und er wusste, er würde sich anstrengen müssen, um mit ihrem Tempo mithalten zu können, denn sie war um einiges jünger.
Sie stieg aus dem Pool, hob ihre Sachen auf und bewegte sich nackt auf ihn zu, als wäre es das Selbstverständlichste der Welt, während das Wasser an ihr abperlte und sie sich schließlich in den Liegestuhl setzte.
»Musst du nicht los?«, fragte sie, während sie sich mit den Händen durch das nasse Haar fuhr, den Kopf zurücklehnte und die Sonne genoss.
Er warf einen Blick auf die Uhr. »Ja, gleich.«
»Und wann darf ich dich zurückerwarten?«
»Ich werde zum Abendessen wieder hier sein, und falls ich mich verspäten sollte, ruf ich an«, antwortete er lächelnd, was sie nicht sah, aber spürte.
»Wie spät ist es?«
»Gleich drei.«
»Dann solltest du aber mal in die Gänge kommen, du weißt, dass wir heute Abend Gäste erwarten. Das hast du doch nicht etwa vergessen, oder?«
Er klatschte sich an die Stirn: »Ich hab's tatsächlich vergessen, tut mir leid. Aber gut, dass du mich daran erinnerst. Wann wollten Wolfgang und Sylvia kommen?«
»Um acht. Du wirst vergesslich, mein Lieber, oder du hörst nicht mehr richtig zu? Ich habe in letzter Zeit sowieso immer öfter das Gefühl, als wärst du manchmal gar nicht richtig da. Ich wüsste zu gerne, was in deinem Kopf vorgeht.«
»Schatz, ich bin einfach überarbeitet. Ich höre dir zu, ich vergesse leider nur einiges. Tut mir leid. Es könnte sein, dass ich

mich um ein paar Minuten verspäte, aber du wirst die beiden schon unterhalten.«
»Was hast du eigentlich so Dringendes zu tun?«, fragte sie, als spürte sie, wie es in seinem Kopf rotierte.
»Das, meine Liebe, kann ich dir leider nicht sagen.«
»Oh, Geheimnisse. Was soll ich daraus schließen? Der erste Gedanke wäre natürlich, du hast eine Geliebte und willst so viel Zeit wie möglich mit ihr verbringen. Möglichkeit zwei, es ist etwas Berufliches. Und Möglichkeit drei, lass mich überlegen – du hast die Büchse der Pandora geöffnet und alles, was dir jetzt noch bleibt, ist die Hoffnung. Weißt du was? Ich glaube, Möglichkeit drei kommt am ehesten in Betracht«, sagte sie ohne eine Miene zu verziehen.
»Wie kommst du denn auf diesen Blödsinn?«, fragte er, fühlte sich aber tatsächlich ein wenig ertappt. Seit ihrem Unfall verfügte sie über einen bisweilen unheimlichen sechsten Sinn, manchmal schien sie tief in sein Inneres blicken zu können. Und sie hatte den Nagel auf den Kopf getroffen, er hatte die Büchse der Pandora geöffnet, und das schon vor einer langen Zeit, nur, alles Böse war herausgeschossen und hatte von ihm Besitz ergriffen, und es gab keine Hoffnung mehr. Nicht für ihn, nicht in dieser Welt. Sie sah Dinge, obwohl sie blind war. Sie spürte Dinge, die anderen verborgen blieben. Und er fürchtete, sie würde eines Tages auch sein wahres Ich erkennen. Er hoffte, dieser Tag wäre noch fern, aber intuitiv spürte er, dass sie seinem dunklen Geheimnis bald auf die Schliche kommen würde.
»Schatz, es ist beruflich, und ich verspreche dir, nicht später als Viertel nach acht hier zu sein. Du weißt doch, es geht um diese eminent wichtige Analyse.«
Er gab sich betont ruhig und sachlich, auch wenn es in ihm brodelte wie in einem Vulkan. Zum ersten Mal, seit sie verheiratet waren, verspürte er so etwas wie Angst (obgleich ihm dieses Gefühl weitestgehend fremd war), hatte sie doch

etwas ausgesprochen, was der Wahrheit erschütternd nahe kam. Einer Wahrheit, die ihm selbst Angst machte. Aber er wusste, wie er diese Angst besiegen konnte – und wenn es das letzte Mittel war. Doch so weit wollte er es nicht kommen lassen, dazu liebte er sie zu sehr. Rahel war die Frau seines Lebens, sein einziger Halt, aber er würde auch ohne sie leben und überleben können. Und er war der einzige Halt für sie. Aber sie hatte begonnen, in sein Inneres zu blicken, und er musste versuchen, dieses Innere besser zu verbergen.
Er stand auf, gab ihr einen langen Kuss und sagte: »So, Schatz, ich muss los. Ich verspreche, möglichst pünktlich zum Abendessen wieder hier zu sein. Und du vergiss über dem Sonnenbad nicht deine Arbeit. Oder willst du wieder alles auf den letzten Drücker erledigen?«
Ohne auf die letzte Bemerkung einzugehen, erwiderte sie: »Ich gebe dir die akademische Viertelstunde, aber keine Minute länger. Viertel nach acht bist du bitte hier. Wir sehen Wolfgang und Sylvia so selten, und sie sind die einzigen richtigen Freunde, die wir haben. Also, verdirb uns den Abend nicht.«
»Keine Sorge. Ich muss jetzt aber wirklich los, die andern warten bestimmt schon.«
»Ja, ja, verschwinde und lass mich mal wieder allein«, sagte sie lachend. »Aber irgendwann werde ich mir einen Hausfreund zulegen, damit du Bescheid weißt.«
»Solange es nur ein Freund ist«, erwiderte er ebenfalls lachend, während die Angst allmählich wich. »Wenn es jedoch mehr wäre als nur Freundschaft, ich würde den Kerl umbringen, und zwar genüsslich und ganz, ganz langsam. Nur damit *du* Bescheid weißt.«
»Oh, gut, dass du mir das sagst. Da muss ich ja noch vorsichtiger sein.«
»Ja, das würde ich dir raten.« Er schwieg eine Weile und fügte dann leise hinzu: »Aber soll ich dir was sagen – ich liebe dich. Ich liebe dich, wie ich noch nie einen Menschen geliebt habe.

Ohne dich wäre mein Leben nichts wert, im Prinzip noch weniger als nichts. Mein Leben wäre ein Vakuum.«
Auch sie wurde schlagartig ernst, als sie den Kopf in seine Richtung drehte: »Ich hoffe, du sagst die Wahrheit. Ich liebe dich auch, denn welcher Mann würde es schon so lange mit einer behinderten Frau aushalten, wo er doch an jedem Finger zehn Frauen haben könnte. Aber du wolltest unbedingt mich. Manchmal frage ich mich, warum. Und nun geh, ich muss auch gleich arbeiten.«
Er strich ihr durch das noch leicht feuchte Haar, gab ihr einen letzten Kuss und fuhr zum ehemaligen Reiterhof. Er sah sich um, kein Mensch weit und breit. Das gesamte Areal war von einem undurchdringlichen Stacheldrahtzaun umgeben, hinter dem sich noch ein Elektrozaun befand, auf dem ein nicht zu übersehendes Schild warnte: »Betreten verboten, Eltern haften für ihre Kinder«. Er fuhr hinein, stellte den Wagen vor den Stallungen ab, ging ein paar Schritte, drückte die Büsche auseinander und begab sich zu der schweren Eisentür, schloss auf und tippte kurz darauf die Ziffernkombination ein, durch die sich die massive Stahltür öffnen ließ. Sobald er im Innern des Gewölbes war, schloss sie sich beinahe lautlos. Er ging die dreiundvierzig Stufen nach unten und sah nach den Frauen, wobei ihn besonders der Zustand von Karin Slomka interessierte. Sie lag nackt auf der Pritsche, die Augen ins Nichts gerichtet.
»Hallo«, sagte er und leuchtete ihr mit der Taschenlampe ins Gesicht. »Wie geht es dir?«
Keine Antwort. Etwas anderes hatte er auch nicht erwartet. Seit über drei Wochen hatte sie kein Wort mehr gesprochen, reagierte sie nicht mehr auf Ansprache, war sie weggetreten, als befände sie sich bereits in einer anderen Welt.
Er trat näher an sie heran, leuchtete in ihre Augen, die keine Reaktion zeigten. Karin Slomkas Brustkorb hob und senkte sich in gleichmäßigem Rhythmus, er fühlte ihren Puls, der schwach, aber ebenfalls gleichmäßig war. Die Vitalfunktio-

nen waren in Ordnung. Noch. Sie hatte seit gestern Nacht zwei Gläser Wasser und eine Scheibe Brot zu sich genommen, eine instinktive Handlung, derer sie sich nicht bewusst gewesen war. Sie handelte wie ein Tier, das nicht überlegt, sondern sich von seinem Instinkt leiten lässt, das sich seine Beute holt, wenn es notwendig ist, denn es geht um nichts als ums Überleben.
Er hatte sich in den vergangenen Tagen, Wochen und Monaten Notizen um Notizen gemacht, alles akribisch auf seinem Notebook festgehalten und Sicherungskopien angefertigt, die er im Tresor seines Arbeitszimmers aufbewahrte.
Er traute Aleksandra, aber möglicherweise würde auch sie eines Tages die Neugier überkommen, und sie würde wissen wollen, was er denn in seinem Arbeitszimmer so machte. Sie würde womöglich in seinem Schreibtisch nachschauen, in seinen Papieren, seinen Unterlagen … Nein, er war die ganze Zeit über sehr vorsichtig mit seinen Aufzeichnungen gewesen und würde es auch weiterhin sein. Denn mit jeder Frau, die er freiließ, wuchs das Risiko, enttarnt zu werden. Noch war er sicher, noch tappte die Polizei im Dunkeln, und noch war er zu klug, als dass man ihm auf die Schliche kommen würde. Er hatte bis jetzt keinen Fehler gemacht, und so sollte es bleiben, bis er sein Werk vollendet hatte.
»Ich werde heute Nacht wiederkommen, und vielleicht bringe ich dich dann schon an einen anderen Ort. Mal sehen, wie du dich schlägst. Aber selbst wenn du überleben solltest, du wirst dich an nichts mehr erinnern können. Sie werden dir Fragen stellen, und du wirst keine Antworten darauf haben. Aber ich glaube kaum, dass du viel länger als deine liebe Vorgängerin Jacqueline überleben wirst. Tut mir leid, es ist eben ein Teil des Spiels. Manche sind nicht dazu bestimmt, lange zu leben. Deine Uhr ist abgelaufen«, sagte er und leuchtete ihr dabei die ganze Zeit ins Gesicht, wobei er besonderes Augenmerk auf eventuelle Regungen um den Mund und die

Augen legte. Aber da war nichts, weder eine Erweiterung noch eine Verengung der Pupillen, nur ein lebloses Starren.
»Gut, ich werde dich jetzt noch ein paar Stunden allein lassen und so gegen Mitternacht wiederkommen. Bis dann.«
Er machte die Tür hinter sich zu und begab sich zu Franziska Uhlig, die bei diffuser Beleuchtung am Tisch saß und eifrig schrieb, wie er es ihr befohlen hatte. Sie wandte ihren Kopf, als die Tür aufging und er wie ein Schatten vor ihr stand. Sie hatte bis jetzt sein Gesicht kaum gesehen, nur die Konturen seiner Statur, groß, schlank, vielleicht muskulös. Er hatte eine angenehme Stimme, die Brutalität und der abgrundtiefe Zynismus standen in eklatantem Widerspruch dazu.
»Ich sehe, du bist fleißig. Wie viele Seiten hast du schon beschrieben?«
»Ich weiß es nicht, aber es dürfte etwa die Hälfte sein.«
»Das ist gut, sehr gut. Dafür bekommst du auch eine Belohnung. Wie wär's mit einem opulenten Mahl, damit du deine Kraft nicht verlierst?«
»Gerne«, antwortete sie knapp.
»Ist dir noch kalt?«
»Es geht, man gewöhnt sich daran. Wie lange werde ich hierblieben müssen, Professor?«, fragte sie mit beinahe stoischer Ruhe, ganz anders als gestern, als sie geschrien und gewimmert hatte und sich schließlich aus lauter Verzweiflung auf ihn stürzte. Sie hatte den Schlag in den Bauch und die anschließende Vergewaltigung nicht vergessen, aber sie wusste, sie würde taktisch vorgehen müssen, um zu überleben. Sie würde alles tun, was er von ihr verlangte, und dabei ständig darüber nachdenken, wie sie ihn überlisten konnte. Alles, selbst wenn er jeden Tag Sex von ihr verlangte. Und dennoch würde sie einen klaren Kopf behalten. Sie hatte in ihrer Laufbahn als Lektorin zahllose Kriminalromane gelesen, und nun tauchten viele Sequenzen vor ihrem geistigen Auge auf, in denen die potenziellen Opfer ihren Peinigern

am Ende überlegen waren, weil sie sich in deren abnorme Gedankenwelt versetzt hatten. Und genau dies würde sie versuchen. Er war raffiniert und äußerst intelligent, das hatte sie schnell begriffen. Gleichzeitig war ihr klar, dass sie es wahrscheinlich mit einem Serientäter zu tun hatte, der – wenn es stimmte, was er gesagt hatte – noch weitere Frauen hier gefangen hielt. »Du hast meine Frage nicht beantwortet«, sagte sie. »Wie lange?«

»Schreib den Block voll, und dann sehen wir weiter«, antwortete er ein wenig verunsichert. Mit dieser Kühle und diesem Pragmatismus hatte er nicht gerechnet. Franziska Uhlig war die Erste überhaupt, die sich bereits nach wenigen Stunden, denn es waren kaum mehr als dreißig seit ihrer Entführung vergangen, so schnell in ihr Schicksal ergeben hatte, obgleich sie angeblich unter Klaustrophobie litt. Die anderen hatten ohne Ausnahme tagelang geschrien, nichts zu sich genommen, sich allen Befehlen und Aufforderungen störrisch widersetzt, bis ihr Wille schließlich gebrochen war und sie keine Kraft mehr hatten. Gebrochen wie wilde Mustangs, die erst zugeritten werden mussten. Nicht jedoch Franziska Uhlig, die selbst jetzt, während der Kegel der Taschenlampe über ihren Körper glitt, weiterschrieb. Ruhig und gefasst und ohne den Blick zu heben.

»Hier ist Brot und Wasser, eine richtige Mahlzeit bekommst du später. Ich muss jetzt los. Nach Griesheim. Hab da was zu erledigen.«

»Was?«, fragte sie mit zusammengekniffenen Augen.

»Du bist so engagiert in der Kirche, das ist nicht normal. Es gibt auch ein Leben außerhalb der Kirche, wenn du verstehst, was ich meine. Bye, bye.«

Er ließ die Tür ins Schloss fallen, rieb sich verwundert über das Kinn und schaltete die Taschenlampe aus. Was hat sie vor?, fragte er sich. Will sie mich in Sicherheit wiegen? Aber warum? Sie weiß doch, dass sie gegen mich keine Chance

hat. Und warum hat sie nicht gefragt, welcher Tag heute ist oder wie spät es ist? Was auch immer sie plant, sie wird keinen Erfolg haben. Ich mache keine Fehler, ich habe bis jetzt noch nie einen gemacht.
Er lächelte beruhigt, warf einen letzten Blick auf die Tür, hinter der Franziska Uhlig fleißig am Schreiben war, und öffnete die nächste. Zwei junge Frauen befanden sich in der Zelle, Paulina hielt eine Zigarette in der Hand und lief unruhig wie eine Raubkatze auf und ab, Karolina lag auf dem Bett, die Arme hinter dem Kopf verschränkt, und wirkte gelassen, als hätte sie sich mit ihrem Schicksal abgefunden und wartete nur darauf, dass endlich etwas passierte. Was, das schien ihr gleich zu sein, Freiheit, Leben oder Tod. Paulina war siebzehn, Karolina neunzehn Jahre alt. Beide nackt wie Franziska Uhlig, Karin Slomka und Pauline Mertens, die beiden Letzteren vegetierten seit fünf beziehungsweise vier Monaten in ihren Zellen dahin.
Es war derselbe Anblick wie seit Dezember letzten Jahres. Er hatte Paulina und Karolina auf der Straße aufgegabelt, zwei Prostituierte aus Polen, die in dem irrwitzigen Glauben nach Frankfurt gekommen waren, in der Finanz- und Wirtschaftsmetropole das große Geld machen zu können. Er hatte sie zehn Tage lang beobachtet und festgestellt, dass sie nur sich und sonst niemanden hatten. Körperlich voll ausgereifte Frauen, im Geiste jedoch halbe Kinder, die pro Tag zehn bis fünfzehn Freier bedienten, wie sie noch im Auto freimütig bekannten. Er hatte gesagt, er wolle einen flotten Dreier bei sich zu Hause, und hatte dabei mit ein paar Hunderteuroscheinen gewedelt. Beide waren sofort gern bereit, ihm diesen Wunsch zu erfüllen. Es wurde eine Fahrt ohne Wiederkehr. Vor ihnen hatte er nur Weiß und Peters in dieses Verlies gebracht, die ersten Figuren in seinem Spiel, dessen Regeln die Polizei bis heute nicht verstanden hatte und vermutlich nie verstehen würde.

Die Zelle war in gleißendes Licht getaucht, das selbst durch geschlossene Augen noch wahrgenommen wurde, alle sechzig Minuten dröhnten für eine halbe Stunde entweder hämmernder Technobeat oder genauso schneller Speed Metal aus versteckt angebrachten Lautsprechern. Die ersten Wochen waren für Paulina und Karolina die reinste Hölle gewesen. Sie hatten teilweise stundenlang geschrien, an den Wänden gekratzt, bis ihre Finger blutig waren, hatten mit den Köpfen gegen die Wände und die Tür gedonnert, hatten die Pritsche zerlegt, bis er einschritt und ihnen mit der neunschwänzigen Katze zeigte, dass er mächtiger war. Es hatte nicht vieler Schläge bedurft, bis sie begriffen hatten, dass er der Herr und Meister war. Seitdem waren sie ruhig geblieben, wohl in der Hoffnung, wenn sie sich ihm bedingungslos unterwarfen, irgendwann aus diesem Gefängnis entlassen zu werden.
Er sagte nichts, deutete nur auf das Brot und den noch vollen Metallkrug.
»Wir essen und trinken schon noch«, sagte Karolina in gebrochenem Deutsch und setzte sich aufrecht hin. »Wir hatten nur bis jetzt keinen Hunger und auch keinen Durst.«
»Wenn ihr nicht innerhalb der nächsten zwei Stunden gegessen und getrunken habt, wird das Licht etwas greller und die Musik länger und noch lauter sein. Wollt ihr das?«
Beide schüttelten den Kopf.
»Ich sehe, wir haben uns verstanden. Das mit eurer schlechten Esserei geht jetzt schon seit drei Monaten so, und ich habe keine Lust, mich andauernd zu wiederholen. Kapiert?«
Beide nickten nur, Paulina nahm einen letzten Zug von ihrer Zigarette und drückte sie aus, Karolina erhob sich vom Bett, und beide begannen sofort im Knien zu essen und zu trinken. Wie wilde Tiere schlangen sie die karge Gefängnismahlzeit in sich hinein.
»Na also, geht doch. Und in Zukunft bitte ohne Drohungen. Wir sehen uns nachher noch einmal.«

Karolina stand auf, kam auf ihn zu und fragte das, was sie schon zigmal gefragt hatte: »Wie lange sind wir schon hier?«
»Was glaubst du denn?«
»Ein halbes Jahr?«
»Nicht schlecht. Und jetzt mach dich sauber und leg dich wieder aufs Bett, sonst muss ich dir leider weh tun. Braucht ihr Zigaretten?«
»Ja, bitte«, antwortete Paulina.
Er nickte nur, machte die Tür hinter sich zu und schloss ab.
Zuletzt sah er nach Pauline Mertens, eine alleinstehende Frau ohne Angehörige, die völlig isoliert gelebt hatte, bis sie ihn traf. Zweiundvierzig Jahre alt, eine verhärmte und verbitterte Person mit einem durchschnittlichen Gesicht, schlecht frisierten Haaren und einer fast grauen Haut, eine Frau, der niemand auf der Straße die geringste Beachtung geschenkt hätte. Doch mit einem Mal war er da gewesen, eines Abends, als sie die halbvolle Mülltüte zur Tonne brachte, mit nichts bekleidet als einem ausgeleierten Hausanzug und Hausschuhen. Es war in einer der kältesten Nächte im Februar, und es ging blitzschnell. Sie merkte gar nicht, wie die Spritze in ihren Hals drang, wie er sie mit einem geübten und lange einstudierten Griff zum Auto brachte und mit ihr wegfuhr. Sie gehörte zu jenen, die eigentlich nicht in sein Opferprofil passten, sie war einfach zum falschen Zeitpunkt am falschen Ort gewesen. Eine Zufallsbegegnung. Und die Frau, die ihn am wenigsten von allen anderen interessierte. Dafür würde er ihren Tod zelebrieren, wenn sie schon sonst nur ein ödes Gesicht in der Menge war, unscheinbar, bedeutungslos, unnütz. Wie Detlef Weiß und Corinna Peters. Niemande, ein Ausdruck, den er für Opfer kreiert hatte, die so bedeutungslos waren, dass es gleichgültig war, ob sie lebten oder tot waren. Alle anderen hatte er gezielt ausgesucht, Jacqueline Schweigert, Karin Slomka und Franziska Uhlig, und natürlich Paulina und Karolina.
Bereits seit sieben Wochen verbrachte Pauline Mertens ihre

Zeit in beinahe vollkommener Dunkelheit und vollkommener Isolation, nur unterbrochen von seinen täglichen Besuchen und klassischer Musik, die jede Stunde für zehn Minuten spielte. Kein Laut drang von außen in die Zelle, selbst wenn andere schrien, hörte sie es nicht. So wie keine seiner Gefangenen auch nur einen Laut aus einer anderen Zelle wahrnahm.
Er blieb nur wenige Minuten, prüfte ihre Reflexe, die Reaktion ihrer Pupillen. Es war an der Zeit, sie gehen zu lassen, da sie bereits dem Wahnsinn verfallen war.
Heute Nacht würde eine ganz besondere Nacht werden. Er war gespannt, wie die Polizei reagieren würde. Ein perfides Lächeln überzog sein Gesicht, als er in einem Büro gegenüber dem Zellentrakt ein paar Notizen machte. Ein Blick zur Uhr, er musste sich beeilen, um seinen Termin nicht zu verpassen. Ein Tag voller Termine, dazu noch Sylvia und Wolfgang. Er konnte die beiden nicht ausstehen, aber er würde gute Miene zum bösen Spiel machen, weil sie die besten Freunde seiner Frau waren. Oder aber er würde sich eine seiner üblichen Ausreden einfallen lassen, um dieses dämliche Abendessen zu umgehen. Er würde darüber nachdenken.

Mittwoch, 16.00 Uhr

Durant und Hellmer wiesen sich aus und wurden von Pfarrer Hüsken ins Büro geführt. Sein Blick war offen, er schien zu ahnen, warum die Beamten ihn aufsuchten. Das Büro war sehr ordentlich, im Fenster blühte eine Orchidee zwischen mehreren Grünpflanzen. Der Pfarrer deutete auf zwei bequem aussehende kleine Sessel und nahm selbst auf dem dritten Platz, zwischen ihm und den Kommissaren stand ein kleiner runder Tisch. Hüsken war groß, etwa eins fünfundachtzig, sehr schlank und drahtig, mit einem markanten Ge-

sicht, und Durant fragte sich, wie er wohl damit umging, dass Frauen ihn anhimmelten, er aber sein Leben Gott und der Kirche geweiht hatte.
Nachdem sich Durant und Hellmer gesetzt hatten, ergriff Hüsken das Wort: »Ich nehme an, das plötzliche Verschwinden von Frau Uhlig führt Sie zu mir.« Es war weniger eine Frage als eine Feststellung, wobei er die Kommissare abwechselnd aus seinen stahlblauen Augen musterte.
»Richtig«, antwortete Durant und schlug die Beine übereinander. »Bevor wir jetzt lange um den heißen Brei reden, sagen Sie uns doch bitte, wie gut Sie Frau Uhlig kennen.«
Hüsken senkte den Blick und nickte kaum merklich. »Was soll ich Ihnen sagen, ohne damit das Beichtgeheimnis zu verletzen«, erwiderte er schulterzuckend und mit einem leichten Lächeln, um gleich darauf wieder ernst zu werden. »Sie kommt ausnahmslos jeden Sonntag in die Kirche, wobei ich inständig hoffe und bete, dass dies auch am kommenden Sonntag der Fall sein wird ... Nun, sie kommt einmal im Monat zur Beichte, und sie engagiert sich stark im sozialen und wohltätigen Bereich, ich möchte fast behaupten, dass niemand in meiner Gemeinde ein derartiges Engagement an den Tag legt. Sie ist ein sehr gläubiger Mensch.«
»Sie kommt jeden Sonntag?«, fragte Durant erstaunt. »Fährt sie denn nie in Urlaub?«
»Seit ich hier Pfarrer bin, und das sind immerhin schon fünfzehn Jahre, nein. Vielleicht mal für ein paar Tage unter der Woche, aber ich kann mich nicht erinnern, sie einmal einen Sonntag nicht gesehen zu haben. Das wäre mir aufgefallen, denn sie sitzt immer auf demselben Platz, fünfte Reihe am Gang. Sie hat auch meistens eine Freundin dabei, mit der Sie sicherlich längst gesprochen haben, ihr Name ist Frau Schubert.«
»Sie haben recht, wir haben bereits mit Frau Schubert gesprochen ...«
Hüsken erhob sich und sagte, bevor Durant weiterspre-

chen konnte: »Bitte entschuldigen Sie meine Unhöflichkeit, aber darf ich Ihnen etwas zu trinken anbieten? Ein Wasser, eine Limonade? Meine Haushälterin macht eine ausgezeichnete Limonade, nicht dieses chemische Zeug, das man in jedem Supermarkt kaufen kann, nein, alles hausgemacht.«

Durant lächelte und nickte: »Gerne. Frank?«

»Ja, für mich auch. Danke«, antwortete er, während er sich im Zimmer umsah.

Als Hüsken aus dem Zimmer gegangen war, flüsterte Hellmer ihr zu: »Wie willst du eigentlich was aus ihm rauskriegen? Und vor allem – was willst du rauskriegen?«

»Ich dachte, das wäre dir längst klar. Wenn nicht, dann lass mich einfach machen.«

Hüsken kehrte mit einem Tablett zurück, auf dem ein gefüllter Krug und drei Gläser standen. Er schenkte ein und setzte sich wieder.

»Hm, wirklich ausgezeichnet«, bemerkte Durant anerkennend, nachdem sie einen Schluck probiert hatte. »Richten Sie Ihrer Haushälterin aus, dass ich seit meiner Kindheit keine so gute Limonade getrunken habe. Meine Großmutter verstand sich darauf, aber leider gibt es nicht mehr viele, die so etwas können.«

»Die Zeiten ändern sich eben und mit ihnen auch die Gewohnheiten. In zehn oder zwanzig Jahren werden die Jungen all das, was wir heute machen, als antiquiert und überholt abtun. Das ist der Lauf der Welt. Aber lassen Sie uns nicht philosophieren, es gibt Wichtigeres. Wie kann ich Ihnen helfen?«

»Das mit dem Urlaub geht mir nicht aus dem Kopf«, sagte Durant. »Frau Uhlig war tatsächlich jeden Sonntag in den vergangenen fünfzehn Jahren hier in der Kirche?«

»Nun, ich will mich nicht zu sehr festlegen, aber soweit ich mich erinnern kann, ja. Sie suchte die Nähe zu Gott, und das nicht nur, indem sie den Predigten lauschte, sondern indem sie auch aktive Nächstenliebe praktizierte ...«

»Aber Sie sind doch gewiss auch den einen oder anderen Sonntag nicht da, oder? Oder sind Sie nie weg?«

Hüsken lachte leicht gekünstelt auf und antwortete schnell: »Natürlich gibt es Stellvertreter, wenn ich nicht zur Verfügung stehe. Ich nehme selbstverständlich jedes Jahr meinen mir zustehenden Urlaub, so wie das all meine Kollegen tun.«

»Und woher wollen Sie dann wissen, dass Frau Uhlig in der Zeit nicht auch in Urlaub war?«

Hüsken lächelte. »Weil es eine Art Anwesenheitsliste gibt, in der sich die Mitglieder eintragen können. Können, wohlgemerkt, nicht müssen. Jeder, der zu uns kommt, kommt freiwillig, niemand wird gezwungen. Frau Uhligs Name stand immer auf der Liste. Es tut mir leid, keine andere Antwort parat zu haben.«

»Sie erwähnten, dass Frau Uhlig sich sehr stark im karitativen Bereich engagiert. War das die ganzen letzten fünfzehn Jahre so?«

»Nun, ich denke ja. Ganz gleich, welche Projekte ins Leben gerufen wurden oder auch noch werden, sie war und wird dabei sein, vorausgesetzt ...« Er hielt inne und schüttelte den Kopf. »Nein, ich mag nicht einmal daran denken.« Er hielt inne, trank sein Glas leer und stellte es auf den Tisch. Er faltete die Hände und sah die Kommissare an. »Wenn ich mir vorstelle, der schlimmste aller Fälle ist eingetreten, wird mir übel. Entschuldigen Sie, aber das bewegt mich sehr. Frau Uhlig ist eine besondere Frau. Egal, ob es um Kinder oder alte Menschen geht, um Obdachlose oder um die Organisation von Veranstaltungen, auf sie ist stets Verlass. Sie liebt die Menschen und geht in ihrer selbstlosen Arbeit auf ...«

»Sie hat ja auch keine Familie, um die sie sich kümmern muss«, bemerkte Hellmer.

Ohne auf den ironischen Unterton einzugehen, antwortete Hüsken ruhig: »Da haben Sie recht. Aber ich glaube, selbst wenn sie eine hätte, wäre es kaum anders. Notgedrungen würde sie etwas weniger Zeit investieren, aber ...«
»Erzählen Sie bitte ein wenig mehr über den Menschen Franziska Uhlig. Waren Sie jemals bei ihr zu Hause?«
»Ein paarmal, sie wohnt ja schräg gegenüber. Aber worauf wollen Sie hinaus?«
»Wie finden Sie ihre Wohnung? Dem Stil einer Siebenunddreißigjährigen entsprechend? Oder war sie immer schon so eingerichtet?«
»Frau Durant«, antwortete Hüsken schnell, »ist es nicht jedem selbst überlassen, wie er seine Wohnung einrichtet oder was für ein Auto er fährt oder welche Musik er hört? Über Geschmack lässt sich bekanntlich nicht streiten, und ich habe mir bereits vor Jahrzehnten abgewöhnt, auf Äußerlichkeiten zu achten. Was ist schon eine Wohnungseinrichtung? Es ist das Herz, was zählt, und Frau Uhlig hat ein sehr großes Herz. Hin und wieder zu groß, wie ich meine.«
»Können Sie das näher erklären?«
»Das sagte ich doch bereits, sie ist die Selbstlosigkeit in Person. Trotz ihrer anspruchsvollen Tätigkeit im Verlag findet sie immer noch genügend Zeit, sich um die Belange der Gemeinde zu kümmern.«
»Ist Ihnen in der letzten Zeit irgendjemand aufgefallen, der erst seit kurzem Ihre Kirche regelmäßig besucht? Ein Mann?«, fragte Durant und sah Hüsken dabei forschend an.
Hüsken verzog den Mund und schüttelte den Kopf: »Da muss ich Sie enttäuschen. Sonntags ist es in der Regel sehr voll, und ich kann nicht auf jedes neue Gesicht achten. Kann sein, dass da jemand war, aber fragen Sie mich nicht, ob ich denjenigen beschreiben könnte. Zu uns kommen außer den üblichen Gemeindemitgliedern Sonntag für Sonntag Obdachlose, von der Gesellschaft Ausgestoßene und andere, die

Zuflucht im Evangelium suchen, aber ... Nein, tut mir leid, ich kann Ihnen da beim besten Willen nicht helfen.«
»Na ja, war nur so ein Gedanke.« Sie legte ihre Karte auf den Tisch. »Falls Ihnen doch noch etwas einfällt, Sie können mich bis einschließlich Freitag Tag und Nacht erreichen. Ab Samstag bin ich in Urlaub.«
»Stopp«, wurde sie von Hellmer unterbrochen, der nun auch seine Karte auf den Tisch legte, »meine Kollegin ist nur bis Freitag siebzehn Uhr erreichbar. Danach wenden Sie sich bitte an mich.«
Durant warf Hellmer einen kurzen giftigen Blick zu, den dieser, ohne eine Miene zu verziehen, zur Kenntnis nahm.
»Ich werde Ihnen helfen, soweit es in meinen Möglichkeiten steht. Und ich gehe davon aus, dass Sie alles unternehmen, um die armen Frauen aus der Gewalt dieses Irren zu befreien. Wer so etwas tut, ist krank.«
»Von wie vielen Frauen wissen Sie?«, fragte Julia Durant mit zusammengekniffenen Augen.
»Zwei, Frau Uhlig und diese andere Frau, die schon lange vermisst wird und deren Name mir jetzt nicht einfällt. Gibt es etwa noch mehr?«, fragte Hüsken mit hochgezogenen Brauen.
»Was ich Ihnen jetzt sage, fällt unter das berühmte Beichtgeheimnis, okay?«
»Selbstverständlich, nichts von dem, was wir sprechen, verlässt diesen Raum.«
»Es gibt mehr, davon sind wir mittlerweile überzeugt. Dieser Täter geht derart systematisch und organisiert vor, dass er nicht verrückt sein kann. Ganz im Gegenteil, er ist sogar äußerst intelligent, beherrscht und sucht sich seine Opfer nach unseren bisherigen Erkenntnissen gezielt aus. Er ist alles, aber nicht irre. Wer weiß, was er noch vorhat. Schönen Tag noch«, sagte sie, trank ihr Glas leer und sah Hüsken für einen Moment direkt in die Augen.

Durant und Hellmer erhoben sich gleichzeitig, verabschiedeten sich von Hüsken, der ein wenig konsterniert wirkte, und begaben sich zum Auto. Sie merkten nicht, wie Hüsken am Fenster stand und ihnen hinterhersah. Er wartete, bis sie losgefahren waren, bevor er zum Schrank ging und sich einen Whiskey einschenkte. Er schüttete ihn in einem Zug hinunter und trank gleich noch einen zweiten. Es gab Tage, da hasste er seinen Beruf, der gleichzeitig Berufung war. Am liebsten hätte er das Glas an die Wand geschleudert, aber dazu war er zu beherrscht. Als die Wirkung des Alkohols einsetzte, beruhigte er sich wieder, setzte sich hinter seinen Schreibtisch und schickte ein Stoßgebet zum Himmel, obgleich er wusste, dass er keine Antwort erhalten würde. Alles, was er jetzt tat, würde er mit seinem Gewissen und seinem Versprechen Gott und der Kirche gegenüber vereinbaren müssen.
Er saß etwa eine halbe Stunde beinahe regungslos, bis er die Entscheidung gefällt hatte. Eine, die ihm nicht gefiel und der Polizei sicherlich noch viel weniger. Aber er hatte keine Wahl, er war schließlich ein seit über fünfzehn Jahren geweihter Priester. Nach dem dritten Glas Whiskey begab er sich in die Kirche, kniete sich vor den Altar, bekreuzigte sich, warf einen langen Blick auf den gekreuzigten Jesus und begann zu beten. Bald liefen ihm die Tränen übers Gesicht, und nach ein paar Minuten schluchzte er nur noch leise, lediglich die Schultern bebten, bis er von einer Stimme aus seinem Gebet gerissen wurde.
Ein bärtiger Mann stand am Beichtstuhl, er machte einen verwahrlosten Eindruck, die fettigen dunklen, fast schwarzen Haare, die Sonnenbrille mit dem schwarzen Gestell, der einst beige Trenchcoat, der schon bessere Zeiten gesehen hatte. Hüskens Knie schmerzten, als er sich langsam erhob und zum Beichtstuhl ging. Außer einer alten schwerhörigen Frau, die jeden Nachmittag kam und eine Kerze anzündete, um

dann zu beten, und fast zum Inventar der Kirche gehörte, war niemand sonst da.
Bevor Hüsken am Beichtstuhl angelangt war, saß der Unbekannte bereits auf der rechten Seite, den Vorhang zugezogen.
Hüsken sah den Mann neben ihm jetzt nur noch schemenhaft, die dunklen Haare, den Bart und die dunkle Brille, die seine Augen verbarg. Hüsken hatte den Beichttermin vergessen, zum ersten Mal, seit er Pfarrer war.
»Sie sind gekommen, um die Beichte abzulegen?«, sagte er und versuchte, seine Stimme fest klingen zu lassen.
»Ja, aber das habe ich doch schon am Telefon gesagt.«
»Natürlich. Sprechen Sie und schütten Sie Ihr Herz aus.«
»Das ist gar nicht so einfach. Aber gut, ich will nicht lange um den heißen Brei reden, ich habe unrecht getan«, sagte der Mann auf der anderen Seite der Trennwand.
»Erzählen Sie mir, welches Unrecht Sie begangen haben, und ich werde sehen, was ich für Sie tun kann.«
Es entstand eine längere Pause, bis der bärtige Mann sagte: »Ich habe die Ehe gebrochen und andere verwerfliche Dinge getan.«
»Um Vergebung zu erlangen, ist es notwendig, dass Sie aufrichtig bereuen. Was haben Sie noch getan, außer die Ehe zu brechen?«
»Viel, leider sehr viel. Ich habe Menschen weh getan.«
»Inwiefern? Sie können mir alles anvertrauen, niemand außer mir und Gott erfährt davon.«
»Ich weiß, deshalb bin ich ja auch zu Ihnen gekommen. Sie sind ein aufrechter Mann, und glauben Sie mir, ich kann so etwas beurteilen. Ich habe gelogen und betrogen, Menschen hinters Licht geführt, nur damit es mir gutgeht. Ich bereue dies alles zutiefst und bin bereit, mein Leben komplett zu ändern. Was muss ich tun, damit ich wieder in den Spiegel schauen kann, ohne mich zu schämen?«

»Haben Sie gestohlen?«
»Nein, aber ist Betrügen nicht ähnlich wie Stehlen?«
»Ja. Und wie oft haben Sie gelogen und damit Menschen weh getan?«
»Ich kann es nicht zählen, aber es war sehr, sehr oft. Ich will es aber nicht mehr tun, ich will nichts von alledem jemals wieder tun. Ich suche nur Vergebung für meine Sünden.«
»Beten Sie dreißigmal den Rosenkranz und wenden Sie Ihr Herz dem Herrn zu, dann wird Ihnen vergeben. Wenn Sie Unrecht begangen haben, machen Sie es wieder gut, so weit das möglich ist. Und unterstützen Sie die Armen und Bedürftigen und gehen Sie regelmäßig in die Kirche. Gott ist kein strafender Gott, wir bestrafen uns selbst, indem wir gegen seine Gebote verstoßen. Er liebt uns mit all unseren Fehlern und Schwächen. Halten Sie sich das stets vor Augen.«
»Ich weiß, ich habe nur immer mich selbst und meinen Vorteil gesehen, in allen Lebensbereichen. Ich komme mir so schmutzig vor.«
»Tun Sie, was ich Ihnen aufgetragen habe, dann wird Ihnen vergeben.«
»Ja, das werde ich.« Eine kleine Pause verstrich, während der nur das schwere Atmen des bärtigen Mannes zu hören war.
»Kann ich noch etwas für Sie tun?«, fragte Hüsken schließlich.
»Sie haben vorhin geweint«, sagte der Mann. »Warum?«
»Warum interessiert Sie das?«, fragte Hüsken.
»Nur so. Ich habe Sie gesehen, wie Sie vor dem Altar gekniet und sich ein paarmal die Tränen weggewischt haben.«
»Also gut, wenn es Sie so sehr interessiert – ich war für einen Moment ergriffen.«
»So, Sie waren also ergriffen«, entgegnete der Unbekannte mit unverhohlener Ironie. »Wissen Sie, Herr Pfarrer, ich bin

fast sicher, den Grund für Ihre angebliche Ergriffenheit zu kennen. Könnte es sein, dass es mit ... Franziska Uhlig zu tun hat? Hat es doch, oder sollte ich mich so täuschen?«
Keine Antwort, dafür bildeten sich Schweißperlen auf Hüskens Stirn, die Unterwäsche klebte an seinem Körper, obgleich es in dem Kirchenschiff und dem Beichtstuhl angenehm kühl war.
Nach einer Weile sagte der andere: »Sehen Sie, so leicht sind Sie zu durchschauen. Möchten Sie sie wiedersehen? Sie möchten sie doch wiedersehen, oder?«
»Das klingt gerade so, als wüssten Sie, wo Frau Uhlig ist«, flüsterte Hüsken.
»Vielleicht. Franziska ist eine ganz besondere Frau, nicht? Wer außer Ihnen könnte das besser beurteilen? Nicht einmal ihre beste Freundin Conny. Nun geben Sie's schon zu, Sie haben wegen der lieben Franzi geweint. Ist es nicht traurig, da trägt man diese Priesterkutte, weil man sich irgendwann in der Pubertät für Gott und gegen die fleischlichen Gelüste entschieden hat, und dann ist das Fleisch auf einmal doch mächtiger. Das ist die furchtbare Tragik des Lebens. Wie man's macht, macht man's verkehrt«, sagte der Unbekannte und lachte leise auf. »Aber keine Sorge, Sie werden sie wiederbekommen, und das auch noch weitestgehend unversehrt, im Gegensatz zu all den andern. Vorausgesetzt, Sie bleiben, sobald ich den Beichtstuhl verlassen habe, noch fünf Minuten sitzen. Sollte ich Sie vorher sehen oder auch nur in meinem Rücken bemerken, wird Franziska sterben, und glauben Sie mir, es wird ein qualvoller Tod sein. Und Ihnen sind leider die Hände gebunden, Sie dürfen aufgrund Ihres Gelübdes nicht einmal der Polizei von unserer intimen Unterhaltung berichten, denn damit würden Sie ja zusätzlich ein ganz wichtiges Gesetz übertreten, und Ihre Vorgesetzten wären sicher alles andere als erfreut über das, was sie da zu hören bekämen. Man

würde Sie mit allergrößter Wahrscheinlichkeit strafversetzen, vermutlich irgendwohin in die Pampa, wo Fuchs und Hase sich gute Nacht sagen und … Nun, Sie wären so eine Art Pater Brown, nur dass sein Leben ein wenig abwechslungsreicher verlief. Hier ein Mord, da ein Mord, wie das eben in den Romanen so ist. Das hier allerdings ist nicht annähernd so witzig und humorvoll wie bei Pater Brown. Es ist bitterer Ernst, und ich rate Ihnen, keine Dummheiten zu machen, Sie würden sonst nur das Leben einer überaus liebenswürdigen Frau gefährden, die doch alles mit Ihnen teilt, sogar ihr Bett. Wissen Sie, ich halte Sie für einen vernünftigen und weitsichtigen Mann. Und Sie sind ganz sicher ein großartiger und geschätzter Diener Gottes, der in dieser Gemeinde nicht nur gebraucht, sondern auch über alles geliebt wird. Habe ich recht?«
»Ich kann das nicht beurteilen, ich …«
»Natürlich können Sie das, werter Herr Pfarrer, aber ich mag diese Bescheidenheit, sie steht Ihnen sehr gut zu Gesicht.«
»Wenn Sie Franziska in Ihrer Gewalt haben, dann bitte ich Sie, sie freizulassen«, flüsterte Hüsken.
»Ich habe sie nicht in meiner Gewalt, sie ist nur für eine Weile mein Gast. Ich werde tun, was Sie mir aufgetragen haben, dafür bekomme ich dann meine Vergebung. Ich bekomme doch meine Vergebung, oder?«
»Ja, ich denke schon, denn Gott ist ein barmherziger Gott«, erwiderte Hüsken mit kehliger Stimme.
»Sehen Sie, wusste ich's doch. Und im Gegenzug kriegen Sie Ihre Franziska wieder. Das ist doch ein fairer Deal, oder? Und Sie würden doch alles dafür geben, um Ihre geliebte Franziska bald wieder bei sich zu haben.«
Hüsken schluckte schwer und antwortete: »Ja, sogar mein eigenes Leben. Ich würde mein Leben für das von Franziska geben, das schwöre ich bei allen Heiligen.« Am liebsten wäre er aufgesprungen, um den Bärtigen mit eigenen Händen zu

stellen, aber selbst wenn es ihm gelungen wäre, würde er verraten, wo Franziska Uhlig steckte? Zudem war der Unbekannte mit Sicherheit stärker, sonst hätte er sich gar nicht erst hergewagt.
Als hätte er seine Gedanken gelesen, sagte der bärtige Mann mit leisem Kichern: »Kommen Sie auf keine dummen Gedanken, Sie werden sonst nie erfahren, wo Sie die liebe Franziska finden ... Ist nur ein gutgemeinter Rat.«
»Ich, äh ... Nein, woher wollen Sie wissen, was ich denke? Ich würde wirklich mein Leben für das von Franziska geben ...«
»Welch ein Pathos! Aber das erwarte ich gar nicht von Ihnen. Dann hätte Franziska ja niemanden mehr, an den sie sich anlehnen könnte. Ich gehe jetzt und erwarte, dass Sie sich an meine Anweisungen halten. Es ist zum Besten für Sie und für Franziska, die im Übrigen eine wundervolle Frau ist, in jeder Hinsicht. Ich gestehe, Sie haben bei Ihrer Auswahl Geschmack bewiesen, Herr Pfarrer. Machen Sie's gut, vielleicht sehen wir uns mal wieder. Und wenn die Polizei fragt, wo Franziska gewesen ist, wird Ihnen gewiss etwas Passendes einfallen, Sie sind doch ein Meister darin. So viele Jahre schon spielen Sie Verstecken in Ihrem Gemeindebereich ...«
Hüsken wollte noch etwas sagen, doch der Mann auf der anderen Seite war mit einem Mal verschwunden. Hüsken sah auf die Uhr und wartete genau fünf Minuten, bevor er den Beichtstuhl verließ. Die alte Frau saß noch immer auf der Kirchenbank und murmelte in monotonem Tonfall unverständliche Worte vor sich hin, ohne den Pfarrer eines Blickes zu würdigen. Er begab sich langsam zum Ausgang, atmete ein paarmal tief durch und ging mit müden Schritten zurück in die Kirche. Er kniete sich wieder hin, betete und hoffte, der Unbekannte würde sein Versprechen halten und ihm Franziska Uhlig unversehrt zurückgeben. Auch wenn dies ein unrechtes Gebet war.

Mittwoch, 16.35 Uhr

»Und, was macht Hüsken auf dich für einen Eindruck?«, fragte Durant, während sie Richtung Schwanheim fuhren.
»Was willst du von mir hören? Er ist ein katholischer Pfarrer und fertig. Na ja, vielleicht ein bisschen weltfremd, aber das ist bei dem Job ja wohl an der Tagesordnung.«
»Inwiefern?«
»Einfach so. Ich hab immer ein ungutes Gefühl, wenn wir mit Pfaffen quatschen, weil die an ihr Beichtgeheimnis gebunden sind. Ich glaube, wenn der reden könnte, wie er wollte, der hätte uns eine Menge über die Uhlig zu erzählen. Ich sag dir ganz ehrlich, das war vergeudete Zeit. Er darf nicht, und wir dürfen ihn nicht zwingen. Das ist diese verdammte Trennung von Kirche und Staat. Ich find das schlichtweg zum Kotzen. Da geht es um Menschenleben, und die Pfaffen dürfen das Maul nicht aufmachen, weil irgendwer das irgendwann vor hundert oder tausend Jahren so beschlossen hat. Ich sag nur: Scheiße! Das war's von meiner Seite.«
»Komm mal wieder runter, wir kennen das Spiel doch zur Genüge. Warum regst du dich jetzt so auf? Und außerdem, nur zur Information, das Beichtgeheimnis stammt aus dem dreizehnten Jahrhundert und gilt nicht nur in der katholischen Kirche. Ich kann nichts dafür, ich hab's nicht gemacht. Schließlich sind ja auch wir in allererster Linie für die Verfolgung von Straftätern verantwortlich und nicht die Kirche.«
»Und, willst du mir damit jetzt sagen, dass du das alles okay findest?«, fragte Hellmer gereizt.
»Na ja, manchmal würde ich mir zwar auch eine Lockerung wünschen, aber was würde das für die Kirchen bedeuten? Wenn man einmal anfängt, etwas zu lockern, wird dies immer weitere Kreise ziehen, bis der Ehemann zum Pfarrer

kommen kann und so erfährt, dass seine Frau ein Verhältnis hat. Oder umgekehrt. Es ist schon okay so, wie es ist. Außerdem, woher willst du wissen, dass Hüsken uns etwas Relevantes über die Uhlig zu berichten hätte?«

»Ach, ist nur so ein Gefühl«, murrte Hellmer und fuhr auf die Schwanheimer Brücke.

»Aber er könnte uns mit Sicherheit nicht sagen, wer der Mörder ist und wo er zu finden ist. Frank, was ist los mit dir? Entschuldigung, wenn ich jetzt zu direkt werde, aber warum hast du in letzter Zeit an allem und jedem etwas auszusetzen? Was ist passiert? Hab ich dir was getan?«

»Nichts, rein gar nichts. Und jetzt will ich nicht mehr darüber reden.«

»Das ist deine Sache. Aber ich hätte gerne den Frank Hellmer zurück, den ich vor beinahe zwölf Jahren kennengelernt habe. Ist das so schwer?«

»Ich hab doch gesagt, ich will nicht mehr darüber reden. Gib mir Zeit. Kann sein, dass ich aus dem Polizeidienst ausscheide, vielleicht bin ich gar nicht mehr da, wenn du aus dem Urlaub zurückkommst. Reicht dir das?«

Durant spitzte die Lippen und erwiderte: »Nein, aber ich akzeptiere es erst mal. Bleibt mir ja nichts anderes übrig.«

Es dauerte noch fünf Minuten, bis sie vor der Villa in der Nähe des Schwanheimer Waldes standen, in der Jung lebte. Sie betrachteten das Haus eine Weile von außen, bis Durant sagte: »Hast du 'ne Ahnung, was ein Marketingchef in einem Verlag so verdient?«

»Nee, aber bestimmt nicht so viel, dass er sich so eine Hütte leisten kann. Es sei denn, er hat eine reiche Frau geheiratet.«

»Wie du?«, fragte Durant grinsend.

»Kann ja nicht jeder so viel Glück haben«, sagte Hellmer mit einem leichten Lächeln. »Die Rollläden sind oben, ein paar Fenster gekippt … Sieht nicht so aus, als wären die im Urlaub.«

»Und genau deswegen werden wir jetzt aussteigen und klingeln. Mal sehen, wer uns aufmacht.«
Niemand öffnete ihnen.
»Vielleicht wohnt hier jemand für die Zeit, in der Jung und seine Frau weg sind«, meinte Hellmer. »Also ganz ehrlich, ich würde mein Haus nicht für vier Wochen unbeaufsichtigt lassen, und du weißt, dass wir einen Hochsicherheitsstandard haben.«
»Möglich, aber ich will mich mit eigenen Augen davon überzeugen. Ich werde heute Abend noch mal herkommen.«
»Das übernehm ich. Du siehst aus wie eine wandelnde Leiche. Ist nicht bös gemeint. Fang lieber schon mal an zu packen.«
»Danke. Falls du Jung antriffst, fühl ihm kräftig auf den Zahn.«
»Julia, ich bin zwei Jahre länger Bulle als du und weiß schon, was ich zu tun habe. Okay?«
»Ja, natürlich, tut mir leid«, sagte sie, als sie wieder im Auto saßen.
»Damit ist es nicht abgetan. Du hast recht, wir sollten wirklich mal in aller Ruhe unter vier Augen sprechen. Aber nicht jetzt, das machen wir, wenn du wieder zurück bist.«
»Frank, ich kenne meine Fehler und weiß nur zu gut, dass ich oft genug unausstehlich bin. Glaub mir, ich könnte mich manchmal dafür ohrfeigen. Lass gut sein, sonst zermartere ich mir die ganze Zeit über das Hirn und …«
»Bullshit! Julia, das zwischen uns ist das Geringste, was mich belastet, ich hab auch noch andere Probleme, über die ich aber noch nicht reden kann. Hat nichts mit dir zu tun …«
»Du hast da was angedeutet von wegen aufhören und Job an den Nagel hängen. Willst du das wirklich tun?«
»Nein, das heißt, ich bin am Überlegen. Aber du wirst mich schon noch eine Weile ertragen müssen.«
»Dann ist ja gut.«

»Ich bring dich jetzt zu deinem Wagen, und dann haust du ab in deine Bude.«
»Meinetwegen.«
Durant schloss die Augen, sie hatte nicht vor einzuschlafen und schlief dennoch fast augenblicklich ein. Erst als Hellmer sie leicht bei der Schulter fasste, wachte sie auf.
Er lächelte sie an. »Wir sind da. Du hast fast die ganze Fahrt über gepennt.«
»Was?«, sagte sie und rieb sich die Augen.
»Gepennt, geschlafen, geschnarcht, such dir was aus.«
»Ich schnarch doch nicht«, entgegnete sie entrüstet.
»Du hättest dich mal hören sollen. Kleiner Scherz, du schnarchst natürlich nicht«, korrigierte sich Hellmer, während sie ausstiegen. »Nur ganz, ganz leicht. Willst du gleich nach Hause fahren oder doch noch mal mit nach oben kommen?«
»Ich fahr heim, ich kann mich kaum noch auf den Beinen halten. Weiß auch nicht, was los ist.«
»Aber ich. Fahr vorsichtig und pass auf dich auf. Und schlaf dich vor allem aus.« Er wartete, bis Durant in ihren Wagen eingestiegen war, das Fenster herunterließ und langsam vom Hof fuhr.

Mittwoch, 17.20 Uhr

Hellmer ging nach oben, wo Kullmer und Seidel Berger Bericht erstatteten, sie schienen auch erst vor wenigen Minuten gekommen zu sein.
»Wo ist Ihre Kollegin?«, fragte Berger mit hochgezogenen Brauen und sah auf die Uhr, die zwanzig nach fünf zeigte.
»Auf dem Weg nach Hause, sie ist total übermüdet. Hat sich ja auch mal wieder die Nacht für den Job um die Ohren geschlagen«, nahm er Julia in Schutz.

»Sie hätte doch trotzdem wenigstens für ein paar Minuten mit hochkommen können«, meinte Berger leicht ungehalten. »Gerade in der jetzigen Situation …«
»Ich hab sie heimgeschickt«, wurde er von Hellmer unterbrochen. »Außerdem hätte sie auch nichts anderes sagen können als ich.«
»Dann schießen Sie mal los«, sagte Berger knapp.
Hellmer schilderte detailliert den Besuch in der Rechtsmedizin, ließ jedoch aus, was Andrea Sievers ihm und Julia Durant unter dem Siegel der Verschwiegenheit erzählt hatte. Anschließend berichtete er von Pfarrer Hüsken: »Die Fahrt zu dem Pfarrer hätten wir uns auch sparen können, der hat die Uhlig als eine Art Mutter Teresa aus Griesheim geschildert. Seit er dort Pfarrer ist und wohl auch schon davor, bringt sie sich wie kein anderer in die Gemeinde ein. Ein einziges Loblied. Aber viel konnte oder wollte er uns über ihr Privatleben nicht sagen, im Grunde gar nichts.«
»Welchen Eindruck hatten Sie von dem Pfarrer?«, wollte Berger wissen. »Wie hat er auf Sie gewirkt?«
»Schwer zu sagen«, entgegnete Hellmer schulterzuckend. »Sie wissen doch selbst, wie das mit den Schwarzkutten ist, die lassen sich nie hinter die Stirn blicken. Sagen nur das, womit sie sich nicht in die Bredouille bringen können. Ansonsten ist Schweigen oder Ausweichen angesagt. Jedenfalls scheint die Uhlig ein ganz besonderes Mitglied innerhalb der Gemeinde zu sein, so wie er sie über den grünen Klee gelobt hat. Na ja, sie hat überall ihre Finger drin, kein Wunder, dass da für einen Mann oder gar eine Familie kein Platz mehr ist. Sie hat ihre Arbeit und die Kirche. Ist zum Glück ihr und nicht mein Leben.«
»Wenn sie noch lebt«, bemerkte Kullmer trocken.
»Tut mir leid, bei mir liegen die Nerven blank. Noch kurz zu Jung. Bei ihm sieht es so aus, als ob der doch nicht in Urlaub gefahren ist, sondern es sich zu Hause gemütlich macht, zu-

mindest waren alle Rollläden oben und die meisten Fenster gekippt. Der residiert übrigens in einer sehr noblen Villa direkt am Schwanheimer Wald ... Ich hab zwar keine Ahnung, was ein Marketingchef in einem großen Verlag so verdient, aber bestimmt nicht so viel, dass er sich eine solche Hütte leisten kann.«
Kullmer meinte daraufhin nur lässig: »Du hast auch eine sehr noble Hütte, die du dir von deinem Bullengehalt nie leisten könntest. Es soll mehr Leute geben, die reich heiraten.«
»Mag schon sein, aber angeblich weiß der Jung viel über das Privatleben der Uhlig. Möglich, dass ich mich da verrenne, aber ich will nachher trotzdem noch mal dort vorbeifahren und sehen, ob ich jemanden antreffe.«
»Frank«, meldete sich Doris Seidel zu Wort, »es soll gerade unter den Reichen Leute geben, die während des Urlaubs das Haus rund um die Uhr bewachen lassen. Oder wie macht ihr das?«, fragte sie mit herausforderndem Blick.
»Wir haben die modernsten von der Polizei empfohlenen Sicherheitssysteme, und bisher hat Julia ab und zu nach dem Rechten geschaut«, antwortete er ruhig.
Berger lehnte sich zurück, verschränkte die Arme hinter dem Kopf und meinte nachdenklich: »Was will der Täter? Was ist seine Absicht?«
Er wurde sofort von Hellmer unterbrochen. »Für mich gibt es eine viel wichtigere Frage – warum hat er bis jetzt noch keinen Kontakt zu uns aufgenommen? Solange er nichts von sich hören lässt, treten wir auf der Stelle. Wo sollen wir suchen?«
»Wir kommen ihm näher«, bemerkte Kullmer lapidar.
»Ach ja«, konterte Hellmer sarkastisch, »weißt du etwa mehr als ich?«
»Noch nicht. Aber es ist nur eine Frage der Zeit, bis er Kontakt mit uns aufnimmt.«
Hellmer lachte auf, beugte sich nach vorn, die Hände gefal-

tet, bis die Knöchel weiß hervortraten, um mit einem Mal scharf und ernst zu entgegnen: »Dann erklär mir doch mal, warum er es seit Oktober, November, Dezember letzten Jahres nicht getan hat. Kein Brief, kein Telefonat, nichts, was er für uns an den bisherigen Tatorten hinterlassen hat, außer Leichen. Du musst doch zugeben, dass wir es noch nie mit einem derart abgebrühten Täter zu tun hatten. Serientäter haben immer ihre Visitenkarten hinterlassen, nur er bis jetzt nicht. Wenn Julia recht hat, wovon ich inzwischen überzeugt bin, dann sind die einzigen Hinweise zwei bestialisch ermordete Menschen, eine junge Frau, die mir mitten in der Nacht fast vors Auto gelaufen wäre, und zwei vermisste Frauen. Von der dritten, die sich offensichtlich abends beim Gang zur Mülltonne in Luft aufgelöst hat, wissen wir nicht, ob sie sein Opfer wurde. Sie ist oder war psychisch krank, hatte jahrelange Klinikaufenthalte hinter sich, ihr Verschwinden kann also auch einen anderen Hintergrund haben. Dennoch können wir nicht ausschließen, dass auch sie ihm in die Hände gefallen ist. Und wir können ebenfalls nicht ausschließen, dass er noch andere Frauen und Männer in seiner Gewalt hat oder sie bereits seine Opfer wurden, ohne dass wir es mitgekriegt haben. Wie viele Illegale leben allein in Frankfurt? Drei-, viertausend? Oder mehr? Ich habe die aktuellen Zahlen nicht im Kopf, wir können sie aber in der Statistik erfragen oder bei den Kollegen vom OK. Wenn von denen jemand verschwindet, sind wir die Letzten, die davon erfahren, denn illegal bedeutet auch anonym. Kein Hahn kräht nach ihnen, und keiner, der eine verschwundene illegale Person kennt, wird uns informieren …«
»Aber …«
»Lass mich bitte ausreden, ich bin gleich fertig. Habt ihr schon mal darüber nachgedacht, dass wir ihn vielleicht gar nicht interessieren? Er zieht knallhart sein Ding durch, Motiv unbekannt, aber er ist eiskalt. Ich halte mich normaler-

weise zurück, aber dieser Typ ist ein Monster, scheint nichts Menschliches zu haben. Ihm kommt es nicht auf das Spiel mit uns an, sondern auf das Spiel mit seinen Opfern, und das sieht so aus, dass er Menschen quälen und töten kann. Das allein ist sein Spiel. Und wenn er sich Gernot zum Vorbild genommen hat, wovon wir ausgehen müssen, dann verfügt er über Informationen, die wir selbst erst vor wenigen Stunden erhalten haben. Ich glaube erst, dass er mit uns spielt, wenn er uns kontaktiert. Keine Sekunde früher.«

»Darf ich jetzt?«, fragte Kullmer.

»Aber sicher doch.«

»Danke. Er wird Kontakt zu uns aufnehmen, beziehungsweise er hat es meiner Auffassung nach bereits getan. Ich stufe ihn als hochintelligent ein. Und ich stimme dir zu, die Slomka und die Uhlig sind nicht die Einzigen, die er in seiner Gewalt hat. Wenn wir alle ungeklärten Vermisstenfälle von Erwachsenen im Rhein-Main-Gebiet seit Oktober vergangenen Jahres zusammennehmen, kommen wir auf etwa dreißig. Eine stattliche Zahl, oder? Ich bin der festen Überzeugung, dass er uns bereits mehrere Signale geschickt hat, nur waren wir wahrscheinlich zu blöd oder zu einfallslos, sie als solche zu erkennen. Das ist wie mit dieser Raumsonde, die seit Jahren durchs All fliegt, mit Botschaften von den intelligentesten Menschen dieser Welt verfasst, aber bis jetzt hat sich kein Alien bei uns gemeldet. Oder die Aliens haben's versucht, aber entweder sind sie uns um Millionen von Jahren in der Entwicklung voraus und wir können ihre Meldungen nicht entschlüsseln, oder unsere Technologie ist auf einem derart niedrigen Stand, dass wir einfach nicht in der Lage sind, die Botschaften überhaupt zu lesen. Oder die Aliens befinden sich auf einer Entwicklungsstufe vergleichbar den Neandertalern. Irgendwie werde ich das Gefühl nicht los, dass es zwischen dem Täter und uns ähnlich abläuft.«

»Oh Mann, hatten wir das nicht erst vorhin? Ich hab jedenfalls erst Ruhe, wenn ich seine Spur sehe. Du musst schon zugeben, der Vergleich mit den Aliens hinkt gewaltig. Wir haben's hier mit einem Menschen zu tun und nicht mit einem Außerirdischen, der uns um Lichtjahre in der Entwicklung voraus ist. Ich bezweifle, dass ein Alien, das so viel weiter entwickelt ist, so eiskalt und monströs morden würde wie unser Mann ...«

Kullmer hob die Hand und unterbrach Hellmer: »He, Frank, ich habe lediglich einen Vergleich gezogen. Er hat uns kontaktiert, aber nicht wie unsere bisherigen Serienkiller, indem sie uns irgendwas schicken oder uns verhöhnen, nein, er geht wesentlich subtiler vor. Eiskalt, da stimme ich dir zu, monströs, da stimme ich dir bedingt zu, aber, und das musst du zugeben, in jedem Fall clever und gerissen. Und ich bleibe dabei, wir haben es mit dem vielleicht intelligentesten Killer zu tun, der jemals in Frankfurt sein Unwesen getrieben hat, nur haben wir seine Botschaft bisher nicht verstanden. Und weil wir ihn nicht verstehen, wird er sich mit Sicherheit schon bald etwas Neues einfallen lassen, damit wir Deppen, die wir in seinen Augen sind, ihn endlich begreifen. Deshalb bin ich davon überzeugt, dass er schon recht bald Kontakt mit uns aufnehmen wird.«

»Meine Herren, ich finde diese Diskussion sehr interessant und aufschlussreich und kann Ihre Gedankengänge gut nachvollziehen.« Berger beugte sich nach vorn, die Hände gefaltet. »Ich gebe Ihnen beiden recht. Nur können wir leider bis jetzt keine Ergebnisse vorweisen, und da ist Kollege Hellmer noch im Vorteil mit seiner Argumentation. Herr Kullmer, wenn Sie so überzeugt sind, dass wir es mit einem kongenialen Serienmörder zu tun haben, der uns mit seinem IQ um Welten überlegen ist, dann sollten Sie sich eine Strategie ausdenken, wie wir mit unserer Erfahrung dieses Defizit ausgleichen können. In Frau Seidel, die sich sehr dezent zurückgehalten hat, haben Sie ja eine gute Mitarbeiterin. Und Herr

Hellmer, ich würde nicht alles gleich in Frage stellen, was hier an Argumenten vorgebracht wird. Ich kann Ihre Wut und Ihren Zorn verstehen, nur geht es in allererster Linie darum, dass wir kooperieren. Das war die Stärke unserer Abteilung in den vergangenen Jahren, und ich möchte, dass das so bleibt. Wir sind ein eingespieltes Team, nur gewinne ich immer mehr den Eindruck, dass dieser Fall einige von uns überfordert, nicht nur in unserem kleinen Rahmen, sondern innerhalb der Soko insgesamt.«

»Wir kriegen doch am Montag tatkräftige Unterstützung«, sagte Hellmer mit leicht säuerlicher Miene.

»Richtig, und das ist auch gut so. Jemand, der unsere Abteilung nicht kennt und unvoreingenommen an die Sache herangeht, findet womöglich eher den Schlüssel zur Lösung des Falls. Leider, und dieses ›leider‹ bitte ich Sie eindringlich für sich zu behalten, steht uns Frau Durant in den nächsten vier Wochen nicht zur Verfügung. Ich hoffe, wir haben bis zu ihrer Rückkehr die Sache vom Tisch, wenn nicht, muss sie gleich wieder kräftig mit anpacken.«

»Chef«, mischte sich jetzt zum ersten Mal Doris Seidel ein, »Sie haben selbst gesehen, dass sie völlig ausgepowert ist. Sie wäre uns in ihrer jetzigen Verfassung keine Hilfe. Wir dürfen ihr unter gar keinen Umständen das Gefühl vermitteln, dass wir sie eigentlich doch ganz gut gebrauchen könnten. Wir alle hatten in den vergangenen Jahren unseren regelmäßigen Jahresurlaub, Julia nicht. Sie hat sich regelrecht aufgeopfert, und das kann auf Dauer nicht gutgehen. Wir verlieren sie sonst noch.«

»Korrekt«, pflichtete ihr Hellmer nickend bei und hielt den rechten Daumen hoch.

»Absolut«, stimmte auch Kullmer zu.

»Dann sind wir uns ja einig. Ich habe heute Mittag kurz mit Frau Durant unter vier Augen gesprochen und ihr sehr deutlich zu verstehen gegeben, dass ich sie vor dem dreiundzwan-

zigsten Juli nicht im Präsidium sehen will«, sagte Berger, lehnte sich wieder zurück und schaute auf seine Armbanduhr. »Da wir heute ohnehin nichts mehr ausrichten können, würde ich vorschlagen, machen wir uns auf den Heimweg.«
Hellmer sagte: »Ich werde gleich noch mal bei Jung vorbeifahren, liegt ja quasi auf meinem Heimweg. Entweder ist er zu Hause geblieben, oder jemand hütet sein Haus.«
»Und wenn? Glaubst du etwa, der Marketingchef des Verlags, in dem die Uhlig arbeitet, ist unser Mörder und Entführer? Er würde ja dann nicht nur für die Entführungen verantwortlich zeichnen, sondern auch für den Tod der Schweigert und die Morde an Weiß und Peters. Bisschen zu simpel, finde ich«, sagte Kullmer und schlug lässig die Beine übereinander. »Unser Mann ist viel cleverer, er würde nicht einen so dummen Anfängerfehler begehen und uns zu seinem Arbeitsplatz führen. Er ist definitiv nicht im direkten Umfeld der Uhlig zu suchen.«
»Aber angeblich kann er uns mehr über die Uhlig sagen als die meisten anderen. Merkwürdig nur, dass das der Neumann nicht schon eingefallen ist, als Julia und ich im Verlag waren.«
»Die Frau war wahrscheinlich total aufgeregt«, sagte Doris Seidel ruhig. »Mit Sicherheit sogar, sonst hätte sie Julia nicht am Abend angerufen.«
»Wird wohl so sein. Was hat eigentlich euer Besuch bei diesem Günter Schwarz ergeben?«, wollte Hellmer wissen.
»Wir haben ihn nicht angetroffen, auch auf unsere Anrufe hat er nicht reagiert. Wir versuchen's gleich noch mal.«
»Wo wohnt er?«
»Ginnheim.«
»Viel Erfolg.«
»Deinen Sarkasmus kannst du dir sparen«, sagte Kullmer und gab Hellmer einen kräftigen Klaps auf die Schulter. »Doris und ich sind seit sechs auf.«

»Na und, ist das vielleicht mein Problem?«, war die Antwort.
»Alles klar, ich mach mich vom Acker.« Hellmer erhob sich, nickte den anderen zu und meinte von der Tür aus: »Schönen Abend noch und eine hoffentlich ruhige Nacht. Ich hab zum Glück keine Bereitschaft«, fügte er grinsend mit Blick auf Kullmer und Seidel hinzu.
»Aber ab übermorgen wieder«, kam es wie aus einem Mund von beiden zurück.
»Ciao, ich bin dann mal weg.«

Mittwoch, 18.50 Uhr

Hellmer hatte auf der Fahrt zu Jung fortwährend über die Diskussion nachdenken müssen. In ihm war etwas erwacht, was er seit Jahren nicht mehr verspürt hatte – das Jagdfieber. Er hatte keine Ahnung, woher es auf einmal gekommen war, aber er spürte eine Unruhe in sich, die er schon fast vergessen geglaubt hatte. Er musste lange zurückdenken, wann dieser Jagdtrieb zuletzt bei ihm aufgetreten war, er meinte sich zu erinnern, dass es bei einem Fall vor mehr als sechs Jahren gewesen war, als er und seine Kollegen im Bereich des organisierten Verbrechens ermittelt und dabei in Abgründe geblickt hatten, die sie eigentlich nie sehen wollten.
Und hatte er den aktuellen Fall bislang als Routine gesehen, so war es plötzlich anders. Immer wieder musste er an Kullmers Worte denken, und je länger er darüber nachdachte, desto sicherer wurde er, dass sein Kollege und Freund in weiten Teilen recht hatte. Und er, Frank Hellmer, würde alles daransetzen herauszufinden, mit welchen verschlüsselten Botschaften der Täter bereits die Polizei kontaktiert hatte.
Um zehn Minuten vor neunzehn Uhr hielt er vor der Villa

von Jung. Die Rollläden waren nach wie vor oben, die Fenster gekippt, eines sogar ganz offen.

Er stieg aus und drückte mehrfach auf die Klingel, bis ein junger Mann von vielleicht sechzehn oder siebzehn Jahren aus der Haustür lugte.

»Ja, bitte?«, fragte er und trat etwas näher. Er war groß, Hellmer schätzte ihn auf eins fünfundachtzig, sehr schlank und sehr gut gebaut.

»Hellmer, Kriminalpolizei. Gehören Sie zur Familie Jung?«

»Ja, ich bin der Sohn«, antwortete der junge Mann, kam ans Tor und betrachtete kritisch den Ausweis, den Hellmer hochhielt.

»Ist Ihr Vater zu sprechen?«

»Nein, er und meine Mutter sind in Urlaub.«

»Und Sie sind allein zu Hause?«, fragte Hellmer mit gerunzelter Stirn.

»Nein, meine Schwester ist noch hier.«

»Das heißt, Sie passen auf das Haus auf«, konstatierte Hellmer.

»So ungefähr. Was wollen Sie von meinem Dad?«

»Hat sich eigentlich schon erledigt. Wo machen Ihre Eltern Urlaub, wenn die Frage gestattet ist?«

»Seychellen, Mauritius«, antwortete der junge Mann durch das hohe, massive Eisengitter.

»Und warum sind Sie nicht mitgeflogen?«

»Das war unsere Entscheidung«, war die knappe Antwort.

»Ist Ihre Schwester auch zu sprechen?«

»Hinten im Garten.«

»Dürfte ich mal reinkommen und ein paar Worte mit Ihnen beiden wechseln? Ich rede nicht gerne durch Eisengitter mit den Menschen, es sei denn, es lässt sich nicht vermeiden.«

»Von mir aus. Und Sie sind wirklich von der Polizei?«

»Natürlich, oder glauben Sie, den Ausweis oder die Dienstmarke kann man einfach so fälschen?«

Ohne etwas zu erwidern, öffnete der junge Mann das Tor und ließ Hellmer eintreten.
»Dürfte ich Ihren Namen erfahren?«
»Frederik.«
»Und wie alt sind Sie?«
»Siebzehn«, antwortete er kurz angebunden.
Sie gingen um das Haus herum, wo Frederiks Schwester sich in einem sehr knappen roten Bikini am Pool sonnte, die Augen geschlossen, die hellbraunen Haare zu einem Knoten gebunden. Eine junge Dame mit einer geradezu sündhaften Figur. War ihr Bruder schon ein ausgesprochen gutaussehender junger Mann, nach dem sich die Mädchen und sicher auch viele Frauen reihenweise umdrehten, so verhielt es sich mit seiner Schwester gewiss nicht anders. Wo immer sie auftaucht, scharen sich die Männer um sie, vermutete Hellmer.
»Lara, hier ist jemand von der Polizei«, sagte Frederik.
Sie wandte sofort ihren Kopf, hielt eine Hand so über die Augen, dass sie nicht von der Sonne geblendet wurde, und musterte Hellmer für einige Sekunden.
»Polizei? Wie mein Bruder Ihnen sicherlich bereits erklärt hat, sind unsere Eltern nicht da, sie …«
»Das ist alles schon geklärt«, wurde sie von ihrem Bruder unterbrochen. »Der Herr Kommissar hat wohl ein paar Fragen an uns.«
Lara setzte sich auf, Hellmer hatte Mühe, seinen Blick nicht zu lange auf ihrem Körper verweilen zu lassen. Bei ihr passte alles, das Gesicht, der Busen, die schlanke Taille, die langen Beine, die besonders zur Geltung kamen, als sie aufstand und mit wiegendem Schritt auf Hellmer zukam, als hätte sie es einstudiert. Oder dieser Gang war ihr wie so vieles in die Wiege gelegt worden.
»Fragen Sie, Herr …«
»Hellmer, Frank Hellmer.« Er fühlte sich mit einem Mal unsicher, ihr Blick klebte an ihm, schien ihn zu durchbohren,

als wolle sie erforschen, wie es in seinem Innern aussah. Dabei bildete sich ein spöttischer Zug um ihren Mund, als sie dicht vor ihm stehen blieb und er das Gefühl hatte, ihren Atem zu spüren. Sie war deutlich kleiner als ihr Bruder, höchstens ein Meter siebzig.
»Also, Herr Hellmer, was können wir für Sie tun?«, fragte sie und deutete auf einen Stuhl. »Frederik, hol dir doch bitte auch einen Stuhl, denn ich nehme an, der Herr Kommissar will uns beide befragen, wobei ich ernsthaft überlege, was es sein könnte. Es tut mir leid, Herr Hellmer, aber ich fühle mich manchmal etwas unsicher in Gegenwart der Justiz.«
»Das brauchen Sie nicht. Ich hab das zwar schon Ihren Bruder gefragt, aber mich würde interessieren, warum Ihre Eltern allein in Urlaub geflogen sind?«
»Ist das in diesem Land neuerdings verboten?«
»Nein, ich wollte mit Ihrem Vater sprechen und ihm ein paar Fragen stellen.«
»Tja, da werden Sie sich wohl noch dreieinhalb Wochen gedulden müssen. Und sie sind allein geflogen, weil Frederik und ich es vorgezogen haben, hierzubleiben und als Hüter des Hauses zu fungieren.«
»Und weil noch Schule ist«, fügte Hellmer hinzu.
Sie lachte kurz und trocken auf und schüttelte den Kopf: »Nein, wir sind bereits seit etwas über zwei Wochen hier. Frederik und ich studieren in den USA und …«
»Moment, damit ich das richtig verstehe, Sie und Ihr Bruder studieren?«, fragte Hellmer überrascht.
Lara lachte erneut auf und antwortete: »Herr Hellmer, Frederik und ich haben seit unserem siebten Lebensjahr eine spezielle Schule besucht und unseren Abschluss mit fünfzehn gemacht. Danach haben wir uns ein Jahr Auszeit genommen, und mit sechzehn ging es direkt auf die Uni. Wenn alles glattläuft, werden wir in spätestens zwei Jahren an unserer Promotion arbeiten.«

»Sind Sie so etwas wie Wunderkinder?«, fragte Hellmer mehr im Scherz, doch der Gesichtsausdruck von Lara und Frederik belehrte ihn schnell eines Besseren.

»Nein, wir sind nur etwas anders veranlagt oder genetisch different disponiert, falls Ihnen das lieber ist. Wir sind das, was man landläufig hochbegabt nennt, wobei ich diesen Begriff nicht sonderlich mag, er klingt so arrogant.«

»Moment, Sie sind beide hochbegabt?«, fragte Hellmer, dessen Erstaunen immer größer wurde. »Kommt das nicht sehr selten vor, dass in einer Familie gleich zwei …?«

»Natürlich. Aber man kann sich seinen IQ nicht aussuchen«, erwiderte Lara mit ernster Miene. »Genauso wenig wie seine Eltern. Hochbegabung, das kann ich Ihnen versichern, ist Segen und Fluch zugleich. Außerdem sind Frederik und ich Zwillinge.«

»Was meinen Sie damit?«

»Ganz einfach, Frederik und ich wurden am selben Tag gezeugt und am selben Tag in einem Abstand von wenigen Minuten geboren. Mädchen sind da meistens etwas schneller, weshalb ich mich die Ältere von uns beiden nennen darf, was aber nicht unbedingt etwas zu bedeuten hat.«

»Nein, das meinte ich nicht, sondern das mit Ihren Eltern und dem …«

»Segen und Fluch? Alles eine Frage des Blickwinkels. Von den einen, die mit einem durchschnittlichen IQ zur Welt gekommen sind, werden wir gemieden, von manchen sogar gehasst oder wie Aussätzige behandelt, mit denen, die mit uns auf einer Stufe stehen, stehen wir in einem ständigen Konkurrenzkampf. Jeder will beweisen, dass er oder sie besser ist. Glauben Sie mir, Frederik und ich haben einige erlebt, die mit diesem Druck nicht fertig wurden. Ein paar haben sich sogar umgebracht. Genie und Wahnsinn liegen eben dicht beieinander. Andererseits ist es auch ein Segen, sofern man mit der Gabe sorgfältig umgeht.«

»Ich kenne mich leider in dem Bereich überhaupt nicht aus …«
»Die wenigsten kennen sich damit aus, es würde auch die Vorstellungskraft der meisten Menschen übersteigen. Aber lassen Sie uns doch auf Ihr eigentliches Anliegen zurückkommen. Sie wollten etwas über unsere Eltern wissen. Darf ich Ihnen vorher etwas zu trinken anbieten? Einen Saft oder ein Wasser? Alkohol ist für Frederik und mich tabu, weshalb wir ihn auch unseren Gästen nicht anbieten, wobei uns nur sehr selten jemand besucht.«
»Danke, ich nehme ein Wasser.«
Lara wandte sich an Frederik, der sich einen Stuhl herangeholt hatte, und sagte: »Würdest du bitte für Herrn Hellmer ein Glas und eine Flasche Wasser holen?«
Ohne eine Erwiderung stand Frederik auf und ging ins Haus. Hellmer musste innerlich grinsen, es war deutlich zu spüren, dass Lara zuerst auf die Welt gekommen war, sie hatte das Sagen. Dennoch schien es nicht so, als würden sich die beiden nicht verstehen, im Gegenteil.
»Warten wir doch auf Frederik, ich möchte zu unseren Eltern nichts sagen, ohne dass er dabei ist.«
»Natürlich.«
Hellmer hatte das Wort kaum beendet, als Frederik mit dem Glas und der Flasche Wasser zurückkam. Er schenkte das Glas voll und stellte es wortlos auf den runden weißen Metalltisch. Anschließend nahm er neben seiner Schwester Platz.
»Ich möchte Herrn Hellmer unsere komplizierten Familienverhältnisse erklären, wenn du damit einverstanden bist.«
»Was sollte ich dagegen haben?«, erwiderte Frederik mit undurchdringlicher Miene, ohne Hellmer dabei aus den Augen zu lassen.
»Sie müssen das nicht …«
»Ich möchte es aber«, entgegnete sie energisch. »Wir sprechen normalerweise nicht darüber, Sie machen jedoch einen vertrauenswürdigen Eindruck. Um es kurz zu machen, un-

sere Mutter stammt aus einer sehr reichen Unternehmerdynastie und hat unseren Vater als unseren Erzeuger ausgewählt. Sie wollte unbedingt intelligente, gutaussehende Kinder und ist bei ihrer Suche bei unserem Vater gelandet. Sie sind beide sehr schöne Menschen, soweit ich das überhaupt objektiv zu beurteilen vermag, aber dass wir würden, wie wir sind, damit konnte keiner rechnen. Unsere Mutter war natürlich überaus stolz, ihren Traum und Willen erfüllt bekommen zu haben, unser Vater hingegen schien eher weniger erfreut, allerdings erst, als sich herausstellte, wie stark wir uns von der Masse abhoben. Er fühlt sich benachteiligt, weil er uns in vielen Bereichen nicht das Wasser reichen kann. Er ist neidisch auf uns, und erschwerend kommt hinzu, dass er auf das Geld unserer Mutter angewiesen ist. Er ist eigentlich ein Gefangener, macht aber gute Miene zum bösen Spiel. Und um Ihre nicht ausgesprochene Neugier zu befriedigen, warum wir ausgerechnet in Frankfurt wohnen …« Lara Jung schürzte die Lippen und sah Hellmer wieder mit diesem herausfordernden Blick an: »Wir sind wirklich nur zu Besuch hier, unsere Familie besitzt noch vierzehn weitere Häuser rund um den Globus verteilt …«

»Und warum sind Sie dann jetzt hier?«

»Weil unsere Eltern uns darum gebeten haben. Wir hätten auch woanders hinfahren können. Sie hätten einen Sicherheitsdienst für die Bewachung des Hauses beauftragen können oder dem Personal den Urlaub sperren, aber gut, wir wollten ihnen ausnahmsweise diesen kleinen Gefallen nicht abschlagen, auch wenn es hier recht langweilig ist. Dafür hat unsere Mutter uns auch eine großzügige Entschädigung versprochen. War's das?«

»Trotzdem verstehe ich nicht ganz, warum Ihre Eltern Sie gebeten haben, hierherzukommen, um dann selbst in Urlaub zu fahren.«

»Es gibt vieles, was in dieser Familie nicht zu verstehen ist.

Geben Sie sich einfach damit zufrieden, Frederik und ich haben es längst getan.«
»Schon gut, geht mich ja auch nichts an. Und Sie kommen die knapp vier Wochen ganz ohne Personal zurecht? Das ist ein ziemlich großes Haus.«
»Unsere Bedingung war, dass das Personal ebenfalls in Urlaub fährt, sonst wären wir nicht gekommen, obwohl wir auf eine Menge Geld hätten verzichten müssen.«
»Wie muss ich mir eine Hochbegabtenschule vorstellen?«
»Wir haben im Prinzip das gemacht, was andere Schüler auch machen, mit dem Unterschied, dass wir Schülern mit einem normalen IQ um ein Vielfaches voraus sind. Frederik beherrscht zum Beispiel sieben Sprachen und ist jetzt schon in allen restlichen Fächern auf dem Stand eines Einser-Studenten unmittelbar vor dem Examen.«
»Ach komm, du sprichst sogar acht Sprachen«, meldete sich jetzt erstmals Frederik zu Wort.
»Ich bin mehr der naturwissenschaftliche Typ. Und Frederik hat recht, ich spreche natürlich auch mehrere Sprachen und ... Was haben Ihre Fragen eigentlich mit Ihrem Besuch zu tun?«
»Nichts, es ist reines Interesse, da ich normalerweise von eher einfach gestrickten Personen umgeben bin. Wo wohnen Sie in den USA?«
»In einem Haus an der Ostküste, das unsere Mutter gekauft hat und in unmittelbarer Nähe zur Universität liegt. Wir haben dort selbstverständlich Personal, das uns jederzeit zur Verfügung steht.«
»Nur eine Frage noch: Kennen Sie eine Frau Uhlig?«
»Den Namen haben wir schon mal gehört, aber gesehen, nein«, antwortete Lara. »Sie arbeitet im Verlag, wenn ich mich recht entsinne.«
»Richtig. Dann hat Ihr Vater doch von ihr gesprochen ...«
»Nur nebenbei. Sie müssen wissen, wir sind die meiste Zeit

des Jahres in den USA und bekommen nur wenig von dem mit, was sich hier abspielt. Was ist mit Frau Uhlig?«

»Sie wird vermisst und ... Mehr darf ich Ihnen leider nicht sagen, und ich möchte Sie auch bitten, mit niemandem darüber zu sprechen.«

»Unsere Lippen sind versiegelt. Wissen Sie, wir sehen unseren Vater nur selten ...«

»Und Ihre Mutter?«

»Sie kommt uns regelmäßig besuchen und bleibt auch häufig länger. So, ich denke, jetzt kennen Sie unsere Familienverhältnisse zu Genüge. Unser Vater will so wenig wie möglich mit uns zu tun haben, und wir legen ebenfalls keinen gesteigerten Wert auf seine Gesellschaft. Wie ich schon sagte, man kann sich seine Eltern nicht aussuchen, in unserem Fall betrifft dies im Wesentlichen den Vater. Der direkte Kontakt zu ihm beschränkt sich auf – Frederik, hilf mir mal – wie viele Tage im Jahr? Fünf, sechs?«

»Kommt hin.«

»Aber in den USA haben Sie doch drei Monate Sommerferien und ...«

»Frederik und ich ziehen es vor, in einem der anderen Häuser zu wohnen, wenn Semesterferien sind. Es hat mit unserer familiären Situation zu tun. Auch das haben wir so entschieden.«

»Und jetzt sind Sie hier, und Ihre Eltern fahren für vier Wochen in Urlaub und lassen Sie allein.«

»Das war Frederiks und meine Entscheidung. Wir leben nun mal in höchst komplizierten Familienverhältnissen, die wir so ganz gewiss nicht gewollt haben. Und falls es Ihnen nichts ausmacht, wären wir jetzt gerne wieder allein. Kommen Sie wieder, wenn unsere Eltern aus dem Urlaub zurück sind. Frederik wird Sie bestimmt gerne zum Tor begleiten. Auf Wiedersehen, Herr Hellmer.«

»Wiedersehen. Und passen Sie gut auf sich auf. Wir haben im

Augenblick eine Verbrechensserie, die ganz Frankfurt in Atem hält. Niemand ist vor diesem Täter sicher. Ich meine das sehr ernst.«

»Was für eine Verbrechensserie?«, wollte Lara wissen, als hätte sie bisher nichts davon gehört.

»Ich darf Ihnen keine Details nennen, ich kann Ihnen nur raten, auf sich aufzupassen. Und falls irgendetwas ist, ich lasse Ihnen meine Karte hier.«

»Danke, aber was erhoffen Sie sich von uns, wenn ich fragen darf?«

»Sie sind in einem äußerst ungünstigen Moment nach Frankfurt gekommen. Ich hatte Sie nach Frau Uhlig gefragt, vielleicht fällt Ihnen ja doch etwas ein ...«

»Was ist mit ihr passiert?«, fragte Lara und nippte an ihrem Getränk.

»Das wissen wir selbst noch nicht. Wir können nur Vermutungen anstellen. Bitte, nehmen Sie meinen Rat ernst – vertrauen Sie niemandem, auch keinem, der Ihnen besonders freundlich gegenübertritt.«

»So wie Sie?«, fragte Lara und hatte wieder diesen spöttischen Zug um den Mund.

»So in etwa«, entgegnete Hellmer ernst. »Das Haus ist gut gesichert?«

»Wie ein Hochsicherheitsgefängnis. Alle unsere Häuser verfügen über die modernsten Sicherheitssysteme.«

»Ich sehe aber keine Kameras«, erwiderte Hellmer.

»Das ist der Vorteil der modernen Sicherheitssysteme – man sieht sie nicht, und sie sind doch da.«

»Gut. Ich verabschiede mich und wünsche Ihnen noch einen schönen Abend.«

»Gleichfalls. Frederik, begleitest du Herrn Hellmer bitte zum Tor?«

»Ach ja«, sagte Hellmer und drehte sich noch einmal um, »eine Frage interessiert mich doch noch – wie hoch ist Ihr IQ?«

Lara lächelte charmant, beinahe verlegen, was sie sehr sympathisch machte, und antwortete: »Meiner beträgt hundertfünfundsiebzig, Frederiks liegt gerade mal einen Punkt darunter. Und Ihrer? Oder kennen Sie ihn nicht?«
»Doch, ich hab ihn vor vielen Jahren in der Schule messen lassen, da lag er bei hundertdreiundvierzig.«
»Und da sind Sie ein normaler Kriminalbeamter geworden? Hundertdreiundvierzig ist weit über dem Durchschnitt, Hochbegabung fängt bei hundertdreißig an, falls Ihnen das nicht bekannt sein sollte. Wir haben eine ganze Reihe von Hochbegabten, die hundertdreißig, hundertfünfunddreißig und so weiter haben. Was ist passiert?«
Hellmer zuckte mit den Achseln und meinte: »Zu meiner Zeit hat man Hochbegabten noch nicht die Chancen eingeräumt wie heute.«
»Aber mit diesem IQ werden Sie die Verbrechen aufklären, Sie müssen nur an sich und Ihre Fähigkeiten glauben. Und das meine *ich* ernst. Lassen Sie sich nicht zu sehr von anderen beeinflussen, das ist nämlich das, was die wirklich Intelligenten aus der Bahn wirft. Im Gegensatz zu den meisten anderen sind wir hochsensibel, ohne dabei zu sehr unsere Gefühle zu zeigen. Gehen Sie Ihren Weg, so wurde es auch uns permanent in der Schule eingetrichtert. Darf ich fragen, wie alt Sie sind?«
»Dreiundvierzig.«
»Ich hätte Sie jünger geschätzt. Aber gut, in dem Alter haben Sie laut wissenschaftlicher Auffassung noch nichts von Ihrem IQ eingebüßt, es sei denn, Sie umgeben sich nur mit Trash oder haben es verlernt, ihr Gehirn zu trainieren, oder sind auf Drogen oder ein notorischer Säufer. Ich bin fast sicher, dass Sie unterfordert sind und längst noch nicht Ihre Grenzen ausgelotet haben, und schon gar nicht die Kapazität Ihres Gehirns.«
»Wie kommen Sie darauf?«

»Beobachtung. Sie können bestimmt weit mehr, als man Ihnen zutraut oder Sie sich selbst zutrauen, Sie müssen nur aus Ihrer Ecke herauskommen. Spielen Sie Schach?«

Bei jeder anderen Siebzehnjährigen hätte Hellmer sich über die Reife gewundert, nicht aber bei Lara Jung, die eine Souveränität und ein Charisma ausstrahlte, wie er es noch nie bei einer so jungen Frau erlebt hatte. Und die ganze Zeit über verließ ihn nicht das Gefühl, als könnte sie in ihn hineinsehen.

»Schon, aber ich hatte nie die Zeit und auch keinen Partner …«

»Kommen Sie vorbei, wenn Sie mal eine Stunde Zeit haben, Frederik oder ich spielen gerne eine Partie mit Ihnen. Sie sollten sich allmählich daran gewöhnen, nicht zu den *normalen* Menschen zu gehören, und zwar bevor es zu spät ist. Wir helfen Ihnen, soweit uns das möglich ist und sofern Sie das überhaupt möchten. Das würde zumindest unseren Urlaub hier etwas abwechslungsreicher gestalten.«

»Einverstanden, das Angebot nehme ich gerne an. Ich kann meistens um diese Zeit oder auch etwas später.«

»Kein Problem, wir sind noch dreieinhalb Wochen hier, danach finden Sie uns in den USA. Bis bald.«

»Bis bald.«

Das ist irre, dachte Hellmer, als er wieder im Auto saß, absolut irre. So etwas hab ich noch nie erlebt, zwei hochbegabte Kinder in einem Haushalt. Aber wie konnte mich Lara so genau analysieren? Es war in jedem Fall ein ausgesprochen seltsamer Besuch. Aber sie hat recht, ich habe mich in den vergangenen Jahren viel zu sehr von anderen beeinflussen lassen – Julia, Nadine und all die anderen. Ich habe immer nur funktioniert, so wie es mir schon zu Hause beigebracht wurde. Nicht aufmucken, zu allem ja und amen sagen … Scheiße! Ich habe mindestens die Hälfte meines Lebens verschenkt. Aber das wird sich ändern, ich werde mich ändern.

Ihr werdet euch alle noch über euren kleinen dummen Frank Hellmer wundern.

Mittwoch, 19.00 Uhr

Johann Jung klingelte pünktlich an der Praxis von Alina Cornelius, sie machte ihm die Tür auf und ließ ihn eintreten. Er duftete wieder nach einem unaufdringlichen und doch außergewöhnlichen Eau de Toilette, das wie für ihn kreiert war.
»Hallo, Herr Jung«, begrüßte sie ihn und reichte ihm die Hand.
»Hallo«, erwiderte er mit einem freundlichen Lächeln und nahm die Hand, ohne sie zu fest zu drücken. Er wirkte im Gegensatz zum Montag regelrecht aufgekratzt.
Sie begaben sich in das Behandlungszimmer, Alina Cornelius ließ die Tür offen, außer ihnen befand sich niemand in der Praxis.
»Wie geht es Ihnen heute?«, war ihre erste Frage, während sie sich setzten.
»Danke, es geht mir gut. Ich habe mich an Ihren Rat gehalten und das empfohlene Antidepressivum besorgt. Ich habe auch seit Montag keinen Tropfen Alkohol mehr angerührt.«
»Das freut mich zu hören. Aber eigentlich können die Tabletten noch gar nicht wirken, es dauert etwa zehn bis vierzehn Tage, bis die volle Wirkung eintritt«, wandte Alina Cornelius ein.
»Nein, ich glaube, es sind auch nicht die Tabletten, sondern die Tatsache, dass meine Frau sich gemeldet hat. Sie hat mich am Montagabend angerufen, und wir haben uns gestern getroffen. Sie können sich gar nicht vorstellen, wie erleichtert ich bin. Da bin ich bei Ihnen und jammere Ihnen die Ohren voll, dann fahre ich nach Hause, und kaum angekommen,

klingelt auch schon das Telefon, und Diana ist dran. Sie können sich nicht vorstellen, was für ein Gefühl das war, ihre Stimme zu hören.«

»Doch, ich denke, ich kann es. Und was ist mit Ihren Angstzuständen und Depressionen?«

»Im Moment wie weggeblasen. Wir haben uns gestern ausgesprochen und ...« Er wandte den Kopf zur Seite und wischte sich verstohlen ein paar Tränen aus den Augen. »Entschuldigung, ich bin nur etwas durcheinander. Wir haben ein paar Missverständnisse aus der Welt geräumt. Sie hat keinen anderen, sie brauchte nur eine Auszeit ...«

»Wenn ich Sie unterbrechen darf, aber haben Sie Ihrer Frau Vorwürfe gemacht?«

»Nein, nicht ein Wort. Ich brauche sie, die Kinder brauchen sie, ohne sie ist das Haus leer. Jeden Morgen und jeden Abend haben sie gefragt, wann Mama wiederkommt, und ich musste ihnen ständig Lügen erzählen. Aber das ist jetzt vorbei. Mir ist gestern bei unserem Gespräch so richtig klar geworden, was für ein egoistischer Idiot ich all die Jahre über gewesen bin. Ich habe immer nur an mich gedacht und dabei übersehen, dass Diana schon seit langem nur noch still gelitten hat. Ich habe in den vergangenen Jahren zu viel gearbeitet, und sie fühlte sich in jeder Beziehung vernachlässigt. Sie hat aber beteuert, dass sie mich nie aufgehört hat zu lieben und auch die Kinder über alles liebt.«

Er machte eine Pause, stand auf und ging zum Fenster und sah hinaus.

»Wo ist sie jetzt?«

»Wieder zu Hause. Sie hat mir versichert, dass sie keinen Liebhaber hatte oder hat, sie wollte auch nie aus der Ehe ausbrechen. Und ich habe ihr versprochen, mich in Zukunft mehr um sie zu kümmern und weniger zu arbeiten. Die Familie ist für mich das Wichtigste, ich kann mir ein Leben ohne meine Frau und die Kinder nicht vorstellen.«

»Wo war Ihre Frau?«
»In einem Hotel an der Nordsee. Sie sagte, sie musste viele Dinge überdenken und zu sich finden. Natürlich hat sie auch mit dem Gedanken gespielt, sich von mir zu trennen, aber ... Ich bin einfach nur froh, sie wieder bei mir zu haben.«
»Und Ihre Angstzustände und Depressionen?«
»Die hingen doch mit dem Verschwinden meiner Frau zusammen«, betonte Jung. »Es gibt keine Angstzustände und Depressionen mehr. Sie ist der Sonnenschein und das Licht, das ich brauche, nur ist mir das erst jetzt bewusst geworden. Ich danke Ihnen für Ihre Hilfe.«
»Ich habe bis jetzt nichts getan«, entgegnete Alina Cornelius. »Es waren ja eigentlich noch einige Sitzungen geplant.«
»Falls es um das Geld geht, vergessen Sie es«, sagte Jung lachend und setzte sich wieder. »Ich bin froh, dass ich zu Ihnen gekommen bin und mit Ihnen sprechen durfte. Danke für alles.«
»Sie brauchen mir nicht zu danken, es hat sich zum Glück alles von selbst geregelt. Ich wünsche Ihnen für die Zukunft alles Gute. Und gehen Sie auf die Bedürfnisse Ihrer Frau ein, sprechen Sie miteinander, auch wenn es hin und wieder nicht leicht ist, aber Schweigen kann tödlich sein für eine Beziehung.«
»Ich fahre dann jetzt nach Hause, denn ich möchte meine Frau und die Kinder nicht zu lange warten lassen. Vielleicht sehen wir uns ja irgendwann mal wieder«, sagte er und stand auf.
»Sie wissen ja, wie Sie mich erreichen können«, sagte Alina Cornelius und begleitete Jung zur Tür. Dort fragte sie: »Eins würde mich aber interessieren: Warum haben Sie sich das Antidepressivum verschreiben lassen ...«
Er zuckte die Schultern. »Keine Ahnung. Meine Frau ist ab sofort mein Antidepressivum. Tschüs und vielleicht bis bald.«

»Tschüs.«
Alina Cornelius schloss die Tür hinter Jung und machte ein nachdenkliches Gesicht, als sie zurück ins Behandlungszimmer ging. Irgendetwas irritierte sie, ohne dass sie zu sagen vermocht hätte, was es war. Sie schenkte sich eine Tasse Tee ein und trank in langsamen Schlucken. Na ja, dachte sie, das Leben ist manchmal schon verrückt.
Sie räumte ihren Schreibtisch auf, machte das Notebook aus und ließ die Rollläden herunter, prüfte, ob die Fenster nicht nur zu, sondern auch abgeschlossen waren, und verließ die Praxis. Um Viertel vor acht stieg sie in ihren Wagen und fuhr vom Hof. Sie überlegte, ob sie essen gehen sollte, entschied sich aber dagegen. Ich lass mir was kommen, dachte sie und drehte die Musik lauter. Sie brauchte das jetzt, wie so oft nach einem langen und anstrengenden Tag voller Sitzungen. Besonders wegen einer Patientin machte sie sich Sorgen, vermutete sie doch, dass diese noch junge Frau entweder schizophren war oder unter dem Borderline-Syndrom litt. Sie war heute erst zum zweiten Mal in ihrer Praxis gewesen, es könnte jedoch sein, dass sie schon bald durch ihren Hausarzt oder einen Psychiater in eine Klinik eingewiesen werden müsste. Erst wollte Alina Cornelius Gewissheit haben, dass die junge Frau von ihr nicht therapiert werden konnte.
Eine halbe Stunde nach Verlassen der Praxis erreichte sie ihre Wohnung in Eschersheim. Sie war müde und erschöpft, und ihre Beine schmerzten, obwohl sie die meiste Zeit über gesessen hatte.
In ihrer Wohnung rief sie als Erstes bei dem Thai-Restaurant an, von dem sie des Öfteren beliefert wurde, gab die Bestellung auf, streifte ihre Kleidung ab, machte sich frisch und zog sich anschließend etwas Bequemes an. Das Essen kam eine halbe Stunde nach der Bestellung. Nach ein paar Happen stellte sie es zur Seite, lehnte sich zurück und schlief fast augenblicklich ein.

Mittwoch, 19.05 Uhr

Kullmer und Seidel standen vor dem großzügigen Bungalow mit großem Garten, umgeben von einer zwei Meter hohen, blickdichten Eibenhecke und einem Eisentor, das sich unmittelbar neben dem Haus befand. Anders als bei ihrem ersten Besuch vor gut drei Stunden parkte diesmal ein silberfarbener Mercedes 500 vor der Garage.

Kullmer klingelte, kurz darauf meldete sich eine männliche Stimme aus dem Lautsprecher.

»Ja, bitte?«

»Herr Schwarz?«

»Ja?«

Kullmer hielt seinen Ausweis hoch und sagte: »Kullmer und meine Kollegin Frau Seidel. Kripo Frankfurt.«

»Und?«

»Wir würden Ihnen gerne ein paar Fragen stellen, aber nicht durch die Sprechanlage. Wenn Sie bitte so freundlich wären.«

»Ich komm raus.«

»Wo hat dieser Typ die Kohle her, wenn er nur ein mittelmäßiger Schreiberling ist?«, flüsterte Kullmer.

Seidel hatte nicht mehr die Möglichkeit zu antworten, die Haustür wurde geöffnet, ein großgewachsener, schlanker Mann kam zum Tor und ließ sich die Ausweise zeigen.

»Was für eine Ehre. Die Polizei zu Gast in meiner bescheidenen Hütte. Bitte treten Sie ein«, sagte Schwarz und wartete, bis die Beamten im Flur standen. »Wenn Sie mir bitte folgen wollen.«

Sie kamen in einen etwa sechzig Quadratmeter großen Wohnraum mit einer rotbraunen Ledergarnitur, Parkettboden, riesigen Fenstern und einer hohen Terrassentür, ein paar Pflanzen als Dekoration auf den Fensterbänken, einer exklusiven Hi-Fi-Anlage und einem riesigen Plasmafernseher, unverkennbar der Mittelpunkt des Raumes.

»Nehmen Sie doch Platz. Darf ich Ihnen etwas zu trinken anbieten?«

»Nein danke, wir möchten gleich zur Sache kommen. Wenn Sie sich bitte auch setzen würden«, sagte Kullmer mit einem Tonfall, der keinen Widerspruch zuließ.

»Das klingt ja sehr geheimnisvoll, wie in einem echten Krimi. Was hab ich denn verbrochen?«, fragte er mit einem Lachen, das ein wenig gequält wirkte. Er spielte nervös mit den Fingern, als hätte er ein schlechtes Gewissen.

»Es geht um Frau Uhlig«, sagte Seidel und sah Schwarz durchdringend an, der ihrem Blick nicht standhielt.

»Ach, die leidige Geschichte. Hören Sie, ich habe mich bei ihr persönlich entschuldigt und …«

»Sie haben sie in Stalkermanier verfolgt und …«

»Ich sagte doch bereits, ich habe mich bei ihr entschuldigt und seitdem keinen Kontakt mehr zu ihr gehabt. Das wird sie Ihnen bestätigen können. Ich habe ihr als Entschuldigung einen exklusiven Strauß Blumen geschickt und eine Karte beigelegt. Himmel noch mal, fragen Sie sie doch!«, echauffierte sich Schwarz mit einem Mal, wich aber weiterhin den Blicken der Beamten aus. Er neigt zu Jähzorn, dachte Seidel, die ihn ab sofort noch genauer beobachten wollte.

»Das würden wir gerne, aber leider geht das im Moment nicht«, sagte Kullmer. »Wo waren Sie in der Nacht von Montag auf Dienstag zwischen Mitternacht und zwei Uhr?«

»Was soll diese Frage? Ich war hier.«

»Zeugen?«

»Nein, ich war allein, oder sehen Sie außer mir noch jemanden hier? Ich war in meinem Arbeitszimmer und habe an meinem neuen Roman geschrieben. Ich bin etwas unter Druck, der Abgabetermin ist Mitte Juli.«

»Wieso haben Sie Frau Uhlig belästigt?«, fragte Seidel weiter.

»Mein Gott, ich steh auf sie, das ist alles. Sie ist nun mal eine

attraktive Frau. Aber sie hat mich abblitzen lassen, und dann hat sie mir gedroht und …«
»Wie hat sie Ihnen gedroht?«
»Mit meinem Verleger Dr. Hofstetter und der Polizei. Da wusste ich, dass ich keine Chance habe. Das war's auch schon.«
»Sie hat Ihnen wirklich mit Dr. Hofstetter gedroht?«, fragte Kullmer zweifelnd.
»Worauf wollen Sie hinaus?«, fragte Schwarz, der zunehmend nervöser wurde, es schien, als wollte er gleich aufspringen und davonrennen.
»Zum Beispiel darauf, dass Sie ein äußerst gutes Verhältnis zu Ihrem Verleger haben und er Sie protegiert, wo er nur kann.«
»Na und? Ist das vielleicht ein Verbrechen? Warum sind Sie wirklich hier?«
»Noch mal – wo waren Sie in der Nacht von Montag auf Dienstag zwischen Mitternacht und zwei Uhr morgens?«
»Hier, verdammt noch mal! Wollen Sie's schriftlich? Bitte, ich kann es Ihnen auch aufschreiben. Und nein, ich habe keine Zeugen, weil ich allein lebe und …«
»Sie haben also noch nicht davon gehört, dass Frau Uhlig seit jener Nacht wie vom Erdboden verschluckt ist? Nein?«, fragte Kullmer scharf, dem Schwarz von Minute zu Minute unsympathischer wurde.
»Was? Franziska, äh, ich meine Frau Uhlig ist verschwunden?«
»Tja, und Sie hatten natürlich bis eben keine Ahnung davon. Dürfen meine Kollegin und ich uns mal ein bisschen umschauen?«
»Warum? Was versprechen Sie sich davon? Glauben Sie villeicht, ich hab sie hier versteckt?«
»Wir können natürlich auch gerne mit einem Durchsuchungsbeschluss wiederkommen, was allerdings mit einigen Unannehmlichkeiten für Sie verbunden wäre. Zum Beispiel mit der Beschlagnahme Ihres PCs, was wiederum hieße, dass Sie den Abgabetermin Ihres Romans mit Sicherheit nicht

einhalten könnten, Sie wissen ja, manchmal wird die falsche Taste gedrückt, und mit einem Mal ist alles gelöscht«, sagte Kullmer mit gespieltem Bedauern.
»Ich habe noch ein Notebook.«
»Wir würden alles mitnehmen, was auch nur annähernd mit Computern zu tun hat, verlassen Sie sich drauf. Also, wie sieht's aus? Entweder jetzt, oder ich lasse eine ganze Mannschaft antanzen, was natürlich für die Nachbarn ein gefundenes Fressen wäre, als Schriftsteller sollten Ihnen ja die menschlichen Eigenarten bekannt sein. Erst werden sie hinter den Fenstern stehen, und dann werden sie sich die Mäuler zerreißen. Glauben Sie mir, uns ist nichts fremd.«
»Hören Sie, ich habe mit dem Verschwinden von Frau Uhlig nichts, aber auch rein gar nichts zu tun, das müssen Sie mir glauben«, sagte Schwarz mit Schweißperlen auf der Stirn.
»Ich muss überhaupt nichts, für mich zählen einzig und allein Fakten. Ich gebe Ihnen noch genau eine Minute.«
Schwarz atmete schnell, bis er schließlich nachgab: »Also gut, tun Sie, was Sie nicht lassen können.«
»Wo ist Ihr Arbeitszimmer?«, fragte Kullmer.
»Was wollen Sie in meinem Arbeitszimmer? Ich denke, Sie suchen nach Frau Uhlig?«
»Als Erstes würden wir gerne einen Blick in Ihren Computer werfen.«
»Kommen Sie mit«, stieß Schwarz hervor und führte die Beamten zu einem großen Zimmer. »Hier, bitte, mein PC, er ist an, ich war gerade am Schreiben, als Sie geklingelt haben.«
»Danke. Wenn Sie bitte hierbleiben würden«, sagte Kullmer, setzte sich vor den Monitor und las ein paar Zeilen des Romanmanuskripts, während Seidel sich im Zimmer umsah und Schwarz sich an die Tür lehnte und mit der rechten Fußspitze nervös auf den Boden trommelte.
»Was ist das für ein Roman?«, fragte er.
»Ein ganz normaler Kriminalroman. Nichts Weltbewegendes.«

»Woher nehmen Sie die Ideen?«
»Entweder man hat Phantasie oder nicht.«
»Da haben Sie auch wieder recht. *Der Knoten,* Arbeitstitel. Was ist mit dem Knoten gemeint?«
»Hat was mit der Handlung zu tun. Ich musste mir einen Arbeitstitel ausdenken und ...«
Kullmer drehte sich mit dem Stuhl um neunzig Grad und warf einen Blick auf die Notizen. Er runzelte die Stirn und sagte: »Was hat Sie auf die Idee zu dem Roman gebracht?«
»Ähm«, Schwarz kratzte sich am Kopf, »ich sagte doch schon, dass es mit Phantasie zu tun hat und ...«
»Aha.« Kullmer sprang auf, packte Schwarz am Hemdkragen und zog ihn dicht zu sich heran, bis Schwarz seinen Atem im Gesicht spürte. »Das kleine bisschen, das ich eben gelesen habe, hat für mich recht wenig mit Phantasie zu tun. Wo sind die Vorlagen zu dem Roman?«
»Ich weiß nicht, wovon Sie sprechen«, stammelte Schwarz.
»Oh, ich denke, das wissen Sie sehr genau. Also?«
»Lassen Sie mich los, oder ich rufe meinen Anwalt an!«, zischte Schwarz mit einem Mal kalt, während in seinen Augen ein gefährliches Feuer loderte.
»Autsch, da wird uns doch tatsächlich gleich mit einem Anwalt gedroht ...«
»Sie dürfen mich nicht anrühren, das ist in Deutschland verboten«, sagte er mit einer Ruhe, die in drastischem Gegensatz zu seiner eben noch gezeigten Nervosität stand. »Ich erinnere nur an Gäfgen und Daschner.«
»Oh, oh, oh, da werden ja gleich die ganz schweren Geschütze aufgefahren. Wollen Sie uns ernsthaft drohen? Doris, siehst du hier irgendwelche Zeugen? Ich nicht. Sie, Herr Schwarz?«
»Sie können mich mal.«
»Ganz sicher nicht. Ihnen ist doch wohl klar, dass wir Sie jederzeit mit aufs Präsidium nehmen und Ihnen einige sehr un-

angenehme Fragen stellen können. Capito?«, erwiderte Kullmer und stieß Schwarz mit einem leichten Schubs von sich. Seidel blätterte in den Unterlagen auf dem Tisch und meinte, ohne Schwarz anzusehen: »Mein Kollege hat Sie was gefragt.«
»Was denn?«
»Ob Sie das verstanden haben.«
»Ja, ja, ja!«
»Dann ist ja gut«, sagte Seidel gelassen. »War nur 'n kleiner Scherz. Wir sind gleich weg, und Sie können weiter an Ihrem Roman schreiben. Wir wollen doch alle keinen Ärger haben, oder?«
»Den werden Sie aber kriegen, weil …«
»Weil was?«, fragte Seidel und setzte sich auf die Tischkante. »Haben Sie vielleicht doch Zeugen? Etwa die gleichen wie für die Nacht von Montag auf Dienstag?«
»Hauen Sie ab und lassen Sie sich nie wieder hier blicken.«
»Wir sind schon weg«, entgegnete sie. »Wenn Sie uns bitte zur Tür begleiten würden.«
»Wieso das denn? Es ist ja wohl nicht so schwer, den Weg alleine raus zu finden.«
»Nein, aber wir werden Ihr Büro versiegeln und mit einem Durchsuchungsbeschluss wiederkommen«, sagte Seidel mit einem süffisanten Lächeln.
»He, halt mal, was soll das? Erst erlaube ich Ihnen, bei mir rumzuschnüffeln, weil ich keine Horde von Bullen im Haus haben will, und dann wollen Sie mir auf einmal doch die Meute auf den Hals hetzen. Was soll der Scheiß?«
Seidel sah kurz zu Kullmer, der ihr ein Zeichen gab, das nur sie verstand. »Alles klar. Woher stammt die Idee zu Ihrem Buch? Und keine Ausflüchte mehr, sonst steht die Meute in spätestens zwei Stunden auf der Matte, und ich schwöre Ihnen, es wird Tage, wenn nicht gar Wochen dauern, bis Sie Ihren ganzen Kram wiederhaben, es kann natürlich auch sein, dass wir einiges einbehalten. Dann werden Sie Ihr leer-

geräumtes Büro nicht mehr wiedererkennen. Und der Rest des Hauses wird aussehen, als wäre im wahrsten Sinn des Wortes eine Horde wild gewordener Bullen durchgetrampelt. Haben wir uns verstanden?«

Schwarz schluckte und strich sich fahrig mit einer Hand über den Dreitagebart.

»Also gut. Der Roman basiert auf einer Mordserie, die sich in Frankfurt in den Siebzigerjahren zugetragen hat. Eines schönen Tages steckte der Umschlag in meinem Briefkasten. Ich weiß nicht, wer mir das geschickt hat, ich weiß nicht, warum, ich weiß nur, dass das ein ganz heißer Stoff ist, mit dem ich endlich in die Bestsellerlisten kommen kann.«

»Wo haben Sie das Material?«

»Im Schreibtisch im linken Fach.«

Kullmer zog eine gut zwanzig Zentimeter dicke schwere Aktenmappe aus dem Fach, legte sie auf den Tisch, schlug sie auf und nickte ein paarmal, während er ein paar Zeilen überflog, die er bereits am Vormittag gelesen hatte. Schließlich winkte er Seidel zu sich und flüsterte ihr ins Ohr: »Das ist mindestens das Fünfzigfache von dem, was wir vom Archiv bekommen haben. Schlag mich tot, aber meiner Ansicht nach ist das der komplette Vorgang von A bis Z. Oder was meinst du?«

»Schon möglich.« Seidel wandte sich um und sagte mit einem charmanten Lächeln: »Herr Schwarz, wie groß ist Ihr Briefkastenschlitz?«

Schwarz schwitzte nach der Frage noch mehr, Perlen liefen über sein Gesicht und tropften auf das weiße Hemd, unter den Achseln hatten sich großflächige Schweißflecken gebildet. Er zuckte nur die Schultern.

»Keine Antwort ist auch eine Antwort. Ich habe noch nie einen Briefkastenschlitz gesehen, durch den ein so fetter Ordner passt. Warum lügen Sie in einer Tour? Also, woher haben Sie das Material?«, fragte Seidel mit sanfter Stimme,

deren gefährlicher Unterton jedoch nicht mehr zu überhören war.
»Mein Gott, Sie machen mich ganz nervös. Also gut, wenn Sie's unbedingt wissen wollen: Eines Tages kam ein Kurier und hat es mir gebracht. Zufrieden?«
»Soso, jetzt war's also auf einmal ein Kurier. Was für ein Kurier?«
»Keine Ahnung, ich hab nicht auf seine Uniform geachtet. Das ist die Wahrheit, ich schwöre es!«
»Und wann kam dieser ominöse Kurier?«
»Ende November, Anfang Dezember, genau hab ich's nicht mehr im Kopf.«
»Können Sie sich wenigstens noch erinnern, wie der Kurier aussah?«
»Nein, es war Abend und dunkel und ... Ich weiß es nicht, verdammt noch mal! Es war schließlich Winter!«
»Können Sie sich sonst an irgendwas an jenem ominösen Abend erinnern, zum Beispiel die Stimme des Kuriers? Kam sie Ihnen bekannt vor?«
Schwarz überlegte und meinte nach einer Weile: »Kann schon sein, jetzt, wo Sie's sagen. Die Stimme kannte ich von irgendwoher, aber ...«
»Hören Sie auf, einen solchen Schmarrn zu erzählen, gar nichts wissen Sie mehr, Sie wollen uns nur ein Märchen auftischen, damit wir Ruhe geben. Wo waren Sie in der Nacht vom vergangenen Donnerstag auf Freitag, von Mitternacht bis zwei Uhr?«
»Mein Gott, woher soll ich das wissen? Wissen Sie vielleicht noch, wo Sie vergangenen Donnerstag oder Freitag waren?«
»Sehr genau sogar, ist ja erst ein paar Tage her. Also, wo waren Sie?«, fragte Seidel kalt. »Und überlegen Sie gut, ich erwarte eine lückenlose Aufstellung.«
»Geben Sie mir einen Moment Zeit. Am Donnerstagvormittag war ich im Verlag und anschließend mit Hofstetter

essen, am Nachmittag war ich im Nordwestzentrum und am Abend … Oh, natürlich, ich war hier, denn ich hatte erbärmliche Kopfschmerzen und bin früh zu Bett gegangen, ich hab's schon seit dem Nachmittag kaum noch ausgehalten, diese unerträglichen Stiche in der linken Schläfe, ich hatte wieder mal einen meiner Migräneanfälle. Ich war so gegen fünf wieder hier, fünf, vielleicht auch halb sechs, so um den Dreh. Ich hab mich jedenfalls unverzüglich ins Bett gelegt, obwohl ich kaum ein Auge zumachen konnte, weil diese Migräne mich fast wahnsinnig machte.«

»Also kein Alibi. Herr Schwarz«, sagte Seidel mit gespielt bedauerndem Blick, »wir müssen Sie leider bitten, uns aufs Präsidium zu begleiten, es gibt einige Fragen, die wir gerne von Ihnen beantwortet hätten.«

»Heißt das, ich bin verhaftet? Ich sagte Ihnen doch, ich hatte Migräne!«

»Kann aber keiner bezeugen, oder? Und machen Sie sich keine Sorgen, so schnell schießen wir nun auch wieder nicht, vorläufig geht es nur um eine Befragung. Sie haben doch nichts dagegen, oder?«

»Ohne meinen Anwalt sag ich nichts.«

»Schon recht, ich kenne die Werbung auch. Also?«

»Sind Sie immer so witzig? Nur mit meinem Anwalt.«

»Nein, erst mal nur mit uns, Sie sind ja nicht verhaftet. Sie können Ihren Anwalt vom Präsidium aus anrufen, falls Ihnen unsere Fragen zu unangenehm werden. Kleine Frage am Rande: Wie können Sie sich als kleiner, unbekannter Autor bloß so ein Luxusdomizil leisten? Haben Sie geerbt?«

»Das geht Sie einen feuchten Dreck an!«

»Weiß der Fiskus von Ihren Einnahmen?«

»Ja!«

»Sie brauchen nicht gleich so zu schreien. Gehen wir. Wir verzichten auf die Handschellen, damit die Nachbarn noch nichts zu reden haben. Wenn Sie mit uns kooperieren, sind

Sie vielleicht schon in ein paar Stunden wieder zu Hause. Sie wollen ja sicher so schnell wie möglich an Ihrem Tatsachenroman weiterschreiben.«

»Das ist Polizeiwillkür, ich wusste doch immer, dass wir in einem Polizeistaat leben«, giftete er die Beamten an.

»Schon recht. Und wenn Sie sich weiter so aufführen, machen wir's doch mit den Handschellen«, sagte Kullmer grinsend.

»Sie wollen mir ein Verbrechen unterstellen, aber ich versichere Ihnen, ich habe keins begangen. Ich geb ja zu, das mit Frau Uhlig war dumm von mir, aber …«

»In der Tat, aber es geht um die Klärung einiger anderer Fragen. Haben Sie Ihren Schlüssel?«

»Ja.«

»Dann lassen Sie uns gehen, denn Frau Seidel und ich hatten einen langen Tag, und da werde vor allem ich immer sehr schnell sehr gereizt.«

Mittwoch, 21.45 Uhr

Die Vernehmung von Günter Schwarz erwies sich als unkomplizierter als angenommen. Für den Zeitpunkt des Verschwindens von Jacqueline Schweigert und Karin Slomka konnte er ein nachprüfbares Alibi vorweisen – in dem Zeitraum war er in Irland gewesen, wo er sich nach einem Haus umgesehen hatte.

»Irland? Warum ausgerechnet dort?«, wollte Seidel wissen.

»Ja, verdammt noch mal, ich plane nach Irland auszuwandern, weil dort Künstler jeglicher Couleur von der Steuer befreit sind. Ich habe sämtliche Belege meines sechswöchigen Trips aufbewahrt«, sagte er nach einer Stunde sichtlich erschöpft, in einem fort massierte er mit den Zeige- und Mittelfingern beider Hände seine Schläfen.

»Haben Sie wieder Kopfschmerzen?«, fragte Seidel, die mehr und mehr von seiner Unschuld überzeugt war. Irgendjemand hatte ihn reingelegt in dem Wissen, dass die Polizei ihm schon recht bald auf die Spur kommen würde. Ein perfides Spiel, in dem Günter Schwarz nur eine hilflose Marionette war, aber sie wollte ihn gerne noch ein wenig schwitzen lassen.
»Ja, das liegt aber an der Aufregung.«
»Kann ich dich mal kurz draußen sprechen?«, sagte Seidel zu Kullmer.
»Sicher.«
Sie gingen vor die Tür.
»Er hat mit der ganzen Sache nichts zu tun. Unser Täter hat ihn in sein Spiel mit einbezogen, wohl wissend, dass wir erst mal drauf reinfallen würden. Der Typ ist doch nicht gerissen genug, um eine solche Mordserie zu begehen. Zwischen Phantasie und Realität liegen immer noch Welten. Er ist kein Killer.«
»Du magst recht haben, aber was, wenn er nur so unglaublich unschuldig tut, als könne er keiner Fliege was zuleide tun, in Wirklichkeit aber verarscht er uns? Von Dublin nach Frankfurt, das sind, ich schätze mal, anderthalb bis zwei Stunden Flugzeit. Selbst dieses scheinbar wasserdichte Alibi kann Lücken haben. Und wir wissen auch noch nicht, woher er das Geld für seinen aufwendigen Lebenswandel hat.«
»Was hat sein Lebenswandel mit den Morden zu tun? Aber gut, lass mich einen Moment mit ihm allein, ich werd's schon aus ihm rausquetschen.«
»Wie willst du das anstellen?«, fragte Kullmer zweifelnd, der seine Kollegin und heimliche Lebensgefährtin selten so energisch erlebt hatte.
Seidel warf ihm einen vielsagenden Blick zu und begab sich zurück ins Vernehmungszimmer.
»Herr Schwarz, wir werden nachprüfen, ob Sie tatsächlich die vollen sechs Wochen in Irland waren oder ob Sie nicht

zwischendurch mal für ein paar Kurztrips nach Deutschland gekommen sind. Es ist ein Katzensprung, und Sie können es sich leisten.«

»Scheiße, Mann, wenn ich sage, ich war in Irland, dann war ich in Irland und bin nicht einfach mal so wieder zurückgeflogen! Warum hätte ich das tun sollen? Ich habe keinen Hund, keine Katze, keinen Kanarienvogel, und die Blumen sind allesamt aus Plastik, falls Ihnen das nicht aufgefallen sein sollte. Ich war drüben auf der Insel, da können Sie prüfen, so viel Sie wollen. Ich habe ein reines Gewissen!«

»Gut, dann verraten Sie mir doch bitte, nur um meine Neugier zu befriedigen, woher Sie so viel Geld haben.«

Schwarz atmete einmal tief durch und sagte dann: »Es geht Sie eigentlich einen feuchten Dreck an, aber weil ich hier endlich rauswill, verrat ich's Ihnen – ich war mit einer stinkreichen Frau zusammen, wir wollten heiraten, das heißt, sie wollte mich heiraten, aber bevor es dazu kam, erlitt sie einen leichten Schlaganfall und lebt seither auf den Kanarischen Inseln.«

»Und die hat Ihnen das Haus geschenkt? Wie lange ist das her, und wie heißt die Frau?«

»Ein gutes Jahr. Den Namen möchte ich nicht preisgeben, ich habe ihr Vertraulichkeit zugesichert.«

»Nichts von dem, was Sie hier sagen, verlässt diesen Raum, es sei denn, Sie gestehen eine kriminelle Handlung.«

»Muss das sein?«

»Es wäre besser, in Ihrem eigenen Interesse.«

»Also gut, Susanne Maischner.«

»Wow, da haben Sie ja einen richtig dicken Fisch an Land gezogen. Gleich eine Milliardärin. Aber ist sie nicht ein bisschen zu alt für Sie?«

»Ja, Susanne ist Mitte sechzig, aber sie wollte partout einen jungen Mann haben und hat mir den Bungalow und drei Millionen Euro geschenkt, als Gegenleistung für ein paar heiße Nächte, die für sie offenbar heißer waren als für mich. Aber ich habe das dankend angenommen. Sie werden das moralisch verwerflich finden, ich betrachte es als angemessene Bezahlung für meine Dienste. Ich bin fünfunddreißig und … Sei's drum. Der Bungalow und die drei Millionen sind für sie nur Peanuts, das Geld hat sie aus der Portokasse genommen. Wie Ihnen bekannt sein dürfte, ist sie eine äußerst zurückgezogen lebende Frau. Sie hat inzwischen einen Neuen, er ist in ihrem Alter und ebenfalls stinkreich. Zufrieden?«

Doris Seidel ging um den Tisch herum und flüsterte Schwarz ins Ohr: »Wissen Sie was – Sie kotzen mich an. Wenn ich könnte, wie ich wollte, würde ich Ihnen nicht nur die Fresse polieren, sondern Ihnen auch noch … Lassen wir das.« Sie begab sich wieder auf die andere Seite und sprach normal weiter, so dass es auch Kullmer von der Tür aus hören konnte: »Und noch etwas: Das Buch, an dem Sie schreiben, wird nie veröffentlicht werden, da wir sämtliche Hintergrundinformationen einkassieren werden, außerdem werden unsere Computerspezialisten alle Dateien, die mit diesem Buch zu tun haben, professionell löschen, sowohl von Ihrer Festplatte als auch von anderen Speichermedien. Nur damit Ihnen das klar ist.«

»Wie kommen Sie dazu? Das ist mein Lebenswerk! Das ist ein Eingriff in die Privatsphäre und …«

»Und für uns ist Ihr sogenanntes Lebenswerk ein Eingriff in laufende Ermittlungen. Wir ermitteln in einer Mordserie, und Sie können gar nicht so blöd sein, als dass Sie nicht wüssten, dass Ihr Buch und unsere Ermittlungen zusammenhängen. Und noch etwas – Sie werden mit niemandem über Ihre Erkenntnisse sprechen, sollten Sie es doch wagen, stehen wir wieder auf der Matte, und dann wird es für Sie um einiges unangenehmer, das garantiere ich Ihnen. Haben wir uns verstanden?«

»Und was soll aus meinem Buch werden?«
»Lassen Sie doch Ihrer blühenden Phantasie freien Lauf. Ihnen wird schon was Neues einfallen. Zwei Beamte aus der KTU werden Sie nach Hause bringen und die entsprechenden Dateien löschen und alles mitnehmen, was nach Speichermedien aussieht. Dr. Hofstetter wird ganz sicher Verständnis für Ihre Lage aufbringen.«
»Dürfen Sie das überhaupt?«
»Mir ist scheißegal, ob ich das darf oder nicht, aber ich werde zu verhindern wissen, dass die Öffentlichkeit Details über eine Mordserie erfährt, die sie nichts angeht, auch wenn diese Informationen nur in einem Tatsachenroman erwähnt werden. Künstlerische Freiheit hin oder her, im Augenblick geht es allein um Ihre Freiheit und unsere Freiheit beim Ermitteln. Und Ihre Freiheit sollte Ihnen doch wohl mehr wert sein als ein schnöder Krimi?«
»Das Buch soll doch erst im Dezember erscheinen«, entgegnete er mit weinerlicher Stimme.
»Das ist mir wurscht. Solange wir am Ball sind, haben Sie auf dem Spielfeld nichts verloren. Vielleicht können Sie ja in ein paar Jahren darüber schreiben, was ich allerdings stark bezweifle, da die bei Ihnen sichergestellten Akten für immer und ewig unter Verschluss gehalten werden. Ich werde mich im Übrigen mit Dr. Hofstetter kurzschließen und ihm von unserem Gespräch berichten. Weiß er eigentlich, was das Thema Ihres Buchs ist?«
Keine Antwort.
»Weiß er's oder weiß er's nicht?«
»Ja, verdammt noch mal! Bevor ich ein Manuskript abgebe, will der Verlag immer ein Exposé haben. Diesmal haben sie aber nicht nur ein Exposé bekommen, ich habe mit Hofstetter zwei Stunden zusammengesessen, und wir haben den Roman besprochen. Zufrieden?«
»Wann war das?«

»Im Januar, nach den Weihnachtsferien. Ich hatte ja genügend Zeit, den Fall Gernot zu studieren, und kam nicht unvorbereitet zu Hofstetter.«

»Wie hat er reagiert?«

»Tolle Story, hat er gesagt.«

»Wusste er, dass es ein Tatsachenroman werden würde?«

»Ja und nein, ich wollte ihm nicht alles auf die Nase binden.«

»Okay, das war's schon. Hat doch nicht weh getan, oder?« Sie machte eine Handbewegung, die Tür ging auf, und Kullmer und zwei Beamte von der Kriminaltechnik betraten den Raum.

»Können wir?«

»Wir sind fertig – für den Moment. Und denken Sie daran, wir behalten Sie im Auge. Halten Sie sich zu unserer Verfügung, es könnte sein, dass wir noch die eine oder andere Frage haben.«

»Noch ein Grund mehr, nach Irland auszuwandern«, spie er Seidel entgegen.

»Eine Ratte weniger in Deutschland«, sagte Seidel zu Kullmer, als Schwarz und die beiden anderen Beamten den Raum verlassen hatten.

»Du bist ganz schön hart mit ihm umgesprungen. So kenn ich dich gar nicht.«

»Und, was dagegen?«

»He, ich hab dir doch nichts getan.«

»Tut mir leid. Aber jetzt, da Julia für vier Wochen ausfällt, muss ja irgendwer ihren Part übernehmen. Ich wollte mal sehen, ob ich das kann.«

»Es ist dir hervorragend gelungen.«

»Danke. Und jetzt will ich nach Hause. Ich habe Hunger, mir tun die Füße weh und …«

»Ja, ich will auch heim. Und dennoch, ich trau dem Typen nicht über den Weg. Lass ihn nach Irland gehen und dort seine Geschichte schreiben. Dann sind wir machtlos. Außerdem kann ich mir gut vorstellen, dass er sich Kopien von dem ganzen Zeug gemacht und die irgendwo deponiert hat. Der ist schlauer, als wir denken. Wir sollten ihn wenigstens eine Weile beobachten lassen.«

»Das können wir alles morgen mit Berger besprechen. Ich bin nur noch kaputt.«

Mittwoch, 23.58 Uhr

Sylvia und Wolfgang waren pünktlich gewesen, wie man es nicht anders von ihnen gewohnt war, er allerdings hatte um kurz vor acht von unterwegs aus angerufen, dass es sehr viel später werde würde, da er eine dringende berufliche Verabredung habe. Rahel war darüber natürlich alles andere als erfreut und ließ ihn das auch spüren, doch er bat sie um Entschuldigung, er werde es ganz bestimmt wiedergutmachen.

Rahel hatte sich mit ihren Gästen beim Essen gut unterhalten (zumindest gab sie den Anschein), es wurde viel gelacht und in alten Erinnerungen geschwelgt. Je später es wurde, desto öfter tastete sie ein paarmal unauffällig ihre Uhr ab, in der Hoffnung, ihr Mann würde doch noch für wenigstens ein paar Minuten zu ihnen stoßen. Ob das mit der beruflichen Verabredung der Wahrheit entsprach, vermochte sie nicht zu beurteilen, so oder so ärgerte sie sich darüber. Zumal sie wusste, dass er vor allem gegen Wolfgang eine gewisse Aversion hegte, die sie in manchen Momenten sogar nachvollziehen konnte. Einmal hatte er sogar geäußert, dass er Wolfgang bisweilen am liebsten den Hals umdrehen mochte, aber dann hatte er gelacht, und sie war beruhigt gewesen.

Als er gegen halb zwölf endlich eintraf, trank er noch ein Glas Wein mit ihnen und hoffte dabei, Sylvia und Wolfgang würden bald gehen, denn er hatte noch viel vor – nicht nur in dieser Nacht, sondern auch in den kommenden Tagen und Nächten und Wochen, Wochen, in denen er die Polizei zur Verzweiflung treiben würde.

Glücklicherweise verabschiedeten sich ihre Gäste kurz darauf, da Wolfgang schon um sieben wieder aus den Federn musste und sie noch eine längere Strecke bis hinter Butzbach vor sich hatten.

Sie begleiteten Wolfgang und Sylvia bis zum Auto und verabschiedeten sich mit Küsschen und Umarmung von ihnen. Wieder im Haus, sagte sie: »Puh, das war anstrengend.«

»Wie meinst du das?«

»Ich glaube, es liegt an Wolfgangs Stimme. Dieses Monotone und gleichzeitig Durchdringende, das macht mich so total meschugge, dass ich Kopfschmerzen davon bekomme. Früher war er ja ganz gut zu ertragen, aber mittlerweile redet er wie ein Wasserfall, das wird von Mal zu Mal schlimmer. Na ja, zum Glück sehen wir uns nicht so oft.«

»Heute Nachmittag hast du noch gesagt, sie seien unsere besten Freunde.«

»Wir haben uns fast ein halbes Jahr nicht gesehen, und ich dachte ... Ach, vergessen wir das einfach, ich bin nicht sonderlich gut drauf. Und dass du mich die ganze Zeit mit ihnen allein gelassen hast, nehme ich dir ziemlich übel. Hattest du wirklich eine berufliche Verabredung?«

»Was denn sonst? Schatz, es ist meine Arbeit, nur und ausschließlich meine Arbeit. Ich habe keine Geliebte, falls du darauf hinauswillst. Mit dir könnte sowieso keine mithalten. Ich kann doch nichts dafür, ich bekam einen Anruf vom Chef, als ich unterwegs war, und wurde gebeten, dringend ... Bitte, ich kann auch alles hinschmeißen, aber damit würde ich meinen Lebenstraum begraben. Nicht böse sein, bitte, sonst bin ich nicht klar im Kopf, und genau das muss ich gerade jetzt sein. Wenn das alles vorbei ist, hab ich auch wieder mehr Zeit für dich, ganz großes Ehrenwort. Ich liebe dich.«

»Ich weiß ja, dass du zur Hälfte mit mir und zur andern Hälfte mit deiner Arbeit verheiratet bist, aber manchmal wünschte ich, ich hätte ein bisschen mehr von dir. Kannst du das verstehen?«

»Schon, mir geht's doch genauso. Bist du müde?«

»Ich bin's ja gewohnt, von dir allein gelassen zu werden. Und ja, ich bin todmüde und sollte zu Bett gehen. Und du? Kommst du auch oder musst du noch was tun?«

»Tut mir leid, Liebling, aber ich muss tatsächlich noch einiges aufarbeiten. Das kann nicht mehr warten. Tut mir wirklich leid. Ich hoffe auch, dass ich bald damit durch bin.«

»Ich werde mich schon noch irgendwann damit abfinden, einen vielbeschäftigten Mann zu haben«, sagte sie schmollend. »Irgendwann, wenn ich alt und grau bin.«

»Bald wird's ruhiger, das verspreche ich dir. Dann habe ich auch wieder mehr Zeit für dich, das schwöre ich bei allem, was mir heilig ist. Mach mir kein schlechtes Gewissen, das ist das Letzte, was ich jetzt brauchen kann. Schlaf gut und träum was Süßes, und denk immer daran, es gibt nur eine Frau in meinem Leben, und das bist du.«

»Schon gut, ich versteh ja, dass du das brauchst, obwohl du eigentlich gar nicht arbeiten müsstest ...«

»Hör mal, ich sag doch auch nichts, wenn du manchmal wochenlang von morgens bis abends vor dem Computer sitzt oder Seminare abhältst und ich nichts von dir habe. Also bitte ...«

»War doch auch nicht so gemeint. Aber einmal wirst du doch wohl mit mir zusammen ins Bett gehen können, oder?«

»Schatz, ich würde es liebend gerne tun, aber ...«

»Lass es nicht zu spät werden, damit wir wenigstens gemeinsam frühstücken können.«

»In zwei Stunden bin ich im Bett. Ehrenwort.«

»Na dann. Gute Nacht.«

Er nahm Rahel in den Arm und drückte sie an sich. Er sog den Duft ihres Haares ein, schloss die Augen und dachte an ihre erste Begegnung. Ein Hauch von Magie war mit einem Mal da gewesen, ein Knistern wie in einem Kamin an einem kalten Winterabend. Es gab diese wenigen Momente, in denen er sentimental wurde, die so schnell vergingen, wie sie gekommen waren. Sie streichelte ihm sanft über das Gesicht, es war, als läsen ihre langen, schmalen Finger auf seiner Haut, was sie mit ihren Augen nicht mehr konnte.

»Ich liebe dich«, sagte er leise und küsste sie. »Vergiss das nie, hörst du. Ich liebe dich mehr als alles auf der Welt. Mehr als mein Leben«, sagte er, obwohl es eine große Lüge war.

»Ich liebe dich auch, ich hoffe, du weißt das. Aber lass uns jetzt nicht zu sentimental werden, sonst fang ich noch an zu heulen. Und das will ich nicht, sonst kann ich nicht schlafen.«

»Ich begleite dich nach oben.«

»Lass ruhig, ich schaff das schon allein. Oder hast du noch etwas mit mir vor?«, fragte sie in einem Tonfall, den er nur zu gut von ihr kannte. Leicht anrüchig, lasziv, ein wenig fordernd.

»Nicht heute. Vielleicht morgen oder übermorgen.«

Ohne etwas zu erwidern, drehte sie sich um und ging die Treppe nach oben. Er wartete noch einige Minuten, bis er sicher war, dass sie schlief, verließ das Haus und fuhr zu dem Reiterhof, stellte den Range Rover in unmittelbarer Nähe zum Gefängnis ab, setzte das Nachtsichtgerät auf und vergewisserte sich, dass er auch wirklich allein war. Es herrschte eine vollkommene, für manch einen womöglich beängstigende Stille. Er aber liebte diese Einsamkeit, verschaffte sie ihm doch die Möglichkeit, das zu tun, was er gleich wieder tun würde. Er spürte diesen unsäglichen und gleichzeitig angenehmen Druck, der seinen ganzen Körper durchdrang, einen Druck, den er schon seit seiner Kindheit kannte. Er hatte nie gelernt, die Kontrolle über dieses Gefühl zu erlangen, und er wollte es auch schon lange nicht mehr. Er war ein Tier, das nachts aus seiner Höhle kroch, um sein Werk zu vollbringen. Er verglich sich mit einem Wolf, einsam und auf der ständigen Suche nach Beute. In dieser Nacht würde er sich seine Beute holen, die seit langem in seiner Vorratskammer wartete, ohne zu wissen, wann die letzte Stunde, die letzte Minute, die letzte Sekunde gekommen war. Wann der letzte Atemzug getätigt wurde, das Herz zu schlagen aufhörte. Wann alle Vitalfunktionen erloschen, die Muskeln erschlafften und nichts blieb als ein sich allmählich abkühlender Körper, ein Stück Fleisch, Blut und Knochen, seelenlos, geistlos, leblos.

Der Druck in seinen Lenden, seinem Bauch, seiner Brust, seinem Kopf würde jedoch nicht weichen, wie so oft behauptet wurde, er war ständig da, mal stärker, mal schwächer. Er hatte sich seit Wochen auf diese ganz besondere Nacht vorbereitet. Aber es war noch nicht die Nacht der Nächte, die würde erst noch kommen. Er freute sich bereits darauf wie ein kleines Kind in Erwartung auf die Geschenke unter dem Weihnachtsbaum. Gerne hätte er andere an seiner Freude teilhaben lassen, und in einer perversen Art tat er das ja auch, was die anderen entsetzte und seine Befriedigung noch einmal verstärkte.

Das war es, was das wahrhaft Böse ausmachte, und er war stolz darauf, diesem elitären Kreis anzugehören. Eines Tages würde er in die Riege der ganz großen und vielbeachteten Bösen eingehen, und niemand würde ihn jemals vergessen. Noch in hundert oder zweihundert Jahren würde man wie bei Jack the Ripper rätseln, wer denn jenes unheimliche Monster gewesen war, das so viele Menschenleben auf dem Gewissen hatte. Er tauchte wie aus dem Nichts auf und im Nichts wieder unter. Er hinterließ keine Spuren. Er war ein Phantom der Nacht, unberechenbar, zu allem fähig. Und wie ein Phantom würde er sich nie eine Blöße geben und sichtbar werden, des-

halb würde auch der intelligenteste und modernste Polizeiapparat ihn nicht fassen. Er war der Polizei um Lichtjahre voraus, wie ein Wesen aus einem anderen Universum, das Quantensprünge in der Evolution hinter sich hatte.
Er stieg die dreiundvierzig ausgetretenen grauen Steinstufen hinunter und schloss eine Zelle auf. Paulina und Karolina sahen ihn an, den bärtigen Mann mit der dunklen Brille. Ihr Blick war so erwartungsvoll wie immer, wenn die Tür aufging. Er freute sich auf die kommenden Stunden, vor allem, da die zwei jungen Damen noch nicht wussten, was gleich mit ihnen geschehen würde. Sie würden schreien wegen der Schmerzen, sie würden winseln, weinen, um ihr erbärmliches Leben betteln, ihm Angebote aller Art machen und ihm versprechen, alles zu tun, was er von ihnen verlangte. Aber er kannte dieses Spiel zu Genüge und würde sich nicht davon beeindrucken lassen. Paulinas und Karolinas Lebensuhren waren abgelaufen.

Donnerstag, 1.10 Uhr

Er hatte sein Werk vollendet, ein Werk, das Karolina die schlimmsten Qualen bereitet hatte, die ein Mensch zu ertragen fähig war, ohne an den zugefügten Schmerzen zu sterben. Für sie war es eine Tortur, eine Folter wie im Mittelalter, für ihn Genuss und Befriedigung, während Paulina, an den anderen Tisch gekettet, mit vor Grauen geweiteten Augen die unendlich lange Szene beobachtete und schrie, bis es nur noch ein heiseres Krächzen war.
Was ihm besondere Befriedigung verschaffte, war der entsetzte Blick und das alles durchdringende Schreien von Franziska Uhlig, deren Tür er aufgeschlossen und deren Hände er mit Handschellen an einen in die Wand gemauerten Eisenring gekettet hatte. Vor ihren Augen hatte er Karolina ge-

quält und gefoltert, mit Messern, Haken, Nägeln, Feuer und anderen Utensilien, bis er ihr nach über einer Stunde mit einem Dolch den Todesstoß mitten ins Herz versetzte. Danach wartete er noch eine Weile, zog einen langen, tiefen Schnitt durch Karolinas Kehle, woraufhin Paulina noch einmal alles aus ihren Stimmbändern herausholte, an den Lederriemen um ihre Hand- und Fußgelenke riss und riss und riss und schier wahnsinnig zu werden drohte, was ihm besondere Freude bereitete.

Zum Abschluss schnitt er Karolina die Augen heraus, legte sie in ein beschriftetes Einweckglas und stellte dieses neben mehrere andere auf ein breites Regal.

Nun wandte er sich Paulina zu, streichelte ihr durchs Haar, sah sie beinahe liebevoll an, nahm eine Kette und sagte: »Keine Angst, meine Liebe, das, was deiner Freundin widerfahren ist, bleibt dir erspart. Dein Tod wird angenehmer und schneller sein.« Nach diesen Worten legte er die schwere Eisenkette um Paulinas Hals und zog mit einem kräftigen Ruck zu. Sie konnte nicht mehr schreien, ihre Augen waren so geweitet, als fielen sie gleich aus den Höhlen, bis nach nicht einmal einer Minute auch aus ihr jegliches Leben gewichen war. Zuletzt vollzog er ein Ritual, das die Polizei vollends aus dem Konzept bringen würde. Insbesondere Julia Durant.

Ihre Körper lagen auf speziellen, leicht nach unten geneigten Foltertischen, die schon Hunderte von Jahren in diesem Gewölbe standen und Tausende und Abertausende von Schreien erlebt hatten. Männer und Frauen waren hier gestreckt worden, um Geständnisse zu erpressen, Geständnisse, die meist so falsch waren wie die Anschuldigungen, wegen derer sie in dieses Gefängnis gebracht worden waren.

Nachdem Karolinas Körper nahezu ganz ausgeblutet war, drehte er sich um und ging zu Franziska Uhlig. Er trug die über und über mit Blut besudelte Kleidung eines Schlachters, eine Kleidung, die er ausschließlich hier unten trug. Breitbei-

nig stand er vor ihr, blickte auf sie hinab und sagte mit einer Sanftheit, die zynischer nicht hätte sein können: »Und, hat es dir gefallen?«
Sie war unfähig zu sprechen, sie wagte kaum, ihn anzusehen, so sehr hielt sie die Angst gepackt, ihr würde dasselbe Schicksal widerfahren wie Karolina oder Paulina, ihr Herz pochte wie wild in ihrer Brust, sie versuchte ein weiteres Mal in dem kaum erkennbaren Gesicht zu lesen, doch die Augen waren von der dunklen Brille verdeckt, der dichte Bart tat ein Übriges. Sie wünschte sich nur noch, ohnmächtig zu werden, doch dieser Wunsch blieb unerfüllt.
»Ja«, sagte er, »beim ersten Mal ist es immer schrecklich, ich kann das nachvollziehen. Aber du brauchst keine Angst zu haben, du wirst so etwas nicht erleben. Ich war vorhin bei deinem Liebhaber, um die Beichte abzulegen. Du weißt ja, es ist eminent wichtig, seine Sünden zu bekennen, sonst kommt man nicht in den Himmel. Dein Pfarrer und Liebhaber ist ganz nett, ein bisschen nervös vielleicht, doch das wäre wohl jeder, wenn er Angst hätte, dass sein pikantes Geheimnis kein Geheimnis mehr bliebe. Aber keine Sorge, ich bin keine Plaudertasche, von mir erfährt niemand etwas. Aber ihr habt ein cleveres Versteckspiel gespielt, und ich bin sehr sicher, keiner aus eurer Gemeinde weiß darüber Bescheid. Nicht einmal deine beste Freundin. Wie lebt es sich eigentlich mit so einem Geheimnis? Über so viele Jahre! Geht das nicht mächtig an die Substanz, ich meine, grenzt das nicht schon an seelische Grausamkeit? Ich weiß nicht, ob ich so was aushalten würde, das wäre mir wohl zu anstrengend. Ich mag es lieber ruhig und beschaulich. Abends auf der Terrasse sitzen und zuschauen, wie die Sonne versinkt, oder ich mache es mir im Winter mit einer schönen Frau vor dem Kamin gemütlich … Bei mir muss alles seine Ordnung haben, angefangen beim Schreibtisch bis hin zu diesem urigen alten Gemäuer, das ich so liebe. Aber zurück

zu deinem Pfarrer – ich habe ihm versprochen, dass er dich wiedersehen darf. Lebend natürlich. Ich bin doch kein Monster.« Mit einem Mal lachte er auf und fuhr fort: »Ah, das ist falsch, ich bin doch eins. Ein Monster, eine Bestie und doch ein Mensch. Sind wir in unserem tiefsten Innern nicht alle Monster und Bestien? Sag, hab ich nicht recht? Du als Lektorin müsstest das doch am besten wissen. Wie viele Krimis und Thriller hast du schon gelesen? Tausend? Oder mehr? Ist auch egal. Glaub mir, die meisten dieser Autoren schreiben über das, was sie am liebsten selbst einmal täten – morden, einen Menschen beseitigen, und das so, dass keiner ihnen auf die Schliche kommt. Nur gelingt es den wenigsten, ihre kühnen und düsteren Geheimnisse in die Tat umzusetzen, weil sie schlichtweg zu feige sind. Die Menschen sind feige. Sie sind feige, feige, feige geworden. Was hat die Evolution nur aus uns gemacht? Früher waren wir alle Krieger und Jäger, heute sind die meisten nur noch ein schlapper Abklatsch unserer tapferen Vorfahren, Couch Potatoes, wie man so schön neudeutsch sagt. Aber ein paar wenige tun es doch, und kein Leser merkt, dass da jemand die eigene Erfahrung zu Papier bringt. Nun, ich will dich nicht vollquatschen, in deinem Kopf dreht sich bestimmt schon alles. Aber du darfst jetzt mal ein Weilchen darüber nachdenken, wer ich bin. Vielleicht jemand, der dir schon einmal ein Manuskript geschickt hat, das von dir abgelehnt wurde, obwohl ich gesagt habe, ich hätte es nicht getan? Oder jemand, der an einem Buch schreibt? Oder jemand, der nur eine blühende Phantasie hat, die unbedingt in die Tat umgesetzt werden will? Ich denke, ich habe dir genug Rätsel für die kommenden Stunden oder gar Tage aufgegeben.«

»Wann darf ich wieder nach Hause?«, quetschte Franziska Uhlig mit letzter Kraft hervor, durch die grauenvollen Bilder wie gelähmt. Jegliches Zeitgefühl war ihr längst abhanden gekommen, und sie wusste nicht, ob es Minuten oder Stunden waren, die dieses Gemetzel gedauert hatte, und sie glaubte kaum noch daran, dass dieser Alptraum je vorüber wäre.

»Du wirst es rechtzeitig erfahren, aber du brauchst wirklich keine Angst zu haben, ich werde dich praktisch unversehrt freilassen. Jetzt entschuldige mich bitte, ich muss mich wieder um meine beiden Mädchen kümmern. Sie müssen dringend gewaschen werden, das ist jedes Mal eine unglaubliche Schweinerei, die hier veranstaltet wird. Oder wie siehst du das?« Sein Lachen ging Franziska durch und durch, er trat näher an sie heran und schloss die Handschellen auf.

»Du darfst wieder an die Arbeit gehen«, sagte er, während sie sich die Handgelenke rieb. »Hast du Schmerzen?«

»Es geht«, flüsterte sie mit heiserer Stimme. »Warum hast du das getan, Professor?«

»Was? Das da?« Er deutete auf Karolina und Paulina. Er zuckte die Schultern. »Das wirst du nie erfahren. Sei froh, dass dir das erspart bleibt. Und jetzt schreib. Schreib, schreib, schreib, bis deine Finger bluten.«

Ihre Beine zitterten, als sie sich erhob, ihr war übel, sie glaubte, sich gleich übergeben zu müssen, sie würgte ein paarmal, doch es kam nichts. Sie nahm den Stift in die Hand und begann zu schreiben, wobei ihre Schrift – nach dem eben Erlebten – ungelenk wie bei einer Analphabetin wirkte, der gerade beigebracht wurde, wie man einen Buchstaben zu Papier bringt. Sie hörte, wie der Schlüssel umgedreht wurde.

Er wusch die Leichen von Kopf bis Fuß, bis bei Karolina nur noch die Wunden und bei Paulina die blutunterlaufenen Augen und der Abdruck der Kette an ihrem Hals zu erkennen waren, danach kämmte er lächelnd den jungen Frauen die Haare und zog Karolina ihre Kleider an. Als er fertig war, drehte er erst Karolina und anschließend Paulina auf den Rücken und verknotete Karolinas Arme mit einem dünnen Seil.

Ein simpler Seemannsknoten, nichts Ungewöhnliches. Für Paulina hatte er sich etwas Besonderes ausgedacht, es fing bei den Brüsten an und endete mit einer goldenen Nadel, die er ihr durch die Schamlippen stach, bevor er auch sie ankleidete.

Zufrieden betrachtete er sein Werk und legte Paulina und Karolina schließlich in jeweils einen Leichensack und brachte sie nacheinander zu seinem Wagen. Er hatte das Nachtsichtgerät auf, um mögliche Eindringlinge sofort auszumachen. Doch außer ein paar Tieren war niemand zu sehen.

Er verfrachtete seine Opfer, die in den letzten Monaten etliche Kilo an Gewicht verloren hatten, in den Kofferraum, machte die Abdeckung zu und schloss die Klappe so leise wie möglich. Abschließend zog er die Knastklamotten, wie er sie nannte, aus und seine normalen Sachen an und sah noch kurz nach den anderen Frauen, wobei ihn diesmal besonders Karin Slomka interessierte, die lethargisch und völlig von dieser Welt entrückt schien. In welcher Welt auch immer sie sich befand, sie würde nie wieder in jene Welt zurückkehren, in der sie noch vor einem halben Jahr zu Hause gewesen war. Kein Malen, kein Kammerorchester, nie mehr hinter dem Tresen der Apotheke stehen, nie mehr Hausaufgaben mit dem Sohn machen, keine Gespräche mehr mit der Mutter, kein Besuch mehr in der Kirche, nie mehr zur monatlichen Beichte. Nichts war mehr so, wie es einst gewesen war. Sie war weit, weit weg, so weit, dass keiner mehr Zugang zu ihr hatte. Und genau so wollte er sie haben, so hatte er sie geformt, sie war eines seiner vielen Gesellenstücke, die Meisterstücke warteten noch auf ihn.

Eigentlich wäre sie bereits heute an der Reihe gewesen, zusammen mit Pauline Mertens, doch er hatte seinen Plan kurzfristig abgewandelt, denn er war ein Spieler, und dieser Schachzug kam einem Geniestreich gleich. Heute war noch

nicht der Tag oder die Nacht für Karin Slomka und Pauline Mertens, morgen vielleicht oder übermorgen oder in drei Tagen. Er würde die Dinge sich entwickeln lassen und dann entscheiden.
Er nahm die Perücke, den Bart und die Brille ab und begab sich nach oben. Wie immer achtete er sorgfältig darauf, dass die Eisentür gut verschlossen war, schlug sich an die Stirn, ging noch einmal hinein und stellte die Musik ab, der Karolina und Paulina während der vergangenen sechs Monate ausgesetzt waren. Ihr braucht jetzt keine Musik mehr, dachte er zynisch lächelnd, ihr hört höchstens noch die himmlischen Chöre singen.
Er verließ den Reiterhof, setzte das Nachtsichtgerät ab, verschloss das Tor, überprüfte noch einmal, ob der Elektrozaun auch aktiviert war, und machte sich auf den Weg in Richtung Frankfurt, begleitet von einem noch fernen Wetterleuchten. Etwas abseits eines im Dunkeln liegenden Wohnviertels im Stadtteil Zeilsheim hielt er an, holte Paulina aus dem Leichensack und legte sie neben den Gehweg in das feuchte Gras – es hatte in den letzten Stunden genieselt, aber noch nicht genug, um die Erde aufzuweichen.
Paulinas Aufbahrung dauerte nicht länger als zwei Minuten, danach setzte er sich wieder in seinen Range Rover und fuhr weiter. Als er nach kaum zwanzig Minuten an seinem nächsten Ziel anlangte, legte er den Leichnam wie Müll zwischen zwei Bäume direkt neben einem Spazierweg, während etwa hundert Meter von ihm entfernt Autos vorbeirasten. Irgendwer würde sie in ein paar Stunden oder Tagen oder erst in ein paar Wochen finden, wenn der unerträgliche Gestank der Verwesung noch in fünfzig Metern Entfernung wahrzunehmen sein würde. Vielleicht nahm ein Hund bereits morgen Witterung auf. Aber es würde bald anfangen zu regnen und dann würde sich kaum jemand in dieser Gegend aufhalten. Er zuckte die Schultern.

Als er sich wieder in sein Auto setzte, war aus dem Wetterleuchten bereits erstes Donnergrollen geworden, Blitze zuckten über den Himmel und machten für Sekundenbruchteile die Nacht zum Tag. Etwa einen Kilometer vor seinem Haus schlugen die ersten Tropfen auf die Windschutzscheibe. Und als er den Wagen stoppte und ausstieg, war es, als öffne der Himmel sämtliche Schleusen.

Um halb drei schloss er die Haustür auf, die Gegend rings um das Haus war wie ausgestorben. Er ging auf Zehenspitzen in den ersten Stock und zog seine Sachen aus, stellte sich unter die Dusche, wusch die Haare und rasierte sich, cremte sein Gesicht mit einer intensiven Feuchtigkeitscreme ein – der aufgeklebte Bart ließ seine Haut austrocknen – und betrachtete sich im Spiegel. Er war zufrieden, denn dies war ein ganz besonderer Abend gewesen, dem noch viele folgen sollten. Jetzt ging es ihm weniger um das, was er getan hatte, vielmehr beschäftigte ihn die Frage, was die Presse über Paulina berichten würde, mit Sicherheit würden die Zeitungen ein Bild abdrucken und die Bevölkerung fragen, ob irgendjemand diese junge Frau kenne oder Hinweise geben könne, wo sie zuletzt gesehen wurde, das Übliche eben. Aber niemand würde sich melden, denn wer konnte sich schon an eine kleine Hure aus Polen erinnern, wo doch die meisten Huren ihre Aufenthaltsorte ständig wechselten. Und er wusste auch, wie schnell die Erinnerung verblasste. Fast alle Huren auf dem Straßenstrich waren drogen- oder alkoholabhängig, ihr Erinnerungsvermögen reichte von einem Schuss zum nächsten und von einer Flasche zur anderen, jede dieser erbärmlichen Kreaturen dachte nur an das eigene Überleben, so wie in seinen Augen alle Menschen nur an sich dachten, an ihr Wohl, jeder ein verdammter Egoist, der sein Spiel ohne Rücksicht auf andere durchzog. Die einen mit Gewalt, die anderen, indem sie schauspielerten und die große Liebe vorgaukelten, wieder andere, indem sie sich scheinbar in ihr

Schicksal ergaben und dabei Pläne schmiedeten, wie andere zu vernichten waren. Das Spiel des Lebens wurde von jedem auf diesem Planeten auf seine Weise gespielt, und doch ähnelten sich die Spielweisen, sofern man wie er genauer hinschaute. Er hatte längst gelernt, dass jeder ausschließlich an sich selbst dachte und der angebliche Altruismus, diese verdammte Selbstlosigkeit, mit der sich einige schmückten, nichts als leeres Geschwätz und Getue war. Bereits als Kind hatte er die Spielregeln durchschaut und sehr früh beschlossen, nie mit dem Strom der Lügner, Heuchler und Betrüger zu schwimmen.

Er war ein großer Künstler, einer der größten aller Zeiten, nein, der größte. Ein Magier, der nicht mit Taschenspielertricks arbeitete, nein, das hatte er nicht nötig, von ihm konnten Copperfield und Co. noch lernen. Und dennoch gab es ein bislang unüberwindbares Problem – dass er mit seiner Kunst und seinen Fähigkeiten allein war und mit niemandem darüber sprechen konnte. Dies bereitete ihm Kopfzerbrechen, die Lösung gestaltete sich schwieriger als die Suche Einsteins nach der Relativitätstheorie oder die Beantwortung der Frage, was zuerst da war, das Huhn oder das Ei, oder ob das Universum durch den Big Bang entstanden war oder nicht doch jene recht behalten sollten, die behaupteten, es habe immer schon existiert.

Seine Gedanken kehrten zurück zu Paulina und Karolina. Nein, niemand würde die beiden jemals vermissen, selbst wenn die Fahndungsplakate in Legnica, dem ehemaligen Liegnitz, in Polen ausgehängt würden. Zwei junge Frauen, die bis zu ihrem zwölften beziehungsweise vierzehnten Lebensjahr in diversen Waisenhäusern gelebt hatten, bis sie Prostituierte wurden und von Ort zu Ort zogen, um schließlich in Frankfurt zu landen. Endstation eines verheißungsvollen Traums, Endstation Sehnsucht.

Für ihn gab es keine Endstation, nur einen Traum, den er sich

unbedingt erfüllen wollte. Und sobald er ihn sich erfüllt hatte … Nein, er wollte diesen Gedanken nicht weiterdenken, nicht jetzt, nicht bevor der Traum Realität geworden war. Irgendwann würden die größten und bedeutendsten Kriminologen der Welt sich auf Kolloquien versammeln und über ihn berichten, ohne seinen Namen zu kennen. Und sie würden streiten, aber auch in Ehrfurcht vor dem erstarren, was er geleistet hatte. Man würde Bücher über seine Taten schreiben, Filme drehen. Und somit würde der Name, den man ihm geben würde, niemals verblassen. Aber das Geheimnis seiner wahren Identität würde er mit ins Grab nehmen.
Er ging hinunter in die Küche, trank ein Glas Orangensaft und betrachtete sein Spiegelbild im Fenster. Er war zufrieden.
Er ging zu Bett. Rahel lag auf dem Rücken und atmete kaum hörbar, die Bettdecke war bis zu den Oberschenkeln heruntergerutscht. Er berührte ganz leicht ihr Gesicht und ließ seine Hand weiter nach unten gleiten, ohne zu festen Druck auszuüben, sie schnurrte zufrieden und drehte sich langsam auf die Seite, ihr Gesicht fast an seinem. Er spürte ihren Atem auf der Haut und erschrak fast, als sie plötzlich sagte: »Hast du bis jetzt gearbeitet?«
»Hm.«
»Wie spät ist es?«
»Sehr spät.«
»Du wolltest doch in zwei Stunden hier sein. Wer so viel arbeitet wie du, erleidet mit spätestens vierzig den ersten Herzinfarkt.«
»Ich will ficken«, sagte er leise, ohne auf ihre Bemerkung einzugehen.
»Dann komm und fick mich, du wilder Stier.«
Sie fasste ihm zwischen die Beine und lächelte, was er in der Dunkelheit nur erahnen konnte. Er liebte es, wenn sie ihn so anfasste, nach seinem Körper gierte, mit diesem

festen, keinen Widerstand zulassenden Druck. Auf eine gewisse Weise ähnelten sie sich, weshalb sie auch die einzige Person war, die er liebte, zumindest was er darunter verstand. Eine chemische Verbindung, eine physikalische Anziehung, bedingt durch Düfte, Berührungen, Stimmlage. Und am meisten liebte er sie, wenn er einen solch erfolgreichen Tag und eine noch erfolgreichere Nacht wie diese hinter sich gebracht hatte.

Donnerstag, 7.30 Uhr

»Ausgeschlafen?«, fragte Hellmer, als Julia Durant ins Büro kam.

»Geht so. War noch was?«

»Nichts Besonderes.« Hellmer verzichtete darauf, seinen Besuch bei Lara und Frederik Jung zu erwähnen. »Berger war ein bisschen angepisst, dass du nicht wenigstens kurz mit hochgekommen bist. Ich hab ihn beruhigt und ihm gesagt, dass ich dich heimgeschickt habe. Nur damit du Bescheid weißt.«

»Danke. Und sonst?«

»Was und sonst?« Hellmer sah Durant fragend an.

»Standardfrage, vergiss es.« Sie nahm hinter ihrem Schreibtisch Platz. »Was machst du eigentlich so früh schon hier?«

»Dasselbe könnte ich dich fragen«, entgegnete Hellmer grinsend. »Normalerweise …«

»Komme ich nicht vor acht, du aber auch nicht. Die Nacht war ruhig?«

»Nein. Vor etwa einer Stunde wurde die Leiche einer jungen Frau in Zeilsheim gefunden. Ein paar Kollegen vom KDD und der KTU sind bereits vor Ort. Hat aber vermutlich nichts mit unserem Fall zu tun. Sie ist vollständig bekleidet und wurde allem Anschein nach erwürgt oder erdrosselt.«

»Und wenn doch?«

»Was, wenn doch?«

»Wenn es doch mit unserem Fall zu tun hat?«

»Nein, mit großer Wahrscheinlichkeit nicht, wie Kunze gerade eben telefonisch durchgegeben hat. Er tippt entweder auf eine Beziehungstat oder einen Überfall. Wir können ja gleich mal hinfahren.«

»Würde ich gerne, aber ...«

In dem Moment ging die Tür auf, und Kullmer und Seidel traten ein. Kullmer trug einen dicken und schweren Ordner unter dem Arm.

»Hi. Ist der Chef schon da?«, fragte Kullmer.

»Ja. Was hast du da?«, antwortete Hellmer und deutete auf das Aktenpaket.

»Lasst euch überraschen«, entgegnete er, ohne eine Miene zu verziehen. »Gehen wir rüber, das hier wird auch den Chef interessieren, das garantiere ich euch.«

Sie begaben sich zu Berger, der noch in seiner Zeitung blätterte, sie jedoch sofort zur Seite legte, als die vier Beamten in sein Büro traten.

»Morgen, Chef«, sagte Kullmer.

»Sie alle so früh? Herr Hellmer und Frau Durant, ich möchte Sie bitten ...«

»Ja, gleich, KDD ist doch schon vor Ort«, fiel ihm Hellmer ins Wort.

»Was ist passiert?«, fragte Seidel und neigte den Kopf ein wenig zur Seite.

»Eine junge Frau in Zeilsheim. Passt aber nicht zu unseren bisherigen Opfern. Es soll auch noch andere Gewalttäter geben.«

»Hier, Chef«, sagte Kullmer und legte die überquellende Aktenmappe auf den Schreibtisch. »Ich nehme an, das ist das, wonach Sie suchen.«

»Wonach suche ich denn?«, fragte Berger irritiert.

»Gernot.«

»Was? Woher haben Sie das?«

»Günter Schwarz, dieser Autor. Wir waren gestern Abend bei ihm und haben das gefunden. Das dürfte der gesamte Vorgang sein, Pi mal Daumen so um die acht- bis neunhundert Seiten.«

»Wie ist Schwarz an das Material gelangt?«, fragte Durant fassungslos.

»Angeblich hat's ihm ein Kurier Ende November, Anfang Dezember gebracht. Abends natürlich, als es dunkel war. Wir haben den Kerl gestern Abend noch hier vernommen, ein echter Kotzbrocken. Kein Wunder, dass die Uhlig nichts mit ihm zu tun haben wollte. Arrogant und schleimig. Doris hat ihn sich eine Weile allein vorgeknöpft und ihn schließlich weichgeklopft.«

»Er kann das Material ja nur vom Täter haben. Aber wie konnte der Täter im Winter schon wissen, dass wir Schwarz in die Ermittlungen einbeziehen werden?«, sagte Durant.

Allgemeine Ratlosigkeit.

»Seht ihr, das meine ich. Er ist ein Genie ohne Skrupel. Findet heraus, warum er sich ausgerechnet Schwarz ausgesucht hat. Das kann kein Zufall sein. Es muss eine Verbindung zwischen Schwarz und dem Täter geben, denn er konnte ja nicht ahnen, dass Schwarz sich irgendwann im Laufe des Jahres an die Uhlig ranmachen würde. Prüft außerdem, ob Schwarz ein regelmäßiger Kirchgänger ist. Ich will wissen ...«

»Frau Durant«, wurde sie von Berger unterbrochen, »bis morgen um siebzehn Uhr werden wir nicht all Ihre Fragen beantworten können. Aber Ihre Kollegen werden sich dennoch darum kümmern.«

»Ich bitte darum«, erwiderte sie etwas beleidigt. »Schwarz ist

ein Verbindungsglied, und es ist wichtig zu wissen, welche Rolle ihm vom Täter zugedacht wurde. Wo wohnt er?«
»In einem recht luxuriösen Bungalow in Ginnheim.«
»Okay. Durchsuchungsbeschluss anfordern und herausfinden, ob er noch weiteres Wohneigentum besitzt. Wenn ja, wisst ihr, was zu tun ist. Außerdem sämtliche Unterlagen beschlagnahmen und nur das an ihn zurückgeben, was nicht mit dem Fall Gernot oder unserem aktuellen Fall zu tun hat. Ich gebe nur ein paar Anweisungen, bevor ich mich in meinen wohlverdienten Urlaub verabschiede. Das war's von meiner Seite. Wenn's weiter nichts gibt, fahren Frank und ich nach Zeilsheim. Ach ja, falls Bock sich meldet, bitte sofort mich anrufen.«
»Julia«, sagte Seidel, »das mit dem Beschlagnehmen wurde längst veranlasst, und alles andere auch.«
Berger lehnte sich lächelnd zurück: »Sie wollen wohl unbedingt in den letzten Stunden vor Ihrer Abreise …«
»Ich will gar nichts. Ciao.«
Auf dem Flur sagte Hellmer: »Der lange Schlaf hat dir gut getan, was?«
Zum ersten Mal an diesem Morgen lächelte sie. »Ich weiß, ich bin anstrengend. Aber du musst doch zugeben, dass das mit Schwarz kein Zufall sein kann. Er spielt eine gewichtige Rolle, ob nun als Bauer oder als Dame oder sogar König«, sie zuckte die Achseln, »das werdet ihr herausfinden. Und wehe, ich komme am dreiundzwanzigsten Juli zurück, und es liegen keine Ergebnisse auf dem Tisch, ich mach den Laden platt.«
»Oh, ich fang schon an zu zittern.«
»Na hoffentlich. Und danke übrigens, dass du mich gestern nach Hause geschickt hast.«
»Na ja, ein bisschen länger und ich hätte dich auch noch nach Hause fahren müssen. Das wollte ich mir nun doch nicht antun.«
»Idiot«, sagte Durant, während sie zum Auto rannten, da

es seit den frühen Morgenstunden wie aus Kübeln schüttete.

Donnerstag, 8.35 Uhr

Die Tote lag zugedeckt auf einem Grünstreifen etwas abseits einer wenig befahrenen Straße etwa fünfzig Meter von einem Wohngebiet entfernt. Um die großflächige Absperrung hatten sich ein paar Schaulustige versammelt, die jedoch kaum einen Blick auf das Geschehen erhaschen konnten, weil der starke Regen und die dicht beieinanderstehenden Polizisten die Sicht behinderten.

»Wer hat sie gefunden und wann?«, fragte Durant Kunze, den Leiter des Kriminaldauerdienstes, der vollkommen durchnässt war.

»Ein älterer Herr, der mit seinem Hund unterwegs war. Fundzeit etwa 6.15 Uhr. Wir haben seine Aussage bereits aufgenommen und ihn nach Hause geschickt, der Mann war sichtlich geschockt und außerdem total durchgefroren. Wir haben nur auf euch gewartet, damit die Kleine endlich in die Rechtsmedizin gebracht werden kann. Spuren werden wir wohl keine finden, wenn's überhaupt welche gab, dann hat der Regen sie weggeschwemmt. Tut mir leid.«

Hellmer hob die Plane ein wenig an und nickte: »Sieht tatsächlich nach einer Beziehungstat oder einem Überfall aus. Fragt mal in der Gegend nach, ob jemand sie kennt oder gar vermisst.« Mit einem Mal stockte er und kniff die Augen zusammen. »Julia, komm mal her, das musst du dir anschauen.«

»Gleich.«

»Nein, sofort.«

Durant trat zu ihm, sah zunächst nur den oberen Teil der Leiche, schluckte schwer, warf Hellmer einen vielsagenden

Blick zu und bat darum, dass sich ein paar Beamte mit einer Abdeckung um sie herum aufstellten, um sie vor neugierigen Blicken zu schützen.
»Mach's ganz weg«, stieß sie leise hervor, woraufhin Hellmer das Laken ganz zurückzog.
Durant atmete ein paarmal tief durch. »Es hat doch mit unserem Fall zu tun.« Und zu Andrea Sievers, die zu ihnen getreten war, sagte sie: »Zieh ihr doch bitte mal den Slip ein wenig runter.«
»Hat das nicht Zeit, bis ...«
»Tu's bitte.«
Andrea Sievers ging in die Hocke und zog Paulinas Slip herunter. Fragend sah sie Julia an: »Was ist das denn?«
»Die fast originalgetreue Kopie eines Falls von vor gut acht Jahren. Die Opfer wurden damals genauso aufgefunden wie die Kleine hier.«
»Was hat die Nadel zu bedeuten?«
»Dafür haben wir jetzt keine Zeit. Lass dir das in aller Ruhe von Frank erklären, wenn ich weg bin. Diese verfluchte Kanalratte hat das Spiel ausgeweitet.« Ihr traten Tränen in die Augen. »Bekomme ich den Obduktionsbericht noch vor morgen Mittag?«, fuhr sie fort und versuchte, ihre Stimme klar und fest klingen zu lassen.
»Wenn du nichts Unmögliches verlangst, ja. Worauf sollen wir besonders achten?«
»Auf alles. Ich benötige sämtliche Infos zu der Toten. Untersucht sie auch auf Medikamente wie Beruhigungsmittel, Schlafmittel, K.o.-Tropfen et cetera. Was schätzt du, wie lange sie schon tot ist?«
»Die Körpertemperatur weist darauf hin, dass sie zwischen Mitternacht und ein Uhr gestorben ist. Aber mit Sicherheit nicht hier, sie wurde hier nur abgelegt. Noch was?«
»Ja, ich würde gerne ihre Brust sehen.«
»Kein Problem«, sagte Sievers und knöpfte die schwarze

Bluse auf. Sie schüttelte den Kopf. »Gehört das auch zu eurem damaligen Fall?«
»Allerdings. Unser Mann verfügt tatsächlich über Insiderwissen. Alles wie damals, zumindest fast alles. Lass sie so schnell wie möglich auf deinen Tisch bringen, ich bin gespannt, was die Untersuchungen ergeben. Dieses verdammte Dreckschwein!« Sie sah Sievers an und fuhr fort: »Tut mir leid, aber ...«
»Du sprichst doch nur aus, was wir alle denken. Komm mal runter zu mir.«
Durant begab sich ebenfalls in die Hocke, Sievers flüsterte ihr zu: »Der Dreckskerl ist der Erste, dem ich mit Vergnügen bei vollem Bewusstsein erst die Eier und dann den Rest abschneiden möchte. Aber das ist nur ein Wunsch.«
»Wie alt schätzt du sie?«
»Nicht älter als zwanzig. Sagen wir zwischen sechzehn und zwanzig.«
»Wir brauchen ihre Fingerabdrücke, und wenn du sie auf dem Tisch hast und sie saubergemacht hast, dann brauchen wir auch ein ordentliches Foto, denn es geht eventuell an die Presse, falls wir ihre Identität nicht klären können.«
»Kein Problem.«
Durant ballte die Faust und gab Hellmer das Zeichen zum Aufbruch.
Im Auto sagte Durant, während die Scheibenwischer gegen den immer stärker werdenden Regen ankämpften: »Dieses verdammte Arschloch spielt mit uns. Er hat sich nicht allein auf Gernot konzentriert, er bringt jetzt sogar einen Fall hoch, den wir bearbeitet haben. Er will uns provozieren. Mit diesem Mord hier hat er Kontakt aufgenommen, weil er denkt, dass wir bis jetzt nicht gemerkt haben ...«
»Möchtest du meine ehrliche Meinung dazu hören?«, wurde sie von Hellmer unterbrochen.
»Schieß los.«

»Ich habe damit gerechnet. Aller Voraussicht nach wird er uns auch noch andere Fälle aus den vergangenen zwölf Jahren zum Fraß vorwerfen, aber nur Fälle, die wir bearbeitet haben.«

»Was meinst du mit ›wir‹?«

»Du, ich und die anderen.«

»Und wie kommst du darauf?«

»Ich hatte schon gestern so ein merkwürdiges Gefühl, als wir über Gernot diskutierten. Ich dachte, es ist nicht stimmig, dass er sich ausschließlich auf diesen Gernot fixiert hat. Meines Erachtens hat er es auf unsere Abteilung im Speziellen abgesehen.«

»Bist du unter die Hellseher gegangen?«

»Nein, es war nur ein Gefühl.«

»Und was könnte deinem Gefühl nach noch passieren?«

»Muss ich diese Frage beantworten?«

»Ich bitte darum.«

»Wir arbeiten seit zwölf Jahren beim K 11 und haben einige recht delikate Mordfälle gelöst, darunter auch Serienmorde. Ich gehe davon aus, unser Killer hat sich auf Serienmorde spezialisiert, die wir bearbeitet haben. Oder hast du eine andere Hypothese?«

»Einen Teufel hab ich. Aber letztlich ist das alles Spekulation. Wir haben keinen blassen Schimmer, was er als Nächstes vorhat. Es kann ebenso sein, dass er heute oder morgen einen Einzelmord kopiert, den andere Kollegen bearbeitet haben.«

»Er ist Schachspieler, genau wie Gernot einer war. Ursprünglich hat er sich an Gernot orientiert, das ist ja inzwischen klar. Berger gehörte damals der Abteilung an, die Gernots Fall bearbeitete, und der Einzige, der von der damaligen Truppe beim K 11 übrig geblieben ist, ist nun mal Berger. Der Täter will sich mit uns messen, das ist meine Überzeugung.«

»Und wieso glaubst du das?«

»Julia, muss ich mich andauernd wiederholen? Mehrere Faktoren sprechen dafür. Gernot war ein begnadeter Schachspieler, der es laut Berger mit der Weltelite hätte aufnehmen können. Bei unserem Mann dürfte es ähnlich sein. Hochintelligent, in vielerlei Hinsicht begabt, und ich verwette meinen Arsch darauf, dass er ein grandioser Schachspieler ist.«
»Das bringt uns aber nicht viel weiter, das ist dir hoffentlich klar.«
»Ja«, antwortete er knapp.
»Du hast doch noch irgendwas in der Hinterhand, das spüre ich«, sagte Durant und sah Hellmer von der Seite an.
»Was soll ich schon in der Hinterhand haben? Ich mach mir halt so meine Gedanken, mehr nicht.«
»Und dürfte ich vielleicht erfahren, was so deine Gedanken sind?«
»Noch nicht, ist zu unausgegoren. Und jetzt hör auf, mir Fragen zu stellen, auf die ich keine Antworten habe.«
»Okay. Aber warum wechselt er mit einem Mal von Gernot zu einem anderen Täter über?«
Es entstand eine Pause, während sie an einer Ampel standen, bis Hellmer antwortete: »Wer sagt denn, dass er nicht schon längst einen anderen Täter kopiert hat? Die Morde an Weiß und Peters, das waren eindeutig Kopien von Gernots Morden. Ich kann mich aber nicht erinnern, in der Akte irgendetwas davon gelesen zu haben, dass Gernot an einem seiner Opfer etwas Ähnliches wic an der Schweigert vollzogen hat. Wir sollten nachprüfen, ob es bundesweit innerhalb der letzten zwanzig Jahre Fälle gegeben hat, die denen der Schweigert ähnelten.«
»Das sollen die andern machen. Wir haben den kompletten Vorgang Gernot erst heute auf den Tisch gekriegt, und das auch nur, weil Peter und Doris diesen Schwarz auseinandergenommen haben. Angenommen, in den Akten steht etwas von Isolationshaft? Angenommen, Gernot hat bei seinen

Opfern Ähnliches probiert? Vielleicht ist es Berger nur entfallen, schließlich liegt die Sache schon eine halbe Ewigkeit zurück.«

»Einverstanden. Aber Fakt ist doch, dass er spätestens mit unserer unbekannten Toten einen Fall kopiert, den unsere Abteilung bearbeitet hat, an vorderster Front du und ich.«

»Und?«

»Nichts und. Aber von einem bin ich überzeugt: Er wird nicht aufhören, denn er hat gerade erst begonnen. Und er hat die Schlagzahl mächtig erhöht. Und das, liebe Julia, bereitet mir am meisten Kopfzerbrechen.«

»Nicht nur dir.« Und nach einer kurzen Pause und einem nachdenklichen Stirnrunzeln fügte sie leise hinzu: »Du hast mich lange nicht mehr liebe Julia genannt. Womit hab ich das verdient?«

»Einfach so«, antwortete er ausweichend, obwohl er eine Antwort gehabt hätte. Ihm tat es leid, dass er sich in den letzten Monaten ihr gegenüber so abweisend benommen hatte, aber er hatte Probleme, seine Schwächen einzugestehen, obwohl gerade Julia ihm in seiner schwersten Zeit so geholfen hatte. Er hatte sich lange Zeit geschämt, hatte Mühe gehabt, den andern in seiner Abteilung in die Augen zu sehen, wollte nie wieder auf diese leidige und fast todbringende Erfahrung angesprochen werden, zu sehr litt er noch heute darunter. Selbst mit Nadine redete er nicht darüber, nur wenn sie ihn direkt darauf ansprach. Er schämte sich bis heute für bestimmte Vorkommnisse, an die er sich nicht mehr erinnern konnte, selbst wenn andere ihm davon berichteten. Er wusste nicht mehr, wie er in einem Hotel in Höchst eingecheckt und sich fast zu Tode gesoffen hatte, wie die Kollegen ihn nachts in letzter Sekunde gerettet hatten. Ihm fehlten ganze Tage in seinem Leben.

Das Schlimme war, dass er nicht einmal genau wusste, warum er zur Flasche gegriffen hatte. Sicher, seine Affäre, das schlechte Gewissen Nadine gegenüber, seine Unfähigkeit, von der verbotenen Frucht in Gestalt der anderen Frau zu lassen. Allmählich hatte er seinen Alkoholkonsum gesteigert, bis er schließlich bei drei bis vier Flaschen Wodka am Tag angelangt war, er nicht mehr klar denken konnte, vieles, was mit seiner Arbeit zu tun hatte, wie ausgeblendet war und Nadine nicht wusste, wie sie sich ihm gegenüber verhalten sollte. Sie war sogar schon so weit gewesen, ihre Sachen zu packen, die Kinder zu nehmen und abzuhauen. Dass sie es nicht tat, zeugte von ihrer Größe, aber auch von ihrer Liebe zu ihm. Nadine, Julia, Peter, Doris und auch Berger, keiner wusste mehr mit ihm umzugehen, dennoch kämpften sie um ihn und überließen ihn nicht einfach seinem Schicksal.

Er zog sich immer mehr zurück, sein einziger Freund wurde die Flasche. Ein schlechter, beinahe tödlicher Freund, der ihm erst das Paradies zeigte und ihn dann geradewegs in die Hölle führen wollte.

Hellmer trug noch immer schwer an dieser unseligen Vergangenheit, die zu verarbeiten ihm bis heute nicht gelungen war, so sehr er sich auch anstrengte, weshalb er sich mehr und mehr in sich zurückgezogen hatte, doch er wusste auch, dass er sich nicht ewig verstecken konnte. Er wollte wieder der lebensbejahende und aktive Frank Hellmer sein, der er seit seiner Wiederbegegnung mit Nadine gewesen war. Aber er wollte auch nie wieder auf jene grausame Zeit angesprochen werden, obgleich er wusste, dass er für den Rest seines Lebens gefährdet sein würde, denn der Absturz vor gut zwei Jahren war nicht der erste gewesen, wenn auch der schlimmste. Ihm tat es leid, was er Nadine angetan hatte, ihm tat es leid, dass er seine Kollegen im Stich gelassen hatte, und er hatte heute noch Alpträume, die mit diesem Absturz zu tun hatten, aus denen er schweißgebadet aufwachte. Danach konnte er nur schwer wieder einschlafen, weil die Bilder ihn verfolgten und nicht losließen.

Er hatte sich fest vorgenommen, nie wieder einen Tropfen

Alkohol anzurühren, und er hoffte und betete, dies auch durchhalten zu können. Er wollte nicht sterben, er war noch viel zu jung, die Kinder zu klein, er hatte eine liebenswerte Frau und noch so viele Pläne. Nein, er hatte nicht vor zu sterben. Die Ärzte hatten ihm jedoch unmissverständlich klargemacht, dass sein nächster Absturz seinen Tod bedeuten könnte, da seine Leber bereits stark angegriffen sei.

Und nun saß Julia neben ihm, einen Tag vor ihrem Urlaub, und zum ersten Mal seit langer Zeit war da wieder so etwas wie Vertrautheit, jene alte Vertrautheit, nach der er sich insgeheim so sehr gesehnt hatte.

»Bei dir gibt's kein ›einfach so‹«, sagte sie lächelnd. »Komm, spuck's aus, was ist los?«

»Nichts, ich schwöre«, entgegnete er und hob die rechte Hand, auch wenn dies nur die halbe Wahrheit war. Er wollte ihr noch nicht von seinem Besuch bei Lara und Frederik Jung berichten, höchstens den belanglosen Teil, aber ganz sicher nicht das, was Lara ihm bezüglich seiner Intelligenz gesagt hatte, weil er erst selbst damit klarkommen musste.

»Du vermisst mich jetzt schon, hab ich recht?«

»Kann sein. Aber bilde dir nicht zu viel darauf ein, so wichtig bist du nun auch wieder nicht. Wir schmeißen den Laden auch ohne dich.«

»Das bezweifle ich. Aber gut, ich will euch eine Chance geben. Wie war's eigentlich gestern bei Jung? Oder hast du niemanden angetroffen?«

»Doch. Seine Kinder hüten das Haus. Sie konnten mir auch nicht mehr sagen, als dass ihre Eltern in Urlaub sind.«

»Und warum sind die Kinder zu Hause geblieben?«

»Es sind Zwillinge, beide siebzehn, hochbegabt, studieren in den USA und planen, in zwei Jahren mit ihrer Promotion zu beginnen. Sie sind extra aus den Staaten gekommen, um während der Abwesenheit der Eltern das Haus zu hüten. Die Mutter ist sehr reich, sie stammt aus einer Unternehmerfami-

lie und so weiter und so fort. Jung können wir in drei Wochen sprechen, was sich aber meines Erachtens erübrigt, denn als Täter kommt er ja wohl nicht in Frage.«
»Wieso kommen die beiden extra aus den Staaten, wo sich die Eltern doch locker einen Sicherheitsdienst leisten könnten?«
»Sie wollten ihnen einfach einen Gefallen tun. Hör zu, haken wir Jung ab, der ist nicht da und hat somit definitiv nichts mit den Morden zu tun.«
»Ja, sicher«, sagte Durant und starrte abwesend aus dem Seitenfenster.
»Woran denkst du?«, fragte Hellmer, als sie am Ginnheimer Spargel rechts abbogen und an der Bundesbank vorbeifuhren.
»Woran wohl?«, antwortete sie mit tiefer Resignation in der Stimme. »Hier läuft jemand rum, der uns verspottet und verhöhnt. Die Tote von eben ist doch das beste Beispiel dafür.«
»Wie oft hast du das in den vergangenen Jahren schon gesagt? Julia, wir sind schon von einigen Tätern verhöhnt worden, letztendlich haben wir sie alle geschnappt. Und nicht anders wird es auch diesmal sein. Mit jedem Mord mehr führt er uns näher an sich heran. Und ich schwöre dir, es wird nicht mehr lange dauern, da stehen wir ihm Auge in Auge gegenüber.«
Julia Durant seufzte auf und meinte: »Dein Wort in Gottes Ohr. Ich habe diesmal ein ganz blödes Gefühl, und ich kann nicht einmal sagen, warum. Es ist einfach da. Woher weiß er all diese Details?«
»Du hast es gestern doch selber schon gesagt – er ist ein Insider. Es kann nur ein Insider sein.«
»Das Problem ist nur, der Begriff Insider schließt nicht nur jeden Polizeibeamten, sondern jeden Justizangehörigen, aber leider auch Medienvertreter ein. Das ist wie die berühmte Suche nach der Nadel im Heuhaufen oder das Warten auf

den erlösenden Sechser im Lotto, mit dem ich auf einen Schlag all meine Schulden begleichen kann. Wo wollen wir denn ansetzen?«
»Julia, wenn wir die Hoffnung aufgeben, können wir unseren Job auch gleich an den Nagel hängen. Was ist los? Diesen Pessimismus bin ich von dir gar nicht gewohnt.«
»Ich weiß auch nicht. Dieses Arschloch! Er hat vorhin Gefühle in mir wiedererweckt, die ich nie wieder haben wollte. Ich sehe noch all die Frauen vor mir, als wär's gestern gewesen, wie sie dalagen, genau wie die Kleine von eben. Es war einer meiner härtesten Fälle, und das weißt du auch. Ich …«
»Hallo, darf ich dir in Erinnerung rufen, dass wir damals alle auf dem Zahnfleisch gekrochen sind? Auch ich brauch den Vorgang in meinem ganzen Leben nicht mehr zu lesen, ich weiß das alles noch auswendig und werde es nie wieder vergessen.«
»'tschuldigung, so war das nicht gemeint. Ich glaub, mit uns gehen allmählich die Nerven durch.«
»Genau das dürfen wir nicht zulassen, denn das will er. Er will uns aus der Ruhe bringen, damit wir nicht mehr klar denken können. Unser Urteilsvermögen ist dann eingeschränkt …«
»Bitte, das haben wir alles auf diversen Seminaren gelernt und …«
»Sicher. Aber du lässt dich aus der Ruhe bringen. Die alles entscheidende Frage ist doch – was will er? Niemand bringt Menschen um, ohne dass eine Absicht dahintersteckt. Was also ist sein Motiv? Was plant er als Nächstes? Wenn es uns gelingt, uns in seine Gedankenwelt einzuklinken, kriegen wir ihn, ganz gleich, wie viel Vorsprung er hat.«
»Dann klink dich mal schön ein, ich schaff das nicht«, erwiderte Durant leise, so leise, dass es vom Geräusch des Motors, des Scheibenwischers und des Regens, der auf das Auto prasselte, überdeckt wurde. »Vielleicht in vier Wochen wie-

der«, sagte sie und wischte sich über das Gesicht, und es waren keine Regentropfen, die sie wegwischte.
Sie fuhren auf den Parkplatz des Präsidiums, Hellmer legte wortlos einen Arm um Durant, worauf sie erst leicht erschrak, schließlich aber ihren Kopf an seine Schulter lehnte.
»Das hast du auch lange nicht mehr gemacht«, sagte sie kaum hörbar.
»Es wird Zeit, dass du hier rauskommst. Du musst raus aus Frankfurt, raus aus diesem ganzen Mief, sonst gehst du wirklich noch vor die Hunde. Versprichst du mir, dass du es dir nicht noch anders überlegst?«
Sie lachte auf, und es klang fast bitter. »Wie soll ich das denn anstellen, wenn mich alle loswerden wollen? Und ihr habt ja auch recht, meine Nerven liegen blank. Es ist inzwischen schon so, dass mir bei der kleinsten Kleinigkeit die Tränen kommen. Gestern sogar bei einem Werbespot im Fernsehen. Das ist total verrückt, manchmal denke ich, ich bin kurz vor dem Durchdrehen.«
»Das vergeht. Was glaubst du, wie oft ich ... Na ja. Aber bitte, vergiss nie, dass ich dein Freund bin, auch wenn ich dir das in den letzten Monaten nicht gezeigt habe. Ich hab niemandem mehr etwas gezeigt.«
»Lass uns nach meinem Urlaub in aller Ruhe darüber reden. Bei einem Essen vielleicht. Aber nur wenn du's auch willst. Ich würde mir nur wünschen, dass wir wieder ein Team sind wie vor zwei Jahren. Mehr will ich doch gar nicht.«
»Okay. Es kann aber auch sein, dass ich den Job schmeiße. Das hab ich dir gestern schon gesagt.«
»Quatsch, das lässt du schön sein. He, mit wem soll ich mich denn dann zoffen? Überleg dir das bitte reiflich.«
»Bisher ist es auch nur angedacht. So, und jetzt ab nach oben. Scheiße, was für 'n Pisswetter«, sagte er, als sie ausstiegen und zum Eingang rannten. »Sag mal, hat er gewusst, dass es regnen würde, als er die Kleine heute Nacht abgelegt hat?«

»Und wenn? Im Wetterbericht gestern haben sie für letzte Nacht und heute Regen angesagt. Regen und Gewitter. Und vergangene Nacht hat's ganz schön geblitzt und gedonnert, ich bin nämlich ein paarmal davon aufgewacht. Warum fragst du?«

»Na ja, er ist ein Spieler. Er hat sich womöglich darauf verlassen, dass der Regen alle Spuren beseitigt. Nur die Kleine nicht.«

»Du bist also inzwischen auch von meiner Theorie überzeugt, dass er ein Spieler ist?«

»Hm.«

»Danke.«

»Die anderen übrigens auch. Warum wohl hat er diesem Schreiberling die Unterlagen über Gernot zukommen lassen? Ganz einfach, weil es zu seinem Spiel gehört.«

»Aber Schwarz ist nur eine Figur in diesem Spiel«, sagte Durant.

»Korrekt, und dazu eine kleine. Schwarz ist nicht mehr als ein Bauer, wir aber suchen nach dem König. Ein Bauer ist in einem Schachspiel entbehrlich, nicht aber der König. Das ist das Spiel.«

»Und welche Rolle kommt uns zu?«, fragte Durant, während sie auf den Aufzug warteten.

»Hast du schon mal Schach gespielt?«

»Nein, aber ich wollte es immer schon mal lernen«, antwortete sie und verkniff sich ein Lachen.

Sie betraten den Aufzug, Hellmer drückte den Knopf, und sie fuhren in den vierten Stock.

»Ich bring's dir bei, wenn du wieder zurück bist.«

»Das Angebot nehme ich an«, entgegnete sie schmunzelnd, den Kopf leicht zur Seite gedreht. Sie hatte schon als Kind mit ihrem Vater Schach gespielt, sie kannte sogar noch einige berühmte Eröffnungen und Züge, mit denen sie einen unerfahrenen Spieler innerhalb weniger Minuten schachmatt set-

zen konnte. Nachdem ihr Vater ihr das Wesentliche beigebracht hatte, hatte sie ihn später sogar einige Male geschlagen, nur ihre Ungeduld machte ihr manchen Sieg zunichte. Und sie meinte auch, Hellmer schon einmal davon berichtet zu haben. »Du hast meine Frage noch nicht beantwortet.«
»Welche?«
»Na ja, welche Rolle uns zukommt?«
»Wir stehen auf der anderen Seite des Schachbretts ... Später.«
Sie meldeten sich bei Berger, der sich mit Seidel und Kullmer besprach, und erstatteten einen vorläufigen Bericht, wobei seine Miene immer ernster und seine Haut zunehmend fahler wurde, bis er lospolterte: »Wie, zum Teufel, kann das sein?« Berger sprang auf (so wütend hatten ihn die Beamten selten erlebt), haute mit der Faust auf den Tisch und sagte mit entschlossener Miene und hochrotem Kopf: »Da draußen verarscht uns einer nach Strich und Faden. Und wissen Sie was: Ich hasse es, verarscht zu werden! Dieser verdammte Hurensohn lacht sich schlapp, während wir wie die Deppen rumeiern und er uns dauernd ins Leere laufen lässt. Das kotzt mich einfach nur noch an!«
»Chef«, sagte Hellmer und hob beschwichtigend die Hand, »dieser Hurensohn wird nicht mehr lange über uns lachen. Mittlerweile freue ich mich auf die Zusammenarbeit mit Holzer, denn wenn einer uns helfen kann, die Spur vom Opfer zum Täter zurückzuverfolgen, dann er. Und dieser Bastard hinterlässt Spuren, auch wenn wir sie im Moment noch nicht erkennen können.«
»Wissen Sie schon, wer das Opfer ist?«, sagte Berger, der sich langsam etwas beruhigte.
»Nein, bis jetzt nicht. Ich glaube auch nicht, dass die junge Frau vermisst wird, das Gesicht kam uns nicht bekannt vor. Oder, Julia?«
»Nein, allerdings hat es sehr stark geregnet, als wir in Zeils-

heim waren, und ihre Augen waren geschlossen. Es ist schon möglich, dass sie in unserer Kartei ist.«

»Also gut, warten wir auf die Fotos und die Auswertung der Fingerabdrücke, dann werde ich zwei Kollegen von der Soko um einen Abgleich mit vermissten Frauen bitten«, sagte Berger, schenkte sich einen Kaffee ein und nahm wieder Platz. »Wenn Sie mich bitte alle einen Moment allein lassen würden.«

Als Durant und Hellmer in ihrem Büro waren, nahm Hellmer ihr Gespräch wieder auf: »Ich habe deine Frage nicht vergessen, welche Rolle uns in dem Schachspiel zukommt. Er sitzt auf der einen Seite des Tischs, wir auf der andern. Er ist allein, kann jedoch seine Figuren steuern, wie er will, während wir noch auf gut Glück agieren, weil wir seine Züge nicht kennen. Er führt im Augenblick mit vier zu null – Weiß, Peters, Schweigert und unser neuestes Opfer. Und mit jedem Opfer baut er seine Führung aus …«

»Mindestens fünf oder sogar sechs zu null, denn du hast die Slomka und die Uhlig vergessen. Kannst du eigentlich gut Schach spielen?«

»Geht so, warum?«

»Nur so. Ich wusste bis vorhin nicht, dass du Schach spielst.«

»Wir wissen vieles nicht voneinander. Lass mich aber kurz meinen Gedanken zu Ende führen. Zurzeit spielt er ein Spiel gegen einen Anfänger. Das Wichtige ist, dass wir uns von seiner Professionalität nicht aus der Ruhe bringen lassen. Wir lernen mit jedem seiner Züge dazu. Und bald beherrschen wir nicht nur das Spiel, sondern auch den Gegner. Und darauf kommt es an. Irgendwann werden wir die Eröffnung machen, und er wird keine Antwort darauf haben. Das wird der Moment sein, wo wir ihn kriegen. Das wird ihn aus der Ruhe bringen, und er wird Fehler machen, weil er uns das nicht zugetraut hat.« Hellmer stellte sich hin, streckte sich, gähnte und sah danach Durant an. »Mir ist klar, dass wir noch mit weiteren Opfern rechnen müssen, aber am Ende werden wir gewinnen.«

»Schon mal was vom Pyrrhussieg gehört?«, fragte Durant lapidar.

»Sicher, aber jeder Sieg ist ein Sieg. Wenn das alles hier vorbei ist und diese Bestie hinter Schloss und Riegel sitzt, werden wir der Opfer gedenken und um sie trauern. Die Medien und die Öffentlichkeit werden nach der Todesstrafe verlangen und, und, und ... Aber was kaum einer tun wird, ist, nach den Opfern zu fragen, die keine geworden sind. Und wenn wir ihn womöglich erst nach dem zwanzigsten Mord schnappen, dann haben wir vielleicht hundert oder sogar mehr Menschenleben gerettet. Ich weiß, das klingt etwas verquer und zynisch, trotzdem solltest du es mal aus dieser Warte betrachten. Jeder Serienkiller hinterlässt eine Schneise des Todes, aber jeder von diesen Bastarden, die wir fangen, kann kein Unheil mehr anrichten.«

»Zwanzig wäre verdammt viel«, erwiderte Julia Durant, während sie mit einem Stift spielte. »Denn hinter jedem Opfer stecken noch eine ganze Reihe anderer Menschen – Freunde, Verwandte, Bekannte, Ehepartner, Kinder ...«

»Das war doch auch nur eine hypothetische Zahl. So weit wird es nicht kommen, das verspreche ich.«

»Wie willst du das versprechen, wenn du nicht mal den Hauch einer Ahnung hast, wo du unseren Bastard suchen sollst?«

»Auch nur ein Gefühl. Ich kann es nicht erklären.«

»Was, wenn er in der Vergangenheit schon viel mehr Morde begangen hat? Wie viele unaufgeklärte Vermisstenfälle hatten wir in den letzten zehn Jahren? Nur im Rhein-Main-Gebiet, dem Hochtaunuskreis, in der Wetterau, von mir aus auch noch weiter südlich bis Bensheim.«

Hellmer setzte sich an seinen Computer und tippte etwas ein. Kurz darauf öffnete sich eine Datei, und er sagte: »Nehmen wir noch den Rheingau dazu, dann kommen wir seit 1997 auf achtundvierzig Personen, darunter drei Kinder zwischen acht und dreizehn Jahren, sieben Jugendliche zwischen vierzehn und achtzehn, achtundzwanzig Frauen zwischen achtzehn und vierundsechzig, davon allein sechzehn im Alter zwischen zwanzig und zweiunddreißig, sowie zehn Männer, von denen der jüngste einundzwanzig und der älteste zum Zeitpunkt des Verschwindens neunundsiebzig war.«

»Erschreckend«, kommentierte Durant diese Zahlen mit beinahe stoischer Ruhe, obwohl sie innerlich kochte. »Gibt es eine Häufung bei den Jahreszahlen?«

»Du meinst, ob in manchen Jahren besonders viele Personen vermisst gemeldet wurden?«

»Hm.«

»2002 und 2006«, murmelte Hellmer, nachdem er die Liste durchgegangen war. »2002 waren es dreizehn und letztes Jahr sogar sechzehn. Eine exorbitant hohe Zahl«, sagte er und fuhr sich über den Dreitagebart. »Letztes Jahr war nur ein Kind dabei, dafür aber zwölf Frauen im Alter zwischen neunzehn und einundvierzig sowie drei Männer.«

»Gibt es auch eine Häufung der Örtlichkeiten?«

Hellmer schüttelte den Kopf. »Nein.«

»Das heißt, er könnte in dem einen oder andern Fall seine Hände im Spiel haben, die Häufung könnte aber auch purer Zufall sein.«

»Ich denke, du glaubst nicht an Zufälle.«

»Ich habe mich falsch ausgedrückt, tut mir leid. Die Häufung der vermissten Personen kann auf wissenschaftliche Daten zurückgehen wie Witterungsverhältnisse, aber auch politische und wirtschaftliche Ereignisse. Das haben japanische und amerikanische Wissenschaftler herausgefunden. So kann zum Beispiel eine langanhaltende Hitzeperiode genauso zu unüberlegten Handlungen, Depressionen und Suiziden führen wie die dunkle Jahreszeit. Ebenso können Hitzewellen mit tropischen Nächten die Einbruchs-, Vergewaltigungs- und Mordrate in die Höhe treiben.«

»Jetzt mach aber mal halblang«, sagte Hellmer. »Ist das jetzt dein Ernst oder …«

»Es ist mein Ernst, lies die entsprechende Literatur. Allerdings sind diese Erkenntnisse noch nicht empirisch belegt, sonst würden wir alle sie kennen. Ich hab's auch nur in einem Magazin gelesen.«

»Und in welchem? Bild der Frau?«

Julia Durant lachte auf. »Das traust du mir zu, was? Nein, ich müsste zu Hause nachsehen. Das Ganze klingt für mich aber absolut plausibel.«

»Okay, belassen wir's dabei. Und jetzt?«

»Ich hoffe, die ersten Ergebnisse aus der Rechtsmedizin und die Fotos trudeln bald ein. Es kann doch nicht so lange dauern, ein paar Digitalfotos auszudrucken«, entgegnete sie ungehalten nach einem Blick zur Uhr.

»Sei doch nicht so ungeduldig.« Hellmer überflog die Berichte zu den einzelnen Vermisstenfällen. Er nickte ein paarmal und meinte schließlich mit einem gewissen Triumph in der Stimme, als hätte er gerade den Stein der Weisen gefunden: »Wir können mindestens einunddreißig Personen ausschließen. Sie haben Abschiedsbriefe hinterlassen, in denen sie entweder ihren Selbstmord ankündigten oder sich einer Straftat bezichtigten und deshalb untergetaucht sind. Blieben also noch siebzehn, von denen wir nicht wissen, was aus ihnen geworden ist. Bei den Kindern glaube ich kaum, dass unser Mann etwas damit zu tun hat. Ich kann mir auch nicht vorstellen, dass er sich an Jugendliche ranmacht. Bisher hatten wir es nur mit Erwachsenen zu tun. Also fallen noch mal zehn weg …«

»Stopp, stopp, nicht so schnell! Bei den Kindern stimme ich dir zu, bei den Jugendlichen nur bedingt. Wie viele Jugendliche haben laut Bericht ihren Suizid angekündigt?«

»Zwei Mädchen. Eins davon hat es durchgezogen, das andere ist reumütig wieder nach Hause zurückgekehrt.«
»Okay. Aber schau dir doch mal die heutigen Mädchen an, da sehen manche Fünfzehnjährige wie zwanzig oder älter aus.«
»Schon, aber ...«
»Und er wird auch nicht vorher fragen, wie alt die Person ist, die er in seine Gewalt bringen möchte. Wenn sein Vorgehen dem von Gernot gleicht, dann schnappt er sich das Opfer und stellt erst hinterher Fragen. Es ist ihm gleich, wie alt dieses Opfer ist, Hauptsache, es passt in sein Beuteschema. Und mindestens ebenso wichtig für ihn ist, dass er uns ärgern kann ...«
»Ich glaube nicht, dass Letzteres für ihn so wichtig ist, sonst hätte er längst den direkten Kontakt zu uns gesucht.«
»Hat er doch mit der Toten heute Morgen. Das ist wie ein Schreiben, nur ohne Absender und Poststempel. Ich bin gespannt, was ihr herausfindet, während ich es mir bei Susanne gutgehen lasse. Und ich werde garantiert nicht anrufen und mich nach dem Stand der Dinge erkundigen.«
»Wann geht dein Flieger?«
»Samstag.«
»Das weiß ich. Die Uhrzeit.«
»Ich muss um sechzehn Uhr am Flughafen sein.«
»Gut. Da du eine Frau bist und ich deshalb annehme, dass du einiges an Gepäck hast, und ich dir die Taxikosten ersparen möchte, biete ich mich hiermit an, dich zum Flughafen zu chauffieren.«
»Das ist aber wirklich nicht nötig, ich ...«
»Keine Widerrede. Ich will nur sichergehen, dass du auch tatsächlich fliegst. Sieh es als Kontrollmaßnahme.«
»Ich bin doch kein kleines Kind mehr«, begehrte Durant auf, doch Hellmer ließ sich nicht aus der Ruhe bringen.
»Das eben war nur ein Witz. He, ich hab dich in den vergangenen Jahren schon etliche Male zum Flughafen gebracht.

Ich wollte diese alte Tradition einfach wieder aufleben lassen. Sag ja.«

»Meinetwegen. Um halb vier bei mir?«

»Bestens.«

»Aber wehe, du verspätest dich, und ich krieg meinen Flieger nicht mehr«, sagte Durant grinsend.

»Ich mich verspäten? Nicht am Samstag.«

»Ich nehm dich beim Wort.«

Donnerstag, 11.05 Uhr

Die Fotos vom Fundort der Toten waren eingetroffen. Durant hatte daraufhin sofort bei Andrea Sievers angerufen und sie gefragt, ob sie etwas Genaueres zum Tod der noch unbekannten jungen Frau sagen könne. Sie stellte das Telefon laut, damit ihre Kollegen mithören konnten.

»Noch nicht viel, da wir gerade erst mit der Obduktion begonnen haben. Allerdings weist sie recht merkwürdige Würgemale am Hals auf, die weder durch Hände noch durch ein Seil oder ein anderes herkömmliches Tatwerkzeug entstanden sein können. Es ist möglich, dass es sich um eine Kette gehandelt hat. Mit der äußeren Leichenschau sind wir so weit durch, außer der Nadel und den abgetrennten Brustwarzen ist nichts Auffälliges zu erkennen.«

»Moment, abgetrennt oder abgebissen?«

»Nach erstem Erkenntnisstand mit Hilfe eines Werkzeugs fein säuberlich abgetrennt, Bissspuren sind keine zu erkennen. Warum?«

»Weil unser Täter damals die Brustwarzen abgebissen hat, der hat richtig tiefe Wunden hinterlassen. Was ist mit Hämatomen?«

»Nein, keine Spuren von Misshandlung oder Missbrauch.«

»Irgendwelche anderen Auffälligkeiten wie Kratzwunden, Nadeleinstiche, Schnitte?«

»Bis auf die abgetrennten Brustwarzen und die Nadel in den Schamlippen ist sie äußerlich unversehrt. Das Abtrennen der Brustwarzen geschah vermutlich erst nach ihrem Tod. Fingerabdrücke haben wir genommen und an die KTU weitergeleitet. Ob unsere Tote registriert ist, wage ich jedoch zu bezweifeln, da sie zum Zeitpunkt ihres Todes kaum älter als sechzehn oder siebzehn war. Sie war übrigens keine Jungfrau mehr, und sie muss eine starke Raucherin gewesen sein, was die dunkelgelben Verfärbungen an ihrem linken Zeige- und Mittelfinger eindeutig belegen. Das heißt, sie hat noch kurz vor ihrem Tod geraucht, denn die Gelbfärbung verschwindet selbst bei starken Rauchern spätestens vier Wochen nach der letzten Zigarette von allein. Ach ja, das dürfte dich noch interessieren – sie wurde unmittelbar nach ihrem Tod sorgfältig gewaschen und mit einem kostbaren Lavendelöl eingerieben, das selbst dem Regen getrotzt hat. War's das?«

»Im Prinzip ja.«

»Dann lass uns weitermachen, damit wir dir vielleicht noch heute ein vorläufiges Obduktionsergebnis schicken können. Bis dann. Moment, Prof. Bock möchte dir noch was sagen.«

»Frau Durant, ich wollte Sie sowieso heute noch anrufen. Stellen Sie bitte den Apparat laut ...«

»Ist bereits geschehen. Fahren Sie fort.«

»Ich habe mit meinem amerikanischen Kollegen gesprochen und ihm von dem Tod von Frau Schweigert berichtet. Er hat im Grunde meine Vermutung bestätigt, dass Frau Schweigert möglicherweise der sogenannten Weißen Folter ausgesetzt war, da wir keinen anderen Grund für das multiple Organversagen finden konnten. Es handelt sich um eine Folter, die rein psychisch ist, der Gefangene wird nicht auf herkömmliche Art und Weise misshandelt, sondern durch Töne, laute Musik oder das Gegenteil, eine vollkommene Stille, die unsere Vorstellungskraft bei weitem übersteigt. Schlafentzug ist ein weiteres Mittel, oder ein Gefangener wird in einen winzigen Käfig gesperrt, in dem er tagelang in unnatürlicher Haltung ausharren muss. Diese Liste ließe sich beliebig lange fortsetzen, heutzutage hat die Weiße Folter die physische Folter längst abgelöst. Man macht sich nicht mehr die Finger schmutzig. Prof. Brinkley hat mir von Fällen berichtet, wo Gefangene dieser Art der Folter ausgesetzt worden waren und noch während oder kurz nach Absetzen dieser Folter an multiplem Organversagen gestorben sind. Wir können uns natürlich auch irren, aber wir haben keine andere Erklärung für den Tod von Frau Schweigert.«

»Hier Berger. Wenn Sie von dieser Art von Folter sprechen, bedeutet das nicht auch, dass der Täter über entsprechende Räumlichkeiten verfügen muss? Zum Beispiel einen absolut schalldichten Raum, in den keinerlei Geräusche dringen?«

»Das ist richtig. Aber jemand, der sich auf diese Art von Folter spezialisiert hat, wird auch noch über andere Geräte verfügen, mit denen er seine Opfer quälen kann. Entweder lebt er allein in einem abgelegenen Haus oder er besitzt ein zweites Haus, wo er seine Opfer über einen längeren Zeitraum hinweg gefangen halten kann.«

»Woher bekommen wir Informationsmaterial über die Weiße Folter?«, fragte Berger weiter.

»Ich kann Ihnen etwas zukommen lassen, es ist aber nicht sehr umfangreich.«

»Danke, Prof. Bock, Sie haben uns sehr geholfen, es wird vor allem Dr. Holzer interessieren, der uns ab Montag unterstützen wird.«

»Grüßen Sie ihn von mir, er ist ein hervorragender Analytiker und Menschenkenner, wenn auch recht unzugänglich. Er hat uns schon einige Male mit seinem Besuch beehrt. Falls Sie noch Fragen haben, Sie wissen, wie Sie mich erreichen können.«

Durant legte auf und warf Hellmer einen fragenden Blick zu. Der nickte, und sie ergriff das Wort: »Der Mord an unserer Unbekannten ähnelt auf eine gewisse Weise den Morden an Weiß und Peters, auch wenn sie längst nicht so grausam umgebracht wurde. Aber das Waschen, dazu eine Körperlotion wie bei der Schweigert und die Detailkenntnis unseres Falls von vor acht Jahren.«

»Du kannst es ruhig aussprechen«, sagte Seidel, »du meinst das Insiderwissen.«

»Ja. Frag doch mal bei der KTU nach, ob die Fingerabdrücke in unserer Datenbank gespeichert sind?«

Seidel wählte die vierstellige Nummer der Kriminaltechnik. Eine junge Mitarbeiterin meldete sich und reichte den Hörer weiter an Kunze.

»Es gibt bis jetzt keine Übereinstimmung der Fingerabdrücke der Toten mit den bei uns gespeicherten Abdrücken, allerdings sind wir mit der Auswertung noch nicht ganz durch. Ich melde mich, sobald wir das endgültige Ergebnis haben.«

»Danke. Ihr habt's gehört.«

»Also gut, wir haben höchstwahrscheinlich eine unbekannte Tote, Alter laut Dr. Sievers sechzehn oder siebzehn, eher jünger. Keine Misshandlungs- oder Missbrauchsspuren, was nicht bedeutet, dass sie nicht schon länger in seiner Gewalt war und bereits früher von ihm misshandelt und missbraucht wurde. Wir sollten eine Pressekonferenz ansetzen und ein Foto unserer Toten veröffentlichen.«

»Das hätte ich ohnehin getan«, bemerkte Berger. »Aber kommen wir noch mal zu dem, was Bock gesagt hat …«

»Wir hatten gestern bereits ein längeres Gespräch mit Dr. Sievers, die uns unter dem Siegel der Verschwiegenheit von dieser Art der Folter berichtet hat, weil Bock ihr gegenüber so etwas angedeutet hatte, sie ihm aber nicht vorgreifen wollte, ihr kennt ja Bock. Es klingt stimmig, auch wenn es schwerfällt zu glauben, dass ein Mensch zu so etwas fähig ist.

Wer weiß, an wie vielen Opfern er die Weiße Folter bereits angewandt hat. Das weiß nur er selbst.«

»Allein bei der Vorstellung läuft's mir kalt den Rücken runter«, sagte Seidel und schüttelte sich.

»Ich hab versucht, mir das vorzustellen, ich schaff's nicht«, erwiderte Durant. »Keiner von uns war jemals der vollkommenen Isolation ausgesetzt – über Tage oder gar Wochen hinweg. Ich möchte es nicht mal für ein paar Stunden erleben. Fakt ist, wir haben es mit einem perversen Hirn zu tun, das gleichzeitig unglaublich intelligent ist. Er verfügt höchstwahrscheinlich über Geld oder zumindest mehrere Immobilien. Er scheint charmant und eloquent zu sein. Aber davon gibt es allein in Frankfurt ein paar tausend. Und wer sagt uns überhaupt, dass es sich bei unserem Täter nicht um eine Täterin handelt? Wir haben bis jetzt nur ein männliches Opfer, danach nur Frauen. Und wem vertrauen Frauen eher, einem Mann oder einer Frau?«

»Frau Durant, Sie spekulieren schon wieder wild drauflos, was uns jetzt nicht weiterbringt. Mann, Frau, Frau, Mann – ist es nicht gleich, mit welchem Geschlecht wir es zu tun haben? Das Wichtige ist doch, dass wir die Person aus dem Verkehr ziehen.«

»Und wenn es zwei sind? Wir haben diese Option bisher überhaupt noch nicht ins Auge gefasst«, sagte Kullmer. »Die Frau spricht das Opfer an, der Mann erledigt den Rest. Ein Pärchen wie Bonnie und Clyde. Oder zwei Frauen?«

»Oder zwei Hunde oder zwei Katzen oder zwei Vampire oder Werwölfe oder Aliens«, wurde Berger laut. »Ich hab die Schnauze gestrichen voll von dem, was da draußen seit einiger Zeit abgeht, und noch mehr habe ich die Schnauze voll von unseren Mutmaßungen und Spekulationen. Unsere Soko umfasst seit gestern vierzig Beamte – und was ist das Ergebnis? Wir sind bis jetzt kein Stück weitergekommen. Bringen Sie mir Ergebnisse! Strengen Sie alle Ihren Kopf an, denn wer immer uns zum Narren hält, er darf nicht schlauer sein als wir. Ist diese Botschaft bei Ihnen angekommen?«

»Chef, wir alle sind uns im Klaren darüber, dass wir bis jetzt noch nichts vorzuweisen haben«, entgegnete ein nun ebenfalls sichtlich erzürnter Hellmer und stützte sich mit beiden Händen auf Bergers Schreibtisch. »Aber wie war das damals bei Gernot? War es nicht ein Zufall, durch den Sie ihn geschnappt haben? Zumindest habe ich das gestern so verstanden. Durch reine Ermittlungsarbeit hätten Sie ihn vermutlich bis heute nicht bekommen. Er wäre alt und würde sich ins Fäustchen lachen. Wahrscheinlich müssen wir auch auf einen Fehler warten, um zuschlagen zu können.«

»Herr Hellmer, die Ermittlungsmethoden haben sich seit damals gravierend geändert. Und außerdem hasse ich Vergleiche.«

»Schluss jetzt«, mischte sich Seidel ein und zog Hellmer vom Tisch weg. »Lasst uns wieder an die Arbeit gehen, uns hier anzukeifen hat doch keinen Sinn.«

»Doris hat recht«, sagte Durant. »Wir dürfen ihm nicht die Genugtuung verschaffen, dass uns die Nerven durchgehen.«

»Wie kommen Sie darauf, dass er weiß, was mit unseren Nerven ist?«, fuhr Berger sie an, der sich nicht beruhigen mochte.

»Weil er einer von uns ist oder ein Journalist. Es kommt kein anderer in Betracht. Ich würde es auch sehr begrüßen, wenn wir sämtliche Mitarbeiter der Sonderkommission einer genaueren Prüfung unterziehen.«

»Wenn Sie meinen. Aber Ihnen müsste auch bekannt sein, dass ab dann die Interne zuständig wäre. Wenn Sie mich bitte für einen Moment allein lassen würden«, sagte Berger und lehnte sich zurück. »Und machen Sie die Tür hinter sich zu.«

Den Rest des Tages verbrachten die Beamten damit, die alten, von ihnen in der Vergangenheit bearbeiteten markanten Fälle unter die Lupe zu nehmen.

Für sechzehn Uhr war eine Pressekonferenz anberaumt worden, in der über den Fall der unbekannten Toten aus Zeilsheim berichtet wurde. Bald stand die Frage im Raum, ob es Verbindungen zu andern, unaufgeklärten Mordfällen gäbe und zu dem Verschwinden von Franziska Uhlig. Sowohl der Polizeisprecher als auch Berger hielten sich mit Kommentaren zurück, um der Presse so wenig Material wie möglich für Spekulationen zu geben. Eins war jedoch sicher, am Freitag würden alle Tageszeitungen aus dem Rhein-Main-Gebiet das Foto der jungen Frau veröffentlichen.

Nach der Pressekonferenz wurde die Soko zusammengetrommelt, um die bisherigen Ermittlungsergebnisse zu besprechen. Doch es gab keine Ergebnisse. Nicht einmal einen mageren Hinweis, der ein mögliches Ergebnis morgen oder übermorgen oder in drei Tagen hätte erbringen können. Im Moment war Kommissar Zufall die einzige Hoffnung für die Beamten, denn es herrschten allgemeine Ratlosigkeit und Enttäuschung.

Um halb acht löste sich die Sonderkommission nach einer fast zweistündigen Besprechung auf, und es wurde beschlossen, den Tag zu beenden.

Julia Durant und Frank Hellmer waren die Letzten, die das Büro verließen.

»Das war einer der beschissensten Tage, die ich seit langem erlebt habe«, sagte sie, während sie mit dem Aufzug nach unten fuhren.

»Untertreibst du immer so?«, fragte Hellmer ernst.

»Diese Sitzung hat mir den Rest gegeben. Mir ist noch nie aufgefallen, wie viele Dummschwätzer wir in unseren Reihen haben.«

»Du hast aber ziemlich lange dafür gebraucht, um das rauszukriegen. Aber bei einigen ist das die blanke Hilflosigkeit. Vergiss es einfach. Was machst du heute noch?«

»Was schon? Nach Hause fahren, vielleicht meinen Vater anrufen … Ehrlich gesagt, ich habe keine Ahnung. Und du?«

»Same procedure as every evening«, erwiderte Hellmer achselzuckend.
»Das hört sich nicht gut an.«
Es entstand eine kurze Pause, sie stiegen aus und gingen zum Parkplatz, bis Hellmer nach einer Weile des Überlegens sagte: »Okay, ich erzähl's dir, bevor du in Urlaub fährst. Ich fühle mich zurzeit auch alles andere als wohl in meiner Haut, eigentlich geht das sogar schon ziemlich lange. Das ist auch der Grund für so einige Dinge in der Vergangenheit. Aber keine Sorge, im Moment ist da keine andere Frau und auch kein Alkohol im Spiel, ich weiß selber nicht, was mit mir los ist. Ich fühle mich wie ein Hamster in seinem Rad, ich renne und renne und renne, ohne einen Schritt vorwärts zu kommen. Manchmal möchte ich alles hinschmeißen und irgendwo hingehen, wo mich keiner findet. Aber das kann ich Nadine und den Kindern nicht antun. Ich möchte ja auch nicht für immer weggehen, nur für eine Weile, um ...«
»Um was?«
»Schon gut, ist nicht so wichtig. Interessiert eigentlich auch keinen.«
»Würde ich fragen, wenn's so wäre? Du kennst mich, ich kann schweigen, dagegen ist ein Grab die reinste Talkshow.«
Hellmer musste grinsen. »Das weiß ich doch. Es ist nur so, wir haben Kohle ohne Ende, wir können uns alles leisten, aber das macht wahrhaftig nicht glücklich. Ich müsste mal weg, um zu mir zu finden. Kloster oder so was.«
»Dann tu's doch. Was hindert dich daran? Ich habe bisher von diesen Klosterurlauben nur das Beste gehört. Mensch, Frank, wenn du's Nadine richtig erklärst, mein Gott, sie wird dich sogar unterstützen. Sieh's mal so, sie hatte von jeher Geld, ob's ihr Elternhaus war oder in ihrer ersten Ehe. Du aber wurdest von jetzt auf gleich ein reicher Mann. Ich kann mir vorstellen, dass es für dich nicht leicht ist zu wissen, dass du eine Frau geheiratet hast, die mehr Geld in die Ehe gebracht hat, als ihr je

werdet ausgeben können. Irgendwie kann ich mich in deine Situation hineinversetzen, auch wenn ich nur eine alleinstehende Frau bin und mir nie große Sprünge erlauben konnte.«

»Danke. Tut mir leid, wenn ich dich zugetextet hab, aber ich komm im Augenblick mit so vielem nicht klar. Manchmal möchte ich einfach nur abhauen, auch wenn ich weiß, dass das keine Lösung ist. Ich liebe Nadine, obwohl es längst nicht mehr so ist wie früher. Als würden wir uns belauern, wenn wir längere Zeit in einem Raum sind.«

»Hast du schon mal an einen Eheberater gedacht?«

»Natürlich, aber weder Nadine noch ich haben es je ausgesprochen.«

»Ich kenne da jemanden, du kennst sie auch – Alina Cornelius. Sie hat seit einem knappen Jahr ihre eigene Praxis in Höchst. Ist ja bei euch quasi um die Ecke.«

»*Die* Cornelius?«

»Hm. Soll ich sie mal fragen, oder möchtest du lieber selbst den Kontakt herstellen? Nein, ich denke, das solltet ihr machen. Und denk daran, ich bin da, wenn du Hilfe brauchst oder einfach nur jemanden zum Zuhören. Und noch was: Ich hab keine Familie, niemanden, um den ich mich kümmern muss, und trotzdem geht's mir oft genug ähnlich wie dir. Es gibt diese Tage, da wünschte ich mir, ganz, ganz weit weg zu sein, ohne Telefon, ohne Fernsehen, nur ich und die Natur. Das sind so Tage wie dieser, wo ich schon mit einem Gefühl aufgewacht bin, dass es eigentlich nur besser werden könnte, stattdessen ging es noch weiter bergab. Kopf hoch, es geht vorbei.«

»Hoffentlich. Mach's gut und gönn dir was Schönes heute Abend«, sagte Hellmer zum Abschied.

»Was soll sich jemand wie ich schon gönnen? Ich hab nur das Telefon, sonst niemanden.«

»Aber ab Samstag hast du vier Wochen deine beste Freundin um dich. Das sind doch schöne Aussichten, oder? Am Meer spazieren gehen, im Meer baden und …«

»Lass gut sein. Ciao, und grüß Nadine von mir.«
»Ciao, bis morgen. Und danke für alles.«

Donnerstag, 20.30 Uhr

Hellmer rief noch vom Parkplatz bei Nadine an und sagte, dass es etwas später werde. Sie wusste, dass seine Abteilung zurzeit in einer schwierigen Ermittlungsphase steckte, und stellte keine weiteren Fragen.

Hellmer fuhr nach Schwanheim, hielt vor dem Haus von Jung, zögerte eine Weile und stieg dann aus. Eine Partie Schach gegen eines der beiden Genies. Oder auch zwei Partien. Er wollte testen, wie gut er noch war, auch wenn er davon ausgehen musste, herbe Niederlagen einzustecken.

Lara Jung kam ans Tor, nachdem Hellmer sich durch die Sprechanlage ausgewiesen hatte.

»Was für eine Überraschung«, begrüßte sie ihn und ließ ihn durch das Tor treten, warf einen längeren Blick auf den Porsche und runzelte die Stirn, ließ sich darüber hinaus ihr Erstaunen aber nicht anmerken. »Was führt Sie her? Nein, lassen Sie mich raten ... Sie möchten gerne eine Partie Schach spielen.«

»Ertappt«, antwortete er etwas verlegen. »Aber nur, wenn es Ihnen passt.«

»Mir passt es immer, ich habe Ferien und sonst nichts zu tun. Frederik ist leider nicht da, er ist irgendwo unterwegs. Das unterscheidet uns beide, er kann im Gegensatz zu mir nicht abschalten und ist ständig auf Achse. Bitte folgen Sie mir, aber wundern Sie sich nicht, es ist nicht aufgeräumt. Und ganz ehrlich, ich habe auch nicht vor, das in den nächsten Tagen zu tun. Wenn unsere Eltern uns schon als Hüter des Hauses missbrauchen, dann sollen sie es auch vom Personal wieder instand setzen lassen«, sagte sie lachend und ging vor Hellmer in das große Wohnzimmer mit der hohen, stuckverzierten Decke.

»Bitte, nehmen Sie doch Platz. Am besten an dem Tisch, dort spielen Frederik und ich immer, wenn wir hier sind. Etwas zu trinken?«

»Ein Glas Wasser.«

Lara zog eine Schublade aus dem Tisch und sagte: »Hier, das Spiel. Wenn Sie so freundlich wären, schon mal die Figuren zu stellen.«

Hellmer sah Lara nach und fühlte sich in seine Jugend zurückversetzt, als er in eine Mitschülerin verliebt gewesen war, die Laura sehr ähnlich gesehen hatte. Sie hatten eine Weile nebeneinander gesessen, und allein ihr Duft hatte ihn bisweilen um den Verstand gebracht. Mittlerweile war aus dieser jugendlichen Schönheit eine überaus dicke Frau geworden, die Hellmer bei dem einzigen Klassentreffen vor drei Jahren, das er je besuchte, anfangs nicht wiedererkannte. Dreifachkinn, wulstige Finger und Arme vom Umfang seiner Oberschenkel. Er hatte erfahren, dass sie seit beinahe zwanzig Jahren mit einem Marokkaner verheiratet war, drei Kinder hatte und sich auch sonst wohl zu fühlen schien, obgleich sie nicht wie vierzig, sondern mindestens zehn Jahre älter aussah.

Er fragte sich, wie Lara wohl in fünfundzwanzig Jahren aussehen mochte, wobei er fast sicher war, dass sie immer auf ihr Äußeres achten würde. Sie war zu klug und selbstsicher, als dass sie sich gehen lassen würde. Ich kann mich aber auch täuschen, Sieglinde war auch nicht gerade dumm, dachte er und baute das Spiel auf. Er hatte ein mulmiges Gefühl in der Magengegend, seit einigen Jahren hatte er keine Schachfigur mehr bewegt, weil er niemanden hatte, mit dem er spielen konnte. Lara ließ sich Zeit, schließlich kehrte sie mit zwei Gläsern und einer Flasche Wasser zurück. Sie reichte ihm die

Flasche, er öffnete sie und schenkte ein, während Lara einen schwarzen und einen weißen Bauern nahm und Hellmer wählen ließ. Er deutete auf die rechte Hand.
»Weiß«, sagte sie. »Sie beginnen.«
Bereits nach dem ersten Zug überzog ein spöttisches Lächeln ihre Lippen. »Die englische Eröffnung. Ich hoffe, Sie haben sich das gut überlegt.«
»Ich muss erst wieder reinkommen und meine grauen Zellen auf Vordermann bringen. Ich weiß, dass ich verlieren werde, ich bin einfach zu lange draußen.«
»Warum sagen Sie das? Mit dieser Einstellung werden Sie selbstverständlich verlieren. Wenn Ihr IQ tatsächlich bei hundertdreiundvierzig liegt, können Sie auch Unmögliches vollbringen, das sollten Sie sich stets vor Augen halten. Wie kommen Sie mit Ihren Ermittlungen voran?«
»Tut mir leid, darüber darf ich Ihnen keine Auskunft geben. Sie haben einen Fehler gemacht …«
»Dann machen Sie mal keinen«, antwortete sie, ohne eine Miene zu verziehen, und trank einen Schluck Wasser. Dabei beobachtete sie ihn aufmerksam, als wollte sie wie am Tag zuvor in sein Inneres blicken. Es war ihm nicht unangenehm, er dachte nur, ich darf mich nicht zu ihr hingezogen fühlen, sie könnte meine Tochter sein. Konzentrier dich auf das Spiel, ein richtiger Zug …
»Voilà, Schach«, stieß er nach dem sechsten Zug triumphierend hervor.
»Sehr gut, Herr Hellmer, aber leider nicht gut genug. Ebenfalls Schach. Sie hatten drei Optionen und haben sich für die ungünstigste entschieden. Konzentrieren Sie sich, denken Sie mindestens drei Züge im Voraus. Und lassen Sie sich Zeit, auch wenn in Ihrem Kopf im Moment etwas anderes vorgeht als dieses Spiel.«
Er merkte, wie er rot wurde, und hoffte, sie würde es nicht bemerken, obgleich dies Wunschdenken war, da sie ihn wei-

terhin fortwährend fixierte, kaum einen Blick auf das Schachbrett warf und dennoch einen Zug machte.
»Wieder Schach«, sagte er nach einer Weile und lehnte sich zurück.
»Leider muss ich erneut dagegenhalten. Sie sind nicht locker genug, sondern innerlich total verspannt. Ich weiß genau, woran Sie denken.«
»So, woran denn?«, fragte er in der Hoffnung, sie würde nicht den Nagel auf den Kopf treffen.
»An mich. Kein Wunder, ich sehe Sie ja auch die ganze Zeit über an. Was denken Sie, wenn Sie meinen Blick spüren?«
»Es macht mich etwas nervös.«
»Nein, nicht nur das, es bringt Sie aus der Fassung. Ihre Konzentration leidet darunter, und deshalb ziehen Sie falsch. Darf ich fragen, wie lange Sie schon an Ihrem Fall arbeiten? Ach übrigens, Schach und matt.«
»Zu lange.«
»Ist das ein Geheimnis?«
»Nein, eigentlich nicht, Sie können es morgen sowieso in der Zeitung lesen. Seit Oktober.«
»Geht es um einen oder mehrere Mordfälle?«
»Mehrere.«
»Wieso sind Sie heute wirklich gekommen? Es geht Ihnen doch nicht nur um Schach. Höchstens indirekt. Sie sind auch nicht wegen mir gekommen, obwohl ich mich sehr geschmeichelt fühlen würde, da Sie ein sehr attraktiver Mann sind. Ich habe es mit Jungs in meinem Alter probiert, mit einem etwas älteren Mann, aber die intellektuelle Ebene hat bei keinem von ihnen gestimmt. Ich habe Schluss gemacht, bevor die Beziehungen auf emotionaler Ebene zu tief wurden und die Ärmsten am Ende verletzt worden wären.«
»Hören Sie, ich wollte wirklich nur meine Schachkenntnisse auffrischen. Es tut mir leid, wenn ich Ihre Zeit unnötig in Anspruch genommen habe«, erwiderte er förmlich und

wollte aufstehen, doch sie hielt ihn mit einer Handbewegung zurück.

»Bleiben Sie doch sitzen. Ich wollte Sie nur testen ... Es kommt auf die Eröffnungen an, sie sind das A und O eines Schachspiels. Unabhängig davon, ob der Gegner eröffnet oder Sie. Habe ich Ihnen schon erzählt, was ich nach meinem Studium machen werde?«

»Nein.«

»Ich werde in einem ähnlichen Bereich tätig sein wie Sie, ich studiere Kriminologie, habe bereits zwei Praktika beim FBI gemacht und werde schon im nächsten Sommer fest dort anfangen.«

»Und als was genau? So was wie Agent Scully aus Akte X?«, fragte er grinsend.

»Machen Sie sich ruhig lustig, das bin ich gewohnt. Nein, ich werde als Kriminologin tätig sein, mit Schwerpunkt Viktimologie und Fallanalysen. Während meiner Praktika habe ich gelernt, dass sowohl beim Täter als auch bei der Polizei die Eröffnung das Wichtigste ist. Versetzen Sie sich in den Täter hinein, als wäre er ein Schachspieler. Denken Sie wie er, auch wenn es Sie innerlich zerreißt. Wenn er sechs Züge im Voraus denkt, dann denken Sie mit. Und irgendwann werden Sie sieben Züge im Voraus denken und ihn matt setzen, weil er nicht damit gerechnet hat, dass Sie ihm jemals überlegen sein könnten. Sie haben das Zeug dazu, ich weiß es.« Sie machte eine Pause, trank von ihrem Wasser und fuhr fort, ohne ihn dabei aus den Augen zu lassen. »Es ist kein Zufall, dass wir uns begegnet sind, denn es gibt keinen Zufall, da der Begriff an sich unwissenschaftlich ist. Synchronizität der Ereignisse würde es eher beschreiben, obwohl ich diese Formulierung auch nicht ganz passend finde. Wir mussten uns treffen, den Grund dafür dürfen Sie allein herausfinden.«

Hellmer hatte sich zurückgelehnt, die Beine übereinandergeschlagen und Lara aufmerksam zugehört. Hatte sie ihn

schon gestern über die Maßen beeindruckt, so heute noch um vieles mehr. Und im Prinzip hatte sie ausgesprochen, was er am Vormittag schon gedacht und Julia Durant gegenüber geäußert hatte. Auch er hatte von der Eröffnung gesprochen und von dem Im-Voraus-Denken.
Doch wenn jemand wie Lara Jung es sagte, bekam es mit einem Mal eine andere Qualität. Aber warum? Nur, weil sie erst siebzehn war und doch so reif? Oder weil sie einen höheren IQ hatte als er? Kam es nicht auch auf die Lebenserfahrung an? Und was war mit der Berufserfahrung? Er würde noch eine Menge nachzudenken haben, über sich, über seine Einstellung zum Beruf und über das Leben.
»Aber wie kann ich denken wie er, wenn er uns um so viele Züge voraus ist? Nein, Moment, das stimmt nicht ganz, er hat schon mehrere Spiele gewonnen.«
»Na und? Jedes neue Spiel beginnt mit einer Eröffnung. Gehen Sie die vergangenen Spiele Zug für Zug durch, und Sie werden wissen oder zumindest erahnen, was er als Nächstes vorhat. Es kann sein, dass noch ein oder zwei Menschen ihr Leben lassen müssen, aber ich garantiere Ihnen, wenn Sie es machen, wie ich Ihnen sage, dann werden Sie gewinnen. Und denken Sie auch daran – Sieg bedeutet nicht zwangsläufig Triumph, es kann auch eine bittere Erfahrung sein. Am Ende ist es nur ein einziges Spiel, das entscheidet, und es kommt nicht darauf an, wie viele Spiele *er* schon gewonnen hat, sondern dass *Sie* dieses entscheidende Spiel gewinnen. Sie werden es schaffen, denn Sie sind intelligenter als fünfundneunzig Prozent Ihrer Mitmenschen. Und noch etwas: Sobald er Ihren Atem im Nacken spürt, wird er unvorsichtig werden, denn er rechnet nicht damit, dass Sie ihm auf die Schliche kommen könnten. Und das ist Ihre Chance, den König vom Thron zu stoßen. Das ist das, was ich in leicht abgewandelter Form beim FBI gelernt habe.«
»Und Sie sind tatsächlich erst siebzehn Jahre alt?«

Lara lachte auf und antwortete: »Ja, das ist mein einziges Handicap, weil viele der Älteren mich nicht für voll nehmen. Ich kann es ihnen auch nicht verdenken, da kommt eine, die ihre Tochter oder gar Enkeltochter sein könnte, und erklärt ihnen die Kriminologie neu. Aber ich habe gelernt, damit umzugehen. Irgendwann werde ich fünfundzwanzig sein, und keiner wird mich mehr dumm angucken oder irgendwelche blöden Sprüche loslassen.«

»In meinem Kopf dreht sich gerade ein riesiges Karussell ...«

»Auch das ist normal und geht vorbei. Ich bin vermutlich die Erste, die Ihnen die Wahrheit über sich selbst gesagt hat.« Nach einer Pause fragte sie leise: »Um wie viele Morde geht es?«

»Bis jetzt vier.«

»Und was noch? Vermisste?«

»Wie kommen Sie darauf?«

»Sie haben sich gestern nach Frau Uhlig erkundigt und dabei erwähnt, dass sie vermisst wird. Schon vergessen?«

»Richtig. Mein Gedächtnis lässt wohl doch nach. Ja, wir haben es mit mehreren vermissten Personen zu tun, deren Verschwinden zur Vorgehensweise des Täters passt. Jetzt muss ich aber los, ich habe einen anstrengenden Tag hinter mir. Danke für das Spiel und alles andere.«

»Keine Ursache. Ich wusste gestern schon, Sie würden wiederkommen. Wenn etwas ist, Frederik und ich sind noch gut drei Wochen hier, dann geht's wieder zurück in die Heimat.«

»In die Heimat?«, fragte er verwundert.

»Frederik und ich haben sowohl die amerikanische als auch die deutsche Staatsangehörigkeit, ein Privileg, das nur wenigen Menschen zuteil wird. Wir hatten das Vorrecht der edlen Geburt. Ich würde mich freuen, Sie wiederzusehen.«

»Danke. Und ich kann mich auf Ihre Verschwiegenheit verlassen?«

»Das war das Erste, was ich bei meinen zwei Praktika beim FBI in Quantico gelernt habe. Warten Sie, ich begleite Sie zur Tür.«

Lara reichte Hellmer die Hand, sah ihm in die Augen und gab ihm einen Kuss auf die Wange. »Viel Glück und viel Erfolg. Wie ist Ihr Vorname?«

»Frank.«

»Viel Erfolg, Frank«, sagte sie, wobei sie Frank auf Englisch aussprach. »Da wir praktisch Kollegen sind, können wir uns doch eigentlich auch duzen, wenn es dir recht ist.«

»Gerne, Lara. Wir sehen uns. Und pass gut auf dich auf.«

»Habe ich schon erwähnt, dass Frederik und ich den schwarzen Gürtel in Karate haben und direkt nach unserer Rückkehr mit einer Nahkampfausbildung beginnen werden? Wir werden eine harte Schule durchlaufen, aber danach sind wir so gut wie unbesiegbar ...«

»Wird Frederik denselben Berufsweg einschlagen wie du?«

»Sagen wir, einen ähnlichen. Ich kenne niemanden, der analytischer denken kann als er. Wir werden beide beim FBI arbeiten, allerdings in unterschiedlichen Abteilungen. Während ich viel im Außendienst tätig sein werde, wird er sich hauptsächlich im Hauptquartier in Washington aufhalten.«

»Was sagen eure Eltern dazu?«

»Unwichtig. Komm gut heim und pass du auch auf dich auf, Frankfurt ist im Moment ein sehr gefährliches Pflaster«, sagte sie mit einem rätselhaften Lächeln.

»Ich wohne nicht in Frankfurt, sondern in Hattersheim, wenn dir das was sagt.«

»Natürlich, ist gleich um die Ecke. Ist es dort so ruhig wie auf dem Land?«

»Es ist das Land. Manchmal ist es sogar unerträglich ruhig, mit unglaublich neugierigen Nachbarn, aber es ist gut für die Kinder. Wir hatten allerdings vor einigen Jahren eine Mordserie in unserem beschaulichen Ort. Das Böse ist eben überall. Tschüs.«

»Darf ich dich noch etwas fragen? Ich hoffe, du nimmst es mir nicht übel. Wie kann sich ein Polizist einen solchen Wagen leisten?«

Hellmer lächelte: »Ich bin Polizist aus Leidenschaft, das Geld trat automatisch in mein Leben. Jetzt darfst du raten.«

»Das ist ganz einfach – du hast eine reiche Frau geheiratet oder hast im Lotto gewonnen. Aber ich denke, es ist Ersteres, denn Menschen wie wir gewinnen nicht in der Lotterie.«

Hellmer fühlte sich geschmeichelt. »Ich bewundere deine Gabe, sehr schnell Zusammenhänge herzustellen. Bei mir dauert es immer etwas länger.«

»Das ist lediglich eine Frage des Trainings. Bei meinen Eltern war's nicht anders als bei dir. Meine Mutter hat meinem Vater erst vor kurzem einen Ferrari spendiert. Verdient hat er's nicht.«

»Und warum nicht? Macht man so ein Geschenk nicht, weil man den anderen liebt?«

»Nein, nur wenn man den andern an sich binden will. Bis bald.«

Das wird ja immer spannender, dachte Hellmer auf dem Weg zum Auto. Er winkte Lara, die am Tor stand, noch einmal zu, startete den Motor und fuhr los. Er war noch immer etwas durcheinander, gleichzeitig hatte er das Gefühl, dass ihm endlich jemand die Augen geöffnet hatte. Eine Siebzehnjährige.

Es war Viertel vor zehn, als er seinen Porsche 911 in die Garage fuhr, von dort ins Haus ging, Nadine umarmte und ihr einen langen Kuss gab, was sie sichtlich verwunderte und ein Lächeln auf ihre Lippen zauberte, und danach seine beiden Töchter Stephanie und Marie-Therese begrüßte. Der Abend hatte ihn nach dem lausigen Tag versöhnt. Er war froh, zu Hause zu sein.

Donnerstag, 21.15 Uhr

Sie hatten zu Abend gegessen, zwei Partien Schach gespielt und waren um Punkt zwanzig Uhr zu Bett gegangen. Eine eher ungewöhnliche Zeit, doch er hatte es so gewollt. Sie hatten sich fast eine Stunde geliebt wie Ertrinkende, bis sie erschöpft voneinander gelassen hatten und noch ein Glas Wein tranken. Kurz darauf war sie eingeschlafen. Sex und Wein machten sie jedes Mal müde, vor allem wenn dem Wein noch ein Schlafmittel beigemischt war.

Er war nicht erschöpft, er durfte es nicht sein, er hatte noch zu viel vor.

Eine Weile hatte er noch beinahe reglos neben ihr gelegen, bis er sicher war, dass sie tief schlief. Vorsichtig stand er auf, nahm seine Sachen und verließ auf Zehenspitzen das Schlafzimmer, obwohl er gar nicht so vorsichtig hätte sein müssen, denn Aleksandra war bereits am Donnerstagvormittag für ein verlängertes Wochenende zu ihren Eltern und ihrer Schwester nach Polen gefahren und würde erst am Montagmittag zurückkehren.

Er ging ins Bad und zog sich an, stellte das Telefon auf stumm und lief zu seinem Range Rover. Um Punkt 21.20 Uhr verließ er das Haus, denn er wollte nicht zu spät zu seiner Verabredung erscheinen. Die Zeit drängte, er wollte sein Werk so schnell wie möglich zu einem vorläufigen Höhepunkt bringen.

Um 22.05 Uhr war es so weit, er hatte sie mit einem kleinen, aber effektiven Trick nach unten gelockt. Und ehe sie sichs versah, saß sie auf der Beifahrerseite, gefangen in ihrem eigenen Körper, in einer Art kataleptischer Starre, die sich erst nach zehn bis zwölf Stunden allmählich lösen würde.

Er beeilte sich, auf den Reiterhof zu kommen, um auch alles erledigen zu können, was er sich vorgenommen hatte. Er trug sie die Stufen hinunter und legte sie auf die Pritsche in

der Zelle links von Franziska Uhlig, die rechts von ihr war noch frei.
Fast zweieinhalb Stunden hielt er sich unten auf, sah nach seinen Gefangenen, wusch Karin Slomka und Pauline Mertens mit Gummihandschuhen und rieb sie mit einer sündhaft duftenden Bodylotion ein, wovon die beiden Frauen jedoch kaum etwas mitbekamen. Noch genau ein Mal würden sie diese Prozedur über sich ergehen lassen müssen – in spätestens drei Tagen. Und die anderen würden zusehen, ob sie es wollten oder nicht.
Anschließend säuberte er die Zellen (außer die von Karolina und Paulina) und prüfte, ob die Kameras und Mikrofone einwandfrei funktionierten, die Pritschen in Ordnung waren, eben all das, was er immer tat, bevor jemand Neues einzog.
Denn noch gab es eine Person, die er nicht in seiner Gewalt hatte, doch es gab bereits einen genauen Zeitplan. Er, Johann Jung, der Spieler, der Meister der Magie, das Phantom, der Unsichtbare, der Unfassbare. Er hatte sie alle gelinkt, jeden Einzelnen, und nie würde es jemanden geben, der ihm ebenbürtig war.
Dennoch würde er ab sofort besondere Vorsicht walten lassen. Kein Risiko, das hatte er sich vorgenommen. Denn was jetzt kam, war die Krönung seines Spiels, sein Meisterstück.
Um Viertel nach eins begab er sich wieder nach oben, schloss sorgfältig ab und fuhr zurück zum Haus. Er stellte den Wagen in die Garage, ging ins Bad und wusch sich diesmal nur die Hände und das Gesicht. Als er sich ins Bett legte, drehte sie sich um und legte eine Hand auf sein Gesicht. Er erschrak, denn eigentlich hätte sie tief und fest schlafen sollen.
»Wo kommst du denn jetzt her?«, fragte sie.
»Ich hab noch gearbeitet, du weißt doch, wie sehr ich unter Druck stehe.«
»Von arbeiten hast du vorhin aber nichts gesagt.« Sie strich mit der Hand über seine Brust und seinen Bauch, rückte nä-

her an ihn heran und meinte schließlich: »Wonach riechst du?«
»Wonach soll ich denn riechen?«, antwortete er und hoffte, sie würde nicht weiter ins Detail gehen.
»Tut mir leid, wenn ich das sage, aber irgendwie modrig, als wärst du in einer Höhle gewesen oder einem Verlies. Warst du noch mal weg?«
»Wie kommst du denn darauf? Wo soll ich schon gewesen sein?«, fragte er mit Schweiß auf der Stirn, den er sich verstohlen wegwischte.
»Keine Ahnung, aber du hast schon ein paarmal diesen Geruch an dir gehabt. Komm, sag schon …«
»Lass gut sein. Ich war nur in meinem Arbeitszimmer. Ach so, ich war auch noch eine Weile im Weinkeller, ein paar Flaschen sortieren. Kann sein, dass der Geruch da herstammt.«
»Möglich, ich war ewig nicht dort unten. Und jetzt lass gut sein und mich schlafen, ich bin total groggy.«

Freitag, 17.45 Uhr

Der Tag war nicht mehr als Routine gewesen, die Sonderkommission arbeitete unter Hochdruck. Man versuchte, Verbindungen zwischen den einzelnen Fällen herzustellen, während andere Mitarbeiter der Soko im Außendienst tätig waren. Und wenn es auch nur Routinearbeiten waren, so lag eine Spannung in der Luft, die jeder spürte. Mittlerweile gab es kaum noch jemanden, der daran zweifelte, dass alle Fälle ein und demselben Täter zugeschrieben werden mussten.
In den vier großen und auch den meisten kleineren im Rhein-Main-Gebiet erscheinenden Zeitungen wurde das Foto der jungen Frau veröffentlicht, doch bis zum späten Nachmittag

ging nicht ein einziger Anruf ein, der die Identität der Toten hätte klären können.
Das Obduktionsergebnis wurde am Vormittag von der Rechtsmedizin geschickt, es wurden keine besonderen Auffälligkeiten außer einem leicht verkleinerten und zum Zeitpunkt des Todes leeren Magen festgestellt. Die Organe befanden sich in relativ gutem Zustand, bis auf die Lunge, die eine enorme Konzentration von Teer aufwies, was Sievers' bereits gestern getroffene Feststellung, die junge Frau müsse eine starke Raucherin gewesen sein, unterstrich. Die zweite Auffälligkeit bestand in einem wie bei Jacqueline Schweigert geschrumpften Gehirn, wofür es noch keine Erklärung gab, sowie stark abgekauten und brüchigen Fingernägeln und ebenso brüchigen Fußnägeln, splissigem und brüchigem Haar, was auf Mangelernährung schließen ließ. Der Tod war durch Erdrosseln mit einer Eisenkette verursacht worden.
Nach diesem weitgehend ereignislosen Tag kam Berger um Viertel vor sechs in Durants Büro und sagte: »Feierabend, werte Kollegin. Nehmen Sie Ihre Sachen, fahren Sie nach Hause und packen Sie Ihre Koffer, falls Sie das nicht schon getan haben. Ich wünsche Ihnen einen besonders schönen und erholsamen Urlaub und kommen Sie mir gesund zurück. Und wehe, Sie verschwenden auch nur einen einzigen Gedanken an uns«, fügte er lachend hinzu und reichte ihr die Hand.
»Danke. Ich glaube trotzdem nicht, dass Sie ohne mich auskommen«, antwortete sie mit gespielt ernster Miene.
»Sie überschätzen sich und unterschätzen uns. Aber ich weiß ja, wie es gemeint ist. Ich sehe Sie in hoffentlich alter Frische am dreiundzwanzigsten Juli wieder. Bis dann, und denken Sie ausnahmsweise mal nur an sich.«
Hellmer begleitete sie nach unten, umarmte sie und sagte: »Bis morgen. Um Punkt halb vier steh ich bei dir auf der Matte.«

»Bis morgen.«
Hellmer hatte sich bereits umgedreht, als er innehielt und noch einmal auf Durant zukam. »Eins wollte ich noch loswerden: Danke für gestern. Ich wollte es dir jetzt sagen und nicht erst morgen, du weißt, wie vergesslich ich bin.«
Durant runzelte die Stirn und entgegnete: »Wofür willst du dich bedanken?«
»Für alles.«
»Hör zu, ich wiederhol mich ungern, aber wir sind Freunde, okay. Vergiss das nie.«
»Ich weiß, ich bin ein Idiot. Bis dann.«
Julia sah ihm nach, bis er in dem riesigen Komplex verschwunden war, und stieg in ihr Auto. Unterwegs hielt sie kurz an, kaufte sich ein paar Bananen und Kiwis und parkte nur wenig später auf ihrem Parkplatz vor dem Haus.
Sie holte die Post aus dem Briefkasten, nichts von Belang. Auf der Treppe begegnete sie einer jungen Frau, die erst vor wenigen Wochen eingezogen war und sie freundlich grüßte.
»Hallo«, erwiderte Durant und blieb mitten auf den Stufen stehen, »ich wollte mich nur kurz vorstellen, wir hatten ja bis jetzt noch keine Gelegenheit dazu. Ich bin Julia Durant und wohne im zweiten Stock.«
»Miranda Stauffer, dritter Stock.«
»Ich weiß, in diesem Haus entgeht einem nichts, ich lebe schließlich schon seit fast dreizehn Jahren hier«, sagte sie lachend. »Gefällt es Ihnen wenigstens in dieser Abgeschiedenheit?«
»Kann ich noch nicht sagen, da ich mit noch niemandem Kontakt hatte«, sagte sie verschämt lächelnd, was sie noch sympathischer machte. »Wie sind denn die andern hier so?«
»Unauffällig, aber nett. Und keine Angst, getratscht wird hier nicht, und wenn, dann hab ich's bisher nicht mitbekommen.«

»Davor hab ich auch keine Angst, aber es soll ja so Spezialisten geben, die schon Terror machen, wenn man durch die Wohnung läuft, weil sie es als Lärm empfinden.«
Julia Durant lachte wieder und schüttelte den Kopf. »Darüber brauchen Sie sich nun wirklich keine Sorgen zu machen, vor allem, wenn Sie im dritten Stock wohnen. Neben Ihnen wohnt ein älteres Ehepaar, mit denen werden Sie garantiert nie Probleme haben, und direkt unter Ihnen eine fast taube alte Frau und ich. Außerdem sind die Wände und Böden ziemlich dick. Ich dreh manchmal die Musik auf volle Lautstärke, und bisher hat sich nie jemand beschwert.«
»Danke, dass Sie mir das gesagt haben. Ich muss«, sagte Miranda Stauffer und deutete zur Haustür, »eine Arbeitskollegin wartet im Auto. War nett, Sie kennengelernt zu haben. Tschüs.«
»Tschüs. Vielleicht können wir ja mal zusammen einen Kaffee trinken.«
»Sicher.«
Ja, ja, sicher, dachte Durant und schloss ihre Wohnungstür auf und kickte sie mit dem Absatz zu. Miranda ist höchstens Anfang zwanzig, und ich lade sie zum Kaffee ein, dabei könnte ich ihre Mutter sein. Ich vergesse andauernd, wie alt ich bin. Was soll's, solange es keinen stört und ich nicht als alte verschrobene Jungfer verschrien bin.
Sie machte die Fenster auf, um frische Luft hereinzulassen, der Blick nach draußen war deprimierend. Der Himmel war immer noch wolkenverhangen, die Temperatur hatte es auf kaum zwanzig Grad geschafft, und die Nacht sollte vergleichsweise kühl werden.
Sie blieb einen Moment am Fenster stehen und sah hinunter auf die Straße, die selbst tagsüber nur wenig frequentiert war, nachts spielte sich hier so gut wie nichts ab, obgleich das Sachsenhäuser Vergnügungsviertel nur ein paar hundert Meter entfernt war. Es war lange her, seit sie dort zuletzt in einer

Kneipe gesessen und einen Apfelwein getrunken hatte. Soweit sie sich erinnern konnte, war es mit Frank und Nadine Hellmer gewesen, kurz nachdem sie sich zum zweiten Mal begegnet waren. Ebbelwoi und Handkäs mit Musik, etwas, das jeder, der in Frankfurt lebte oder diese Stadt besuchte, wenigstens ein Mal probiert haben musste. Ihr schmeckten weder Apfelwein noch Handkäs, sie hielt sich lieber an ein Bier oder einen gepflegten Rotwein.
Durant holte die Schachtel Zigaretten aus ihrer Tasche, zündete sich die erste an diesem Tag an und genoss jeden Zug. Sie hatte es geschafft, war von dreißig, manchmal sogar vierzig Zigaretten bei fast null gelandet. Es hatte in den letzten anderthalb Jahren sogar Zeiten gegeben, in denen sie tagelang keine einzige Zigarette angerührt hatte.
Nachdem sie die Zigarette geraucht hatte, gab sie den Blumen noch ein wenig Wasser. In den kommenden vier Wochen würde sich Doris Seidel darum kümmern, den Briefkasten leeren und auch sonst nach dem Rechten sehen. Auch wenn dies ein ruhiges und friedliches Haus war, wollte sie auf Nummer sicher gehen.
Die beiden gepackten Koffer und die Reisetasche standen neben dem Wohnzimmertisch, wieder einmal hatte sie viel zu viel eingepackt. Wenn sie in vier Wochen zurückkehrte, würde sie nicht einmal die Hälfte der Sachen getragen haben, so war es in der Vergangenheit gewesen, und so würde es auch diesmal sein.

Freitag, 22.03 Uhr

Julia ließ sich auf das Sofa fallen, schaltete den Fernseher ein und zappte sich rückwärts durch ein paar Kanäle, bis sie schließlich bei den Nachrichten hängenblieb. Sie nahm jedoch nur nebenbei wahr, was dort berichtet wurde, ihre Gedanken waren überall und nirgends. Sie freute sich auf morgen. Endlich einmal wieder Susanne sehen, das Meer, den weiten Himmel. Und über alles, nur nicht über die Arbeit sprechen.

Sie schloss die Augen und schlief von einer Sekunde zur anderen ein, bis sie von ihrem Telefon geweckt wurde. Es war mittlerweile fast dunkel geworden, ein Blick zur Uhr, kurz nach zehn. Susanne Tomlin.

»Du hast doch etwa noch nicht geschlafen, oder?«

»Nein, ich war ein wenig weggenickt.«

»Du wolltest mich doch noch mal anrufen, bevor du kommst …«

»Oh, sorry, hab ich über der Arbeit ganz vergessen. Aber ich schwöre dir, meine Koffer stehen gepackt an der Tür, Frank bringt mich morgen zum Flughafen, und ich werde pünktlich in Nizza eintreffen. Na ja, du weißt schon, ein paar Minuten früher oder später kann es immer werden.«

Susanne atmete erleichtert auf und entgegnete: »Ah, und ich hatte schon die größten Befürchtungen …«

»Alle umsonst. Die würden mich sowieso hochkant aus dem Präsidium schmeißen.«

»Wie gut, dass du so tolle Mitarbeiter hast. Ich …«

»Warte mal, es hat geklingelt. Ich leg dich mal kurz auf die Seite.«

Durant stand auf, betätigte die Sprechanlage und sagte: »Ja, bitte?«

»Hier Gebhardt aus dem Nachbarhaus. Tut mir leid, wenn ich so spät noch störe, aber der Postbote hat heute Mittag etwas bei mir für Sie abgegeben, in Ihrem Haus hat wohl niemand aufgemacht. Soll ich's Ihnen bringen, oder holen Sie sich's hier unten ab? Ich hätte es Ihnen auch morgen gebracht, aber ich hab das ganze Wochenende über Schicht.«

»Ich komm runter, einen Augenblick bitte.«

»Susanne, ich bin gleich wieder da, muss nur schnell was an der Haustür abholen.«
»Hab's mitbekommen. Lass uns Schluss machen, wir sehen uns doch morgen, ich werde pünktlich am Flughafen sein. Tschüs.«
Durant schnappte sich den Schlüssel, ein Luftzug ließ die Tür hinter ihr zufallen, und eilte die Treppe hinunter, sie wollte Gebhardt, den sie zwar vom Namen her, jedoch nicht persönlich kannte, nicht zu lange warten lassen.
Ein Mann mit einem großen Paket stand im diffusen Licht der Hausbeleuchtung vor der Tür (sie hatte schon mehrfach gegenüber der Hausverwaltung angemahnt, dass es abends und nachts zu dunkel im Treppenhaus sei). Sie öffnete, nahm dankend das Paket entgegen und wollte sich bereits wieder umdrehen, als sie einen leichten Stich im Hals verspürte und nachfolgend ein sofort eintretendes Gefühl der Lähmung. Sie wollte sich an den Hals greifen, das Paket fiel zu Boden, sie wollte etwas sagen, schreien, doch ihr Arm gehorchte ihr nicht, und aus ihrem Mund drang kein Laut. Der Mann packte Durant unter den Armen und schleifte sie zu seinem Wagen, setzte sie auf den Beifahrersitz, rannte um das Fahrzeug herum, startete den Motor und fuhr los. Und wie immer war da niemand, der ihn beobachtet hatte (vielleicht hatte ihn auch jemand beobachtet, und wenn, so störte es ihn nicht, da er aus Erfahrung wusste, dass die Menschen selbst in Ausnahmesituationen eher weg- denn hinsahen), auf der anderen Straßenseite ging ein junges Pärchen Arm in Arm, doch sie waren so sehr mit sich selbst beschäftigt, dass sie für nichts anderes Augen hatten.
»Na, geht's dir gut?«, fragte er, den Blick stur geradeaus gerichtet, wohl wissend, dass Durant nicht antworten würde, weil das Mittel, das er ihr gespritzt hatte, noch mehrere Stunden wirken würde.
Sie hörte, wie er mit ihr sprach, und wollte antworten, schaff-

te es aber nicht einmal, den Kopf in seine Richtung zu drehen. Sie fuhren aus Sachsenhausen heraus, durch Oberrad und schließlich vom Kaiserleikreisel auf die Autobahn Richtung Bad Homburger Kreuz, von dort zum Nordwestkreuz, wo sie auf die A 66 Richtung Wiesbaden abbogen. Nach einer guten halben Stunde hatte er das Ziel erreicht. Nur das Licht der Scheinwerfer durchdrang die Schwärze der Nacht, dazu hatte es wieder angefangen zu regnen.

Der Ort lag zwischen Frankfurt, Main-Taunus-Kreis und Hochtaunuskreis. Eine Gegend, die als eher beschaulich und ruhig galt, allmählich jedoch aus ihrem Dornröschenschlaf erwachte, was nicht zuletzt daran lag, dass die Wohngebiete sich immer weiter ausdehnten und internationale Unternehmen zunehmend nach Standorten im Speckgürtel rund um Frankfurt Ausschau hielten. Aber es würden noch einige Jahre ins Land gehen, bis auch hier Wohn- und Industriegebiete die Natur verdrängt hatten.

Doch daran dachte er nicht, als er den Range Rover rückwärts bis zum Gebüsch durch die Brennnesseln lenkte. Wie immer war er allein auf weiter Flur, lediglich in der Ferne waren die Lichter einiger Häuser auszumachen. Seine Gedanken aber waren allein bei seiner stummen Fracht, die mittlerweile eingeschlafen war.

Wie schon die anderen Opfer zuvor zog er auch sie nackt aus und legte sie auf die Pritsche in der für sie vorgesehenen Zelle. Doch bevor er ging, fesselte er sie an den Händen und Füßen mit speziellen Kabelbindern, die von der Polizei benutzt wurden und nicht gelöst werden konnten, wie viel Kraft man auch aufwendete.

Eine Zeitlang betrachtete er die Schlafende, lächelte und fuhr sich mit der Zunge über die Lippen. Jetzt gehörst du mir, liebe Julia, ganz allein mir. Wird wohl nichts mit Urlaub, nie wieder wirst du irgendwohin fahren. Ich bin gespannt, wie lange es dauert, bis sie dich vermissen.

Er setzte sich auf die Kante der Pritsche und strich mit seiner Hand über ihre Beine, griff zwischen die Oberschenkel, fasste ihre Brüste an und ließ einen Finger über ihren Mund gleiten. Ihr Atem ging ruhig und gleichmäßig, der Puls war langsam, aber kräftig. Er ließ das Licht an, sie sollte sofort nach dem Aufwachen erkennen, dass es für sie kein Entrinnen gab. Sie würde wie all die andern schreien und gegen die Tür trommeln, bis ihre zusammengebundenen Hände schmerzten. Und wie er sie einschätzte, würde sie mit dem Klopfen erst aufhören, wenn ihre Hände bluteten.

Bevor er ging, warf er noch einen Blick in Franziska Uhligs Zelle. Sie lag auf der Pritsche, die Arme hinter dem Kopf verschränkt, die Augen geschlossen.

»Franziska, bist du etwa schon fertig mit dem Schreiben?«, fragte er und trat näher.

»Nein«, antwortete sie, ohne die Augen zu öffnen, »aber ich muss mich für einen Moment ausruhen.«

»In Ordnung. Aber denk daran, je eher du fertig wirst, desto schneller kommst du hier raus.«

»Wie?«, fragte sie, ohne sich zu rühren.

»Was wie?«

»Wie komme ich hier raus? So wie die beiden Mädchen?«, fragte sie, ohne auch nur eine Spur von Angst zu zeigen.

»Nein, ich habe versprochen, dich lebend zu entlassen, lebend und unversehrt. Und dieses Versprechen werde ich halten. Nun liegt es an dir, wie schnell ich es in die Tat umsetze. Also, mach dich wieder an die Arbeit, denn du interessierst mich nicht, sondern das, was du zu Papier gebracht hast. Habe ich mich deutlich genug ausgedrückt?«

»Sicher, Professor«, antwortete sie lapidar und erhob sich von ihrer Pritsche. »Lust auf einen Fick?«

»Wie bitte?«, fragte er mit zusammengekniffenen Augen, was sie jedoch nicht sehen konnte, da sein Gesicht wie immer vom dichten Bart und von der dunklen Brille verdeckt war.

»Du hast mir aufgetragen, alles aufzuschreiben, was mir zu meinem Leben einfällt. Und mir ist eingefallen, dass ich geheime Wünsche und Phantasien habe, die ich bisher nie ausdrücken konnte. Haben wir nicht alle Wünsche und Phantasien, die nur uns ganz allein gehören? Die wir keinem anderen, auch nicht dem besten Freund oder der besten Freundin anvertrauen, weil nicht einmal ihnen dieses Privileg zuteil werden darf, da wir sonst unser ganz persönliches Geheimnis verlieren würden. Ist es nicht so?«

»Sehr gut ausgedrückt. Meine Hochachtung. Da kommt eben die sprachgewandte Germanistin und Lektorin durch. Und ich komme tatsächlich in den Genuss, deine geheimsten Gedanken und Phantasien lesen zu dürfen? Welche Ehre.«

»Es geht um mein Leben. Jeder, der nicht sterben will, kämpft mit allen Mitteln darum. Du würdest es auch tun, Professor.«

»Das ist wahr. Aber um deine ursprüngliche Frage zu beantworten, nein, ich habe jetzt keine Lust auf einen Fick, aber ich komme vielleicht noch einmal darauf zurück, bevor du diese Stätte verlässt. Das heißt, Lust hätte ich schon, allein mir fehlt die Zeit, denn auch ich habe eine Menge zu tun. Und nun mach dich wieder an die Arbeit, ich bin gespannt auf das, was du mir zu sagen hast. Bis bald.«

»Bis bald, Professor.«

Er schloss die Tür hinter sich ab und blieb noch eine Weile davor stehen. Von allen Frauen, die er bisher in seiner Gewalt gehabt hatte, war sie die mit Abstand klügste und am schwersten einzuschätzen. Sie hatte das Spiel und die Herausforderung rasch angenommen und gleichzeitig herausgefunden, wo seine Schwachstellen, seine Gelüste, seine Phantasien und seine Wünsche lagen. Sie war schneller als irgendein anderer Gefangener in dieses Spiel eingestiegen, sie hatte schneller als alle anderen die Regeln erkannt und begriffen, deshalb war es auch für ihn eine besondere Heraus-

forderung, sie die nächsten Tage zu beobachten und mit ihr zu spielen.
Doch an erster Stelle des Spiels stand Julia Durant. Sie war die Figur, auf die er lange gewartet hatte und von der er so viel wusste. Auf ihre Strategie war er gespannt, aber noch viel mehr auf das, was vonseiten der Polizei geschehen würde.
Als er allein im Gang stand, die Arme auf das alte Geländer gestützt, und nach unten sah, wo sich weitere zwölf Zellen befanden, die er jedoch nicht nutzte, dachte er nach. Er dachte an seine Frau Rahel und all das, was in den vergangenen Jahren gewesen war. Wenn sie wüsste, was er trieb, würde sie auf der Stelle tot umfallen. Oder auch nicht, dachte er lächelnd. Vielleicht sollte ich sie mal hierherführen und sie den wahren Geruch schnuppern lassen und nicht nur den, der als kleiner Rest letzte Nacht an mir gehaftet hat. Aber das werde ich nicht tun, es sei denn, sie lässt mir keine Wahl. Nein, das würde auch mein Ende bedeuten, denn wie sollte ich plausibel erklären, wo meine geliebte blinde Frau abgeblieben ist? Einfach so abgehauen, wo wir doch immer das Vorzeigepaar schlechthin waren? Das würde mir keiner abkaufen. Sie darf es nicht erfahren und sie wird es nicht erfahren. Basta.
Um ein Uhr betrat er sein Haus. Im gesamten Erdgeschoss brannte Licht, das er bewusst angelassen hatte. Rahel kümmerte es nicht, ob Licht war oder keins, auch wenn sie manchmal behauptete, das Licht fühlen zu können. Sie fand sich auch so zurecht wie ein Maulwurf. Bewundernswert, mit welcher Gelassenheit sie ihr Schicksal gemeistert hatte.
Er begab sich unter die Dusche, wusch sich die Haare und rasierte sich zum zweiten Mal innerhalb von nicht einmal achtzehn Stunden. Danach ein exklusives Bodyspray unter die Achseln und auf die Brust und ein Hauch Aftershave derselben Marke, Rahel sollte schließlich nie wieder sagen, er würde nach Keller riechen, es sei denn, er hatte tatsächlich im Weinkeller zu tun.

Er legte sich ins Bett, sie knurrte nur leicht und drehte sich auf die andere Seite, ein Zeichen für ihren tiefen Schlaf. Er war auch müde, ein langer und sehr anstrengender Tag lag hinter ihm, und maximal fünf Stunden Schlaf waren ihm vergönnt. Gleich nach dem Aufstehen würde er in seinem Büro auf dem Notebook nach seinem großen Schatz, seiner Errungenschaft, seinen Geiseln schauen. Vor allem interessierte ihn, wie sich Alina Cornelius und Julia Durant machten, wobei Letztere wahrscheinlich noch schlafen oder zumindest sehr benommen sein würde. Nach dieser ersten Kontrolle würde er ausgiebig mit seiner Frau frühstücken. Er hatte Rahel in der letzten Zeit etwas vernachlässigt. Er würde es wiedergutmachen.

Samstag, 10.40 Uhr

Als Julia Durant erwachte, wurde sie von einem gleißenden Licht geblendet, das wie Millionen winziger Nadeln in ihre Augen stach. Es dauerte eine Weile, bis sie wahrnahm, dass ihre Hände und Füße gefesselt waren. Sosehr sie auch daran riss, bis ihre Hand- und Fußgelenke schmerzten, es gelang ihr nicht, sich davon zu befreien. Und schließlich merkte sie, dass sie nackt war.

Das ist ein Traum, dachte sie anfangs, das ist nichts als ein ganz, ganz böser Alptraum. Komm zu dir, wach endlich auf, du willst doch heute nach Südfrankreich fliegen, dachte sie und schloss die Augen. Das Licht drang sogar durch ihre Lider, wie die Sonne, wenn sie ohne Sonnenbrille am Strand lag. Ein Traum, ein Traum, ein Traum. Bitte, lass mich aufwachen.

Sie kannte diese Art von Träumen, in denen sie verfolgt wurde oder ihre Beine scheinbar gelähmt waren und sie nicht

oder nur sehr mühsam vorwärts kam oder, oder, oder … Mit einem Mal wurde ihr bewusst, dass sie in keinem Traum lebte, sondern der Traum sich längst verflüchtigt hatte.
Durant öffnete wieder vorsichtig die Augen und wandte sofort den Kopf zur Seite, um dem höllischen Licht zu entkommen. Sie sah an sich herunter, erkannte nun in vollem Bewusstsein ihre Nacktheit, die kahlen Wände der schmalen, hohen Zelle, die Eisentür und den dunklen, düsteren Fußboden. Ihre ohnehin trockene Kehle wurde noch trockener, ihre Lippen waren spröde und rissig, die Zunge pelzig. Noch rasten ihre Gedanken durcheinander, sie schloss erneut die Augen und zwang sich zur Ruhe, auch wenn Angst und Panik mit Macht in ihr hochstiegen. Sie sagte sich, es ist ein Spiel, das er mit dir spielt, und er will wissen, ob du in sein Spiel einsteigst.
Nicht schreien, dachte sie, obwohl ihr das Atmen und das Schlucken schwerfielen, nicht schreien. Es ist kein Traum, sondern Realität, und du wirst dich dieser Realität stellen. Sie versuchte sich an das zu erinnern, was sie zuletzt gemacht hatte. Ihr fiel der Abschied von Berger und ihren Kollegen ein, wie sie nach Hause gefahren war, eine Kleinigkeit eingekauft hatte, wie sie mit Susanne telefonierte und es mitten in dem Gespräch geklingelt hatte. Sie war nach unten gerannt, um ein Paket in Empfang zu nehmen. Ab diesem Moment war ihre Erinnerung wie ausgelöscht. Sie atmete langsam und gleichmäßig, richtete sich auf, schob sich von der Pritsche und sah sich noch einmal in der Zelle um.
Kein Fenster, murmelte sie kaum hörbar vor sich hin. Der Boden unter ihren Füßen war kalt, überhaupt war ihr kalt, sie fror, was nicht zuletzt daran lag, dass sie seit einer ganzen Weile (wie lange, konnte sie nicht einmal erahnen) nichts zu sich genommen hatte. Wie lange bin ich wohl schon hier? Eine Stunde, zwei Stunden oder länger? Sie wusste es nicht. Und wo bin ich?

Sie spürte ihr Herz schneller schlagen und mahnte sich zur Ruhe. Immer wieder sagte sie sich, du darfst nicht die Kontrolle verlieren, darauf wartet er doch nur. Aber warum hat er mich nackt ausgezogen? Was bezweckt er damit? Wenn ein Entführer sein Opfer entkleidet, hat es etwas zu bedeuten, das habe ich gelernt. Ich muss mich daran erinnern, was das Nacktsein bei einer Entführung zu bedeuten hat.
Es ist ein Er, denn geklingelt hat ein Mann, und dieser Mann hat mir eine Spritze in den Hals gegeben und mich danach zu einem Auto gebracht.
Ihre Erinnerungen kehrten zurück, sie wusste nun wieder, wie sie zum Kaiserleikreisel und zum Bad Homburger Kreuz gefahren waren, sie jedoch nicht in der Lage gewesen war, einen Ton über die Lippen zu bringen. Ihr Körper war gelähmt gewesen, ihre Sinne jedoch hatten alles wahrgenommen. Und sie erinnerte sich an den Wattebausch, der ihr in Höhe des Eschborner Dreiecks aufs Gesicht gedrückt worden war. Danach musste sie fast sofort in einen tiefen Schlaf gefallen sein. Wie viel Zeit ist seitdem vergangen?, fragte sie sich erneut.
Sie verspürte leichte Kopfschmerzen, die nichts mit den spitzen Stichen gemein hatten, die sie gewohnt war, wenn sie einen aufreibenden Arbeitstag hinter sich hatte, nein, dieser Schmerz saß in der Stirn und den Augen, ein leicht dumpfes Hämmern, das sie auf die Betäubung zurückführte.
Sie versuchte, den Schmerz zu ignorieren und sich stattdessen auf das Wesentliche zu konzentrieren. Es sieht aus wie eine alte Gefängniszelle, unsere sind wesentlich moderner eingerichtet, vor allem hat jede von ihnen ein Fenster. Wenn es eine Zelle ist, dann muss es in diesem Bau noch mehrere davon geben. Oder hat er nur eine einzige Zelle in einem geheimen Verlies innerhalb eines Hauses, zu dem nur er allein Zutritt hat? Nein, das kann ich mir nicht vorstellen. Es muss mehr Zellen hier geben, vielleicht sogar einen ganzen Zellen-

trakt. Sie versuchte, die Größe der Zelle zu bestimmen, und schätzte sie auf etwa drei Meter auf eins fünfzig bis eins siebzig, die Höhe lag schätzungsweise bei zwei fünfzig. Sie sah den Tisch mit dem Block darauf, den seitlich davon stehenden Stuhl, die Toilette rechts von ihr. Sonst gab es nichts außer der Liege.

Sie kniff die Augen zusammen und suchte die Wände und die Decke nach Kameras und Mikrofonen ab und entdeckte schließlich ein winziges Objektiv über der Tür und nach weiterem Suchen noch eins rechts von ihr in der Ecke. Sie sah lange hin und hoffte, ihr Entführer würde sie sehen. Vielleicht beobachtest du voyeuristisches Arschloch mich schon die ganze Zeit, dachte sie, ohne ihr Gesicht zu verziehen. Er sollte merken, dass sie die Kameras entdeckt hatte, aber er sollte nichts von ihren Gefühlen mitbekommen. Sie reckte die Arme hoch und hielt sie in Richtung der Kamera über der Tür, um zu signalisieren, dass er sie losbinden solle.

Sie hörte keine Geräusche, was ihr erst jetzt auffiel. Es herrschte eine absolute, nie gekannte Stille, niemand, der weinte oder jammerte, kein Kratzen, kein Klopfen, nichts. Als wäre sie doch allein.

Bock und Andrea hatten wohl recht, er versucht es mit Isolationshaft. Vermutlich wird er irgendwann das Licht ausschalten, um mich allmählich in den Wahnsinn zu treiben, wie Jacqueline Schweigert. Aber das wird ihm nicht gelingen, nicht mit mir.

Mit einem Mal drückte sich die Angst erneut wie eine überdimensionale kalte Faust in ihren Leib, sie dachte daran, womöglich so zu enden wie Detlef Weiß und Corinna Peters. Sie hatte Angst davor, gequält zu werden, über Tage, vielleicht Wochen, bis er sie endlich von ihren Qualen erlösen würde. Sie wollte noch nicht sterben. Und doch war sie in der Gewalt eines Soziopathen, der keine Skrupel kannte und für den Mord kaum mehr als ein Spiel war.

Sie schloss die Augen und betete, was sie seit Jahren nicht getan hatte. Und das, obwohl ihr Vater Pfarrer war, obwohl sie in einem christlichen Umfeld aufgewachsen war, mit einem Gebet vor jeder Mahlzeit und vor dem Zubettgehen, und bis zu ihrem Auszug hatte sie jeden Sonntag die Kirche besucht. Irgendwann hatte sie das Leben erst in München und dann in Frankfurt die sicheren Rituale ihrer Kindheit vergessen lassen. Der Kampf gegen das Verbrechen, der Sog der Gewalt, in den sie immer tiefer hineingezogen wurde, obwohl sie ihn bekämpfte, das Leiden so vieler Menschen zu erleben, Verwandter, Bekannter, Kinder, Ehepartner, Freunde, all dies hatte sie von ihren Wurzeln weggeführt zu einem anderen Leben. Und obwohl ihr Vater sie gewarnt hatte, wollte sie nicht auf ihn hören. Er hatte gesagt, dass sie eines Tages von diesem Beruf aufgefressen würde, und nun war sie womöglich am Endpunkt ihres Lebens angelangt, in der Hand eines Wahnsinnigen. Dreiundvierzig Jahre alt und dem Tod ins Angesicht blicken, nein, so hatte sie sich ihr Leben wahrlich nicht vorgestellt. Sie wollte leben, sie hatte noch so viel vor, auch wenn sie häufig mit dem Schicksal haderte, das ihr eine glückliche Beziehung verwehrte, das sie in Ritualen leben ließ, aus denen sie nicht allein herausfand; dennoch liebte sie dieses Leben, das für sie in diesem Augenblick der vollkommenen Isolation so unglaublich wertvoll wurde, wertvoller als zu irgendeinem anderen Zeitpunkt ihres Lebens. Und deshalb würde sie kämpfen.
Nein, sie hatte eine Ewigkeit nicht mehr gebetet, auch wenn sie oft mit ihrem Vater telefonierte und mit ihm über Gott und die Welt philosophierte. Sie konnte ihn anrufen, wann immer sie wollte, und wenn es mitten in der Nacht war, stets hatte er ein Ohr für sie. Und wenn ihr in Frankfurt die Decke auf den Kopf fiel, dann setzte sie sich einfach ins Auto und fuhr zu ihm, um ein verlängertes Wochenende mit ihm zu verbringen. Ihr Vater war der einzige Mensch, zu dem sie

bedingungsloses Vertrauen hatte. Und er hatte bedingungsloses Vertrauen zu Gott.
Ihr fiel das Gedicht ›Spuren im Sand‹ ein, das er ihr in einer schwierigen beruflichen und privaten Phase erst am Telefon vorgelesen und anschließend geschickt hatte. Sie hatte es viele Male gelesen und war jedes Mal tief gerührt über die Worte. Sie kannte es fast auswendig und sagte es nun in Gedanken auf.
Doch die Angst wich nicht. Sie wollte ihren Entführer und möglichen Peiniger sehen, sie wollte mit ihm sprechen, um herauszufinden, was ihr bevorstand.
Sie zuckte zusammen, als plötzlich ein Schlüssel ins Schloss gesteckt und umgedreht wurde. Die Tür ging mit einem Ruck auf, ein großgewachsener, schlanker Mann mit schwarzem Vollbart und einer dunklen Brille trat in den Raum und blieb stehen, ohne ein Wort zu sagen. Julia Durant spürte nur, wie seine Augen ihren Körper abtasteten. Auch sie sagte keinen Ton, sie versuchte lediglich zu ergründen, wie er ohne diesen künstlichen Bart und die Brille aussehen mochte, denn sie merkte sofort, dass alles nur Tarnung war. Seine Kleidung war die eines Mannes von der Straße, Jeans, ein sommerlicher Sweater und darüber eine schwarze Lederjacke.
Nach schier endlosem Schweigen sagte er mit monotoner Stimme: »Ausgeschlafen, Frau Kommissarin?«
»Nein. Muss das mit den Fesseln sein? Ich nehme an, hier ist alles so gesichert, dass eine Flucht unmöglich ist. Warum also dieser zusätzliche Aufwand?«
»Das ist nur am Anfang.« Er trat näher, zog ein Messer aus seiner Jacke und schnitt die Fesseln durch.
Was meint er mit Anfang? Nein, ich darf ihn nicht fragen, diese Genugtuung will ich ihm nicht verschaffen.
Julia Durant rieb sich erst die Hand-, dann die Fußgelenke und sagte:
»Warum bin ich nackt? Geilt Sie das auf?«

»Nein, das mache ich mit allen. Außerdem stehe ich auf jüngere Frauen.«

»Sind Sie verheiratet?«

»Tz, tz, tz, sind wir hier in einem Verhör? Ich glaube, du solltest dir erst über deine Situation im Klaren sein, bevor du unnötige Fragen stellst. Aber du darfst raten, denn das dürfte für jemanden wie dich nicht ungewöhnlich sein, da vieles in deinem Beruf mit Raten zu tun hat. Was glaubst du denn?«

»Ich glaube nicht«, antwortete Durant, obwohl sie fast sicher war, dass er verheiratet war, ohne begründen zu können, woher sie diese Sicherheit nahm.

»Warum sagst du das, obwohl du etwas anderes denkst? Dir ist doch bekannt, dass die meisten Serienmörder ein unauffälliges Privatleben führen, verheiratet sind, Kinder haben und von den Nachbarn geschätzt werden. So jemand bin ich auch, richtig nett. Aber ich bin nicht hier, um die Hosen vor dir runterzulassen, es geht schließlich um dich. Du wirst weitere Fragen haben, also frag«, sagte er kühl. »Und keine Tricks, ich bin stärker, das kannst du mir glauben.«

»Warum bin ich hier?«

»Weil ich es so bestimmt habe.«

»Das glaube ich Ihnen nur zum Teil. Sie haben mehrere Morde begangen und sich …«

»Stopp«, unterbrach er sie abrupt, »ich habe gesagt, du darfst Fragen stellen und nicht analysieren.«

»Entschuldigung. Haben Sie vor, mich zu töten?«

»Das hängt ganz von dir ab.«

»Inwiefern?«

»Ob du tust, was ich von dir verlange.«

»Und was verlangen Sie von mir?«

»Das erfährst du noch rechtzeitig. Siehst du den Block auf dem Tisch? Du wirst alles aufschreiben, was dir zu deinem Leben einfällt, selbst wenn es dir noch so unwichtig erscheint.

Von deiner frühesten Kindheit bis jetzt. Du schreibst von Gefühlen, Liebe, Hass, Trauer, Schmerz, Freude, eben von all dem, was ein Leben ausmacht. Vor allem aber schreibst du von Gott und dem Teufel. Dein Vater ist Pfarrer, also dürfte dir das nicht allzu schwer fallen. Gott, Teufel, Gut und Böse, das will ich lesen. Ich will lesen, wie eine Hauptkommissarin dazu steht.«

»Warum?«

»Weil ich es so will. Denk daran, dein Leben liegt in meiner Hand. Du wirst Hunger und Durst haben, ich habe dir drei Flaschen Wasser und zwei Flaschen Cola sowie ein paar belegte Brote und Bananen mitgebracht. Ich hoffe, das ist in deinem Interesse. Glaub mir, du bist die einzige Gefangene und wirst es auch bleiben, die eine derartige Vorzugsbehandlung genießt, die anderen bekommen nur Brot und Wasser.«

»Und wie komme ich dazu?«

»Weil du eine privilegierte Person bist. Und frag nicht, warum, nimm es einfach als Kompliment. Ich habe große Hochachtung vor dir und dem, was du bei der Polizei geleistet hast. Das ist die Wahrheit.«

»Und dann halten Sie mich als Ihre Gefangene?«

»Ja, denn du wirst mein Meisterstück werden, so viel kann ich dir jetzt schon verraten. Mehr aber auch nicht, und ich möchte dich bitten, vorläufig von weiteren diesbezüglichen Fragen abzusehen.«

»Meisterstück? Was meinen Sie damit?«

»Ich habe mich wohl nicht deutlich genug ausgedrückt. Keine Fragen zu diesem Thema.«

»Wer außer mir ist noch hier?«

Er lachte kurz und trocken auf und antwortete: »Ich habe schon gedacht, du würdest mich das gar nicht mehr fragen. In chronologischer Reihenfolge: Karin Slomka, Pauline Mertens, Franziska Uhlig und, bitte nicht böse sein, aber ich konnte mich nicht zurückhalten … Es ist eine Freundin von

dir, wenn ich so sagen darf, du kennst sie seit etwas über einem Jahr, soweit mir bekannt ist – Alina Cornelius. Sie ist kurz vor dir hier angekommen.«
»Alina? Warum sie?«, fragte Durant entsetzt und wollte aufspringen, überlegte es sich jedoch in letzter Sekunde anders, sie durfte ihn unter keinen Umständen provozieren, denn genau darauf schien er zu warten. Sie musste auf sein Spiel eingehen, ihn kennenlernen und sich unterwürfig verhalten. Provozieren ja, aber erst später, sobald sie merkte, dass er sich aus der Reserve locken ließ. Doch zu wissen, dass Alina hier war, erschreckte sie zutiefst.
»Warum nicht? Sie hat so etwas Edles, findest du nicht? Und findest du nicht auch, dass sie eine ausgesprochen schöne Frau ist? Ich bin selten einer schöneren Frau begegnet. So schön, so kultiviert, so stolz – und trotzdem allein. Was für ein Jammer, was für ein Jammer.«
»Was haben Sie mit ihr vor?«, fragte sie ruhig, auch wenn sie am liebsten laut geschrien hätte.
»Jeder erhält eine andere Behandlung, jeder bekommt andere Aufgaben.« Er machte eine Pause und fixierte Durant. Dann sagte er mit einem Hauch von Bedauern in der Stimme: »Manche sind aber auch nur hier, um zu sterben, die einen etwas langsamer, die anderen etwas schneller. Was ich mit Alina mache, muss ich mir noch überlegen, auf jeden Fall wird sie eine ganz außergewöhnliche Behandlung erfahren. So, und nun lasse ich dich allein, damit du dich deiner Arbeit widmen kannst. Aber vorher solltest du dich stärken. Und schön artig sein und sitzen bleiben. Ach ja, ich würde es begrüßen, wenn wir uns duzen. Wir werden schließlich eine ganze Weile miteinander zu tun haben.«
Er drehte sich um und holte ein Tablett mit mehreren belegten Broten sowie Bananen und zuletzt noch die fünf Getränkeflaschen herein. »Sehr brav, liebe Julia. Ich denke, das sollte für die nächsten Stunden reichen. Ich werde dich na-

türlich die ganze Zeit über im Auge behalten, die Kameras hast du ja bereits entdeckt. Aber es sind auch Mikrofone angebracht, nur damit du im Bilde bist. Und nun wünsche ich dir ein frohes Schaffen.«

»Warte bitte. Verrätst du mir, wie spät es ist?«

»Warum willst du das wissen? Ist Zeit nicht relativ? Wir alle machen uns doch viel zu sehr von den Sekunden, Minuten und Stunden abhängig. Es wird eine völlig neue Erfahrung für dich sein, befreit von jeglichem Zeitdruck deine Arbeit zu erledigen.«

»Ich wollte in Urlaub fahren, ich habe ein verdammt hartes Jahr hinter mir …«

»Das ist mir bekannt. Betrachte es positiv: Statt am Mittelmeer verbringst du deinen Urlaub in aller Abgeschiedenheit, um dich zu erholen. Betrachte es doch als eine Art Klosterurlaub, viel schweigen, viel arbeiten und hin und wieder Konversation mit mir betreiben. Und glaub mir, wir werden viel reden.«

»Versprichst du mir etwas?«

»Das ist normalerweise nicht meine Art, aber bitte, ich höre.«

»Lass Alina und Franziska am Leben.«

Er lachte kurz und trocken auf und erwiderte: »Nur die beiden? Du bittest nicht für Pauline und Karin? Sind sie es in deinen Augen nicht wert, am Leben zu bleiben?«

»Doch, natürlich sind sie es wert, aber ich gehe davon aus, dass sie schon sehr lange in deiner Gefangenschaft sind und sehr viel erleiden mussten. Wie Jacqueline Schweigert.«

»Was, denkst du, ist mit Jacqueline passiert?«

»Ich weiß es nicht, keiner weiß es, nicht einmal unsere Rechtsmediziner haben eine Erklärung für ihren seltsamen Tod.«

»Dann habe ich also den perfekten Mord begangen.« Er trat näher, stand breitbeinig vor ihr und fuhr fort: »Du weißt,

was mit ihr passiert ist, alle wissen es inzwischen. Warum lügst du?«
»Ich lüge nicht, wir spekulieren nur. Unsere Rechtsmediziner vermuten, dass sie über einen längeren Zeitraum Weißer Folter ausgesetzt war, womöglich Isolationshaft. Es ist aber nur eine Hypothese, keine Feststellung.«
»Du hast recht, das Leben von Karin und Pauline ist nichts mehr wert, das wolltest du doch sagen, oder?«, wechselte er das Thema.
Julia Durant nickte.
»Dein Nicken werte ich als Zustimmung. Ist dein Leben mehr wert?«
»Das habe ich nicht gesagt«, verteidigte sich Durant.
»Es bedarf nicht immer großer Worte, um etwas auszudrücken. Wenn du mir plausibel erklären kannst, warum dein Leben mehr wert ist als das von Karin und Pauline, lasse ich dich unverzüglich frei.«
»Es gibt kein Leben, das wertvoller ist als das eines anderen Menschen«, entgegnete Durant nach kurzem Überlegen.
»Das ist nicht die Antwort, die ich hören wollte. Du wirst wohl noch eine ganze Weile mein Gast bleiben müssen, und ich bin sicher, wir werden noch viel Gelegenheit haben, uns auszutauschen. Ja, es ist tragisch, aber wie ich vorhin schon erwähnte, manche sind dazu bestimmt zu leben, andere zu sterben. Versprechen kann ich gar nichts, aber ich werde es überdenken. Nun, ich denke, der Worte sind genug gewechselt, ich will Taten sehen. Bei meinem nächsten Besuch erwarte ich viele beschriebene Seiten. Sehr viele beschriebene Seiten. Es geht um dein Leben, halte dir das stets vor Augen.«
Er ließ die Tür ins Schloss fallen und drehte den Schlüssel. Julia Durant war wieder allein mit sich und der Stille. Sie aß zwei Scheiben Brot und trank von der Cola. Ein kaum merkliches Stück von der Angst war gewichen, aber wie lange? Was, wenn er in ein paar Stunden oder Tagen reinkommt und

mich umbringt? Lieber Gott, bitte lass nicht zu, dass mir und den andern Frauen hier etwas passiert. Es kann doch nicht in deinem Sinn sein, dass ein Wahnsinniger Menschen aus purer Lust am Morden umbringt. Du weißt, ich kann nicht laut beten, er würde mich hören. Aber Vater hat immer gesagt, du hörst auch die Gebete, die in Gedanken gesprochen werden. Sei bitte bei uns allen und hilf meinen Kollegen, mich zu finden. Weise ihnen den Weg, damit dieses grausame Spiel ein Ende hat. Lieber Gott, unser Leben liegt in deiner Hand und nicht in seiner. Du kannst es machen, dass wir hier rauskommen, denn du bist größer und mächtiger als alle Menschen zusammen. Lass uns nicht allein, nur darum bitte ich dich. Amen.

Samstag, 15.28 Uhr

Frank Hellmer hielt um kurz vor halb vier vor Julia Durants Haus. Er stieg aus, klingelte und wartete. Als sich nichts rührte, drehte er den Kopf zur Seite, sah ihren Wagen auf dem für sie reservierten Parkplatz stehen und unternahm einen zweiten Versuch, bei dem er den Daumen länger auf der Klingel ließ und fester drückte. Auch diesmal meldete sich seine Kollegin weder durch die Sprechanlage, noch wurde der Türöffner betätigt.

Hellmer runzelte die Stirn und fragte sich, ob sie vielleicht gerade im Bad war. Er wartete, klingelte ein drittes Mal, nichts. Er kaute auf der Unterlippe, zog sein Handy aus der Hemdtasche, wählte ihre Festnetznummer, doch er hörte nur Durants Stimme auf dem Anrufbeantworter. Danach versuchte er es auf ihrem Handy, die Mailbox sprang nach dem zehnten Läuten an. »Julia Durant, bitte hinterlassen Sie eine Nachricht.«

Seltsam, dachte er und klingelte bei einem anderen Hausbewohner.
»Ja, bitte?« Eine weibliche Stimme kam aus dem Lautsprecher.
»Hellmer, Kripo Frankfurt. Frau Stauffer, würden Sie mir bitte aufmachen, ich hatte mich mit Frau Durant verabredet ...«
»Ich komme runter.«
Miranda Stauffer blieb vor der verschlossenen Haustür stehen und ließ sich Hellmers Dienstausweis zeigen. Erst danach öffnete sie.
»Tut mir leid, aber man hat mir gesagt, ich soll in dieser Stadt vorsichtig sein. Sie wollen zu Frau Durant?«
»Ja, ich bin hier, um sie abzuholen. Kennen Sie sich?«
»Flüchtig. Wir haben uns gestern Abend kurz auf der Treppe unterhalten.«
Hellmer ging nach oben, Miranda Stauffer folgte ihm. Er klopfte kräftig gegen die Tür, doch drinnen rührte sich nichts. Er hielt sein Ohr an die Tür und hörte leise Stimmen, es klang jedoch, als kämen sie aus dem Radio oder dem Fernseher.
»Worüber haben Sie sich unterhalten, wenn ich fragen darf?«
»Belanglosigkeiten. Ich wohne erst seit ein paar Wochen hier, und sie hat sich vorgestellt und mich zum Kaffee eingeladen.«
»Sie haben gestern mit ihr Kaffee getrunken?«
»Nein, irgendwann wollten wir das machen. Was ist denn los?«, fragte sie mit besorgter Miene.
»Keine Ahnung«, sagte Hellmer und wählte die Nummer von Doris Seidel. »Frank hier. Doris, kannst du bitte ganz schnell zu Julia kommen, du hast doch einen Schlüssel für ihre Wohnung?«
»Natürlich, aber warum?«
»Schwing dich ins Auto und komm, es ist dringend.«

»Viertelstunde.«
»Danke.«
»Kann ich Ihnen irgendwie weiterhelfen?«, fragte Miranda Stauffer den sehr nachdenklich wirkenden Hellmer.
»Nein. Meine Kollegin wird gleich hier sein. Welchen Eindruck machte Frau Durant gestern auf Sie?«
»Ganz normal, allerdings habe ich mich das erste Mal mit ihr unterhalten und weiß nicht, wie sie sonst ist. Glauben Sie, dass ihr etwas passiert ist?«
»Ich glaube überhaupt nichts, bis ich es nicht mit eigenen Augen gesehen habe«, antwortete er schroff, um gleich darauf zu merken, dass er sich im Ton vergriffen hatte. »Entschuldigen Sie, ich bin nur etwas nervös.«
Er hämmerte noch einmal erfolglos gegen die Tür, wartete, setzte sich auf die Treppe und wollte sich eine Zigarette anstecken, als Miranda Stauffer sagte: »Im Treppenhaus ist Rauchen verboten. Sie können ja mit zu mir kommen, dort würde ich eine mit Ihnen rauchen.«
»Ich muss auf meine Kollegin warten, aber danke für das Angebot. Ich geh am besten vor die Tür. Kommen Sie doch mit, oder ist das nicht Ihre Marke?«, fragte er und hielt die Schachtel hoch.
»Gerne.«
Während sie rauchten, fragte Hellmer: »Seit wann wohnen Sie hier?«
»Seit ein paar Wochen, aber das hab ich doch eben schon …«
»Natürlich, ich bin nur durcheinander. Sind Sie aus Frankfurt?«, fragte er und musterte die kleine junge Frau mit den kurzen blonden Haaren, den braunen Augen und der feinporigen Haut zum ersten Mal genauer. Sie trug nur ein T-Shirt und Shorts. Eine hübsche junge Frau.
»Nein, aus einem Dorf in der Nähe von Kassel. So klein, dass Sie es garantiert nicht kennen.«
»Und was machen Sie hier?«

»Ich bin Ärztin an der Uniklinik.«
»Ärztin? Ich hätte Sie jünger geschätzt«, bemerkte Hellmer.
Sie lächelte. »Das tun die meisten. Wenn ich in die Disco gehe, werde ich sogar häufig nach meinem Ausweis gefragt. Es ist manchmal ein bisschen lästig.«
»Und was für eine Ärztin sind Sie?«
»Ich arbeite auf der Kinderkrebsstation.«
»Geht einem das nicht furchtbar nahe, wenn man sieht, wie die Kleinen dahinsiechen? Ich hatte einen Kollegen, der seine Tochter dort ganz langsam verloren hat. Die Kleine hatte Leukämie. Er hat sich nicht lange danach das Leben genommen, was aber auch noch andere Ursachen hatte. Ganz ehrlich, ich könnte dort nicht arbeiten.«
»Es ist alles eine Frage der Einstellung. Was machen Sie bei der Polizei?«
»Mordkommission, genau wie Frau Durant.«
»Sehen Sie, das wiederum könnte ich nicht. Sie müssen doch bestimmt des Öfteren zu Menschen fahren und ihnen mitteilen, dass ein Angehöriger einem Verbrechen zum Opfer gefallen ist?«
»Natürlich, das gehört zu unserem Job.«
»Das ist der Unterschied, ich erlebe, wie die Kinder über Wochen oder Monate sterben und die meisten von ihnen den Tod als etwas Natürliches sehen. Oder ich sehe, wie sie wieder gesund werden. Ich begleite die Kinder und die Eltern, das ist etwas völlig anderes.«
»Mag sein«, entgegnete Hellmer nur, der sich zunehmend Sorgen um Julia machte und sich nicht weiter über das Leben und den Tod unterhalten wollte. Nicht jetzt, nicht in dieser beängstigenden Situation. Es war nicht ihre Art, ihn zu versetzen, es war nicht ihre Art, überhaupt jemanden zu versetzen. Ihr Wort hatte bisher immer gegolten, wenn auf jemanden Verlass war, dann auf sie. Er war so nervös, dass er

sich gleich eine weitere Zigarette ansteckte, auf die Uhr sah und dachte, wann kommt Doris bloß endlich.
Endlich sah er ihren Wagen um die Ecke biegen, Doris blieb direkt vor ihm stehen. Kullmer war bei ihr.
Noch im Aussteigen fragte er: »Was ist los?«
»Wenn ich das wüsste, hätte ich nicht angerufen. Darf ich kurz vorstellen, Frau Stauffer, sie wohnt hier im Haus. Irgendetwas stimmt nicht, Julia scheint nicht da zu sein, obwohl wir ausgemacht hatten, dass ich sie um halb vier abhole und zum Flughafen bringe.«
»Jetzt mal nicht gleich den Teufel an die Wand …«
»Tu ich nicht, ich will nur sehen, ob ihre Sachen noch da sind oder … Sagen Sie, haben Sie Frau Durant heute schon gesehen?«
Miranda Stauffer schüttelte den Kopf. »Nein.«
»Okay, lasst uns nach oben gehen. Frau Stauffer, vielen Dank für Ihre Hilfe, aber …«
»Schon gut, ich kenne das aus Kriminalfilmen«, sagte sie und verabschiedete sich.
»Nein, nein, so war das nicht gemeint, es könnte nur sein, dass wir uns nachher noch mal bei Ihnen melden.«
»Was geht in deinem Kopf vor?«, fragte Seidel, als Miranda Stauffer gegangen war.
»Was glaubst du denn? Das ist kein Zufall, verdammt noch mal. Es sei denn, ihre Sachen sind weg und eine handschriftliche Notiz liegt auf dem Tisch, worin sie uns mitteilt, dass sie ein Taxi genommen hat. Aber selbst dann werde ich sämtliche Taxiunternehmen kontaktieren, um herauszufinden, ob das stimmt.«
Oben angekommen, öffnete Seidel die Wohnungstür und trat mit ihren Kollegen ein. Allen stockte der Atem. Als Erster fand Hellmer seine Sprache wieder.
»Er hat sie sich geholt. Dieser verfluchte Bastard hat sich Julia geholt«, murmelte er. »Julias Flug geht um fünf, sie müsste gleich am Flughafen sein, um einzuchecken. Aber ihre Kof-

fer und die Reisetasche sind noch hier. Und da, ihre Handtasche«, sagte er mit belegter Stimme und deutete auf den Stuhl, über dessen Lehne die Tasche hing.
»Du meinst …«
»Ich meine nicht, ich weiß es. Das gehört zu seinem Spiel, verstehst du? Diese verdammte Drecksau hat sich jetzt auch noch Julia gekrallt! Das darf nicht wahr sein.«
»Jetzt halt mal den Ball flach und …«
»Halt die Klappe, okay? Ich weiß es, und ihr wisst es auch, und ich will keine Diskussionen. Julia ist in seinen Händen, das ist keine Spekulation, das ist eine Tatsache. Verstanden?«
»Wenn du das sagst.«
»Wer immer es ist, er weiß verdammt viel über unsere Abteilung, und damit weiß er wahrscheinlich auch alles über uns, und zwar ohne Ausnahme. Er muss gewusst haben, dass Julia heute in Urlaub fliegen wollte, und hat nur den richtigen Zeitpunkt abgewartet, um sie sich zu holen.«
Hellmer suchte nach dem Handy und fand es am Ladekabel. »Eingeschaltet. Mal sehen, mit wem sie zuletzt telefoniert hat. Gestern Mittag, dienstlich. Scheiße!«
Währenddessen überprüfte Kullmer die letzte Nummer, die vom Festnetz aus gewählt worden war, Durants Vater meldete sich, worauf Kullmer sofort wieder auflegte.
»Ich begreif das nicht«, stieß Hellmer hervor und setzte sich auf die Sessellehne und griff sich mit beiden Händen ins Haar. »Verdammt, warum ausgerechnet sie? Und wie ist er an sie rangekommen?«
Ohne etwas zu erwidern, rief Kullmer bei der Kriminaltechnik an. »Hier Kullmer, K 11. Hör zu, ich brauche sofort alle ein- und ausgegangenen Telefonate von Julias Festnetznummer während der letzten vierundzwanzig Stunden. Lass alles stehen und liegen, das hat absolute Priorität. Also beeil dich … In fünf Minuten? Danke.«

»Wenn sie entführt wurde, was will der Typ von ihr?«
Hellmer starrte an die Wand: »Ich glaube, es geht ihm weniger um sie als um unsere Abteilung. Ich kann mich natürlich auch irren, aber …«
»Und wenn es doch um sie geht?«, warf Seidel in den Raum. »Warum Julia? Warum nicht ich oder Peter oder du oder gar Berger? Er hat damals im Fall Gernot schließlich ermittelt. Warum ausgerechnet sie? Ich sag's euch, Julia ist die leitende Ermittlerin, sie ist Berger gegenüber weisungspflichtig, sie …«
»Schon gut, schon gut, schon gut, ich hab verstanden!«, entgegnete Hellmer aufgebracht, sprang auf, stellte sich ans geöffnete Fenster und zündete sich eine Zigarette an. »Sie hatte nicht einmal mehr die Zeit, die Fenster zuzumachen.«
»Und wie hat es sich deiner Meinung nach abgespielt?«, fragte Seidel.
»Woher soll ich das denn wissen?«, blaffte Hellmer sie an.
Kullmers Handy klingelte, er meldete sich, schrieb mit und sagte abschließend: »Danke … Nein, ich kann im Augenblick noch nichts sagen … Okay, wir gehen davon aus, dass sie entführt wurde … Nein, noch keine Spusi, wir müssen erst Berger informieren. Ich melde mich nachher noch mal.« Und zu Hellmer und Seidel: »Das letzte Telefonat, das sie geführt hat, war gestern Abend von genau 22.03 Uhr bis 22.05 Uhr mit Susanne Tomlin, die hier angerufen hat.«
»Wir müssen Berger informieren«, sagte Doris Seidel und wählte seine Nummer, ohne eine Erwiderung abzuwarten. »Ja, Doris hier. Chef, wir sind in Julias Wohnung …«
»Wer ist wir?«, fragte Berger.
»Frank, Peter und ich. Hören Sie, es sieht so aus, als wäre Julia entführt worden. Alle Indizien sprechen dafür.«
»Moment, Moment, nicht so schnell. Wie kommen Sie darauf?«
»Frank wollte sie um halb vier abholen und zum Flughafen

bringen. Aber sie hat nicht aufgemacht. Er hat mich angerufen, weil ich einen Schlüssel zu ihrer Wohnung habe. Ihre Koffer sind noch hier, ihre Tasche, ihr Handy, ihre Brieftasche, die Fenster sind offen, der Fernseher ist an ... Wollen Sie noch mehr hören?«

»Wir treffen uns in einer Stunde im Präsidium.«

»Ihr habt's gehört. Wir können hier nichts mehr tun«, sagte Seidel und sah ihre Kollegen an.

»Das ist ein Alptraum, ausgerechnet Julia! Wir sind seit zwölf Jahren ein Team und ...«

»Frank, lass alles Persönliche außen vor, bitte«, wurde er von Kullmer unterbrochen, der ihn bei den Schultern packte und ihm in die Augen blickte. »Noch wissen wir nicht, was wirklich passiert ist ...«

»Meinst du vielleicht, sie ...«

»Ich meine überhaupt nichts. Lass die Spusi ihre Arbeit machen, vielleicht erfahren wir dann mehr. Wer immer sie in seiner Gewalt hat, diesmal wird er sich bei uns melden, darauf verwette ich meinen Arsch.«

»Er hat sich bisher nicht gemeldet«, warf Seidel ein, »warum sollte er es jetzt tun?«

»Weil Julia nicht irgendwer ist, sondern eine der fähigsten Ermittlerinnen, die es gibt. Er wird uns ein Zeichen geben.«

Hellmer schüttelte kaum merklich den Kopf. »Ich bin nicht sicher. Lasst uns die Bewohner befragen, ob irgendwem was aufgefallen ist. Ich gehe davon aus, dass sie letzte Nacht entführt wurde. Aber vorher ruf ich noch bei Susanne an.« Und nach kurzem Warten: »Hi, ich bin's, Frank Hellmer ...«

»Frank, was verschafft mir die Ehre ...«

»Es ist wichtig. Du hast gestern Abend bei Julia angerufen. Ist dir bei dem Telefonat etwas aufgefallen?«

»Was meinst du?«

»War Julia anders als sonst?«

»Was ist passiert?«, fragte Susanne Tomlin aufgeregt.

»Beantworte bitte meine Frage. War Julia anders als sonst?«
»Nein, sie war ganz normal. Sie hat sich auf heute gefreut und ...«
»Okay. Erinnere dich bitte genau. Hat dich nichts irritiert? Hat sie vielleicht anders geklungen, oder ...«
»Nein, wenn ich's doch sage. Was ist denn los?«
Hellmer atmete tief durch und sagte schließlich: »Julia ist weg. Ich bin mit Peter und Doris in ihrer Wohnung. Ihre ganzen Sachen sind noch hier, es sieht aus, als hätte sie überstürzt die Wohnung verlassen. Hast du eine Erklärung dafür?«
»Das kann doch nicht wahr sein! Sag nicht, dass Julia etwas zugestoßen ist.«
»Hast du eine Erklärung? Erinnere dich bitte ganz genau, es kann um Leben und Tod gehen.«
»Mein Gott, du machst mir Angst. Ich habe sie um kurz nach zehn angerufen, und dann hat es geklingelt, und jemand hat etwas durch die Sprechanlage gesagt ...«
»Mann oder Frau?«
»Es war eine Männerstimme. Julia kam zurück und sagte, sie müsse etwas an der Haustür abholen ...«
»Augenblick, schließ bitte mal die Augen und lass die Szene noch mal Revue passieren. Es hat geklingelt, Julia ist zur Sprechanlage gegangen. Was war genau? Hast du gehört, was gesprochen wurde? Vielleicht einen Namen?«
Susanne Tomlin schwieg eine Zeitlang und sagte dann bestimmt: »Der Mann hatte ein Paket für sie, das er angenommen hatte. Es war ein Nachbar.«
»Hat er seinen Namen genannt?«
»Ja, aber ich hab ihn nicht verstanden. Aber er hat gesagt, dass er das ganze Wochenende über Schicht habe und deshalb so spät noch geklingelt hat. Julia wollte nur kurz runtergehen und danach weiter mit mir telefonieren, aber ich habe gesagt, dass wir uns doch ohnehin heute sehen. Dann haben wir aufgelegt. Und jetzt sag endlich, was passiert ist.«

»Julia wird heute nicht zu dir kommen, sie ist wahrscheinlich entführt worden. Vermutlich von dem Mann, der gestern Abend geklingelt hat.«
»Sag, dass das nicht wahr ist. Ich setz mich in die nächste Maschine …«
»Was willst du hier ausrichten? Lass es sein, bitte.«
»Julia ist meine beste Freundin, und ich habe das Recht, wann immer ich will nach Frankfurt zu kommen«, sage sie mit energischer Stimme, ohne zu laut zu werden.
»Ist ja gut, ich will dir auch keine Vorschriften machen. Aber bitte, misch dich nicht in unsere Arbeit ein.«
»Das hatte ich nicht vor. Ich will einfach nur vor Ort sein, kannst du das nicht verstehen?«
»Doch, natürlich. Wann wirst du hier sein?«
»Ich muss sehen, wann die nächste Maschine geht, ansonsten miete ich mir einen Privatjet, ich werde auf jeden Fall heute Abend in Frankfurt sein. Darf ich dich anrufen, sobald ich da bin?«
»Klar. Hast du meine Handynummer?«
»Ja.«
Nachdem er aufgelegt hatte, sagte Hellmer: »Sie wurde mit dem simpelsten Trick entführt. Es klingelt, jemand sagt, er habe ein Paket, sie geht an die Tür und ist weg. Sie hat nicht damit gerechnet, dass es eine Falle sein könnte, obwohl es schon nach zehn war.«
»Was würdest du denn tun, wenn es um diese Zeit bei dir klingelt und jemand behauptet, er habe ein Paket für dich?«, fragte Seidel.
»Lasst uns die andern Hausbewohner befragen, ich übernehme Frau Stauffer. Und zu deiner Frage: Ich habe mehrere Videokameras installiert und sehe, wer vor meiner Tür steht. In meiner Ecke kenne ich so ziemlich jeden. Das ist nun mal so in einem Kaff wie Okriftel.«
Er ging in den dritten Stock und klopfte an Miranda Stauf-

fers Tür. »Kommen Sie rein«, sagte sie ernst, als sie Hellmers Gesicht sah, und ließ ihn eintreten.
»Nur eine Frage: Haben Sie gestern Abend so gegen zehn etwas Ungewöhnliches gehört oder gesehen?«
»Nein, ich war mit einer Arbeitskollegin im Kino und bin erst gegen Mitternacht nach Hause gekommen.«
»Tja, das war's dann schon. Danke.«
»Warten Sie, da war doch was, ich weiß ja nicht, ob das von Belang ist. Als ich nach Hause kam, lag ein großes Paket im Flur, die Tür war deswegen nicht ins Schloss gefallen, das heißt, es hat die Tür blockiert.«
»Was für ein Paket?«, fragte Hellmer wie elektrisiert.
»Groß, aber nicht sonderlich schwer, zumindest so leicht, dass ich es mit dem Fuß zur Seite schieben konnte, unter die Briefkästen. Ich hab's vorhin noch unten liegen sehen. Ist Frau Durant etwas zugestoßen?«, fragte sie vorsichtig nach, als wäre diese Frage unangebracht.
»Wir müssen davon ausgehen. Aber bitte, behalten Sie das für sich, es ist eine heikle Angelegenheit. Ich verlass mich auf Sie. Und hier, meine Karte, falls Ihnen noch irgendwas einfällt.«
»Ich erzähl's niemandem. Sind auch andere Bewohner in diesem Haus in Gefahr?«
»Keine Sorge, wer immer meine Kollegin entführt hat, hat es nur auf sie abgesehen. Seien Sie trotzdem vorsichtig und trauen Sie niemandem.«
Nach kaum einer Viertelstunde waren die Befragungen beendet, niemand hatte am Abend zuvor etwas gehört oder gesehen.
»Typisch«, sagte ein frustrierter Frank Hellmer auf dem Weg nach unten, »nichts gesehen, nichts gehört, nichts bemerkt. Die Stauffer war gar nicht zu Hause, sie war mit einer Arbeitskollegin im Kino. Es ist zum Kotzen. Wenn dieser Kerl weiß, wo Julia wohnt, dann weiß er auch, wo er uns finden kann. Seid also auf der Hut.«

»Was mich beschäftigt, ist die Frage, wie er sie überwältigt hat«, sagte Doris Seidel. »Julia hat eine exzellente Ausbildung genossen, er musste damit rechnen, dass sie sich wehren würde.«
»Was willst du damit andeuten?«, fragte Kullmer.
»Wer immer sie entführt hat, weiß, dass sie sich sehr gut wehren kann. Er konnte nicht einfach hingehen und sie zu seinem Wagen zerren, er muss einen Trick angewandt haben.«
»Hat er auch«, entgegnete Hellmer und deutete auf das Paket unter den Briefkästen. »Da liegt es. Die Stauffer sagt, es hat im Flur gelegen, als sie letzte Nacht vom Kino heimgekommen ist. Ich gehe mal davon aus, er hat es Julia in die Hand gedrückt, damit war sie für einen Augenblick wehrlos. Vielleicht hat er sie dann betäubt, womit auch immer, das Paket ist zu Boden gefallen, er hat sie zu seinem Auto gebracht, es war schließlich schon fast dunkel, und damit war alles vorbei. Ein uralter Trick. Wir nehmen das Paket auf jeden Fall mit, die KTU soll's untersuchen. Ein Aufkleber vom Hermes Versandservice. Wahrscheinlich hat er ihn eingescannt, damit er wie echt aussieht.«
»Wer konnte schon damit rechnen, dass er es ausgerechnet auf sie abgesehen hat?«, sagte Doris Seidel. »Alle bisherigen Opfer waren uns bis zum Zeitpunkt ihres Verschwindens unbekannt. In der Gesellschaft spielten sie auf jeden Fall eine eher untergeordnete Rolle.«
»Spielt Julia oder irgendeiner von uns eine besondere Rolle in der Gesellschaft? Himmel noch mal, so kommen wir nicht weiter. Ab ins Präsidium. Mein Gott, wenn sie so endet wie die Schweigert oder die anderen Opfer ...«
»Dann hoffe ich, dass ich das Arschloch als Erster kriege«, sagte Kullmer.
»Du wirst schön deine Pfoten bei dir behalten«, wurde er scharf von Seidel unterbrochen. »Hast du gehört, du wirst nichts, aber auch rein gar nichts unternehmen. Unser Job ist

Tag für Tag mit einem gewissen Risiko behaftet, und leider hat's diesmal Julia erwischt.«
»Du hast gut reden, du kennst sie kaum halb so lang wie ich und Frank. Die beiden sind fast so etwas wie ein altes Ehepaar. Aber darüber will ich jetzt nicht sprechen. Fahren wir.«

Samstag, 17.10 Uhr

Berger hatte sich nicht rasiert, er trug Jeans und ein kurzärmeliges Hemd, dessen beide obersten Knöpfe offen standen. Ohne eine Begrüßung fragte er: »Was ist mit Frau Durant?«
»Sie wurde entführt, sämtliche Indizien sprechen dafür«, meldete sich Kullmer zu Wort. »Normalerweise würde sie jetzt im Flieger sitzen und ...«
»Das weiß ich, verdammt noch mal!«, herrschte Berger ihn an. »Wie ist es passiert?«
»Wie es aussieht, wurde Julia gestern Abend entführt, als sie gerade mit Frau Tomlin telefonierte. Angeblich hatte jemand ein Paket für sie angenommen und ...«
»Woher wissen Sie das?«
»Von Frau Tomlin, sie hat das mitgehört. Und eine Hausbewohnerin hat das Paket beim Nachhausekommen an der Haustür gefunden.«
In den folgenden Minuten berichtete vornehmlich Hellmer, in welchem Zustand sie die Wohnung vorgefunden hatten, dass offenbar nichts fehlte, dass der Fernseher lief und das Handy an der Ladestation angeschlossen war. Berger hörte aufmerksam zu, auch wenn er die ganze Zeit über von einer Seite des Büros zur anderen tigerte.
»Okay. Die KTU soll die Wohnung unter die Lupe nehmen. Frau Seidel, Sie haben den Schlüssel hier?«
»Natürlich.«

Mit einem Mal blieb Berger stehen: »Es reicht, ich hab die Schnauze gestrichen voll. Ich werde Holzer anrufen und ihn fragen, ob er bereit ist, uns noch heute zur Verfügung zu stehen. Es kann nicht angehen, dass eine unserer besten Kräfte von einem Wahnsinnigen entführt wird.«
Er griff zum Telefon, wählte eine Nummer beim BKA und sagte: »Berger, K 11 Frankfurt. Ich bräuchte dringend die Telefonnummer von Herrn Holzer ... Hören Sie, das ist mir scheißegal, eine meiner Beamtinnen wurde aller Wahrscheinlichkeit nach gestern Abend entführt, und wir brauchen dringendst Herrn Holzers Hilfe ... Mir ist klar, dass wir Wochenende haben, aber wir schieben auch am Wochenende Dienst, wie Ihnen bekannt sein dürfte. Also, geben Sie mir nun die Telefonnummer, oder muss ich mich erst an die Staatsanwaltschaft wenden? ... Na also, geht doch«, sagte Berger, nachdem er die Nummer aufgeschrieben hatte, um gleich darauf Holzers Nummer einzutippen.
»Holzer.«
»Spreche ich mit Hauptkommissar Dr. Thomas Holzer?«
»Ja.«
»Hier Berger, K 11 Frankfurt. Herr Holzer, wir wollten uns eigentlich erst am Montag treffen, ich möchte Sie aber bitten, eine Ausnahme zu machen und uns schon ab heute zur Verfügung zu stehen. Es ist ein schwerwiegender Notfall eingetreten, und wir sind dringend auf Ihre Fachkenntnis angewiesen.«
»Darf ich fragen, um was für einen Notfall es sich handelt?«
»Meine leitende Ermittlerin, Frau Julia Durant, ist allem Anschein nach gestern Abend entführt worden, und alles spricht dafür, dass es sich um den Täter handelt, der auch für die andern Morde und Entführungen seit Oktober vergangenen Jahres verantwortlich zeichnet.«
Holzer atmete tief durch und sagte: »Ich bin noch mit einem andern Fall beschäftigt, der aber so gut wie abgeschlossen ist. Ich komme vorbei, sagen wir in einer Stunde? Halten Sie

sämtliches Material bereit, das für mich relevant sein könnte, damit ich mir schnellstmöglich ein Bild machen kann. Nur, versprechen Sie sich keine Wunder, ich kann weder zaubern, noch bin ich Gott.«

»In einer Stunde. Wir warten auf Sie.«

»Holt mich jemand am Eingang ab?«

»Ich sage unten Bescheid. Und danke für Ihre Hilfe.«

»Danken Sie mir nicht zu früh.«

»Wer unterrichtet Herrn Durant von der Entführung seiner Tochter?«, fragte Berger.

Hellmer meinte: »Das ist wohl meine Aufgabe. Ich rufe ihn von meinem Büro aus an.«

Die anderen sahen ihm nach, wie er mit müden Schritten hinausging. Er ließ sich auf seinen Schreibtischstuhl fallen und wählte die Nummer von Julia Durants Vater.

»Hier Hellmer.«

»Hallo, was verschafft mir die Ehre?«

»Herr Durant, ich habe eine schlechte Nachricht für Sie und …«

»Ist etwas mit Julia?«

»Ja. Allem Anschein nach ist sie gestern Abend entführt worden. Wir arbeiten mit Hochdruck daran, sie so schnell wie möglich zu finden. Es tut mir leid …«

»Herr Hellmer, Sie brauchen sich nicht zu entschuldigen. Ich werde ein paar Sachen zusammenpacken und nach Frankfurt kommen. Hat es mit dem Fall zu tun, an dem Sie und Julia gearbeitet haben?«

»Wir gehen davon aus. Wo möchten Sie wohnen? Ich kann Ihnen anbieten, zu uns zu kommen …«

»Nein danke, ich würde gerne bei Julia wohnen. Ich habe einen Schlüssel zu ihrer Wohnung. Es sei denn, Sie haben dort zu tun.«

»Sie können selbstverständlich in Julias Wohnung. Wir sehen uns dann vielleicht morgen schon.«

»Ja, bis morgen.«

Hellmer legte auf, er hatte einen schalen Geschmack im Mund. Er fühlte sich hundeelend, wollte sich dies aber seinen Kollegen gegenüber nicht anmerken lassen, ging auf die Toilette, schloss sich ein und weinte minutenlang. Schließlich begab er sich zu den Waschbecken, wusch sein Gesicht und ging zurück ins Büro. Er musste stark sein.

Samstag, 18.20 Uhr

Holzer hatte einen schwarzen Pilotenkoffer in der Hand, trug eine braune Lederjacke, ein schwarzes Hemd, Jeans und schwarze Lederschuhe. Er roch dezent nach einem frischen Eau de Toilette, Berger ging auf ihn zu und reichte ihm die Hand.
»Berger, meine Ermittler Hauptkommissar Hellmer, der Partner von Frau Durant, die vermisst wird, Oberkommissarin Seidel und ihr Partner Hauptkommissar Kullmer.«
»Angenehm«, sagte Holzer und stellte seinen Koffer auf den Boden. Er hatte in etwa Hellmers Größe und Statur, sehr schlank und drahtig, die dunkelblonden Haare waren modisch kurz geschnitten, die Konturen seines Gesichts fein mit leicht hervorstehenden Wangenknochen, fast femininen Lippen und einem markanten Kinn mit einem tiefen Grübchen genau in der Mitte, fast wie bei Kirk Douglas. »Gehen wir doch gleich in medias res. Ist das das komplette Material?«
Berger nickte: »Das ist alles Material zu den bisherigen Fällen, Frau Durant natürlich ausgenommen.«
»Ich möchte eins vorausschicken, um Missverständnissen vorzubeugen, denn es gibt nicht wenige, die mit meiner Arbeitsweise nicht klarkommen: Ich arbeite grundsätzlich allein, nur wenn ich Fragen habe, werde ich auf Sie zukommen, und wenn Sie Fragen haben, können Sie mich jederzeit kontaktieren. Wenn außerordentliche Meetings abgehalten wer-

den, stehe ich natürlich auch zur Verfügung und werde meine bisher gewonnenen Erkenntnisse mitteilen, wobei ich großen Wert darauf lege, dass nicht alle Beamten der Soko anwesend sind, sondern nur der Kern der Ermittler. Zudem bin ich jeden Tag von neun bis zehn hier, um mich mit Ihnen zu besprechen und Fragen zu beantworten.«

»Sie können gerne ein Büro bei uns haben«, sagte Berger etwas irritiert, »wir sind für alle Eventualitäten gerüstet. Es würde doch unsere Zusammenarbeit erheblich erleichtern und …«

Holzer unterbrach Berger mit einer Handbewegung. »Danke für das Angebot, auf das ich sehr gerne zurückkomme. Aber, und ich bitte das zu verstehen, ich brauche bei meiner Arbeit absolute Ruhe. Es ist nicht gegen Sie und Ihre Abteilung gerichtet, aber es ist meine Art zu arbeiten. Ich bin mir bewusst, dass mir ein gewisser negativer Ruf vorauseilt, aber den nehme ich in Kauf, solange ich meinen Job gut machen kann.«

Ja, der Ruf der unsäglichen Arroganz, Dr. Arschloch, dachte Hellmer und blickte zu Boden.

»Und wenn wir Fragen oder neue Erkenntnisse gewonnen haben?«, fragte Seidel kühl und gelassen, die ähnliche Gedanken wie Hellmer hatte.

»Wie ich sagte, dann rufen Sie mich an und teilen mir diese Erkenntnisse mit, ich bin jederzeit zu erreichen, oder Sie hinterlassen eine Nachricht, ich melde mich dann schnellstmöglich«, erwiderte er lächelnd. »Aber bevor ich wieder fahre, möchte ich ein kurzes Brainstorming mit Ihnen machen, was Ihnen bei allen Fällen ganz besonders aufgefallen ist, welche Gemeinsamkeiten Sie festgestellt haben, welche Unterschiede, warum Sie glauben, dass es sich um ein und denselben Täter handelt und so weiter. Bereit?«

In der folgenden Stunde berichteten die Beamten von ihren bisherigen Ermittlungsergebnissen, sie berichteten von dem Fall Gernot und dass der Täter ganz offensichtlich dessen

Taten kopierte, als sie jedoch Vermutungen anstellten, wurden sie von Holzer unterbrochen.
»Vermutungen und Hypothesen bringen weder Sie noch mich weiter. Es sind Fakten, die zählen, nichts als Fakten. Ich werde Ihnen in den nächsten Tagen oder Wochen Fakten servieren, die Ihnen vielleicht nicht gefallen, weil Sie nicht in Ihr Ermittlungsbild passen, aber ich garantiere Ihnen, Sie werden damit dem Täter sehr, sehr nahe kommen. Es geht für uns darum, das Leben von Frau Durant und mindestens drei weiteren Personen zu retten. Und wenn ich Sie richtig verstanden habe, hoffen Sie darauf, dass der Täter direkten Kontakt zu Ihnen aufnehmen wird. Dies kann, muss aber nicht der Fall sein. Serientäter handeln sehr unterschiedlich, genau wie die Motive sehr unterschiedlich sind. Jeder hat ein eigenes Muster, nach dem er vorgeht, und dieses Muster gilt es zu erkennen. Ich habe in den USA mit vielen Serienmördern zu tun gehabt, ich habe unzählige Gespräche geführt und festgestellt, dass sie nur eins gemeinsam haben – sie ticken anders als der Rest der Menschheit. Wichtig für Sie ist, dass Sie ihn nicht in der Schublade suchen, in der Hans Schmidt oder Lieschen Müller sind, sondern ihn in einer Schublade suchen, in der sich das Grauen eines kaputten und weit abseits der Gesellschaft stehenden Monsters befindet. Aber wenn Sie sich trauen, diese Schublade mit mir zu öffnen, dann werden Sie auch das Monster finden, nach dem Sie suchen. Sind Sie bereit dazu?«
Hellmer hatte sich auf die Tischkante gesetzt und meinte: »Herr Holzer, Verzeihung Dr. Holzer, wir haben in der Vergangenheit das Grauen in all seinen Facetten gesehen, uns ist nichts neu.«
»Gut. Aber wozu brauchen Sie mich dann?«, fragte er und sah Hellmer dabei direkt in die Augen.
»Das will ich Ihnen sagen. Das Grauen sehen und es zu analysieren sind zwei Paar Schuhe. Dieser Täter geht vollkommen anders vor als alle, mit denen wir es bisher zu tun hatten. Er

geht nicht an die Öffentlichkeit, er sucht nicht den Kontakt zu uns, das heißt, wir wissen nicht, was seine Intention ist.«
Ein leicht süffisantes Lächeln zeichnete sich auf Holzers Lippen ab, als er erwiderte: »Herr Hellmer, wieso behaupten Sie, er würde den Kontakt zu Ihnen nicht suchen? Er hat es bereits getan, und zwar schon mit dem ersten Mord. Aber weil Sie nicht entsprechend reagiert haben, das heißt, nicht so, wie er sich das vorgestellt hat, musste er zu drastischeren Mitteln greifen: er hat Frau Durant entführt. Halten Sie sich eins vor Augen – längst nicht alle Serienmörder nehmen direkt Kontakt auf. Aber lassen Sie mich erst einmal ausführlich die Akten durchgehen, ich muss die Fotos analysieren, die Fundorte besichtigen, um mir ein Bild von der Persönlichkeit des Täters zu machen und eine Spur von den Opfern zum Täter herzustellen. Und ich werde natürlich Vergleiche zum Fall Gernot zu ziehen versuchen. Haben Sie noch Fragen?«
»Wie sicher sind Sie, dass wir ihn kriegen?«
»Sie meinen, wie sicher ich bin, dass wir ihn kriegen, bevor er Ihre Kollegin getötet hat? Das war doch Ihre eigentliche Frage, oder? Nun, ich bin nie sicher, und ich werde mich auch niemals festlegen. Ich versichere Ihnen jedoch, dass ich mein Bestes tun werde. Aber auch mir sind Grenzen gesetzt, denn ich bin weder ein Zauberer noch ein Hellseher. Wenn es sonst nichts weiter gibt, würde ich mich gern auf den Nachhauseweg machen, denn ich fürchte, ich habe eine lange Nacht vor mir.«
Berger begleitete Holzer zur Tür und fragte: »Wann sehen wir uns wieder?«
»Sobald ich erste Erkenntnisse gewonnen habe. Das kann schon morgen sein, es kann aber auch erst Montag oder Dienstag sein. Wir bleiben aber auf jeden Fall in Kontakt.«
Nachdem Holzer sich mit einem kräftigen Händedruck von Berger verabschiedet hatte, sagte Kullmer: »Ist dieser Typ wirklich so gut, wie behauptet wird?«
»Ich sagte Ihnen bereits, er ist nicht ganz einfach. Aber nen-

nen Sie mir ein Genie, das einfach zu handhaben war oder ist«, antwortete Berger. »Holzer war in den USA bei den Besten der Besten, er hat bereits mehrere schier unlösbare Fälle gelöst und …«
»Er ist die Arroganz in Reinkultur«, warf Seidel kalt wie Trockeneis in den Raum.
»Liebe Frau Seidel, ist das nicht vollkommen egal? Lassen Sie ihn so arrogant und unausstehlich sein, wie er will, er ist im Augenblick unser einziger Strohhalm – und hoffentlich mehr als das. Ich will Frau Durant wiederhaben. Es kann nicht angehen, dass ein durchgeknallter Psychoheini jetzt auch noch in unserm Präsidium rumwildert.«
»Wie kann er so sicher sein, dass wir dem Täter sehr nahe kommen werden?«, warf Seidel in den Raum. »Wie waren seine Worte gleich noch mal? Ich werde Ihnen Fakten servieren, durch die Sie dem Täter sehr, sehr nahe kommen. So ähnlich hat er sich ausgedrückt. Wie kann er so sicher sein?«
»Erfahrung«, antwortete Berger gelassen. »Lassen Sie ihn doch um Himmels willen ein arrogantes Arschloch sein, solange er seine Arbeit beherrscht und uns weiterhilft, kann er sich meinetwegen aufführen wie der Kaiser von China. Verärgern Sie ihn nicht, haben Sie das verstanden? Schließlich verfolgen wir alle ein Ziel.«
»Ich fahr noch mal in Julias Wohnung«, sagte Hellmer, der es im Präsidium nicht mehr aushielt. »Und dann nach Hause.«
»Herr Hellmer, ich kann mir vorstellen, wie …«
»Gar nichts können Sie sich vorstellen, rein gar nichts. Nicht Sie, sondern ich habe in den letzten zwölf Jahren mit Julia Außendienst gemacht. Entschuldigung, ist nicht gegen Sie persönlich gerichtet.«
»Gegen wen dann?«
»Das kotzt mich alles einfach nur an.«
»Nicht nur Sie. Dennoch erwarte ich von Ihnen, dass Sie sich an die Regeln halten. War das deutlich genug?«

Hellmer verließ das Büro, ohne sich noch einmal umzusehen. Er nahm diesmal die Treppe, blieb mit einem Mal stehen und lehnte sich an die Wand. Er wurde erneut von einem Weinkrampf geschüttelt, heute war das erste Mal seit vielen Jahren, dass er weinte, und das schon zum zweiten Mal. Es dauerte einige Minuten, dann wischte er sich die Tränen aus dem Gesicht und putzte sich die Nase.
In Julia Durants Wohnung waren die Kriminaltechniker und Spurensucher bei der Arbeit. Er besprach sich kurz mit Kunze, der aus dem Wochenende geholt worden war und ebenfalls sehr bedrückt wirkte.
»Mit diesem Typen würde ich gerne ein Lagerfeuer veranstalten«, sagte Kunze. »Mit diesem Drecksack als Brennmaterial.«
»Lass gut sein«, erwiderte Hellmer. »Macht euren Job, schaut euch dabei auch unten im Treppenhaus um. Ich muss wieder. Und wenn ihr irgendwas gefunden habt, dann lasst es mich als Ersten wissen.«
»Das ist gegen die Vorschriften«, entgegnete Kunze.
»Ist nicht vieles, was wir tun, gegen die Vorschriften? Keine Sorge, ich tue nichts, was dich und deine Truppe in die Bredouille bringen könnte. Ehrenwort.«
»Na dann. Tag und Nacht?«
»Tag und Nacht. Danke, du hast was gut bei mir.«
Auf der Fahrt nach Hause drehte er die Anlage auf volle Lautstärke, er musste und wollte sich betäuben, da er ohnehin nicht klar denken konnte. Vor nicht allzu langer Zeit hätte er sich in die nächstgelegene Kneipe gesetzt und sich volllaufen lassen. Oder er hätte sich eine Flasche Wodka gekauft und sie heimlich zu Hause getrunken. Wodka, Bier und dazu ein paar Tranquilizer. Nur um der Welt und der grausamen Wirklichkeit für einige Stunden, Tage oder Wochen zu entfliehen. Doch diesmal würde er nichts von dem tun, das war er nicht nur sich und seiner Familie schuldig, sondern auch

Julia. Er musste einen klaren und kühlen Kopf bewahren, denn es ging um das Leben seiner liebsten Kollegin und Freundin, wie ihm erst gestern wieder klar geworden war.
Zu Hause angekommen, blieb er noch eine Weile im Auto sitzen, bis er ausstieg und von der Garage direkt ins Haus ging. Dort umarmte er wortlos Nadine und fing erneut an zu weinen.
»Was ist?«, fragte sie zutiefst verstört, denn so hatte sie ihren Mann noch nie erlebt.
»Julia wurde entführt«, stammelte er und wischte sich die Tränen aus dem Gesicht.
»Was? Warum sie?«, stieß Nadine entsetzt hervor. »Das ist kein Witz, oder?«
Er schüttelte den Kopf. »Nadine, mit so was mach ich keine Witze. Ich habe verdammte Angst, dass dieses verkommene Schwein ihr was Schreckliches antut.«
»Frank, komm, setz dich und trink …«
»Was soll ich trinken? Soll ich mich besaufen? Glaub mir, das wäre das Letzte, was ich tun würde. Aber vielleicht kannst du mir ein Glas Wasser bringen oder einen Kaffee oder Tee.«
»Entschuldigung, ich bin ganz durcheinander.« Sie brachte ihm ein Glas Wasser, stellte die Flasche neben ihn auf den Teppich und setzte sich zu ihm. Stephanie spielte in ihrem Zimmer, und Marie-Therese lag bereits im Bett.
»Es wird alles gut, glaub mir«, versuchte Nadine ihn zu beruhigen. »Sag mir, wenn ich dir helfen kann oder wenn ich dich allein lassen soll. Okay?«
»Bleib. Bleib einfach hier.« Er lehnte seinen Kopf an ihre Schulter, und Nadine streichelte ihn. Es war lange her, seit sie so zusammengesessen hatten. Und es tat gut, ihre Finger zu spüren.
Um kurz nach neun rief Susanne Tomlin an. Sie war mit einem Privatjet in Frankfurt gelandet, den ein Bekannter ihr mitsamt seinem Piloten zur Verfügung gestellt hatte.
»Gibt es Neuigkeiten von Julia?«, war ihre erste Frage.
»Nein, leider nicht. Wo wirst du wohnen?«

»Ich wollte erst in meine Wohnung im Holzhausenpark, aber ich geh doch lieber ins Hotel, da krieg ich morgen früh wenigstens ein ordentliches Frühstück, auch wenn ich seit heute Nachmittag überhaupt keinen Appetit habe.«
»Magst du zu uns kommen? Wir haben Platz genug, und ein gutes Frühstück kriegst du hier auch.«
»Ich weiß nicht, aber …«
»Setz dich in ein Taxi und komm her.«
»Susanne Tomlin zögerte kurz, bis sie sagte: Danke. Ich nehme das Angebot gerne an. Gibst du mir noch deine Adresse?«
Als Hellmer aufgelegt hatte, sagte er zu Nadine: »Es ist dir doch hoffentlich recht, dass Susanne für ein paar Tage bei uns wohnt.«
»Natürlich. Ich bräuchte sowieso mal wieder jemanden, mit dem ich reden kann. Frank, ich …«
Hellmer legte einen Finger auf Nadines Mund und sagte: »Pst, lass sein, ich weiß genau, was du sagen willst. Wir holen das mit Julia alles nach. Das hab ich mir selbst schon versprochen.«

Samstag, 21.27 Uhr

Die Meldung ging exakt um 21.27 Uhr beim KDD ein – ein Spaziergänger, der anonym bleiben wollte, hatte eine weibliche Leiche im Frankfurter Stadtwald gefunden. Unmittelbar nach dem Anruf rückte ein Team aus.
Nur drei Minuten darauf ging ein weiterer anonymer Anruf ein, in dem behauptet wurde, dass die Psychologin Alina Cornelius aus Frankfurt-Eschersheim verschwunden sei.
Die Beamten des Kriminaldauerdienstes teilten sich die Arbeit auf, Prof. Morbs, der das Wochenende über Bereitschaft hatte, führte eine erste Leichenschau der weiblichen Person durch, die er auf Anfang bis Mitte zwanzig schätzte, den To-

deszeitpunkt konnte er jedoch vor Ort nicht bestimmen, da der Verwesungsprozess bereits eingesetzt hatte.
»Meines Erachtens hat der Täter sie ausbluten lassen. Zahlreiche Stich- und Schnittwunden ... Möglich, dass er sie bei lebendigem Leib hat ausbluten lassen. Aber wie gesagt, das kann ich nicht hier feststellen. Auffällig ist, dass ihr die Augen herausgeschnitten wurden.«
Als die Beamten des zweiten Trupps die Wohnung von Alina Cornelius betraten, sahen sie einen laufenden Fernsehapparat, dessen Ton auf stumm geschaltet war, während aus der Stereoanlage leise Musik von einem Klassiksender kam. Auf dem Tisch lagen ein Buch und mehrere Zeitschriften, Alinas Handtasche mit ihrer Geldbörse und sämtlichen Papieren hing am Stuhl, im Flur und im Wohnzimmer brannte Licht, es sah aus, als hätte Alina Cornelius die Wohnung nur kurz verlassen. Doch der Anrufer behauptete, sie sei bereits seit Donnerstagabend verschwunden, was die Beamten zu dem Schluss kommen ließ, dass der Mann entweder mit ihr verabredet gewesen war oder über Täterwissen verfügte, was nichts anderes bedeutete, als dass es sich bei dem Anrufer um den Entführer handelte.
Die Beamten informierten umgehend Kullmer und Seidel, die Bereitschaft hatten, und diese riefen bei Hellmer an, dem während Julia Durants Urlaub mit Sabine Kaufmann eine engagierte junge Frau zur Seite gestellt worden war. Siebenundzwanzig Jahre alt, etwa eins fünfundsechzig groß, sehr schlank, blonder Bubikopf, Sommersprossen auf der Nase, mit einem stets neugierigen Blick aus grünen Augen, dem sich kaum einer entziehen konnte. Die ledigen und auch einige verheiratete Männer waren wie wild hinter ihr her, doch bislang hatte sie alle charmant abblitzen lassen. Julia Durant hatte sich für Sabine Kaufmann als Vertretung stark gemacht, weil sie ahnte, dass es keine Bessere an Hellmers Seite geben konnte, sie selbst natürlich ausgenommen.

Kullmer und Seidel fuhren in den Stadtwald, Hellmer und Kaufmann sahen sich in Alina Cornelius' Wohnung um. Nachdem Hellmer sich mit Carla Wiedekind vom KDD besprochen hatte, sagte er zu Sabine Kaufmann: »Es sieht fast genauso aus wie bei Julia. Es ist seine Handschrift. Dieser gottverdammte Bastard hat uns endgültig herausgefordert!«

»Wieso hast du mich heute Nachmittag nicht angerufen?«, fragte sie ein wenig gekränkt, ohne auf seine Bemerkung einzugehen.

»Weil ich nicht daran gedacht habe. Das ist die Wahrheit.« Er nahm eine Klarsichthülle vom Tisch, in der ein Vertrag steckte. »Sie hat vor, sich eine Eigentumswohnung in Höchst zu kaufen, in der Nähe ihrer Praxis. Hoffen wir mal, dass sie den Einzug noch erlebt.«

»Warum so pessimistisch?«, fragte Kaufmann, während sie einen alten Sekretär durchwühlte. »Glaubst du nicht an unsere Fähigkeiten?«

»Ich habe immer daran geglaubt. Aber nun ist meine Partnerin spurlos verschwunden ...«

»Das brauchst du mir nicht zu sagen. Ich werde dich auch nicht nerven.«

»Du nervst nicht, okay?« Er drehte sich zu ihr um und fasste sie mit beiden Händen an den Schultern: »Das war ein rabenschwarzer Tag, und ich find's gut, dass du für die nächsten Wochen meine Partnerin bist.«

»Lass uns weitermachen«, antwortete sie.

»Für uns gibt's hier nichts weiter zu tun, überlassen wir das Feld der Spusi. Und die KTU soll sämtliche Telefonate der letzten Tage überprüfen. Würdest du das bitte übernehmen? Ich muss nach Hause, die letzten Stunden waren die Hölle.«

Nach einem kurzen Telefonat mit Berger wurde beschlossen, dass man sich am Sonntagvormittag um zehn im Präsidium traf. Berger übernahm die Aufgabe, Kullmer und Seidel sowie Holzer zu informieren, damit dieser sich die von den

Tatorten gemachten Fotos ansehen konnte. Im Hinausgehen erblickte Hellmer die Schlüsselleiste, an der ein Schlüsselbund hing, den er rasch als Praxisschlüssel identifizierte. Er sah sich um, fühlte sich unbeobachtet und steckte die Schlüssel blitzschnell ein.

Im Hinuntergehen fragte Kaufmann: »Was willst du mit den Schlüsseln?«

»Welchen Schlüsseln?«

»Du weißt genau, wovon ich rede.«

»Hör zu, du hast das nicht gesehen, okay?«

»Nur, wenn du mir verrätst, was du damit willst«, ließ sie nicht locker.

»Ich will mich nur kurz in der Praxis umsehen. Zufrieden?«

»Und was hoffst du da zu finden? Einen Hinweis auf unsern großen Unbekannten?«

»Vielleicht.«

»Du nimmst mich doch sicherlich mit, jetzt, wo ich deine Partnerin bin?«

»Aber nur, wenn du die Klappe hältst.«

»Seh ich vielleicht aus wie ein Waschweib?«, entgegnete sie grinsend.

»Nee, aber manchmal rutscht einem auch was raus.«

»Bei mir rutscht nichts raus, ich trage grundsätzlich einen BH.«

»Und ich dachte schon, das wäre alles Natur. Also dann. Fahr mir nach.«

Samstag, 22.35 Uhr

Hellmer und Kaufmann betraten die Praxis und warfen einen Blick in jeden Raum, bevor sie ins Büro gingen. Der Schreibtisch war verschlossen.

»Du suchst die Patientenakten?«, fragte Kaufmann.
»Hm«, brummte er nur und versuchte einen kleinen Schlüssel nach dem anderen, bis er endlich Erfolg hatte. »Na sieh mal einer an, da haben wir doch genau das, was wir brauchen. Komm, wir teilen es uns auf.«
»Meinst du nicht, dass der Terminplaner reicht?«, erwiderte sie und blätterte in dem Kalender.
»Shit, natürlich. Danke, hast was gut bei mir. Darf ich mal?«
Sie reichte ihm den Planer, Hellmer ging rückwärts Seite für Seite durch, bis er beim vergangenen Mittwoch hängenblieb. Er runzelte die Stirn, ohne etwas zu sagen. Johann Jung stand da, 19.00 Uhr.
»Was ist?«, fragte Kaufmann, die scheinbar auch hinten Augen hatte, denn sie stand mit dem Rücken zu ihm am Regal.
»Was soll sein?«
»Du hast aufgehört zu blättern«, erwiderte sie.
»Sag mal, bist du 'ne Fledermaus, oder ist deine Mutter ein Luchs?«
»Was gefunden?«
»Nee, hab nur nachgedacht«, log er.
Hellmer blätterte weiter, Montag, Johann Jung, 17.00 Uhr. Wie auch am Mittwoch. Johann Jung, ich denke, der ist mit seiner Göttergattin auf den Seychellen? Wie kann er gleichzeitig im Indischen Ozean und hier sein? Wenn mir jemand diese Frage beantworten kann, dann nur Lara und Frederik. Ich werde euch morgen einen kleinen Besuch abstatten. Kann natürlich auch sein, dass jemand den Namen von Jung bewusst benutzt, um uns auf eine falsche Fährte zu locken. Andererseits, Jung und Uhlig arbeiten im selben Verlag.
Hellmer überlegte angestrengt: Es konnte Zufall sein, aber auch Teil des Spiels, mit dem der Täter uns auf eine falsche Fährte locken will. Sollte Jung unser Mann sein, dann wäre er bestimmt nicht so bescheuert und würde unter seinem echten Namen bei ihr Therapiesitzungen abhalten. Nein,

ausgeschlossen. Es ist nur ein Spiel, unglaublich raffiniert, aber es hat Regeln. Und jeder kann die Regeln verstehen.

»Kann ich dir helfen?«, fragte Kaufmann.

»Noch nicht, aber bald. Ich kann mich doch auf dich verlassen?«

»Warum fragst du schon wieder? Bist du so unsicher?«

»Was wir hier tun, ist illegal, das ist dir hoffentlich klar?«

»Und weiter?«

»Könnte sein, dass wir in den nächsten Tagen noch so ein paar Aktionen starten. Aber nur du und ich. Es könnte auch sein, dass wir mächtig eins auf den Deckel kriegen.«

»Ich bin nicht zur Polizei gekommen, um mich immer nur an die Regeln zu halten.«

»Verschwinden wir von hier, ich hab genug gesehen.«

»Und was?«

»Erklär ich dir noch. Den Schlüssel behalt ich, okay?«

»Deine Sache. Aber eins lass dir gesagt sein, verarschen lass ich mich nicht.«

»Hatte ich auch nicht vor, großes Ehrenwort. Es gibt nur ein paar Kleinigkeiten, die ich noch allein erledigen muss, das heißt allein mit dir zusammen. Ich will heim, der Tag hat mich geschlaucht. Ciao und bis morgen. Und halt die Klappe.«

»Halt du sie auch«, entgegnete sie lächelnd und ging zu ihrem Auto, wo sie sich noch einmal umdrehte und sagte: »Warum nur wir zwei?«

Hellmer kam zu ihr und sagte leise: »Weil ich dir vertraue, frag mich aber nicht, warum. Und weil ich Julia was schulde. Sonst noch was?«

»Nee, alles paletti.«

Um zwanzig nach elf war Hellmer wieder zu Hause, begrüßte Susanne mit einer Umarmung, duschte und setzte sich zu den beiden Frauen. Während sie sich eine Flasche Wein teilten, trank er Wasser. Er suchte Entspannung, doch er war viel zu aufgewühlt. Er konnte sich an keinen Tag in seiner Berufslaufbahn erinnern, an dem er mehr gefordert worden war als an diesem Samstag. Ein kohlpechrabenschwarzer Samstag.

»Macht's euch was aus, wenn ich mich für 'ne Weile verabschiede? Ich geh nur einen Stock tiefer, Energie abbauen.«

»Mach ruhig«, sagte Nadine verständnisvoll, Susanne lächelte und nickte nur, während sie sich an ihrem Weinglas festhielt.

Er begab sich ins Untergeschoss, drehte ein paar Runden im Pool, um sich danach die Boxhandschuhe überzuziehen und sich am Sandsack auszutoben. Er war wütend, zornig, enttäuscht, frustriert und über die Maßen traurig. Er verstand nicht, was vor sich ging, aber er wollte es verstehen.

Was hatte Lara Jung gleich gesagt? Es ist häufig die Eröffnung, die ein Schachspiel entscheidet. Die Eröffnung, die Eröffnung, die Eröffnung. Wer schlau genug ist, kann auch die beste Eröffnung zu einem Desaster für den Gegner werden lassen. Du hast Kontakt zu uns aufgenommen, das erste Mal überhaupt, denn zwei anonyme Anrufer wären doch zu viel des Guten. Du willst das Spiel, also kriegst du dein Spiel. Und gnade dir Gott, wenn ich dich zwischen die Finger bekomme, ich zerquetsch dich wie eine Tomate. Und ich schwöre dir bei allem, was mir heilig ist, du wirst dir wünschen, nie geboren worden zu sein.

Wie ein wilder Stier boxte er auf den Sandsack ein, der Schweiß floss in Strömen über seinen Körper. Du verdammter Bastard, du bist nicht vollkommen. Du machst Fehler, und ich werde diese Fehler erkennen und dich schachmatt setzen. Und wenn es nur ein einziger Fehler ist, ich werde ihn sehen, du Monster, du Bestie, du Unmensch.

Er erschrak, als Nadine ihm auf die Schulter tippte. »Sag mal, willst du den Sack kaputtschlagen?«

»Und wenn?«, keuchte er.

»Es ist fast eins, du bist schon seit über einer Stunde hier. Komm doch ins Bett und ruh dich aus. Susanne hat sich auch hingelegt.«
»Ich kann nicht schlafen.«
»Das kann ich verstehen. Aber wenn du müde bist, wirst du nicht klar denken können. Ich will doch auch, dass wir Julia lebend wiedersehen. Bitte.«
Hellmer hielt den Sandsack fest, drückte seinen Kopf dagegen und schloss die Augen. Nadine hat recht, dachte er, während sein Herz wie wild pochte.
»Okay, aber vorher spring ich noch mal schnell ins Wasser.«
»Ich warte auf dich.«
Er schwamm noch ein paar Runden im Pool. Um halb zwei legte er sich neben Nadine, die Arme hinter dem Kopf verschränkt, und starrte in die Dunkelheit.
»Darf ich ein bisschen zu dir kommen?«, fragte Nadine.
»Hm.«
Sie legte ihren Kopf auf seine Brust, er streichelte sie.
»Wir haben lange nichts mit Julia unternommen«, sagte Nadine leise.
»Ich weiß.«
»Warum eigentlich nicht?«
»Keine Ahnung.«
»Es war doch früher immer so schön mit ihr. Ich weiß, dass es auch meine Schuld ist.«
»Es ist unsere Schuld. Ich hab mich ihr gegenüber in letzter Zeit auch nicht sonderlich anständig verhalten. Scheiße, Nadine«, sagte er, machte das Nachttischlämpchen an und drehte sich auf die Seite, »ich hab mich seit damals allen gegenüber wie der letzte Mensch verhalten. Wenn ich in den Spiegel schaue, könnt ich nur noch kotzen.«
»Frank, die Vergangenheit ist passé. Wenn ich dich sehe, sehe ich immer noch den Mann, in den ich mich verliebt habe. Ich

sehe den Mann, mit dem ich zwei wundervolle Kinder habe. Ich …«

»Bitte spar dir das, denn ich sehe alles anders. Ich bin nicht mehr der alte Frank Hellmer, dazu hab ich viel zu viel kaputt gemacht. Ich …«

»Psst, es reicht. Hör auf mit dem Selbstmitleid, du bist ein phantastischer Ehemann und Vater. Was glaubst du, wie oft ich schon meine Koffer hätte packen können, um abzuhauen? Ich hab's nicht getan. Und warum nicht? Weil ich dich liebe und mit dir alt werden möchte. Du musst die Vergangenheit endlich loslassen. Die hängt wie so ein kleiner bissiger Teufel an dir und piesackt dich.«

»Und wie werde ich den los?«

»Das weißt du selbst am besten. Aber heute habe ich etwas an dir wiederentdeckt, von dem ich schon gedacht habe, du hättest es verloren …«

»Und was?«

»Deine Emotionalität. Du wirst Julia finden, und frag mich nicht, was mich da so sicher macht, ich weiß es einfach. Und wenn du sie gefunden hast, dann werden wir ein Riesenfest für sie veranstalten.«

»Den Gedanken hatte ich auch schon. Ich hoffe nur, wir müssen das Fest nicht in einer Trauerhalle feiern.«

»Hör doch auf, so pessimistisch zu sein. Und jetzt versuch zu schlafen, du hast wieder einen anstrengenden Tag vor dir. Ich liebe dich.«

»Ich dich auch. Schlaf gut.«

Er ging noch einmal in die Küche, um ein Glas Wasser zu trinken, ballte danach die Fäuste und dachte, ich werde dich kriegen, und wenn ich dich dafür bis ans Ende der Welt jagen muss. Und wenn ich selbst dabei draufgehe.

Er legte sich wieder hin, Nadine war bereits eingeschlafen. Seine Gedanken waren bei Julia, wie es ihr wohl ging, was sie machte, ob sie körperlichen oder seelischen Qualen ausge-

setzt war, ob ihr Peiniger sie in Isolationshaft hielt oder ob er sie gut behandelte, weil sie ein besonderes Opfer war.
Ich werde dich kriegen, du verdammter Hurensohn, und wenn es das Letzte ist, was ich in diesem Leben mache. Julia ist meine Partnerin, und niemand nimmt mir meine Partnerin ungestraft weg. Wer immer du bist, du kannst dich nicht ewig verstecken, denn ich werde dich finden. Und dann bist du fällig. Ich werde eröffnen, und ich bin gespannt, wie du darauf reagierst.

Samstag, 21.50 Uhr

»Kommst du voran?«, fragte er, beugte sich zu ihr hinunter und umarmte sie.
»Geht so. Es ist eben etwas anderes, als ein Fachbuch zu verfassen. Aber ich bin zufrieden. Wenn du mich jetzt bitte weitermachen lassen würdest, Liebling.« Es klang weniger wie eine Bitte als wie eine Aufforderung, fast wie ein Befehl, sie endlich allein zu lassen.
»Schon gut, ich weiß, du hasst Unterbrechungen. Genau wie ich. Außerdem muss ich auch noch arbeiten. Es nimmt einfach kein Ende.«
»Hm«, murmelte sie nur, berührte kurz seine Hand und wischte sie von ihrer Schulter. »Lass mich jetzt, ich bin gerade gut drin. Tschüs und bis nachher oder bis morgen.«
»Tschüs. Und denk daran, ich liebe dich«, sagte er an der Tür und zog sie hinter sich zu, ohne dass sie darauf reagierte.
Endlich ist sie wieder beschäftigt, dachte er erleichtert, ihre fast dreiwöchige Schreibpause hatte ihn etwas nervös gemacht, hatte sie doch zeitweise wie eine Klette an ihm gehangen. Aber nun, wo sie wieder an ihrem speziell für Sehbehinderte und Blinde ausgestatteten PC saß, war seine Welt wieder in Ordnung.

Rahel hatte nicht gefragt, wohin er musste, sie hatte nicht einmal ihren Kopf in seine Richtung gedreht, wie sie es sonst selbst unter Stress tat. Andererseits wusste er, dass sie ihr Buch in spätestens drei Wochen abgeben wollte, obwohl sie keinen festen Abgabetermin hatte. Doch sie war so ehrgeizig, dass sie alles tun würde, um den sich selbst gesteckten Termin einzuhalten.

Kurz darauf parkte er sein Auto am alten Reiterhof und ging durch das ausgedehnte Brennnesselfeld und das dichte Gebüsch zu *seinem* Ort, dem Ort, der ihm nicht zufällig, sondern durch Fügung geschenkt worden war. Er hatte ihn entdeckt und sofort einen Plan gehabt. Das lag dreiundzwanzig Jahre zurück. Erst hatte er die verrostete Eisentür entdeckt, die in den Fels eingepasst worden war – wann, konnte er damals noch nicht wissen. Doch ab da unternahm er alle nur erdenklichen Anstrengungen, um es herauszufinden. Wann immer sich die Gelegenheit bot, durchwühlte er die Sachen seines Vaters, und als er dort nicht fündig wurde, die seines Großvaters. Und schließlich kam der Tag, an dem er von seinem Großvater erfuhr, dass noch vor der Französischen Revolution auf dem heutigen Gelände des Reiterhofs ein Gefängnis errichtet worden war, das im wahrsten Sinne des Wortes in Stein gehauen war.

Ob er schon mal in diesem Gefängnis gewesen sei, hatte er seinen Großvater gefragt. Der antwortete zunächst nicht, sondern trank in Ruhe einen Cognac und rauchte seine Pfeife. Aber der damals vierzehnjährige Junge hatte nicht lockergelassen und gefragt, ob es denn einen Schlüssel für die Eisentür gäbe, woraufhin sein Großvater ihn lange und durchdringend angesehen und schließlich genickt hatte.

»Ja, mein Junge, es gibt noch einen Schlüssel, den du allerdings nie zu Gesicht bekommen wirst. Noch vor meinem Tod werde ich ihn vernichten, denn auf diesem Gefängnis lastet ein Fluch, und es heißt, wer dieses Gefängnis noch einmal betritt, wird von diesem Fluch unweigerlich getroffen. Und da ich nicht weiß, wann Gevatter Tod mich holt, werde ich ihn noch in dieser Woche zerstören.« Seine matten blauen Augen ruhten auf dem Jungen, während er fortfuhr: »Ich verrate dir noch ein Geheimnis: Nicht einmal dein Vater weiß von diesem Ort, und du musst mir versprechen, ihm nie von unserer Unterhaltung zu berichten. Versprichst du es mir?«

»Ja, Opa«, antwortete er artig. »Aber erzähl mir doch wenigstens, was es mit diesem Gefängnis auf sich hat.«

»Das ist eine sehr lange Geschichte, und ich bin müde. Aber du kennst doch Napoleon, oder? Den habt ihr in Geschichte sicher schon durchgenommen.«

»Klar. Sogar alle drei.«

»Gut. In der napoleonischen Ära erlebte dieses Gefängnis seine grausame Blütezeit. In den Aufzeichnungen ist vermerkt, dass Tausende von Gefangenen hierhergebracht wurden und nur wenige lebend wieder herauskamen. Es heißt, die Schreie wurden sogar noch draußen vernommen, solche Qualen wurden den Gefangenen zugefügt. Angeblich wusste kaum jemand der normalen Bevölkerung von diesem Ort des Grauens, wie die Menschen zu allen Zeiten nur wenig über die wahren Greueltaten wissen, die sich in ihrer Umgebung abspielen. Am einunddreißigsten Dezember 1848 wurde es geschlossen, aber nicht vernichtet. Heute sind Büsche und Bäume darüber gewachsen, Efeu hat sich seinen Weg gebahnt und die Geschichte ein für alle Mal unter sich begraben.«

»Aber ich habe es wiederentdeckt«, sagte der Junge stolz.

»Es ist nicht wert, wiederentdeckt zu werden, denn die Geschichte dieses Gefängnisses ist unweigerlich mit der Geschichte unserer Familie verbunden. Es ist ein Schandmal auf unserem Grund und Boden, und ich schäme mich für meine Vorfahren, dass sie den Bau nicht nur zugelassen, sondern auch noch finanziell unterstützt haben. Vergiss dieses Gefängnis und sprich mit niemandem darüber, auch nicht mit

deinem Vater. Ich möchte, dass du es mir in die Hand versprichst«, hatte er gesagt und die Hand ausgestreckt.
»Ich verspreche es«, hatte der Junge geantwortet und die alte knochige Hand seines Großvaters gedrückt.
»Ich vertraue dir, mein Junge, so wie ich zeitlebens deinem Vater vertraut habe. Und jetzt lass mich allein, ich möchte mich ausruhen.«
In den folgenden Tagen hielt er sich öfter als sonst in der Nähe seines Großvaters auf, und an einem Abend, als er vorgab, ins Bett zu gehen, beobachtete er heimlich den alten Mann, wie er einem Buch einen großen rostigen Schlüssel entnahm und damit zu einer Stelle hinter dem Haus ging, wo er mit einem Spaten ein Loch aushob und den Schlüssel darin vergrub.
Ha, ich weiß, wo der Schlüssel ist, dachte er triumphierend und ging zu Bett. Er konnte nicht einschlafen, weil er unentwegt darüber nachdachte, wie er an das Objekt seiner Begierde gelangen könnte.
Sein Großvater starb noch in jener Nacht, er war die Treppe hinuntergestürzt, wie man vermutete, wahrscheinlich, als er sich eine neue Flasche Cognac oder Wein holen wollte. Seit seine Frau ein Jahr zuvor an einem Schlaganfall gestorben war, trank der alte Mann mehr, als ihm guttat. Eine alte steinerne Treppe war ihm nun zum Verhängnis geworden. Dass jemand diesem Verhängnis nachgeholfen haben könnte, auf diese Idee kam keiner.
Er war ein alter Mann gewesen, wenn auch erst achtundsechzig, aber in den Augen eines Vierzehnjährigen war das steinalt. Den Schlüssel holte er sich, als niemand zu Hause war, und begab sich noch am selben Abend zu der verrosteten Eisentür, die sich nur unter Aufbringung all seiner Kraft öffnen ließ. Was er zu sehen bekam, raubte ihm den Atem. Spinnweben überall, der durchdringende muffige Geruch der Jahrhunderte, die Steintreppe, die halb verfallenen Zellen, die Folterwerkzeuge ... Und seither war dieses alte Gefängnis eine Art

zweite Heimat für ihn. Ein Ort, den niemand außer ihm kannte. Und da er wusste, aus welchem Buch sein Großvater den Schlüssel genommen hatte, wusste er auch, wo er am ehesten alte Aufzeichnungen finden würde. Er wurde tatsächlich fündig und versteckte sie in dem Gefängnis.

Jahre vergingen, und er begann, das historische Gemäuer zu säubern und Ausbesserungen vorzunehmen, bis er vor knapp zehn Jahren zehn Zellen so umbauen ließ, dass sie seinen persönlichen Vorstellungen entsprachen. Er hatte dafür zwei alleinstehende Polen angeheuert, die auf der verzweifelten Suche nach Arbeit waren. Männer, auf deren Verschwiegenheit er setzen konnte, da sie kaum Deutsch sprachen. Männer, die den Tag der Fertigstellung nur um wenige Tage überlebten.

Hin und wieder nahm er selbst Ausbesserungsarbeiten vor, ersetzte die Kameras und Mikrofone, um die Technik auf dem neuesten Stand zu halten. Alles andere sollte so bleiben, wie es vor zweihundertfünfzig Jahren errichtet worden war.

Er stieg die Treppen hinunter und sah als Erstes nach Karin Slomka und Pauline Mertens, an deren Zustand sich nichts geändert hatte. Er beschloss, ihrem Leiden innerhalb der kommenden drei Tage ein Ende zu setzen. Danach stattete er Franziska Uhlig einen Besuch ab, die wieder schrieb und ihren Kopf nicht einen Millimeter zur Seite bewegte, als er eintrat.

»Wie weit bist du?«, fragte er und sah ihr über die Schulter.

»Fast fertig, aber es ist noch die Rohfassung. Ich muss es überarbeiten, bevor ich es Ihnen zu lesen gebe.«

»Selbst hier bist du korrekt. Willst du denn gar nicht zurück zu deinem Pfarrer?«

»Doch.«

»Wie lange wirst du brauchen, bis ich die redigierte Fassung bekomme?«

»Ich habe kein Zeitgefühl, aber ungefähr halb so lang wie für die Rohfassung, es kann auch schneller gehen.«

»Einverstanden, ich bin schon sehr gespannt auf deine Geschichte. Und vergiss nicht zu essen und zu trinken, es soll keiner behaupten, ich hätte dich verhungern oder verdursten lassen. Hast du Appetit auf eine Pizza?«

»Schon.«

»Ich werde dir eine bringen, als Belohnung für deinen Fleiß.«

Danach verschwand er beinahe lautlos und öffnete die Tür, hinter der Alina Cornelius eingesperrt war.

»Hallo, Alina. Hast du etwa geweint?«, fragte er, als er ihre geröteten Augen sah. »Das ist nicht nötig, ich habe dir doch nichts getan.«

»Du brauchst Hilfe«, erwiderte sie, während sie mit angezogenen Beinen auf der Pritsche saß, die Arme darum geschlungen, als versuchte sie damit, ihre Blöße zu verbergen.

»Alina, Alina, Alina, gerade von dir hätte ich mehr erwartet als diese abgedroschene Phrase. Ausgerechnet eine Psychologin sagt mir, dass ich Hilfe brauche. Brauchen wir nicht alle Hilfe? He, schau mich an, du weißt doch, wer ich bin. Johann Jung, *der* Johann Jung, der deine Hilfe gesucht hat, die du dir auch fürstlich hast entlohnen lassen. Du brauchst Hilfe, ich brauche Hilfe, die Dame neben dir braucht Hilfe, genau wie die nette Polizistin zwei Türen links von dir.«

»Eine Polizistin?«, fragte Alina mit geneigtem Kopf.

»Hm, und zwar eine, die du gut kennst, ich glaube sogar, sehr gut.«

»Julia?«, fragte Alina Cornelius vorsichtig nach.

»So schwer war das nun auch wieder nicht zu erraten. Du brauchst also keine Angst mehr zu haben, du bist hier in allerbesten Händen und genießt sogar den Schutz der Justiz. Ist das nicht wunderbar?«

»Julia ist hier? Kann ich sie sehen?«

»Nicht so schnell, sie braucht noch ein wenig Eingewöhnungszeit, sie ist nach dir hier eingetroffen. Aber ihr werdet euch spätestens bei einem ganz besonderen Spektakel sehen,

das ich extra für dich, Julia und Franziska veranstalten werde. Ein Spektakel wie geschaffen für dieses alte Gemäuer.«
»Warum tust du mir das an?«
»Seltsam, jeder stellt die gleiche Frage – warum ich, warum ich, warum ich? Warum nicht du? Warum die Kinder in der Sahel-Zone? Warum die Kinder in den Favelas von Rio oder Sao Paulo? Warum, warum, warum? Vielleicht wirst du die Antwort noch erhalten, vielleicht auch nicht. Wie weit bist du mit deinen Aufzeichnungen?«
»Noch nicht sehr weit. Ich werde mir aber Mühe geben.«
»Nichts anderes erwarte ich. Besonders von dir, Alina-Schatz. Ach ja, hier ist mein Bericht, du hast mir doch den Auftrag erteilt, mein Leben aufzuschreiben. Lies es sorgfältig durch, es wird dich interessieren.«
Sie wollte noch etwas sagen, doch er war schon wieder draußen, schloss die Tür ab und ging zu Julia Durant.
»Na, Julia, schon eingelebt?«
Julia Durant versuchte gar nicht mehr, ihre Nacktheit zu verdecken, er hatte ohnehin schon alles von ihr gesehen. Sie fühlte sich entwürdigt und erniedrigt, durfte sich dies aber nicht anmerken lassen, stattdessen hatte sie sich vorgenommen, stark und stolz zu wirken und ihm dennoch das Gefühl der Unterwürfigkeit zu vermitteln.
»Du weißt genau, dass das unmöglich ist. Kein Mensch kann sich jemals auf solch engem Raum eingewöhnen. Es funktioniert nicht«, antwortete sie ruhig, auch wenn sie ihm am liebsten an die Kehle gesprungen wäre.
»Oh, bei einigen andern hatte ich den Eindruck, es funktioniert doch. Hab ich mich wohl getäuscht. Hast du schon angefangen zu arbeiten?«
»Nein, weil ich die Gedanken erst sortieren muss. Ich bin es nicht anders gewohnt. Und noch etwas: Ich könnte mich schon eingewöhnen, dazu müsste aber die Tür auf sein. Menschen, die über einen längeren Zeitraum unter den ständig

gleichen Bedingungen eingesperrt sind, ob grelles Licht, Dunkelheit, vollständige Isolation und so weiter, gehen über kurz oder lang zugrunde. Wie Jacqueline.«

Er lachte auf. »Gut, gut, gut, du bist wirklich gut. Noch bist du die taffe Polizistin, aber ich garantiere dir, nicht mehr lange und du wirst mich nur noch anflehen, dir ein wenig mehr Freiheit zu gewähren. Noch bist du nicht so weit, noch willst du die Kontrolle behalten, und noch glaubst du, mir gewachsen zu sein. Aber niemand war mir jemals gewachsen. Du brauchst dich also nicht zu verstellen, liebste Julia.«

»Ich verstelle mich nicht. Glaubst du vielleicht, ich hätte keine Angst? Ganz im Gegenteil, und dass ich nicht die Kontrolle habe, beweist doch schon der Umstand, dass ich nackt vor dir sitze und mich demütigen lasse ...«

»Ich demütige dich nicht, du sollst lediglich erkennen, was wahre Demut ist. Lerne es und ...«

»Darf ich ausreden?«, wurde er von Durant unterbrochen. »In meinem Beruf habe ich leider gelernt, Gefühle nicht zu zeigen und sie zu unterdrücken. Ich entschuldige mich dafür, aber ich kann nicht anders. Ich habe Angst, ich habe Panik, ich kann keinen klaren Gedanken fassen, wie du sicherlich auf deinem Monitor gesehen hast. Mach mit mir, was du willst, ich werde vermutlich ohnehin nicht lebend hier rauskommen.«

»So negativ? Das brauchst du nicht zu sein, ich habe noch keine Entscheidung getroffen, was mit dir geschehen soll. Ich werde es mir reiflich überlegen. Aber sei dir gewiss, je kooperativer du bist, desto netter bin ich. Und du solltest nie vergessen, dass ich dich als mein Meisterstück betrachte, vielleicht flößt dir das etwas Mut ein. Aber im Augenblick verhältst du dich nicht anders als deine Mitgefangenen, dem Schicksal ergeben, als wäre die Lage aussichtslos. Ich hatte mehr von dir erwartet, aber wie ich bereits zu Alina gesagt

habe, brauchst du noch ein wenig Eingewöhnungszeit. Noch etwas zu essen und zu trinken?«
»Nein danke, ich habe noch. Wie lange bin ich schon hier?«
»Ziemlich genau vierundzwanzig Stunden. Du glaubst gar nicht, wie die nach dir suchen.«
»Woher weißt du das?«
»Aber hallo, du müsstest doch am besten wissen, wie hinterwäldlerisch Deutschland ist. Jeder, der über ein entsprechendes Gerät verfügt, kann den Polizeifunk abhören. Eines der reichsten Länder der Erde funkt noch analog, während selbst die Polen und Tschechen auf digital umgestellt haben. Aber damit erzähl ich dir ja nichts Neues.« Er ließ seinen Blick über ihren Körper gleiten und sagte nach einer Weile: »Setz dich bitte auf den Stuhl und leg die Hände auf den Tisch.«
»Warum?«
»Du stellst zu viele Fragen. Tu's einfach.«
Sie erhob sich vom Bett und setzte sich auf den Stuhl, die Hände auf den Tisch.
»Zufrieden?«
»Hm.« Er nahm auf der Pritsche Platz und sagte nichts.
Die Stille war erdrückend, dazu dieser Blick, den Julia Durant nur erahnen konnte, wie er ihren Körper abtastete, wie er in ihrem Gesicht zu lesen versuchte. Die Tür stand weit offen, nur wenige Schritte, und sie wäre draußen. Nur wenige Schritte, um den von außen steckenden Schlüssel umzudrehen …
Als hätte er ihre Gedanken erraten, sagte er: »Willst du wissen, wie mein Reich aussieht?«
»Ich möchte vieles wissen.«
»Und was?«
»Ich dachte, ich soll keine Fragen stellen.«
»Doch, aber nur, wenn ich dich dazu auffordere. Also frag.«
»Warum bin ich hier?«
»Julia, fällt dir nichts Klügeres ein? Diese Frage werde ich dir zu einem späteren Zeitpunkt beantworten.«

»Okay. Warum hast du so viele Menschen umgebracht?«
»Weil ich im Gegensatz zu den meisten Menschen meiner Natur freien Lauf lasse. Aber darüber zu philosophieren, warum die einen töten und die andern sich alles gefallen lassen, dazu fehlt mir die Zeit. Ein andermal.«
»Wie viele Menschen hast du getötet?«
»Nicht so viele, wie du vielleicht denkst. Es hält sich in einem angemessenen Rahmen. Die genaue Zahl hab ich allerdings nicht im Kopf. Aber sagen wir zehn.«
Dabei lächelte er, und Durant wusste, dass er log.
»Was ist das für ein Gebäude?«
»Ein Gefängnis. Alt und wunderschön. Geradezu prädestiniert für das, was ich tue. Ich habe es mir gewünscht, und ich habe es bekommen.«
»Darf ich es sehen?«
»Nein, jetzt noch nicht, aber du wirst bald die Gelegenheit dazu erhalten.«
»Du bist verheiratet und hast Kinder. Was …«
»Stopp, wer hat gesagt, dass ich verheiratet bin und Kinder habe?«
»Du vorhin. Stimmt das etwa nicht?«
»Du wirst es nie erfahren. Du wirst nie erfahren, ob es eine Frau in meinem Leben gibt und ob ich Kinder habe.«
»Hast du eine besondere Abscheu gegenüber Frauen?«
»Da kommt wieder die Psychologin durch, obwohl die Frage eigentlich viel besser zu Alina passen würde. Sie sollte mich das fragen, aber sie sitzt nur da und heult. Aufgrund ihres Lebenslaufs hätte ich wahrlich mehr von ihr erwartet. Aber gut, sie wird sich noch fangen, schließlich hat sie schon einige Tiefen erlebt. Und nein, ich habe keine besondere Abscheu Frauen gegenüber, ganz im Gegenteil, ich verehre Frauen, ihnen gilt meine größte Hochachtung.«
»Und warum tötest du sie dann? Du widersprichst dir, denn wenn es stimmt, was du sagst, dann ist das das Gleiche, als

würdest du vorgeben, Gott zu lieben, aber dem Teufel dienen.«

Er lachte auf. »Ein sehr schöner Vergleich, nur leider entspricht er nicht der Realität. Ich diene mir und niemandem sonst. So war es immer und so wird es immer sein. Und was ist deine Schlussfolgerung daraus?«

»Keine.«

»Ah, komm, ich seh's dir doch an. Nur ein Wort.«

»Nein, nicht einmal ein Wort«, sagte sie und lächelte dabei.

»Du lächelst. Und das, obwohl du solche Angst hast. Wie kommt's?«

»Das ist mir in die Wiege gelegt worden. Ich habe schon in der Schule immer gelächelt, wenn die Lehrer mit mir geschimpft haben, was sie natürlich nur noch wütender machte. Aber das ist mein Naturell.«

»Du bist Skorpion. Ich kenne eine andere Frau, die am selben Tag Geburtstag hat wie du, am fünften November. Nur ist sie ein paar Jahre jünger. Sie lächelt auch oft so spöttisch, dass ich mir wie ein kleiner Junge vorkomme. Ich hasse dieses Lächeln und gleichzeitig macht es mich heiß.«

»War es so bei der Toten, die wir in Zeilsheim gefunden haben?«

»Du meinst wegen der Nadel in ihrer Fotze? Nein, sie war nur eine kleine, billige Nutte. Ich hab sie mit ihrer Freundin von der Straße aufgelesen. Ihr Leben war so wertlos wie Salz, das seine Würze verloren hat, es ist zu nichts mehr nütze. So war es auch bei Paulina, jetzt kennst du auch ihren Namen. Ihre Freundin hieß Karolina, sie haben sie vorhin gefunden. Es muss ein entsetzlicher Anblick gewesen sein, ihr Körper war bestimmt schon ganz aufgedunsen, nachdem es gestern und heute so schwül war.«

»Wer gibt dir das Recht, so mit unschuldigen Menschen zu verfahren und so verächtlich über sie zu reden?«

»Unschuldig? Wer, verdammt noch mal, ist hier unschuldig?!

Paulina war siebzehn und ihre Freundin neunzehn, die beiden haben seit Jahren ihren Körper verkauft und wer weiß wie viele Männer mit Krankheiten angesteckt!«, spie er hervor, das erste Mal, dass er seine Beherrschung verlor.
»Hatten sie eine Krankheit?«, fragte Durant ruhig.
»Keine Ahnung, aber nenn mir eine Nutte, die ihr Geld auf dem Straßenstrich verdient und sauber ist. Du weißt selbst, wie viele Männer ihren dreckigen Schwanz ohne Schutz in die Fotze stecken wollen. Und diese kleinen Huren machen alles mit, sofern die Kohle stimmt. Ekelhaft und widerwärtig. Ich hab die beiden von der Straße geholt und sie erst mal hier untergebracht.«
»Du hast einen Fall kopiert, den ich vor knapp acht Jahren bearbeitet habe. Warum?«
»Weißt du nur von dieser einen Kopie?«
»Nein, wir haben auch herausgefunden, dass du Dietmar Gernot kopiert hast.«
»Gut recherchiert. Gernot war beinahe ein Meister, wäre ihm nicht ein fataler Lapsus unterlaufen. Ich habe seine Kunst verfeinert und mir geschworen, nie einen so dummen Fehler zu begehen. Und bis heute hat es wunderbar geklappt.«
»Ja, auf Kosten zahlreicher Menschen. Was hat Jacqueline dir getan, dass sie sterben musste?«
»Nichts, sie war einfach zur falschen Zeit am falschen Ort.«
»Du hast sie vorher nicht gekannt?«
»Na ja, sagen wir's so, ich kannte sie schon vom Sehen, dann habe ich sie angesprochen, und wie hätte es auch anders sein sollen, sie hat mir vertraut. Mein Gott, welche junge Frau vertraut nicht einem Mann mit einem teuren Auto? Wenn er dazu auch noch gut aussieht, Manieren hat und gebildet ist ... Wusstest du eigentlich, dass Töten eine Kunst ist? Unzählige Bücher wurden darüber geschrieben. Das Töten ist eine sehr große Kunst, und ich bin dabei, sie der Welt zu zeigen. Nur leider kann ich meine Kunstwerke nicht aus-

stellen, ich muss sie irgendwo ablegen, wo sie von irgendjemandem gefunden werden. Es ist tragisch, aber ich bin ein Künstler ohne Beifall.«

»Den du auch nie bekommen wirst, höchstens von ein paar Gleichgesinnten. Aber alle, die die Würde des Menschen achten, werden sich mit Abscheu abwenden. Damit sage ich dir sicherlich nichts Neues.«

»Oh ja, die Würde des Menschen ist unantastbar. Bullshit, es gibt nur noch eine Handvoll Menschen, die nach diesem Grundsatz leben. Ich tue nur das, wovon die meisten anderen träumen. Jeder wünscht sich doch, einmal ein ganz böser Junge oder ein ganz böses Mädchen zu sein, aber meist bleibt es bei dem Traum. So wie viele davon träumen, eines Tages ein berühmter Sänger oder Schauspieler zu werden, doch sie schaffen es nicht, weil sie entweder zu wenig dafür tun oder kein Talent haben oder das Schicksal etwas anderes mit ihnen vorhat. Ich bleibe dabei, das, was ich mache, ist eine große Kunst, und irgendwann werden Bücher mit dem gefüllt sein, was ich getan habe, ohne dass die Verfasser wissen, wer ich bin oder war, denn ich werde das Geheimnis um meine Person nicht lüften.«

»Es sei denn, man findet heraus, wer du bist. Und ich garantiere dir, sie werden dich finden.«

»Mach dir nichts vor, selbst die bestausgerüstete Polizei und die klügsten und intelligentesten Psychologen und Profiler stoßen immer wieder an ihre Grenzen. Sogar in unserer so hochtechnisierten Welt werden zu viele Fehler begangen, weil man sich zunehmend auf die Technik und Technologie verlässt, statt auf den Instinkt und die Intuition. Beides ist den meisten Menschen in den vergangenen Jahrzehnten mehr und mehr abhanden gekommen. Sieh es so: Ich setze ein Zeichen mit meiner Intelligenz und zeige gleichzeitig dir und deinen Kollegen weltweit die Grenzen auf. Und warum? Weil ich euch um Längen voraus bin. Während ihr noch den Anfang des Fadens in der Hand haltet, habe ich schon längst das Ende fallen gelassen. Du wirst es jedenfalls nicht sein, die mich verrät, denn ich allein bestimme, wie lange deine Uhr noch tickt. Aber sollte ich mich entscheiden, dich vom Leben in den Tod zu befördern, dann wird dieser Tod ein ganz besonderer sein, ähnlich dem von Jacqueline, nur noch raffinierter und ausgefeilter. Schon bald wirst du nicht mehr wissen, wie du heißt, wo du herkommst und wer du bist. Du wirst nur noch einen Körper haben, aber keine Seele und keinen Geist. Julia, das ist noch kein Versprechen, denn Leben und Tod liegen allein in meiner Macht.«

»Du machst mir Angst«, entgegnete sie lakonisch. »Aber warum willst du dir mit mir solche Mühe machen? Und warum willst du mich im Unklaren lassen? Schon als ich aufwachte, wusste ich, dass du mich töten würdest. Wie, ist mir inzwischen egal. Und Angst vor dem Tod habe ich auch nicht, denn mein Leben ist in den letzten Jahren immer langweiliger geworden, so dass ich mich des Öfteren frage, was ich eigentlich noch hier soll. Aber bevor es so weit ist, würde ich mich trotzdem gerne noch ein paarmal mit dir unterhalten, ich möchte Antworten auf so viele Fragen, und wenn ich die habe, kannst du mit mir machen, was du willst. Es ist eine Bitte, nicht, dass du mich falsch verstehst, ich will dir nicht in deine Pläne pfuschen.«

»Ich werde diese Bitte wohlwollend bedenken, denn sich mit dir zu unterhalten ist recht angenehm. Was erhoffst du dir von unseren Gesprächen?«

»Was hast du dir von unserem Gespräch erhofft? Du hast es doch nicht zum Spaß gemacht, sondern um mir zu zeigen, wie groß und mächtig du bist. Dabei bist du nur klein und jämmerlich, denn alles, was du tust, tust du im Verborgenen, weil du Angst hast, du hast mehr Angst als die meisten Menschen, die ich kenne.«

»Ich muss gehen, es war nett, mit dir zu plaudern. Beim nächsten Mal mehr.«

Er erhob sich, ging einen Schritt auf Julia zu und schlug ihr unvermittelt mit der flachen Hand kräftig ins Gesicht. Sie sah ihn erschrocken an, diese finstere, augenlose Gestalt mit dem schwarzen Bart.

»Wofür war das?«, fragte sie leise und hielt sich die brennende Wange.

»Ich wollte nur sehen, wie du auf Gewalt reagierst.«

»Zufrieden?«, fragte sie höhnisch.

»Sehr. Und nun begib dich an die Arbeit, denn ich werde meinen Entschluss erst fassen, wenn ich deine Abhandlung über Gut und Böse gelesen habe.«

»Soll ich mir Zeit lassen oder mich beeilen?«

»Dein Spott wird dich noch umbringen.«

»Was mich umbringt …«

»Ist dir egal, ich weiß. Dummes Geschwätz, das spätestens dann aufhört, wenn es wirklich dem Ende zugeht. Glaub mir, ich spreche da aus Erfahrung.«

Er verließ die Zelle und sperrte die Tür ab. Julia war wieder allein, allein mit sich und ihren Gedanken. Sie blieb noch einen Augenblick am Tisch sitzen, starrte auf den Block, bis sie aufstand und ruhelos von der Tür zur Toilette und wieder zur Tür tigerte. Sie lief so lange, bis ihre Füße schmerzten und sie sich hinlegen musste. Sie hatte nicht vor, jetzt noch etwas zu schreiben, er sollte warten, denn eine seiner Schwächen hatte sie ausgemacht – Ungeduld.

Ich werde dich zappeln lassen, und von mir aus kannst du mich wieder schlagen, du bist interessiert an meinen Gedanken, doch ich bestimme, wann ich sie dir mitteile. Wer immer du bist, du wirst noch sehr lange warten müssen, bis du etwas von mir erfährst. Ich habe Zeit, und wenn ich dein Meisterstück werden soll, dann wirst du dir diese Zeit wohl nehmen müssen.

Sie verschränkte die Arme hinter dem Kopf und machte die Augen zu. Sie hatte sich mittlerweile an das grelle Licht gewöhnt, ebenso an die Stille. Doch sie hatte sich vorgenommen, nicht zu resignieren und schon gar nicht zu kapitulieren, weder vor dem Licht noch vor eventueller Finsternis, nicht vor der Stille, die sie so noch nie erlebt hatte, und auch nicht vor möglichem Lärm.

Julia Durant würde sich mit aller Kraft gegen die Auswirkungen von Isolationshaft stemmen, auch wenn sie wusste, dass jeder Mensch durch diese Folter gebrochen werden konnte. Aber sie dachte an ihren Vater, der bestimmt schon in Frankfurt war, an ihre vielen Wochenenden mit ihm, wie er ihr von Gott und den Engeln erzählt hatte, die jeden Menschen beschützten, vorausgesetzt, dieser Mensch war auch bereit dafür.

Beim nächsten Mal werde ich dich wieder in ein längeres Gespräch verwickeln, und ich werde noch mehr über dich herausfinden. Du bist zwischen Ende zwanzig und Mitte dreißig, hast eine ausgezeichnete Schulbildung genossen, bist wohlhabend, verheiratet und hast vielleicht sogar Kinder. Du bist ein Narziss. Das ist gleichzeitig deine Schwachstelle. Du bist überzeugt von deiner Macht und deiner Stärke, und ich werde dir vor Augen führen, dass genau dies deine Schwächen sind. Ich werde es dir natürlich nicht ins Gesicht sagen, aber ich werde es so ausdrücken, dass du anfängst, an deiner Stärke zu zweifeln. Kein Mensch ist unfehlbar, auch du nicht. Du bist angreifbar und verwundbar, ich muss nur noch die Stelle finden, wo ich dich am besten treffen kann. Wie gut, dass du meine Gedanken nicht lesen kannst. Auch wenn ich Angst habe, ich werde dich besiegen.

Seit sie aus der Betäubung erwacht war, hatte sie nicht geschlafen. Sie legte einen Arm über die Augen und schlief fast augenblicklich ein. Das unnatürliche Rauschen in ihren Ohren nahm sie nicht mehr wahr. Sie wachte erst wieder auf, als hämmernder Technobeat aus zwei an der Decke angebrachten Lautsprechern dröhnte. Sie fühlte sich wie gerädert, setzte sich langsam auf und hielt sich die Ohren zu, was jedoch kaum etwas nützte, zu laut war dieser Lärm, der selbst durch die Haut zu dringen schien. Ihr Herz pochte wie wild, sie senkte den Kopf, damit *er* sie nicht sah, nicht ihr Gesicht, nicht, wie sie Lippen und Augen zusammenpresste, nicht, wie alles in ihr im Gleichklang zum wummernden Beat mit hundertsechzig Schlägen pro Minute vibrierte. Selbst die Wände, der Boden, der Tisch und das Bett schienen zu vibrieren.

Und auf einmal war Stille. Wieder diese unendliche, absolute und vollkommene Stille. Sie nahm die Hände von den Ohren und lehnte sich gegen die Wand, bis aus den Lautsprechern seine Stimme kam: »Und, hat es dir gefallen? Ich habe auch noch andere außergewöhnliche Musik für dich. Aber einen Moment der Ruhe und der Besinnung will ich dir gönnen. Und du weißt ja, Moment ist ein Zeitbegriff, und Zeit ist relativ. Lass dich überraschen, denn das eben war nur die Ouvertüre, das Konzert folgt noch.«

Julia Durant war spätestens in diesem Augenblick eines klar: Das Spiel hatte erst jetzt richtig begonnen.

Sonntag, 8.30 Uhr

Hellmer hatte mit seiner Familie und Susanne gefrühstückt, die eigenen Aussagen zufolge kaum ein Auge zugemacht hatte. Ihre Gedanken kreisten in einem fort um Julia, dazu gesellte sich die unerträgliche Angst, sie nicht wiederzusehen. Etliche Male war sie aufgestanden und zur Toilette gegangen, hatte zwei Flaschen Wasser getrunken und fühlte sich an diesem Morgen hundeelend, trotz des Make-ups war sie blass, ihre Bewegungen wirkten fahrig, immer wieder strich sie sich mit einer Hand über die Stirn.

Um halb zehn verabschiedete sich Hellmer, und auf die Frage Nadines, wann er in etwa wieder zurück sein werde, hatte er keine Antwort. »Keine Ahnung, aber wir haben eine Menge zu besprechen. Es geht ja nicht nur um Julia, sondern auch noch um die beiden anderen Fälle von gestern Abend. Wartet nicht auf mich.«
»Meldest du dich mal zwischendurch?«, fragte Susanne.
»Sicher. Es wäre vielleicht nicht schlecht, wenn ihr euch ein bisschen um Julias Vater kümmern könntet, der Mann ist ganz allein. Rufst du ihn bitte an und fragst ihn, ob er nicht herkommen möchte? Du kannst ihn ja auch abholen, da kommst du auf andere Gedanken.«
»Ich kann an nichts anderes mehr denken …«
»Es geht uns allen an die Nieren, aber es hilft weder Julia noch uns, wenn wir wie aufgescheuchte Hühner durch die Gegend rennen.«
»Was ist mit Julia?«, fragte Stephanie, die ein paar Wortfetzen aufgeschnappt hatte, als sie nach einem kurzen Ausflug in ihr Zimmer plötzlich wieder im Esszimmer stand.
»Nichts weiter, ihr geht's nur nicht besonders gut«, rettete Hellmer die Situation.
»Was hat sie denn?«, bohrte sie weiter.
»Etwas, das Frauen eben haben. Lässt du uns noch einen Moment allein? Und mach bitte die Tür zu, wir haben noch was zu besprechen.«
»Darf ich fernsehen?«
»Meinetwegen.«
Als Stephanie gegangen war, sagte Nadine: »Steffi wird es so oder so erfahren, spätestens, wenn Julias Vater hier ist. Wir können es ihr nicht verheimlichen.«
»Das können wir schon, indem wir nicht in ihrer Gegenwart über Julia sprechen. Ihr Frauen seid doch sonst immer so diplomatisch und geheimniskrämerisch, euch wird schon was einfallen. Ich möchte aber unter keinen Umständen Herrn

Durant ausschließen. Er ist genauso unser Gast wie Susanne. Ich muss los.«
»Warte. Du machst es dir zu einfach. Steffi ist sieben und wird fragen, warum Susanne und Julias Vater hier sind und Julia nicht. Soll ich lügen?«
»Nein, das verlangt keiner von dir.«
»Also, dann werde ich ihr die Wahrheit sagen. Sie hat schon so viel mitgekriegt …«
»Ist ja gut. Tschüs.«
»Tschüs und bring sie lebend wieder …«
»Wir tun, was in unserer Macht steht.«
»Und was können wir tun?«, fragte Susanne.
»Hoffen und beten oder umgekehrt. Hört sich blöd an, ich weiß, aber das ist das Einzige, was ich euch raten kann. Hol Julias Vater her, gemeinsam seid ihr stärker. Okay?«
»Toi, toi, toi«, sagte Nadine, trat zu Hellmer und umarmte ihn. »Ihr werdet es schaffen, ich weiß es. Ich bin ganz ruhig.«
»Das ist es, was ich brauche, diese Ruhe. Gib mir ein bisschen davon ab.« Er gab ihr einen langen Kuss und flüsterte ihr dann ins Ohr: »Ich liebe dich. Tschüs.«
Er wandte sich um, ging in die Garage und stieg in seinen Porsche. Er wollte pünktlich zur Besprechung im Präsidium sein.

Sonntag, 10.00 Uhr

Acht Ermittler der Sonderkommission hatten sich im Konferenzzimmer versammelt und warteten gespannt auf die Analyse Holzers, der ein wenig verspätet eintraf. Hellmer musste an einen Popstar denken, der nach der Vorgruppe unter dem tosenden Beifall des kreischenden Publikums die Bühne betritt.
Begonnen wurde mit dem Mord an der Unbekannten, die im

Frankfurter Stadtwald unweit des Oberforsthauses gefunden worden war. Das Obduktionsergebnis würde frühestens am späten Nachmittag, eher aber am Montagmorgen vorliegen. Anschließend sprachen sie den Fall der verschwundenen Psychologin Alina Cornelius durch.

Schließlich wurde Holzer gefragt, ob er schon etwas präsentieren könne. Er stand auf und begab sich an die Tafel. »Ich habe in der vergangenen Nacht die wesentlichen Teile der Akten studiert und eine erste Analyse erstellt. Ich bin zu folgendem vorläufigen Ergebnis gekommen: Die Morde an Detlef Weiß, Corinna Peters und Jacqueline Schweigert weisen auf einen Täter hin, obwohl die Vorgehensweisen der ersten beiden Morde und des dritten unterschiedlich sind. Was den Zeilsheimer Mord betrifft, wage ich noch keine Aussage zu tätigen. Aber die drei gestern bekanntgewordenen Fälle scheinen deutlich die Handschrift unseres Täters zu tragen.«

»Wenn ich Sie unterbrechen darf«, meldete sich Hellmer zu Wort. »Weshalb sind Sie bei der jungen Frau aus Zeilsheim so zurückhaltend, während Sie meine Kollegin, Frau Cornelius und die Tote aus dem Stadtwald dem Täter zuschreiben?«

»Das liegt schlichtweg in der Tatsache begründet, dass die Tote aus Zeilsheim eine beinahe perfekte Kopie einer Mordserie von vor acht Jahren ist, die sich in Frankfurt zugetragen hat und bei der Sie mit Frau Durant ermittelt haben …«

»Und weiter? Der Täter hat auch die Morde von Gernot eins zu eins kopiert. Er steht offenbar darauf, andere zu kopieren, ein Nachahmungstäter eben.«

»Da muss ich Ihnen widersprechen. Er schafft sehr wohl Eigenkreationen, wie unter anderem der Fall Schweigert belegt. Schweigert, Slomka, Mertens, Uhlig, Cornelius, Durant tragen allesamt seine ganz persönliche Handschrift. Er hat sich längst von Gernot verabschiedet, er hat ihm höchstens ein symbolisches Denkmal geschaffen. Sagen wir, er hat sich vor ihm verbeugt, indem er die ersten beiden Morde genauso ausgeführt hat. Selbst die Art der Fesselung mit den komplizierten Knoten scheint identisch zu sein, soweit ich das auf den Fotos erkennen konnte. Aber gut, nehmen wir die Tote aus Zeilsheim mit in das Register auf, dann kommen wir auf bisher zehn Personen, die in seiner Gewalt waren beziehungsweise sind ...«

»Entschuldigung, aber um noch mal auf die Tote aus Zeilsheim zurückzukommen, er hat sie zwar vollständig bekleidet abgelegt und einen Mord von vor acht Jahren kopiert, aber wenn Sie das rechtsmedizinische Gutachten lesen, wird Ihnen ein interessanter Punkt ins Auge fallen: die junge Frau wurde nach ihrem Tod sorgfältig gewaschen und mit einer exklusiven Bodylotion eingerieben, genau wie die Schweigert. Sie gehört definitiv zu unserem Täter.«

»Ich habe sie doch schon in die Opferliste aufgenommen«, entgegnete Holzer kühl. »Darf ich fortfahren?«

»Natürlich«, sagte Berger und trommelte mit den Fingern auf den Tisch, wobei er Hellmer einen ärgerlichen Blick zuwarf.

Holzer nahm einen Stift und schrieb an die Tafel:

5 Morde
5 vermisste Personen
1 Mann, 9 Frauen

Danach wandte er sich wieder den Anwesenden zu. »Der Mann passt nicht ins Bild; da er jedoch das erste bekannte Opfer des Täters war, gehe ich davon aus, dass er als Übungsobjekt herhalten musste. Der erste Mord, die erste Überwindung. Eine Art Kräftemessen, ob er es schaffen würde. Er wollte es, und er hat es geschafft. Dabei hat er sich ein leichtes Opfer gesucht. Detlef Weiß war ein Einzelgänger und durch einen Unfall behindert und damit kaum in der Lage, sich angemessen zu wehren. Die brutalen Folterungen und der langwierige Tötungsakt lassen darauf schließen, dass der Täter es genoss, sein Opfer leiden zu sehen. Er geriet in einen Tötungsrausch, den er ganz bewusst erlebte. Am Ende stand wie bei Corinna Peters das Ausbluten, bevor er die Fesselung vornahm. Bei der Peters wusste er, wie es funktioniert, vor allem aber, wie es sich anfühlt. Er wollte es wieder fühlen, weil das Töten ganz besondere Emotionen in ihm auslöst – für uns nicht nachvollziehbare Emotionen. Manche Täter bekommen Glücksgefühle, andere weinen, während sie zustechen oder zudrücken, manche weinen vor Glück oder auch Trauer, andere zeigen keinerlei Regung. Wie auch immer, um bestimmte Emotionen überhaupt auslösen zu können, muss er töten. Kommen wir zu Nummer drei, Jacqueline Schweigert, die bis dato Jüngste. Die Vorgehensweise hat sich drastisch geändert. Er setzt sie mitten in der Nacht in der Nähe der A 66 aus, die junge Frau ist völlig orientierungslos und läuft auf die Autobahn. Niemand kann sich ihren Zustand erklären, gut zwei Tage später ist sie tot, ohne mit jemandem gesprochen zu haben, ohne jemanden erkannt zu haben. Was ist mit ihr geschehen?« Er zuckte mit den Schultern, um gleich darauf fortzufahren: »In den USA habe ich an einem Fall mitgearbeitet, wo ein Serientäter seine Opfer in einer Art Isolationshaft gefangen hielt, bevor er sie tötete. Er konnte nur durch Zufall geschnappt werden, weil eines seiner Opfer entkommen konnte. Die Frau hatte sich das Kennzeichen seines Fahrzeugs gemerkt – Sie sehen die Parallelen zum Fall Gernot – und war nackt auf die nächste Polizeistation gerannt. Der Zugriff erfolgte nur wenige Minuten später. Was wir vorfanden, war das reinste Gruselkabinett ... Die Isolationshaft, in der George S. Brown seine Opfer gefangen hielt, glich der, wie sie in den heutigen Folterstaaten, einschließlich den USA, angewandt wird. Die sogenannte Weiße Folter hat die physische Folter abgelöst, weil sie wesentlich effektiver ist und Menschen leichter und schneller bricht. Unser Mann war ehemaliger Berufssoldat, der unehrenhaft entlassen worden war. Er besaß ein großes Haus, in dem er allein mit seiner schwerkranken, bettlägerigen Mutter lebte, die er pflegte. Den Keller hatte er in relativ kurzer Zeit ausgebaut und seine Opfer stets nachts dorthin gebracht, wovon ich auch bei unserem Täter ausgehe, da sämtliche uns bis jetzt bekannten Opfer nach Einbruch der Dunkelheit verschwunden sind. Es kann aber nicht vollständig ausgeschlossen werden, dass sie ihren Entführer kannten …«

»Augenblick, Augenblick«, meldete sich wieder Hellmer zu Wort, »das ist nichts als eine Vermutung …«

»Stimmt, es ist durch nichts belegt, es ist aber auch nicht belegt, dass sie ihren Entführer nicht kannten. Sollte er wie Gernot vorgehen, dann wirkt er auf andere freundlich und seriös, worauf ich gleich noch zu sprechen kommen werde. Aber vorher noch kurz etwas zur Isolationshaft. Es gibt mehrere Methoden: Extrem laute Musik über einen längeren Zeitraum, Töne in einem äußerst schmerzhaften Frequenzbereich, zum Beispiel extremes Pfeifen oder Quietschen, wie wir es etwa von bremsenden Zügen kennen. Dann wieder die totale Stille, kein einziges Geräusch ist zu hören, was den oder die Inhaftierten innerhalb kürzester Zeit in den Wahnsinn treiben kann. Oder Wechselfolter, das heißt abwechselnd laute Geräusche, dann wieder Stille. Oder absolute Dunkelheit und Stille oder derart grelles Licht, dass man unmöglich dabei schlafen kann, und dazu laute Musik oder Geräusche. Weitere Methoden sind Nahrungsentzug oder den Häftling mit Nahrung vollstopfen, Schlafentzug über mehrere Tage hinweg und so weiter und so fort. Wir müssen davon ausgehen, dass er mit den modernen Foltermethoden bestens vertraut ist, sie anwendet und am Ende das Tötungsritual steht. Ich vermute außerdem auch, dass er beobachtet hat, wie die Schweigert auf die Autobahn gelaufen ist.«

»Verschafft ihm das sexuelle Befriedigung?«, fragte Kullmer.

Holzer wiegte den Kopf hin und her und schürzte die Lippen, bevor er antwortete. »Nun, meinen ersten Eindrücken zufolge ist es nicht der sexuelle Kick, den er sucht. Ihm geht es in erster Linie um das Quälen und Töten. Er ist sadistisch veranlagt und emotional auf einem extrem niedrigen Level, das heißt, er kann nicht lieben. Die einzige Person, die er liebt, ist er selbst. Seine ersten sadistischen Handlungen dürfte er bereits als Kind an Tieren durchgeführt haben, Katzen, Hunden, Vögeln, Eichhörnchen, später mit ziemlicher Sicherheit auch an größeren Tieren, wie es auch George S. Brown zelebriert hat. Das ist der klassische Einstieg, bevor man sich an die Krönung der Schöpfung wagt, den Menschen. Das Quälen und Töten verschafft ihm Befriedigung, aber nicht zwangsläufig in Form von Erektion und Ejakulation …«

»Woher nehmen Sie diese Erkenntnis?«, wollte Hellmer wissen. »Es kann doch genauso gut sein, dass er seine Opfer in den sechs Monaten ihrer Gefangenschaft regelmäßig vergewaltigt hat. Ich hab die Bilder noch vor Augen, wie die Peters ausgesehen hat. Wenn das nicht sexuell motiviert war …«

»Er hat sie im Genitalbereich verstümmelt, aber weder bei der Schweigert noch bei der Peters deutete irgendetwas darauf hin, dass sie vergewaltigt wurden, ich meine im Sinne von Penetration …«

»Bei der Peters konnte man das überhaupt nicht mehr feststellen, und bei der Schweigert hätte man das auch nicht mehr feststellen können, wenn er seit dem letzten Mal vier oder fünf Tage hätte verstreichen lassen. Mit Ihrer Theorie, die Sexualität betreffend, kann ich mich nicht so recht anfreunden.«

»Ich verstehe Ihre Zweifel, aber glauben Sie mir, meine Erfahrung ist eine andere. Lassen Sie mich einen Vergleich mit einem Märchen ziehen – Hänsel und Gretel. Für mich eines der grausamsten Märchen überhaupt. Die Hexe hat die Kinder eingesperrt, ohne eine sexuelle Intention zu haben. Ich sehe nun das

Bild unseres Täters vor mir, wie er mit seinen Gefangenen verfährt. Er sperrt sie ein, kommuniziert mit ihnen, vergeht sich aber nicht an ihnen. Und selbst wenn er das täte, wäre das für unsere Ermittlungen kaum relevant. Seine Opfer werden auf jeden Fall alles tun, um sein Wohlwollen zu gewinnen. Wenn er Sex will, okay, dann bekommt er ihn, schließlich geht es ums Überleben. Und bereits nach relativ kurzer Zeit entwickeln die Opfer so etwas wie das Stockholm-Syndrom, das heißt, sie fangen an, mit ihrem Peiniger zu sympathisieren, denn er erzählt ihnen von all dem Leid, das ihm seit seiner Geburt widerfahren ist, von all dem Leid, das die Menschen auf dieser Welt hinnehmen müssen, und von der Ungerechtigkeit dieser Welt, und die Opfer haben Mitleid mit ihm, obwohl sie seine Gefangenen sind. Sie fühlen sich ab einem gewissen Moment nicht mehr so sehr als Opfer, sondern wechseln emotional die Seite. Er jedoch betrachtet das alles als Spiel, er genießt dieses Spiel, das nur einen Gewinner haben kann, und irgendwann schlägt er mit aller Wucht zu. Doch vorher macht er ihnen mit ziemlicher Sicherheit Versprechungen, dass er sie wieder freilässt …«

»Dann müsste er aber die ganze Zeit über eine Maske tragen und seine Stimme verstellen«, warf Berger ein.

»Warum nicht? Vermutlich tut er es sogar, um die Opfer in Sicherheit zu wiegen, was zu seinem perfiden Spiel gehört. Es gibt nichts Schlimmeres als Hoffnung, die am Ende doch zerplatzt.

Aber um Ihnen ein differenzierteres Täterprofil vorlegen zu können, brauche ich noch zwei, drei Tage. Ein richtiges Opferprofil, davon bin ich schon jetzt überzeugt, gibt es nicht. Seine Opfer kommen aus allen Schichten, sind unterschiedlichen Alters, sehen unterschiedlich aus, haben eine unterschiedliche Bildung genossen.«

Er machte eine Pause und trank einen Schluck Wasser, um gleich darauf fortzufahren: »Lassen Sie mich zum Abschluss noch ein paar Eigenschaften an die Tafel schreiben, die ich dem Täter zuordne.

Kontrolle
Macht
Emotionale Kälte
Analytiker
Narziss
Egomane
Unfähig, Freude zu empfinden
Überdurchschnittlich intelligent
Charmant
Eloquent
Freundlich
Höflich
Hilfsbereit
Einnehmendes Wesen
Verheiratet
Angesehen in der Gesellschaft
Dennoch Einzelgänger
Introvertiert, obwohl extrovertiertes Auftreten
Spieler
Verfügt über Geld

Das sind die wesentlichen Merkmale, die ich in der vergangenen Nacht isoliert habe. Gehen wir Punkt für Punkt durch.

Kontrolle: Er will unter allen Umständen zu jeder Zeit die Kontrolle behalten, allerdings nur, wenn er sich seinem morbiden Tun hingibt. Kontrollverlust käme einer Niederlage gleich. Daher können wir davon ausgehen, dass er sehr körperbewusst ist, sportlich, keine Drogen konsumiert, also auch keinen Alkohol, keine Zigaretten und so weiter. Ein solcher Mensch legt auch großen Wert auf Körperhygiene.

Macht: Im täglichen Leben eher einer unter vielen, beim Ausüben seiner Taten lässt er seiner Phantasie freien Lauf

und übt ähnlich einem absolutistischen Herrscher Macht aus.
Emotionale Kälte: Bedeutet nichts anderes als die Unfähigkeit, Gefühle zu empfinden. Er kann Gefühle zeigen, doch das ist nur antrainiert und kommt nicht aus seinem Innern. Aber gerade, weil es antrainiert ist, ist es so schwer zu durchschauen. Er lebt emotional in einer völlig anderen Welt, kann aber zwischen den beiden Welten sehr schnell hin und her schalten. Dennoch ist es wichtig zu wissen, dass er weder Liebe noch Hass noch Trauer oder irgendein anderes uns bekanntes Gefühl in sich trägt. Und das macht ihn so extrem gefährlich und auch unberechenbar.
Analytiker: Kann sich sehr gut in andere Personen hineinversetzen und sogar Gedankengänge nicht nur nachvollziehen, sondern sie auch im Voraus berechnen – eine seiner stärksten Waffen und mit ein Grund, weshalb er noch auf freiem Fuß ist.
Narziss: Ich denke, dieser Begriff bedarf keiner Erklärung.
Egomane: Überspringen wir ebenfalls, gehört zum Narziss.
Unfähig, Freude zu empfinden: Gehört in den Bereich emotionale Kälte. Wer keine Freude empfinden kann, kann auch keine Trauer oder Schmerz empfinden.
Überdurchschnittlich intelligent: Das muss er sein, sonst wäre er nicht in der Lage, solche, wie einer meiner Lehrmeister in den USA sagte, ›sophisticated murders‹ zu begehen. Damit sind extrem gut durchdachte und raffiniert ausgeführte Morde gemeint. Möglicherweise wurde seine Intelligenz nie entsprechend gefördert, damit sie in die richtigen Bahnen gelenkt werden konnte. Ich schätze ihn als jemanden ein, der häufig sich selbst überlassen wurde.
Charmant, eloquent, freundlich, höflich, hilfsbereit, einnehmendes Wesen: Diese Punkte gehören zusammen. Er weckt bei seinen Opfern keinen Argwohn, ganz im Gegenteil, sie fühlen sich zu ihm hingezogen. Allerdings basiert bei ihm

alles auf Berechnung, sprich, keine dieser Eigenschaften ist echt.

Verheiratet: Das ist eine Mutmaßung, aber wahrscheinlicher, als dass er Single ist. Möglicherweise hat er auch Kinder.

Angesehen: Bedingt durch etliche der oben angeführten Eigenschaften.

Introvertiert: Ist mit sich und seinen Gedanken und Phantasien allein, was er auch sein muss, da er weiß, dass all das, was er denkt und tut, unrecht ist. Er kann sich also niemandem mitteilen, dennoch tritt er extrovertiert auf, sprich, er geht auf Menschen zu, ist loyal, charmant und so weiter.

Spieler: Er hat seit je Menschen für seine Zwecke benutzt, ohne dass die Menschen das bemerkt haben. Er muss unglaublich manipulativ agieren, was zu seinem Spiel gehört. Dieses Spiel hat er seit seiner Kindheit perfektioniert, so dass niemand hinter seiner Fassade einen kaltblütigen und grausamen Mörder vermuten würde. Sein Spiel ist so durchdacht, dass es für ihn schon Normalität ist. Dennoch weiß er, wie bereits gesagt, dass das, was er tut, nicht rechtens ist, er kann aber nicht mehr damit aufhören, denn das Spiel hat eine Eigendynamik entwickelt, die er nicht mehr steuern oder kontrollieren kann. Er ist süchtig nach diesem Spiel und probiert dabei ständig neue Varianten aus. Es ist wie beim Pokern, es gibt nicht nur eine Pokerspielvariante, sondern unzählige Varianten. Er ist ein Suchtmensch auf dieser emotionalen Ebene. Er muss Neues ausprobieren, um zu sehen, ob es ihm die nötige Befriedigung verschafft. Hier ist der Punkt, der für uns bei den Ermittlungen am wichtigsten ist: Wir dürfen sein Spiel nicht annehmen, sondern müssen ihm unser Spiel aufzwingen. Sobald er erkennt, dass er nach unseren Regeln spielen muss, wird er unsicher werden und Fehler begehen. Das ist ein nicht aufzuhaltender Automatismus, weil wir in seine Welt eindrin-

gen, in der wir absolut unerwünscht sind. Seine Sicherheit wird schwinden, darauf gebe ich Ihnen mein Wort.
Verfügt über Geld: Diesen Schluss ziehe ich, weil er zuerst Gernot kopiert hat. Gernot hat reich geheiratet und in Saus und Braus gelebt, was er als Finanzbeamter nie hätte tun können. Und glauben Sie mir, alle Eigenschaften und Merkmale, die ich eben aufgeführt habe, trafen auf Gernot zu und treffen auf unseren noch unbekannten Täter zu. Unser Täter ist ein Spiegelbild von Gernot. Ich halte es nicht für ausgeschlossen, dass er ebenfalls eine reiche Frau geheiratet hat, dass sie ihm ebenfalls hörig ist, dass sie auf ihn angewiesen ist oder denkt, auf ihn angewiesen zu sein. Er wird ihr das Gefühl geben – aufgrund seiner manipulativen Fähigkeiten dürfte ihm das nicht schwerfallen –, dass sie ihn zum Leben oder Überleben braucht. Gernot und unser Täter gleichen sich, mit dem Unterschied, dass Gernot recht früh gefasst werden konnte, während unser Mann immer noch auf freiem Fuß ist und die Bandbreite seiner Taten ständig erweitert, was wir nicht zuletzt an der Entführung von Frau Durant sehen können.«
Holzer drehte sich wieder um und sah erwartungsvoll in die Runde.
Hellmer sagte: »Wie können Sie ihm diese detaillierten Fähigkeiten zuschreiben? Was, wenn er ledig ist, der stille Einzelgänger, ausgegrenzt von der Gesellschaft …«
Holzer hob die Hand. »Darf ich Sie unterbrechen? Diese Erkenntnisse beruhen auf Studien über Serienmörder, die ähnliche Taten begangen haben. Dieser George S. Brown, von dem ich vorhin gesprochen habe, entsprach genau diesem Bild. Und Dietmar Gernot ebenfalls. Jede dieser Eigenschaften traf auch auf Gernot zu. Und da unser Täter als Erstes Gernots Taten kopiert hat, muss er sehr intelligent sein und mit Sicherheit auch über andere Eigenschaften Gernots verfügen.«

»Da stimme ich Ihnen zu. Aber wir haben ja gestern schon angedeutet, dass wir als Täter einen Insider in Betracht ziehen. Ich würde gerne Ihre Meinung dazu hören.«
»Dazu möchte ich noch nichts sagen.«
»Und wenn es wirklich einer aus unseren Reihen ist? Was dann?«
»Dann wird es für uns noch leichter sein, ihn zu finden. Die Schlinge beginnt sich jedenfalls schon jetzt um seinen Hals zuzuziehen, er merkt es nur noch nicht«, sagte Holzer mit der Spur eines Lächelns, das jedoch sofort wieder verschwand.
»Ihr Optimismus in allen Ehren, aber lehnen Sie sich da nicht etwas weit aus dem Fenster? Schließlich hat dieser verdammte Schweinehund bis jetzt nicht eine einzige verwertbare Spur hinterlassen. Um ermitteln zu können, brauchen wir Spuren, wir müssen doch wissen, wo wir ansetzen ...«
»Sie bekommen diesen Ansatz, jetzt, wo er Ihre Kollegin hat. Er hat Frau Durant nicht einfach so ausgewählt, sondern weil er endlich das Spiel spielen will. Er hat die Nase voll, es reicht ihm nicht mehr, immer nur allein gegen sich selbst zu spielen, er will, dass Sie oder wir in das Spiel einsteigen. Es kommt alles in Fahrt, gedulden Sie sich.«
»Ich kann mich aber nicht gedulden, schließlich geht es um das Leben meiner Partnerin«, brauste Hellmer auf und erhob sich, worauf Sabine Kaufmann ihn sanft am Arm fasste und ihm mit einem eindeutigen Blick zu verstehen gab, dass er sich wieder setzen sollte.
»Herr Hellmer, es geht nicht nur um das Leben Ihrer Partnerin, sondern um das Leben von vier weiteren Personen. Oder erachten Sie das Leben von Frau Durant als wertvoller als das von Frau Cornelius oder Frau Uhlig?«
»Nein, natürlich nicht, aber die anderen kenne ich nicht oder kaum, meine Kollegin aber schon seit vielen Jahren. Und erzählen Sie mir nicht, dass Sie nicht auch Prioritäten setzen.«
»Sie haben recht, aber das tut nichts zur Sache, denn wir ha-

ben es mit einem äußerst komplexen Fall und einer noch komplexeren Persönlichkeit zu tun. Persönliche Gefühle dürfen bei den Ermittlungen keine Rolle spielen, sie wären nur hinderlich, was Ihnen aber hinreichend bekannt sein dürfte.«

»Dr. Holzer, seit ich bei der Polizei angefangen habe, sind fast immer persönliche Gefühle mit im Spiel, wenn's um Mord geht. Mal mehr, mal weniger. Bei Frau Durant und andern Kollegen ist es dasselbe, das wird Ihnen jeder bestätigen können.«

Holzer zuckte die Schultern. »Es ist Ihre Art zu arbeiten, ich kann Ihnen nur aus Erfahrung berichten, dass emotionales Engagement der Ermittlungsarbeit nicht dienlich ist. Aber Sie müssen wissen, was Sie tun. Lassen Sie mich Ihnen noch eine Frage stellen: Was würden Sie tun, wenn Sie dem Täter allein Aug in Aug gegenüberstehen würden? Ihn töten, wenn Sie wüssten, dass er Ihre Kollegin getötet hat?«, fragte er und blickte Hellmer direkt in die Augen.

»Das hängt ganz davon ab, wie ich an dem Tag gerade drauf bin. Nein, Spaß beiseite. Ich bin Polizist und nicht der Rächer der Ermordeten und Entehrten, auch wenn es meine Kollegin betrifft.«

»Gut, aber Sie zu analysieren ist wirklich nicht meine Aufgabe.«

»Da sind wir einer Meinung. Ich hätte allerdings noch ein paar Fragen, die Sie sicherlich aus dem Effeff beantworten können. Was bedeutet es, wenn jemand so aufwendig gefesselt wird wie im Fall Gernot und unserm Mann?«

»Es kommt nicht auf den Aufwand an, den ein Täter beim Fesseln betreibt, sondern im Wesentlichen auf die Fesselung selbst. Wer gefesselt wird, ist machtlos. Und das will der Täter demonstrieren, die Machtlosigkeit seiner Opfer. Der Schnickschnack mit den besonderen Knoten ist reine Spielerei. Für die Ermittlungen ist das unerheblich.«

»Und Isolation oder Isolationshaft?«, fragte Hellmer weiter.
»Genau dasselbe. Die Macht des Täters und die Ohnmacht des Opfers. Er bestimmt, was geschieht, das Opfer ist nur Zuschauer oder passiv Mitwirkender ohne Stimme. Grausam, aber leider Alltag in vielen Ländern dieser Erde.«
»Und das Leicht-bekleidet- oder Nacktsein?«
»Wenn das Opfer seiner Kleidung beraubt ist, bedeutet dies immer Entmenschlichung und Entwürdigung. Aber soweit ich mich erinnere, war keines der bisherigen Opfer vollkommen nackt, das heißt, er hat ihnen einen Rest Würde gelassen. Er hat sie sogar gewaschen und mit einer teuren Lotion eingerieben, was die totale Entmenschlichung und Entwürdigung zumindest teilweise wieder aufhebt.«
»Aber er hat ihnen auch die Augen herausgeschnitten, zumindest bei Weiß, Peters und der Unbekannten, die gestern gefunden wurde. Was können Sie uns dazu sagen?«
»Häufig stechen Mörder die Augen aus oder decken sie zu, weil sie der Ansicht sind, dadurch einem Fluch zu entrinnen, oder sie sind der absurden Auffassung, ihr Abbild würde sich im Moment des Todes in den Augen des Opfers wie auf einem Film festbrennen. Aber das sorgfältige Herausschneiden, das unser Täter praktiziert, hat damit nichts zu tun, es deutet eher auf die Sammlung von Trophäen hin wie bei Gernot. Bei Gernot wurde ja ein ganzer Trophäenschrein gefunden. Das Herausschneiden der Augen ist ein Akt der totalen Entmenschlichung und Entwürdigung.«
»Irgendwie komm ich da nicht mehr mit«, bemerkte Kullmer und fuhr sich kopfschüttelnd über seinen Dreitagebart. »Sorry, aber das sind für mich lauter Widersprüche. Was denn nun? Gibt er ihnen die Würde zurück, indem er sie mit einer Lotion einreibt, oder entmenschlicht er sie komplett?«
»Sie haben recht, es sind Widersprüche, so wie der Täter ein großer Widerspruch in sich selbst ist. Es ist ein sehr komplexes Verhaltensmuster, das er an den Tag legt und das ich

Ihnen auch noch bei nächstbester Gelegenheit erklären werde. Meine Damen und Herren, seien Sie mir nicht böse, aber das alles zu besprechen, würde nun wirklich zu viel Zeit in Anspruch nehmen. Außerdem hilft es uns in keinster Weise bei der Suche und der Aufklärung. Bitte haben Sie Verständnis, wenn ich mich auf das Wesentliche konzentriere, was Sie im Übrigen auch tun sollten.«

»Wir sind fertig?«, fragte Hellmer.

»Wenn keiner mehr Fragen hat ...«

»Doch, ich«, meldete sich Seidel zu Wort. »Wie groß schätzen Sie die Chance ein, dass wir unsere Kollegin und die andern Frauen lebend wiedersehen?«

Holzer schürzte die Lippen und antwortete: »Nach meinem Dafürhalten recht groß, da der Täter inzwischen Kontakt mit uns aufgenommen hat.«

»Ein sehr loser Kontakt, wenn ich das bemerken darf.«

»Nein, Sie müssen nur die Zeichen zu deuten wissen. Denken Sie über meine Worte nach und gehen Sie noch einmal alles in Ruhe durch. Wir treffen uns morgen wieder, dann kann ich Ihnen mehr sagen, ich hatte schließlich kaum mehr als zwölf Stunden Zeit, mich mit dem sehr umfangreichen Material zu befassen, und wenn ich so müde bin wie jetzt, kann ich nicht konzentriert arbeiten. Haben Sie also bitte Nachsicht.«

»Nur noch eine Frage: Würden Sie ihn als unbesiegbar bezeichnen?«

»Nein, Unbesiegbare gibt es nur in Legenden oder in der Mythologie. Er begeht Fehler, verlassen Sie sich darauf. Und diese Fehler werden eine ebensolche Eigendynamik entwickeln wie seine Mordlust.«

»Er ist ein Monster, das nur lebt, um zu quälen«, sagte Hellmer.

»Er ist kein Monster, sondern ein Mensch mit abnormen Verhaltensweisen, die keiner von uns nachzuvollziehen imstande ist. Unter jeder noch so grausamen und sadistischen

Oberfläche befindet sich ein Mensch, auch wenn das für die meisten von Ihnen schwer verständlich ist.«

»Wollen Sie ihn damit entschuldigen?«

»Nein«, entgegnete Holzer gelassen, »es gibt keine Entschuldigung für das, was er getan hat und noch tun wird. Aber es ist meine Aufgabe, Erklärungen zu suchen und zu finden. Warum ist er so, wie er ist? Warum wurde er zu einem Außenseiter der Gesellschaft? Warum wurde er zu einem – wie Sie sagen – Monster? Das gilt es für mich herauszufinden und nicht zu verurteilen, dafür ist eine andere Instanz zuständig. Wenn Sie mich nun bitte entschuldigen wollen, ich brauche etwas Schlaf.«

»Tut mir leid, nur noch eine Frage, dann lasse ich Sie gehen«, sagte Sabine Kaufmann lächelnd. »Ich habe gelernt, dass fast alle Serienkiller irgendwann gefasst werden wollen. Wie schätzen Sie unseren ein?«

Holzer nickte anerkennend. »Sie haben gut aufgepasst, Frau …«

»Kaufmann, Sabine Kaufmann, ich vertrete Frau Durant während ihres Urlaubs, zumindest sollte es so sein.«

»Dies ist die beste Frage, die mir heute gestellt wurde. Ja, er will gefasst werden, sonst hätte er das Spiel nicht begonnen. Es gibt Serienmörder, die hundert und mehr Morde begehen, bis sie sich verraten. Einige halten es nur vier oder fünf Morde durch. Der Mensch ist nicht zum Morden geboren, deshalb will auch unser Mann dem allen ein Ende bereiten. Er spürt den Druck immer stärker werden und in immer kürzeren Abständen kommen. Die Chancen stehen also gut, dass er bald gefasst wird.«

Holzer packte seine Sachen zusammen und verließ das Konferenzzimmer, ohne sich zu verabschieden. Die Beamten sahen ihm hinterher, Hellmer beugte sich zu Kullmer hinüber und flüsterte ihm ins Ohr: »Sind wir jetzt schlauer als zuvor?«

»Halt die Klappe«, flüsterte Kullmer zurück. »Nachher.«
Berger richtete noch ein paar Worte an die Soko-Beamten, die nicht unmittelbar zu seiner Abteilung gehörten, und bat anschließend Hellmer, Kaufmann, Kullmer und Seidel in sein Büro.
»Ihre Meinung zu Holzers Vortrag?«, fragte er, nachdem sich alle gesetzt hatten.
Für einige Sekunden herrschte Stille, bis Hellmer sagte: »Ganz ehrlich?«
»Hätte ich sonst gefragt?«, kam es umgehend zurück.
»Alles schon mal gehört. Wir hätten genauso gut Richter hinzuziehen können. Holzer hat uns nicht einen einzigen Ansatzpunkt geliefert.«
»Ich stimme Frank zu«, sagte Kullmer. »Er hat uns im Prinzip nichts Neues gesagt, nur Altbekanntes in neues Papier gewickelt.«
»Frau Seidel?«
»Kein Kommentar.«
»Frau Kaufmann?«
»Ich enthalte mich der Stimme, da ich in die bisherigen Ermittlungen nicht involviert war.«
»Also gut, dann versetzen Sie sich in Holzers Lage. Er hat erst gestern Abend die Akten erhalten, und dafür, dass er nur so wenige Stunden zur Verfügung hatte und sich auch noch die Nacht um die Ohren geschlagen hat, konnte er uns doch eine ganze Menge sagen. Geben Sie ihm noch zwei, drei Tage Zeit, um eine umfassende Analyse vorbereiten zu können. Nur darum bitte ich Sie.«
»Und was passiert in den zwei Tagen mit Julia und den anderen Frauen?«, brauste Hellmer auf. »Sollen wir tatenlos rumsitzen und Däumchen drehen?«
»Was haben Sie denn bis jetzt gemacht? Sie haben alles getan, was Sie konnten, mehr war bisher nicht drin. Dass Sie jetzt so aufgewühlt sind, liegt allein an der Entführung von Frau

Durant. Behalten Sie die Nerven, nur so sind Sie uns eine Hilfe.«
»Scheiße! Julia ist jetzt seit bald vierzig Stunden in der Gewalt dieses Wahnsinnigen, und wir quatschen hier rum.«
Sabine Kaufmann legte beruhigend ihre Hand auf seine. »Welche Wahl haben wir denn? Keine, wenn du ehrlich bist.«
»Verdammt, das weiß ich selbst. Es macht mich nur schier wahnsinnig, wenn ich weiß, dass da draußen ein Psycho rumläuft, der seine sadistischen Spielchen treibt.«
»Können wir nicht ebenso gut die bisherigen Fakten zusammentragen und sie analysieren?«, fragte Kaufmann.
»Haben wir alles schon hinter uns«, erwiderte Seidel. »Wir sind im Prinzip so schlau als wie zuvor, um den guten alten Goethe zu zitieren.«
Hellmer stand auf und sagte: »Sabine und ich fahren noch mal in die Wohnung von Frau Cornelius. Was hat eigentlich die Befragung der anderen Hausbewohner ergeben?«
Berger schüttelte bedauernd den Kopf.
»Das war nicht anders zu erwarten. Wie bei Julia und all den andern. Keiner hat was gesehen, keiner hat was gehört, keiner hat irgendwas bemerkt, und wenn doch, dann macht keiner das Maul auf. Und das nun schon zum zehnten Mal. Die drei Affen lassen grüßen. Komm, Sabine, wir haben was vor.«
»Warten Sie«, sagte Berger und stand auf. »Was haben Sie denn alles vor, außer in die fünf Minuten entfernt gelegene Wohnung von Frau Cornelius zu fahren?«
Sabine Kaufmann antwortete an Hellmers Stelle. »Wir wollten auch noch mal in Julias Wohnung vorbeischauen und uns den Tatort im Stadtwald ansehen. Außerdem haben wir bereits gestern ausgemacht, dass wir Pfarrer Hüsken einen weiteren Besuch abstatten. Aber nur, wenn es Ihnen recht ist. Das wird uns für den restlichen Tag auf Trab halten.«
»Was erhoffen Sie sich von Hüsken?«
»Ich denke, er hat uns einiges verschwiegen«, antwortete Hell-

mer, dessen Herz raste und der verwundert war über die Unverfrorenheit von Sabine Kaufmann. Sie log mit einem Lächeln und einer Sicherheit, die fast beängstigend war. Kein Wort über die Aktion in Cornelius' Praxis gestern Abend, keine Wort über Vorhaben, die am Rande der Legalität waren. Er wusste jetzt endgültig, dass er sich auf sie verlassen konnte und sie ihn in dem, was er vorhatte, unterstützen würde.

»Also gut, hier rumzusitzen bringt uns auch nicht weiter. Viel Erfolg. Aber haushalten Sie mit Ihren Kräften.«

Während sie die Treppe hinuntergingen, fragte Hellmer: »Bist du immer so drauf?«

»Ich weiß nicht, was du meinst«, antwortete Kaufmann mit unschuldigem Blick.

»Du lügst, ohne rot zu werden. Lernt man das neuerdings auf der Polizeischule?«

»Ah komm, tu nicht so, als wenn du ein Heiliger wärst. Was war das denn für eine Aktion gestern Abend? Na los, spuck's aus. Außerdem hab ich gar nicht gelogen, ich weiß ja schließlich nicht, was du wirklich vorhast.«

»Ist ja gut. Was wir jetzt gleich machen werden, ist auch nicht so ganz nach Vorschrift. Bist du bereit, Kopf und Kragen zu riskieren?«

»Na, aber hallo, jederzeit, sonst wird's doch langweilig. Was machen wir als Erstes?«

»Erst zu dem Pfarrer nach Griesheim, dann rüber nach Schwanheim. Was soll ich bei der Cornelius oder bei Julia?«

»Und der Stadtwald?«

»Keinen Schimmer, wovon du sprichst«, antwortete er.

Ihm gefiel die junge Frau neben ihm, ihre Vitalität und Energie, etwas, das ihm schon seit langem abhanden gekommen schien. Vielleicht kehrten diese Eigenschaften durch sie wieder zurück oder bekamen wenigstens einen Anschub.

»Erzählst du mir kurz was über den Pfarrer?«

»Franziska Uhlig ist eines seiner treuesten Schäfchen. Sie

wurde am Montag entführt, Julia und ich waren am Mittwoch bei ihm, aber außer Lobeshymnen auf die Uhlig hat er uns nicht viel sagen können oder wollen. Wie auch immer.«

»Und was erhoffst du dir von dem Besuch jetzt?«

»Weiß nicht, ein Schuss ins Blaue.«

»Okay. Und was machen wir in Schwanheim?«

»Wir besuchen zwei junge Leute. Aber pass auf, die sind mit allen Wassern gewaschen. Zwillinge, siebzehn Jahre alt und studieren schon, das heißt, sie sind fast fertig. Extrem intelligent.«

»Und was haben die mit dem Fall zu tun?«

»Wirst du erfahren, wenn wir bei ihnen sind. Bisschen kompliziert.« Ein Blick auf die Uhr, 12.20 Uhr. »Wann essen Pfarrer zu Mittag?«

Sie lachte auf. »Sonntags oder überhaupt?«

»Sonntags.«

»Vermutlich so um diese Zeit.«

»Na, umso besser. Hast du Lust, Porsche zu fahren?«

»Gestern war's noch ein BMW. Wie viele Autos hast du denn noch?«

»Hat sich's also doch noch nicht im ganzen Präsidium rumgesprochen«, sagte Hellmer erleichtert. »Ich hab einen BMW und einen Porsche. Und jetzt frag mich um Himmels nicht, wie ich mir den leisten konnte.«

»Was kostet so ein Teil?«

»Zweihundertfünfzig.«

»Wow, wusste gar nicht, dass man als Hauptkommissar neuerdings so viel verdient. Aber gut, ich frag nicht nach.« Und nach ein paar Sekunden: »Würde mich eigentlich schon interessieren, woher du die Kohle hast.«

Hellmer grinste und antwortete: »Um dich zu beruhigen, nicht durch krumme Geschäfte. Aber glaub mir, mit Geld kannst du vieles, aber kein Leben von einem Wahnsinnigen freikaufen.«

»Hast du's schon mal probiert?«

»Der, mit dem wir's zu tun haben, würde sich auf so was gar nicht erst einlassen. Lösegeldzahlung! Er würde uns nur auslachen. Steig ein.«
»Mann«, sagte sie, als sie saß und den Gurt umlegte, »das ist ein Traum. Was sagt denn Julia dazu?«
»Sie ist noch nicht damit gefahren.«
»Warum nicht?«
»Sie ist ein bisschen konservativ, wir nehmen immer den Dienstwagen.«
»Aber wir sind ja offiziell gar nicht im Dienst, oder?«, fragte sie und fuhr mit der Hand über das Armaturenbrett und die Türverkleidung.
»Genau, und außerdem ist Sonntag. Hast du jemanden?«
»Im Augenblick nicht. Wo wohnst du?«, wechselte sie schnell das Thema.
»Hattersheim.«
»Ich hab dort eine Freundin, genauer gesagt in Okriftel, im Dichterviertel.«
»Da wohnen wir auch, nicht im Dichterviertel, sondern in der Märchensiedlung.«
»Hast du Kinder?«
»Zwei Mädchen.«
Um 12.42 Uhr parkte Hellmer den Porsche in der Linkstraße. Sie stiegen aus und gingen auf die offene Kirchentür zu. Drinnen unterhielten sich zwei Frauen mit Pfarrer Hüsken, der das Gespräch sofort unterbrach, als er Hellmer erkannte. Er kam auf ihn und Kaufmann zu und reichte beiden die Hand.
»Guten Tag. Haben Sie Neuigkeiten?«
»Wir beide kennen uns ja bereits, das hier ist meine Kollegin Frau Kaufmann. Können wir uns irgendwo ungestört unterhalten?«, sagte Hellmer, ohne die Frage von Hüsken zu beantworten.
»Wir gehen in mein Büro, aber warten Sie noch bitte einen Moment.«

Hüsken verabschiedete sich von den beiden Frauen und kehrte wenig später zurück.
»Was führt Sie erneut zu mir?«, fragte er auf dem Weg zum Büro.
»Das erklären wir Ihnen, wenn wir wirklich allein sind«, sagte Hellmer.
Das Büro war so aufgeräumt wie beim letzten Besuch, sie nahmen an dem kleinen runden Tisch Platz, und Hüsken fragte, ob er Hellmer und Kaufmann etwas zu trinken anbieten dürfe.
»Nein, danke«, sagte Hellmer.
»Ich hätte gerne ein Glas Wasser, bitte, ich hab eine ganz trockene Kehle«, sagte Kaufmann.
Während Hüsken den Raum verließ, fragte Hellmer sie leise: »Trockene Kehle? Es ist doch gar nicht warm draußen.«
»Ich wollte mich nur mal schnell in Ruhe hier umschauen, das ist alles. Verboten?«
»Was siehst du?«
»Später.«
Hüsken kehrte mit einem Krug und drei Gläsern zurück und schenkte ein. »Apfelschorle. Sie trinken doch auch ein Glas mit uns, oder?«
Hellmer nickte und wartete, bis Hüsken sich gesetzt hatte. Sie hoben die Gläser und tranken.
»Das tut gut, vielen Dank.«
»Herr Hüsken, es gibt einen Grund, weshalb wir noch mal hier sind …«
»Haben Sie Nachrichten von Frau Uhlig?«, fragte er besorgt, wobei seine Hände leicht zitterten, was Sabine Kaufmann nicht entging.
»Nein, leider nicht. Meine Frage ist: Hat sich der Entführer bei Ihnen gemeldet?«
Hüsken atmete schneller, kratzte sich am Kinn und schüt-

telte nach einer Weile den Kopf. »Nein, warum hätte er das tun sollen?«

»Na ja, sagen wir's mal so«, übernahm Kaufmann das Wort, »um Ihnen vielleicht eine Botschaft zukommen zu lassen? Sie sind Pfarrer und unterliegen dem Beichtgeheimnis, das selbst wir nicht knacken dürfen. Aber mal so rum gefragt, was würden Sie tun, um das Leben von Frau Uhlig zu retten?«

»Das ist eine Frage, die ich nicht beantworten kann. Wenn Sie damit meinen, ob ich mein Leben für ihres hingeben würde, dann lautet meine Antwort ganz klar: ja.«

»Wie Sie es sicherlich auch für Ihre andern treuen Mitglieder hingeben würden, oder?«

»Selbstverständlich«, antwortete Hüsken schnell und wischte sich mit einem Taschentuch den Schweiß von der Stirn.

Kaufmann erhob sich und ging im Büro umher, las die Buchrücken im Regal und sagte, ohne sich umzudrehen: »Meine Kollegin, die an meiner Stelle am Mittwoch hier war und die jetzt eigentlich in Südfrankreich sein müsste, befindet sich ebenfalls in der Gewalt des Entführers.«

»Tatsächlich?«, fragte Hüsken. »Das ist ja schrecklich!«

»Finden wir auch.« Kaufmann wandte sich um und fixierte Hüsken mit eisigem Blick, während sie sich mit beiden Händen auf dem Schreibtisch abstützte. »Und jetzt mal ganz ehrlich – hat der Entführer Kontakt zu Ihnen aufgenommen? Da Sie an das Beichtgeheimnis gebunden sind, weiß er, dass Sie nichts ausplaudern dürfen. Aber Sie dürfen uns, ohne Angst vor oben zu haben, verraten, ob ich recht habe. Ein Nicken reicht mir schon. Sie werden schon nicht gleich von einem Blitz getroffen.«

»Wenn Sie sonst keine Fragen haben, möchte ich Sie bitten zu gehen.«

»Sie haben ja richtig Angst. Ich deute das mal als ein klares Ja. Er hat mit Ihnen Kontakt aufgenommen. Lassen Sie mich raten, Sie haben ihn sogar gesehen. Was hat er Ihnen gesagt?

Hat er Ihnen gesagt, wie es der netten Franziska geht? So richtig höhnisch oder zynisch? Hat er das?«
Hüsken wich ihrem Blick aus, er faltete die Hände und presste sie, bis die Knöchel weiß hervortraten. Er kaute auf der Unterlippe und stieß schließlich leise und wie unter schwersten Qualen hervor: »Es fällt tatsächlich unter das Beichtgeheimnis, denn er hat die Beichte abgelegt.« Ein paar Tränen stahlen sich aus seinen Augen. »Er hat die Beichte nur abgelegt, weil er wusste, dass ich meinen Eid gegenüber Gott nicht brechen darf. Mein Gott, er war mit einem Mal da, und genauso schnell war er auch wieder weg. Und bitte, bitte, fragen Sie mich nicht, was er mir anvertraut hat, das kann und darf ich Ihnen nicht sagen.«
»Warum sollte ich das fragen?«, sagte Kaufmann und kam hinter dem Schreibtisch hervor. »Die wichtigste Frage haben Sie mir beantwortet. Wobei ich mich doch ein wenig wundere, dass der Entführer einer Lektorin, die sich ehrenamtlich in der Kirche engagiert, zu ihrem Beichtvater kommt. Er hätte sich doch auch an ihre beste Freundin wenden können. Ich habe da so eine Theorie«, sie winkte ab, zuckte die Schultern und nahm wieder Platz, »aber wen interessiert schon meine Theorie?«
»Mich«, sagte Hellmer neugierig, der höchst beeindruckt war von der Raffinesse und Abgebrühtheit, die seine neue Kollegin an den Tag legte.
»Willst du die wirklich hören?«, fragte sie, sah ihn an und nahm einen Schluck Apfelschorle.
»Na, mach schon. Und ich denke, Herrn Hüsken dürfte sie auch interessieren.«
»Ich weiß nicht so recht, ich möchte Ihnen nicht zu nahe treten. Aber nun ja. Herr Hüsken, es gibt für mich nur einen triftigen Grund, warum der Entführer sich ausgerechnet an Sie gewandt hat und warum er ausgerechnet bei Ihnen und nicht bei einem anderen Pfarrer die Beichte abgelegt hat – er weiß etwas von Ihnen, was sonst niemand weiß. Aber machen Sie

sich keine Sorgen, jeder von uns hat seine Leiche im Keller. Und uns interessiert es herzlich wenig, ob Sie und Frau Uhlig ein Verhältnis haben, das geht nur Sie beide was an.«
Hellmer erschrak, ließ es sich aber nicht anmerken, allein sein Blick sprach Bände. »Sabine, ich bitte dich ...«
»Ist doch nur eine Theorie«, antwortete sie mit Unschuldsmiene, »aber eine recht plausible, wie ich finde. Oder, Herr Hüsken?«
Hüsken trank mit zittrigen Fingern sein Glas leer und behielt es in der Hand, als müsse er sich daran festhalten. Er war unfähig, dem Blick von Sabine Kaufmann zu begegnen. Nach einer Weile stieß er hervor: »Das darf nie jemand erfahren, hören Sie! Ich bin ein Sünder vor dem Herrn und schäme mich dafür, meinen ...«
»Herr Hüsken«, fiel Kaufmann ihm mit sanfter Stimme ins Wort, »wir verurteilen Sie nicht, und unsere Lippen sind versiegelt, nicht einmal unsere Kollegen im Präsidium werden davon erfahren, mein Wort darauf. Wann war der Mann hier?«
»Am Mittwoch, nicht lange nachdem Herr Hellmer und seine Kollegin hier gewesen sind. Er hatte sich vorher telefonisch zur Beichte angemeldet, aber wie konnte ich ahnen, dass ich es mit diesem Verbrecher zu tun haben würde? Als er anrief, klang er wie ein armer Sünder, aber als er dann im Beichtstuhl saß, war ich wie paralysiert, denn auf der anderen Seite saß kein Mensch, da saß der Satan. Glauben Sie mir, ich habe den Satan gesehen, und dieser Satan hat die Beichte abgelegt. Und nirgends steht geschrieben, dass ich einem Teufel in Menschengestalt die Beichte verwehren darf.«
Ohne darauf einzugehen, fuhr Kaufmann mit der Befragung fort: »Was hat er Ihnen noch gesagt, was nicht unter das Beichtgeheimnis fällt? Hat er Ihnen zum Beispiel gedroht?«
»Ja, ich sollte unbedingt noch fünf Minuten im Beichtstuhl sitzen bleiben, nachdem er gegangen war, sonst würde ich Franziska nicht lebend wiedersehen.«

»Moment, er hat Ihnen versprochen, Sie würden Frau Uhlig lebend wiedersehen?«
Hüsken nickte. »Ja, das hat er mir versprochen. Seine Worte waren, im Gegensatz zu allen anderen würde sie am Leben bleiben.«
»Noch etwas?«
»Nein, mehr kann und darf ich leider nicht sagen.«
»Wie sah der Mann aus?«
»Er trug einen schwarzen Vollbart, der fast sein ganzes Gesicht bedeckte, eine große dunkle Brille, einen alten Trenchcoat ... Mehr fällt mir nicht ein.«
»Und seine Stimme, wie klang die?«
»Es war eine ganz normale Männerstimme, nichts Besonderes. Ich kann Ihnen da nicht weiterhelfen.«
»Sie glauben gar nicht, wie sehr Sie uns schon geholfen haben. Danke für die Apfelschorle und die Informationen. Eins würde mich aber doch noch brennend interessieren: Wie lange geht das schon zwischen Ihnen und Frau Uhlig? Ich weiß, ich bin neugierig, aber ...«
Hüsken senkte den Blick und antwortete leise: »Seit fast vierzehn Jahren, nicht lange nachdem ich diese Gemeinde übernommen habe, hat es angefangen.«
»Und niemand hat jemals etwas davon mitbekommen?«
»Nein, wir waren bisher immer sehr vorsichtig.«
»Aber der Täter weiß davon. Und Sie kennen ihn, Sie haben ihn sogar schon viele Male gesehen und doch allem Anschein nach nicht wahrgenommen. Die meisten seiner bisherigen Opfer waren Christen, in der Kirche engagiert, unauffällige Personen im täglichen Leben. Frau Durant, meine Kollegin, ist auch in einem kirchlichen Haushalt groß geworden, ihr Vater ist bei der Konkurrenz, ein evangelischer Pfarrer. Wie es aussieht, sucht sich der Täter vornehmlich Opfer aus, die es mit der Religion halten. Tja, Himmel und Hölle liegen eben doch dicht beieinander.

Hast du noch was?«, fragte sie Hellmer, der den Kopf schüttelte.
»Sie haben uns sehr geholfen, das hätten Sie aber schon früher tun können, und das wissen Sie auch. Das ist das Einzige, was ich Ihnen übelnehme. Beten Sie für die, die noch am Leben sind.«
»Um wie viele handelt es sich?«, fragte Hüsken mit belegter Stimme.
»Fünf Frauen, das sind zumindest die, von denen wir wissen. Lassen Sie also den Draht nach oben glühen, damit nicht nur Ihre Franziska heil da rauskommt, sondern auch die andern.«
»Wir haben heute schon einen Bittgottesdienst abgehalten, der sehr ergreifend war.«
»Beten Sie, bis Sie nicht mehr können, denn ich glaube daran, dass es unsere Ermittlungen unterstützen kann. Sie beten, und wir machen unsere Arbeit, zwei Zahnräder, die ineinandergreifen. Ich hab gehört, so was soll tatsächlich helfen. Und sollte Ihnen noch etwas einfallen, Sie wissen, wie Sie uns erreichen können. Auf Wiedersehen. Wir finden alleine raus.«
Draußen sagte Hellmer anerkennend: »Wie hast du das gemacht?«
»Was?«
»Du weißt genau, wovon ich rede. Woher hast du gewusst, dass die beiden ein Verhältnis haben?«
»Keine Ahnung. Intuition? Irgend so was.«
»Das ist mir zu simpel. Julia ist intuitiv und hätte das eigentlich merken müssen …«
»Ich bin aber nicht Julia. Ist dir nicht aufgefallen, wie der Typ geschwitzt hat? In seinem Büro sind es höchstens zwanzig oder einundzwanzig Grad, aber er schwitzt wie in der Sauna. Sein ganzes Verhalten war verdächtig. Und da habe ich eben zwei und zwei zusammengezählt und bin bei dem Verhältnis gelandet. Vierzehn Jahre führen die eine heimliche Beziehung, was für ein unmenschlicher Stress. Leute, schafft das Zölibat ab …«

»Nun mal ganz sachte. Gehst du immer so vor?«
»Frank, ich bin seit knapp zwei Jahren bei der Sitte, da geht's häufig sogar noch rauher zu. Ist nicht mein Traum, dort zu bleiben.«
»Was würdest du denn lieber machen?«
»K 11«, erwiderte sie grinsend und stieg in den Porsche ein.
»Wenn wir mit dem Fall fertig sind, kann ich ja bei Berger mal ein gutes Wort für dich einlegen. Wir sind sowieso dabei, die Mannschaft zu verstärken.«
»Wäre toll, aber lass uns das ein andermal besprechen. Schwanheim?«
»Schwanheim.«

Sonntag, 12.40 Uhr

Julia Durant wusste nicht, wie lange sie schon in völliger Dunkelheit in ihrer Zelle lag. Minuten, Stunden oder gar Tage? Dazu diese unendlich laute Stille, die lauter war als früher die Presslufthämmer am Platz der Republik, als vor dem alten Präsidium die Straßen aufgerissen wurden und der Verkehr sich auf der Mainzer Landstraße teilweise bis weit hinter den Güterplatz zurückstaute. Eine Stille, wie sie Andrea Sievers zu beschreiben versucht hatte und die sie sich doch nicht hatte vorstellen können.
Am Anfang war Gelassenheit, die sich jedoch rasch in Nervosität und Aufregung wandelte und schließlich zu Angst und Panik wurde. Irgendwann hatte sie sich auf die Pritsche gelegt und gezählt. Von eins bis hundert, von hundert bis tausend, von tausend bis zehntausend. Immer in Bewegung bleiben, sagte sie sich, nicht aufgeben. Später war sie aufgestanden, hatte mit den Händen alles abgetastet, die Pritsche, die Wände, den Tisch, den Stuhl, die Tür, sie war auf allen vieren gekrochen, um die Distanz von der Tür bis zur gegenüberliegenden Wand erst ab-

zuschätzen, danach war sie aufgestanden und hatte versucht, mit unsicheren Schritten die Länge der Zelle zu berechnen, obwohl sie längst wusste, wie groß die Zelle in etwa war. Sie war auf dreieinhalb bis vier Meter gekommen und in der Breite auf anderthalb bis maximal zwei Meter. In der Folgezeit lief sie von der Tür zur Wand und wieder zur Tür, immer und immer wieder. Dabei rechnete sie, multiplizierte, addierte, dividierte, rechnete Prozente aus, wieder und wieder und wieder. Und ständig war da die Hoffnung, dass das Licht wieder anging und diese Todesstille endlich vertrieben wurde. Todesstille, sie kam sich vor wie in einem Grab, mit dem Unterschied, dass sie genügend Luft zum Atmen hatte. Frische Luft, das Einzige, was anfangs gestört hatte, war der penetrante Geruch aus der Toilette, doch daran hatte sie sich schnell gewöhnt und nahm ihn kaum noch wahr. Ein paarmal setzte sie sich vor Erschöpfung auf die Pritsche, einige Male legte sie sich hin, aber sie schlief nicht, sie konnte nicht schlafen, da war das Rauschen, dieses unerträgliche Rauschen in den Ohren, das sie, sobald sie lag, fast in den Wahnsinn trieb. Sie hatte dieses Rauschen schon früher manches Mal gehabt, immer dann, wenn sie unter enormem Stress stand oder extrem nervös war. Und nun waren ihre Nerven einer extremen, unmenschlichen Zerreißprobe ausgesetzt. Zu irgendeinem Zeitpunkt fing sie an, die Sekunden zu zählen, einundzwanzig, einundzwanzig, einundzwanzig, bis sie den Rhythmus raushatte und eins, zwei, drei, vier … zählte und feststellen musste, dass es ihr unmöglich war, die Zeit zu bestimmen. Ob eine Minute verstrichen war, wenn sie bei sechzig angelangt war, sie wusste es nicht. Sie wusste überhaupt nichts mehr.
Ein paarmal raste ihr Herz wie wild, als hätte sie einen Langstreckenlauf hinter sich, sie tastete nach einer der drei Getränkeflaschen, die noch voll waren, trank einen langen Schluck und dachte, ich darf nicht zu viel auf einmal trinken, ich weiß ja nicht, wie lange ich diese Folter noch ertragen muss.
Und irgendwann brach sie in Tränen aus, sie schluchzte, jam-

merte, schlug sich auf die Schenkel und mit dem Kopf gegen die Wand. Schließlich stellte sie sich an die Tür und schrie wie nie zuvor in ihrem Leben, denn es ging um ihr Leben, ausschließlich um ihr Leben.

»Ich tue alles, was du willst, aber mach das Licht wieder an«, schrie sie und hämmerte mit den Fäusten gegen die Tür. »Mach das verdammte Licht wieder an! Ich tue alles, alles, alles! Mach mit mir, was du willst, ich bin zu allem bereit. Aber mach dieses verdammte Licht wieder an! Mach es an, mach es an, mach es an! Sag mir, was du von mir verlangst, und ich bin bereit, es dir zu geben. Bitte, bitte, bitte!«

Sie sank erschöpft zu Boden, kauerte sich an die Wand, befahl sich, ruhig zu werden und ruhig zu bleiben, ihm nicht seinen Triumph zu gönnen. Aber es gelang ihr nicht. Sie spürte die Tränen nicht, die auf ihre Beine tropften, sie spürte nichts mehr, nur das Pfeifen in den Ohren und den Herzschlag, der in ihrem Kopf dröhnte. Und doch kam der Moment, an dem sie kaum vernehmlich zu sich sagte: »Nein, Julia, du wirst dich nicht gehenlassen. Du wirst kämpfen, du wirst nicht aufgeben. Was kannst du noch tun? Denk nach, denk nach, denk nach, es gibt immer einen Ausweg, wenn man nur daran glaubt. O ja, du kannst alle Fälle, die du in der Vergangenheit bearbeitet hast, noch einmal in Gedanken durchgehen. Jeden einzelnen Fall. Fangen wir mit dem von neunzehnhundertfünfundneunzig an. Wir, wir, wir! Jetzt denke ich schon in der Mehrzahl von mir. Blöde Kuh! Ich fange fünfundneunzig an. Es gab für jeden Fall eine Lösung, manch eine wurde uns auf dem Silbertablett präsentiert, andere mussten wir uns hart erarbeiten. Der erste Fall, die Mordserie an den blonden Mädchen, die von ihrem Mörder auf so bestialische Weise umgebracht worden waren. Er war ein Monster gewesen, ein Wolf im Schafspelz. Ein charmanter Mann, der an jedem Finger hundert Frauen hätte haben können. Doch stattdessen hatte er sich für das Morden entschieden. Das war seine Befriedigung ...

Sie war gerade bei ihrem zweiten Fall angelangt, als das Licht angeschaltet wurde. Sie wurde geblendet und musste sich die Augen zuhalten, bis sie sich an die gleißende Helligkeit gewöhnt hatte.

»Hallo, Julia, hattest du eine schöne Zeit? Diese Ruhe und diese Dunkelheit sind doch etwas Herrliches, findest du nicht?«

»Ja. Es geht mir gut.«

»Das freut mich zu hören. Aber warum hast du wie eine Verrückte an die Tür geklopft, wenn dir die Ruhe und die Dunkelheit gefallen haben? Ich glaube, wir müssen noch ein wenig üben.«

»Nein, nein, nein, bitte, lass das Licht an. Ich brauche Licht, jeder Mensch braucht Licht, du doch auch. Lass uns reden, bitte«, flehte sie.

»Du bittest mich. Gut, dann reden wir. Ich bin gleich da, dauert nur ein paar Sekunden.«

Er ist hier, das heißt, er bewacht uns nicht von außerhalb. Oder doch? Wenn ich nur wüsste, wo ich bin. Frank, Peter, Doris und ihr alle da draußen, bitte sucht mich und findet mich! Bitte, bitte, bitte! Ich will nicht sterben!

Die Tür ging auf, und er stand in der Zelle. Julia Durant wich ein paar Zentimeter zurück und setzte sich auf die Pritsche.

»Reden wir«, sagte er und machte mit der Hand eine Bewegung, womit er Durant bedeutete, sich wieder auf den Stuhl zu setzen. Sie folgte dem unausgesprochenen Befehl wortlos.

Er beobachtete sie wie beim letzten Mal, seine Augen gingen wie ein Scanner über ihren Körper, ohne dass er sich auch nur die geringste Regung anmerken ließ. Er bewegte sich nicht, weder die Hände, die er gefaltet hatte, noch die Füße noch seinen Kopf. Nichts bewegte sich, nichts war zu hören außer einem merkwürdigen Geräusch, das von außerhalb der Zelle kam. Ein Rattern, nicht laut, aber gut vernehmbar. Durant überlegte, woher es kommen mochte, sie konzentrierte

sich und dachte, es kommt von unten. Aber was ist unten? Und wo ist es?
Sie war nervös, die letzten Stunden oder wie lange es auch immer gewesen war, hatten an ihren Nerven gezerrt, obwohl sie sich so fest vorgenommen hatte, sich nicht unterkriegen zu lassen. Doch nur ein paar Minuten länger und sie wäre durchgedreht, obwohl sie versucht hatte, sich gedanklich zu beschäftigen, was aber nur für eine gewisse Weile gelang, denn die Stille, diese entsetzliche Stille hatte ab einem bestimmten Zeitpunkt keinen klaren Gedanken mehr zugelassen. Dieses Nichtsehen, Nichthören war das Furchtbarste, was sie je erlebt hatte. Und sie wollte es nie wieder erleben. Lieber sterben als noch einmal das.
»Worüber willst du reden?«, fragte er nach schier endlosem Schweigen.
»Weiß nicht.«
»Dann kann ich ja wieder gehen.«
»Nein, nein, bitte nicht«, flehte sie ihn an. »Erzähl mir etwas über diesen Ort. Wo sind wir?«
»In einem Gefängnis, oder wonach sieht es deiner Meinung nach aus? Nach einem Wellness-Hotel?«, fragte er und lachte kurz auf.
»Darf ich mal einen Blick nach draußen werfen, nur einen kurzen Blick?«
»Was würde es dir bringen?«
»Ich möchte nur einmal für ein paar Minuten diese Zelle verlassen. Du darfst mir gerne Hand- und Fußfesseln anlegen, falls du Angst hast, ich könnte Dummheiten machen.«
Er lachte wieder auf und schüttelte den Kopf. »Ich und Angst? Sehe ich aus, als hätte ich Angst? Tz, tz, du hast Angst, Alina hat Angst, Franziska hat Angst. Nur Karin und Pauline haben keine Angst. Willst du wissen, warum sie keine Angst haben?«
»Ja, wenn du es mir sagen möchtest.«

»Weil sie keine Angst mehr haben können. Sie sind innerlich tot, nur ihr Körper funktioniert noch. So wie bei Jackie. Jackie, die süße kleine Jackie, sie hat es länger überstanden, als ich je zu hoffen gewagt hatte. Sie war am Ende zu allem bereit, und du weißt, was ich damit meine. Wir haben Dinge gemacht, die unaussprechlich sind. Leider hat es ihr nichts genutzt, mir ihren wundervollen Körper zur Verfügung zu stellen, diesen wundervollen jungen Körper. Sie hatte gehofft, eines Tages die frische Luft der Freiheit wieder atmen zu können, aber als es so weit war, war sie kein Mensch mehr, nur noch ein Zombie, der auf die Autobahn gelaufen ist. Dass ausgerechnet dein Kollege sie als einer der Ersten gefunden hat, war reiner Zufall, ich konnte ja nicht wissen, dass er nachts um eins über die A 66 fahren würde. Aber gut, das tut nichts zur Sache, Jackie ist nicht mehr, wie mein Geschichtslehrer immer zu sagen pflegte. Und Karin und Pauline, nun, ich wollte sie auch auf der Straße aussetzen wie Tiere, die man Kindern zu Weihnachten geschenkt hat, um dann festzustellen, dass sie doch nur Dreck machen und man Verpflichtungen hat. Du weißt ja, wie diese Unmenschen vorgehen. Da wird ein Hund an einer Raststätte ausgesetzt, eine Katze die Böschung runtergeworfen und so weiter und so weiter und so weiter. Die Menschen sollten vorher überlegen, bevor sie etwas tun. So wie ich. Ich habe noch nie etwas getan, was nicht akribisch durchgeplant war. Noch nie, hörst du?
Alles hat seinen Platz und alles hat seine Zeit. Eine Zeit zum Gebären und eine Zeit zum Sterben, eine Zeit zum Pflanzen und eine Zeit zum Ernten der Pflanzen, eine Zeit zum Töten und eine Zeit zum Heilen, eine Zeit zum Niederreißen und eine Zeit zum Bauen, eine Zeit zum Weinen und eine Zeit zum Lachen, eine Zeit für die Klage und eine Zeit für den Tanz, eine Zeit zum Steinewerfen und eine Zeit zum Steinesammeln, eine Zeit zum Umarmen und eine Zeit, die Um-

armung zu lösen, eine Zeit zum Suchen und eine Zeit zum Verlieren, eine Zeit zum Behalten und eine Zeit zum Wegwerfen, eine Zeit zum Zerreißen und eine Zeit zum Zusammennähen, eine Zeit zum Schweigen und eine Zeit zum Reden, eine Zeit zum Lieben und eine Zeit zum Hassen, eine Zeit für den Krieg und eine Zeit für den Frieden.
Du kennst diese Schriftstelle?«
»Ja, ich weiß aber nicht, wo sie steht.«
»Oh, oh, als Tochter eines Pfarrers solltest du das aber wissen. Kohelet 3, es ist eine von vielen Schriftstellen, die ich auswendig kenne, weil sie den Lauf des Lebens, des Werdens und des Vergehens, aber auch die menschlichen Eigenschaften so trefflich wiedergeben.«
»Ich kenne sie leider nicht auswendig, aber ich würde sie gerne aufschreiben, wenn du sie mir noch einmal diktieren würdest.«
»Wozu? Was erwartest du noch von diesem Leben? Oder anders gefragt, was erwartest du noch in deinem Leben zu erleben?«
»Willst du mich töten?«
»Du hast meine Frage nicht beantwortet, liebe Julia.«
»Okay, ich möchte noch vieles erleben. Ich möchte arbeiten, ich möchte reisen, ich möchte mit Freunden zusammen sein, ich möchte bei meinem Vater sein, wenn er eines Tages ...«
»Du kannst es ruhig aussprechen, die Natur hat es so vorgesehen, dass die Eltern vor den Kindern sterben. Leider ist es manchmal umgekehrt. Aber diese Widersprüche gehören zum Leben, sie beweisen nur die Gültigkeit des Gesetzes.«
»Ich verstehe nicht, was du damit meinst.«
»Ausnahmen bestätigen die Regel. Jetzt kapiert?«
»Ja, entschuldige, ich bin etwas durcheinander. Erklärst du mir, was du mit Karin und Pauline vorhast?«
»Warum nicht, du wirst es ganz sicher keinem verraten. Ich werde sie nicht wie Jackie aussetzen, sie sind inzwischen zu

schwach und bereits jetzt in einem derart hinfälligen Zustand, dass mir nichts anderes bleibt, als sie von ihrem seelenlosen Dasein zu erlösen. Du wirst zusammen mit Franziska und deiner Busenfreundin Alina der Zeremonie beiwohnen dürfen. Es wird ein Schauspiel sein, wie du es noch nie gesehen hast und wie du es auch nie wieder sehen wirst, mein Wort darauf. Bereits heute wird es aufgeführt, ein Fest für die Sinne, und ihr seid meine Zuschauer.«

»Warum bist du so grausam?«

»Jeder Begriff ist relativ. Ist ein Tier grausam, wenn es ein anderes tötet?«

»Tiere töten nur, um zu überleben«, konterte Julia Durant. »Alle Tiere sind Bestandteil einer großen Nahrungskette, aber der Mensch steht über den Tieren, denn der Mensch kann frei entscheiden, frei handeln und frei denken …«

»Mach dich nicht lächerlich«, fuhr er ihr ins Wort. »Der Mensch konnte noch nie frei entscheiden, frei handeln oder frei denken, das ist Mumpitz! Wir alle waren zu allen Zeiten von anderen Menschen abhängig. Die einen haben diese Abhängigkeit zu ihrem Vorteil genutzt, die anderen, die große Mehrheit, wurde und wird ausgenutzt. Es ist ein wesentlich komplexerer Vorgang als in der Natur, wo alles klar strukturierten Regeln und Gesetzmäßigkeiten unterworfen ist. Aber das wollen die Menschen nicht begreifen, weil ihre Intelligenz im Laufe der Evolution zum Stillstand gekommen ist.«

»Deine nicht?«

»Nein, denn ich hebe mich von der Masse ab, ich habe bereits als Kind beschlossen, mich nie der Meinung der Masse anzuschließen. Ich wollte immer ich sein und bleiben und mir nie die Ansichten anderer aufoktroyieren lassen.«

»Und warum tötest du? Kannst du es nicht aushalten, wenn andere Menschen nicht leben wie du?«

»Du willst mich herausfordern, aber das wird dir nicht gelingen. Dennoch will ich deine Frage beantworten. Töten macht

Spaß, es bereitet Freude, wenn man erst mal auf den Geschmack gekommen ist. Die gleiche Freude bereitet es mir hoffentlich, wenn ich eine von euch dreien nach Hause gehen lasse, unversehrt, zurück in ein Leben, das ich als widerwärtig empfinde. Aber ich will so gnädig sein und es einer von euch zurückgeben.«

»Warum tötest du nicht gleich die ganze verrottete und seelenlose Menschheit, wenn …«

»Stopp, falscher Ansatz. Es gibt außer mir noch ein paar Menschen, die wie ich sind und gebraucht werden. Und ich habe nicht behauptet, dass alle Menschen seelenlose Geschöpfe sind, um Himmels willen, dann müssten sie sich ja in einem Zustand befinden wie Karin und Pauline jetzt. Ich bin am Überlegen, ob du noch gebraucht wirst und der Gesellschaft von Nutzen sein kannst. Wie würdest du deine Rolle einschätzen? Nützlich oder unnütz? Sagen wir, verglichen mit Alina und Franziska, obwohl, Franziska kennst du ja gar nicht. Sag, wie würdest du deine Rolle einschätzen?«

»Du kennst mich doch in- und auswendig, wie ich annehme. Also sag du mir, wie du meine Rolle siehst«, erwiderte Julia Durant.

»Meine Meinung ist nicht maßgeblich, auch wenn ich eine habe. Menschen neigen dazu, nichts von sich preiszugeben, aus Angst, die um sich gebaute Mauer dadurch einzureißen und andern Einblick in ihr Inneres gewähren zu müssen. Hier brauchst du keine Mauer, hier sind nur du und ich. Ich warte auf deine Antwort.«

»Ich diene der Gesellschaft, indem ich versuche, das Leben sicherer zu machen. Ich denke, ich spiele eine nützliche Rolle.«

Er lachte erneut auf. »Du versuchst, das Leben sicherer zu machen? Wie kannst du das tun, wenn du doch meist erst dann zum Einsatz kommst, wenn bereits ein Verbrechen geschehen ist? Du wirst an einen Tatort gerufen, du darfst

Eltern die traurige Nachricht überbringen, dass ihr Kind tot ist, du musst vermisste Personen suchen ... Soll ich fortfahren? Du und deine Mannschaft, ihr hechelt hinter Verbrechern her, das ist alles. So, wie ihr hinter mir herhechelt.«
»Du bezeichnest dich also als Verbrecher?«
»Touché. Ja, ich bin ein Verbrecher, wendet man die gesellschaftlichen und gesetzlichen Normen an. Aber ich bin einer, der nie gefasst werden wird, weil selbst der bestausgerüstete Polizeiapparat mich nicht finden kann.«
»Du vertraust zu sehr auf deine Stärke, das kann fatal sein. Du wirst Fehler machen, und wenn es nur einer ist. Aber dieser wird dich und deine Identität verraten.«
»Nein, ich mache keine Fehler, ich habe seit dreiundzwanzig Jahren keinen mehr gemacht.«
»Wieso seit dreiundzwanzig Jahren?«
»Darüber darfst du nachdenken, wenn ich gegangen bin.«
»Du hast deinen ersten Mord vor dreiundzwanzig Jahren begangen, hab ich recht?«
»Kluges Mädchen, kluges, kluges Mädchen. Lang, lang ist's her, aber es ist immer noch so, als wäre es erst gestern gewesen«, antwortete er. Seine Stimme hatte einen neuen Unterton, als schwelgte er für einen Moment in süßen Erinnerungen.
»Warum ich?«
»Das habe ich bereits versucht, dir zu erklären. Du bist mein Meisterstück, das Sahnehäubchen auf dem besten Kaffee der Welt.«
»Woher kennst du mich?«
»Aus der Zeitung, aus dem Präsidium, vom Hörensagen.«
»Ich bin niemand Besonderes, nur eine Kommissarin beim K 11.«
»Stell dein Licht nicht unter den Scheffel. Du bist großartig, im Präsidium genießt du höchstes Ansehen, auch wenn du mit deiner Art hin und wieder aneckst. Aber das gehört zu

besonderen Menschen wie Launen und Drogen zu Superstars. Du bist so etwas wie ein Superstar, wenn auch im Verborgenen. Deine Aufklärungsquote ist exorbitant hoch, deine Ermittlungsmethoden sind außergewöhnlich, und deine sprichwörtliche Intuition ist berühmt und berüchtigt zugleich. Du hast etwas, das andere nicht haben. Deshalb habe ich dich auserwählt, mein Gast zu sein. Nur deshalb. Keiner von deinen andern Kollegen interessiert mich. Hast du das verstanden?«

»Nein, denn ich bin nicht besser als einer von ihnen.«

»Das glaubst du doch selbst nicht. Was wäre deine Abteilung ohne dich? Du weißt es, ich weiß es, alle, die dich kennen, wissen es.«

»Mir ist egal, was du von mir hältst oder denkst«, entgegnete Julia entschieden. »Sag mir, wie meine Zukunft aussieht. Werde ich leben oder werde ich sterben? Ich möchte mich darauf vorbereiten.«

»Es ist noch nicht an der Zeit, darüber zu sprechen. Wir werden sehen, und du wirst dich in Geduld üben müssen. Das sind die Regeln, die ich bestimmt habe.«

»Du hast mir aufgetragen, über Liebe und Hass, Gut und Böse und Gott und den Teufel zu schreiben. Wie denkst du über Liebe?«

»Eine Illusion, so dünn wie eine Seifenblase und so verführerisch wie eine schöne Frau. Unbedeutend, vergänglich, ein Wort. Frag weiter.«

»Hass?«

»Treibt Menschen an und ist doch ebenso vergänglich.«

»Was ist es, das du für Menschen empfindest, die du tötest? Kein Hass?«

»Nein. Ich bin gerne mit Menschen zusammen, ich lache gerne, gehe gerne aus und ...«

»Du kannst die Frage nicht beantworten, weil du keine Antwort darauf hast. Du empfindest nichts, weil du tot bist, du bist innerlich tot, lebloser als ein Millionen Jahre alter Stein«, sagte Julia Durant ruhig und ohne ihn aus den Augen zu lassen. Sie hoffte, ihn wütend zu machen, doch nichts dergleichen geschah.

»Es kann sein, dass du recht hast, aber nur das verleiht mir die Kraft, das zu tun, wozu ich berufen bin. Hätte ich Emotionen wie du, wäre ich nicht in der Lage, einem Menschen etwas anzutun. Aber willst du mir einen Vorwurf machen dafür, dass ich innerlich tot bin?«

»Nein, aber mich würde interessieren, wie es dazu kommen konnte. Niemand wird gefühllos geboren ...«

»Hören wir auf damit, es führt zu nichts«, sagte er mit einem Mal kalt und stand auf. »Komm, ich will dir etwas zeigen und dich jemandem vorstellen. Ich werde darauf verzichten, dir Fesseln anzulegen, weil ich weiß, dass du nicht so dumm sein wirst, dich mit mir anzulegen ...«

»Warte«, sagte Durant und erhob sich langsam. »Kennst du die Geschichte vom kleinen Prinzen?«

»Natürlich, es ist eins meiner Lieblingsbücher.«

»Dann kennst du auch die Begegnung des kleinen Prinzen mit dem Fuchs und wie der Fuchs sagt: Man sieht nur mit dem Herzen gut. Hast du es jemals damit versucht?«

»Schon wieder so eine dämliche Frage. Vielleicht fragst du mich das nächste Mal, ob ich auch schön jeden Tag mein Morgen- und Nachtgebet spreche. Komm jetzt, oder willst du nicht raus hier? Willst du nicht sehen, woher das Geräusch kommt, das du die ganze Zeit hörst? Komm, komm, komm, ich hab meine Zeit nicht gestohlen.«

»Deine Frau wartet bestimmt schon auf dich«, sagte Julia Durant im Hinausgehen.

»Nein, sie wartet nicht, sie arbeitet. Und jetzt weißt du, dass ich verheiratet bin. Aber was bringt es dir? Selbst wenn ich dich freilasse, wirst du nie den Hauch einer Ahnung haben, wer ich bin und wo man mich findet, denn ich bin ein Phantom, das auftaucht und wieder verschwindet. Ein schöner Reim, oder?«

»Was ist das?«, fragte sie und ließ ihren Blick über die Decke und die Wände streifen, sah das alte Geländer, den unebenen, aus Stein gehauenen Boden, der kalt war, viel kälter als in ihrer Zelle.

»Mein Reich, meine Zuflucht.«

»Es scheint sehr alt zu sein.«

»Es ist alt, ein ehemaliges Gefängnis, zwischen 1746 und 1752 erbaut und seit damals im Besitz meiner Familie, die eine Menge Geld in den Bau gepumpt hat. Ich bin allerdings der Einzige, der noch Unterlagen darüber besitzt. Es gibt hier fünfunddreißig Zellen, von denen ich zehn habe umbauen lassen. Hinter dieser Tür ist Franziska, daneben die exklusive Alina, und die andern beiden links von Alina gehören Karin und Pauline. Noch, denn schon bald werden sie leerstehen.«

»Und das Geräusch?«

»Ein Generator, der das gesamte Gebäude mit Strom versorgt. Falls er ausfällt, schaltet sich ein Notaggregat ein. Das nur als Information, mit der du wohl kaum etwas anfangen kannst. So, nun will ich dich erst Franziska vorstellen, und anschließend darfst du Alina begrüßen. Wie heißt es doch so schön, geteiltes Leid ist halbes Leid. Mal sehen, ob ihr das genauso empfindet.«

Er schloss die Tür zu Franziskas Zelle auf und sagte: »Franzi, ich möchte dich mit einem Neuzugang bekannt machen. Franziska Uhlig, Julia Durant. Na los, gebt euch schon die Hand«, forderte er die beiden Frauen auf.

Franziska Uhlig saß am Schreibtisch, und es schien, als wollte sie sich tatsächlich die Finger wund schreiben.

»Hallo«, sagte Julia in das Halbdunkel hinein und trat näher, Franziska drehte vorsichtig den Kopf und musterte die unbekannte Frau mit starrem Blick, als sähe sie durch sie hindurch.

»Hallo«, erwiderte sie leise und nahm die ihr entgegengestreckte Hand, ohne dass ein Händedruck spürbar war. Julia hatte das Gefühl, eine tote Hand zu drücken.
»Geht doch«, sagte er. »Mir fällt auf, dass ihr beide fast gleich groß seid und eine ähnliche Figur habt. Ihr könntet Schwestern sein, obwohl ... Nein, die Unterschiede sind beim zweiten Hinsehen doch zu markant. Möchtet ihr euch unterhalten? Ich lasse euch gerne für zehn Minuten allein, das heißt, ihr werdet mich nicht sehen, ihr könnt reden, über was immer ihr wollt, ich habe zu tun. Wie gesagt, zehn Minuten.« Er verließ die Zelle.
»Nein, ich will das nicht«, sagte Franziska entschieden. »Ich muss noch eine Menge erledigen und ...«
»Schon gut«, entgegnete Julia und nickte, »ich kann das verstehen. Arbeiten Sie weiter, damit er sein Versprechen Ihnen gegenüber einhalten kann. Ich gehe mal davon aus, dass er Ihnen ein Versprechen gegeben hat, so in der Art, dass er Sie freilässt, wenn Sie ihm bedingungslos gehorchen. Hab ich recht?«
»Was meinst du mit dem Versprechen?«, fragte er und stand wieder in der Tür.
»Ich dachte, du hörst nicht mit.«
»Manchmal sage ich nicht ganz die Wahrheit«, entgegnete er grinsend.
»Hast du ihr keins gegeben? Hast du ihr nicht wie mir versprochen, dass du sie gehen lässt, wenn sie den Block vollschreibt? Ich nehme an, das versprichst du allen, das Problem für uns ist nur, dass es eine Lüge ist. Du kannst es dir gar nicht erlauben, auch nur eine von uns gehen zu lassen, denn trotz deiner Verkleidung würden wir dich wiedererkennen, und wenn es nur deine Stimme ist. Hab ich recht, Franziska?«
Sie reagierte nicht oder wollte nicht reagieren. Sie schrieb nur immer weiter, als wäre sie in Trance.

»Da siehst du's«, sagte er, »sie ist nicht so störrisch und aufmüpfig wie du, sie stellt keine unnützen Fragen, sondern tut, was ich ihr aufgetragen habe. Und dafür werde ich sie belohnen.«
»Sicher, indem du sie nicht folterst, sondern ihr einen schnellen Tod verschaffst. Eine Expressreise ins Jenseits.«
»Komm, sag Alina noch kurz hallo, sie wird sich freuen, ein bekanntes Gesicht zu sehen.«
Nachdem er Franziska Uhligs Zelle wieder abgeschlossen hatte, sagte Julia Durant: »Sie ist jetzt schon gebrochen. Ihr Verhalten ist nicht normal.«
»Sie kommt wieder auf die Beine, sie ist vergleichbar mit einer emsigen Biene, und sie hat einen unglaublichen Willen. Sie ist stark, stärker als du. Sie hat sich sehr schnell gefügt und ist keinen Millimeter von den ihr übertragenen Aufgaben abgewichen. So etwas nenne ich vorbildlich. Und sie ist sehr gehorsam.«
»Hast du eigentlich kein Mitleid oder wenigsten Mitgefühl?«
»Mit euch? Warum? Ich spiele ein Spiel, und ihr seid die Figuren darin. Hier, deine Freundin. Umarmt euch oder macht, was ihr wollt. Zehn Minuten, dann geht's wieder zurück.«
Julia ging langsam auf die verstörte Alina Cornelius zu und umarmte sie lange, ohne dass ein Wort gesprochen wurde. Sie mussten nicht reden, um sich zu verstehen.
Der Geruch ihrer Haut kam ihr auf einmal wieder so vertraut vor, genau wie der Duft ihrer Haare. Dabei hatten sie sich eine ganze Weile nicht gesehen, über ein halbes Jahr, es war vor Weihnachten gewesen, noch bevor die Leichen von Weiß und Peters gefunden worden waren. Es war das letzte Mal, dass sie einen Abend und eine Nacht miteinander verbracht hatten, bevor Julia beschloss, es dabei bewenden zu lassen. Sie war nicht lesbisch, nicht bi, sondern stand auf Männer. Aber das Erlebnis mit Alina war etwas Besonderes, Neues, Schönes gewesen. Und jetzt brauchten sie beide diese

Nähe, sie brauchten jemanden zum Anlehnen, Kraft, die man sich gegenseitig gab.

»Kommen wir hier jemals wieder raus?«, fragte Alina und streichelte Julia über das Gesicht. »Ich habe eine furchtbare Angst vor dem Sterben und dem Tod.«

»Wir alle haben Angst davor«, flüsterte Julia. »Denk nicht daran, sondern überleg dir, wie wir ihn umstimmen können. Auch wenn es schwerfällt, vergiss die Angst, du musst klar denken. Angst ist ein schlechter Ratgeber. Du bist Psychologin, du kannst es mit ihm aufnehmen. Das will er doch nur, er sucht einen Gegner, der ihm ebenbürtig ist. Bitte.«

»Er hat mich schon bei den Sitzungen reingelegt ...«

»Bei welchen Sitzungen?«, fragte Julia mit hochgezogenen Brauen.

»Er kam dreimal zur Therapie. Die vierte fiel aus, da hatte er mich schon hergebracht.«

»Wie heißt er?«, fragte sie lauter als beabsichtigt und zuckte zusammen.

»Johann Jung heiße ich«, sagte er lachend. »Marketingchef im Bruckheim Verlag und ein Mitarbeiter von Franzi, wie ich sie nenne. Sie war eine leichte Beute, fast schon zu leicht. Bei allen andern musste ich mir mehr Mühe geben. Na ja, zumindest etwas mehr. Und nun, husch, husch, wieder ins Körbchen, liebe Julia. Und wenn du möchtest, leiste ich dir noch ein wenig Gesellschaft.«

»Wozu? Willst du mich vögeln?«, fragte sie, ohne sich ihre Gefühle anmerken zu lassen, während Angst und Panik sich wie eine kalte Faust in ihren Magen drückten, da sie ahnte, was gleich passieren würde.

»Warum nicht? Hast du nicht gesagt, du würdest alles für mich tun? Das waren doch vorhin in der Dunkelheit deine Worte. Ich fordere das Versprechen ein. Gehen wir. Und zu dir, Alina, komme ich später. Wir werden auch noch viel Spaß miteinander haben. Ciao, ciao.«

Sonntag, 14.10 Uhr

An diesem schwülen, wenn auch nicht sonderlich warmen Tag, an dem immer wieder durchziehende Wolkenfelder der Sonne nicht genügend Platz einräumten, war Lara Jung im Garten, lag auf einer Liege und las in einem dicken Wälzer. Sie hatte ein T-Shirt und Shorts an und zog die Sonnenbrille ein wenig herunter, als sie Hellmer und seine Kollegin erblickte. Frederik hatte ihnen geöffnet und war gleich darauf wieder im Haus verschwunden, kaum dass er ein »Guten Tag« über die Lippen gebracht hatte. Er murmelte nur noch: »Lara ist hinten im Garten.«

»Und der ist ein Superhirn?«, fragte Kaufmann zweifelnd.

»Ist er. Und seine Schwester erst recht.«

»Hallo, Frank«, begrüßte sie ihn, stand auf und gab erst ihm, dann Kaufmann die Hand. »Ich bin Lara und Sie?«

»Kaufmann, Sabine Kaufmann.«

»Schön, nehmt Platz. Arbeitet ihr eigentlich rund um die Uhr?«

»Zwangsläufig«, antwortete Hellmer und setzte sich, nachdem die beiden Damen Platz genommen hatten. »Wir würden dir gerne noch ein paar Fragen stellen.«

»Bitte«, sagte sie, lehnte sich zurück und schlug die Beine übereinander.

»Sind deine Eltern zu erreichen?«

»Warum?«

»Beantworte bitte nur meine Frage.«

»Ja, ich nehme es zumindest an. Gemeldet haben sie sich bisher jedoch noch nicht. Ist mir auch egal.«

»Hast du eine Telefonnummer für uns?«

»Würdest du mir bitte verraten, wozu?«

»Um zu telefonieren«, mischte sich jetzt Kaufmann ein, die zunehmend ungeduldiger wurde. »Haben Sie jetzt eine oder nicht?«

»Keine Ahnung, ob die auf den Seychellen zu erreichen sind, die ...«
»Geben Sie sie uns doch bitte, und wir sind schon wieder weg.«
»Ist deine Kollegin immer so?«, fragte Lara und sah Hellmer spöttisch an.
»Sie ist immer so«, antwortete Kaufmann an Hellmers Stelle. »Wir haben unsere Zeit nicht gestohlen.«
»Ist was passiert, das mich interessieren könnte?«, fragte Lara mit unschuldigem Augenaufschlag.
Hellmer nickte. »Meine Partnerin wurde entführt. Sie wollte gestern in Urlaub fliegen. Der Täter treibt das Spiel auf die Spitze. Dazu kommen noch eine weitere Entführung und ein Mord. Alles Frauen und alles innerhalb von zwei oder drei Tagen.«
Sabine Kaufmann sah Hellmer entsetzt von der Seite an, wie er es wagen konnte, all diese Informationen einer Minderjährigen anzuvertrauen. Er bemerkte diesen Blick, ohne sich beirren zu lassen.
»Okay, du kannst die Telefonnummer haben, aber ich kann nicht garantieren, dass du sie erreichst.«
»In welchem Hotel sind sie abgestiegen?«
»Ich weiß es nicht, und das ist die Wahrheit. Sie haben sich am sechzehnten Juni verabschiedet, ohne uns zu sagen, wie ihre Reiseroute aussieht. Meine Mutter hat nur gesagt, dass sie sich mal von unterwegs melden würde.«
»Wie ist die Ehe deiner Eltern?«
»So, dass ich am Überlegen bin, ob ich jemals heiraten werde. Reicht das?«
»Etwas genauer?«
»Die haben sich schon seit Jahren nichts mehr zu sagen. Eine Gemeinschaft, die allein dazu dient, einen Zweck zu erfüllen. Der erste waren Frederik und ich, danach ging es nur noch um das gesellschaftliche Ansehen. Von Liebe keine Spur, das kann ich dir garantieren. Die beiden haben sich arrangiert und leben ganz gut damit.«

»Das riecht nach Affären«, sagte Sabine Kaufmann.
»Das riecht nicht nur danach, es stinkt. Meine Mutter kann sich jeden Liebhaber leisten, und er treibt's wohl auch mit jeder, die über vierzehn ist und einigermaßen passabel aussieht.« Und an Hellmer gewandt: »Jetzt kannst du wahrscheinlich verstehen, weshalb Frederik und ich es vorziehen, in den Staaten zu leben, da kriegen wir diese ganze Scheiße nicht mit.«
»Aber warum fliegen sie dann gemeinsam für dreieinhalb Wochen in Urlaub?«
»Wer sagt denn, dass sie gemeinsam geflogen sind? Habe ich das jemals behauptet? Du solltest besser zuhören, bevor du voreilige Schlüsse ziehst. Und nun komm zum eigentlichen Thema.«
»Wir sind mittendrin. Wo sind deine Eltern?«
»Meine Mutter ist mit ihrem neuen Lover tatsächlich auf den Seychellen, wo mein Erzeuger sich aufhält, vermag ich leider nicht zu sagen. Sie haben zusammen das Haus verlassen, danach habe ich bis heute nichts mehr von ihnen gehört. Hast du was zu schreiben?«
Hellmer zog einen kleinen Block und einen Kugelschreiber aus seiner Hemdtasche, Lara diktierte ihm die Handynummern ihrer Eltern.
Danach sagte sie: »Sonst noch etwas?«
»Du hast beim letzten Mal von der Eröffnung gesprochen. Wie würdest du eröffnen, wenn du es mit einem hochintelligenten Täter wie dem unsrigen zu tun hättest?«
Sie wartete einen Moment mit der Antwort, fuhr sich mit der Zunge über die Lippen und sagte schließlich: »Gar nicht mehr. Es ist zu spät, denn ich gehe davon aus, dass deine entführte Kollegin sein ultimatives Opfer ist. Es gibt keine Eröffnung mehr, da er bereits alle ihm wichtigen Varianten gespielt hat. Sorry.«
»Trotzdem, wie würdest du jetzt handeln? Angenommen, es ginge um deinen Bruder?«

»Analytisch vorgehen. Warum hat er sie entführt? Was bezweckt er mit den Taten? Wo will er hin? Er muss etwas wollen, es gibt keinen Mörder oder Entführer, der nichts will. Die einen wollen Sex, andere Geld, andere Macht, andere Aufsehen erregen, und wieder andere wollen beachtet werden, nur ein paar wenige wollen von allem etwas. Aber alle spielen, wobei vielen gar nicht bewusst ist, dass sie spielen, andere hingegen spielen ganz bewusst, weil es für sie der Kick schlechthin ist. Es geht um das Spiel und weniger um die Opfer, die sind nur Beiwerk.«

»Alles schön und gut, unserer will spielen«, sagte Hellmer, »aber …«

»Nein, er will nicht nur spielen, er will die absolute Macht auskosten. Morde, Entführungen, Quälen, alles Machtspiele. Er ist mathematisch berechenbar, deshalb hab ich gesagt, ihr müsst analytisch vorgehen. Jedes Schachspiel kann mathematisch berechnet werden, und alles, was wir in unserm Leben tun, auch. Alles, was uns widerfährt, beruht auf mathematischen und naturwissenschaftlichen Grundsätzen. Was habt ihr in der Vergangenheit über ihn rausgefunden? Mit welchen Leuten hattet ihr es im Laufe der Ermittlungen zu tun? Wer von ihnen würde möglicherweise ins Schema passen? Wie intelligent ist er? Ist er so intelligent, dass ihr nie auch nur im Entferntesten vermuten würdet, er könnte euer gesuchter Mann sein? Es kann einer sein, den ihr bereits vernommen habt, der von euch aber als Täter ausgeschlossen wurde. Die Intelligenz eines nahezu perfekten Täters liegt darin, dass er euch entweder weismacht, er sei nur ein kleines Licht und eigentlich zu dumm, oder er ist so versiert und tritt so sicher und elegant auf, dass er gar nicht erst in die engere Wahl kommt. Kennt ihr den Film ›*Die üblichen Verdächtigen*‹?«

Hellmer nickte, und Sabine Kaufmann sagte mit kehliger Stimme, als begriffe sie allmählich, dass mit Lara Jung nicht irgendein unreifes Mädchen vor ihr saß: »Ja.«

»Dann erinnert ihr euch mit Sicherheit auch an die Schlussszene, in der alles auf den Kopf gestellt wurde. Alles in diesem Film beruht auf Lüge und Täuschung. Ihr sucht nach einem Mann, der ähnlich agiert wie der Verbrecher in diesem Film. Ihr würdet jeden für den Täter halten, nur nicht ihn – bis zur letzten Szene. Das ist seine Mathematik.«

»Das heißt, wir müssen noch einmal alle Befragten durchgehen und schauen, welcher von ihnen in Frage kommen könnte«, sagte Hellmer nachdenklich.

»Richtig, aber meinen Vater könnt ihr außen vor lassen. Er mag zwar ein riesengroßes Arschloch sein, aber er ist kein Mörder, dazu fehlen ihm die Chuzpe, der Mut und die Verwegenheit. Er ist nicht kaltblütig genug und legt größten Wert darauf, nirgends anzuecken. Er ist auch nicht hochintelligent. Er findet sein Leben okay, so wie es ist, er hat Geld, ist einigermaßen erfolgreich im Beruf, und er hat seine jungen Mädchen, die ihn anhimmeln. Mehr braucht er nicht.«

»War er jemals gewalttätig?«, fragte Sabine Kaufmann.

»Nein, das ist aber auch das Einzige, was ich ihm hoch anrechne. Er hat Frederik und mich, solange wir hier wohnten, nie angerührt. Er verabscheut Gewalt in jeglicher Form. Und glaubt mir, er ist nicht mal in seinen Gedanken gewalttätig. Er ist so unglaublich berechenbar, dass es schon langweilig ist.«

»Danke«, sagte Hellmer, »du hast uns sehr geholfen.«

»Keine Ursache. Noch ein kleiner Tipp: Fangt bei denen an, die ihr zuerst ausgeschlossen oder die ihr noch gar nicht in Erwägung gezogen habt. Einer meiner Professoren hat immer wieder betont, dass ein menschliches Monster oder eine Bestie nie so aussieht, wie wir es uns vorstellen, also mit einem grimmigen Gesichtsausdruck oder stechendem Blick oder mit Hörnern. Es kann eine schöne Frau sein, ein edel gekleideter Herr mit besten Manieren, eine gebildete Frau oder ein char-

manter Mann – aber auch genau das Gegenteil von alledem. Das Monster sieht zu neunundneunzig Prozent nie so aus, wie wir es uns vorstellen würden. Und da gilt es anzusetzen, das Unmögliche für möglich zu halten. Das ist Profiling.«
»Woher wissen Sie so viel darüber?«, fragte Sabine Kaufmann mit zusammengekniffenen Augen.
»Hat Ihr Kollege Ihnen das nicht gesagt? Mein Bruder und ich studieren in den USA und werden schon bald beim FBI anfangen.«
»Als Profiler?«
»Ich werde in dem Bereich tätig sein, mein Bruder die meiste Zeit am Computer verbringen. Er ist ein mathematisches und organisatorisches Genie.«
»Alle Achtung. Und das, was Sie …«
»Sag bitte du und Lara, ich mag dieses Förmliche nicht, das ist so typisch deutsch.«
»Gut. Das, was du eben über Profiling gesagt hast, das meinst du ernst?«
»Hätte ich's sonst gesagt? Alle Fakten zusammennehmen und die Kunst anwenden, das Wesentliche vom Unwesentlichen zu trennen. Ihr werdet es schaffen. Alles ist mathematisch berechenbar.«
Hellmer hatte den Blick zur Seite gedreht, ließ ihn über den großen Garten schweifen und hörte wie durch einen Nebel die letzten Worte von Lara.
»Ich glaube, wir sollten uns auf den Weg machen«, sagte er unvermittelt.
Lara lächelte versonnen. »Jetzt ist dir etwas eingefallen, richtig? Das Unmögliche, das du nie für möglich gehalten hättest?«
»Vielleicht«, antwortete Hellmer. Er wandte sich an Sabine Kaufmann: »Macht es dir was aus, uns mal für einen kurzen Moment allein zu lassen?«
Sie erhob sich wortlos und ging zum Pool, starrte auf das

Wasser und verspürte den Drang, hineinzuspringen und ein paar Runden zu drehen. Lara beobachtete sie und sagte: »Wenn du schwimmen willst, dort auf der Bank liegen noch ein paar Bikinis. Tu dir keinen Zwang an.«

»Danke.«

Als wäre es das Natürlichste der Welt, zog sich Sabine Kaufmann vor den Augen Hellmers und Laras um und sprang ins Wasser.

»Warum willst du mich allein sprechen?«

»Du hast mir mehr geholfen als irgendein Kollege im Präsidium. Wenn mir irgendwann mal einer gesagt hätte, dass eine Siebzehnjährige mir meinen Beruf erklärt, ich hätte demjenigen entweder den Vogel gezeigt oder meinen Dienst quittiert. Aber heute bin ich dankbar, dich getroffen zu haben.«

»Danke, die Begegnung mit dir war auch für mich etwas Besonderes. Aber ganz ehrlich, alles, was ich dir erzählt habe, wusstest du längst, es ist die Routine, die dir den Blick auf das Wesentliche versperrt hat. Lass dich nie von der Routine in Ketten legen, da kommst du nämlich nur ganz, ganz schwer wieder raus. Du hast übrigens eine sehr hübsche Kollegin.«

»Das ist meine eigentliche Partnerin auch, nur äußerlich ist sie das genaue Gegenteil. Etwas längere dunkle Haare ...«

»Du brauchst sie mir nicht zu beschreiben, ich denke, ich werde sie kennenlernen. Und stell dir bitte das Unmögliche vor, das möglich ist. Ich weiß, du bist schon auf dem Weg dorthin.«

Hellmer wollte gerade Sabine Kaufmann etwas zurufen, doch Lara hielt ihm einen Finger an den Mund. »Lass sie noch ein bisschen, das eben hat sie überfordert.«

»Meinst du?«

»Sie ist auch sehr intelligent, aber auch sehr impulsiv, das hab ich an ihrem Blick erkannt. Sie muss sich austoben, denn sie kommt nicht damit zurecht, dass ich euch Tipps gebe. Eine Partie Schach, bevor ihr geht?«

»Meinetwegen.«
Lara stand auf und ging ins Haus, während Hellmer bei Nadine anrief und ihr erklärte, dass er gleich kurz vorbeikommen würde, aber nicht lange bleiben könne. Er erkundigte sich nach Susanne und Julias Vater und sagte zum Abschluss: »Ich liebe dich.«
Lara kam mit dem Spiel zurück und bat Hellmer es aufzubauen, während sie Getränke und Gläser holte. Sabine stieg aus dem Pool, trocknete sich ab und zog sich vor den Augen Hellmers ungeniert wieder um.
»Was gibt das jetzt?«, fragte sie, als sie das aufgebaute Spiel sah.
»Lara und ich spielen eine Partie, danach gehen wir.«
»Spielst du Schach?«, fragte Lara Sabine.
»Nein, leider nicht.«
Die Partie dauerte kaum fünf Minuten, als Hellmer Lara schachmatt gesetzt hatte. Sie nickte anerkennend, lehnte sich zurück und sagte nur: »Exzellent.«
»Du hast mich gewinnen lassen.«
»Nein, ich schwöre es. Ich nehme an, wir sehen uns bald wieder. Sehr bald sogar. Tschüs und viel Erfolg, denn den werdet ihr haben.«
»Woher nimmst du diese Sicherheit?«, fragte Sabine.
»Sie wurde mir in die Wiege gelegt. Ich würde jetzt gerne weiterlesen. Bis bald. Und ruft meinen Vater nicht an, er wird euch nicht weiterhelfen können.«
Im Auto sagte Sabine Kaufmann: »Sag mal, was war das denn? Hab ich das nur geträumt oder …«
»Dasselbe dachte ich auch nach dem ersten Mal. Ich hatte dich vorgewarnt«, entgegnete Hellmer grinsend.
»Aber damit hätte ich nicht im Traum gerechnet. Das muss ich erst mal verarbeiten, eine Siebzehnjährige, die mehr von unserer Arbeit versteht als wir.«
»Sie versteht nicht mehr davon als wir, sie ist nur noch nicht so sehr in der täglichen Routine verhaftet.«

»Trotzdem war mir das fast unheimlich. Aber okay. Und jetzt?«
»Kurz zu mir, da kannst du auch gleich meine Familie kennenlernen, dazu die beste Freundin von Julia und Julias Vater. Danach fahren wir ins Präsidium.«
»Und dort?«
»Stellen wir uns das Unmögliche vor, das doch möglich ist. Wie bei ›*Die üblichen Verdächtigen*‹. Und wir stellen uns den Mann vor, den wir nie auf der Rechnung gehabt hätten.«
»Doch Jung?«
»Lass uns nicht jetzt darüber spekulieren, nachher im Präsidium, okay?«
»Wie du meinst. Aber können wir mal irgendwo anhalten, mir hängt der Magen in den Kniekehlen.«
»Du kannst bei uns was kriegen, Nadine hat gekocht, und da bleibt immer genug übrig.«
»Vegetarisch?«
»Nein. Bist du Vegetarierin?«
»Nein, aber man kann ja mal fragen«, erwiderte sie lächelnd.
Sabine würde unserer Abteilung guttun, dachte Hellmer. Ich werde Berger vorschlagen, sie zu uns zu holen.

Sonntag, 15.40 Uhr

Hellmer und Sabine Kaufmann hielten sich eine halbe Stunde in Okriftel auf und genossen das aufgewärmte Mittagessen.
Julias Vater machte einen sehr gefassten Eindruck und sagte zu Hellmer nach dem Essen unter vier Augen: »Ich müsste normalerweise ganz aufgeregt sein, aber seit einer Stunde bin ich auf einmal ganz ruhig. Ich weiß, dass Sie Julia retten werden.«

»Haben Sie eine Erklärung für diese Ruhe?«
»Sie war mit einem Mal da. Sie sind der Erste, dem ich es sage. Sie werden sie finden.«
»Ich werde mein Bestes geben. Und meine derzeitige Partnerin auch.«
»Kann ich Ihnen irgendwie helfen?«, fragte Julias Vater.
»Nein. Oder doch, vertrauen Sie uns und beten Sie für uns.«
»Seit wann glauben Sie an Gott?«, fragte Durant lächelnd.
»Es war mit einem Mal da. So etwa vor einer Stunde. Frau Kaufmann und ich müssen los, es kann sein, dass ich nicht vor Mitternacht zurück bin.«
Hellmer und Kaufmann verabschiedeten sich, sie bedankte sich herzlich für das gute Essen.
»Wartet lieber nicht auf mich, es kann sehr spät werden«, sagte Hellmer im Gehen.
Als sie aus Okriftel hinausfuhren, sagte Sabine Kaufmann: »Du hast eine nette Familie.«
»Ich weiß. Was ist mit deiner?«
»Meine Eltern sind geschieden, mein Vater hat wieder geheiratet und lebt in Spanien, er hat dort eine Kneipe, meine Mutter wohnt mit ihrem Freund in Bad Vilbel, und ich hab eine kleine Bude in Heddernheim.«
»Und keinen Freund?«
»Wer will schon eine Polizistin als Partnerin? Lass uns das Thema wechseln. Verrätst du mir endlich, was du vorhast?«
»Wenn wir oben sind«, antwortete Hellmer und fuhr auf den Parkplatz.
Niemand des K11 war im Büro, nicht einmal der sonst so unermüdlich die Stellung haltende Berger.
»Wir sind allein, gut so«, sagte Hellmer mit entschlossenem Blick. »Pass auf, wir beide fügen jetzt Dinge zusammen, die auf den ersten Blick eigentlich gar nicht zusammengehören.«
»Hä?«
»Ich erklär's dir. Für mich kommen im Moment drei Per-

sonen als mögliche Verdächtige in Betracht, Jung, Schwarz und Hüsken ...«

»Halt, halt, ganz langsam«, wurde er von Kaufmann unterbrochen. »Warum Hüsken?«

»Er kennt die Uhlig besser als alle andern. Er hat Julia persönlich kennengelernt. Ein sogenannter unmöglicher Täter. Dann Schwarz, der Autor ...«

»Kenn ich nicht.«

»Ein Typ mit einem Haufen Kohle, der sich als Schriftsteller versucht. Hat sich in der Vergangenheit an die Uhlig rangemacht, die ihn aber eiskalt hat abblitzen lassen. Peter und Doris hatten ihn vor ein paar Tagen gewaltig in der Mangel. Er hat kein wasserdichtes Alibi für die Morde und die Entführungen. Trotzdem haben wir nichts gegen ihn in der Hand. Und schließlich Jung, der im selben Verlag arbeitet wie die Uhlig. Irgendwie führen alle Spuren in den Verlag, wenn wir auch noch Hofstetter, den Verleger, einbeziehen. So weit alles klar?«

»Ja.«

»Okay, und jetzt machen wir eine Aufstellung dieser Personen mit den Fakten, die uns bisher vorliegen. Ich diktiere, und du schreibst.«

»An die Tafel?«

»Hm. Mach vier Spalten, denn ein Name fehlt noch.«

»Welcher?«

»Später. Unter Schwarz schreibst du:

Alleinstehend, wenig aus seinem Leben bekannt
Vermögend
Zugang zu Medien
Möglicherweise Zugang zu unserm Archiv
Kein Alibi
Beruflich wenig erfolgreich
Besaß kompletten Vorgang Gernot
Mitte dreißig
Intelligent

Scheinbar emotional
Kennt Uhlig und Jung
Jung:
Verheiratet, könnte ein Doppelleben führen
Verlagsmitarbeiter
Vermögend
Zugang zu Medien und möglicherweise unserem Archiv
Aufenthaltsort zurzeit unbekannt
Beruflich mittel erfolgreich
Kennt womöglich Fall Gernot
Kennt Uhlig und Schwarz
Alibis?
Emotionalität?
Hüsken:
Pfarrer
Mit Uhlig heimlich liiert
Beruflich abgesichert
Scheinbar emotional
Medien?
Archiv?
Alibis?

So, das war's fürs Erste. Das mit Hofstetter war ein Scherz, den lassen wir außen vor.«

»Und die vierte Spalte?«, fragte Kaufmann.

»Die bleibt noch offen. Jetzt tragen wir ein paar Fakten zusammen, um dem Unmöglichen auf die Spur zu kommen.

Der Täter kannte bereits seit längerem den Fall Gernot, vermutlich hat er die wesentlichen Passagen sogar auswendig gelernt.

Er kennt auch andere von unserer Abteilung bearbeitete Fälle, und zwar unter anderem jenen, der bei uns unter ›Skorpion‹ geführt wurde.

Er weiß, wie man ins Archiv gelangt.

Er kennt unsere Abteilung, ob persönlich oder aus Erzählungen bleibt dahingestellt.

Er besucht die Kirche, aber nicht immer dieselbe. Bei diesen Kirchgängen hat er seine Opfer ausgesucht oder zumindest einen Teil von ihnen.

Er geht sehr analytisch vor, überlässt nichts dem Zufall. Nehmen wir die Uhlig als Beispiel: Er hat wie sie die Kirche besucht, sich auf sie fixiert und alles über sie herausgefunden. Ich gehe sogar davon aus, dass er an dem Abend ihres Verschwindens entweder in dem Restaurant war, in dem sie sich mit ihrer Freundin getroffen hat, um sie anschließend … Nein, er hat das Restaurant vorher verlassen, um eher als sie in Griesheim zu sein, er musste vor ihr in Griesheim sein, sonst hätte er sie womöglich verfehlt.

Er wusste, dass Julia am Samstag in Urlaub fahren wollte. Wer wusste alles davon? Doch nur wir und der eine oder andere im Präsidium oder in Julias direktem Umfeld, aber nicht Hinz und Kunz. Sagen wir, vielleicht zwanzig oder dreißig Leute wussten davon, unter anderem auch Hüsken. Den Zeitpunkt ihrer Entführung hatte er akribisch geplant, er hat nur nicht damit gerechnet, dass ich mit ihr ausgemacht hatte, sie zum Flughafen zu bringen. Aber das ist unwesentlich, denn spätestens dann, wenn Julia nicht in Nizza gelandet wäre, hätte sich Susanne mit uns in Verbindung gesetzt, da sie Julia nicht erreichen hätte können.

Er ist eine Mischung aus organisiertem und unorganisiertem Serientäter.

Er ist weit überdurchschnittlich intelligent und kennt die Spielregeln der Polizei, und er scheint Zugang zu den Datenbanken der Polizei zu haben.

Er tritt sicher und gewandt auf.

Er kann vermutlich sehr charmant sein.

Besonders ihm würde man als Letztem solche Verbrechen zutrauen oder gar unterstellen, da er die Monster jagt, von denen er selbst eins ist.

Er ist über jeden Zweifel erhaben.

Er ist eloquent.
Er dürfte ein sehr versierter Schachspieler sein.
Aber wir wissen nichts über sein Privatleben.«
Hellmer sah Kaufmann an, die die von Hellmer angeführten Punkte schnell zu Papier gebracht hatte und sich jetzt zurücklehnte und die Lippen schürzte.
»Einer von uns«, sagte sie trocken und ohne eine Miene zu verziehen.
»Nein, keiner von uns, dafür leg ich meine Hand ins Feuer. Aber Julia hat schon am Mittwoch deutlich gemacht, dass es sich um einen Insider handeln muss. Auch Holzer hat das bestätigt. Sie hat den Weg bereitet, aber keiner von uns war bereit, ihn zu gehen. Und jetzt wurde sie von der Jägerin zum erlegten Wild! Scheißspiel! Wen könnte ich meinen?«
»Holzer, er ist der Einzige, der mir einfällt. Fast alle Kriterien treffen auf ihn zu.«
Hellmer nickte. »Das bleibt unter uns, bis wir entweder wissen, dass wir uns getäuscht haben, oder er tatsächlich unser gesuchter Mann ist. Ich will alles über sein Privatleben wissen, von seiner Geburt bis jetzt. Es muss absolut lückenlos sein ...«
»Aber warum sollte ausgerechnet ein angesehener Profiler wie Holzer diese Greueltaten begehen?«
»Das ist es doch, was Lara gemeint hat – wir sollen an das Unmögliche zuerst denken. Noch als wir bei ihr waren, ist mir Holzer eingefallen. Das war wie so ein Flash in meinem Kopf. Alles ergab auf einmal einen Sinn.«
»Okay, ich stimme dir zu, der Gedanke ist so abwegig, dass tatsächlich etwas dran sein könnte.«
»Jetzt frag ich mich nur, wie wir am späten Sonntagnachmittag an diese Infos kommen sollen«, sagte Hellmer und rieb sich die Stirn.
»Das sollte das geringste Problem sein. Ich hoffe nur, der Typ ist nicht gerade wieder im Ausland.« Sabine Kaufmann griff zum Telefon und sagte: »Hier Sabine. Ich brauch drin-

gend deine Hilfe, könntest du herkommen? ... Nein, nicht nach Wiesbaden, zu uns ins Präsidium ... Morgen könnte schon zu spät sein. Bitte, wir brauchen deine Hilfe ... Frank Hellmer ist noch bei mir ... Ihr kennt euch? Na, super ... Hey, du kennst mich, ich würde dich nicht bitten, wenn es nicht um Leben und Tod ginge ... Alles klar, ich bin beim K 11, du weißt ja, wo das ist. Bring aber ein bisschen Zeit mit ... Ja, ja, du hast was gut bei mir. Und jetzt beeil dich bitte.« Sie legte auf und sah Hellmer ernst an. »Gleich trabt einer an, der mir noch was schuldet. Er kennt dich, und du kennst ihn.«

»Aha, und wer ist es?«

»Vukovic. Hat bis vor zwei Jahren hier ...«

»Klar kenn ich den. Wir haben vor vier Jahren einen spektakulären Fall gelöst, wenn man es lösen nennen darf. Ich weiß nur, dass er nicht mehr hier ist. Was macht er jetzt?«

»BKA.«

»Und wieso hat er was gut bei dir, wenn er dir was schuldet?«

»Komplizierte Geschichte, erzähl ich dir ein andermal. Aber wenn er uns heute nicht weiterhelfen kann, dann keiner.«

»Vukovic ist beim BKA gelandet. Ich hätte schwören können, den zerreißt irgendwann mal 'ne Bombe.«

»Wär auch beinahe passiert, als er letztes Jahr in Kolumbien war. Der kennt alle und jeden und kann sich überall einhacken, wenn's sein muss auch bei al-Qaida.« Sie ging zum Fenster und sah hinunter auf die Eschersheimer Landstraße, auf die vielen Autos, die wechselnden Lichter der Ampeln.

»Du hältst das wirklich für möglich?«

»Ja, und sollte ich recht behalten, wird Julia bald frei sein.«

»Denk nicht nur an Julia, es gibt auch noch andere Frauen.«

»Himmel, ja. Wann wird Vukovic hier sein?«

»Viertelstunde. Willst du auch einen Kaffee?«

»Hm.«

Um 18.54 Uhr klopfte Vukovic an die Tür und trat nach Aufforderung ein. Er hatte sich äußerlich kaum verändert, sah noch immer wie der große böse Mann aus, eine Fassade, hinter der sich ein weicher Kern verbarg, den er jedoch nur denen zeigte, denen er auch wirklich vertraute. Und das waren nur wenige, denn er hatte schon zu viele Nackenschläge hinnehmen müssen.

»Hallo«, sagte er und reichte erst Kaufmann die Hand, die mehr einer Pranke glich, und anschließend Hellmer. »Na, alter Junge, noch bei der Truppe?«

»Wie du siehst. Danke, dass du gekommen bist. Wusste gar nicht, dass du jetzt ganz oben mitspielst.«

»Das war auch eine Nacht-und-Nebel-Aktion. Aber wenn's um Leben und Tod geht, sollten wir uns nicht mit unsern Privatangelegenheiten abgeben. Wie kann ich euch helfen?«

Vukovic nahm Platz, schlug die Beine übereinander und wartete.

»Wir haben seit letztem Herbst eine Reihe von Mord- und Entführungsfällen. Hast du davon gehört?«, fragte Hellmer.

»Am Rande. Und weiter?«

»Das vorläufig letzte Opfer ist Julia …«

Vukovic setzte sich aufrecht hin und musterte Hellmer mit zweifelndem Blick. »*Die* Julia, deine Partnerin? Tot?«

»Wir wissen es nicht. Sie wurde nach unserem Kenntnisstand am späten Freitagabend entführt. Gestern wollte sie in Urlaub fliegen … Wie auch immer, es geht immerhin noch um vier weitere Frauen, die vermisst werden. Der Täter hat sein Tempo enorm gesteigert, und er wird zunehmend dreister.«

»Und wie kann ich euch behilflich sein? Ich war noch nie bei der Mordkommission, ihr kennt meine Tätigkeitsbereiche.«

»Wir haben einen Verdächtigen, und den wirst du kennen. Holzer.«

Vukovic kniff die Augen zusammen, seine Kiefer mahlten

aufeinander, als er nach einigem Überlegen antwortete: »Du sprichst von Thomas Holzer?«
Hellmer nickte.
»Wie kommt ihr ausgerechnet auf ihn?«
»Hör zu, alles, was wir jetzt besprechen, muss unter uns dreien bleiben. Ich habe weder Berger noch die andern eingeweiht. Aber Holzer ist der Einzige, auf den das Täterprofil zutrifft.«
»Wieso?«
»Das erklär ich dir später. Bist du dabei?«
»Wo soll ich dabei sein?«
»Wir brauchen Infos über Holzer, am besten seine komplette Vita. Kannst du uns die noch heute beschaffen?«
»Junge, Junge, du verlangst eine Menge. Was, wenn ihr euch da verrennt? Holzer macht euch fertig, der ist sogar mit dem Innenminister per du. Ich begebe mich auf dünnes Eis.«
»Sollten wir uns irren, wird dein Name nie fallen, ich nehme alle Schuld auf mich und quittiere den Dienst. Ich kann's mir leisten. Kein anderer wird da mit reingezogen, auch Sabine nicht. Mein Ehrenwort.«
»Was glaubst du, wie oft ich schon ein Ehrenwort bekommen habe, das so viel taugte wie ein Blatt Papier im Feuer. Ich pfeif auf dein Ehrenwort, aber ich vertrau dir trotzdem. Dann lasst mich mal an den Rechner.«
Vukovic nahm hinter dem Schreibtisch Platz, tippte ein paar Ziffernkombinationen ein, runzelte die Stirn und meinte: »So, erst mal die IP-Adresse verschlüsseln. Und jetzt geht's ans Eingemachte.«
Hellmer tigerte unruhig im Büro auf und ab, während Sabine Kaufmann die Ruhe in Person zu sein schien. Es dauerte fast zehn Minuten, bis der Drucker ansprang und mehrere Seiten ausgespuckt wurden. Direkt danach setzte Vukovic den Rechner in den alten Zustand zurück und schaltete ihn aus.

»Hier, Thomas Holzer von seiner Geburt bis jetzt.«
Hellmer und Kaufmann lasen, und als sie durch waren, sagte Hellmer: »Er ist unser Mann.«
»Was macht dich so sicher?«, wollte Vukovic wissen.
»Schau dir das an, mit vierzehn starb sein Großvater nach einem Treppensturz. Mit fünfundzwanzig kamen seine Eltern nach einer Explosion auf ihrer Yacht zwölf Kilometer vor der südfranzösischen Küste ums Leben. Und alle anderen Verwandten sind ebenfalls schon tot. Ist das nicht ungewöhnlich? Es gibt niemanden, der uns persönlich Auskunft über ihn geben könnte. Ich bin sechs Jahre älter als er und habe sogar noch eine Großmutter und einen Großvater, von den Tanten und Onkels ganz zu schweigen. Er aber hat niemanden, außer seiner Frau. Das ist doch ungewöhnlich für einen Siebenunddreißigjährigen, oder?«
»Stimmt«, sagte Kaufmann, »nur, wie willst du ihn anhand dieser Fakten überführen? Es gibt nun mal in manchen Familien eine zufällige Häufung von natürlichen Todesfällen.«
»Der Großvater stürzt die Treppe runter, und die Eltern sterben bei einer Explosion? Nee, das sind mir ein paar Zufälle zu viel, und von natürlichen Todesursachen kann doch wohl keine Rede sein. Er hat nach meinem Dafürhalten seine kriminelle Karriere sehr früh begonnen. Ich gehe davon aus, er war zeitlebens ein Außenseiter, weil er einer sein wollte. Er ist ein Einzelkind, aller Wahrscheinlichkeit nach wurde er von vorne bis hinten verhätschelt, und keiner hat bemerkt, wie er sich von Jahr zu Jahr mehr abgegrenzt hat, so wie er es auch uns gegenüber tut. Ich frag mich nur, warum die beim BKA nicht stutzig geworden sind.«
»Frank«, sagte Vukovic und lachte auf, »glaubst du allen Ernstes, man würde einen Superprofiler wie Holzer, der eine Superausbildung in den USA genossen hat, daraufhin überprüfen, ob er ein Schwerbrecher ist oder sein könnte? Die

werfen kaum einen Blick auf den Lebenslauf, höchstens auf die Ausbildung und die berufliche Laufbahn, so wurde das bei mir gemacht, und so machen sie's auch bei allen anderen. Hauptsache, sie bekommen gute Bullen. Nicht einer hat mich auf meine Vergangenheit im Balkankrieg angesprochen, keiner wollte irgendwas von meiner Freundin wissen, die umgebracht wurde. So what, sagen die nur.«

Vukovic stand auf, streckte sich und klopfte mit den Knöcheln auf die Schreibtischplatte. »Ich verzieh mich, ihr braucht mich ja wohl nicht mehr. Passt bloß auf, wie ihr es angeht, denn ein falscher Schritt, und ihr fallt ganz, ganz tief. Holzer zerbröselt euch in eure Bestandteile. Viel Glück.«

»Danke. Wir gehen in die Offensive und fahren zu ihm. Seine Frau weiß mit Sicherheit nichts von seinem perversen Doppelleben, Typen wie er handeln grundsätzlich allein, weil sie es so gewohnt sind. Sie wird aus allen Wolken fallen, wenn sie erfährt, was ihr Göttergatte so alles treibt.«

»Wie ihr es anstellt, das ist euer Ding. Ich war heute nicht hier, wir haben uns seit vier Jahren nicht gesehen und damit basta.«

»Wir müssen offensiv werden, für langes Observieren und Diplomatie fehlt uns die Zeit.«

»Aber lass wenigstens Sabine da raus, sie hat noch ihre Karriere vor sich. Bis dann und melde dich, solltest du Erfolg haben.«

Vukovic verließ das Büro, Hellmer wartete, bis er die Tür geschlossen hatte, und sagte: »Er hat recht, ab sofort zieh ich das allein durch. Danke, dass du mir bis hierhin geholfen hast, von nun an geht es nur noch um meinen Kopf.«

»Das hast du dir so gedacht. Ich hab dich bis hierher begleitet, ich tu's auch weiter, und du kannst mich nicht daran hindern, ich bin schließlich deine Partnerin und muss auf dich aufpassen. Wir begeben uns beide in die Höhle des Löwen, so haben wir ihn besser unter Kontrolle.«

»Das kann ich nicht zulassen. Pass auf, ich bin dir dankbar für alles, was du …«
»Halt die Klappe und komm, wir haben keine Zeit. Und du kannst reden, so viel du willst, ich komm mit und dabei bleibt's. Los, schwing deinen Hintern hoch.«
»Du begehst einen Fehler«, sagte Hellmer im Hinausgehen, »du …«
»Willst du Julia und die andern Frauen retten oder nicht?«
»Natürlich, aber …«
»Und du willst das in Rambo-Manier machen, nur, das wird dir nicht gelingen, weil du viel zu geladen bist. Wenn Holzer unser Mann ist, musst du geschickt vorgehen, er muss in die Falle tappen, ohne zu merken, dass er bereits drin ist, wenn sie zuschnappt. Kapiert?«
Er spürte und wusste, dass sie recht hatte. Diesmal durfte er nicht den Fehler begehen, wie bei Julia ständig die Dinge in Frage zu stellen, denn diesmal ging es um Julias Leben. Er hatte viel gutzumachen bei ihr, und er würde alles tun, um ihr in Zukunft ein guter Partner zu sein. Zuerst galt es, sie zu finden. Lebend.
Als sie an der ersten Kreuzung standen, sagte er: »Danke.«
»Wofür?«
»Dass du mich runtergeholt hast. Und dass du mitkommst.«
»Da nich für. Grüner wird's nicht.«
Hellmer grinste und gab Gas, raste über die Schnellstraße zur Autobahn, wobei er die Geschwindigkeit um mehr als die Hälfte überschritt. Bei Eschborn bog er ab, dann ging es Richtung Kronberg und schließlich über eine Landstraße ein paar hundert Meter durch ein kaum befahrenes Gebiet.
»Wo sind wir hier?«, fragte Kaufmann stirnrunzelnd. »Das ist ja mitten in der Pampa.«
»Sein Rückzugsgebiet.«
Hellmer lenkte den Porsche in eine schmale, asphaltierte Straße, die zu einem hinter hohen Bäumen und Büschen ver-

steckten Haus führte. »Mächtiger Schuppen«, sagte er, stoppte, stellte den Motor aus, griff nach Sabines Hand und drückte sie leicht.
»Bringen wir's hinter uns. Entweder hopp oder topp. Entweder Suspendierung oder Belobigung.«
»Keiner wird uns den Kopf abreißen. Auf in den Kampf.«

Sonntag, 20.25 Uhr

Sie stiegen aus und gingen auf das Haus zu, klingelten, ein dumpfes Ding-Dong war zu hören. Wenig später hörten sie eine Frauenstimme aus dem Lautsprecher.
»Ja, bitte, wer ist da?«
»Hauptkommissar Hellmer und meine Kollegin Kaufmann von der Kripo Frankfurt. Wir würden gerne Ihren Mann sprechen, es ist dringend.«
»Würden Sie bitte Ihre Dienstmarke durch den Briefkastenschlitz stecken?«
Hellmer sah Kaufmann fragend an und folgte der freundlichen Aufforderung. Nach wenigen Sekunden wurde die Marke zurückgereicht und die Tür geöffnet.
Eine bildschöne Frau in einem knöchellangen weißen Hauskleid stand barfuß vor ihnen und schien durch sie hindurchzusehen.
»Frau Holzer?«, fragte Hellmer.
»Ja. Entschuldigen Sie bitte, aber ich bin blind und mache die Tür nicht jedem auf, wenn ich allein bin. Unser Hausmädchen kommt erst morgen wieder. Ich wollte erst Ihre Marke abtasten, um zu sehen, ob Sie wirklich Polizisten sind. Aber treten Sie doch bitte ein, mein Mann ist nicht da, ich dachte, er wäre noch bei Ihnen im Präsidium.«
Hellmer und Kaufmann sahen sich mit vielsagendem Blick

an und traten in das geräumige Haus mit dem großen Flur, dem riesigen Wohnbereich, von dem aus man einen sagenhaften Blick auf den parkähnlichen Garten werfen konnte, in dessen Mitte sich ein etwa zwanzig auf zehn Meter großer Pool befand, dessen Wasser im Licht der sich allmählich dem Horizont zuneigenden Sonne blau schimmerte. Rings um das Grundstück standen unzählige Bäume und Büsche.
»Wann haben Sie das letzte Mal mit ihm telefoniert?«
Sie lachte warm auf und antwortete: »Wenn er im Dienst ist, telefonieren wir so gut wie nie, außer im Notfall, der zum Glück noch nie eingetreten ist.«
»War er den ganzen Tag noch nicht zu Hause?«
»Nein. Nehmen Sie doch bitte Platz, er müsste eigentlich jeden Moment kommen. Darf ich Ihnen etwas zu trinken anbieten?«
»Nein, danke, machen Sie sich bitte keine Umstände«, sagte Hellmer.
»Sie gestatten, dass ich mir ein Glas Wein nehme? Möchten Sie nicht doch etwas? Ein Bier vielleicht oder eine Cola?«
»Also gut, wir nehmen ein Bier«, sagte Hellmer, worauf Kaufmann ihn anstupste und flüsterte: »Woher willst du wissen, dass ich Bier trinke?«
»Etwa nicht?«
»Doch.«
Rahel Holzer bewegte sich trotz ihrer Blindheit mit einer bewundernswerten Eleganz. Nichts schien ihr fremd zu sein, sie tastete nicht nach den Dingen, sie griff mit einer Sicherheit danach, als könne sie sehen wie jeder andere auch. Sie stellte die beiden Flaschen und Gläser auf den Tisch und holte sich ein Glas Wein. Sie setzte sich den Kommissaren gegenüber auf den cremefarbenen Ledersessel und hob ihr Glas.
»Auf Ihr Wohl.«
»Nein, auf unser aller Wohl«, sagte Kaufmann und trank von ihrem Bier.

»Darf ich so indiskret sein und fragen, weshalb Sie blind sind?«, fragte Kaufmann.
»Selbstverständlich. Ich hatte vor ein paar Jahren einen Unfall, ich war beschwipst, bin am Pool umgeknickt und so unglücklich auf den Kopf gefallen, dass ich eine Weile bewusstlos war, und als ich aufwachte, konnte ich nichts mehr sehen. Wäre mein Mann nicht gewesen, ich wäre ertrunken. Er hat mich in letzter Sekunde gerettet.«
»War das hier?«
»Nein, da kannten Thomas und ich uns noch nicht, das heißt, wir hatten uns erst an jenem Abend kennengelernt. Aber seit diesem Abend waren wir unzertrennlich. Ohne ihn hätte ich das alles nicht überstanden.«
»Sie sind sehr stark«, bemerkte Hellmer.
»Das ist nur nach außen hin. Wie würde es denn aussehen, wenn ich mich gehen lassen würde? Nein, das wäre nichts für mich. Sagen Sie, das Auto, mit dem Sie gekommen sind, ist das ein Porsche?«
»Ja«, antwortete Hellmer lachend. »Haben Sie das am Motor gehört?«
»Ja. Ziemlich ungewöhnlich für einen Polizisten.«
»Nun, wenn ich mich hier so umsehe ...«
»Thomas hat sehr reich geerbt, seine Eltern sind bei einem tragischen Unglück ums Leben gekommen. Sie haben ihm eine Menge hinterlassen, was natürlich kein Trost ist für den Verlust der Menschen, die er so sehr geliebt hat. Er ist ein wundervoller Mann.«
»Ja, so sieht es aus«, antwortete Hellmer. »Haben Sie eigentlich keinen Blindenhund?«
»Nein, ich wollte sehen, ob ich es auch so schaffe. Bisher hat es ganz gut geklappt. Außerdem haben wir mit Aleksandra ein Hausmädchen, auf das ich mich voll und ganz verlassen kann.«
»Und wo ist sie jetzt?«, wollte Hellmer wissen.

»Sie kommt morgen aus Polen zurück, sie ist bei ihrer Familie.«
Hellmer wollte noch etwas fragen, als er Motorengeräusch vernahm.
»Da ist er endlich«, sagte Rahel Holzer lächelnd.
Kurz darauf ging die Tür auf, Holzer kam herein und zog die Stirn in Falten, doch seine Gesichtszüge entspannten sich bereits Sekunden später wieder, und er trat näher.
»Hallo, Schatz«, begrüßte er seine Frau und gab ihr einen Kuss, um sich gleich darauf an Hellmer und Kaufmann zu wenden. »Ich habe mich schon gewundert, wem der Porsche da draußen gehört. Herr Hellmer, Herr Hellmer, Sie als Polizeibeamter und so ein Schlitten? Wenn mir da was zu Ohren kommt«, sagte er lachend. »Ich sehe, meine Frau hat Sie bereits versorgt. Was verschafft mir zu so später Stunde die Ehre?«
»Frau Kaufmann und ich sind auf ein paar Sachen gestoßen, die wir dringend mit Ihnen besprechen möchten, wenn es geht unter sechs Augen.«
»Ich dachte, wir hätten feste Zeiten vereinbart. Hat das nicht bis morgen früh Zeit?«, fragte er mit einem Mal kühl.
»Nein, leider nicht, denn wir fürchten, dann könnte es schon zu spät sein. Es dauert auch nicht lange.«
»Weiß Herr Berger von Ihrem Besuch bei mir?«
»Nein, wir haben es nicht für nötig erachtet, ihn zu informieren. Können wir? Umso schneller sind Sie im Besitz der Informationen und uns wieder los.«
»Schatz, ich gehe mit den Kollegen in die Bibliothek.«
Dort sagte Holzer, nachdem er die Tür zugemacht hatte: »Also, was soll dieser Auftritt? Sie hätten mich genauso gut anrufen können …«
»Hätten wir, wollten wir aber nicht«, entgegnete Kaufmann mit entwaffnendem Lächeln.
»Woher haben Sie überhaupt meine Adresse? Sie ist nirgends verzeichnet, nur in meiner Dienststelle.«

»Da haben wir sie auch her«, antwortete Hellmer. »Und bitte fragen Sie uns nicht, wer sie uns gegeben hat, es ist unwichtig. Wir möchten mit Ihnen kurz über Ihre Ausführungen von heute Vormittag sprechen ...«
»Nein, Frank, das stimmt nicht, wir haben es uns doch anders überlegt, du weißt schon, taktisch, analytisch, mathematisch, falls du dich erinnerst.«
»Was faseln Sie da?«, fragte Holzer verärgert. »Sie haben getrunken, das ist die einzige Erklärung für Ihr Verhalten.«
Kaufmann hatte sich an die Tür gestellt, Hellmer stand rechts von ihr etwa einen Meter vom Bücherregal entfernt, während Holzer in der Nähe des Fensters war.
»Wir sind gekommen, um Ihnen mitzuteilen, wer der Täter ist«, sagte Hellmer mit ernster Miene.
»Gratuliere. Da bin ich aber gespannt, wie Sie das auf einmal herausgefunden haben. Lassen Sie hören.«
»Es war eine reine Kopfarbeit, rein analytisch. Unser gesuchter Mann ist ein Einzelkind, aufgewachsen in behüteten, vor allem aber reichen Verhältnissen, die Großeltern sind relativ früh verstorben, ein Großvater starb bei einem Treppensturz. Die Eltern kamen bei einem Bootsunglück ums Leben ... Soll ich weitermachen?«
»Nur zu, ich möchte wissen, wie die Geschichte endet«, erwiderte Holzer lächelnd.
»Sie ist bereits beendet. Als Sie uns heute Ihr Täterprofil präsentiert haben, wunderte ich mich bereits, wie Sie in der kurzen Zeit seit gestern Abend so viel herausgefunden haben konnten, wo Ihre Vorgänger doch zum Teil Monate benötigten, um ein wenig aussagekräftiges Profil zu erstellen. Und dann haben Frau Kaufmann und ich unsere Analyse gestartet, und wir sind dabei nach dem Ausschlussprinzip vorgegangen – wer kommt als potenzieller Täter in Frage und wer nicht. Und wir schlossen alle potenziell in Frage kommenden Personen aus und suchten nach jemandem, der es eigent-

lich unmöglich sein konnte. Und genau den haben wir gefunden.«
»Nur zu, wer ist es?«, fragte Holzer scheinbar gelangweilt.
»Sie wissen es, und wir wissen es.«
»Aha, ich verstehe. Reden wir also nicht um den heißen Brei herum, denn wenn ich Sie recht verstehe, verdächtigen Sie mich. Was, werter Herr Hellmer und werte Frau Kaufmann, bringt Sie auf diesen absurden Gedanken? Ganz abgesehen davon, dass Sie beide mit einem Disziplinarverfahren rechnen müssen, das sich gewaschen hat. Aber bitte, fahren Sie fort, ich bin immer offen für absurde Geschichten.«
Hellmer ging auf das Spiel ein und ließ sich von Holzers Selbstsicherheit nicht beirren.
»Sie sind ein Spieler, wahrscheinlich wurden Sie schon so geboren. Sie haben zeit Ihres Lebens die Menschen manipuliert und in die Irre geführt. Und die Krönung war, dass Sie eine Karriere bei der Polizei begonnen haben und sich somit Ihren ganz persönlichen Freiraum schufen, um ungehindert Verbrechen zu begehen, ohne jemals selbst ins Fadenkreuz der Ermittler zu gelangen, schließlich gehörten Sie als Profiler ja selbst zum elitären Kreis der Ermittler. Wir suchten nach jemandem, der emotional kalt oder tot ist, nach jemandem mit ungehindertem Zutritt zu unserem Archiv und nach jemandem, der uns nicht nur immer um hundert Schritte voraus war, sondern offenbar auch über jedes Detail unserer Ermittlungen Bescheid wusste. Jeder Täter hinterlässt Spuren, nur Sie nicht, weil Sie genau wussten, wie Sie vorzugehen hatten, um uns alle zu täuschen. Es ist Ihnen lange gelungen, Sie haben sogar Ihre Ausbilder in den USA getäuscht. Der perfekte Schüler, der perfekte BKA-Beamte, der perfekte Ehemann. Dazu eine nahezu sensationelle Erfolgsquote. Alles perfekt, einschließlich der Morde und der Entführungen. Wie viele Morde Sie wirklich begangen haben, das wissen wohl nur Sie selbst, aber Sie haben mit einem nicht

gerechnet – dass auch wir Schach spielen können und bei uns nicht nur Dummköpfe rumlaufen. Ein kleines Beispiel: Alle sonst in Frage kommenden potenziellen Verdächtigen hätten kaum wissen können, dass Frau Durant am Samstag in Urlaub fliegen wollte, Pfarrer Hüsken mal ausgenommen. Aber Sie wussten es, da Sie ungehinderten Zugang zu sämtlichen Datenbanken haben. Bewusst haben Sie den vorläufigen Höhepunkt Ihrer Verbrechensserie auf den Zeitpunkt gelegt, wo meine Kollegin unter dem größten Stress stand und dringend Urlaub brauchte.«

Hellmer machte eine Pause und beobachtete Holzers Reaktion. Dieser gab sich weiterhin gelassen. »Wie wollen Sie diesen Unsinn jemals beweisen, und vor allem, wie wollen Sie das Ihrem Boss verkaufen? Sie werden Ihren Job verlieren, Sie alle beide, dafür werde ich sorgen. Und nun bitte ich Sie höflich, mein Haus unverzüglich zu verlassen, ich hatte einen sehr anstrengenden Tag.«

»Bleiben Sie, wo Sie sind, es ist in Ihrem eigenen Interesse. Sie haben viel gelernt in Ihrem Leben, nur offensichtlich eines nicht – wann ein Spiel vorbei ist und wie man mit Würde verliert. Es ist aus und vorbei, Sie sind schachmatt. Der König ist gefallen, das Spiel beendet.«

»Herr Hellmer, das Spiel ist erst vorbei, wenn ich es sage. Angenommen, nur rein hypothetisch, Sie hätten recht mit Ihrer verwegenen These, was glauben Sie, wie würde ich jetzt reagieren? Wütend, zornig, hasserfüllt? Oder voller Angst vor dem, was jetzt kommt? Würde ich zittern und verzweifelt nach einem Ausweg suchen? All das sind Reaktionen, die ich von Serientätern kenne und die ich in meinen Büchern beschrieben habe. Sehen Sie so jemanden vor sich? Reagiere ich so?«

»Nein, denn Sie sind ein Spieler und wissen genau, wie Sie *nicht* zu reagieren haben. Selbst jetzt, da Sie längst erkannt haben, wie aussichtslos Ihre Situation ist, wollen Sie uns noch auf die Probe stellen. Wo sind die fünf Frauen?«

»Ich weiß es nicht«, antwortete Holzer mit sanfter Stimme. »Ich weiß es so wenig wie Sie. Tut mir leid, Ihnen nicht weiterhelfen zu können.«
»Okay, dann andersrum. Sollte Julia sterben oder tot sein, dann garantiere ich Ihnen, dass die Wärter im Knast jeden Tag mindestens einmal wegsehen werden, wenn zum Beispiel in der Dusche die Seife fallen gelassen wird oder Glassplitter ihrem Essen beigemischt sind oder die andern starken Jungs einfach nur ihren Spaß haben wollen. Sie wissen ja, wenn die schon keine Frau haben können, dann muss eben ein Mann herhalten, um ihre Bedürfnisse zu befriedigen. Und auf Akademiker sind die besonders scharf, vor allem wenn die Akademiker auch noch Polizisten sind.«
»Lieber Herr Hellmer, Sie wollen mich das Fürchten lehren, dabei bringen Sie mich höchstens zum Lachen. Hauen Sie ab, und ich vergesse Ihren lächerlichen Besuch bei mir. Sie haben die Wahl. Ich brauche nur zum Telefon zu greifen und Herrn Berger zu verständigen, aber das lasse ich, wenn Sie innerhalb von einer Minute verschwunden sind.«
»Oh, auf einmal kein Disziplinarverfahren mehr? Erstaunlich, wie schnell Sie Ihre Meinung geändert haben. Nun, wir nehmen das Risiko auf uns und bleiben noch ein wenig, wenn Sie gestatten.«
Hellmer setzte sich auf die Stuhllehne, sah Holzer lange an und fuhr fort: »Wir werden Ihr Bild in jeder Kirche aufhängen, irgendjemand wird Sie erkennen. Wir werden Ihr Haus auf den Kopf stellen und etwas finden, das Sie belastet. Begreifen Sie endlich, dass Sie keine Wahl mehr haben. Wo sind die Frauen?«
»Raus!«, sagte Holzer scharf und wies auf die Tür.
»Wo sind die Frauen?«
»Und ich habe gesagt: Raus!«
»Zum letzten Mal: Wo sind die Frauen? Sabine, ruf doch mal Frau Holzer, Sie möchte bitte herkommen.«

»Lassen Sie meine Frau in Ruhe, Sie haben doch selbst gesehen, dass sie behindert ist.«

»Oh, so behindert kam sie mir gar nicht vor. Was wird sie wohl sagen, wenn sie erfährt, dass ihr Mann nicht der Held ist, für den sie ihn die ganzen Jahre über gehalten hat, sondern nur ein mieser Mörder, Lügner und Betrüger? Hm, was wird sie wohl sagen?«

»Sie wird es genauso lächerlich finden ...«

»Wird sie nicht. Wir werden nämlich Ihr erbärmliches Leben so zerpflücken, dass am Ende nur noch eins von Ihnen übrig bleibt – das Monster. Die schöne Fassade bröckelt schon, bald ist sie ganz verschwunden. Sie haben einen gravierenden Fehler gemacht, Sie haben sich angeboten, uns bei den Ermittlungen zur Seite zu stehen. Mir ist inzwischen klar, dass das zu Ihrem Spiel gehörte, denn Sie konnten gar nicht anders, als sich uns aufzudrängen. Sie taten es aber nicht, um uns zu helfen, sondern um sich über unsere Dummheit zu amüsieren. Nur zu blöd, dass wir doch nicht so dumm sind. Und jetzt sag ich Ihnen noch etwas, das Sie in Ihrer Ehre zutiefst kränken wird – wir wären vermutlich nie auf Sie gekommen, hätte uns nicht eine Siebzehnjährige den entscheidenden Tipp gegeben. Sie studiert Kriminologie in den USA und wird bald beim FBI anfangen, und nun raten Sie als was? Genau, als Profilerin. Ich habe noch nie eine intelligentere Person getroffen als Lara Jung.«

Holzers Miene verfinsterte sich von einer Sekunde zur anderen, er schien unfähig, auch nur ein Wort über die Lippen zu bringen. Stattdessen versuchte er es mit einem aufgesetzten Lächeln, das jedoch misslang.

»Auf einmal so still? Kein: Raus, verschwinden Sie? Hat's Ihnen die Sprache verschlagen? Lara Jung wird mal eine ganz Große ihres Fachs werden, dagegen sind Sie nur ein kleines Licht. Wo sind die Frauen?«

»Suchen Sie sie doch, hier werden Sie sie nicht finden.«

»Nein, hier ganz sicher nicht. Aber Sie werden uns zu ihnen führen. Und wehe, Julia oder eine der andern Frauen ist tot, die Jungs und die Wärter im Knast werden ein Fest veranstalten, jeden Tag, rund um die Uhr ... Wo?«
Hellmer bewegte sich langsam auf Holzer zu, während Kaufmann gelassen an der Tür stehen blieb.
»Was erwarten Sie von mir?«
»Dass Sie endlich aufgeben. Merken Sie gar nicht, wie lächerlich Sie sich machen?«
»Wenn sich hier jemand lächerlich macht, dann wohl eher Sie und Ihre Kollegin. Gehen Sie, ich habe wirklich einen langen und harten Tag hinter mir und möchte einen schönen Abend mit meiner Frau verbringen.«
»So einen Abend wird es für Sie nicht mehr geben. Dies wird definitiv Ihr letzter Abend in diesem Haus gewesen sein.«
Holzer betrachtete seine Hände und sagte mit gedämpfter Stimme: »Sie werden sie nie finden, dazu sind Sie ...«
»Dazu bin ich was? Nicht intelligent genug? Kann sein, aber ich hatte hervorragende Helfer. Und jetzt lassen wir doch bitte dieses dumme Spiel. Wo sind die Frauen?«
»Sie wiederholen sich.«
Hellmer zog blitzschnell seine Waffe und zielte auf Holzer.
»Frank, bitte, mach kein Scheiß«, sagte Kaufmann erschrocken und löste sich von der Tür.
»Bleib, wo du bist, ich mach nur das, was dieser Scheißkerl verdient hat. Ich werde ihm erst ins rechte Knie schießen, dann ins linke ...«
»Sind Sie wahnsinnig? Das dürfen Sie nicht«, sagte Holzer mit zittriger Stimme und starrte auf die Pistolenmündung.
»Stimmt, deswegen werde ich es auch nicht tun, denn ich bin kein Mörder. Führen Sie uns doch einfach zu den Frauen, und ich garantiere Ihnen ein faires Verfahren und ...«
»Wie wollen Sie kleiner Bulle das anstellen?«
»Ich kenne mehr Leute, als Sie denken. Es bleibt Ihnen nichts

übrig, als mir zu vertrauen.« Hellmer steckte seine Waffe weg und sah Holzer an.
Mit einem Mal änderten sich Holzers Blick und seine Mimik. »Leck mich am Arsch, du kleiner Wichser. Wenn du so scharf auf deine geile Julia bist, dann such sie doch.«
Der Schlag kam wie aus dem Nichts und traf Holzer in den Magen, worauf er in die Knie ging und nach Luft japste. Hellmer packte Holzer blitzschnell am Hals, drehte ihn um, zog ihn mit einem Ruck hoch und drückte seinen Arm gegen die Kehle.
»Wie fest muss ich zudrücken, bis du dein verdammtes Maul aufmachst? Wie fest?«
»Frank, hör auf«, bat Kaufmann und kam näher.
»Warum?«
»Lass ihn los, bitte!«
»Okay.« Hellmer ließ Holzer los und stieß ihn weg. Dieser rieb sich den Hals, rang nach Luft und schrie mit einem Mal auf, als er einen kräftigen Tritt in den Unterleib bekam, dem ein gezielter Schlag gegen den Kopf folgte. Holzer fiel zu Boden und krümmte sich vor Schmerzen.
Kaufmann sah Hellmer mit unschuldigem Blick an. »Na ja, ich wollte auch mal drankommen. Jetzt frag ich dich, Arschloch – wo sind die Frauen?«
Holzer schwieg.
»Frank, pass auf ihn auf, ich muss mal nach draußen.«
Sabine Kaufmann ging ins Wohnzimmer und sah Rahel Holzer auf der Terrasse sitzen.
»Da bin ich wieder«, sagte Kaufmann, als sie neben Rahel stand.
»Ich habe es an Ihren Schritten gehört. Setzen Sie sich doch.«
»Frau Holzer, ich muss Ihnen etwas mitteilen, und es tut mir leid, dass ich nicht anders kann ...«
»Ich nehme an, es geht um Thomas.« Sie seufzte auf und

trank von ihrem Wein und sagte: »Er hat etwas angestellt, stimmt's?« Es klang wie eine Feststellung.

»Ja.«

»Und was?«

»Etwas sehr Schlimmes, mehr möchte ich im Augenblick dazu nicht sagen.«

»Er war schon seit längerem verändert, seit wann genau, kann ich Ihnen nicht sagen. Wissen Sie, wenn man blind ist, sieht man anders. Mit den Händen, mit dem Mund, mit der Nase, mit den Ohren und mit einem Sinn, den Ihnen kein Blinder erklären kann. Ich habe ihm gegenüber nie etwas erwähnt, denn ich wollte es nicht wahrhaben, aber er war ständig unterwegs, angeblich beruflich. Doch warum ist er immer nachts weggefahren? Müssen Polizisten fast jede Nacht unterwegs sein? Er hat wohl geglaubt, ich würde es nicht merken, aber ich bin nicht dumm.« Sie strich sich mit einer Hand die Tränen aus dem Gesicht und fuhr mit stockender Stimme fort: »Mein Gott, er hatte immer Antworten parat, und warum hätte ich ihm nicht glauben sollen, dass seine ständige Abwesenheit beruflicher Natur war? Ich wollte ihm so gerne glauben. Was hat er getan? Sie können es mir ruhig sagen, ich werde nicht zusammenbrechen, ganz gleich, was es auch ist. Ich habe schon so viel erlebt ...«

»Wir gehen davon aus, dass er mehrere Menschen ermordet hat.«

»Mehrere? Wie viele?«

»Das wissen wir nicht. Wir sind aber noch auf der Suche nach fünf vermissten Frauen, unter anderem einer Kollegin von uns. Ihr Mann hat sie seit vorgestern in seiner Gewalt.«

»Ich habe mich immer gefragt, wie so viel Unglück einem einzelnen Menschen widerfahren kann, wie es Thomas widerfahren ist. So viel Leid in seiner Kindheit, der tragische Verlust seiner Eltern ...«

»Was meinen Sie damit?«
»Er hat keine Verwandten mehr, niemanden. Ich habe mich wirklich gefragt, wie so was sein kann. Ich glaube, ich …«
Rahel Holzer fing an zu schluchzen, Sabine Kaufmann legte einen Arm um sie.
Sabine hätte nun sagen können, dass Holzer vermutlich bereits als Kind mit dem Morden begonnen hatte, doch sie spürte, dass Rahel Holzer es in diesem Moment selbst begriffen hatte.
»Sagen Sie, fällt Ihnen irgendein Ort ein, wo er die Frauen gefangen halten könnte? Es muss ein abgeschiedener Ort sein, zu dem niemand außer ihm Zutritt hat.«
»Würden Sie mir bitte noch ein Glas Wein bringen, die Flasche steht auf dem Wohnzimmertisch.«
Kaufmann schenkte das große Glas halb voll und reichte es ihr.
»Danke. Mir fällt nur ein einziger Ort ein, der alte Reiterhof. Er wird schon seit vielen Jahren nicht mehr genutzt, und ich habe mich immer gefragt, warum Thomas selbst die lukrativsten Kaufangebote ausgeschlagen hat.«
»Was meinen Sie damit?«, fragte Kaufmann stirnrunzelnd.
»Große Unternehmen aus der ganzen Welt haben sich bei uns in letzter Zeit die Klinke in die Hand gegeben, weil sie unbedingt das Grundstück haben wollten, um dort Produktionsstätten oder Bürogebäude zu errichten. Aber Thomas hat immer nur gemeint, die Preise würden noch weiter steigen. Es ist sein Hof und seine Entscheidung, obwohl ich die nie verstanden habe.«
»Wo befindet sich dieser Reiterhof?«
»Etwa zwei Kilometer von hier in Richtung Schwalbach. Ich bin lange nicht dort gewesen«, antwortete sie mit trauriger Stimme. »Glauben Sie mir bitte eins, ich habe mich immer sicher in seiner Nähe gefühlt.«
»Ich komme später noch einmal zu Ihnen, die Zeit drängt.«

»Warten Sie, darf ich meinen Mann noch einmal sehen, bevor Sie fahren?«
Sabine Kaufmann überlegte und meinte: »Ja, natürlich. Kommen Sie.«
Sie gingen gemeinsam in die Bibliothek. Holzer zog die Brauen hoch und sagte: »Rahel …«
»Schatz, ich habe eben erfahren, was man dir unterstellt. Ich kann das nicht glauben.«
»Es ist Unsinn.«
Sie umarmte ihren Mann und küsste ihn, bis er sie mit einem Mal von sich stieß und eine Hand an seinen Mund hielt. Blut tropfte auf den Boden, er schrie: »Was sollte das, du verdammte Schlampe? Warum hast du das gemacht?«
»Warum hast du es gemacht? Ich will nie wieder etwas mit dir zu tun haben, nie wieder. Du warst mein Leben.«
»Rahel, hör zu …«
Doch sie drehte sich um und ging hinaus, Kaufmann folgte ihr.
»Was werden Sie jetzt tun?«
»Im Moment nichts, ich bin völlig durcheinander, wie Sie verstehen werden. Es ist, als drehe sich alles um mich. Ich möchte am liebsten losschreien und alles zusammenschlagen, aber ich kann es nicht. Also werde ich mich auf die Terrasse setzen, Wein trinken und warten. Und wenn mein Mann diese Verbrechen begangen hat, dann soll er dafür büßen. Ich bleibe hier sitzen, bis Sie wiederkommen.«
»Und ich kann Sie wirklich allein lassen?«
»Gehen Sie. Bitte gehen Sie und lassen Sie mich allein.«
Sabine Kaufmann lief mit schnellen Schritten zu Hellmer und Holzer und sagte mit ernster Miene: »Der alte Reiterhof, er wird seit Jahren nicht mehr genutzt. Seine Frau hat's mir erzählt.«
»Dann wollen wir doch mal dorthin fahren, Herr Holzer.«
»Leck mich am Arsch«, quetschte er mit schmerzverzerrtem

Gesicht und blutverschmierten Lippen und Kinn hervor, die Attacken von Hellmer und Kaufmann und von seiner Frau hatten ihm schwer zugesetzt.

»Hände auf den Rücken.«

Hellmer legte ihm Handschellen an und stieß ihn vor sich her. »Auf geht's, nicht so langsam. Wir werden Ihren Wagen nehmen müssen, in meinen passen wir nicht alle rein. Wagenschlüssel?«

Keine Antwort.

»Das dürfte er sein«, sagte Kaufmann und nahm einen Schlüsselbund von der Hutablage. »Gehört wohl zu dem Range Rover.« Sie deutete mit dem Kopf zu dem grünen Auto, das neben dem Porsche stand.

»So, und jetzt erklären Sie uns den Weg dorthin oder ...«

»Lass mal gut sein, ich frag Frau Holzer«, sagte Kaufmann und lief zurück ins Haus und auf die Terrasse, wo Rahel Holzer sich gerade auszog und auf dem Weg zum Pool war. »Frau Holzer, können Sie mir den Weg zum Hof erklären?«

»Vorne an der Straße links, dann rechts und nach einem knappen Kilometer wieder rechts. Es ist nicht zu verfehlen, die alten Stallungen sind nicht zu übersehen.«

»Danke. Sie wollen schwimmen gehen?«

»Ich muss mich abreagieren, sonst dreh ich durch.«

»Passen Sie auf sich auf.«

Ohne noch etwas zu sagen, sprang Rahel Holzer ins Wasser. Hellmer hatte sich nach hinten zu Holzer gesetzt, Kaufmann fuhr. Nach kaum fünf Minuten hatten sie das Zufahrtstor erreicht, Kaufmann öffnete die drei Schlösser und schob das Tor auf.

»Und jetzt?«

»Herr Holzer, meine Kollegin hat Sie was gefragt. Wohin?«

Holzer sah Hellmer lange an und sagte schließlich: »Tja, wohin? Lassen Sie mich überlegen ... Ich weiß es nicht.«

»Ich kann jetzt sofort eine Hundertschaft anfordern, die durchkämmen den Hof bis in den letzten Winkel, und glauben Sie mir, die werden etwas finden. Sie als Profiler sollten das wissen. Warum geben Sie nicht endlich auf?«, fragte Kaufmann.

»Ich habe noch nie aufgegeben, Schätzchen. Nur so habe ich einige der spektakulärsten Fälle aufgeklärt«, sagte er mit der ihm eigenen Selbstverständlichkeit.

»Könnte es sein, dass es sich dabei um Fälle handelte, für die Unschuldige ins Gefängnis gewandert sind? Sie kennen sich doch so gut im Legen falscher Fährten aus.«

»Sie haben eine blühende Phantasie, meine Liebe. Nicht jeder Mord …«

»Nicht jeder Mord? Was?«

»Kleiner Versprecher. Unwichtig.«

»Frank, fordere die Hundertschaft an, ich hab keinen Bock mehr auf diesen Scheiß.«

»Ja, sofort«, antwortete er, tat, als wollte er sein Handy aus der Tasche holen, rammte aber stattdessen Holzer den Ellbogen mit voller Wucht gegen die Brust. »Oh, Entschuldigung, ein Versehen. Ich bin manchmal so richtig tolpatschig.« Ehe Holzer etwas sagen konnte, landete Hellmers Faust in seinem Bauch. »Schon wieder, ich bin wohl übermüdet nach diesem langen Tag. Es wäre sehr freundlich, wenn Sie uns endlich verraten könnten …«

»Fick dich«, stieß Holzer kraftlos hervor, um im nächsten Augenblick einen unerträglichen Schmerz zwischen den Beinen zu spüren, als Hellmer mit aller Kraft zudrückte und nicht losließ, bis Holzer mit Tränen in den Augen schrie: »Hör auf!«

»Wo sind sie?«

»Okay. Fahren Sie dort vorne hin, da, wo die Reifenspuren in den Brennnesseln sind, aber nimm die Pfoten von meinen Eiern!«

»Welche Eier? Du hast doch gar keine«, höhnte Hellmer und ließ los.

Kaufmann hielt vor den dicht gewachsenen Büschen, stieg aus und entdeckte einen kaum sichtbaren Pfad, der hinter die Büsche führte. Sie bückte sich, schob Zweige beiseite und stand vor der alten Eisentür.
Sie rannte zurück und sagte: »Ich hab's gefunden. Gehen wir rein. Wo ist der Schlüssel für die Tür?«
»Seitenfach«, antwortete Holzer, der Angst hatte, Hellmer könnte noch einmal zuschlagen.
Hellmer half Holzer, der kaum gehen konnte, aus dem Auto, packte ihn am Arm und folgte Kaufmann. Sie schloss die Tür auf und sah sich einer weiteren Tür gegenüber.
»Und wie geht die auf?«
»Was glaubst du wohl, was das da neben dir ist? T1RH02.«
Nachdem Kaufmann die Kombination eingegeben hatte, öffnete sich die Tür automatisch. Sie gingen hinein, und sobald sie drinnen waren, fiel sie hinter ihnen wieder ins Schloss. Das Licht schaltete sich wie von Geisterhand gesteuert ein, viele Stufen führten in einem Halbrund nach unten. Es roch muffig und alt, sehr alt, als hätte sich der Geruch von Jahrhunderten in jeder Ritze festgekrallt.
»Was ist das?«, fragte Hellmer. »Ein altes Gefängnis?«
»Lass mich zufrieden mit deinen dämlichen Fragen, oder glaubst du, das ist ein Erholungsheim für werdende Mütter?«, antwortete Holzer nur.
Unten standen sie vor einer Reihe von Zellen, viele im ursprünglichen Zustand, mit verrosteten Gitterstäben, Zahlen und Wörtern, die Häftlinge vor ewigen Zeiten an die Wände gekritzelt hatten, verfallene Zellen mit fetten und dichten Spinnweben überall.
Sabine Kaufmann fror, obwohl es nicht sonderlich kühl war, allein der Anblick jagte ihr einen Schauer nach dem andern über den Körper. Insgesamt zehn Zellen unterschieden sich von den restlichen, schwere, numerierte Stahltüren verwehrten den Blick ins Innere. Kaufmann sah

sich um, stellte sich ans Geländer und blickte hinunter, wo sich zwei weitere langgezogene Zellentrakte befanden. Gegenüber war ein hell erleuchteter Raum, der wie ein Büro aussah. Sie wollte Holzer gerade etwas fragen, als sie neben sich etwas bemerkte, zwei breite, leicht nach unten geneigte Tische aus schwerem Holz mit Abflussrinnen, dicken Lederriemen an den Seiten für Hände und Füße und anderen Gegenständen, die einzig einem Zweck dienten – dem Foltern von Menschen. Sie sah Blut, tippte mit ihrem Zeigefinger in eine der Rinnen und merkte, dass es noch nicht vollständig getrocknet war.

»Was ist das?«, fragte Kaufmann.

»Ganz bestimmt kein Ketchup. Tut mir leid, aber ich kam noch nicht dazu, hier sauberzumachen, das wollte ich nachher erledigen«, sagte Holzer mit maliziösem Lächeln.

»Die Schlüssel für die Türen!«, herrschte Kaufmann ihn an, während Hellmer kaum zu atmen wagte.

Holzer zeigte nur mit dem Kopf zum Büro.

Kaufmann rannte hin, fand den riesigen Schlüsselbund, dessen Schlüssel jeweils eine Nummer eingestanzt hatten.

»Wo ist Julia?«

»Wir haben doch Zeit, ich lauf euch schon nicht weg.«

Hektisch schloss sie die erste Tür auf, leer. Die zweite, dritte, vierte und fünfte waren ebenfalls leer, wobei die ersten vier Zellen lange nicht benutzt worden zu sein schienen, sie waren sauber und aufgeräumt. Nur die fünfte sah anders aus. Die Pritsche war ungemacht, auf dem kleinen Tisch stand ein überquellender Aschenbecher, Asche und Kippen lagen auf dem Boden und unter dem Bett, zwei Becher, Brotreste und Wasser in einem Krug, eine angebrochene Schachtel Zigaretten auf der Wolldecke.

Sie schloss die sechste Tür auf und trat vor Entsetzen einen Schritt zurück.

»Wer ist das?«, fragte sie.

»Sorry, wenn der Anblick dich schockiert, aber ihr habt mir ja keine Zeit mehr gelassen, sie wegzubringen. Das ist die gute blutleere Pauline Mertens. Und damit du nicht wieder erschrickst, in Nummer sieben ist Karin Slomka. Sie sieht nicht viel anders aus. Für die Müllabfuhr seid ihr jetzt zuständig.«

»Du verdammte Drecksau!«, zischte Sabine Kaufmann, während Hellmer noch kein einziges Wort gesagt hatte, seit sie hier unten waren.

»Schon recht. Die andern drei Mädels haben übrigens zugesehen, hat ihnen aber wohl nicht so zugesagt, sind ein bisschen zartbesaitet.«

Sie öffnete Zelle Nummer acht, ohrenbetäubender Lärm schlug ihr entgegen, dazu ein Licht, wie es greller kaum sein konnte, und sie sah eine nackte Frau, die auf dem Fußboden kauerte und ihren Oberkörper hin- und herschaukelte. Sie sah nicht einmal auf, als Sabine Kaufmann zu ihr kam und sich in die Hocke begab. Sie fasste die Frau vorsichtig am Arm, doch die Frau zuckte zusammen und weigerte sich im ersten Moment, doch Kaufmann ließ nicht locker und zog sie hoch und mit ihr hinaus. Sie schlug die Tür zu, der Lärm hörte augenblicklich auf.

»Alina«, sagte Hellmer. »Alina, hallo, hörst du mich?«

»Es wird eine Weile dauern, bis sie wieder hört«, meinte Holzer kalt. »Gib ihr ein wenig Zeit, sie wird sich schon erholen. Oder auch nicht.«

»Noch ein Wort, und ich stopf dir das Maul«, zischte Hellmer. »Und das mein ich ernst, du solltest mich inzwischen kennen.«

»Meinst du, ich habe Angst?«

Franziska Uhlig saß im Halbdunkel am Tisch und schrieb, ohne aufzublicken. Bis sie Sabine Kaufmanns Stimme vernahm.

»Hallo, Frau Uhlig, hören Sie mich?«, sagte sie mit sanfter

Stimme. »Ich bin Sabine von der Polizei. Sie können aufhören, Sie sind frei.«
»Schade, ich hätte gerne das Gesicht von dem Pfaffen gesehen, wenn er ihre Leiche vor seiner Kirche gefunden hätte. So blass und bleich wie der Tod. Tja, man kann nicht alles haben, manche Vergnügen bleiben einem verwehrt«, sagte Holzer grinsend.
»Halt dein verfluchtes Maul, du gottverdammter Bastard. Ich kann dir nur raten, dass Julia …«
»Krieg dich wieder ein.«
»Sie lebt«, sagte Kaufmann, nachdem sie die zehnte Zelle aufgeschlossen hatte.
Julia Durant lag zusammengekrümmt wie ein Fötus auf der Pritsche und sah ihre Kollegin an, als wäre sie ein rettendes Wesen aus einer andern Welt, das sie aus der unerträglich lauten Stille und der Finsternis der Hölle befreite.
»Dein Glück«, sagte Hellmer, »dein Glück. Ich hätte dir die Rübe weggeblasen und es wie Notwehr aussehen lassen. Glaub mir, die hätten mir das abgekauft, und wenn nicht, dann hätten sie sich's nicht anmerken lassen.«
»Julia, es ist vorbei. Komm«, sagte Kaufmann.
Sie reagierte nicht, als wäre auch dies nur einer von diesen schrecklichen Träumen.
»Bitte, steh auf und komm«, forderte Kaufmann sie auf und griff nach ihrer Hand.
»Lass mich«, kam es kaum hörbar über Julia Durants Lippen.
Kaufmann ging hinaus und sagte: »Versuch du's, dich kennt sie besser. Ich pass derweil hier auf.«
»Julia, ich bin's, Frank! Es ist vorbei. Es ist kein Traum. Bitte, tu mir den Gefallen und steh auf.«
»Kein Traum?«, fragte Julia Durant leise und drückte Hellmers Hand.
»Kein Traum.«
»Kein Traum, kein Traum«, sagte sie mit Tränen in den Augen

und ließ sich von Hellmer hinausführen, während Sabine Kaufmann sich dicht neben Holzer gestellt hatte, da sie fürchtete, dass er sich in einem unbeobachteten Moment über das Geländer in die Tiefe stürzen könnte, um so seiner Bestrafung zu entgehen, doch diesen Gefallen wollte sie ihm nicht tun.
»Was hast du mit ihr gemacht?«, fragte Hellmer mit geballten Fäusten.
»Deine heiße Partnerin wird es dir irgendwann erzählen. Wir hatten jedenfalls viel Spaß miteinander, nicht wahr, Julia, Schätzchen?«
»Lass es sein, Frank, lass es einfach sein, er ist es nicht wert. Ich ruf jetzt unsere Leute.«
»Hier unten funktioniert leider kein Telefon.«
»Arschloch.«
Sabine Kaufmann rannte nach oben, tippte die Kombination der Stahltür ein – sie hatte sich die schwierige Kombination gemerkt, weil sie mit einem fotografischen Gedächtnis ausgestattet war –, ging ins Freie, rief bei Berger an und schilderte ihm die Situation und den Ort, wo sie und Hellmer sich befanden.
»Was haben Sie?«, schrie er ins Telefon, doch Kaufmann ließ ihn nicht zu Wort kommen.
»Hören Sie, wir haben den Täter, und Julia und zwei weitere Frauen leben. Über alles andere können wir später reden. Wir brauchen dringend zehn, am besten zwanzig Leute, dazu drei oder vier Krankenwagen, und zwar pronto.«
Es war dunkel geworden, Sabine Kaufmann setzte sich in den Range Rover, startete den Motor, schaltete das Fernlicht ein und stellte den Wagen so hin, dass er von der Straße gut zu sehen war, den Motor ließ sie laufen. Danach eilte sie wieder nach unten, Julia Durant, Alina Cornelius und Franziska Uhlig saßen nebeneinander auf dem kalten Boden.
»Das volle Programm ist im Anmarsch. Berger hat mich angeschrien, als hätte ich ein Verbrechen begangen.«

»Das ist Berger, daran wirst du dich gewöhnen müssen, wenn du bei uns bist.«
»Wo sind ihre Kleider?«, fragte sie, ohne auf Hellmers Bemerkung einzugehen.
»Willst du sie anziehen?«, fragte Holzer. »Das schaffst du nicht, meine Liebe. Am besten lassen sie sich anziehen, wenn sie tot sind, mausetot. Dann sind sie wie kleine Püppchen, mit denen man schön spielen kann.«
»Halt doch endlich dein verdammtes Maul, du perverses Arschloch«, schleuderte sie ihm entgegen. »Aber im Knast solltest du schön auf dein Arschloch aufpassen, die Jungs sind ganz scharf auf Frischfleisch.«
»Du hast mich was gefragt, und ich habe brav geantwortet. Wenn ich gewusst hätte, wie du drauf bist, hätt ich dich vorher noch drangenommen.«
»Tja, man kann nicht alle Leckereien haben. Frank, bring dieses widerwärtige Stück Scheiße nach oben, und hier, nimm die noch mit für seine Füße«, sagte sie und warf ihm ihre Handschellen zu. »Ich kann seine Visage nicht länger ertragen.«
»Verraten Sie mir, warum Sie das getan haben?«, fragte Hellmer. »Warum? Beantworten Sie mir nur diese eine Frage, dann lass ich Sie zufrieden. Warum diese Grausamkeiten?«
Holzer verzog den Mund zu einem Lächeln, als er antwortete: »Ich bin das absolute Böse. Grrrr, böse, böse, böse. Zufrieden, Frankie-Boy?«
»Es gibt kein absolutes Böses«, konterte Hellmer.
»Doch, es steht vor dir. Schau dir dieses schöne Gefängnis an, du musst zugeben, es ist eine Kostbarkeit. Vielleicht macht ihr ja mal ein Museum draus, so eine Art Kabinett des Grauens. Aber um dir und euren Psychoheinis die Arbeit zu erleichtern, ich stamme aus einer angesehenen Familie, genoss die beste Erziehung, hat aber alles nichts

genützt. Wenn das Böse in einem ist, kriegt man es nicht mehr los. Ich bin doch irgendwie ein armes Schwein, oder?«
Hellmer sagte nichts und ging mit Holzer nach oben, während Kaufmann den Frauen die Decken aus den Zellen umlegte und sich vor sie setzte, damit sie jeder von ihnen ins Gesicht sehen konnte. Sie sprach sie beim Vornamen an.
»Alina, kannst du mich jetzt hören?«
Sie nickte.
»Darf ich dich duzen?«
»Hm.«
»Ich bin Sabine. Gleich werden meine Kollegen kommen und auch Ärzte, die sich um euch kümmern werden. Du brauchst keine Angst mehr zu haben. Hast du das verstanden?«
»Hm«, erwiderte sie, Tränen strömten über ihre Wangen, als sie begriff, dass es tatsächlich vorbei war.
»Ich darf nach Hause?«, sagte Franziska Uhlig mit ungläubigem Blick, ohne eine Träne zu vergießen.
»Ja, aber erst wirst du im Krankenhaus untersucht.«
»Julia?«
»Danke«, war alles, was sie über die Lippen brachte, bevor sie den Kopf auf die angezogenen Knie legte und wie Alina hemmungslos weinte.

Die Krankenwagen trafen kurz nacheinander ein. Die Frauen wurden vorsichtig nach oben geführt, wobei Julia Durant kaum in der Lage war, die Stufen zu bewältigen. Nur wenige Minuten nach den Ärzten erschien die Polizei, unter ihnen Kullmer, Seidel und Berger.
»Was, zum Teufel, ist das?«, stieß er hervor und sah sich um.
»Was?«
»Holzers ganz persönliches Gefängnis. Hier hat er sich ausgetobt«, antwortete Kaufmann, während Hellmer sich zu

Julia in den Krankenwagen gesetzt hatte und ihre Hand hielt.
»Wie sind Sie auf ihn gekommen?«
»Ja, wie seid ihr auf ihn gekommen? Den hätte doch nie jemand auf der Rechnung gehabt«, sagte Kullmer.
»Das ist eine komplizierte Geschichte. Nicht jetzt, morgen oder übermorgen ... Tut mir leid, ich kann nicht mehr«, sagte sie und brach urplötzlich in Tränen aus. Doris Seidel nahm sie tröstend in den Arm.
»Ist gut. Komm, lassen wir die andern die Arbeit machen.«
Als Seidel mit der völlig erschöpften Sabine Kaufmann gegangen war, sagte Berger zu Kullmer: »Das war eine Spitzenleistung von den beiden, oder wie sehen Sie das?«
»Mehr als das. Und wehe, Sie maulen sie an, weil sie die Regeln gebrochen haben ...«
»Nicht diesmal. Und außerdem, welche Regeln?«

Sonntag, 23.50 Uhr

Alina Cornelius, Franziska Uhlig und Julia Durant wurden in die Main-Taunus-Kliniken in Bad Soden gebracht, wo sie aufwendigen Untersuchungen unterzogen wurden.
Bei Alina wurden keine körperlichen Schäden festgestellt, die Ärzte konnten jedoch nicht sagen, ob ihr Gehör auf Dauer geschädigt sein würde, da ihre Ohren über einen längeren Zeitraum einem unerträglichen Lärm ausgesetzt gewesen waren. Und ob sie ein seelisches Trauma davongetragen hatte, ausgelöst durch Isolation und psychische Folter, darauf hatte in dieser frühen Phase ebenfalls niemand eine Antwort parat.
Franziska befand sich von allen im besten gesundheitlichen Zustand, was sie dem Umstand zu verdanken hatte, sich am schnellsten mit ihrer Situation arrangiert zu haben. Dennoch

würden seelische Narben zurückbleiben, und die lückenlose Erinnerung – eine Erinnerung, die sie während der ersten Untersuchungen ausgeblendet hatte – an die schrecklichen Tage in der Isolation würde erst nach einigen Tagen, vielleicht auch Wochen oder erst Monaten zurückkehren. Man konnte nur hoffen, dass diese Erinnerung keine zu tiefen Wunden riss, dass Franziska Uhlig nicht von den Dämonen ihrer Gefangenschaft zerstört wurde.

Julia war auf äußerst brutale Weise vergewaltigt worden, die Wunden würden verheilen, doch vergessen würde sie das ihr zugefügte Leid nie. Holzer hatte sie, so die Untersuchungen, über einen längeren Zeitraum misshandelt und missbraucht, bevor er sie wieder der vollkommenen Stille und Dunkelheit übergeben hatte. Welche Folgeschäden vor allem psychischer Natur Julia Durant zurückbehalten würde, vermochte niemand zu sagen.

Kurz nach der Einlieferung kamen Durants Vater und Susanne Tomlin zu ihr ins Krankenhaus, aber es dauerte bis drei Uhr morgens, bis sie endlich mit ihr sprechen durften.

»Wenn du hier raus bist, kommst du zu mir«, sagte Susanne. »Und Sie kommen bitte mit, Julia braucht uns jetzt, sie darf nicht allein sein.«

Er nickte nur, er war nicht fähig zu sprechen, zu froh und überwältigt war er, dass seine Tochter am Leben war.

Pfarrer Hüsken war mitten in der Nacht von Hellmer angerufen worden und hatte sich umgehend auf den Weg in die Klinik gemacht, um bei seiner Franziska zu sein.

Nur Alina Cornelius wurde von niemandem besucht, bis Berger zu ihr ans Bett trat.

»Soll ich jemanden für Sie anrufen?«, fragte er.

»Nein, danke.«

»Kein Freund, keine Freundin?«

Sie wandte den Kopf zur Seite, und Berger hatte das Gefühl, als würde sie weinen. Er drehte sich um, suchte Hellmer und

sagte zu ihm: »Frau Cornelius hat niemanden, der sich um sie kümmert. Sie kennen sie doch und ...«
»Schon gut, ich hab verstanden.«
»Ich werde es in den nächsten Tagen vor versammelter Mannschaft tun, aber ich möchte Ihnen meine größte Anerkennung aussprechen.«
»Ohne Frau Kaufmann hätte ich das nicht geschafft. Sie hat mich vor einer großen Dummheit bewahrt.«
»Ja, kann ich mir vorstellen. Ausgerechnet Holzer.«
»Wir sehen uns irgendwann im Lauf des Tages, ich gehe jetzt zu Frau Cornelius, um ihr ein bisschen Gesellschaft zu leisten.«

Rahel Holzer saß noch immer auf der Terrasse, eingewickelt in einen Bademantel, als Sabine Kaufmann und Doris Seidel zu ihr kamen. Kaufmann hatte sich nach einer halben Stunde etwas erholt und gesagt, sie müsse unbedingt noch diesen einen Besuch machen.
Als die Beamtinnen bei ihr waren, stand sie auf, ließ den Bademantel fallen und begab sich wieder zum Pool.
»Die ist völlig durch den Wind«, sagte Kaufmann. »Na ja, ich wüsste nicht, wie ich drauf wäre, wenn ich erfahren würde, dass mein Mann ...«
»Das kann keiner von uns nachempfinden«, antwortete Seidel. »Ich möchte jedenfalls nicht in ihrer Haut stecken.«
Sie warteten, bis Rahel Holzer ein paar Runden geschwommen war und wieder aus dem Pool stieg.
»Wo ist mein Mann?«, fragte sie.
»Auf dem Weg ins Präsidium. Er hat die Taten gestanden und uns zu den Frauen geführt. Es tut mir leid, Ihnen keine bessere Nachricht überbringen zu können.«
»Ich habe vorhin eine Stunde lang geschrien wie noch nie zuvor in meinem Leben. Ich habe in einer Stunde mehr geweint als in neunundzwanzig Jahren. Ich habe auf dem Boden gelegen und nur noch geschrien. Mein Mann, der Mör-

der. Warum hat er mich damals nicht sterben lassen, als ich im Wasser lag? Warum hat er mich gerettet? Nur um mich eines Tages noch mehr leiden zu lassen?«
»Vielleicht sind Sie die einzige Person, die er jemals geliebt hat«, sagte Sabine Kaufmann.
»Nein, er kann mich nicht geliebt haben, nicht mich, höchstens meinen Körper. Vielleicht auch meine anfängliche Hilflosigkeit, weil ich so auf ihn angewiesen war. Er hatte mich in der Hand, und ich habe es nicht gemerkt. Ich werde meine Eltern anrufen und sie bitten, mich abzuholen.«
»Wo leben Ihre Eltern?«
»Zurzeit auf Martha's Vineyard.«
»Und heute Nacht?«, fragte Sabine Kaufmann besorgt.
»Was soll heute Nacht sein? Ich werde noch ein Glas Wein trinken oder auch zwei, ich werde ein paar Runden schwimmen und vielleicht anfangen zu packen, ich werde aber ganz sicher nicht schlafen können.«
»Wir können Sie nicht alleine lassen«, sagte Doris Seidel.
»Ich möchte aber niemanden um mich haben. Bitte verstehen Sie das. Ich will zu meinen Eltern und nie wieder in dieses Haus zurückkehren, von mir aus soll es bis auf die Grundmauern niederbrennen.«
»Wir können die Verantwortung nicht übernehmen, Sie allein zu lassen.«
»Bitte, dann bleiben Sie eben hier, das Haus ist groß genug. Ich hoffe, Sie halten es hier drin aus.«
Seidel sah Kaufmann schulterzuckend an und meinte: »Ich bleibe hier, Frau Kaufmann ...«
»Ich bleibe auch hier, Doris. Ich kann jetzt nicht alleine sein.«
»Sind Sie noch im Dienst?«
»Nein.«
»Gut, dann lassen Sie uns trinken und diesem erbärmlichen Leben für ein paar Stunden adieu sagen.«

Am Montagvormittag um acht wurden Seidel und Kaufmann von zwei Polizisten aus dem Main-Taunus-Kreis abgelöst. Um halb zwei kehrte Aleksandra aus Polen zurück und erfuhr, was geschehen war. Rahel Holzer bot ihr an, mit ihr in die USA zu kommen, denn sie vertraute ihr.

Montag, 11.30 Uhr

Bei der ersten ausführlichen Besprechung am späten Montagvormittag fragte Berger: »Wie sind Sie auf Holzer gekommen?«

»Ausschlussverfahren. Frau Kaufmann und ich haben uns gestern Nachmittag ins Büro zurückgezogen und eine Liste erstellt all derer, die bisher vernommen oder befragt worden waren und die zum engeren Kreis der potenziellen Täter gerechnet werden konnten. Darunter waren Schwarz, der Schriftsteller, Jung, Marketingchef bei Bruckheim, und Hüsken, der Pfarrer, der allerdings ganz schnell ad acta gelegt wurde. Jungs Ehe besteht nur auf dem Papier, das haben wir von seiner Tochter, er hat ständig wechselnde Liebschaften und ist mit seiner Frau nicht gemeinsam in Urlaub geflogen. Wo er sich aufhält, entzieht sich unserer Kenntnis, ist inzwischen auch unerheblich. Schwarz wäre in Frage gekommen, aber weder Jung noch Schwarz erschienen uns clever und gerissen genug, solche Taten zu begehen. Schließlich führten wir Punkte an, die uns zwangsläufig zu Holzer brachten. Was hat eigentlich seine erste Vernehmung ergeben?«

»Er hat noch keinen Ton von sich gegeben«, sagte Kullmer. »Aber die Cornelius und auch Julia haben vorhin gesagt, dass er sich ihnen gegenüber als Johann Jung ausgegeben hat. Unter diesem Namen war er sogar bei der Cornelius als Patient. Frage: Woher kennt er Jung?«

»Frag doch im Verlag nach, ob Holzer vielleicht mal dort war, um über ein Buchprojekt zu sprechen. Könnte doch sein, bei seiner Reputation. Dabei hat er Jung kennengelernt und seinen Namen übernommen. Sein Spiel war komplex. Ruf Hofstetter an.«

Kullmer griff zum Telefon, ließ Hofstetter aus einer Sitzung holen und fragte ihn, ob er Thomas Holzer kenne. Hofstetter erzählte, er habe mit ihm ein Sachbuch über Serienmörder geplant, das im kommenden Jahr erscheinen sollte.

»Ich hatte mal wieder recht«, sagte Hellmer, nachdem Kullmer aufgelegt hatte. »Inzwischen kann ich mich ganz gut in Holzers Hirn einklinken. Er hat verschiedene Kirchengemeinden besucht und dabei einige seiner Opfer ausgewählt, er konnte ungehindert im Archiv ein- und ausgehen, er konnte sich in alle Datenbanken der Polizei einloggen, er wusste somit auch von Julias Urlaub und, und, und ... Ein Superhirn, aber nicht perfekt. Ach ja, da war noch jemand, der uns geholfen hat. Die Tochter vom echten Johann Jung. Sie ist ein Superhirn und hat uns den entscheidenden Tipp gegeben. Wenn wir in drei, vier Jahren mal einen wirklich guten Profiler brauchen, dann wenden wir uns an sie.«

»Was?«, fragte Berger.

»Erklär ich noch. Wie geht's Julia? Ich war bis um fünf bei ihr und hatte danach noch keine Gelegenheit, mich nach ihr zu erkundigen.«

»Den Umständen entsprechend gut. Ihr Vater und Frau Tomlin sind die ganze Zeit bei ihr oder in ihrer Nähe. Sie wird wieder auf die Beine kommen.«

»Ich werde gleich zu ihr fahren und auch Frau Cornelius einen Besuch abstatten. Da denkt man, eine Klassefrau wie sie hat Freunde ohne Ende, und dann stellt man fest, dass sie ganz alleine in dieser großen Stadt lebt. Das können meine Frau und ich nicht zulassen. Diese Stadt kann Menschen kaputt machen.«

»Das kann jede Stadt«, warf Kullmer lakonisch ein.
»Aber das hier ist unsere Stadt.«
Sie waren kaum eine Stunde zusammengesessen, als Hellmer und Kaufmann sich verabschieden wollten, doch Berger hielt sie zurück.
»Bevor Sie gehen, möchte ich Ihnen im Namen aller meinen Dank und meine Hochachtung aussprechen. Sie haben der Polizei einen hervorragenden Dienst erwiesen, indem Sie das getan haben, was eigentlich selbstverständlich sein sollte, aber längst nicht immer ist – Sie haben daran geglaubt, diesen Fall zu lösen, und haben sich über unsinnige Vorschriften hinweggesetzt. Und das meine ich ausnahmsweise einmal ernst. Und Frau Kaufmann, ich habe gehört, dass Sie gerne innerhalb des Präsidiums wechseln würden. Ich habe zwei Plätze frei, einer davon könnte Ihnen gehören, vorausgesetzt, Sie möchten das wirklich.«
Sie errötete, lächelte und nickte. »Sehr gerne, es wäre mir ein Vergnügen, in dieser Chaostruppe mitzumischen. Letzteres meine ich aber nicht ernst. Ich würde mich freuen.«
»Gut, dann werde ich mit Ihrem Vorgesetzten sprechen und alles in die Wege leiten. Bis zu Frau Durants vollständiger Genesung werden Sie und Herr Hellmer ein Team bilden.«
»Ich denke, Sie wollten erst mit …«
»Frau Kaufmann«, sagte Berger schmunzelnd, »das habe ich bereits heute Vormittag getan. Er hätte Sie zwar gerne behalten, aber ich konnte ihn davon überzeugen, dass Sie hier besser aufgehoben sind. Willkommen im Klub.«
»Danke«, sagte sie strahlend und nahm die ihr entgegengestreckte Hand. »Danke, danke, danke.«
»Danken Sie sich selbst, denn Sie haben sich dafür qualifiziert, in dieser Chaostruppe mitzumischen. Und jetzt raus, und lassen Sie sich nicht vor morgen Mittag blicken, um Holzer kümmern wir uns.«

Draußen sagte Sabine Kaufmann: »Wusstest du davon?«
»Nein«, gab sich Hellmer ahnungslos, »wie kommst du darauf?«
»Woher wusste Berger dann, dass ich …«
»Er hat manchmal so was wie den sechsten Sinn. Hast du Lust, mit zu Julia und Alina zu kommen?«
»Klar doch, Partner.«

Nach dem hochemotionalen Besuch bei Julia Durant in der Klinik fuhren Hellmer und Kaufmann noch zu Lara und Frederik Jung. Sie berichteten ihnen von dem Erfolg und dass dieser nicht zuletzt dank Laras Hilfestellung zustande gekommen war.
»Ich sagte doch, ihr schafft es. Gratulation. Sehen wir uns irgendwann mal wieder?«
»Wann bist du denn wieder in Deutschland?«, fragte Hellmer.
»Keine Ahnung. Aber ich hab ja deine Karte, und die werde ich in Ehren halten. Ich schreib dir eine E-Mail oder ruf kurz durch. Wenn ihr Lust habt, mich zu besuchen, kommt vorbei, Frederik und ich wohnen in einem großen Haus. Jetzt muss ich aber los, ich habe einen dringenden Arzttermin in Frankfurt.«
»Kein Thema. Mach's gut und toi, toi, toi«, sagte Hellmer und umarmte Lara.
»Und du vergiss nie, was ich dir gesagt habe, lass es nie zur Routine werden. Es war schön, euch kennengelernt zu haben. Bye-bye.«

Epilog

Julia Durant wurde nach vier Tagen aus der Klinik entlassen und flog noch am selben Tag mit ihrem Vater und Susanne nach Nizza, sie mussten vorher nur noch die längst gepackten Koffer aus ihrer Wohnung abholen.

Die Geschehnisse zwischen dem zweiundzwanzigsten und vierundzwanzigsten Juni holten sie über Monate hinweg beinahe Nacht für Nacht heim. Aus den vier Wochen bei Susanne wurde ein Jahr, sie hatte sich krankschreiben lassen und eine Therapie gemacht. Mitte Juni des darauffolgenden Jahres kehrte sie nach Frankfurt zurück. Ihr Vater, der bereits nach drei Monaten wieder in seinen kleinen Ort in der Nähe von München gefahren war, war zu ihrer Ankunft nach Frankfurt gekommen, um sie in den ersten Wochen zu unterstützen. Susanne Tomlin war mit ihr angereist, denn sie hatte noch ein Versprechen einzulösen. Zwei Tage nach ihrer Ankunft fuhren sie und Julia zu Susannes Wohnung am Holzhausenpark. Dort angekommen, sagte Susanne: »Julia, eigentlich wollte ich das schon vor einem Jahr machen. Ich brauche diese Wohnung nicht mehr, wann bin ich schon mal in Frankfurt, und ich denke, bei dir wäre sie in besseren Händen, jetzt mehr denn je. Und keine Widerworte. Mein kleiner Beitrag für einen Neuanfang, auch wenn es so was gar nicht gibt.«

Julia Durant wusste im ersten Moment nicht, was sie sagen sollte, sie war überwältigt und dankbar, eine Freundin wie Susanne zu haben. Nur zwei Wochen später zog sie um in eine Wohnung, die kaum fünf Fußminuten vom Präsidium entfernt lag.

Sie nahm Kontakt zu Alina Cornelius auf, die ihre Praxis nach einer dreimonatigen Unterbrechung wieder eröffnet hatte. Sie trafen sich regelmäßig, ohne auch nur ein Mal über die verhängnisvollen Ereignisse vom Juni 2007 zu sprechen. Sie wollten nur eins – Freundinnen sein – und hin und wieder auch ein wenig mehr.

Thomas Holzer wurde im März nach einem einwöchigen Prozess zu einer lebenslangen Freiheitsstrafe und wegen Feststellung der besonderen Schwere der Schuld zu anschließender Sicherungsverwahrung verurteilt, obwohl die Verteidigung auf verminderte Schuldfähigkeit aufgrund psychotischer Störungen plädiert hatte. Die Chance, dass er jemals wieder auf freien Fuß kommt, liegt damit praktisch bei null. Er wurde in der Haftanstalt Schwalmstadt untergebracht, einer unter vielen Schwer- und Schwerstverbrechern.

Ab August versah Julia Durant wieder ihren Dienst, aber alles war anders als früher. Woran es lag? Vielleicht daran, dass sie etwas erlebt hatte, das anderen passierte, aber niemals ihr – bis zum zweiundzwanzigsten Juni 2007. Aber sie würde es schaffen, ihr Leben wieder zu meistern. Und da waren Freunde, mehr als sie jemals zu haben geglaubt hatte – Frank, Peter, Doris, Sabine, Berger, Alina und ganz besonders Susanne. Das Leben meinte es gut mit ihr.

Nachbemerkung

Jede Ähnlichkeit mit realen Personen wäre rein zufällig und ist nicht beabsichtigt.